BASTEI
LÜBBE

Von Joe Donelly erschien bei BASTEI-LÜBBE:

12523 Dunkle Rituale

Joe Donnelly

HORROR-BABY

Aus dem Englischen von
Nikolaus Gatter

BASTEI
LÜBBE

BASTEI-LÜBBE-TASCHENBUCH
Band 12 608

Deutsche Erstveröffentlichung
Titel der englischen Originalausgabe:
Incubus

Printed in Germany Januar 1997
Einbandgestaltung: Dieter Ziegenfeuter
Satz: hanseatenSatz-bremen, Bremen
Druck und Bindung: Elsnerdruck, Berlin
ISBN 3-404-12608-4

Für Cissie und Helen Kinney

Hinweis des Autors

Barloan Harbour, Levenford, Lochend und andere hier geschilderte Schauplätze wurden wirklich existierenden Ortschaften nachgebildet. Die Charaktere sind allerdings, ebenso wie die Handlung, völlig frei erfunden. Doch die magische Anziehungskraft, die von Kleinkindern ausgeht, ist eine unwiderlegliche Tatsache.

— 1 —

Geklapper hastiger Schritte schallte von den Wänden, schlug dumpf zurück wie dröhnendes Trommelgebell, polternd und mit seinem eigenen, jagenden Rhythmus.

Jemand rannte.

Es war ein Mädchen. Sie hechtete über die Gasse, keuchte heftig, und ihr Atem verpuffte zu nassen Wölkchen, als sie die Mülleimer hinter dem Loo-Fung-Restaurant ansteuerte. Dort wühlte Andy Skinner – der früher mal ein großes Tier war, bevor er zur Flasche griff, auf die schiefe Bahn geriet und nach ganz unten abrutschte – im Abfall nach Hühnerschenkeln und kalten Essensresten. Er sah das Mädchen vorüberhuschen. Doch als Gespenst hätte er sie nicht bezeichnen wollen.

Nur das Gesicht wirkte geisterhaft, ein blasses Oval im Zwielicht. Mittendrin die dunkleren Ovale der Augenringe, das breite Oval ihres Mundes. Sie lief gebückt und blickte im selben Moment auf wie Andy. Aus großen, fast hervorquellenden Augen starrte sie ihn an.

Erst jetzt bemerkte er das Bündel, das sie an den schmächtigen Leib gepreßt hielt, doch lief sie viel zu schnell, und es war zu finster, um Genaueres zu erkennen. Fast war ihm, als trüge sie ein Baby im Arm, und das war verblüffend. Im Gewirr der Gassen hinter dem Loo Fung torkeln Besoffene in Scharen. Ab und zu begegnet man einem, der sich unterm Küchenfenster eine Spritze in die Venen rammt. Aber Mädchen mit Babys – niemals.

Muß wohl was anderes sein, dachte Andy und wandte sich ab. Was ging's ihn an? Doch dann drehte er sich argwöhnisch und sehr behutsam wieder um – ein Saufbruder, der sich vergewissern will, ob er die Selbstkontrolle noch nicht verloren hat. Er glaubte, einen Schrei gehört zu haben, spitz und schrill. Ob es das Mädchen war? Wenn sie hier entlang lief, war mit einiger Sicherheit jemand hinter ihr her. Womöglich gehörte sie zu denen, die bis zur Sperrstunde auf der Ramage Street herumlungern und die letzten Kneipengäste abschleppen. Vielleicht waren ihr die Bullen auf den Fersen, oder ihr Zuhälter, oder ein geprellter Freier, dem sie für ihren Fuffie keinen runtergeholt hatte. Andy brauchte das nicht zu kümmern. Aber etwas Eßbares, ein weggekipptes *Chow mein* wäre jetzt das Wahre. Ordentlich was zwischen die Zähne und dann ein warmes Plätzchen hinter dem Schuppen, wo er pennen konnte – mehr brauchte er ja gar nicht. Und Ärger schon gar keinen. Er drückte sich in den Schatten, als das Mädel näherstolperte. Hart knallten ihre Absätze aufs Pflaster, als sie an den ausgebeulten schwarzen Plastikbeuteln und rostigen Kübeln mit ihrem sauren, modrigen Inhalt vorüberkam. Endlich trat sie in den Lichtkreis, und wieder hörte er den Klagelaut.

Diesmal hob sie den Kopf und sah ihn direkt an. Im gelben Lampenschein nahm er undeutlich wahr, wie sie den Mund aufklappte. Gleich würde sie loskreischen. Die Todesnot stand ihr ins nackte Gesicht geschrieben. Mit Ängsten kannte sich Andy einigermaßen aus.

Aber was oder wen sie fürchtete, sollte Andys Sorge nicht sein. Er wich ihren flehenden Blicken aus; der Schrei unterblieb, das Mädchen würgte ihn stumm hinunter. Sie verschloß den Mund zu einem schmalen Strich, und die schwarze Höhlung ihrer Augen ließ ihn erstarren. An ihrem Hals traten bläulich die Adern hervor, und im blassen, wäßrigen Licht des Küchenfensters sah er sie am ganzen Leib zittern. Sie war nur noch wenige Meter entfernt, aber er spürte ihr Beben und ihre Anspannung, die einer zum Zerreißen hochgekurbelten Gitarrensaite glich. Eine winzige Sekunde lang verlangsamte sie den Schritt, strauchelte, und plötzlich standen der Penner und das Mädchen einander gegenüber. Eine Haarlocke fiel ihr ins Auge, klebte an ihrer Stirn, die schweißnaß war wie bei einer Fieberkranken. Vielleicht hatte sie die Grippe? Angesichts der Jahreszeit wäre das gar nicht verwunderlich.

Ihr Blick hielt ihn gebannt. In den unergründlich dunklen Augen glomm ein machtvoller Lebenswille. Wieder wollte sie beinahe die Lippen öffnen, doch dann biß sie die Zähne aufeinander. Andy hörte es knirschen wie Kies unter den Sohlen. Noch ein wenig fester, und der Kiefer würde brechen. Einst – das mußte eine Ewigkeit her sein – hätte Andy höchstens die Zahnarztrechnung interessiert, die ihr ins Haus stand. Erst hier, mitten in der Nacht, bei diesem seltsam schabenden Geräusch und angesichts dieses verwirrten Geschöpfs mußte er an die Qual denken, unter der es litt.

Abermals hörte er ein Stöhnen, hohl und irgendwie knarrend. War das denn der Schrei eines Säuglings? Kopfschüttelnd tat er den Gedanken wieder ab. Es klang zu gehetzt, zu heiser. Zu tierisch. Das Mädchen riß die Augen auf. Stumpf spiegelte sich darin sein eigenes Gesicht, und sie verzog die Stirn zu einer schmerzverzerrten Grimasse. Eigentlich sah sie ganz gut aus, hochgewachsen, nicht verbraucht wie manche Huren in dieser Gegend, und die Zahnreihen wirkten selbst im Zwielicht ebenmäßig und weiß, ungewöhnlich für eine Fixerin – *außer, daß sie noch immer knirschten und gleich brechen würden, und dann konnte sie gleich hier auf dem Strich bleiben* –, die sich mit ein paar schnellen Nummern das Geld für Stoff holt.

Das Stöhnen steigerte sich zu einem tückischen Knurren, an ein Frettchen erinnernd oder einen dieser Stadtköter, die gelegentlich herantrabten, um sich mit Andy um die Tellerreste des Loo Fung zu balgen. Doch dieser Laut ließ ihm die Nackenhaare zu Berge stehen. Er fühlte, wie sie sich aufrichteten, als hätte sich ihm eine eiskalte Hand auf die Schulter gelegt. Seine Magengrube wurde steinhart, und der Schließmuskel zuckte unkontrolliert. Der Atem stockte ihm, und er mußte würgen.

Fast hätte die Panik sie niedergestreckt.

Sie durchschauerte ihn mit maßlosem, unsagbarem Grauen. Dabei kannte sich Andy mit Ängsten aus. Wie oft war er schon überfallen und verprügelt worden – doch solche Schrecken gehörten zu seinem Alltag auf der Straße. Schlimmer als das war allemal, wenn er sturzbesoffen am Boden lag und die Welt durch den grünen Boden einer Flasche doppelten Buckfast-Fusel betrachtete. Dann kamen durch den Schleier des Deliriums seine tote Frau und die toten Kinder schädelgrinsend angestakst, auf verkohlten Knochen, das siedende Fleisch in lodernde Flammen gehüllt.

Die Panik, die ihn jetzt ergriff, war nicht anders – nur tiefer, viel tiefer. Sie traf ihn schlagartig, so daß er beinahe ausgerutscht und gestürzt wäre. Eine urtümliche, triebhafte Angst, ausgelöst von diesem leisen, wimmernden Grollen. Wie das erstickte Weinen eines Babys, und doch war es nicht ganz dasselbe. Dieser Laut hatte keinen Urheber, paßte nirgendwohin. Er war nicht menschlich.

Andy wich zurück, und das Mädchen senkte den Kopf. Jetzt war das Grauen geweckt und erhob sich wie ein großes, schlummerndes Tier in seinem Innern. Der Blick des Mädchens hielt ihn noch immer gebannt.

»Gottverdammte Sch . . .«, begann er.

Das Mädchen wandte sich resigniert ab, und mit einem Mal öffnete sich ihr Mantel – nur ein oder zwei Zentimeter weit. Drinnen konnte Andy etwas Winziges, Runzliges erkennen. Ein Schimmer nur von etwas Blinkendem, das ein Auge sein mochte.

Vor Schreck war ihm die Kehle wie zugeschnürt. Sein ganzer Körper krümmte sich, aber vermochte nicht, sich von der Stelle zu rühren.

Das Mädchen hatte sich umgedreht, entfernte sich schwerfällig. Sie warf ihm einen letzten, düsteren und apathischen Blick zu, der ihre Züge dürr und häßlich erscheinen ließ. Dann war sie fort, und mit ihr das Bündel, das Andy Skinner solchen Schrecken eingejagt hatte. Er stand da, noch immer wie gelähmt, mit großen, hervorquellenden Augen über geröteten Wangenknochen. Die Knie waren ihm wachsweich geworden und schlotterten. Nur mühsam riß er sich zusammen, um nicht in den Abfallhaufen zu stürzen. Das Kribbeln hatte nicht aufgehört.

Ohne sich zu besinnen, rang er unablässig die Hände, doch mit der Zeit verebbte seine Angst.

Er atmete durch. Das Mädchen war weitergelaufen, und noch lange, nachdem er sie aus den Augen verloren hatte, hörte er das Echo ihrer Schritte.

Während es dahinschwand, wich auch die Lähmung aus seinen Gliedern. Er blieb noch eine Weile stehen, lauschte auf den Klagelaut, aber außer dem Tack-tack ihrer Schritte war nichts mehr zu hören, nur noch der murmelnde Verkehrslärm von der Hauptstraße her. Andy lehnte sich erschöpft an die Mauer, wartete auf ihren Verfolger und drückte sich in den Schatten, um als mittelloser Penner keiner Verwechslung zu erliegen.

Aber niemand erschien.

Er wartete noch eine ganze Weile, mitten im Modergestank der Abfallkübel, und bekam heftigen Durst. Ein Drink würde ihm helfen, das Zittern loszuwerden. Der Verfolger blieb aus, die Schritte des Mädchens flüsterten noch in der Ferne und erstarben vollends.

Andy ließ den Mülleimer stehen und hastete ins Licht der Hauptstraße. Was ihm vorhin begegnet und unter die Haut gefahren war, hatte ihn gründlich ernüchtert. Noch immer klopfte sein Herz bis zum Hals, und die Hände bebten, aber er war nüchtern und bei klarem Verstand wie seit fünf Jahren nicht mehr.

Jetzt war er vor dem Schnapsladen an der Ecke angelangt, wo er einen billigen, hochprozentigen Rachenputzer kriegen konnte. Aber er blieb draußen stehen.

Zum ersten Mal seit langer Zeit mochte er sich nicht besaufen. Da stand er, wollte den schrecklichen Anfall von Panik vergessen und konnte doch an nichts anderes denken. So bestürzt und verwirrt war er, daß er minutenlang verharrte und nicht wußte, wohin er sich wenden sollte.

Straßenabwärts, über die Hinterhöfe hinweg, läuteten die Glocken von St. Stephen die volle Stunde. Ihr reiner und klarer Wohlklang schnitt durch die kalte Nachtluft und erreichte Andy, der vor dem Schnapsladen kehrt machte. Pfarrer O'Toole würde Rat wissen. Noch war es nicht zu spät, oder? Nicht zu spät am Abend, und vielleicht noch nicht zu spät für ihn.

Andy Skinner humpelte die Main Street hinunter, wo ihn die Scheinwerfer blendeten, zwang die Autos, scharf abzubremsen, und näherte sich dem düsteren Gewölbe der Kirche. Eine halbe Stunde später saß ihm Pfarrer O'Toole gegenüber, der den Gestank von frischem Angstschweiß auf schmuddeliger Haut ignorierte und einem Trunkenbolds die Beichte abnahm, der vor knapp sieben Jahren durch einen Verkehrsunfall, dem er selbst lebend entkam, zum Mörder seiner Frau und Familie geworden war.

In dieser Nacht trank Andy Skinner nichts mehr. Er sehnte sich mehr denn je nach der Nähe des Himmels, nach dem Hauch seiner Gnade, obwohl er in all der Zeit nie mehr an Gott gedacht hatte. Jetzt war Er ihm wieder eingefallen, weil drüben, im verdreckten Hinterhof des Loo-Fung-Restaurants, das Böse seinen Weg gekreuzt hatte.

* * * * *

David Harper stellte in der winterlichen Luft den Mantelkragen hoch. Ein schwacher Luftzug strich über die geteerte, abbröckelnde Fassade des alten Lagerhauses beim Hafen, kaum mehr als ein Frosthauch, aber er ließ das Blut in den Wangen gefrieren und die Nasenflügel innerlich erstarren. David grub die Hände in die Hosentaschen und wartete. Er vermied es, mit den Füßen aufzustampfen, wie Polizisten in kälteren Klimazonen es zu tun pflegen. Durch den Nebel drang aus den Lautsprechern der Ladenstraße der gedämpfte weihnachtliche Singsang, mischte sich ins summende, melancholische Getriebe der winterlichen Stadt. Das Waterside-Einkaufscenter lag keine hundert Meter weit, nach der Vogelfluglinie gemessen, aber David Harper und Helen Lamont waren keine Vögel. Hundert Meter oder weniger trennten sie vom geschäftigen Zentrum, wo hektische Fußgängermassen nach Feierabend Weihnachtseinkäufe erledigten. Abseits von den Prunkfassaden der

Hauptstraße lagen die Lieferanteneingänge und düsteren Gassen, die bis zum Fluß hinunter führten, hier duckten sich unter Eisenbahnbrücken und Lotsentürmen die Silos und Stapelhäuser, deren schäbiges Äußeres nicht dazu angetan war, das Auge zu erfreuen. Wenn's nach den Ideen der Stadtplaner ging, würde man in ein paar Jahren alles abreißen und aufbuddeln. Aber zur Zeit stand das Viertel noch finster und undurchdringlich da, mit zugemauerten Fenstern und verschlossenen Läden, nachts mit vorgezogenen Rollgittern gegen Eindringlinge gesichert.

Weiter unten am Fluß tutete ein trauriges, einsames Nebelhorn, und David mußte an das Aussterben der Dinosaurier denken. Auch die Ladekräne, die am gegenüberliegenden Ufer, von den Scheinwerfern des Brückenverkehrs gespenstisch beleuchtet, aus dem Nebel ragten, erinnerten an träge, urzeitliche Sumpfbewohner. Im flüchtigen Spiel der Schatten schienen sie sich zu bewegen. David hätte sich gern aus dem Staub gemacht. In diesem Viertel an einer Toreinfahrt herumzulungern, wo sich Junkies ein Stelldichein gaben und jeden Samstagabend besoffene Kneipenbesucher kotzten oder pinkelten, war nicht gerade ein Freizeitvergnügen. Das gehörte nun mal zu seinem Job. Es war harte Arbeit, die ihm nur kargen Lohn und selten Anerkennung eintrug.

Ein paar Meter weiter, wo die Straße hinter der Einkaufszone in die Riverside Lane mündet, hatte sich Helen Lamont fast unsichtbar gemacht. Ihr Vorteil war, daß sie am Nordende der Straße stand. Mit zusammengekniffenen Augen konnte David gerade mal einen hellen Fleck in Gesichtshöhe ausmachen. Anscheinend rührte sie sich nicht vom Fleck und hielt sogar die Hand vor den Mund, um die verräterische Kondenswolke ihres Atems in der kalten Luft zu verbergen. Um die Ecke lauerte Verstärkung; dort hockten zwei Uniformierte relativ geschützt in einem neutralen Lieferwagen. In dieser Straße gab es keinerlei Deckung außer Davids Torbogen und der Nische einer ehemaligen Ladenpassage, wo sich Helen Lamont in den Schatten drückte. Ein geparkter Wagen wäre aus zweihundert Metern

Entfernung aufgefallen, und niemand, der sich auf vier Rädern näherte, hätte gebremst, geschweige denn angehalten.

Ein leises Räuspern im Walkie-talkie schreckte ihn aus dem Gedanken an Dinosaurier und Flußmonster hoch. Er drückte auf den Knopf des Empfängers, preßte ihn dicht ans Ohr und drehte den Lautstärkeregler so klein, daß die Stimme am anderen Ende nur noch schwach zirpte.

»Wir kriegen Gesellschaft«, ließ sich Helen Lamont vernehmen.

»Dann woll'n wir mal.« Er stellte das Gerät ab, und sein Herz schlug einen winzigen Takt schneller, als er in Habachtstellung ging. Fünf Sekunden später tauchten die Lichter eines Lastwagens im Nebel auf – nur das Abblendlicht, nicht die Scheinwerfer selbst. Das Stottern des Motors wurde lauter; sein rostiges Getriebe ließ den bejahrten Diesel noch älter klingen. Der Lkw kam rasch näher, rumpelte über Pflastersteine, die vor einem Jahrhundert gelegt worden waren, und verlor nicht an Geschwindigkeit. Für einen Augenblick glaubte David, er werde vorüberflitzen. Er wandte den Blick von den Lichtern ab, um nachher nicht im Dunkeln geblendet zu sein, und fragte sich, ob sein Informant ihm reinen Wein eingeschenkt hatte.

Neben dem Eisentor auf der anderen Straßenseite bremste der Fahrer. Hinter der schmierigen, beschlagenen Windschutzscheibe waren auf dem Vordersitz blasse Gesichter zu erkennen. Die Federung ächzte, Reifen quietschten, und der Laster kam zum Stehen – eine dieser unsäglichen, halbverrosteten Bastlerkutschen, die auch zu unmöglichster Uhrzeit die Straße versperren oder vor Kaufhäusern abladen. Die Tür klappte auf, und an der Fahrerseite kletterte jemand hinaus. Zwei weitere Personen verließen die Kabine auf der abgewandten Seite. Sie hatten es nicht eilig, aber David Harper pulste das Blut schneller durch die Adern. Er warf einen Blick zu Helen Lamonts Versteck hinüber, die noch immer nicht zu sehen war. Gut so. Sie rührte sich nicht, wartete auf sein Zeichen. Sie war ehrgeizig, aber zugleich sehr beherrscht. Sie arbeiteten jetzt seit einem halben Jahr zusammen, und er wußte, daß er sich hundertprozentig auf sie verlassen konnte.

Hier sollte kein großes Ding gedreht werden. Die Vorweihnachtshektik verhieß gute Geschäfte für jedermann, und das auf allen Ebenen – bis hin zum Schwarzmarkt. Heute nacht, hatte es geheißen, ging es nur um Hehlerei von CDs und ausgesuchter Computer-Hardware aus einem Kaufhaus, das vor einer Woche ausgeraubt worden war. David hatte aus guter Quelle davon erfahren. Es ging nicht um die ganz heiße Ware, und es waren keine allzu schweren Jungs beteiligt – deshalb wurden nur zwei Beamte eingesetzt plus Verstärkung.

Das Gittertor auf der anderen Seite wurde ein, zwei Meter hochgelassen, und das Rasseln ging David durch Mark und Bein. Er wartete noch ein Weilchen, bis alle drinnen waren. Ein Licht flammte auf, nicht sehr hell, aber ausreichend für die Beleuchtung des Lagerhauses. Die Gestalten machten sich umgehend ans Werk. Binnen fünf Minuten hatten sie den Laster zur Hälfte beladen. Dumm genug, wenn sie die Beute zu dritt holten, statt einen Aufpasser im Wagen zu lassen. Das waren mit Sicherheit keine Profis. Er gab ihnen noch zwei Minuten, dann tippte er den Knopf des Funkgeräts und gab Helen das vereinbarte Zeichen. Sie löste sich aus dem Schatten, eine schlanke Gestalt in schwerer Fliegerkluft, mehr wie eine Streunerin gekleidet, denn wie eine Polizistin. Schnurstracks überquerte er die Straße und trat zwei Männern in den Weg, die soeben mit CD-Rom-Geräten in großen Kartons herauskamen.

Er hielt ihnen die Stablampe entgegen.

»Hände hoch«, befahl David und freute sich, daß es endlich losging. Der erste der beiden hatte ungefähr seine Größe und war mehrere Pfund schwerer; jetzt stammelte er kindisch. Als er im Dunkeln den ausgestreckten Arm und den Revolver wahrnahm, kam er ohne nachzudenken der Aufforderung nach. Drei Pappkartons polterten scheppernd zu Boden.

»Aber wieso ...«

»Sie sind verhaftet«, bellte David. »Kisten absetzen und vor die Wand stellen!«

Ein schmalerer Mann hinter der Tür ließ seinen Karton umständlich sinken. Der jüngste der drei war weiterhinten an der Wand in gebückter Haltung stehengeblieben. Jetzt straffte er sich, machte auf dem Absatz kehrt und sprang durch die Lücke zwischen David und dem Gittertor. Gleichzeitig warf der Dünne seine Ladung zu Boden und rannte über die Straße. David schnappte nach ihm, bekam aber nur seinen Anorak zu fassen. Er zerrte an der Kapuze, wirbelte ihn herum, aber der Junge hatte Glück, denn die Knöpfe rissen ab. Mühsam gewann er das Gleichgewicht zurück und lief in die richtige Richtung, dicht gefolgt von dem Dünnen, der bereits die Flucht ergriffen hatte.

Fluchend überlegte David mit der leeren Kapuze in der Hand, ob er hierbleiben und zumindest den Dritten verhaften sollte. Aber die Entscheidung wurde ihm abgenommen, als er draußen Helens Stimme hörte.

»Stehenbleiben, oder ich schieße!« Offenbar wollte sie es mit beiden Kerlen gleichzeitig aufnehmen. David verließ den Lagerraum – den Dritten konnte er sich später kaufen – und setzte ihnen nach. Helen kam ihm aus der anderen Richtung entgegen und wollte den beiden Ausreißern den Weg abschneiden. Der Junge lief ihr direkt in die Arme. Sie blieb nicht stehen, riß aber die eigene Stablampe hoch. Aus ein paar Metern Entfernung knipste sie das Licht an und leuchtete dem Mann ins Auge. Japsend schlug er die Hand vors Gesicht. Helen trat vor, bückte sich und streckte zugleich das Bein aus. Mit einem Satz segelte der Junge kreischend und mit einem häßlichen Aufprall vornüber aufs Pflaster. Sogleich kniete Helen über ihm, drehte ihm den Arm auf den Rücken und schrie ihm zu, daß er verhaftet sei.

In diesem Augenblick stürzte sich der Dünne auf sie.

Mit der Schuhspitze zielte er unter ihre Rippen, und sie wurde rücklings weggeschleudert. David konnte das Splittern der Knochen und den dumpfen Stoß zwanzig Meter weit hören. Helen rammte mit der Schulter die Häuserwand und stöhnte auf.

»Verdammte Hexe!« kreischte der Dünne. Er war stehengeblieben und ahnte wohl nicht, wie dicht ihm David schon im

Nacken saß. Vielleicht stand er auch unter Schock. Vom Sturz noch ganz benommen, kniete Helen sich hin und grabschte nach seinem Bein. Abermals wollte er nach ihr treten. Inzwischen rappelte sich der jüngere Mann wieder auf. Der Dünne zielte mit dem Absatz direkt auf Helens Kopf, aber sie konnte den Tritt mit dem Ellbogen ablenken. Noch einmal traf sie ein Tritt, diesmal in die Magengrube, aber das andere Bein hielt sie noch immer umklammert.

David schlug so fest zu, daß es Helen beinahe die Schulter ausrenkte.

Der magere Typ taumelte zurück, und David schlug nochmals zu. Der Angreifer prallte gegen die Mauer. David versetzte ihm noch eins in die Fresse und hörte, wie das Nasenbein brach. Der Dünne brüllte wie am Spieß, als David ihn beim Kragen faßte und zurückschleppte. Jetzt war der Jüngere wieder auf den Beinen und wollte das Weite suchen. Aber Helen packte rechtzeitig zu, riß ihn am Haarschopf und drückte sein Gesicht zu Boden, während sie ihn zu David brachte.

Im Zwielicht der Gasse kam sie angehumpelt, die Hand unnachgiebig ins Haar des Jungen verkrallt, der vor Angst und Schmerz winselte. Dann winkelte sie das unverletzte Knie an und stieß es dem Dünnen mit voller Wucht in die Weichteile. Er brach augenblicklich zusammen, und David ließ ihn fallen.

»Danke«, seufzte sie.

»Gern geschehen.« Er grinste, obwohl ihm wohler gewesen wäre, wenn die Verhaftung ohne Reibereien abgegangen wäre. Er hätte sie umstandslos dingfest machen und keinen entwischen lassen dürfen. Er bückte sich wieder, riß den Dünnen am Kragen hoch und belehrte ihn über seine Rechte. Der Gefangene murmelte etwas Unverständliches. Sein Gesicht war vom Blut überkrustet; die Hände hielt er tief zwischen den Schenkeln vergraben.

In diesem Augenblick brüllte der Dieselmotor auf. Knirschend wurde der Gang eingelegt, und der Laster polterte ihnen über die enge Gasse entgegen.

»Was zum Henker . . .!« schimpfte Helen. Der Dünne wollte

sich verdrücken, aber sie hielt geistesgegenwärtig sein Handgelenk im Schraubstock und verdrehte es auf den Rücken. Mir röhrendem Motor und ohne Licht näherte sich die große schwarze Silhouette. Man mochte kaum glauben, daß ein Fahrer hinterm Steuer saß. Die Räder auf der Beifahrerseite schnitten die Kurve an, kamen vom Pflaster ab und gerieten auf den Bürgersteig. Mit einem weiteren Schwenk hielt der Laster direkt auf Helen zu.

»Allmächtiger!« fluchte der Junge mit schriller, furchtsamer Stimme. Helen wandte sich um und sah die Silhouette heranrollen. Der Mund blieb ihr offen stehen.

David sprang vor und zog den Dünnen hinter sich her. Er streckte den Arm aus und schleuderte den Gefangenen direkt zwischen sich und Helen. Ob mit oder ohne Scheinwerfer, der Fahrer würde schon sehen, wen sein Manöver als ersten traf.

Der Motor heulte auf, und oben in der Kabine zuckte eine blasse Gestalt zusammen. Sekundenlang schien es, als sei er entschlossen, David und den Dünnen zu zermalmen. Doch im allerletzten Moment riß er das Steuer herum. Helle Funken sprühten von der Mauer, als sich die Achse drehte, und der Laster machte eine plötzliche Kehrtwendung. Er verfehlte David und den dünnen Mann nur um Zentimeter. Unfähig zu bremsen, vollzog der Laster einen Slalom über die Gasse und rammte mit ohrenbetäubendem Getöse die gegenüberliegende Hauswand.

David schleppte seinen Gefangenen mit zu dem Fahrzeug. Mit der freien Hand angelte er die Handschellen aus der Tasche und klemmte sie, so eng und schmerzhaft wie möglich, ans Handgelenk des Dünnen. Das freie Ende schloß er um den Türgriff am Laderaum. Unter dem Gefährt breitete sich der Geruch des Treibstoffs aus.

»Wenn das Ding in die Luft fliegt, erwischt es dich auch!« warnte er dem Dünnen, der vor Schreck den Mund nicht mehr zuklappte und gelbe, fleckige Zähne sehen ließ.

David trat vor die Kabine, riß die Fahrertür auf und holte den dritten Mann vom Sitz. Der Fahrer stöhnte auf vor Schmerz und hielt das Gesicht in den Händen vergraben. Offenbar war er vorhin gegen die Windschutzscheibe geprallt. David nötigte ihn zum Aussteigen und pflückte ihm behutsam, fast liebevoll die Hände vom Gesicht.

»Kenny Lang«, stellte er fest. »Hab ich's mir doch gedacht. Alles in Ordnung?«

Er beugte sich vor, scheinbar besorgt um das Wohlergehen des Mannes. Kenny Lang hob den Kopf und breitete stumm die Arme aus, als wollte er sagen: Keine Sorge, es geht schon. David sah ihm direkt in die Augen und spürte zugleich, wie die kalte Wut in ihm hochkroch. Dieser Idiot hatte seine Partnerin töten wollen. Vorhin hielt er mit dem Laster direkt auf sie zu. Um Haaresbreite wären Helen Lamont und er an der Wand zerschmettert worden.

David Harper legte den Kopf zurück und sprang ihn mit seinem ganzen Köpergewicht an. Mit der Stirn traf er den anderen direkt auf die Nase. Kenny Lang fiel lautlos wie ein nasser Sack in sich zusammen. Sein Gesicht zerplatzte und erinnerte an eine übereife Tomate.

Dann überquerte David die Straße. Helen hatte den anderen festgenommen, der jetzt ebenfalls mit Handschellen gefesselt auf dem Bauch lag. David faßte seine Partnerin unter den Arm und richtete sie auf. An ihrer Wange war ein großes Stück Haut abgeschürft, wo sie an die Mauer geraten war. Bei dieser Beleuchtung sah es aus wie ein großer violetter Fleck in ihrem blassen Antlitz. In ihren Augen spiegelte sich das gelbe Blinken der Ampeln an der Straßenecke. David umfing ihre schlanke Hüfte und spürte, wie ihr das Adrenalin ebenso wie ihm ins Blut schoß.

»Bist du wohlauf?«

»Werd's grad noch überleben«, keuchte sie atemlos. Er hörte auch in ihrer Stimme die verhaltene Wut. Sie stützte sich auf die linke, unverletzte Seite. »Und nochmals danke. Das wird ja bald zur Gewohnheit bei dir!«

»Bin schließlich ein braver Junge!« versetzte er, und sie mußte lächeln.

Von der Straßenecke her kam endlich die Streife, und David ließ Helen zögernd los – aber erst, nachdem die Uniformierten vielsagende Blicke getauscht hatten.

»Verständigen Sie die Klinik«, ordnete David an. »Kollegin Lamont muß wohl ärztlich versorgt werden. Und die drei dort könnt ihr einbuchten.«

»Unter welcher Anklage?«

David musterte angewidert den Fettwanst, der noch immer wie gelähmt dalag und erst allmählich zu Bewußtsein kam. »Zunächst mal wegen Verunreinigung der Straße, würde ich sagen. Nachher werden wir ihr Sündenregister schon zusammenkriegen . . .«

Er brachte Helen zu ihrem Wagen, an der Carrick Street vorbei, die direkt ans Ufer führte. Hinter der Lagerhalle kreuzte jemand ihren Weg, der über das alte Straßenpflaster in den Westteil der Stadt führte. Keiner von ihnen konnte Genaueres erkennen, aber beide glaubten, es sei eine junge Frau gewesen, die es sehr eilig hatte. In der Ferne sang noch immer der Knabenchor vom Endlosband im Einkaufscenter sein Halleluja, doch inzwischen wurde alles vom tobenden Berufsverkehr übertönt.

Hektische Schritte klapperten über die Steine, dann war die Gestalt wieder im Nebel verschwunden. Die Brise lebte auf und führte die Luft vom trüben Flußwasser mit sich, einen ätzenden, ranzigen Gestank, beißend wie die Winterkälte selbst. David rümpfte die Nase und fragte sich, was für ein Giftzeugs in den Fluß gekippt worden war. Er holte tief Luft, um den Ekel hinunterzuwürgen. Er blinzelte ratlos und spürte abermals eine grundlose, unerklärliche Gereiztheit. Als er Helen auf den Rücksitz gebettet hatte, war die Straße längst wieder menschenleer.

* * * * *

Sie rannte.

Sie hastete durch die düsteren Schatten einer Gasse, hielt sich von den Lichtern und dem Trubel der Hauptstraße fern. Der eigene Herzschlag dröhnte ihr laut genug in den Ohren, peinigte sie hartnäckig wie eine Migräne, doch ohne die Sehschwäche.

Alles war mit einem rötlichen Schimmer überzogen, als nähme sie das Zwielicht der Welt durch eine bunte Glasscherbe, durch einen blutigen Schleier wahr. Sie fragte sich, was mit ihren Augen los war. Ein Äderchen mußte geplatzt sein. Sie hatte es im Rennen gespürt – einen plötzlichen Schmerz, als das Herzrasen kaum noch auszuhalten war, und dann ein Gefühl der Entleerung, der Erleichterung, als er nachließ und schwand.

Hysterie flammte lodernd empor *Herr Jesus, gib, daß das alles nicht wahr ist* und wurde sofort wieder heruntergedämpft, schmorte nur noch auf kleiner Flamme. Sie bog um die Ecke, zwang sich, das Tempo zu verlangsamen, umklammerte das Bündel unter ihrem Mantel mit klammen Fingern. Sie fühlte, wie es sich an ihre Brust schmiegte, und wieder wallte Panik in ihr auf. Abermals hörte sie diesen wimmernden, tierischen Laut, ein Grunzen nur, sacht und ganz nah, doch in ihren empfindlichen Ohren klang es wie das Kreischen der Kettensäge im Hof der Schreinerei, wo ihr Onkel arbeitete, und sie kam sich selbst vor wie durchgeschnitten.

Die Gasse war eng und langgestreckt und endete in einem Wendehammer, wo das Laternenlicht düstere, lange Schatten warf. Ihre Schritte klapperten über das Pflaster, und sie hörte ihr Echo von den hochragenden Mauern hallen. Als sie um die Kurve kam, wäre sie beinahe auf fauligen Gemüseschalen ausgeglitten, doch bevor sie auf den Asphalt des Hinterhofs stürzte, gewann sie ihr Gleichgewicht zurück. Ringsum standen leere Obstkisten und Plastikpaletten gestapelt, und ein modriger Gestank hing in der Luft. Er hätte sie in der Kälte überwältigen müssen, wurde jedoch von diesem allgegenwärtigen, sauren Aroma überlagert, das ihr die Kehle zuschnürte und an Nager oder Reptilien erinnerte. Dieser tödliche Pesthauch umgab sie wie eine Wolke und ließ ihr Herz schneller schlagen, regelrecht rasen, ließ sich aber nicht abschütteln. Alles, was ihr übrigblieb, war weiterlaufen, sich aufrecht halten, am Leben bleiben.

Gerade hatte sie die schwarzen Plastiksäcke am Müllcontainer des Chinarestaurants hinter sich gelassen, als sie aus den Augenwinkeln einen grauen Umriß bemerkte und vor Schreck herumwirbelte.

Das graue Gespenst lauerte im Schatten, nicht neben ihr, aber auch nicht weit genug weg. Unwillkürlich beschleunigte sie ihren Schritt, wie sie es auf jeder Straße, jeder Gasse getan hätte, obwohl sie in dieses verrufene Viertel nur selten kam; nur aus Instinkt, nicht aus dem Gefühl wirklicher Bedrohung. Sie erlitt solche Höllenqualen, daß in ihrer Seele kein Raum mehr war für neue Schrecken. Sie wandte sich um und sah den Penner vor sich, ungewaschen und zerlumpt, das Grauhaar strubbelig zu Berge stehend – wie die Karikatur eines zerstreuten Professors, der zwei Finger in den Stromanschluß steckt. Sein Gesicht war aschfahl, und er riß die Augen weit auf, den Mund fast noch weiter. Daß ihr Gegenüber unbewußt ihren eigenen Gesichtsausdruck nachahmte, ahnte sie nicht.

Etwas, ein Schrei oder ein Wort, stieg ihr die Kehle hoch und drang ihr fast bis zu den Lippen, hinaus an die eisige Luft, aber dann klappten die Kiefer zu – *wurden zugeklappt* –, und der Schrei erstickte, wurde unhörbar. Sie hörte ihre Zähne knischen und die Kiefermuskeln mahlen und die Zähne fletschen, und das schleifende Geräusch von Knochen auf Knochen ließ ihre Schädeldecke erzittern.

Weitergehen weiter weiter nicht stehenbleiben.

Keine Worte. Nur so ein Drängen. Eine stumme, willensstarke Gewalt, die sich tief in ihrem Innern regte und ihre Beine zwang, weiterzulaufen, die Sehnen anspannte und die Muskeln dehnte. Der Mann starrte sie aus runden, angstvollen Eulenaugen an. Sie sah sein Grauen, das ihr eigenes spiegelte, als hätte er einen Dämon gesehen. Ihre Zähne klapperten, und ihr Nakken war so angespannt, daß der Kopf zu platzen schien.

Weiter weiter los weitergehen! Geh jetzt.

Zu ihrem eigenen Erstaunen merkte sie, wie sie sich bereits umdrehte und entfernte. Eigentlich hatte sie stehenbleiben, den schrecklichen, unnachgiebigen Drang niederkämpfen wollen, aber ein heftiger Schmerz, scharf wie eine Rasierklinge, schnitt ihr in die Augen, blendete sie kurzzeitig. Sie schüttelte sich, eine Reaktion auf den Schmerz, wollte ihn abschütteln, und als sie das Augenlicht wiedererlangte, leuchteten all die Schatten in noch tieferem Rot und verschwammen, verdoppelten sich, bevor sie wieder scharfe Konturen erhielten.

Bitte nein. Mama. Hilf mir. Nein. Ihre Seele – der Teil ihrer Seele, der noch sie selbst war – babbelte in ohnmächtiger Kindersprache.

Der Mann mit dem elektrisch knisternden Haar und der verschreckten Miene wich zurück. Sie ließ ihn stehen, setzte ihre heillose Flucht durch die zwielichtige Gasse fort. Sie hielt sich abseits, dicht an die Mauern gepreßt, wo es dunkel war. Dann kam sie an eine Weggabelung. Links führte die Gasse zur Hauptstraße zurück, wo die Stadtbücherei massiv und düster aufragte, dem Doppelbogen des McDonald's-Imbiß gegenüber. Weiter unten stellten die Leute ihre Wagen ab, vertilgten ihre Hamburger mit Fritten aus Plastiktellern. Familien drängten sich um die niedrigen Tische, halbstarke Jungs schäkerten frech mit den Mädchen. Noch vor kurzem wäre sie selbst gern dabei gewesen.

Vor ein paar Jahrmillionen, wie es ihr jetzt schien.

Da unten saßen die ganz normalen Menschen, gingen ihren Beschäftigungen nach, führten ihr buntes Leben. Wie gern hätte sie ihnen etwas zugerufen! Aber sie brachte keinen Ton heraus. Ihre Stimme saß in der zugeschnürten Kehle fest, der Atem pfiff nur dünn durch zusammengebissene Zähne, während sie das Bündel fest umklammert hielt und die Abzweigung in die andere Richtung nahm, hinter dem Pizzarestaurant, wo sie damals, als sie noch zur Schule ging, freitagabends gekellnert hatte. Der Duft von Zwiebeln, Mozzarella und Pepperoni stieg aus den Luftschächten, schlug ihr in gespenstischen Schwaden entgegen, aber hier roch es widerlich, faulig und ekelerregend, ranzig und fremdartig.

Sie würgte, und das Pochen in ihren Schläfen wurde stärker. Gleich würde sie sich übergeben, einen bitteren Schwall Erbrochenes gegen die Wand speien. Doch ihr Magen hob und senkte sich, ohne etwas preiszugeben. Auf der anderen Straßenseite, neben einem umzäunten Gelände voller Schrottwagen und zerknautschter Karosserien, stand eine Wellblechhütte. Als sie dort vorbeikam, sprangen zwei riesige Hunde aus dem Schatten und zerrten bei ihrem Anblick wie toll an der Kette. Normalerweise hätte ihr schon das wütende Gebell das Blut in den Adern gefrieren lassen, aber so etwas hatte sie längst hinter sich. Sie wurde von einem Grauen begleitet, das solche banalen Ängste himmelhoch überstieg. Die Hunde knurrten tückisch, in ihren Augen glühte gelbes Laternenlicht, faltige Schnauzen und sabbernde Lefzen gaben den Blick auf messerscharfe Zähne frei.

Ein leises Wimmern kam zur Antwort, schrill und heiser, nicht laut, aber über dem tierischen Grollen deutlich vernehmbar. In der Luft lag jetzt eine ätzende, saure Dunstwolke.

Die Wirkung war überwältigend. Die Köter prallten zurück wie vor einem Tritt. Der größere der beiden, ein riesiger Pitbull mit Stacheln am Halsband, wirbelte so rasch herum, daß er ausrutschte und donnernd in den Matsch fiel. Der andere heulte überrascht auf und flüchtete in den Schatten zurück, so weit es die Kette erlaubte. Sein Gefährte eilte jaulend und mit eingeklemmtem Schwanz hinterher. Weit hinten, zwischen den Silhouetten zerbeulter Karosserien, hörte man ihr eigentümlich zittriges, gespenstisches Jaulen im Dunkel.

Sie setzte ihren Weg fort. Das Entsetzen der Tiere nahm sie kaum wahr. Hinter der Kurve lagen Hinterhöfe und die Lieferanteneingänge der Geschäfte an der Dunlop Street. Sie streifte durch dichte Hecken, ohne darauf zu achten, daß die scharfen Dornen ihren guten Wintermantel zerfetzten. Der Frosthauch ihres Atems schimmerte im Mondlicht. Fünf oder sechs Häuser weiter erreichte sie das weißlackierte Gartentor, das unter dem Druck ihrer Hüfte quietschend aufschwang. Drinnen eilte sie über den Kiesweg und die kurze Treppe zur Veranda hinauf. Ihre Finger, noch immer verkrampft und wie gelähmt, umklammerten den Türknauf. Mühsam drehte sie ihn und trat ein.

Automatisch tastete sie nach dem Lichtschalter.

Nein . . .!

Der wortlose Befehl ließ ihren Arm in der Bewegung erstarren. Entsetzliche Angst überspülte sie mit einer schwarzen Flut, und sie brach auf dem Boden zusammen, erschöpft wie nach einem Marathonlauf, als habe ein Fieber sie niedergestreckt.

Heiße Tränen stürzten ihr über die Wangen, verschleierten ihren Blick.

Behutsam kauerte sie sich bequemer hin, rutschte zur Wand, wo sie auf dem Rocksaum sitzenblieb. Ihr Atem ging flach und schnell. Die Tür glitt von selbst wieder zu und fiel ins Schloß, und sie saß in einer Finsternis, die nur durch das blasse Rechteck des verhangenen Fensters erhellt wurde.

Wieder dieser Laut, bebend und kalt, leise wie eine ungeölte Türangel, tonlos knirschend wie Kies am Flußufer, und dennoch fordernd, selbstbewußt, unüberhörbar.

»Was mache ich hier?« überlegte sie. »Was in aller Welt . . .«

Das Baby in ihren Armen antwortete nur mit seinem heiseren, leisen Krächzen. Wieder strömte der Geruch aus den Falten ihres Wintermantels, und ein brennender Schmerz stach ihr in die Brüste. Sie zuckte zusammen, wand sich unter der Empfindung, und der Mantel klaffte weit auf. Jetzt hatten sich ihre Augen an das Dunkel gewöhnt, und sie wunderte sich über die Schwellung, die sich abzeichnete, wo ihr Busen gegen den weichen Stoff drückte.

Ein dunkler, feuchter Fleck breitete sich dort aus, ließ die blütenweiße Bluse grau werden. Entgeistert starrte sie darauf. Hinter ihren Brustwarzen spürte sie ein seltsames, ziehendes Pochen, es war eigentlich kein Schmerz, mehr ein an- und abschwellender Druck. Der Fleck wurde größer, und der Gestank wurde heftiger, jetzt mit einem süßlicheren Duft untermischt. Plötzlich wurde ihr klar, daß ihre Brust Milch absonderte.

O nein. Bitte laß nicht zu, daß mir so etwas passiert.

Kaum, daß die Panik wiederkehrte, hüllte schon der Gestank sie ein, würgte sie wie eine unmißverständliche Drohung in der Kehle, knebelte und überwand die Angst in ihrem Innern.

Der Säugling rührte sich, drängte den weichen, runden Kopf heran. Sie spürte, wie sich der Stoff ihrer nassen Bluse löste, der Rand ihres BHs auf der Haut kratzte. Das Baby vergrub sich tiefer an ihrer Brust. Die bloße Berührung löste namenlosen Ekel aus, der aber von einer mächtigeren, unwiderstehlichen Sehnsucht gedämpft war.

Abermals der Geruch, üppig und überwältigend, und der Ekel wich aus ihrer Kehle.

Das Baby klammerte sich an ihre Brust, sog kräftig daran, zerrte verzweifelt an der aufgerichteten Warze. Sie spürte eine Flüssigkeit – ihre eigene Milch? – herausspritzen, und obwohl ihr die Sinne schwanden, wußte sie doch eins genau: Es war unmöglich, daß sie ein Kind an ihrer Brust nährte. Sie konnte nicht stillen. Sie hatte keine Milch.

Und doch nuckelte und zupfte das Baby an ihrem Busen. Es gluckste und schmatzte wie ein kleines Tier in der Höhle ihres Mantelaufschlags. Ginnys Atem wurde ruhiger. Die hemmungslosen Schluchzer, die ihre Brust in Krämpfen durchschauerten, ließen nach und wichen einem seltsamen Glücksgefühl. Es legte sich träge über ihre Seele, die sich noch immer verschreckt und argwöhnisch wehrte, und zwang sie herrisch, sich zu beruhigen.

Ganz allmählich, als habe sie jede Widerstandskraft verloren, fiel sie gegen die Wand zurück, wo ihr Mantel einen feuchten Fleck auf der Tapete hinterließ.

Das Baby trank und trank und trank.

— 2 —

Die Frau segelte mit weit ausgebreiteten Armen mitten durch das Einkaufscenter – eine greise Ballettänzerin, die eine letzte lahme Pirouette probt. Zwei Mädchen, die an ihr vorüberkamen, beäugten sie angewidert und setzten kichernd ihren Weg fort. Vor dem italienischen Delikatessenladen beobachtete ein Pärchen den steifen, taumelnden Tanz. Die Handtasche der Alten flog nach links, schlidderte über die Betonplatten und blieb an der nächsten Wand liegen, ihre Drogeriemarkttüte flog gegen die Säule und fiel dann auf den Boden. Über der Straße blinkte die Weihnachtsdekoration; ein Chor von Plastikengeln wackelte idiotisch mit den Grinseköpfchen, während aus den Lautsprechern beseligende Hymnen quäkten.

Die Frau mit dem grauen, strähnigen Haar öffnete die Lippen zu einem stummen Schrei. Ihre Augäpfel rollten nach oben, bis nur noch das Weiße zu sehen war, und schließlich stürzte sie mit einem dumpfen, nachhallenden Aufprall zu Boden. Sie versteifte sich wie vom elektrischen Schlag getroffen und bog den Rükken brückenförmig durch. Tief aus ihrer Kehle würgte sie Speichel hervor, der aus ihrem klaffenden Mund troff, und ließ ein trockenes, röchelndes Husten hören. Ein paar Halbstarke wären beinahe über ihre dürren, gegrätschten Beine gestolpert und hüpften zur Seite, um dem Hindernis gerade noch auszuweichen.

Zwei Verkäuferinnen verließen den Bodyshop und eilten der Frau zu Hilfe. Eine von ihnen, ein sommersprossiger Rotschopf, blieb nervös stehen; die andere, untersetzt und dunkelhaarig, beugte sich über die hingestreckte Gestalt. »Alles in Ordnung?« fragte sie – eine Frage, die immer nur gestellt wird, wenn das Gegenteil der Fall ist.

Die Alte würgte wieder und verzog das Gesicht zu einer schmerzverzerrten Grimasse. Mit einer Hand umkrampfte sie die magere Brust, die andere lag in der Magengrube. Die nackten und blutleeren Beine waren weit auseinandergespreizt und zuckten unkontrolliert, während der Hinterkopf mehrmals heftig auf den Asphaltboden schlug.

»Sie braucht einen Arzt«, rief das Mädchen ihrer Freundin über die Schulter zu. »Ruf den Krankenwagen. Rasch!«

Der Rotschopf zögerte noch und rang die Hände, irgendwie verstört und angeekelt zugleich.

»Komm schon, Jeannette. Beeil dich! Sie ist ernstlich krank!«

Vom benachbarten Ladeneingang lief eine Frau vor das Schaufenster des Rolling-Stock-Autozubehörs. »Was ist denn hier los?«

»Die Dame hier ist gerade umgekippt.«

Die Alte am Boden rollte wieder mit den Augen und fixierte sekundenlang das über sie gebeugte Mädchen. Ihr Mund klappte ein paarmal auf und zu. Drei kleine Muttermale, in einer Reihe nebeneinander, zeichneten ihre Wange wie Tintenspritzer.

»Sie hat einen Herzinfarkt«, stellte die andere Verkäuferin fest. Ihr Name war Jenny McGill. »Entweder das, oder Gehirnschlag. Rollt sie auf die Seite!«

»Baby«, zischte die Alte fast schnarrend. Wieder spie sie grünlichen Speichel aus, weshalb sie kaum zu verstehen war.

Jenny McGill von Rolling Stock kniete sich über die gekrümmte Gestalt. »Mein Gott, stinkt das hier«, rief sie pikiert. Es stimmte – es roch ziemlich ekelerregend. Die Alte sah aus, als hätte sie seit Wochen nichts mehr gegessen und noch länger auf Wasser und Seife verzichten müssen. Trotz des Geruchs von altem Schweiß und Schmuddelwäsche und Schlimmerem rollte Jenny die Alte beherzt auf die Seite. Sie schob das Kinn zurück, um ihre Atemwege zu öffnen, und zuckte abermals zurück. Der Atem, den diese Frau keuchend zwischen den Zähnen hervorstieß, roch grau und pilzig. Er roch nach Verwesung. Jenny überwand ihren Abscheu und riß die Strickjacke und die dünne Bluse auf, ohne die billigen Knöpfe zu schonen. Ein merkwürdig geschwollener, fleckiger Busen quoll aus dem grauen Büstenhalter hervor, den Jenny achtlos beiseite schob.

»Wird sie sterben?« fragte die Dunkelhaarige. Inzwischen hatte sich ringsum eine Anzahl Schaulustiger versammelt. Die Leute murmelten sich in gedämpftem Ton die Neuigkeit zu, gierten nach dem Schock der bevorstehenden Tragödie, dem baldigen Tod. Von der oberen Ebene, jenseits der belebten Rolltreppe, gafften Schulkinder und erwachsene Spaziergänger von der Galerie herunter und verfolgten neugierig das Spektakel.

»Weiß ich nicht. Erst mal den Herzschlag prüfen. Gut, daß ich 'n Erste-Hilfe-Kurs besucht hab . . .« Jenny beugte sich hinab, neigte den Kopf und legte das Ohr an die bebende Brust. Auch die Haut war schmuddelig und fiebrig heiß, viel zu heiß. Sie hielt sich das andere Ohr zu, um den Straßenlärm abzudämpfen, obwohl das *O du fröhliche* der Plastikengel noch immer durchdrang. Dichter preßte sie sich an die Brust der Alten, bis die festliche Musik erstarb, und schloß die Augen, um sich zu konzentrieren.

Der Herzschlag der Alten war schwach, aber rasend schnell und klopfte wie ein Specht gegen die Rippen.

»Klingt fibrillär«, erklärte Jenny. »Es geht zu Ende mit ihr.« Sie hob die Frau empor, bis sie aufrecht saß.

»Wie bitte?« fragte die andere.

»Herzflimmern. Ist Ihre Kollegin unterwegs, um Hilfe zu holen?«

Das untersetze Mädchen drehte sich um und spähte über die Gesichter der Menge hinweg. Im Bodyshop legte der Rotschopf gerade den Hörer auf. »Ja. Sie hat den Notarzt verständigt.«

Jenny McGill nickte. Hier unten, an der nackten Haut, war der Geruch noch schlimmer. Er jagte ihr einen Schauder ein, und für einen Augenblick wurde ihr richtig übel. Es stank kräftig und ranzig, und fast hätte sich Jenny übergeben. Schweiß perlte der Alten in Strömen von der blassen Stirn; ihre füllige, dunkel geäderte Brust hob und senkte sich. Mit ihrer seltsam verschrumpelten, rötlich gefleckten Haut wirkte sie wie allergisch erkrankt.

Wieder beugte sich Jenny hinab und lauschte auf den schrecklichen Rhythmus eines Herzschlags, der außer Kontrolle gerät. Da waren noch andere Geräusche, ein seltsames Zischen wie ein Dampfventil, und ein lautes Gurgeln weiter unten, irgendwo in den Tiefen ihrer Eingeweide, als hätte die Alte Bohnen gegessen oder Kürbis und sei kurz davor, sich zu entleeren.

Jenny wußte, daß etwas Schlimmeres geschah. Bei fibrillärem Zittern des Herzmuskels wird trotz der rasenden Schläge nicht genug Blut in den Kreislauf gepumpt, das sich vielmehr in Venen und Arterien des Körpers sammelt und gegen Eingeweide und Blase drückt. Wenn sich ihr Zustand nicht bald stabilisierte, würde die Frau regelrecht platzen. Es wäre das Ende.

»Zurückbleiben, bitte!« rief Jenny verzweifelt. »Sie braucht Platz!«

»Herrgott noch mal«, schimpfte ein Junge, »von wo stinkt's denn hier so? Hat sie sich vollgemacht?«

Die Menge wich widerwillig ein paar Schritte beiseite. Jenny ließ sich aufs Knie sinken. Die Alte rollte heftig mit den Augen, formte unhörbare Worte, brachte aber nur ein heiseres Krächzen hervor.

»Was ist das?«

»Baby!« Endlich kam es zischend heraus. »Mein Baby ... wiederhaben ...«

Wahrscheinlich halluziniert sie, dachte Jenny. Die Frau dürfte doch hoch in den Sechzigern sein! Sie legte die Hände aufeinander, den linken Handballen auf den steifen Brustkorb gepreßt, und drückte heftig zu. Der Kopf hob sich ein oder zwei Zentimeter, dann fiel er mit einem häßlichen Aufprall wieder zurück. Es hörte sich an wie eine Kokosnuß, die auf dem Pflaster zerplatzt. Jenny drückte abermals zu.

»Was zum Teufel macht sie da?« fragte der Junge.

»Verpaßt ihr 'ne Herzmassage«, beschied ihr sein Kumpel. »Hab ich schon im Fernsehen gesehen. Klappt nie. Man braucht dieses elektrische Ding dafür. Den Herzschrittmacher.«

Abermals preßte Jenny, grimmig entschlossen. Die sterbende Frau hustete einmal, und die Augen traten aus den Höhlen. Immer noch bewegte sie die Lippen.

»Warum macht sie keine Mund-zu-Mund-Beatmung?«

»Mach du's doch! Riechst du nix? Schlimmer als ein Hundefurz!«

Jenny McGill ließ nicht locker. Ihr Blick war auf die Frau geheftet. Wieder und wieder pumpte sie, hielt inne, legte das Ohr an die Rippen, lauschte dem flatternden Herzrasen und setzte die Handballen wieder fest auf das Brustbein. »Habt ihr nichts Wichtigeres zu tun?« tadelte sie die Jungs. »Macht, daß ihr wegkommt. Und sagt den Leuten von der Ambulanz Bescheid, wo sie hinkommen müssen!«

Der Geruchsexperte starrte sie ausdruckslos an. »Na, wird's

bald!« fauchte Jenny. Ihr wütender Blick ließ ihn achselzukkend klein beigeben, und er bahnte sich einen Weg durch die Menge.

»Können Sie ihr helfen?« erkundigte sich die dunkelhaarige Verkäuferin, die Carol Padden hieß. Normalerweise war sie ein fröhliches, rotwangiges Mädchen, doch der Zusammenbruch der Alten hatte sie leichenblaß werden lassen. Carol war erst fünfzehn und arbeitete nur als Aushilfe. Sie hatte noch nie einen Toten gesehen und keinen Herzinfarkt erlebt. Jetzt hörte sie nur ein unkontrolliertes, stoßweises Hecheln, sah die hingestreckte Frau mit den Augen wild hin- und herrollen und bekam es mit der Angst.

»Ich tu' weiß Gott, was ich kann, Kleine«, ächzte Jenny, »das kannst du mir glauben.«

Ihr Atem ging mittlerweile genauso hektisch wie bei der Frau; vor Anstrengung blieb ihr fast die Luft weg. Sie ahnte dunkel, daß alle Mühe vergebens war. Noch immer zuckte und wand sich die Alte unter ihrem Griff, aber das fibrilläre Zittern war nicht zu stoppen. Schließlich richtete sich Jenny auf und rieb sich die Gelenke. Der Schweiß rann ihr von den Schläfen. Die Alte röchelte immer schwächer, und ihr Mundgeruch war widerlich süß und durchdringend wie verdorbenes Fleisch. Jenny fuhr sich erschöpft mit dem Handrücken über die Stirn, und während sie das tat, folgte die Alte ihrer Bewegung und musterte sie.

Erst war ihr Blick noch wäßrig und unstet, dann flackerte er auf und wurde lebendig. »Baby«, wiederholte sie. Diesmal war kein Mißverständnis möglich. »Wo ist mein Baby? Ich muß . . .«

»Was für ein Baby?« unterbrach Jenny.

Die Alte hob den Arm und faßte nach ihrer Hand. Eiskalte, dürre Finger schlossen sich zu einem verzweifelten Klammergriff – fest genug, daß Jenny erschrak und ihr Gelenk knacken hörte.

»Was zum –«

»Hol es!« schnarrte die Frau. »Hol das Baby. Bring's zu mir!«

»Welches Baby?« fragte Jenny irritiert, drehte den Arm herum, wollte sich freimachen, aber die Klauen waren an ihr festgeschmiedet wie Eisen. Es tat weh. Jenny hielt es für unmöglich, daß die Alte noch solche Kräfte haben sollte. Sie lag doch im Sterben, hier auf der Straße! Ihr Herz war kurz vor dem Stillstand. Höchstens ein massiver Elektroschock konnte seinen flatternden, unkontrollierten Rhythmus noch stabilisieren.

». . . mußt es finden«, murmelte die Frau jetzt weniger deutlich, als habe das Grabschen nach Jennys Arm den letzten Rest ihrer Kräfte gekostet. Sie hob den Kopf, aus dem die Augen hervorzuquellen schienen, und fletschte die gelben, fleckigen Zähne. Wieder stieg der Geruch empor, so stark, daß Jenny husten mußte. Die Alte starrte sie noch immer beschwörend an.

Jenny McGill nickte, wollte sich zu allem bereit erklären. Sie entzog sich, und die Frau ließ den Kopf sinken. Ihr Griff erschlaffte, aber noch ein oder zwei Sekunden lang durchbohrten die blaßblauen Augen ihr Gegenüber wie scharfe Klingen.

Dann erlosch jedes Leben in ihrem Blick.

Es war, als hätte jemand den Strom abgeschaltet. Sie gab den Geist auf, und Jenny war überzeugt, daß sie tot war. Der ganze Körper sackte in sich zusammen wie eine Marionette, der die Fäden durchgeschnitten werden. Ihr Mund klaffte auf, und schäumend trat weißlich-rosiger Speichel auf ihre Lippen.

Nachdenklich rieb sich Jenny das Handgelenk, wo sich später vier blaue Flecken abzeichnen und den Abdruck dieser gierigen Finger hinterlassen würden – ein verspätetes Lebenszeichen dieser Frau, ihre letzte, flüchtige Spur auf Erden. Dann wandte sie sich von dem erloschenen Blick ab, der nun in endlose Fernen gerichtet schien, auf das, was jenseits des weißen Lichts lag, von dem die Sterbenden manchmal reden. Es war kein leichter Tod gewesen, soviel war klar. Wenn es zu Ende geht, ist das manchmal alles, was zählt – daß der Tod leicht sei.

Langsam erhob sie sich und hörte die heulenden Sirenen kaum, die sich von der Meadow Street her dem Einkaufscenter näherten.

»Platz da, Leute. Wir müssen durch. Obacht!« Metallräder schepperten über die Schwelle der gläsernen Schiebetüren, die nachts vergittert wurden. Die Menschenansammlung begann sich aufzulösen; das Schauspiel war nahezu vorüber. Eine Frau war tot umgekippt, ein außergewöhnliches Vorkommnis, aber davon geht die Welt nicht unter. »Notfall!« kommandierte eine harsche Männerstimme. »Treten Sie beiseite!«

Jenny erkannte die grünen Pflegerkittel und war erleichtert. Von jetzt an würden sich andere um die Frau kümmern und ihr die Verantwortung abnehmen. Sie strich sich eine Haarlocke zurück, die ihr über die Stirn gefallen war, und zog die Nase kraus. Der Gestank war wirklich extrem. Plötzlich kam sie sich unsauber vor.

»Also, wo ist der Patient?« wurde gefragt. Die Menge teilte sich. Zwei Pfleger traten in die Mitte und nahmen alles in Augenschein. »Weiß jemand, wie es passiert ist?«

»Sie brach zusammen«, erklärte Carol Padden. »Ich hab alles gesehen.« Die Farbe kehrte in ihre frischen Wangen zurück. »Sie legte die Hand auf die Brust, drehte sich ein paar mal im Kreis und stürzte zu Boden. Die Dame hier meint, sie hätte fillibriert!«

»Fibrilliert«, korrigierte Jenny. »Glaub ich wenigstens. Der Puls raste. Hab's mit Herzmassage versucht, aber es half nichts.«

»Erste-Hilfe-Kurs gemacht, wie?«

Jenny nickte, während der Mann dasselbe versuchte, wie sie vorhin: in die Knie gehen wie zum Gebet und ein Ohr an den Brustkorb legen.

»Da tut sich nichts mehr«, stellte er fest und schnüffelte ungeniert. »In was zum Teufel hat sie sich gewälzt?« Er wandte sich zu seinem Kollegen um. »Stillstand, Phil. Sehen wir zu, daß wir sie an die Geräte kriegen. Vielleicht kriegen wir sie wiederbelebt.« Der andere erkundigte sich bei Jenny: »Wann hat das Herz zu schlagen aufgehört?«

»Vor etwa einer Minute. Nicht lang her.«

»Allzu lang macht das sowieso keiner mit«, seufzte der Mann, aber er grinste und ließ zwei Reihen gutgepflegter Zähne sehen. Er war der nüchterne Profi, den nichts erschüttern konnte. Er und Phil hievten den Körper auf die rollende Bahre. Der erste zwinkerte Jenny zu. »Sie haben getan, was menschenmöglich ist, gute Frau. Mehr kann man wirklich nicht verlangen.« Wieder lächelte er; dann begaben sie sich in die Passage Richtung Ausgang. Jenny kehrte in den Rolling-Stock-Laden zu ihrem Autozubehör zurück. Der Kassierer hatte den Drehstuhl an den Eingang gestellt, um besser gaffen zu können, während zwei dumme Jungs die Situation ausnutzten, um sich die Hosentaschen mit Batterien zu füllen. Sie wollte gerade eingreifen, als ein gräßlicher Schrei erscholl, der den üblichen Geschäftslärm in der Passage verstummen ließ. Jenny fuhr herum. Ein paar Schritte weiter machte auch Carol Padden auf dem Absatz kehrt.

An der Westseite der Ladenstraße, wo sich in der Auslage der Nobelboutique lacklederne Puppen spreizten, als posierten sie für einen Sado-Maso-Film, hielten die Krankenpfleger kurz vor dem Ausgang inne. Der Vormann streckte den Arm in Schulterhöhe aus, um die Schiebetür offenzuhalten, obwohl das wegen der elektronischen Steuerung gar nicht nötig war. Nicht weit davon war ein kleiner Terrier an einen Abfalleimer geleint und begann hysterisch zu bellen.

Der Schrei hallte durch die Treibhausluft und war hoch und schrill genug, die Schaufenster des Lederwarenladens erzittern zu lassen. Phil, der zuvor gesenkten Hauptes die Bahre geschoben hatte, blieb unvermittelt stehen. Das Kind, das die Mutter neben ihm im Arm trug, heulte ebenfalls los.

»Was in aller Welt . . .«, murmelte Jenny. Ihr eigenes Herz klopfte schneller, und der Mund war ihr auf einmal wie ausgedörrt.

Die tote Frau saß aufrecht da. Der Vormann wollte sich gerade nach ihr umdrehen. Die Alte riß den Rachen unnatürlich weit auf und erinnerte an eine wilde Raubkatze.

»Sie war doch tot!« Jenny schlug die Hand vor den Mund.

Der Schrei dauerte noch immer an, gläsern und spitz und kaum noch erträglich.

Die Pfleger waren stehengeblieben, und Phil hob den Blick. Schon glitt die Glastür auf, und die Frau rollte von der Bahre. Sie knallte auf den Steinboden, hart genug, daß man den Aufprall dreißig Meter weiter hören konnte. Der schäbige Mantel rutschte ihr von den Schultern und entblößte eine fleckige Brust von grotesker Größe, gummiartig und violett geädert. Das strähnige Grauhaar stand in allen Richtungen ab. Es knackte hörbar, als sei ein Knochen gebrochen; trotzdem drehte sich die monströse Gestalt um – allerdings quälend langsam. Sie bewegte tastend ihre Hand, die Finger gichtig verkrümmt. Plötzlich brach der Schrei ab.

»Herr im Himmel!« stöhnte Phil. »Was geht hier vor, James?« Er bückte sich nach der Alten, die sich blitzschnell herumwälzte und das Knie hob. Auf allen vieren krabbelte sie von der Bahre weg. »Hast du nicht behauptet, ihr Herz schlägt nicht mehr?«

»Tut's auch nicht. Ich schwör's dir! Da war nichts mehr zu hören. Absoluter Stillstand!«

Die Frau ignorierte sie. Von der Glastür am Eingang zweigte die Nebenpassage des Einkaufscenters ab. Auf der Galerie wakkelte, von der Tragödie ungerührt, noch immer der Engelchor einträchtig mit den Plastikköpfen; von hier aus gesehen paßten Wohlklang und Szenerie wirklich nicht zusammen.

Die Frau galoppierte über die makellosen, marmorierten Fliesen. Ein schick gekleidetes Mädchen trat gerade aus einem Laden, den Arm voller Päckchen, und wäre beinahe ins Stolpern gekommen. Sie hatte keine Ahnung, was da ihren Weg kreuzte, und es traf sie völlig unerwartet. Die Päckchen flogen durch die Luft und plumpsten nacheinander zu Boden, während das zerlumpte, spinnenartige Wesen mit geschwollener, herausbaumelnder Brust vorüberflitzte.

Sie hatte die Passage schon fast hinter sich, dicht gefolgt von Phil und seinem Kollegen, aber sie hätten sich nicht zu beeilen brauchen. Welche geheimnisvollen Kräfte die Alte auch zusammengerafft hatte – sie schwanden im selben Moment, als sie die andere Seite erreichte, wo Einkaufs- und Kinderwagen, Buggies und Twosets in einer Reihe mit Klapprädern und Rollwägelchen parkten. Ihre Stirn schlug dumpf auf die Fliesen; sie rollte zur Seite, zuckte noch zweimal und rührte sich nicht mehr.

Schon trafen die Pfleger ein, mit der Rollbahre im Schlepptau, und hoben die Alte wieder auf.

»Paß aber auf, daß sie diesmal angeschnallt ist«, mahnte James.

»Und du paß auf, ob sie tot ist!« schimpfte Phil. Beim Bücherstand verzog eine elegant gekleidete alte Dame schockiert das Gesicht.

»Tut mir leid, Ma'am«, erklärte James und probierte vergeblich, ein Lächeln zustande zu bringen. So etwas hatte er noch nie erlebt. Tote standen nicht mir nichts, dir nichts auf und liefen oder krochen davon. Davon stand nichts in den Lehrbüchern. Und sie war eindeutig tot gewesen. Beim Abhorchen hatte er nichts gehört als das Gurgeln der abflauenden Körperflüssigkeiten. Kein Funke Leben regte sich mehr.

Und dennoch hatte sie laut genug gebrüllt, um Tote zu wekken, und wie eine zerlumpte Spinne die Flucht ergriffen.

Er schüttelte den Kopf. Sein Kollege legte die Gurte an, und sie eilten zum Eingang. Die Türen glitten auseinander. Draußen verfrachteten sie die Bahre in den Unfallwagen.

In der Einkaufszone stand Jenny McGill wie gelähmt da. Das Herz hämmerte ihr bis zum Hals, und sie spürte ihre Knie weich werden und die Hände zittern. Der Anblick der gebückten, grotesken Gestalt, die über den Boden krabbelte, hatte ihr einen Riesenschreck eingejagt. Sie barg das Gesicht in den Händen und roch wieder den Gestank der Alten. Es roch nach Tod.

* * * * *

»Drück auf die Tube, James«, drängte Phil. »Schneller!« Jetzt heulte die Sirene so laut wie die Alte vorhin, und der Wagen neigte sich, als sich der Fahrer in die Kurve legte.

Phil hatte ihr die verblichene Bluse ganz aufgerissen und die schwarzen Noppen des Wiederbelebungsgeräts auf die Rippen unter den Brüsten angebracht. Er preßte den Daumen auf das Brustbein, und trotz der Isolierung spürte er, wie sich die eigenen Haare sträubten, als er den elektrischen Strom einschaltete. Die

Muskeln der Frau krampften heftig zusammen, und trotz der Sicherheitsgurte bog sie den Rücken durch. Ihr Arm, der schlaff von der Bahre herabhing, flog plötzlich hoch. Die Finger, die zu Boden gezeigt hatten, ballten sich zur Faust und rammten Phils Weichteile – heftig genug, daß er vor Schmerz aufstöhnte.

»Alles in Ordnung?« rief James nach hinten.

»Die Alte hat mir eins reingesemmelt«, brachte Phil mühsam heraus.

»Spinnst du?«

Die Hand wurde wieder schlaff und fiel zurück. Phil bückte sich, ignorierte den pochenden Schmerz im Unterleib, fixierte den Arm mit dem Gurt und probierte es abermals. Wieder zuckte der Körper auf, aber die EKG-Kurve auf dem Bildschirm blieb flach.

»Ich versuch's jetzt mit Adrenalin«, erklärte Phil. »Fünfzig. Intramuskulär.«

Er setzte die dicke Nadel auf einen Winkel unter dem Brustbein an, zielte aufwärts und leicht nach rechts. Ohne Zögern drückte er die Spritze, und die Hormone drangen unmittelbar in den Herzmuskel ein.

»Bin fast da«, verkündete James. »Wie steht's?«

»Noch immer nichts.«

Der Wagen raste, noch immer mit Blaulicht und Sirene, durchs Tor und steuerte die Parkbucht vor der Notaufnahme an. Während der Belebungsversuche hatte James die Klinik über Funk benachrichtigt. Schon stand eine Gruppe Pfleger und Ärzte bereit, um die Patientin zu übernehmen. Die Reifen quietschten, und Phil machte einen Ruck nach vorn. In diesem Augenblick wurde der Körper der Frau heftig durchgeschüttelt. Sie schlug die Augen auf, blaßblau und verschwommen, und blickte umher. Phil erstarrte. Ihre Hand tastete nach dem Gurt.

»Baby«, flüsterte sie. »Muß mein Baby finden. Braucht mich.«

Phil glotzte sie stumm und ungläubig an. Das Adrenalin hatte nichts bewirkt. Die Elektroschocks schlugen nicht an. Und doch lebte sie wieder!

»Hier stimmt was nicht«, knurrte Phil. Eine Gänsehaut überlief ihn, während die Frau vage blinzelte.

»Mein Baby«, wiederholte sie heiser. »Bringt es mir.«

Phil öffnete den Mund, um etwas zu erwidern, als ein weiterer, konvulsivischer Krampf die Frau von der Bahre warf – zu rasch für Phil, um es zu verhindern, und so heftig, daß der Gurt platzte, dessen Schnalle gegen das Wagendach flog.

Die Türen wurden geöffnet; helfende Hände griffen hinein. Die Frau glitt rücklings zu Boden, und wieder erlosch die Glut in ihren Augen.

Die Bremsen wurden gelöst, und jemand zog die Bahre nach draußen. Phil folgte kopfschüttelnd.

»Ich hab ihr 'ne Fünfziger-Dosis Adrenalin verpaßt«, erklärte er Brendan Quayle, dem jungen Notarzt, der die Rippen der Alten bereits mit dem Stethoskop abtastete. »Sie kam eben zu Bewußtsein. Aber es war ziemlich komisch . . .«

Die Pfleger balancierten ihre Last nach drinnen. James gesellte sich zu ihnen, und auch die beiden Ärzte traten ins Innere der Klinik.

»Ich spüre nichts«, wunderte sich der Doktor. »Haben Sie Elektroschocks gegeben?«

»Zweimal. Bis vierhundert. Keine Regung. Die Kurve blieb flach.«

»Aber nach dem Adrenalin ist sie zu sich gekommen?«

»Nicht gleich. Hat vielleicht 'ne Minute gedauert, oder sogar länger.«

»Das kann gar nicht sein«, widersprach der Doktor freundlich. »So lang würde es nicht brauchen.«

Phil schüttelte den Kopf. Die plötzlichen Zuckungen im Wagen und das Flüstern der Alten machten ihn nervös. Er hatte in seinem Job schon viel mitmachen müssen – sterbende Kinder, verstümmelte Unfallopfer, steifgefrorene Leichen im Schnee. Da bleibt einem nichts erspart. Man beißt die Zähne aufeinander und macht weiter, und gibt den Leichen womöglich Nummern, weil es auf diese Weise leichter fällt.

Aber diesmal war alles anders. Zweimal war sie mausetot

gewesen und wieder auferstanden, und in ihrem verschleierten Blick flackerte der Wahnsinn. Was immer dieser Frau zugestoßen war – etwas Natürliches konnte es nicht sein. Phil vermochte es sich selbst nicht vorzustellen, aber irgendwo tief in seinem Innern ahnte er es. Wieder überlief es ihn kalt.

In weniger als fünf Minuten hatte das Team die Frau endgültig für tot erklärt. Phil spähte durch die Glasscheibe und erwartete halb, daß sie ihnen vom Operationstisch hüpfte. Eine Schwester zog ihr das Laken über den Kopf. Nichts passierte. Die Nase der Patientin und ihre seltsam geschwollenen Brüste zeichneten sich unter dem Leinenstoff ab, doch sie blieb reglos liegen.

»Bist ja ganz käseweiß geworden«, stellte James fest.

»Hatte ganz schön die Hosen voll«, versetzte Phil. »Und sie hätte mich mit ihrem Schlag fast entmannt!«

»Geschieht dir recht, alter Busengrapscher. Komm, ich mach dir 'ne Tasse Tee zurecht. Den Bericht können wir noch früh genug schreiben.«

Eine hochgewachsene Schwester kam und rollte die Bahre in die Leichenhalle. Phil blickte ihr argwöhnisch nach, bis sie durch die Schwingtür und außer Sicht war.

— 3 —

»Sie ist von einer Sekunde zur anderen umgekippt.« Carol Padden runzelte die Stirn. »Ich stand gerade vor dem Laden. Hörte sich furchtbar an, der Aufprall, und wie sie röchelte.«

David Harper nickte. Er saß im Hinterzimmer des Ladens und nahm einen Schluck aus der Teetasse – seine vierte heute früh – und wußte, daß er die nächste ausschlagen mußte. Sonst würde er sich verschlucken oder selber Herzflattern kriegen.

»Und dann sind Sie und Ihre Bekannte – wie hieß sie noch: Jeannette? – hingegangen und haben ihr geholfen?«

»Genau. Aber wir konnten nichts mehr tun.«

»Haben Sie jemanden bei der Frau gesehen?«

Das Mädchen schüttelte den Kopf. »Nein. Sie war ganz allein unterwegs. Das kann ich beschwören.«

Es würde eine ganz schöne Plackerei werden, dachte David. Die Grünen waren schon hier gewesen und hatte Fragen gestellt, aber ohne Erfolg. Normalerweise hätte es die Streife erledigen können, die für das Waterside-Center und die ganze Einkaufszone der Innenstadt zuständig war. Aber nun hatte man ihn entsandt, mit der Autorität seines Amtes, und das war merkwürdig genug. Schließlich war es bloß ein Herzklaps gewesen. Keine verdächtigen Begleitumstände. Frau im fortgeschrittenen Alter bricht beim Einkaufen zusammen. Keiner kennt sie. Tod durch Herzversagen. Normalerweise wäre das keine große Affäre gewesen. Die Leute sterben, wenn ihre Zeit gekommen ist, und die Welt dreht sich weiter, und ein Detective Sergeant muß sich um vieles andere kümmern.

Die namenlose Frau hatte sich ein paarmal um sich selbst gedreht, war hingestürzt und eines natürlichen Todes gestorben.

Obwohl die Umstände ihres Ablebens alles andere als natürlich wirkten.

Irgendwas stimmte nicht mit ihr. Selbst die Fachärzte der St.-Enoch-Klinik hatten es nicht herausgekriegt. Deshalb war er geschickt worden, um ein wenig auf den Busch zu klopfen. David hatte nicht die geringste Ahnung, was dahintersteckte. Keiner blickte durch, zumindest ließ sich keiner was anmerken – noch nicht. Aber eins stand fest: Er würde schon früher oder später rauskriegen.

»Wir brauchen Namen und Adresse«, hatte Donal Bulloch verlangt. Er war der CID-Abteilungsleiter für den Bereich Mitte, und alle waren der Überzeugung, er werde früher oder später zum Polizeichef befördert. »Frag mich nicht, wieso, denn ich hab selbst keine Ahnung. Professor Hartley meint, es seien Anomalien aufgetreten, denen sie nicht auf den Grund kommen . . .«

»Seuchengefahr? War sie mit irgendwas infiziert?«

»Du tippst auf dasselbe wie ich, David. Aber sie wissen's

noch nicht. Es ist zweifelhaft, ob es was Ansteckendes ist, aber sie könnte sich irgendwo irgendwas geholt haben und wir möchten gern wissen, was. Hartley sagt, ihr Blutbild zeigt Symptome, die noch nie vorgekommen sind. Solange sie nicht Bescheid wissen, weiß ich auch nicht Bescheid, und wir müssen sehen, wie wir's in den Griff kriegen. Die Streife ist ohne greifbare Ergebnisse zurückgekommen. Nun tu mir schon den Gefallen und verschaff uns Name und Adresse und Lebensdaten, damit ich sie den Weißkitteln weiterreichen kann. Wenn du Schwierigkeiten kriegst, ruf einfach um Hilfe, und wir kommen, okay?«

David zuckte die Achseln. Eigentlich war es öder Kleinkram; Klinkenputzen und nervtötende Fragen stellen. Er hatte weiß Gott dringendere Fälle zu lösen. Schon die gestrige Verhaftung war eine Ablenkung gewesen, aber er hatte sich einklinken müssen, weil der Tip aus seiner Quelle von zuverlässigen Informanten gekommen war. Den Großteil der Woche hatte er mit seinen Leuten wegen des Überfalls auf das Tollcross-Postamt ermittelt. Jetzt mußten sie Protokolle studieren, die Beweisaufnahme abschließen und Steinchen für Steinchen das Mosaik der Indizien zusammensetzen, bis er sich allmählich ein genaueres Bild machen konnte. Daß ihm der sechste Sinn dafür nicht fehlte, wußten auch seine Chefs. Und was taten sie? Holten ihn aus der Abteilung heraus, kaum daß sich der erste Hauch von Gewißheit einstellte, und nun sollte er einem anonymen Herzklaps im Einkaufscenter auf die Schliche kommen.

Bulloch musterte ihn verstohlen. »Gute Arbeit, gestern nacht.«

David nickte strahlend.

»Wird das 'ne Beule, da oben?« fragte der Chef und deutete auf den blauen Fleck auf Davids Stirn, dicht unterm Haaransatz. Bulloch feixte. Kenny Lang stand wegen Widerstand gegen die Staatsgewalt unter Anklage, und man hätte leicht einen Mordversuch daraus drehen können. Aber wozu? Er war bloß ein kleiner Fisch, der plötzlich Schiß gekriegt hatte und durchgedreht war. Der würde keinem Polizisten mehr ans Leder wollen, nie mehr. Bullochs Grinsen wurde breiter. Diese Art Beulen kannte er. Der Abdruck dessen, was man liebevoll als

Glasgow-Küßchen umschreibt, war jedem Beamten im Revier vertraut.

»Und wie geht's Lamont?«

»Blutergüsse auf den Rippen. Muskelkater. Sie darf noch heute nach Hause, so daß sie vielleicht morgen wieder im Dienst ist.«

»Gut. Nimm sie ruhig mit, wenn sie frei ist. Recht vielversprechend, die junge Kollegin.«

An der toten Frau war irgendwas dran, das konnte sich David schon zusammenreimen. Sie wollten anscheinend unter allen Umständen wissen, wer sie war, woher sie kam, und – das glaubte er, herauszuhören – wer sie auf dem Gewissen hatte. Und deshalb saß David in diesem Laden und schlürfte seinen Tee.

»War sie schon früher mal hier gewesen? Hat sie vielleicht irgendwas bei Ihnen gekauft oder so?«

Carol Padden schüttelte den Kopf. »Glaub ich nicht. Sie sah nicht aus, als ob sie sich mit Body-Shop-Kosmetik versorgt. Auch der Geruch war nicht danach . . .«

»Geruch?«

»Gräßlich. Wirklich ekelhaft. Sie stank, als hätte sie sich jahrelang nicht gewaschen. Ziemlich komisch. Da konnte einem ganz schön übel werden. Aber es war schlimmer. Es war richtig schlimm. Besser gesagt, irgendwie *falsch*. Es roch völlig falsch. Ich mußte an einen Alptraum denken, weiß der Himmel wieso. Als ich den Geruch wahrnahm, wurde mir schwarz vor Augen. Erst glaubte ich, ohnmächtig zu werden, und ich hatte plötzlich eine Heidenangst, als ob ich in Gefahr schwebe. Ein-zwei Minuten lang sah alles ringsum so merkwürdig aus, all die Leute, die sich um uns versammelten . . . Aber das war wohl nur, weil mich so erschreckt hatte, daß die Alte umkippt. Ich hab' noch nie jemanden sterben sehen. Und sie machte so komische Geräusche, als ob sie keine Luft kriegt und trotzdem etwas sagen will, aber ich hab nichts verstanden.« Carol blickte nachdenklich in die Ferne und versuchte, sich zu erinnern. »Die Frau von Rolling Stock nebenan. Die kenne ich schon länger. Sie hat Wiederbelebungsversuche gemacht . . .«

»Herzmassage?«

»Genau. Das muß es gewesen sein. Preßte ihr ganz fest die Brust. Und die Frau schnappte nach ihrer Hand und faselte was von einem Baby. Jedenfalls hörte es sich so an. Aber sie hatte gar kein Baby. Es kann auch was anderes gewesen sein . . .«

Jenny McGill war sich ihrer Sache ganz sicher.

»Sie hat eindeutig ›Baby‹ gesagt. Hundertprozentig. Sie klammerte sich an mir fest – schau'n Sie mal, den Bluterguß sieht man noch jetzt! Ich dachte, sie bricht mir alle Knochen, und ich bekam einen Riesenschreck, das kann ich Ihnen flüstern!« Jenny rieb sich den grün und violett schillernden Unterarm. »›Holt das Baby‹, das war es, was sie sagte. ›Holt *mein* Baby.‹ Aber da war sie schon fast bewußtlos, weshalb ich dachte, daß sie halluziniert. Ich hab sie nach Kräften massiert, aber es hatte keinen Zweck mehr. Sie war schon so gut wie tot. Das Herz flatterte ihr wie verrückt in der Brust. Das einzige, was da noch hilft, ist der Elektroschock . . .«

»Sie kennen sich ja recht gut aus!«

»Kein Wunder, wenn man zwei Jahre lang einen Abendkurs in Unfallhilfe belegt. Ich hab sogar Zeugnisse darüber.«

»Jemand meint, sie hätte nicht ganz sauber gerochen . . .«

Jenny riß die Augen auf. »Das können Sie laut sagen! Schlimmer als unsauber. Als ich nach Hause kam, mußte ich erstmal selbst in die Wanne. Wäre ich nicht durch ihren Todeskampf und all die Leute drumrum abgelenkt worden, hätte ich mich übergeben. Aber es war mehr als normale Schmuddeligkeit. Manche Leutchen könnten sich ruhig mal den Hals öfter schrubben – aber so was hab ich noch nie erlebt! So ähnlich muß es stinken, wenn man Wundbrand hat oder auf dem Schindanger verfault. Es roch irgendwie unnatürlich. Kaum auszuhalten, wenn man näher dran war. Mir lief's wie ein Schauer über den Rücken, und innerlich wurde mir abwechselnd heiß und kalt. Beinahe kam mir das Mittagessen wieder hoch. Einmal war ich selbst kurz vor einer Ohnmacht. Ihre Krankheit war doch nicht ansteckend, oder? Hab ich mir womöglich was geholt dabei?«

»Nein, machen Sie sich keine Sorgen. Wir müssen nur herauskriegen, wer sie ist.« Er notierte sich Adresse und Telefonnummer des Mädchens. Was die Ärzte von St. Enoch so beunruhigte, wußte er selbst nicht, aber wenn es irgendein Infekt war, würden sie wissen wollen, wer sie angefaßt hatte.

»Haben Sie die Frau je zuvor gesehen?«

»Kann sein«, entgegnete Jenny achselzuckend. »Sie kam mir nicht ganz unbekannt vor. Aber wenn Sie hier drin arbeiten, direkt an der Hauptpassage, sehen Sie täglich Hunderte von Gesichtern. Tausende. Kann sein, daß sie schon vor dem Schaufenster gestanden ist, aber Kundin war sie wohl nicht bei uns. Fragen Sie mal die Leute in den anderen Läden.« Sie beugte sich vor. »Kann ich Ihnen eine Tasse Tee anbieten?«

Mit Rücksicht auf seine Blase lehnte David dankend ab.

Krankenpfleger Phil Coulter und sein Kollege kamen erst spät am Nachmittag von der Schicht. Mit ihnen ging David den ganzen Vorfall noch einmal durch. Anfangs war Phil ziemlich wortkarg, aber als James Bradley auspackte, hielt er nicht länger hinter dem Berg.

»Eins schwör ich Ihnen, ich hatte ganz schön Muffensausen! Zweimal hatten wir den Exitus festgestellt, und jedesmal rappelte sie sich wieder auf. Hinterher hab ich's Brendan Quayle erzählt, und er zog ein Gesicht, als wollte ich ihn verarschen. Aber es ist die reine Wahrheit! Der Herzschlag hatte völlig ausgesetzt. Aber dann fiel sie von der Bahre und kroch auf allen vieren davon. Zehn, vielleicht zwanzig Sekunden später klappte sie wieder zusammen wie'n Taschenmesser. Und als wie sie wieder hingelegt hatten, gab sie keinen Mucks mehr.«

»Stimmt«, nickte James. »Ich hab den Puls an der Halsschlagader gefühlt, und da war nichts.«

»Aber richtig Angst bekam ich erst im Krankenwagen«, fuhr Phil fort. »James saß am Steuer, und ich war ganz allein hinten. Zwei Stromstöße habe ich ihr verpaßt, richtig Saft gegeben bis vierhundert, und das Ergebnis? Die EKG-Kurve rührt sich nicht, dafür krieg ich einen Fausthieb in die Eier.«

David hob die Brauen. »Wurden Sie attackiert?«

»War bloß 'ne Muskelkontraktion, weiter nichts, aber in den nächsten zwei Tagen krieg ich bestimmt keinen mehr hoch!«

»Bei dem müssen die Weiber schon mit Elektroschocks überredet werden«, spottete James. »Ich für mein Teil hab's lieber, wenn sie ein bißchen angesäuselt sind. Ein paar Bierchen nach dem Tanz, hebt die Stimmung und die Beine . . .«

Phil ignorierte ihn, aber er schmunzelte schon wieder ein bißchen. David spürte, daß sie sich als Kollegen sehr nahestanden. Sie hatten in ihrem Job eine Menge durchgemacht und gemeinsam bestimmt schon Hunderten das Leben gerettet.

»Dann hab ich's mit Adrenalin versucht, eine Injektion direkt in den Herzmuskel. Manche reißt das noch mal richtig hoch, aber jetzt passierte gar nichts. Jedenfalls nicht in den nächsten paar Minuten. Und plötzlich kommt sie wieder zu sich, reißt die Augen auf und starrt mich an. Mir standen die Haare zu Berge, sag ich! Es war irgendwie nicht richtig. Ich hab schon einige gesehen, die dem Tod in letzter Sekunde von der Schippe springen, aber diesmal war's völlig anders. Als wäre sie wirklich und wahrhaftig tot, aber irgendwas ließ sie noch herumlaufen.«

»Wenn Sie mich fragen, ist das alles Blödsinn«, mischte sich James ein. »Wahrscheinlich haben wir bloß den Herzschlag überhört.«

Phil schüttelte den Kopf. »Da war nichts. Das EKG hat sich nicht gerührt. Aber irgendwas hielt ihre Körpermaschine am Laufen. Eine Art Willenskraft von außerhalb, von jenseits des Todes, womöglich des Lebens. Was immer es war, mit einem Mal glotzt sie mich an und quasselt was von einem Baby.«

»Ein Baby?« fragte David zurück, nun schon zum dritten Mal heute.

»Das war's, wonach sie verlangte, und die Stimme hörte sich scheußlich an. Wie aus 'nem tiefen Brunnen. Ob sie's glauben oder nicht – sie *war* tot, und redete noch immer. Und sie war tot, als sie von der Bahre hüpfte und durchs Einkaufscenter kroch. Ich weiß, wovon ich rede, Sergeant.«

»Und was sagen die Ärzte?«

»Sie denken, wir hätten was übersehen. Nicht, daß wir Ärger

kriegen. Professor Hartley, der Oberarzt, hat schon bestätigt, daß alles richtig gemacht wurde. Was die Behandlung angeht, haben wir uns nichts vorzuwerfen. Trotzdem ist was faul an der Sache. Und wenn jetzt noch Sie kommen und Fragen stellen, denk ich mir meinen Teil.«

David zuckte die Achseln. »Ich soll nur rausfinden, wer sie war.«

»Da ist aber noch was ...« Phil unterbrach sich und warf James einen Blick zu, der einen Moment zu überlegen schien, bevor er unmerklich nickte.

»Als wir später wiederkamen, hatte man sie längst von der Unfallstation zur Leichenhalle gebracht, aber von dort wieder nach oben geholt. Eine der Schwestern sagt, die Leiche sei in der Bakteriologie gewesen, und das passiert sonst nie. Eine Zeitlang wurde sogar der Anbau mit der Unfallstation versiegelt, und kein Mensch weiß wieso. Jetzt weiß ich wenigstens mit Sicherheit, daß da was nicht stimmt!«

»Wenn es was Gefährliches ist, würden sie's uns sagen«, stellte James fest. »Wir wären die ersten, die untersucht würden. Das ist aber nicht geschehen, also kann's nicht ansteckend sein.«

»Ich weiß nicht, was es war«, versetzte Phil, »aber sie hat jedenfalls versucht, mit mir zu reden, und sie war mausetot. Das vergesse ich nie, bei Gott!«

David fand eine Toilette und wurde den Tee los, dann entschloß er sich, noch einmal ins Einkaufscenter zu fahren. Die Krankenpfleger hatten ihn lange aufgehalten, und der Stau in der Innenstadt würde ihn noch länger aufhalten, aber es war den Versuch wert. Die Berichte von Jenny McGill und Phil Coulter machten ihm zu schaffen.

Nicht allein der Schreck, die dem hartgesottenen Pfleger in den Kochen steckte – gut, er mochte schon allerhand erlebt haben, aber es kann immer mal was Unvorhergesehenes passieren. David selbst hatte Toby Cannel zur Strecke gebracht – nach dem Waterside-Bankraub, der im Oktober nur einen Häuserblock vom Einkaufscenter entfernt stattfand. Toby war auch nicht gerade sanft entschlafen – er hatte drei Schüsse abgegeben, bevor er selbst sechsmal getroffen wurde: zweimal ins Herz. Und trotzdem war er weitergerannt, über hundert Meter weit, mit faustgroßen Austrittslöchern im Rücken. Ein siebter Schuß zerschmetterte ihm das Hüftgelenk. Toby brach zusammen und wälzte sich herum und versuchte noch immer, weiterzulaufen. Als David und der dicke Jock Lewis bei ihm waren, wollte er sich gerade aufraffen. Blutend wie ein abgestochenes Schwein hockte er da und stieß wilde Flüche aus, wollte sie alle abknallen. Zu dritt mußten sie ihn niederwerfen und ihm die Knarre abnehmen, wobei sich Toby mit Händen und Füßen wehrte. Zehn Minuten später war er tot, und im Obduktionsbericht stand, die Kugeln hätten das Rückgrat getroffen und die linke Herzkammer zerstört. Damit wär's unmöglich, auch nur einen Schritt zu gehen, geschweige denn hundert Meter laufen oder drei ausgewachsenen Bullen Widerstand leisten. So urteilte zumindest der Pathologe, aber passiert war es trotzdem. David war fast sicher, daß hier etwas Ähnliches vorlag. Es gab Leute, die nicht mir nichts, dir nichts starben. Manche klammerten sich so verzweifelt ans Leben, daß man den Sarg zweimal vernageln mußte . . .

Was David keine Ruhe ließ, war nicht allein die Angst des Pflegers. Weder die Angst, noch die wundersame Auferstehung. Was ihn beschäftigte, war das Baby.

Sowohl Jenny als auch Phil hatten davon gesprochen. Die sterbende Alte hatte ihnen noch etwas sagen wollen; selbst die junge Carol Padden glaubte es verstanden zu haben, obwohl sie sich nicht sicher war.

Ein *Baby*.

Anscheinend machte es keinen Sinn, aber es konnte auch auf etwas anderes deuten. Die Fremde hatte sich vielleicht an ein Jugenderlebnis erinnert – das war, wie David wußte, nichts Ungewöhnliches bei jemandem, der dem Tod so nahe war. Oder hatte sie auf das Baby einer anderen aufgepaßt und wollte nur rasch etwas einkaufen? Das war wenig wahrscheinlich. Die einzigen Wohnhäuser im Umkreis von achthundert Metern waren die Lagerhallen des Großmarkts, wo man die alten Kontore in Eigentumswohnungen für Yuppie-Anwälte und Medienleute umgewandelt hatte. Zu dieser Schicht zählte die alte Frau jedenfalls nicht.

Im Einkaufscenter drehten die Plastikengel noch immer mechanisch die Hälse, während sie *Jingle Bells* anstimmten. Daß es die Verkäuferinnen inmitten all dem falschen Flitter aushielten, wunderte David. Der unaufhörliche Singsang erinnerte ihn daran, daß Heiligabend vor der Tür stand und er sich irgendwann ein halbes Stündchen freinehmen mußte, um die Einkäufe zu erledigen. June hatte seine Geschenke bestimmt schon eingepackt. Ein Sweater, denselben wie letztes Jahr und das Jahr davor. Zwei Hemden. Aftershave und Hautpuder. Dabei hätte er für seine Kamera eine neue Zoom-Linse gebraucht, um Schneegänse auf den Teichen im Hügelland zu fotografieren, aber die würde er sich selbst schenken müssen. June fand an seinen kleinen Wochenend-Eskapaden gar keinen Gefallen. Vom Engelchor angefeuert, drängten sich die Kunden in die Ladenpassage. David wünschte, er hätte die Weihnachtseinkäufe schon im Hochsommer erledigt, um seine Ruhe zu haben. Weihnachten war nicht gerade sein Lieblingsfest.

John Barclay, den seine früheren Kollegen als Jab kannten – wegen seines zweiten Vornamens Anthony und weil er seinerzeit als begnadeter Boxer galt –, residierte in einem Büro im ersten Stock, auf einer Ecke mit Panoramafenster, von wo er den zentralen Platz des Einkaufscenters überwachte. Er begrüßte David mit freundlichem, festen Händedruck und bot ihm ein Glas gereifen Malt an – wenigstens mal eine Abwechslung nach dem vielen Tee. David schlürfte seinen Whisky in kleinen Schlucken, um den erdigen Nachgeschmack auszukosten.

»Es gibt also doch noch ein Leben nach der D-Division!« stellte er fest.

Jab grinste und hob das Glas. »Könnte schlimmer sein!« Er nickte. »Nach der Frühpensionierung wegen der Schußverletzung fing ich gleich hier an. Der liebe Gott hatte ein Einsehen, und ich bin ewig in seiner Schuld!«

»Was macht die Hüfte?« Barclay hatte einen Volltreffer mit der Schrotflinte abbekommen, der den Knochen zerschmetterte – damals, als er einen Autobahnraser verfolgte, der sich als Juwelendieb auf der Flucht entpuppte. David und er hatten schon bei vielen Fällen gemeinsam ermittelt.

»Tut nach wie vor weh. Gut, daß ich nicht mehr so viel laufen muß.« Er spähte über den Glasrand hinweg und zwinkerte. »Überrascht mich, daß CID einen waschechten Detective herschickt. Von hier aus sah's nach 'ner natürlichen Todesursache aus . . .«

»War es auch vermutlich. Sie wollen bloß den Namen wissen.«

»Da kann ich dir nicht helfen, fürchte ich«, seufzte Jab, »aber das Video von gestern hab ich noch. Hab's mir ein paarmal angeschaut und den Überspielschutz draufgemacht, damit ich's nicht lösche.«

»Kannst du's mir mal zeigen?«

»Klar. Dachte mir schon, daß du's sehen willst.« Das Büro war mit einer Bildschirmzeile ausgestattet; über die blaugrauen Monitore wurde die gesamte Anlage überwacht, jeder Winkel und alle Schaufensterflächen. Einige der größeren Läden hatten ihre eigenen Sicherheitssysteme, aber auch deren Kameras wurden von hier aus zentral gesteuert. Mit der Fernbedienung schaltete Barclay ein Fernsehgerät in der Ecke ein. Es klickte zweimal, und der Bildschirm flackerte auf. Oben erschienen Datum und Uhrzeit in weißer Schrift; die Sekunden tickten gleichmäßig weg. Der Ex-Polizist beugte sich vor und streckte den Zeigefinger aus. »Schau sie dir an! Sie kommt von links.«

David verfolgte angespannt das Geschehen. Eine Frau tauchte in der Halle auf, passierte die Rolltreppen und Sitzbänke, wo ein Rudel Halbstarker beieinander saß. Sie bewegte sich langsam, wirkte erschöpft und mitgenommen und ließ die Schultern hängen. Hinter dem gläsernen Aufzug blieb sie stehen und lehnte sich an eine der Säulen, die das Geflecht der Dachträger stützten. Am Bildrand wackelten die Köpfe des Engelchors von rechts nach links, von links nach rechts.

»Was trägt sie denn da in der Hand?« murmelte David. Die Alte hielt eine weiße Plastiktüte vom Drogeriemarkt in der Hand.

Als sie sich umdrehte, sah man, daß sie auch noch eine Handtasche trug. Die Plastiktüte enthielt eine viereckige Schachtel.

»Es sind Pampers«, erklärte Barclay.

Ein Baby . . .

Auf dem Bildschirm sah man, wie die hochgewachsene und magere, dennoch seltsam straff wirkende Frau innehielt und sich bückte, als sei sie außer Atem. »Und jetzt paß mal auf«, rief der ehemalige Kollege David zu.

Die Frau klappte zusammen, anders konnte man das nicht nennen. Der Kopf sackte auf die Schultern, während sie ruckartig in die Knie ging. Doch plötzlich, kurz bevor das Gesicht auf den gefliesten Boden prallte, hüpfte sie wieder auf und straffte sich. David hatte diese Bewegung schon ein paarmal gesehen, aber nur bei Schlägereien. Als habe sie einen Schlag in die Magengrube erhalten und sei in der Mitte eingeknickt, danach einen Tritt ins Gesicht, der sie wieder zurückwarf.

»Herzanfall«, kommentierte Barclay. »Hab das schon öfters gesehen. Dafür verwette ich meine Ex-Karriere.«

»Unverbesserliche Spielernatur«, murmelte David und beobachtete das Geschehen auf dem Bildschirm. »Kannst du den Ton aufdrehen?«

»Was glaubst du, wo du bist? In einem Hollywood-Studio?«

Die Frau warf die Arme in die Luft. Die Plastiktüte flog gegen die Säule. Ihre Handtasche wirbelte seitwärts nach links und wich aus dem Blickfeld. Sie stolperte vorwärts, erreichte die freie Fläche zwischen Rolling Stock und dem Bodyshop. Die Arme ausgebreitet wie eine Gekreuzigte, kreiste sie ein paarmal um sich selbst. Plötzlich blieb sie stehen, hielt eine Hand gegen die Brust und vergrub die andere in der Bauchfalte. Sie legte den Kopf in den Nacken und starrte gen Himmel, dann fiel sie hin wie ein nasser Sack und schlug heftig auf. In diesem Moment ließ eine Bildstörung die Konturen verschwimmen, als hätte ein Stromausfall den Empfang beeinträchtigt. Dann tauchte die Gestalt wieder auf, wand sich auf den Fliesen und bog den Rücken durch. Trotz der schlechten Auflösung war deutlich zu erkennen, wie sie die Lippen zu einem stummen Schrei formte.

Die Leute liefen vorüber und warfen teilnahmslose Blicke, verblüfft, aber desinteressiert. Ein paar Jungs wären fast über die knochigen, weitgespreitzten Beine gestolpert und hüpften beiseite, um auszuweichen.

»Guck dir diese kaltschnäuzigen Typen an«, schimpfte Jab.

Jeannette und Carol kamen aus dem Bodyshop angelaufen. Das größere Mädchen zögerte noch, aber die andere bückte sich hastig, wollte offenbar helfen. Ringsum bildete sich eine kleine Gruppe. Der Rotschopf – in der Schwarzweiß-Aufnahme wirkte ihr Haar weißblond – bahnte sich einen Weg durch die Menge und lief in den Laden zurück. Aus der anderen Richtung kam Jenny McGill. Die beiden Männer sahen, wie sie der Alten die Bluse öffnete und mit der Herzmassage begann.

Aus den Augenwinkeln nahm David eine Bewegung am Bildrand wahr. Eine schmale Frau in grauem Regenmantel bückte sich vor der Säule, hob unauffällig die Pampers-Plastiktüte auf und stopfte sie in ihre eigene Einkaufstasche. Sie drehte sich um und verschwand. David bat Barclay, die Kassette zurückzuspulen, und als sich die Szene wiederholte, in der Jenny McGill verzweifelt auf die Brust der Alten drückte, deutete er auf den heimlichen Diebstahl.

»Die reinste Leichenfledderei!« knurrte Barclay.

»Kennst du die?«

Der Expolizist schüttelte den Kopf. »Eine von Tausenden, die hier vorbeikommen. Ekelhaft.«

»Aber wir wissen jetzt, daß die Alte wegen der Pampers im Drogeriemarkt war. Da könnte ich mal nachfragen. Die wissen bestimmt, was sie sonst so kauft . . .«

Grübelnd senkte er den Blick. Es ließ ihm keine Ruhe. Die Drogerietüte würde ihm bei der Feststellung der Identität auch nicht helfen. Aber da war noch die Handtasche. David vertiefte sich wieder in den Mitschnitt. Er beugte sich vor und deutete auf den linken Bildschirmrand, wo die Passage zum Westeingang abknickte.

»Ihre Handtasche flog in diese Richtung. Kriegen wir raus, wohin?«

»Hab ich mir noch gar nicht angesehen«, räumte Barclay ein. »Ich dachte, nur die Hauptsache wäre von Interesse. Das Band könnte schon gelöscht sein. Werd mal nachsehen. Könnte aber eine Weile dauern.«

»Wenn's dir nichts ausmacht.« Kraft seiner Befugnisse hätte ihm der andere sowieso alles aushändigen müssen, aber er zog es vor, freundlich zu bitten.

»Keine Ursache.« Jab füllte die Whiskygläser neu, nach dem reichlichen, landesüblichen Maß, obwohl David schon das erste kaum ausgetrunken hatte. Dann erhob er sich und schloß den kleinen Wandschrank auf, um David die Bänder zu zeigen. Es waren Dutzende.

»Hab sie nach Farben sortiert«, erklärte Barclay, »damit geht's schneller.« Er warf einen prüfenden Blick auf die Übersichtstafel, die auf der Rückseite der Tür klebte, und kehrte mit einem guten Dutzend Videokassetten mit roten Aufklebern zurück. Die erste wurde eingelegt und lief ein paar Sekunden, bevor er sie wieder herausnahm. Fünfmal probierte er es vergebens.

»Mit der da könnten wir Glück haben«, erklärte er schließlich und betätigte den Vorlauf und drückte ein paar Minuten später auf *play*. Er mußte noch eine ganze Weile hin- und herspulen bis zur richtigen Stelle.

»Da ist es«, murmelte David. Auf dem Bild war eine kleine Menschenansammlung zu erkennen. Zwei Leute kamen aus der Modeboutique, andere standen vor dem Drogeriemarkt. Wie hypnotisiert wandten sie die Köpfe in dieselbe Richtung. Hinten an der Wand standen Kinderwägelchen in einer Reihe. Zwei Damen bewegten sich auf die Kamera zu, bis ihre Gesichter verschwammen und sie aus dem Blickfeld traten.

»Die haben auch dabeigestanden«, ließ sich David vernehmen. »Die eine mit dem Hut hab ich vorhin gesehen.«

Gespannt verfolgten sie das Geschehen. Am rechten Bildrand drückte sich die kleine Frau von vorhin um die Säule.

Plötzlich huschte etwas über den Schirm.

»Das muß es sein!« Barclay hielt die Kassette an, und das Bild gefror. Er spulte einige Sekunden zurück und wiederholte die Szene. Trotz der unscharfen Aufnahme war die Handtasche zu erkennen. Sie kam von rechts geflogen, fiel zu Boden und rutschte über die glatten Fliesen nach rechts, vor die Räder der Einkaufswagen. Da lag sie, schwarz und formlos, eine ausgebeulte alte Ledertasche. In den nächsten Minuten geschah nichts.

Dann trat ein Mädchen ins Bild, dünn und dunkelhaarig, in Jeans und im langen, wehenden Mantel. Sie blickte über die Schulter zurück, schien die Entfernung zur Menschenmenge abzuschätzen, die sich versammelt hatte, dann bückte sie sich blitzschnell und hob die Tasche auf. Klugerweise ging sie weiter, ohne zu zögern oder den Inhalt zu durchsuchen. Statt dessen hängte sie den Riemen über die Schulter und begab sich unauffällig zum Ausgang, als käme sie gerade vom Einkaufen.

»Carrie McFall«, riefen beide Männer fast unisono.

»Diebstahl einer Fundsache«, brummte Barclay. »Daß sie die Tasche aufs Revier bringt, glaube ich kaum.«

»Die muß ich mir vorknöpfen. Wenn sie die Tasche noch hat, wär's ein Wunder, aber ich hab schon schwierigere Fälle gelöst.« David warf dem Mann vom Sicherheitsdienst einen Blick zu. »Wenn ich nichts finde, muß ich wiederkommen und all diese Bänder durchgehen!« Was ihm da gerade eingefallen war, überraschte ihn, denn er hatte vorher gar nicht daran gedacht – erst jetzt, wo er es ausgesprochen hatte, merkte er, daß etwas dran war. Derartige Eingebungen kamen ihm gelegentlich, und wenn er Glück hatte, brachten sie ihn auf die richtige Fährte.

»Um Himmels willen, David! Da säßen wir ja ewig dran. Und ich brauch die Dinger, schon um die Kameras neu zu füttern . . .«

David zuckte die Achseln. Die Idee saß ihm unabweisbar im Hinterkopf. »Du weißt ja, wie's ist. Ich sag dir so rasch wie möglich Bescheid, aber bis dahin darf nichts gelöscht werden!«

»Na, weißt du! Die Firma dreht durch, wenn ich neue Bänder anschaffen muß. Was glaubst du, welchen Stundenlohn sie dem Sicherheitsdienst zahlen? Meinen Chefs sitzt das Geld nicht allzu locker in der Tasche . . .«

»So leid mir's tut, Jab, aber ich muß darauf bestehen. Donal

Bulloch hat mich auf die Sache angesetzt, und mit diesem alten Strategen sollten wir uns beide nicht anlegen – wenn wir nicht den kürzeren ziehen wollen.« Plötzlich war ihm vollkommen klar, daß die Bänder erhalten bleiben mußten. »Mach also bloß keine Dummheiten mit Donals Beweismaterial, ja?«

Barclay unter Druck zu setzen, gefiel ihm gar nicht, zumal er ein alter Kollege war. Aber diesmal kam er nicht daran vorbei. Es war ja nur ein kleiner Aufschub, sonst nichts. Jab sah ihm unverwandt in die Augen und merkte, wie ernst es ihm war. Seufzend gab er nach.

»Hast wahrscheinlich recht. Donal hat mir schon manches Mal aus der Klemme geholfen. Da will ich mich jetzt auch nicht querlegen.« Er grinste versöhnlich, wandte sich um und schloß den Kassettenschrank ab. »Willst du noch einen?« fragte er und deutete auf die Whiskyflasche. David schüttelte den Kopf. Sein Glas war noch voll. Barclay begleitete ihn zur Tür. Auf der linken Seite, wo die Hüfte kaputt war, hinkte er schwerfällig.

»Ich komme so schnell wie möglich wieder. Danke für die Gastfreundschaft und deine Hilfe! Wenn ich Carrie gefunden habe, melde ich mich umgehend und geb dir Entwarnung.«

»Dann beeil dich was«, nickte Jab. »Ich hab hier einen angenehmen Posten, den ich nicht gern verlieren möchte.«

— 4 —

Es klebte an ihr.

Es hielt sie so widrig umschlungen, daß der bloße Körperkontakt ihr alle Sinne schwinden ließ. Es fraß an ihr, sog sie aus, füllte sie mit Gift und ließ sie innerlich verwesen, ließ Fleisch und Gebein welk werden, öliges Blut durch die Adern rinnen. Es klammerte sich fest, und sie hielt es umklammert, in tödlicher, grauenhafter Zweisamkeit.

Ein Traum, es ist bloß ein Traum, rief sie sich zu, obwohl sie doch schlief. *Wach auf, wach auf, wach auf!*

Sie merkte, wie es sich versteifte, klamm wie ein Fisch wurde und eiskalt, kaum anzufassen. Es nährte sich von ihr, schluckte und sabberte und schlürfte, und sie mußte miterleben, wie ihr eigenes Selbst schwächer wurde und dahinschwand, während es anschwoll und immer mehr zu Kräften kam.

Es war nur ein Traum. Irgendwo tief in ihrer Seele spürte sie die Warnung, lauschte auf Geräusche im Dunkel, redete sich ein, daß es nur ein Traum war – ein Alptraum. Aber sie vermochte sich ihm nicht zu entziehen. Sie schaffte es nicht, wach zu werden.

Es hatte sich so ergeben – wie in Träumen, die eine Wendung vom Vertrauten und Akzeptablen ins Surreale nehmen, die mitten in der Nacht ins dunkle Chaos quälender Wahnvorstellungen abgleiten.

Sie war nach Hause gekommen, früher als sonst und bester Laune, trotz des feuchtkalten, dunklen Winterabends. Nur noch ein paar Tage bis Weihnachten, die meisten Geschenke waren gekauft, die Grußkarten geschrieben und frankiert. Sie hatte noch im Einkaufscenter vorgebeischaut, ihre Lieblingslieder im Lautsprecher gehört, den großen Tannenbaum bewundert, der von Lichtern und Lametta glänzte. Und sie freute sich auf die Feiertage, auf den leckeren Weihnachtsbraten ihrer Mutter, auf Dad, der am Kaminfeuer im Sessel döste und wie jedes Jahr teure Zigarren schmauchte. Sie hatte sich beeilt, wollte nur noch ein paar Mitbringsel besorgen, Süßigkeiten für den bunten Teller, anschließend bei Celia die Katzen füttern.

Eigentlich war sie gefragt worden, ob sie nicht mitkommen wollte. Lust hatte sie schon – zwei Wochen Winterurlaub in südlicher Sonne, auf einer griechischen Insel hätten ihr gutgetan. Beinahe hätte sie zugesagt, aber im letzten Moment dachte sie an die Grippe ihres Vaters, an Mutters vorwurfsvolle Blikke, wenn sie ihr gestand, daß sie an den Feiertagen nicht daheim sein würde. Und dann war da auch noch Tony. Sie ging noch nicht allzu lange mit ihm, aber sie mochte ihn gern und wollte ihn zu dieser Jahreszeit nicht alleinlassen.

Es würde ja noch viele Winter geben, andere Feiertage, die sie im Süden verbringen konnte. Sie hatte noch so viel vor sich. Im Wetterbericht hieß es, möglicherweise werde es weiße Weihnachten geben. Ein Hochdruckgebiet aus Grönland brachte kühlere Temperaturen, und vielleicht gefror der See und sie konnten Eislaufen.

All die wirren Gefühle und Ideen geisterten durch ihren Traum, als sie sich wieder in die Ladenpassage treten sah. Die Türen glitten geräuschlos auf, und die warme Luft aus der Klimaanlage fächelte ihr freundlich entgegen. Hier drin klang der Gesang des Engelchors lauter, ihre klaren Stimmen überlagerten das Gemurmel der Leute, das Schlurfen und Trappeln ihrer Schritte. Vor der Lederboutique blieb sie stehen, probierte die Ohrringe mit den Klunkern an und trat vor die Theke, um ein hübsches Paar Lederhandschuhe für Großmama auszusuchen. Erst als sie das Päckchen einsteckte und den Laden verließ, merkte sie die plötzliche Unruhe in der Passage.

Jemand hatte geschrien. Sie war nicht sicher, ob sie's gehört hatte, oder ob weiter hinten eine Alarmanlage schrillte. Sie drehte sich um, wo die Menschen zusammenliefen. Mit fliegendem Mantel wirbelte eine Frau vor einem Drogeriegeschäft herum. Die Frau rannte, aber plötzlich wurde sie langsamer. Alles bewegte sich wie in Zeitlupe. Die Sekunden tröpfelten dickflüssig wie Sirup.

Auch der Gesang der Plastikengel kam ins Stocken, als ginge ihm der Strom aus. Das Summen der Rolltreppe senkte sich zu einem hohlen, mechanischen Grollen, das an ein exotisches Raubtier denken ließ. Mitten in der Passage beugten sich die Leute über eine zuckende Gestalt, und sie vernahm ihre gedämpften, bestürzten Rufe wie ein fernes Echo.

Sie wandte sich ab. Jemand war verunglückt. Da wollte sie nicht hinsehen. Mit einem Mal bekam sie es mit der Angst. Unwillkürlich, fast reflexartig machte sie kehrt und bog rechts ein, leise über die Fliesen schleichend, als berührte sie kaum den Boden. Wie eine Feder im Wind, die ohne eigenes Zutun jedem Luftzug ausgeliefert ist.

Eine Frau trat hinter der Säule hervor. Eine winzige dunkle Gestalt krümmte sich vor den Rädern eines Einkaufswagens.

Sie schlich die Wagenreihe entlang und wußte plötzlich, daß etwas nicht stimmte. Ringsum war alles anders als sonst. Die Engel stimmten eine lahme, tonlose Klage an; ihre runden glatten Plastikgesichter zerliefen wie schmelzendes Wachs. Die Räder der Rolltreppe knirschten und ächzten. Das Lametta sprühte helle, elektrische Funken und ballte sich über ihr zu seltsamen Knoten.

Sie blieb stehen.

Ein widerlicher Geruch stieg ihr in die Nase. Er drehte ihr schmerzhaft den Magen um, schlimmer als ein Krampf. Sie stöhnte, aber der Laut drang ihr mit fremder Stimme aus der Kehle, langsam und stoßweise.

Nimm mich mit!

Der Befehl durchzitterte ihr Innerstes.

Ihre Nasenflügel bebten vor dem ranzigen Geruch. Er saß wie ein Kloß im Hals und erinnerte an ungenießbare Pilze. Er kratzte an ihren Nerven, folterte ihre Sinne; beinahe wäre sie ohnmächtig geworden. Aber sie blieb stocksteif stehen und preßte die Hand auf den Bauch. Der Druck ließ nur leicht nach, kletterte nach oben, drang ihr in warmen und kitzelnden Strömen links und rechts in die Brust. Unvermittelt setzte auch dort der Schmerz ein.

Oh . . . *oh*!

Der dröhnende Mißklang einer zerbrochenen Glocke – aber es war ihre eigene Stimme.

Nimm mich nimm mich mit! HAB MICH LIEB!

Ein furchtbarer Zwang erschütterte ihre Seele, schmerzhafter als der Krampf in den Brüsten und der Druck im Magen, eine geistige Explosion. Glühend und rasch durchpulste eine Hitzewelle ihre Schlagader. Schweiß trat ihr in dicken Tropfen auf die Stirn und ließ sie erschauern. Der Atem ging hastig und flach; vor ihren Augen verdüsterten sich die glänzenden Farben.

Nimm mich SOFORT!

Zu ihrer eigenen Überraschung drehte sie sich um. Ein verschlissener grauer Kinderwagen, ein ausgedientes, kutschenähnliches Modell, das wohl schon bessere Tage gesehen hatte, stand allein am Ende der Reihe, gleich neben ihr. Die Sicherheitskette war nicht an die Halterung geschlossen, sondern baumelte frei herab. Der Vorhang war zugezogen und verdeckte das Innere. Der Wetterschutz war sorgfältig festgesteckt. Von ihrem Standort aus konnte sie nichts erkennen.

Aber da war der kräftige, abstoßende Geruch, der die Sinne verwirrte. Sie wollte fortlaufen, aber ihre Füße verweigerten den Dienst. Statt dessen näherte sie sich schlurfend dem Kinderwagen. Drinnen entstand eine Bewegung, heftig genug, die altmodische Federung quietschen zu lassen.

Ein winziger Laut, einem Grunzen ähnlich, vielleicht auch ein Schrei, kam aus dem Dunkel.

Der Lärm der Gaffer drüben verstummte, und das atonale Gebrumm der Plastikengel erstarb. In diesem Moment gab es nur noch sie und den abgewetzten Kinderwagen, eingehüllt in eine stickige Wolke von Gestank. Ihr Herz klopfte heftig, und ein Kribbeln schien ihre Haut zu beleben. Sie streckte die Hand aus und löste den Wetterschutz, klappte ihn langsam ein Stück herunter. Unten im Dunkel regte sich etwas.

Wie unter Hypnose beugte sie sich vor.

Für den Bruchteil einer Sekunde richteten sich zwei Augen auf sie, nagelten sie mit der Entschlossenheit eines eisernen Willens fest. Sie sah ein Gesicht, das keine feste Form zeigte, eigentlich nur ein plumper Batzen Fleisch war. In ihren aufgewühlten Eingeweiden bildete sich ein gequälter Aufschrei, aber der geistige Befehl erstickte ihn wieder. In diesem kurzen Augenblick war sie vor Angst und Schrecken wie gelähmt, doch ein fremder, viel mächtigerer Drang überwältigte sie.

Er hielt sie am Kinderwagen fest, und sie klappte den Wetterschutz vollend herunter. Ihre Augen trübten sich, sie schärfte vergeblich den Blick; wieder konnte sie nichts als die unförmige fleischige Masse erkennen. Dann stockte ihr der Atem – sie sah das Baby.

Große, traurige Augen blickten auf zu ihr, wäßrig vor Kindertränen, die über das runde Gesicht und die zarten, rosigen Wangen kullerten. Die weichen Lippen bebten, als wollten sie gleich in Schluchzen ausbrechen.

Das Herz wurde ihr weich und klopfte ruhiger; auch der Schmerz in ihren Eingeweiden ließ nach. Nur das Pulsieren in den Brüsten hörte nicht auf, wurde sogar heftiger, nur daß es jetzt kein echter Schmerz mehr war, sondern ein unabweislicher Druck.

Sie beugte sich über das Baby. »Armer kleiner Fratz«, hörte sie sich sagen, und ihre Stimme verfiel automatisch in den Singsang eines Erwachenen, der ein Kind trösten will. Ein Rest Verstand, der ihr geblieben war, riet ihr inständig, wegzulaufen, die Flucht zu ergreifen. Plötzlich lächelte es, blanke Kinderaugen strahlten sie an. Unter dem gestrickten Mützchen lugte eine dunkle Haarlocke hervor. Der Geruch des Babys ließ sie nicht los.

Nimm mich mit nimm mich mit . . .

Die Forderung wurde drängender, ernster, unwiderstehlich. In einem Winkel ihrer Seele schrumpfte die Angst zu einem unbedeutenden Gewimmer.

Hab mich lieb . . . Mama!

»Aber ja«, sagte sie laut und ließ das Wort in einem langen Seufzer enden. Jetzt steckte den Kopf in den Kinderwagen. Das Baby blinzelte gegen das Licht, aber sie wickelte es fest in den alten Schal und hob es sanft heraus. Sie öffnete die obersten Knöpfe ihres Mantels, von mütterlichem Instinkt überwältigt, und drückte das Baby an sich. Dann drehte sie sich um, blickte erst ans Ende der Passage, dann zur Glastür, durch die sie hereingekommen war. Unentschlossen zögerte sie noch, tat einen Schritt nach links und einen nach rechts.

Mitten in Zentrum kniete die Frau neben dem dunklen, hingestreckten Körper, preßte ihn mit aller Gewalt, legte die Handballen auf den Brustkorb, wollte das stille, reglose Herz wiederbeleben und die Tote auferstehen lassen.

Es drängte sie, von hier wegzukommen. Sie machte kehrt,

hielt den Kopf gesenkt und schob sich durch das Gedränge zum nächsten Ausgang. Während sie vorbeihastete, drehten sich einige Frauen nach ihr um. Sie fühlte ihre forschenden Blicke, aber sie ignorierte es. Nur schnell vorwärts! An den Rolltreppen wandte sie sich um, und ihr Mantelkragen flog auf. Das Baby zuckte heftig zusammen, und sie spürte einen bohrenden Schmerz im Hinterkopf. Ohne nachzudenken, knöpfte sie den Kragen zu und barg das kleine Bündel an der Brust. Jetzt beeilte sie sich erst recht, so rasch sie konnte, ohne zu rennen, kam vor die Glastür, die sich mit einem tiefen Schnaufer von selbst öffnete.

Draußen in der Luft war es winterlich kalt, und der Nieselregen dampfte, obwohl in dieser Nacht bestimmt Frost kommen würde. Sie hielt sich links und stürmte gesenkten Hauptes über den Bürgersteig, wich entgegenkommenden Fußgängern im Slalom aus.

Sie fühlte sich innerlich angetrieben wie von einem Motor. Sie mußte weiter, immer weiter, weg von hier. Dabei kannte sie nicht einmal die Richtung, nur den Befehl, nicht stehenzubleiben und das Weite zu suchen. Sie lief die Hanover Street entlang und überquerte sie, folgte der Wellington Street, ließ den Victoria Square hinter sich, wo alles mit glitzernder Beleuchtung geschmückt war und die Läden mit weihnachtlicher Musikberieselung wetteiferten, auf die niemand hörte.

Ihr ganzes Selbst war von der inneren Stimme erfüllt, die sie hinaus in die Nacht trieb, und von dem Jammer, der sie wie eine mächtige Gefühlswelle überkam.

An ihrer Brust reckte sich das Baby, schmiegte sich gegen ihren warmen Leib und ließ ihre mütterliche Zuneigung aufblühen. Der süße Duft des Babys durchdrang sie, betäubte ihre Sinne, nährte sie wie sie das Baby nähren wollte.

Aber zuerst mußte sie einen sicheren Unterschlupf finden. Sie verließ das Einkaufsviertel und hielt sich parallel zum Fluß, bis sie die Kreuzung erreichte, wo die Innenstadt zu Ende war und das Hafenviertel begann. Dort bog sie rechts in die Levenford Road hinter dem Chinarestaurant.

Düster und eng lag die Gasse vor ihr, und sie rannte jetzt beinahe. Ihre Absätze klapperten auf den rohen Pflastersteinen. Ein Nachtgespenst tauchte aus dem Schatten auf, und sie erkannte einen zerzausten alten Pennbruder. Sie blickte ihn an, und er starrte zurück, und das weckte in den Tiefen, in die ihr Verstand und ihr eigentliches Selbst zurückgedrängt waren, die Angst. Sie hätte schreien mögen, lauthals um Hilfe rufen, denn jenseits des mächtigen Zwangs war etwas nicht in Ordnung – irgendwas stimmte nicht, ohne daß sie hätte sagen können, *was*. Nur ahnte sie, daß sie tief zuinnerst gräßliche Furcht hatte. Am liebsten wäre sie stehengeblieben und hätte den Mann angefleht, ihr zu helfen. Dabei wußte sie selbst nicht, wie – nur, daß da etwas Unerklärliches mit ihr vorging. Aber die enorme fremde Willenskraft ließ es nicht zu, zog sie weiter und weiter und weiter. Hunde kamen knurrend angelaufen, aber sie nahm kaum Notiz davon und setzte ihren Weg fort, stieß das Gartentor auf, tastete nach dem Türknauf und drang in das Haus ein, das sie nie zuvor gesehen hatte.

Die Angst schwoll jetzt immer mehr an, wie eine schwarze Flut, die alle übrigen Gefühle und ihre schreckliche Not überschwemmte. Sie stolperte ins Wohnzimmer, lehnte sich gegen die Wand, fühlte ihre Kräfte schwinden und ihre Knie nachgeben. Dann rutschte sie an der Wand hinab zu Boden und hinterließ einen feuchten Fleck auf der Tapete.

Auch auf ihrer Bluse zeichnete sich ein Fleck ab. Im Dämmerlicht sah sie ihn wachsen und größer werden, grau auf weiß. Ein anderer Geruch stieg ihr in die Nase, der sie an Wiesel oder schuppige Reptilien denken ließ. Er kam in dicken Schwaden und mischte sich mit diesem anderen, modrigen Geruch, das ihr in alle Poren drang, in ihr Blut, ihre Seele.

Aus ihren Brustwarzen tröpfelte Milch.

Was um Himmels willen geschieht da mit mir?

Die Panik wuchs wieder an, und schon wurde auch der Geruch stärker, um sie niederzuringen, zu betäuben und auszulöschen. Sie spürte, wie sich das Baby an ihrer Brust entspannte.

Ruckartig erwachte sie, rang nach Atem, suchte verzweifelt,

den Traum abzuschütteln. Im Zimmer war es stockfinster, die Vorhänge waren zugezogen, und sie wußte erst gar nicht, wo sie war. Ihr war kalt, ihre Glieder fühlten sich steif an, und die Bilder ihres Alptraums geisterten ihr noch immer vor Augen, schreckliche Visionen, die im Dunkel lauerten und mit der Hektik eines Films vor ihr abliefen.

Ein großer Seufzer entrang sich ihrer Brust. Sie war fiebrig und fröstelte, als hätte sie Halsentzündung oder die Grippe. Bestimmt hatte sie deshalb diesen schrecklichen Traum gehabt.

Sie schloß die Augen und stieß mit dem Kopf gegen die Wand, während die grauenhaften Wahnbilder allmählich verebbten. Was für ein Alptraum, dachte sie und ließ sich den Nachhall ihrer eigenen Worte durch den Kopf gehen. *Ich habe ein Baby gestohlen.* Eigentlich schrecklich, wenn sie es recht bedachte. Wie kam sie nur auf so was? Ob sie schwanger war? Der kalte Schweiß stand ihr auf der Stirn, und das Haar roch feucht.

Sie hatte geträumt, in einen Kinderwagen zu blicken, in dem ein wunderschönes Baby lag; dann hatte sie es an sich gerissen und war in einer wilden Jagd durch Regen und Finsternis gerannt. Schließlich war sie zu einem fremden Haus in einer Gegend gekommen, die ihr gar nicht vertraut war. Scheußlich. Aber jetzt war sie erwacht, und der Traum hing ihr noch in den Knochen. Gleich würde ihre Mutter hereinkommen mit dem Frühstückstee . . . Sie mußte jede Minute hier sein . . .

»Wahrscheinlich fange ich an, rollig zu werden wie ein Kätzchen«, schalt sie sich selbst, noch immer ganz benommen.

Ein Schmerz durchzuckte sie, scharf und krampfartig, in der Gegend ihres Beckens. Es loderte auf wie Sodbrennen, verbreitete sich über die Rippen bis in die Wölbung ihrer Brüste. Die Grippe mußte sie doch schwerer erwischt haben, als sie vorhin dachte; oder war es vielleicht etwas Ernsteres? Sie schloß die Augen und zwang tapfer die Tränen zurück.

Etwas regte sich an ihrer Haut.

Jetzt wurde sie vollends wach. Jede Pore ihrer Haut verschloß und verhornte sich, alle Härchen im Nacken und auf den Oberarmen standen zu Berge.

»Oh – *aargh*!« Was sie auch sagen wollte, es kam nur als ein atemloses doppeltes Krächzen heraus. Sie entwand sich dem, was sich da bewegte, etwas Kleines und Feingliedriges mußte es sein, das an ihrer weichen Haut scheuerte.

»Bitte nein . . .«, heulte sie.

Der Traum war zurückgekehrt, überfiel sie mit unbezwinglicher Macht, drängte ihre bewußten Gedanken beiseite.

Sie zog sich zurück, wandte sich ab. Jetzt merkte sie, daß sie am Boden kauerte, nicht im weichen Bett lag. Ihre Arme hielten das Ding unter ihrem Mantel. Sie wollte sie auseinander zwingen, aber sie waren wie im Krampf versteift und reagierten nicht. Mit der Umklammerung wurde der verzweifelte Drang immer stärker. Sie wollte sich abwenden, den plötzlich aufkeimenden Ekel niederkämpfen. Da war er wieder, der schwere Geruch nach überreifer Leibesfrucht und süßlicher Verwesung. Er hüllte sie abermals ein, diesmal nicht im Traum, sondern nur allzu wirklich, denn der Traum war nur eine Spiegelung jener Greuel gewesen, die sie durchlebte.

Sie merkte, wie sich ihr Kopf von selbst neigte, wie sie in den dunklen Kragen ihres Regenmantels blickte. Das winzige, zarte Köpfchen schmiegte sich an sie, drehte sich ebenfalls langsam um. Ein Auge öffnete sich, starrte sie an, hielt ihren Blick sekundenlang fest, nahm Kontakt mit ihr auf, bevor es sich wieder schloß.

»Oh, Mami, ach herrje, oh!« Die Worte überstürzten sich in einem unkontrollierten Hilfeschrei. Tränen schossen ihr aus den Augen.

Wieder drehte sich die kleine Gestalt, die Lider geschlossen vor dem Licht, das hinter den Vorhängen aufdämmerte. Doch der verführerische, bezwingende Duft wurde stärker. Ginnys Tränen versiegten. Das Baby lag noch immer in ihrer Armbeuge. Außerhalb des Lichts öffnete es die Augen, und sein unschuldiger Blick hielt sie magnetisch fest wie eine Kompaßnadel den Norden.

Der faulige Geruch wich dem süßeren des Babys, und sie verspürte eine unsagbare Liebe zu dem kleinen Wesen. Der rohe, ursprüngliche Teil ihres Bewußtseins wehrte sich dagegen, erhob hysterischen Protest, wollte sie abschrecken und einschüchtern. Aber der Drang war stärker, lähmte ihren Widerstand, und sie rührte sich nicht von der Stelle.

Jetzt zeigte ihre Bluse einen Blutspritzer und eine blasse Pfütze entstand dort, wo er sich mit der Milch mischte.

Sie wußte, daß es keine Milch sein konnte. Sie konnte keine Milch in der Brust haben, um ein Baby zu füttern. Warum sollten ihre Brüste bluten?

Und doch war da der häßliche Fleck, und ihre Brustwarzen rieben, wund und geschwollen, schmerzhaft an der Baumwolle. Die Angst regte sich, doch der Drang erstickte sie erneut. Widersprüchliche Gefühle rangen miteinander, während das Baby seinen stechenden Kinderblick auf sie heftete. Dann neigte es sich über die Brust, wo die Knöpfe offenstanden. Sie spürte seine Wange schaben und kratzen, als es nach der Warze suchte. Ihre Haut prikkelte und wehrte sich gegen die Berührung, aber der Drang überwand ihren Widerstand, und sie gab nach. Jetzt hatten die kleinen Lippen den Quell gefunden und saugten sich fest, nuckelten, bissen zu, heftig genug, daß es wehtat. Und sie ließ es über sich ergehen, leblos und wie gelähmt, in Angst und Mutterliebe gefangen, und ihre Gedanken kreisten und wirbelten immer schneller wie eine Achterbahn. Das Grauen und der Bemutterungsdrang ließen sie versteinern, und sie preßte das kleine Wesen fest an sich, das sie im Einkaufscenter gestohlen hatte.

Nach einer Weile schluchzte sie leise im Dunkeln.

— 5 —

Helen Lamont sah von ihrem Schreibtisch im Büro des Reviers auf, als David Harper eintrat. Er fuhr sich durchs kurzgeschnittene Haar und schüttelte die Feuchtigkeit ab, die ihn auf dem Rückweg durch den Nebel gänzlich durchnäßt hatte.

»Du hast nach mir gefragt, höre ich?«

»Nichts allzu Dringliches«, gab er zurück. »Ich brauche deine Hilfe, um ein paar Videobänder durchzusehen.«

»Kriegen wir's jetzt mit Porno zu tun, David?« Sie warf ihm einen kindlich fragenden Blick aus großen, unschuldigen Augen zu. Er begriff den Jux, spielte mit und grinste anzüglich.

»Hättest du wohl gern, alte Schlampe!«

Ihre Augen wurden noch größer und die Lippen ein kirschrotes Oval, als sei sie überrascht oder gar schockiert. »Pfui Teufel! Ich wußte gar nicht, wie sexistisch du bist. Dafür krieg ich dich noch bei den Klöten, du Chauvi-Schwein!«

»Wenn du mir erklären kannst, wer dieser Chauvi eigentlich war, von dem der Name herkommt, gern. Dann helf ich dir sogar noch dabei . . .« Das war natürlich, wie bei ihr, nur als Scherz gemeint.

Sie erwiderte sein Lächeln. Unter den Augen war der blaue Fleck inzwischen violett angelaufen, und an der Wange sah man nur noch einige Kratzer. Davon abgesehen wirkte sie fit und wohlauf. Doch David wußte von dem handtellergroßen Bluterguß auf ihren Rippen, die der Notarzt verbunden hatte, und von der anderen Schürfwunde am Bauch, wohin der Schurke mit voller Wucht getreten hatte. Ihr Äußeres wirkte beinahe zerbrechlich, aber bei einem Einsatz konnte sie genauso hart rangehen wie er. Das hatte ja schon der Stoß mit dem Knie in die Weichteile des einen Gauners gezeigt. Auf dem Revier hatte er die Verletzung zu Protokoll geben wollen, aber sein Anwalt riet ihm davon ab, die Sache weiter zu verfolgen. In diesem Fall blühte ihm womöglich eine weit schwerere Anklage als Hehlerei. Schließlich gab der Typ klein bei, aber nur zögernd, denn die Hoden taten ihm am nächsten Tag noch weh.

Noch immer grinsend, musterte David sie übertrieben genau, von oben bis unten – denn obwohl ihm klar war, daß sie ein guter, ein hervorragender Cop war, kam er nicht umhin, zuzugeben, daß sie auch hervorragend *aussah*. Und gegen gutaussehende Polizistinnen auf der Wache war weiß Gott nichts einzuwenden. Dabei reichte sie ihm kaum bis zur Schulter und hatte dunkle, sanfte Augen – aber der Schein trog. Bei ihrem ersten gemeinsamen Einsatz hatte er erlebt, wie sie Walter Gourley auf der Pollock Road fertigmachte, der mit einem Baseballschläger auf sie eindrosch. Sie duckte sich, und es gab zwei Treffer – einen, den sie ihm an die Kehle versetzte, und einen, mit dem er endgültig zu Boden ging. Erst im Justizsaal begegnete er seiner Häscherin wieder. Selbst der Richter mußte über die an Geschlecht und Körperbau so ungleichen Kontrahenten lachen; anschließend schickte er Walter für ein Jährchen in den Knast von Drumbain.

»Bevor ich's vergesse«, fuhr Helen stirnrunzelnd fort, während sich David den Mantel ausklopfte, »May hat angerufen!«

»June«, korrigierte David mechanisch. Mit der Zeit hatte er sich an Helen Lamonts Blödeleien gewöhnt.

»Mai, Juni, sei's drum.« Helen winkte ab und blieb ernst. »Jedenfalls haben wir vor 'ner halben Stunde telefoniert, während du deine Weihnachtseinkäufe erledigt hast. Sie will, daß du irgendwas abholst.«

Er verdrehte die Augen. »Will sie je was anderes? Was ist es denn diesmal?«

»Irgendwas aus dem Delikateßgeschäft. Für 'n Fondue oder so ähnlich. Anscheinend kriegt ihr heute abend Gäste. Ich hab's dir aufgeschrieben; der Zettel liegt auf deinem Schreibtisch. Du sollst aber noch mal zurückrufen.«

David ließ sich in seinen Drehsessel sinken und strich sich abermals übers dunkle Haar. Der fast streng wirkende Bürstenschnitt verlieh ihm das Image eines seriösen Draufgängers – und tatsächlich ging er gern aufs Ganze.

»Heute abend?« fragte er und atmete hörbar durch. »Hat sie wirklich von heute abend gesprochen?«

Helen nickte. »Klingt, als wäre sie sowieso schon sauer, Kollege. Und wenn du nicht aufpaßt, kriegst du noch mehr Ärger. Immer dasselbe. Hält dich wohl ganz schön kurz an der Leine . . .«

Er nahm den Hörer und wandte sich ab, während er wählte. Als er die Füße auf das alte Heizgerät legte, knirschte es in der

Wand, wo die Rohre nur lose angedübelt waren. Sie bückte sich über ihre Akten und war bemüht, das gedämpfte Murmeln zu überhören. Es dauerte kaum drei oder vier Minuten, bevor er grußlos wieder auflegte. Bloß keine Weitschweifigkeiten bei Privatgesprächen.

»Wo waren wir stehengeblieben?« fragte er, und die Gereiztheit war ihm von der Stirn abzulesen. »Und überhaupt, wo hast du dich den ganzen Tag herumgetrieben?«

»Ich will doch nicht hoffen, daß ich unter deinem Fondue leiden muß?«

Wütend wollte er lospoltern. Aber dann blinzelte er und entspannte sich. »Nein, Helen. Auf keinen Fall. Außerdem hab ich vorhin abgesagt. Ich bin wohl nur ein bißchen gestreßt. Und sie kennt meinen Dienstplan seit Wochen.«

»Hängt bei euch der Haussegen schief?«

»Das kannst du laut sagen.«

»Erzähl mir lieber mehr von den Porno-Videos. Beziehungsprobleme stehen mir mittlerweile bis hier.« Sie zog einen unsichtbaren Strich vor ihrem Kinn. Dann zählte sie auf: »Meine Schwester hat sich schon wieder entlobt. Meine Kusine läßt sich scheiden. Und meine Mutter geht tanzen mit ihrem Gebrauchtwagenhändler. Ich muß schon sagen, für ihr Alter schwingt sie noch sehr rüstig das Tanzbein. Bei ihr spielen die Hormone verrückt. Und das alles kurz vor Weihnachten. Also laß mich bloß mit Beziehungskisten in Frieden!«

»Soll mir recht sein«, brummte David achselzuckend und schluckte seinen Ärger hinunter. June strapazierte in letzter Zeit zunehmend seinen Geduldsfaden, forderte mehr Zeit und Zuwendung von ihm – und je mehr sie ihn bedrängte, desto klarer wurde ihm, daß er sie nicht mehr leiden mochte. Zugleich hatte er ein schlechtes Gewissen deswegen, denn jahrelang waren sie gut miteinander ausgekommen.

Er verscheuchte den Gedanken an sie, wie er's schon seit einer Weile gewohnt war. Helen zugewandt, berichtete er von den Videobändern und erwähnte, daß Carrie McFall die Handtasche stibitzt hatte. »Gelegenheit macht lange Finger, wie's im Sprichwort heißt. Ziemlich kaltblütig, finde ich. Ein schneller Griff, und ab durch die Mitte! Ganz schön hartgesotten, die gute alte Carrie . . .«

»Und ein herzloses Miststück dazu«, bekräftigte Helen. »Schlimm genug, daß sie in der Branche Ladendiebstahl arbeitet, seit sie zehn ist. Aber einem Mitmenschen was wegnehmen, der gerade im Sterben liegt, geht doch zu weit.«

»Na, machen wir uns darum keine Sorgen. Die kriegen wir schon noch dran. Aber ob wir auch an die Tasche herankommen, ist die Frage. Ich muß herauskriegen, wer die tote Frau war.«

»Wieso ist das so wichtig?«

»Keine Ahnung. Im St. Enoch hat die Geschichte mächtig Staub aufgewirbelt. Irgendwas soll mit ihrem Blutbild sein. Einzelheiten erklär ich dir später. Donal Bulloch will, daß wir uns darum kümmern. Uns bleibt auch nichts erspart . . .«

* * * * *

Abgesehen davon, daß sie zweimal umgezogen war, seit David zuletzt mit ihr zu tun hatte, war Carrie McFall leicht aufzuspüren. Sie lebte noch immer im Nordviertel, im Blackhale-Komplex, den die Stadtplaner nach dem Prinzip ›Supermarktregal‹ errichtet hatten: vorgestanzte Apartments so hoch stapeln wie möglich und anschließend vergessen. In diesem Teil der Stadt gehörten Drogenhandel und Pfandleihe zu den wichtigsten Erwerbsquellen. Das Geschäft florierte, und mit den hartgesottenen Bluthunden und Edelzuhältern, die das Heft in der Hand hielten, saßen alle im gleichen Boot. Carrie McFall war im Grunde nur das Opfer mehrerer aufeinanderfolgender Wirtschaftskrisen. Ihr Vorstrafenregister war inzwischen auf den neuesten Stand gebracht und, wie David feststellte, ein wenig länger geworden.

Als ihr Freund, ein hagerer Punk mit Bürstenschnitt und Silberschmuck-Piercing im linken Nasenflügel, öffnete und merkte, daß es die Bullen waren, stellte er den Fuß in die Tür – zog ihn aber ebenso hastig wieder zurück. David langte in den Türspalt und drehte mit Daumen und Zeigefinger am Nasenring. Wie dumm mußte einer sein, dachte er, der sich freiwillig so verletzbar macht. David drehte nur ein wenig und der Knabe stöhnte auf, mehr vor Schreck als vor Schmerz. Er leistete keinen Widerstand mehr, sondern drückte sich eingeschüchtert in die enge Diele, als David und Helen hereinmarschierten.

Carrie saß rauchend und kaugummikauend zugleich, die Füße untergeschlagen, auf dem abgewetzten Sofa und sah fern. Sie trug ihr dunkles, schulterlanges Haar offen und einen verknitterten Seidenschal um den Hals, ein ziemlich kostspieliges Teil, wie Helen erkannte. So viel Kohle hatte Carrie nun auch wieder nicht. Das Mädchen drehte sich um und warf ihnen durch halbgeschlossene Lider einen abschätzigen Blick zu. Sie war ziemlich abgebrüht und kannte sich mit ihren Rechten aus. Ohne jede sichtbare Regung musterte sie die Eindringlinge von oben bis unten und zerdrückte ihre Zigarette. Im Schlafzimmer kreischte ein Baby.

»Wo haben Sie den Durchsuchungsbefehl?« wollte Carrie McFall wissen.

»Und wo ist dein Gewissen?«

»Ohne den Schrieb haben Sie hier nichts zu bestellen. Ich bin erst letzte Woche mit 'ner Razzia heimgesucht worden.« Carrie blies eine rosa Kaugummiblase auf, die beim Zerplatzen ein kleines Rauchwölkchen freisetzte.

David wandte sich nach links. Dort stand ein schmaler Besenschrank offen, in den mehrere volle Plastiktüten gestapelt waren. »Kein Grund, sich noch groß aufzuspielen. Was ist denn da drin?«

»Weihnachtsgeschenke. Machen Sie's ruhig auf, wenn Sie ein Verfahren an den Hals kriegen wollen . . .«

»Du glotzt wohl zu viele Krimis«, warnte Helen. Sie trat vor die Schranktür, der sie einen leichten Stoß versetzte. Eine der Tüten verlor den Halt und purzelte herunter. Mindestens ein Dutzend teurer Parfümflaschen, noch in Kartons verpackt, glitten zu Boden.

»Das tut mir aber leid. Die ganzen Geschenke sind rausgefallen. Hübsche Sachen dabei. Direkt aus Paris, was? Givenchy. Nicht billig. Du hast ja bestimmt die Quittungen noch . . .«

Carrie warf ihr einen eisigen Blick zu.

David nahm auf dem Sofa Platz. Es war sauberer, als man hier im Norden vermutet hätte. Manche nannten den Blackhale-Komplex eine ›Sickergrube‹, und das nicht ohne Grund. Hierhin sickerte der Abschaum. Leute, die aus dem sozialen Netz gefallen waren, die mit dem Job auch jede Selbstachtung verloren. In einigen dieser Betonburgen konnte man froh sein, überhaupt ein Polstermöbel zu finden, und wenn, setzte man sich nicht drauf, um sich keine gebrauchte Spritzennadel in den Hintern zu rammen.

»Aber heute ist euer Glückstag. Wenn das keine fröhlichen Weihnachten sind! Denn ich könnte mir vorstellen, daß ich die süßen Düfte des Erfolgs in den Tüten dort vergesse . . .«

Carrie rückte von ihm ab, mißtrauisch wie immer. Ihr Blick wanderte von David zu Helen und zurück. Sie hatte nicht den geringsten Anlaß, den Bullen zu vertrauen. Ihre beiden Brüder saßen in Drumbain und würden für eine ganze Weile gesiebte Luft atmen.

»Ich könnte das alles vergessen«, wiederholte David, »aber dafür will ich alles über deine neue Handtasche wissen!«

Sekundenlang wirkte Carrie ziemlich verblüfft. David ließ sie nicht aus den Augen.

»Welche neue Hand-?« Sie unterbrach sich, und David entging nicht, daß es ihr plötzlich einfiel.

»Genau die«, hakte er nach. »Überzeugender Auftritt. Könntest zum Film gehen.« Er grinste süßsauer. »Wenn ich's mir recht überlege, *bist* du schon beim Film. Wir haben hübsche Probeaufnahmen von dir aus dem Waterside-Einkaufscenter. Sehr fotogen. Ein echter Publikumserfolg.«

Helen saß auf der anderen Lehne und lenkte das Mädchen ab. »Und wir brauchen die Tasche zurück.«

»Ich hab sie gar nicht mitgenommen. Sie war leer, und ich hab sie fallenlassen.«

»Kannst du deiner Oma erzählen«, empfahl Helen. Dann wurde ihr Tonfall strenger und eiskalt. »Die zweite Kamera hat mitgeschnitten, wie du zum Ausgang gehst. Aber eins sag ich dir, Carrie, hier geht's nicht um Kavaliersdelikte wie Markenpiraterie oder ein paar Flaschen geklautes Parfüm verdealen. Du hast die Handtasche einer Frau stibitzt, die gerade zusammengeklappt war. Nicht gerade nett von dir.«

David mischte sich ein, und Carrie fuhr herum.

»Aber das Schlimmste kommt noch. In der Handtasche waren Medikamente. Sie hat eine sehr seltene Krankheit. Jetzt hängt sie am Tropf, und wir benötigen dringend ihre Medizin. Wenn wir sie nun nicht kriegen und sie stirbt, was dann? Eine Anklage wegen fahrlässigem Totschlag wär' dir sicher. Könnte sogar ein Mord drin sein, falls du dich weigerst. Wenn du darauf scharf bist . . .«

»Da waren keine Pillen drin«, protestierte Carrie und schlug die Augen nieder. Sie spürte, wie die Sache eine Spur zu ernst wurde. »Ehrlich! Da war fast gar nichts drin. Bloß 'ne Börse mit ein paar Kröten. Hab ich weggeworfen. Aber ich kann euch zeigen, wo!«

David grinste wieder. Das ging ja kinderleicht. Der Strick, den er ihr da drehen wollte, war zwar ziemlich fadenscheinig, aber Carrie konnte es sich nicht leisten, lange zu überlegen.

Eine halbe Stunde zeigte ihnen eine bibbernde Carrie den Weg. Von der Aussicht auf eine drohende Haftstrafe beunruhigt, hatte sie darauf bestanden, selbst mitzukommen und sie zu dem Ort zu führen, wo die Tasche liegen mußte. In der Hektik hatte sie sogar ihren Mantel vergessen. Sie brachte sie zu den engen Straßen nahe des Stroms, nicht weit von der Stelle, wo Helen und David die drei Männer mit dem Diebesgut gestellt hatten. Es war nicht weit von der Autobahnbrücke; der Verkehr brauste über ihren graziösen Bogen hinweg und ließ die Pfeiler erzittern. Die Gassen wurden zum Ufer hin noch enger. Der frühe Abendnebel kräuselte über dem Wasser und tunkte die Silhouette der Gebäude in seine verschwommene Lauge. Kalt und klamm war die Luft. In dieser Gegend liefen um diese Zeit – und auch sonst – nur wenige Passanten zu Fuß. In längstvergangener Zeit war das Stromviertel voller Leben, Handel und Wandel gewesen, aber das war eine Ewigkeit her. Wie Blackhale war auch dieser Stadtteil völlig heruntergekommen. Am Ufer, wo Gleise neben dem Kai herliefen, befand sich hinter einem hohen Wall aus alten Eisenbahnschwellen ein großes, brachliegendes Grundstück. Früher gab es hier eine Rangieranlage für den Güterverkehr, der zu den längst aufgegebenen Lagern und Stapelhäusern geleitet wurde, aber inzwischen war alles von Brombeergestrüpp und schwärzlich-welkem Holunder überwuchert, wie er an allen unbebauten Stellen in den Großstädten dieser Welt wächst. Die Glitzerwelt war höchstens fünfhundert Meter entfernt, doch das Gelände hätte ebensogut hundert Kilometer weit und im vorigen Jahrhundert liegen können. Hier ragten die verfallenen Silos über den licht- und freudlosen Gassen empor; hier gingen Junkie-Mädels ihrem zweifelhaften Gewerbe nach und schoben im Dunkeln hinter der Absperrung ihre Hemdchen hoch. Gelegentlich wurden auch Besoffene tot aufgefunden, stocksteif gefroren und mit rotgeränderten, eisüberkrusteten Augen.

David ließ sich den Vorfall mit der Tasche von Carrie haargenau schildern. Sie deutete auf eine Lücke im Wall, wo vor nicht allzu langer Zeit Halbstarke die Bahnschwellen angezündet hatten. Er leuchtete mit seiner kleinen Taschenlampe hinein. Sie hatte die Tasche achtlos zwischen die Pfosten gestopft und im Gewirr der Zweige verborgen. David tastete blind hinein, riß sich die Hand an den Dornen auf, und ein abgebrochener Holzssplitter geriet ihm unter den Daumennagel. Fluchend bekam er den Schulterriemen der Tasche zu fassen und zerrte sie heraus. Sie war alt und abgewetzt; das Futter im Innern war durch jahrelangen Gebrauch verschlissen und löchrig. Das billige Plastikportemonnaie war völlig leer bis auf ein kleines Heftchen, das in der Außentasche steckte. Außerdem fand sich noch ein altes Kontobuch, das einen Umschlagdeckel verloren hatte.

»Kann ich jetzt gehen?« erkundigte sich Carrie. Sie schlug fröstelnd die Arme zusammen. Ein plötzlicher kalter Wind hatte den dünnen Nebel in eisigen Frost verwandelt.

David bedeutete ihr zu bleiben. Helen stand dicht neben ihr. Mit der Lampe leuchtete er die erste Seite des Buchs an. Es diente offenbar zum Quittieren der Miete.

THELMA QUIGLEY lautete der Name, der in Großbuchstaben in das vorgesehene Kästchen eingetragen war. Er schlug das Buch auf. Ihr Name und eine gekritzelte Unterschrift widerholte sich drinnen. Auch eine Adresse. Die Börse enthielt einige Schwarzweiß-Fotos, die alt und vergilbt wirkten. Hinten waren die Bilder beschriftet, allerdings kaum lesbar und in einer altmodischen Sütterlinschrift.

»Sehen Sie?« ließ sich Carrie hoffnungsvoll vernehmen. »Da waren keine Medikamente. Wenn sie stirbt, war's nicht meine Schuld!«

»Ach, das hab ich noch nicht erwähnt«, David grinste sarkastisch, »sie ist schon tot. Konnte nicht mehr gerettet werden. Und woher sollen wir wissen, daß hier nicht noch mehr drin war?«

Carrie klappte den Mund sperrangelweit auf.

»In dem Fall wär's glatter Mord, oder?« wollte Helen wissen.

»Sieht verdammt danach aus.«

Carrie fing an zu stammeln. Jetzt bibberte sie nicht mehr vor Kälte. Wütend und wortreich beharrte sie auf ihrer Unschuld, brachte aber kaum etwas Vernünftiges heraus.

Schließlich brachte David sie mit einer Handbewegung zum Schweigen. Er hatte, was er brauchte.

»Genug geredet. Wir werden darüber nachdenken. Fürs erste kannst du gehen. Aber wir bleiben in Verbindung.«

Das Mädchen starrte ihn an und runzelte ungläubig die Stirn. Er nickte, um zu bekräftigen, was er gerade gesagt hatte. Noch fast eine halbe Minute stand sie wie gelähmt da, dann machte sie auf dem Absatz kehrt und rannte davon. Das Geklapper ihrer Schritte schallte von den düsteren Mauern zurück.

»Ich vermute, es wird ihr eine Lehre sein. Hat ihr ganz schön Angst eingejagt.«

»Der alten Frau die Tasche zu klauen!« empörte sich Helen, und ihre Stimme klirrte kälter als die winterliche Frostluft. »Während sie im Sterben lag. Das hätte sie sich sparen können.«

Sie griff in ihre eigene Tasche, holte das Sprechfunkgerät heraus und schaltete auf Empfang. Als sich die Funkzentrale meldete, musterte sie David Harper ausdruckslos und gab durch, daß sie Grund zu der Annahme hätte, daß in einer gewissen Wohnung im Blackhale-Komplex Hehlergut lagerte . . . Als sie geendet hatte, hieb sie den Daumen auf den Schalter. »Der Ladendiebstahl wäre mir egal«, erklärte sie, »aber kranken Mitmenschen nimmt man nichts weg. Geschweige denn Sterbenden. Sie ist ein verdammter Parasit, und davon laufen viel zu viele frei herum!«

David blickte sie erstaunt an. Im Dunkel der schlechtbeleuchteten Gasse ragte ihr das dunkle Haar in die Stirn, überschattete ihre Augen und rahmte das herzförmige Gesicht ein. Ihm fiel ein, wie sie mit den beiden Kerlen umgesprungen war, als sie das Lagerhaus verließen, wie sie dranblieb trotz des brutalen Tritts in den Brustkorb.

»Dann sollten wir uns hüten, nicht selbst auf die schiefe Bahn zu geraten . . .«

»Wirst du bestimmt nicht«, versicherte sie. »Schließlich hast du mich daran gehindert, auch noch den Rest meiner Rippen zu riskieren, und gehörst schon deshalb zu den anständigen Jungs.« Sie strahlte ihn an und kicherte. »Selbst wenn du ein Chauvi-Schwein bist und bleibst!«

Vom Flußufer zu der Adresse aus dem zerfledderten Mietquittungsbuch waren es gut zwei Kilometer. David fuhr im eigenen Wagen, einem schlammbespritzten Jeep mit Vierradantrieb, der schon bessere Tage und schlechtere Straßen gesehen hatte. Der Frosthauch des Nebels bildete einen Hof um die Lichter auf dem anderen Ufer, wo flußabwärts die Kräne finster und rechtwinklig über die schwarzen Flut ragten. Im Dunst schienen sie sich zu bewegen.

»Wie Urwelttiere«, bemerkte David und schaltete herunter. »Brontosaurier.«

»Brachiosaurier«, korrigierte Helen.

Er warf ihr einen Seitenblick zu. »Ich gebe mich geschlagen. Du hast recht.«

»Bei diesem Zwielicht kommt's einem so vor, als wollten sie sich zusammentun. Gleich marschieren sie los! Der Boden würde unter ihrem Schritt erbeben . . .«

»Ich würde selbst erbeben«, gab er zu, »und mir in die Hosen machen.«

Sie lachte herzlich. Die seltsame Wut von vorhin war aus ihrer Stimme gewichen. Jetzt ließen sie die hohe Brücke hinter sich, die den Fluß überquerte und deren Lichter wie eine gelbe Bernsteinkette von den Kabeln baumelten. Gerade als sie unter dem ersten Pfeiler waren, flog ein riesiger Starenschwarm über das Wasser und kreischte im Chor. Das Flattern ihrer Flügel war laut genug, um das Motorengeräusch und das fünf Kilometer flußabwärts dröhnende Nebelhorn zu übertönen.

Helen blickte auf, während die Vögel über ihnen kreisten und wie an der Schnur gezogen ihre Nistplätze unter dem Brückenpfeiler ansteuerten. »Wie kommt es, daß sie zusammen ausschwärmen?«

»Wahrscheinlich nur als Probe auf ihr Talent«, erklärte er. »Irgendwo hab ich gelesen, daß sie auf diese Weise ihre Zahl austesten. Wenn der Schwarm zu groß wird, legen sie nächstes Frühjahr weniger Eier, damit sie über die Runden kommen. Als natürliches Verhütungsmittel sozusagen.«

»Ich wußte gar nicht, daß du ein Vogelfreund bist«, meinte sie staunend und lächelte mild vom Nebensitz herüber.

»Tja, man sieht's mir nicht an. Aber ich mache auch Fotos von Vögeln . . .«

»Wieder Porno?«

»Nein, richtige! Wenn ich die Zeit dazu finde . . . Vögel, Tiere, alles, was in freier Wildbahn kreucht und fleucht. Mein Steckenpferd, schon seit ich noch klein war. Hab schon ein paar Bilder in Illustrierten veröffentlicht.«

»Du bist also gar nicht immer der hartgesottene Detective gewesen? Ich dachte immer, du wärst als Polizist auf die Welt gekommen.«

Diesmal mußte er lachen. »So was gibt's gar nicht. Ich glaubte selbst immer, daß es bei manchen Kollegen so wäre. Aber in Wirklichkeit gibt es nur gute und unfähige. Für den Job geboren ist keiner.«

»Und du?«

»Wie du schon sagtest. Ich gehöre zu den anständigen Jungs.«

Die Stare kreischten wie arme Seelen im Nebeldunst, während mit fortschreitender Nacht der Frost hereinbrach. David hielt sich auf der Uferstraße, weiter an Markthallen und Getreidesilos entlang, die leerstanden, seit die Schiffe den Hafen nicht mehr anliefen und als letztes Überbleibsel der bankrotten Reedereien nur noch die riesigen Kräne geblieben waren.

Schließlich erreichten sie die gesuchte Adresse. Es handelte sich um ein einstöckiges Wohnhaus fernab der Hauptstraße, in einem alten, heruntergekommenen Block, und völlig unscheinbar. Der Vorgarten war mit Beton ausgegossen, der voller Beulen und an manchen Stellen aufgeplatzt war. Nacktes Gezweig irgendwelcher Kletterpflanzen, ein verwitterter und schrumpliger Efeu, bedeckte die rissigen Wände. Von Türen und Fensterrahmen blätterte die Farbe, und die Vorhänge waren hinter den Scheiben zugezogen. Auf der Tür stand kein Name, ein Klingelschild fehlte. Völlig anonym.

David bat Helen, sich das Haus von hinten anzusehen. Sie verschwand lautlos und kam ein oder zwei Minuten später zurück.

»Kein Lebenszeichen.«

Er faßte nach dem Türknauf und drehte ihn. Er gab nur zögernd und knirschend nach, ließ sich aber schließlich drehen. Das Schloß gab die Tür frei, die sich einen Spalt öffnete.

Er stieß sie ganz auf und lauschte dem Quietschen der Türangel. In der Diele sah man die Hand nicht vor Augen.

»Hallo?« rief David laut. Seine Stimme klang hohl in der Dunkelheit. Aber es kam keine Antwort.

* * * * *

Es schmiegte sich in die warme Geborgenheit, die Augen fest geschlossen, die Gedankenfühler lauernd ausgestreckt.

Es – *er* – war fürs erste sicher aufgehoben. Sicher in der nächtlichen Hitze, an der weichen Haut dieser Neuen. Er brauchte nur den Kopf ein wenig drehen, um die Brustwarze zu finden, die Lippen zu schürzen und drüberzustülpen, sie rhythmisch einzuziehen, zu nuckeln . . .

Die Milch kam langsam, noch nicht im vollen Strahl, aber der würde sich mit der Zeit einstellen. Er war hungrig wie immer, doch instinktiv trank er sich nicht satt. Die Milch war unschmackhaft und dünn, zu süß und wäßrig. Es fehlten die Nährstoffe, die er brauchte. So würde er nur noch hungriger werden, und verzweifeln, bevor sich diese neue Mutter wandelte. Es dauerte seine Zeit. Er spürte, wie sie sich wehrte, fühlte sie innerlich zucken und ringen, während sie um ihre Selbstkontrolle kämpfte. Aber er würde auch diesmal die Oberhand gewinnen.

Sie war schwierig, aber es war alles so schnell passiert, daß er sich rasch für sie entscheiden mußte. Die frühere war schon dem Sterben nah. Sie war völlig ausgetrocknet, in sich selbst verschrumpelt. Er hatte ihren langsamen Verfall miterlebt, und dennoch traf es ihn völlig unvorbereitet, als es zu Ende ging. Sein Zwang hatte sie schließlich ausgezehrt, auch wenn ihre Milch noch immer dick und stark gewesen war. Es hatte sie völlig entleert, all ihre Kräfte verbraucht.

Aber dann war sie urplötzlich weggegangen, ließ ihn in seiner Hilflosigkeit allein zurück.

Er hatte den Wandel bei der alten Mutter gespürt, wie er die Mondphasen spürte und die Gezeiten und den Einbruch der Dämmerung. Er streckte die Fühler aus, nahm die Umgebung wahr und die Körperwärme und die hektischen Bewegungen, lauschte ihren Gedanken im lärmenden, kakophonischen Durcheinander der Klänge. Obwohl er sich klar war, was mit der alten Mutter geschehen würde, hatte ihn sein eigenes, neues Wachstum abgelenkt. Da war etwas anders geworden nach all dem Nuckeln und Gestilltwerden, das ihn unvorsichtig werden ließ und seine Wachsamkeit trübte. Er hätte sich darauf einstellen müssen, daß es mit der alten Mutter bergab ging, wie in früheren Fällen auch. Er hätte sich nach Möglichkeit rechtzeitig eine neue suchen müssen. Die Alte hätte friedlich sterben können, ausgedörrt von seiner Unersättlichkeit und von seinem Zwang befreit, während er schon die Gedanken einer anderen für sich einnahm, damit sie ihn fütterte. Doch in diesem kurzen Moment des Zerstreutseins war ihr Lebensfunke erloschen.

Der Verlust hatte ihm sehr zu schaffen gemacht.

Es kam ihm vor, als wäre das physische Band zwischen ihnen gewaltsam zerrissen worden. Sie war nicht still eingeschlafen, der Schlag hatte sie getroffen. Innerlich war sie kollabiert, so abrupt, daß sie mitten in der Bewegung abstürzte. Der Schmerz überbrückte die Distanz zu ihr, traf ihn unvermittelt und elementar und überfiel ihn, während er im Dunkeln lag. Er hatte nach ihr gerufen, plötzlich besorgt – zum ersten Mal, soweit er sich erinnerte –, daß er sie verlieren und einsam zurückbleiben könne.

Mit der Angst hatte er keinerlei Erfahrung, denn noch nie hatte er eine Mutter verloren.

Sie hatte reagiert, denn sie trug seine Essenz im Blut, und durch ihr Blut pulste das Grauen. Sie hatte zu ihm gewollt. Ihre Seele sprühte Funken vor Angst, zerbrach und verging, dann schwoll sie wieder an, weil die Atemnot mit dem Drang in ihrem Blut wetteiferte. Sie wollte zu ihm laufen, aber dann fiel sie hin, und ihr abgelebter Körper scheiterte an der unüberwindlichen Entfernung.

Ringsum hatte er die Hitze der anderen gespürt, die sich um sie scharten, sie berührten. Er fühlte das Streicheln der Hand jener anderen; das schwere Gewicht, das den Brustkorb der Mutter drückte, übertrug sich direkt von ihr auf seine Empfindungen, und ihre Panik steigerte sich zur Todesnot. Er verlor sie und sie verlor ihn, und ihre Mutterliebe schrie verzweifelt nach ihm. Doch der Lebensfunke erlosch blitzschnell. Er spürte ihn noch aufflackern, kleine, unzusammenhängende Gedankenfetzen und das kochende Blut in ihren Adern, das sich noch immer wehrte, zurückkehren wollte zu ihm.

Dann rief er um Hilfe.

Er schrie, wie ein Baby schreien würde, wie ein Kind, das an die Gefühle seiner Mitmenschen appelliert.

Aber er hatte nur stumm geschrien, instinktiv und aus vollem Herzen. Die Drüsen hatten sich geöffnet und stießen zischend den Geruch aus.

Irgendwo da draußen gewahrte er den Widerhall. Ein Schaudern, mehr nicht. Er hörte ein leises Ächzen dort. Phantasien tanzten vor seinem kalten Bewußtsein, Spiegelbilder, die sich in diesem Moment großer Gefahr einstellten. Helle Säulen aus Körperwärme lauerten in der Nähe, glitten vorüber. In einiger Entfernung waren Dutzende von ihnen zusammengedrängt, jede eine potentielle Nahrungs- und Wärmequelle. Er kreischte wieder.

Ganz nahe war eine Reaktion stärker als die anderen, und instinktiv ließ er sich auf sie ein. Er konzentrierte seinen Willen und ließ ihn wie einen Pfeil ins Unbekannte schnellen. Jenseits davon nahm er die Irritation seiner früheren Mutter wahr, die den Geist aufgab, in der nur noch seine eigene Essenz unwillkürlich zuckte und strampelte. Wieder sandte er einen machtvollen Befehl aus, diesmal jedoch gezielter, auf ein einziges Gegenüber gerichtet. Der Selbsterhaltungstrieb machte sich geltend, und die Angst wurde stärker – es gab manche da draußen, die seine Wesenheit nicht dulden, ihn nicht lieben würden. Es gab Seelen, die kalt wie Stein blieben, an die er nicht appellieren und die er nicht beeinflussen konnte.

Die weibliche Körperwärme hielt in der Bewegung inne. Er spürte ihre Unentschlossenheit, eine Mischung von Abgestoßensein und Angst, die sich dem neuen, verstörenden Wunsch entgegenstellte.

Er forderte.

Sie schwankte.

Er strengte sich an, konzentrierte sich und *befahl*. Sie wandte sich um, und zu seiner tiefen Genugtuung näherte sie sich der Stelle, wo er lag. Die alte Mutter zerbrach wie eine leere Larve, nutzlos und abgetan. Die neue Mutter beugte sich herab und schob den Windschutz zur Seite. Helles Licht folterte seine Augen; er zischte wie eine Schlange, und der heftige Druck öffnete seine Drüsen abermals. Sie hatte ihn betrachtet, war zurückgewichen, aber dann hüllte sie der Geruch ein, den ihr Anblick instinktiv hervorrief.

Nimm mich mit nimm mich. Sein Wunsch war nicht mehr als ein verströmendes Gedankenspiel – unausweichlich, unwiderstehlich. Ihre aufkeimende Angst wurde zurückgedrängt, wimmerte irgendwo auf dem Grund ihres Bewußtseins.

Liebe mich!

Sie hatte hineingelangt und ihn hochgehoben, hinauf in ihre Wärme. Er spürte ihre weiche Haut, und seine Verzweiflung legte sich augenblicklich. Er dirigierte ihre Schritte, lockte sie auf seine eigenen vertrauten Wege, führte sie an einen Ort zurück, den er kannte.

Jetzt lag er hier im Dunkeln, sog die dünne, schwache Milch ein, schmeckte auch den Blutstropfen, der aus ihrer aufgekratzten Haut rann. Schon jetzt drang seine Essenz in sie ein, floß durch ihre Adern, bewirkte die für ihn lebenswichtige Umwandlung. Es würde eine Weile brauchen, aber er hatte Zeit. Diese hier war noch jung, und er war alt und stark, und sie würde bei ihm bleiben, so lange er sie brauchte.

Im Dunkel des Zimmers preßte er sich gegen die weiche Wärme, fühlte das Beben ihres Fleischs, während sie tonlos aufschluchzte. Er bemerkte ihr Verstörtsein, den schizophrenen, aussichtslosen Kampf zwischen ihrer Panik und seinem Zwang. Es würde dauern, aber jetzt hatte er sie in der Gewalt, und sie hatte ihn, und er würde sie an sich fesseln mit der Kette, die unzerbrechlich blieb, bis sie ihr Leben aushauchte. So war es ja seit alters her gewesen.

— 6 —

»Ist da jemand?« rief David. Seine Stimme klang hohl durch die Diele. Irgendwo in der Finsternis knisterte etwas wie ein winzig kleines Wesen, das sich bewegt. Ein Laut, ohne Zweifel. Für Sekunden glaubte er, ein Kätzchen jammern zu hören, ein Kratzen, als ob ein Stuhl gerückt würde. Doch in diesem Moment bog ein Wagen am anderen Ende der Latta Street ein; der Dieselmotor dröhnte laut vorüber und übertönte jedes Geräusch. Als der Lärm des Wagens verebbte, war alles still. David rief wieder, diesmal lauter. Das Echo seiner Worte kam ihm entgegen, und er war nicht mehr sicher, ob er tatsächlich etwas gehört hatte.

Er zog die Taschenlampe heraus und leuchtete mit dem Strahl. »Scheint, als wäre niemand daheim!«

»Kein Wunder. Sie wurde ja auch nicht als vermißt gemeldet. Selbst wenn es nur einen Tag her ist, müßten uns doch die Angehörigen verständigt haben – wenn sie noch welche hatte.«

Er trat ein paar Schritte vor, stieg über die Schwelle und ging ins Innere, langsam dem Lichtkegel folgend. In der Diele gab es kein Fenster, und die Wände waren mit altmodischen Tapeten geschmückt. Auf einem niedrigen Telefontisch stand anstelle eines Telefons ein Strauß getrockneter Blumen. Er wirkte wie aus den sechziger Jahren übriggeblieben.

»Soll ich nicht einfach das Licht anmachen?« erkundigte sich Helen. Er blickte sich um, sah nur ihren Schattenriß im schwachen Schimmer einer Straßenlaterne draußen in der winterlichen Nacht. »Schließlich suchen wir nicht nach bewaffneten Gangstern, oder?«

»Meinetwegen.«

Sie tastete nach dem Schalter, fand den Messingknopf in Schulterhöhe neben der Tür und drückte ihn. Nichts.

»Vielleicht hat sie die Rechnung nicht bezahlt«, brummte David. Er ging vorwärts. Die Diele war kühl und schmuddelig, und selbst im Dunkeln beschlich ihn den Eindruck, als nistete überall der Staub, von Spinnweben überzogen. Irgendwo im Schatten regte sich etwas, und David wich zurück.

»Was ist?«

»Ich dachte, etwas hätte sich bewegt«, wisperte er. Ihm war gewesen, als sei die Finsternis ein Stück entgegengekommen. Er wußte, daß es nur Einbildung war, aber es kam ihm komisch vor, sich so etwas einzubilden. Vorübergehend schloß er die Augen, und vor seinen Augen wirbelten Leuchtpunkte, wie die Nachbilder, die sich beim Fotografieren der Wasservögel einstellten, wenn ihn das Glitzern der Sonne auf dem Teich blendete. Dabei hatte er hier gar nicht ins Licht geschaut.

Vorsichtig setzte er seinen Weg fort. Wieder raschelte etwas. Helen zuckte zusammen.

»Polizei!« rief David. »Seien Sie unbesorgt.«

Aber es kam keine Reaktion. Er hob die Taschenlampe. Im Lichtstrahl erkannte er eine enge Tür, die angelehnt war, nur einen winzigen Spalt offen. Von hier war das Geräusch nicht gekommen.

»Ist wohl alles Quatsch«, schloß David seine stille Überlegung ab. »Hier ist niemand.« Aus irgendeinem Grund war er unruhig und plötzlich nervös. Ein seltsames Gefühl übertriebener Anspannung. Sein Herz tat einen Sprung und schlug schneller. Sekundenlang überlief ihn ein Schauder angesichts der namenlosen, seltsamen Gefahr in diesem verlassenen Haus, die ihn nicht körperlich zu bedrohen schien.

Er war schon mitten im Flur, bei jedem Schritt behutsam die knarrenden Dielenbretter vermeidend. Plötzlich kam er in eine Wolke aus Gestank. Sie schwebte in der Luft, pilzig und modrig, daß man sie in Scheiben schneiden konnte.

»Verflucht noch mal!« Er hustete.

»Wie ekelhaft«, krächzte Helen und würgte, als müsse sie erbrechen. »Was zum Teufel ist das? Es riecht, als wäre jemand gestorben!«

David überlegte erst, ob er über Funk eine Streife anfordern sollte, um das schäbige Apartment zu durchsuchen. Der Verwesungsgeruch erinnerte wirklich an eine Totengruft, und so etwas hatte er schon öfters erlebt. Bloß war es diesmal anders. David holte ein paar Taschentücher hervor und überließ Helen die Hälfte des Päckchens. Sie hielt sie sich vors Gesicht, und sie tasteten sich weiter bis zur Tür. Er war fast gewiß, eine aufgedunsene Leiche vorzufinden. David stieß die Tür auf, und seine Nerven waren wie elektrisch geladen, als sie eintraten.

Diesmal traf sie der Mief noch heftiger. David holte Luft, und vor seinen Augen verschwamm alles, als hätte man ihm eine chemische Lösung ins Gesicht gespritzt. Helen hüstelte leicht, und ihr Stöhnen verriet ihm, daß sich ihr wirklich der Magen umdrehte.

Er fuhr herum. »Bleib still, herrgottnochmal!«

Kaum daß die Worte heraus waren, wunderte er sich, weshalb er sie hervorstieß. Sie waren ihm einfach so entschlüpft. Ein wütender Anpfiff für Helen. Er blickte sich nach ihr um und senkte den Strahl der Taschenlampe. Heißer Zorn kochte in ihm hoch, Schultern und Unterarme spannten sich und versteinerten. In diesem Augenblick hätte er alles kaputtschlagen wollen.

»Verfluchte Sch-«, stieß er hervor. Er wußte nicht mal, was er damit meinte, ob der Fluch Helen Lamont oder ihm selbst galt. Seine Bauchmuskeln krampften sich zusammen, als ob jemand in seinen Eingeweiden wühlte. Der Lampenstrahl schwang irritiert hoch und streifte Helen flüchtig. Ihre Augen waren weit aufgerissen, nicht vor Anstrengung, im Dunkeln zu sehen, sondern mit dem gleichen Entsetzen, das auch er empfand.

»Um Himmels willen«, murmelte sie und taumelte aus dem Lichtkegel. »Herrjeh, ich . . .«, setzte sie von neuem an und unterbrach sich wieder.

Auch sie war tief im Innern aufgewühlt, aber nicht vor Wut. Sie konnte den Geruch, der in den abgedunkelten vier Wänden hing, kaum ertragen. Ihre Augen verschwammen vor Tränen. Sehnsucht überschwemmte sie in wiederkehrenden Wellen, ein bedrückendes Gefühl des Verlusts, eine namenlose Qual. Eine Hitzewelle kribbelte ihr unter der Haut wie ein plötzliches Fieber, das ihr in die Schläfen stieg, in den Ohren brannte. Ihr Magen ballte sich zu einem Klumpen, und zugleich schwollen ihre Brüste an, hingen mit einem Mal steif und schwer in den Schalen des BHs. Tief im Becken, zwischen ihren Hüftknochen, verkrampfte sich alles; da unten verspürte sie ein unmißverständliches Ziehen.

Modergestank waberte durch den ungelüfteten Raum. »Gas«, grunzte David, und seine Kehle verschloß sich in unkontrollierten Zuckungen. Die Haare im Nacken standen aufrecht wie zur Schlachtordnung gereiht, und der sonderbare, grundlose Zorn verwandelte sich in abgrundtiefen Haß, der ihm fast den Verstand raubte. Das Dunkel gaukelte seiner Einbildungskraft Wahnbilder vor, und jede Sehne seines Körpers war gestählt und kampfbereit. Er hatte das hemmungslose Bedürfnis, draufloszuschlagen, aber er wußte, daß es nicht sein eigenes, kein echtes Gefühl war. Es mußte die Reaktion auf irgendeinen chemischen Prozeß sein. Sein Herz trommelte wie verrückt, und er hörte sein Blut durch die Adern schießen.

»Gas!« Wieder spie er das Wort aus und faßte ohne Zögern nach Helen. In diesem Bruchteil einer Sekunde hätte er sie ergreifen und gegen die Wand schleudern mögen, so sehr überkam ihn der Durst nach roher Gewalt. Doch als er den Cordsamt ihrer Jacke berührte, zog er sie ruhig mit sich. Er bezwang den lodernden Haß, drängte ihn sich förmlich aus der Seele, während seine Gedanken immerfort um dieselbe Frage kreisten. Hier lagen irgendwelche Giftgase in der Luft, etwas Toxisches. Rationales Überlegen schien kaum möglich, aber er schaffte es doch noch zum Fenster, schob den schweren Vorhang beiseite und bekam den Fenstergriff zu fassen. Helen stolperte hinterdrein, immer noch würgend. Funken und Flecken in seltsam giftigen Neonfarben tanzten vor seinen Augen. Helens Knie gaben nach, und sie wäre beinahe zusammengebrochen, aber er packte sie beim Kragen und hob sie in die Höhe. Sie war geblendet von Tränen und dem dumpfen Gefühl des Verlassenseins, das ihr das Herz zuschnürte.

»Ich kann nicht«, begann sie mit einer Stimme, die kaum noch ein Röcheln war.

Mit einem einzigen Schwung seines Arms machte er das Fenster weit auf und schob sie vor sich, direkt in die eiskalte Nacht. Der Luftzug von der offenen Tür am anderen Ende des Zimmers bauschte die zerlumpten Vorhänge, und der Gestank verflog augenblicklich. David schöpfte Atem, füllte seine Lungen. Winzige Blitze zuckten vor seinen Augen, und die Luft war frostig und scharf, schmerzte in der Kehle. Helen würgte noch immer und taumelte; er spürte, wie sie nach Atem rang und die Schultern hängen ließ. Wieder erhob sich die schwarze Woge der Wut, schrumpfte aber rasch wieder zusammen und wich einem schrecklichen Schuldgefühl, gekoppelt mit Erleichterung. Er hätte sie schlagen können. Er hätte ihren Kopf gegen die Wand rammen können. *Er hätte noch etwas viel, viel Schlimmeres mit ihr anstellen können.* Ein paar gräßliche Sekunden lang war er zur wilden, ungezähmten Bestie geworden. Er hätte ihr die Kleider vom Leib reißen, sie zu Boden werfen können, ihr die Beine spreizen, wieder und wieder in sie eindringen können.

»Was in aller Welt geht hier vor!« keuchte er.

»David«, stöhnte Helen, »mir ist so schlecht . . .!« Sie wand sich und holte tief Luft. Der Wind, der über die Kamine strich und im abgestorbenen Efeu raschelte, der die kleine Veranda überzog, jagte auch den Gestank davon. Ein Kater, der mit hochgestelltem Schwanz im Gestrüpp spazierte, bekam ihn in die Nase und kreischte auf. Sein Fell stand grotesk ab wie bei einem Igel. Er buckelte und machte plötzlich einen Satz, verwandelte sich in ein pelziges Bällchen und raste davon. Im Nu überquerte er die Betonfläche und stieß gegen so hart gegen die Fassade, daß er einen Purzelbaum rückwärts vollzog. Ohne Pause und unaufhörlich kreischend, flitzte er die Gartenmauer hoch wie eine Rakete, sprang hinüber, landete auf der anderen Seite und entschwand. Sein Geheul verlor sich in der Ferne.

Das Farbenkarussell drehte sich langsamer, und der Adrenalinstoß in Davids Adern verebbte allmählich. Er zitterte und fühlte sich elend. Helen rappelte sich mühsam auf, atmete jetzt regelmäßiger. Sie hatte sich nicht erbrochen. Er schwang den Lichtstrahl herum. Dicht neben ihnen stand eine kleine Lampe mit dunkelgrünem Schirm auf einer antiken Kommode. Er tastete nach dem Schalter und probierte; zu seiner Verwunderung funktionierte er und ließ ein schwaches Licht aufleuchten.

»Mein Gott, ich dachte schon, ich werd nicht mehr«, murmelte Helen. Das hohle, bohrende Gefühl der Leere entglitt ihr, als sei es nie dagewesen. Das Fenster stand offen, und sie nahm nur noch einen leichten Mief im Hintergrund wahr. »Was kann das gewesen sein?«

»Ich dachte schon, Gas – aber das war's wohl nicht. Irgendein chemisches Teufelszeug. Lack vielleicht, oder Verdünner . . .«

»Ist dir auch schlecht geworden?«

»Hätte dir fast die Jacke vollgekotzt«, log er. Er brachte es nicht übers Herz, ihr zu sagen, daß er sie vorhin beinahe erschlagen hätte. Er mochte es selbst kaum wahrhaben. Das Bild ihrer nackten Gestalt, mit gespreizten Schenkeln, lauerte am Rand seines Bewußtseins, und er verschloß es tief in seinem Innern; einmal gefaßt, versetzte ihn die Idee in eine Erregung, die ihm nicht geheuer war. Der Zorn war jedenfalls zerplatzt wie ein angestochener Ballon, hatte ihn schlaff und leer zurückgelassen; um so schwerer fiel es ihm, sich zu erinnern. Er knipste die Taschenlampe aus, und sie standen verlegen da, beschämt über ihre Reaktion und von der seltsamen, unwirklichen Erfahrung noch ganz benommen.

Das Zimmer war winzig und eng. An der Wand stand ein altes Bett; eine weitere Tür führte in die Kochnische. Es gab zwei Sitzgelegenheiten, dick gepolsterte Armsessel, die nicht zueinander paßten. In einer Ecke lag Plüschspielzeug für Kinder auf einem Haufen, darunter Zahnringe und Rasseln. Neben dem Bett hing eine weiße Babywanne aus Plastik im Ständer, daneben ordentlich aufgereiht eine Auswahl von Hautölen und Körperpuder.

Auf einem Tragkörbchen gegenüber, das wohl noch aus der Vorkriegszeit stammen mochte, stapelten sich gefaltete, in

Wäschereipapier gewickelte Laken. Auf der schmalen, flachen Schlafstätte war Bettzeug zu einem kreisförmigen Haufen angeordnet. Wer immer hier geschlafen hatte, war aufgestanden, ohne ihn durcheinanderzubringen. David mußte an die Vogelnester am Flußufer denken.

»Es hieß, sie hätte ein Baby gehabt«, murmelte er.

»Wer würde jemanden ein Baby hier unterbringen lassen?« Helen schnüffelte und zog die Nase kraus beim Nachgeschmack der ranzigen Luft, die noch immer im Raum hing. Wieder erfaßte sie diese seltsame Sehnsucht, nur ein Kitzel am Rande ihres Bewußtseins. Sie unterdrückte ihn, denn sie hatte den Drang, der sie überfallen hatte, erkannt. Es überraschte sie selbst, denn er war ihr bisher völlig unbekannt und jetzt nicht willkommen. Auch jenes andere Bedürfnis, als er sie gepackt und ans Fenster gezerrt hatte, mißfiel ihr. Kaum, daß sie frische Luft geatmet und den Ekel hinuntergewürgt hatte, als ihr sein fester Griff im Genick bewußt wurde. Die Berührung kribbelte ihr auf der Haut, ihr war heiß und kalt geworden, und eine neue Gier hatte jene andere überlagert und weggeschwemmt.

»Ein Baby«, wiederholte David. Sie mußte unwillkürlich den Kopf schütteln. Wie idiotisch von ihr! Er tastete nach dem Kaminsims. Sie erschauerte und wünschte sekundenlang, er würde sie wieder anfassen, aber dann verdrehte sie die Augen und blickte ihn direkt an.

»So jedenfalls haben es die Krankenpfleger dargestellt«, fuhr David fort, »und die Verkäuferin im Rolling-Stock-Laden. Sie behauptete, die Alte hätte nach einem Baby gefragt, aber niemand glaubte ihr.« Was hatten sie noch gesagt? Er überlegte. »Phil Coulter wäre sie beinahe entwischt, denn sie wollte zu ihrem Baby. Seiner Meinung nach war es nur eine Bewußtseinstrübung . . .«

»Ich dachte, sie lebte allein?« fragte Helen. »Schließlich hat sie niemand als vermißt gemeldet, oder?«

Er schüttelte den Kopf und schloß die Augen halb. »Sie sollten es holen, hat sie gesagt. Auf dem Video war nichts zu sehen, aber wir haben noch nicht alle Kassetten angeschaut.« Er versuchte, sich an den Film zu erinnern – Jenny McGill kniete auf dem Brustkorb der Alten, die Pfleger hoben sie auf die Bahre, die Frau, die nach der Plastiktüte tastet. Dann fiel ihm Carrie McFall wieder ein, die sich rasch bückte, um die Handtasche neben den Einkaufswagen aufzuheben. Da war noch was gewesen, das ihm keine Ruhe ließ, aber er wußte nicht genau, was.

»Ein Baby ist hiergewesen«, murmelte er und ließ forschende Blicke durch den vollgestellten Raum schweifen. Es war nicht feucht hier, aber dumpf und unreinlich. Der seltsame Geruch, den er zunächst für Giftgas hielt, hatte sich verzogen und nur den Mief von Schmutz, Schweiß und mangelnder Hygiene zurückgelassen. Das Nest aus Bettzeug wirkte, als wimmelten Läuse darunter. Von der Tapete lappte ein loser Streifen herunter; anderswo verunzierten pelzige Fettflecken das Muster. »Wer hier drin ein Kind hütet«, erklärte David, »muß doch Verwandte haben – oder als Babysitter jobben.«

»Falls sie Babysitter war, gehört derjenige, der ihr den Gewerbeschein gab, hinter Gitter«, kommentierte Helen. »Hier drin ein Kind großzuziehen ist ein Verbrechen.«

* * * * *

»Zuerst waren wir sehr besorgt.« Simpson Hardingwell runzelte die Stirn. »Andererseits hält man sich besser mit vorschnellen Urteilen zurück und geht systematisch vor, wenn sich ein Fall so ungewöhnlich darstellt wie dieser.«

Hardingwell war der zuständige Bakteriologe im St. Helens – ein hochgewachsener, hagerer Riese, dem eine enorme Adlernase ein pompöses, aristokratisches Äußeres verlieh. Doch soweit David beurteilen konnte, wirkte er ziemlich besonnen und kein bißchen eingebildet.

»Da sind immer noch ein oder zwei Aspekte, die uns vor ein Rätsel stellen. Professor Hartley – er ist der Pathologe, müssen Sie wissen – hat mich gleich hinzugezogen, und gemeinsam haben wir die Frau noch mal untersucht.«

»War das nach der Obduktion?«

»Nein, das *war* die Obduktion. Quayle, der Notarzt, gab den Fall gleich an Gordon Hartley weiter. Die Pfleger hatten berichtet, sie sei unterwegs wieder zu sich gekommen, und auch bei der Ankunft in der Unfallstation hatte sie noch Lebenszeichen gezeigt, obwohl es keinen Herzschlag gab und keinerlei meßbare Gehirnströme. Spasmen sind in der Zeit nach dem Exitus nichts Ungewöhnliches, aber Quayle behauptete, sie habe sich heftig bewegt und starken Speichelfluß gezeigt, sogar Schaum vor dem Mund. Er dachte sofort an Tollwut, denn diese Symptome sind charakteristisch für das Virus, obwohl es seit Jahren hier nicht mehr bei Menschen aufgetreten ist.«

Er lehnte sich zurück und fuhr mit der Hand über sein dichtes graues Haar. »Als Hartley sie in der Leichenhalle sah, reagierten die Muskelstränge noch immer, obwohl die Spasmen aufgehört hatten. Ihre Kondition hat ihn überrascht. In mancher Hinsicht war sie regelrecht vertrocknet; eine alte Frau, die halbverhungert war. Das Körperfett war praktisch aufgezehrt, und die Hautfarbe ließ auf Anämie schließen. Dem Augenschein nach war sie in den Sechzigern. Anfang Sechzig, würde ich sagen. Das machte Hartley zu schaffen, und er bat mich, das bakteriologische oder virologische Risiko festzustellen. Um ehrlich zu sein, Tollwut ist mir noch nie untergekommen, jedenfalls nicht bei Menschen. Daher interessierte mich der Fall besonders, obwohl ich nicht auf Tollwut getippt hätte. Aber wo wir gerade dabei sind – sie war etwa sechzig, sagen Sie, aber es stimmte was nicht mit ihr?«

»So jedenfalls hat's mein Chef ausgedrückt.«

»Na schön. Die erste Anomalie war der Zustand ihrer Brüste, der ihrer sonstigen Erscheinung vollkommen widersprach. Weder abgeflacht noch mit Zellulitis oder Fettrückständen durchhängend, wie man bei einer Frau ihres Alters vermuten könnte. Im Gegenteil, sie waren straff geschwollen, regelrecht voll. Das hätte eine Reihe krankhafter Ursachen haben können – Beriberi zum Beispiel, was bei uns aber praktisch nicht vorkommt. Hartley glaubte an eine Entzündung, vielleicht aufgrund einer Veränderung im Blutbild. Sie hatte wunde Stellen rund um Brustwarzen und Aureole, Schürfwunden und Blutergüsse, sehr heftige sogar. Das Gewebe war vielfach aufgedunsen, und die Schürfwunden hatten geblutet. Ich hielt sie erst für Kaposi-Sarkome, die im HIV-Endstadium verstärkt auftreten.«

»Heißt das, sie hatte Aids?«

»Nein. Erstens waren die Blutkörperchen unterschiedlich in Form und Farbe, und bei späteren Tests zeigte sich ein negativer Befund.«

Wieder beugte er sich vor und legte die Hände auf die fleckige Schreibtischunterlage. »Aber das waren nur erste Eindrükke, verstehen Sie? Nachdem Gordon die Leiche geöffnet hatte, ergaben sich allerlei Merkwürdigkeiten. Ich entnahm kleinere Abstriche von Schleimhäuten, Proben von Blut, Muskelgewebe und Bauchdecke. Dann wartete ich, bis Hartley weiter vorgedrungen war, und holte Flüssigkeiten aus Magen und Eingeweide und erst ganz am Schluß aus dem Hirn.« Seufzend schwieg er für einen Augenblick.

»Doch all das ergab keine Klarheit«, fuhr er fort. »Vom pathologischen Standpunkt aus ist Gordon genauso ratlos wie ich. Gegen alle Erfahrung waren ihre Brüste noch immer funktionsfähig und produzierten Milch. Sie sonderten sogar Milch ab, und das ist angesichts des Lebensalters höchst ungewöhnlich, genau genommen unmöglich! Es gibt zwei Fälle in der Literatur, und einen dritten, wo die Frau sechzig war und eine Hormontherapie mitmachte. Aber dabei ging es nie um Milch. Allenfalls wurde ein leichter Anstieg der Drüsenaktivität verzeichnet.«

Er räusperte sich. »Unsere Frau – wie hieß sie noch? Quigley? Ihre Brustdrüsen waren völlig intakt. Vergleichbar mit einer Zwanzigjährigen zwei Wochen vor der Geburt. Die Hämatome waren keine blauen Flecken, wie sie nach einem Schlag auftreten, sondern Saugstellen. Der Volksmund würde sie Knutschflecken nennen . . . Doch diese hier wurden mit außerordentlicher Kraft erzeugt, zerstörten das Gewebe und kleinere Kapillaren und ließen Blut durch die Poren austreten. Es gab auch seltsame Schürfwunden, schmale Kratzer mit gerader Riffelung, tief genug, um in die Kapillargefäße einzudringen.«

»Und was bedeutet das?« wollte David wissen. Eigentlich war es pure Neugier, aber er merkte, daß Hardingwell ihn auf die Folter spannte. Der Bakteriologe war mit ganzem Herzen bei der Sache.

»Jemand hat sie ausgesaugt. Ob Kind oder Erwachsener, vermag ich nicht zu beurteilen. In der forensischen Medizin kenne ich mich nicht aus.«

»Und – noch etwas?«

»Aber ja doch! Ihre Eierstöcke waren ebenfalls intakt, wenn auch merkwürdig erweitert, was den übergroßen Anteil von Gelbkörperhormonen in ihrem Blut erklärt. Dazu kamen unerklärliche Abschürfungen an der Vaginalwand, und, was noch mehr verwundert – sie menstruierte noch immer. Daher vielleicht die Anämie. Hartley vergewisserte sich, daß sie einen Bruch der rechten Herzkammer erlitten hat.«

David hatte genug Krankenhausserien im Fernsehen verfolgt, um sich ein Bild zu machen. »Ein Herzanfall?«

»Katastrophal. Die Wand ist fast ganz eingerissen. Sie war dünn wie Papier und muß ihr schon lange Beschwerden gemacht haben. Es war ein Wunder, daß sie noch laufen konnte. Weitere Untersuchungen ergaben Aneurysmen in den Hirnzellen. Das sind Bläschen in den Gefäßwänden, die jederzeit hätten platzen können. Es war ein Wettlauf zwischen Herzanfall und Gehirnschlag. Natürlich litt sie trotz der Anämie unter hohem Blutdruck, aber ausschlaggebend war der Schaden an der Herzwand – als sei der Muskel dort weggefressen worden, was eine Reduzierung der Gewebemasse bewirkte. Das Herz hatte nur noch ein Drittel des Normalgewichts.«

Er blätterte in einer Akte. »Meine Gewebeproben waren ebenso rätselhaft. Deshalb mußten wir Mr. Bulloch verständigen. Das Blut zeigte einen Schwund der roten Blutkörperchen bei gleichzeitigem Anstieg der weißen. Drohende Leukämie, würde ich normalerweise sagen, aber das ist natürlich reine Spekulation. Ihr Progesteronspiegel war weit über den Normwerten. Und dann waren da die Antikörperchen.«

»Litt sie an einer Infektionskrankheit?«

»Nicht unbedingt. Antikörper verteidigen den Organismus gegen Krankheiten. Sie werden durch Kontakt mit Bakterien und Viren hervorgelockt, aber auch durch andere Eindringlinge. Vorläufig gehen wir davon aus, daß es sich um schlummernde Antikörper handelt. Sozusagen als biologische Superwaffe gegen jede denkbare Krankheit, die je existierte. Unter dem Elektronenmikroskop zeigten sich außerdem große Anteile an Proteinen und Aminosäuren, mit langen Polypeptid-Ketten, als handle es sich um neues genetisches Material. So etwas ist mir noch nie vorgekommen, und meine Kollegen sind ebenso bestürzt wie ich. Alles, was mir dazu einfällt, wäre, daß diese Antikörper auf irgendeine Infektion reagiert haben, vielleicht auf diese komplexen Moleküle, obwohl es einige Zeit dauern wird, den Überträger zu isolieren. Wenn es ein Virus ist, könnte es Monate dauern. Ich glaube nicht ernsthaft daran, aber ich will lieber kein Risiko eingehen. Ich muß auch mit der Möglichkeit einer Mutation rechnen – so etwas kommt von Zeit zu Zeit vor bei der Bildung von Antikörpern. Oder mit einer unbekannten infektiösen Verbindung, woran ich auch nicht glauben mag. Aber wir müssen uns vergewissern – das ist unsere Pflicht als Mediziner!«

»Sie meinen also, daß sie irgendeine Krankheit hatte?«

»Krank war sie in jeder Hinsicht – Herzschwäche, Embolien, aufgeblähte Eierstöcke, hormonelle Überproduktion. Sie war eine todkranke Frau. Ich will nur herausfinden, ob sie eine Krankheit hatte, mit der sie andere anstecken kann. Und ob das, was da verschleppt worden ist, auch die übrigen Anomalien verursacht hat. Wie gesagt, es *könnte* ein neues Virus sein. Deshalb muß ich wissen, ob unsere Thelma Quigley vor nicht allzu langer Zeit im Ausland war – oder engen Kontakt zu jemandem hatte, der aus den Tropen kommt.«

Hardingwell warf David einen aufmunternden Blick zu und lächelte flüchtig. »Wenigstens wissen wir, daß es nicht die Tollwut ist, und das ist auch schon ein Segen. Aber wir müssen, wenn irgend möglich, die Quelle dieses neuen Zellmaterials finden. Nicht auszuschließen, daß es sich um eine Mutation handelt – aber ebensogut wäre eine parasitäre Infektion möglich, die wir noch nicht kennen. Von den sonstigen Fragen abgesehen, ist es allerdings ziemlich merkwürdig, daß sie überhaupt munter herumlief, anstatt schon vor Wochen ins Krankenhaus eingeliefert zu werden.«

»Was ist mit den Pflegern? Angeblich war sie schon tot und sei urplötzlich wieder aufgewacht. Hat das möglicherweise damit zu tun?«

»Vielleicht lag es in diesem Moment mehr an der Hitze. Glauben Sie bloß nicht, Medizin wäre eine exakte Wissenschaft! Es ist ziemlich wahrscheinlich, daß infolge des Herzschlags ihr Puls auf ein extremes Minimum abgefallen war, obwohl es noch Hirnaktivität gab. Andererseits kann das Herz sogar noch gearbeitet haben, auch wenn das kaum einen Unterschied macht. Es gibt eine gewisse Chance, daß sie noch immer am Leben war. Die Anzeichen sind sehr leicht zu übersehen.«

David zog sein Notizbuch hervor und blätterte darin. Schließlich fand er die Mitschrift und überflog sie kurz. »Die Zeugen sagten aus, sie hätte von einem Baby gesprochen. Auch bei ihr daheim fanden sich Indizien, die darauf hindeuten, daß irgendwann eins dort war. Halten Sie es für möglich, daß sie ein Neugeborenes hatte?«

Hardingwell lachte, nicht unfreundlich, aber sichtlich amüsiert. »Wenn dem so wäre, würde im Handumdrehen jemand eine Pressemitteilung rausgeben, noch bevor unser Gespräch beendet ist. Womöglich ließe ich es selbst in irgendein Boulevardblättchen einrücken. Aber nein – daß sie eine Geburt hinter sich hatte, wäre höchst unwahrscheinlich.«

»Sie war wohl zu alt dafür?«

»Tja, einerseits das, obwohl die Altersgrenze von den Italienern schon weiter vorgeschoben wurde, als wir uns träumen lassen. Es wird wohl nicht mehr lange dauern, bis auch eine Frau ihres Alters noch gebären kann. Sie müßte allerdings in besserer gesundheitlicher Verfassung sein.«

»Vielleicht hat sie auf ein Enkelchen aufgepaßt?«

»Auch das nicht, fürchte ich. Sie hat nie Kinder bekommen können.«

»Aber wieso?«

»Weil sie noch Jungfrau war. Hartley fand sie unberührt vor.« Der Gutachter lächelte. »Sie war wirklich das, was man ein altes Mädchen nennen könnte . . .«

* * * * *

Die Durchsuchung der Wohnung dauerte nicht lange. Die Schubladen der Kommode waren voller Babysachen, allesamt gebügelt und auf Kante gefaltet, und die meisten offenbar noch nie benutzt: winzige Wolljäckchen, größere Pullis, als habe jemand alles Nötige für die gesamte Wachstumsphase im voraus eingekauft. In der Küche fanden sich Sterilisiergeräte und Plastikflaschen, ungeöffnete Gläser mit Babynahrung und mürber, längst zerbröselter Zwieback, der noch in blankes, festes Zellophan gewickelt war.

»Nichts von dem Zeug wurde jemals angerührt«, erklärte Helen. »Weder die Fläschchen noch die Klamotten. Das alles kommt mir wie neu vor – auch wenn's uralt ist.«

»Eine merkwürdige Logik hast du«, scherzte David. »Ich versteh kein Wort!«

»Neu im Sinne von unbenutzt, aber alt insofern, als einiges noch von anno Tobak stammt. Schau dir die Strampelhosen an. So was trug man mit Knopfschühchen. Ich selbst hab so was noch getragen.«

»Nicht zufällig gestern?«

»Sehr komisch. Nein, gestern nicht. Sieht aus, als hätte jemand die Babysachen nur sammeln und auf Halde legen wollen.«

»Du meinst, sie hatte eine Macke?«

Helen blickte zu ihm auf. Sie hockte am Boden und vermied es, das Knie auf den fadenscheinigen Teppich zu stützen. In den Händen hielt sie einen gestrickten rosafarbenen Jumper mit zwei niedlichen Schleifchen am Kragen. »Kommt auf den jeweiligen Standpunkt an. Vielleicht *wollte* sie bloß Kinder kriegen. Das kann zur Besessenheit werden. Manche Frauen kriegen keins, und werden darüber – nach herrschender Lehre der Psychologen – verrückt. Es kommt vor, daß sie sich einbilden, sie hätten wirklich ein Baby. Oder, wenn's zum Schlimmsten kommt, entführen sie eins.«

Sie erhob sich und hielt die winzigen Kleidungsstücke hoch. »Ich nehme an, sie war eine liebenswerte, aber ziemlich verwirrte alte Dame. All das Zeug paßt überhaupt nicht zusammen, weder nach der Mode noch nach dem Geschlecht.« Sie lächelte zaghaft und dachte daran, wie verwirrt sie selbst vorhin gewesen war. David rieb sich das Kinn; seine freie Handfläche raspelte über die Bartstoppeln. Ein durch und durch männliches Geräusch, das ihre Nervenstränge kribbeln ließ. Sie ignorierte es tapfer.

»Ich wüßte nicht, wieso!« meinte David erstaunt. Sie lachte laut auf und hoffte, es klang nicht allzu gezwungen.

»Natürlich nicht, mein Lieber. Nimm's mir nicht übel, aber du bist nun mal ein Mann. Und Männer haben nach meiner Erfahrung keinen blassen Schimmer davon, daß nur die kleinen Mädchen Rosa tragen. Einige Kleidchen sind aber blau, und der Rest pinkfarben. Anscheinend wußte sie selbst nicht, was sie kaufen sollte. Einiges wäre für Ein- bis Zweijährige passend, andere nur für ein Neugeborenes.«

»Du verstehst ja eine ganze Menge davon«, bemerkte David.

»Ich bin die jüngste aus einer Großfamilie. Meine großen Schwestern vermehren sich wie die Karnickel . . .«

»Und du?«

Die Erscheinung kehrte wieder, das Bild von ihr, nackt am Boden hingestreckt. *Vermehren sich wie die Karnickel.*

»Laß mich bloß damit in Frieden. Ich versorge die lieben Kleinen mit Süßigkeiten und Weihnachtsgeschenken, und damit sind meine mütterlichen Instinkte auch schon erschöpft. Wahrscheinlich stimmt was nicht in meinem Hormonhaushalt.« Sie grinste ihm vage zu und verdrängte den Nachhall der beiden befremdlichen Empfindungen von vorhin. Die eine hatte sie machtvoll ergriffen und war ebenso schnell wieder abgeklungen, doch die Erinnerung blieb deutlich präsent. Die zweite hielt noch an und schmerzte heftiger denn je.

David erwiderte ihr Lächeln, aber auch er mußte über den Mutterinstinkt nachdenken. June pochte schon lange auf ihre Verlobung. Sie wollte endlich in festen Händen sein und eine Familie gründen. Aber er wußte, daß er selbst noch nicht so weit war. Er zögerte, mit ihr zusammenzuziehen, und ihm wurde immer klarer, daß seine Zweifel mit dem Wunsch, Familienvater zu werden, nichts zu tun hatten. Es hatte mit ihm zu tun und auch mit ihr. Irgendwann würde er zu einer Entscheidung kommen müssen. Er warf Helen Lamont einen Seitenblick zu und wünschte, sie wäre auf dem Revier geblieben. Komplikationen konnte er bei diesem Fall nicht brauchen.

Der Kleiderschrank am anderen Ende des niedrigen Zimmers enthielt weitere verpackte Babysachen sowie eine altmodische Hutschachtel mit Zeitungsausschnitten und ein paar zerfledderte Schulhefte. Ganz unten lagen zwei alte Tagebücher. Die sorgfältig geschwungene Handschrift erinnerte auf den ersten Blick an den Schriftzug des Namens im Quittungsheft der alten Frau. Er nahm die Papiere mit, als sie das Haus verließen und den Heimweg antraten. David setzte Helen an der South Street ab, bevor er nach Hause fuhr; seine eigene Wohnung lag nur einen Kilometer weiter.

Von den drei Botschaften auf seinem Anrufbeantworter stammten zwei von June, die zweite klang wütender als die erste. Sie wollte wissen, wo er abgeblieben sei, und wieso er ihr den Abend verdorben habe. Er solle sofort zurückrufen. Der dritte Anrufer war John Barclay im Waterside-Einkaufscenter gewesen.

»Da sind noch ein paar alte Bänder, die ich mir angeschaut habe«, ließ er sich vom Band vernehmen. »Da ist etwas, das ich dir zeigen muß!«

David wählte die Nummer seines Wachdienstbüros, aber dort meldete sich niemand mehr. Er nahm sich vor, es anderntags noch mal bei John zu probieren. Dann braute er sich einen starken, süßen Kaffee, der ihm nach einer Weile die froststarren Glieder auftaute. Während er Schluck für Schluck nahm, öffnete er die Hutschachtel und blätterte in den alten, brüchigen Zeitungsausschnitten. Er zog eins der Tagebücher heraus, öffnete es und begann zu lesen.

In dieser Nacht erwiderte er Junes Anruf nicht.

— 7 —

Es war bitterkalt geworden. Rauhreif verwandelte die Spinnweben im Gebüsch am Straßenrand in feinsten Silberschmuck. Aber sie nahm es nicht zur Kenntnis. Die kalte Luft kroch ihr in die Kehle, und sie duckte sich unter dem scharfen Wind, bewegte sich hastig, mit ruckartigen Bewegungen. Es war noch stockfinster, winterlich dunkel, obwohl der Morgen längst angebrochen war, und sie fühlte sich steif und wund nach der Nacht, die sie, an die Wand gekauert, in der Ecke eines fremden Zimmers verbracht hatte.

Sie hatte rufen wollen, als draußen vor dem seltsamen Haus, wo sie sich verbarg, Schritte zu hören waren. Aber etwas war in ihre Seele gedrungen und hatte ihr den Mund zugestopft. Der geistige Impuls nagte an ihr und befahl, aufzustehen, sich rasch zu entfernen, und sie mußte gehorchen, rannte durch die Hintertür hinaus, als es vorn geklopft hatte. Es zwang sie, woanders Zuflucht zu suchen. Es hatte ihr Innerstes aufgeknackt und darin gelesen, wo es einen Unterschlupf für sie beide gab. Ginny hatte sich davongestohlen, war am Grundstück vorübergekommen, wo die Hunde aufjaulten und sich wie wild gegen den Zaun warfen – nicht zur Straßenseite hin, ihr entgegen, sondern am anderen Ende, um ihr zu entkommen. Ihr Heulen zerriß die nächtliche Stille. Sie ließ den Müllplatz des Chinarestaurants ebenso hinter sich wie die Gasse und war einer Seitenstraße gefolgt, die zum Park führte, wo sich der Kanal durch grüne Wiesen, Brachland und Baumgruppen schlängelte.

Weiter weiter weiter WEITER! kommandierte die unnachgiebige Stimme. Nach einer Weile bekam sie Seitenstiche, aber stehenbleiben durfte sie nicht. Bei jeder Abzweigung, die sie mit dem Baby im Arm nahm, wählte sie die dunklere Straßenseite, drückte sich tiefer ins Gebüsch, hielt sich an Mauern, mied instinktiv das Licht. Es brauchte eine Dreiviertelstunde, und sie fiel fast um vor Erschöpfung, als sie zu Celias Haus kam. Sie humpelte den schmalen Pfad hinauf, tastete nach dem Schlüssel und schaffte es nach mehreren verzweifelten Fehlversuchen, ihn ins Schloß zu stecken. Dann drückte sie die Tür auf und stolperte hinein.

Es war kühl, aber nicht eiskalt. Auf dem Teppich brach sie zusammen, japste wie ein geprügelter Köter und lauschte dem heiseren Atem, der sich ihrer Kehle entrang. Das einzige Licht ringsum war der bleiche Mondrest, der durch das Fenster lugte, und der grüne blinkende Punkt auf dem niedrigen Ecktisch. Wie hypnotisiert starrte sie das Gerät an, während sie sich aufsetzte und das Gewicht an ihren Brüsten spürte.

Einige Zeit später schrillte ein Telefon, und sie fuhr zurück, so heftig, daß sie mit der Schulter gegen die Wand schlug. Sie wandte sich langsam um. Ihr Herz pochte wie wild, und fast hätte sie den Hörer abgenommen, als der geistige Befehl sie vollkommen lähmte. Ein leises Schnurren folgte, und zweimal klickte es, während sich das Gerät einschaltete.

»Hallo, hier spricht Celia Barker!« Die Stimme der jungen Frau hörte sich hell und lebhaft an, unbeschwert und frei von Sorgen. »Ich kann leider gerade nicht ans Telefon. Bitte hinterlassen Sie nach dem Pfeifton eine Nachricht und Ihre Telefonnummer, damit ich zurückrufen kann!« Das Schnurren wiederholte sich, dann erklangen mehrere kurze und ein langer elektronischer Piepser.

»Ich bin's wieder, Ginny. Vorhin hab ich's schon mal probiert.« Dieselbe Stimme, aber anders, frischer als vorhin. »Wollte dir nur sagen, daß wir gut angekommen sind. Herrlich ist es hier – blauer Himmel, und eine warme Brise kommt übers Meer. Und die Jungs hier, hmmm! Wie griechische Götter, einer wie der andere: breite Schultern, schlanke Hüften, braune Haut. Wird bestimmt eine schöne Zeit. Keine Sorge, wir passen schon auf

– denn brav bleiben kommt nicht in Frage! Zu schade, daß du nicht mitgekommen bist. Du könntest dich vor Angeboten kaum retten! Trotzdem vielen Dank, daß du dich um Mork und Mindy kümmerst. Dosenfutter steht ihm Küchenschrank. Paß bloß auf, daß Mork nicht über Mindys Goldfischglas herfällt, und feiere keine Orgien bei mir – und wenn doch, mach wenigstens hinterher sauber. Liebe Grüße von hier und . . .«

Die Stimme erstarb, ein kurzer, plappernder Strom von sinnlosen Worten und Gekicher. Die Maschine klickte, piepste noch einmal und schaltete sich aus. Doch ihr grünes Auge blinkte stetig weiter, als längst Stille eingekehrt war.

Sie blieb still gegen die Wand gelehnt und fixierte den Lichtpunkt, während ihre Gedanken im Kreis herumwirbelten. Sie wollte an der Vertrautheit der Telefonstimme festhalten, am lokkeren, unbefangenen Ton ihrer Freundin. Aber es fiel ihr schwer, klaren Kopf zu behalten. Es war fast unmöglich, einen Gedanken zu fassen.

Die Nacht war verrückt gewesen, voller Alpträume und schrecklicher Visionen. Als sie erwachte, fiel ihr alles wieder ein, sie sah das Baby an ihrer Brust kleben, sie absaugen, entsaften, ausdörren. Sie wollte sich wehren, es von sich stoßen. Der aufkeimende Ekel drängte sie, das Kleine zu packen, diese Lippen von ihrer Haut zu lösen, es fortzuschleudern. Am liebsten hätte sie es zu Boden geworfen und wäre darauf getreten, bis das rhythmische Nuckeln aufhörte.

Sie versuchte es sogar. Aber dann kam der Schmerz.

Er schraubte sich wie ein Korkenzieher in ihren Hinterkopf. Sie hatte das Gefühl, als würde ihr die Hirnschale aufgeknackt und vom Schädel gelöst, und es bohrte so gewaltig, daß sie vorübergehend ohnmächtig wurde. Das Zimmer verschwamm vor ihrem Blick, und sie ertrank in allgegenwärtigem Schmerz, der sich verzweige und verästelte bis an die Innenkante ihrer Zähne. Es war ein fürchterlicher, tödlicher Krampf, der sie erschütterte und ihren Schrei erstickte.

Nein! Das wortlose Kommando drang durch ihre Qual.

Ihre Bewegung gefror, und ihre Hand blieb nur wenige Zentimeter über dem Hals des Babys in der Luft hängen. Alles geschah wie in Zeitlupe, als ob sie träumte, aber jetzt wußte sie, daß es kein Traum war. Es mochte ein Alpdruck sein, aber kein Traum. Der Schmerz wich rasch, und sie keuchte vor Erleichterung.

Ihre Hand blieb, wo sie war. Sie blinzelte kurz, und Tränen rollten ihr über die Wangen, die noch rauh von den Weinkrämpfen dieser Nacht waren. Das Baby preßte sich noch immer an ihre Haut. Sein schwarzes, seidiges Haar glänzte und fiel auf die rosigen Schultern. Die Kälte überzog sie mit einer bibbernden Gänsehaut. Jetzt löste sich die Lähmung ihrer Hand, und sie wickelte den Mantelkragen fester um das kleine Wesen.

Das Baby drehte sich um, den Mund noch immer auf ihrer Brustwarze, aber es hatte zu trinken aufgehört. Es öffnete ein Auge, das ihr anfangs rot und entzündet schien, dann aber die Farbe wechselte und blau erstrahlte. Es starrte sie an, und wie Nebel stieg der Geruch auf, der ihre Sinne gefangennahm.

LASS MICH LOS! Die Panik prägte ihr den Gedanken mit Großbuchstaben ein, und augenblicklich flammte der Schmerz wieder auf. Haß und Widerwille wurden wie von einem Bleigewicht weggedrückt, der Abscheu zerstob und gab einem anderen Gefühl Raum.

Du sollst mich bemuttern, schrie der lautlose Befehl in ihrem Innern. *Liebe mich!*

Der Schmerz verging, und unvermutet stellte sich ein plötzliches, warmes Glücksgefühl ein. Sie wollte es niederkämpfen, bei klarem Verstand bleiben, doch sie kam nicht dagegen an. Ihr war, als würde sie entzweigerissen, ihre Stimmungen überschlugen sich, schwankten hierhin und dorthin, die Gedanken zuckten und blitzten auf, die Angst und die ihr fremde Sehnsucht rangen miteinander im verwirrenden Mahlstrom ihrer Seele.

Ihre Hand glitt tiefer und bettete den Kopf des Babys an die Brust, verwirrt vom Widerstreit der Eindrücke. Seine Haut war warm und trocken, *doch darunter spürte sie eine schreckliche*

Kälte, während es sanft nuckelte, genau wie Tony vor ein paar Tagen hinter den beschlagenen Scheiben seines Wagens.

Nach einer Weile konnte sie sich wieder rühren. Sie erhob sich vom Boden, hielt noch immer das Kleine an sich gepreßt. Ich hätte mich waschen sollen, dachte sie. Aber sie hatte Dringlicheres zu tun, wurde ihr signalisiert. Auf einmal begriff sie, daß sie weggehen sollte, die Wohnung verlassen. Wieder drängte etwas in ihrem Innern, und ohne Zögern betrat sie Celias Schlafzimmer. Das Bett war ordentlich gemacht und feminin dekoriert mit seinen gestickten, zur Schondecke passenden Zierkissen. Mit einer Hand zog sie alles herunter, die andere hielt noch immer das Baby umklammert. Die ganze Zeit über drehte sich ihr Bewußtsein wie ein Karussell, aber tief unter dem seelischen Wirbel war alles eiskalt und klar.

Sie zog das Bettzeug ab und auch das Laken, faltete eine Ecke auf die andere und legte es doppelt, bis es ein Viereck bildete. Endlich konnte sie das Baby loslassen. Es wand sich, ließ die Brustwarze mit einem gummiähnlichen Plopp aus dem Mund flutschen. Dann drehte es sich und richtete den Blick aufwärts zu ihr. Große, geweitete Kulleraugen starrten sie stumm und mitleidheischend an.

Mein Baby. Der Gedanke traf sie mit voller Wucht. Das Kinderhändchen löste sich, rosa und winzig, feingliedrige Fingerchen ballten sich zur Faust. Für einen kurzen Augenblick, den Bruchteil einer Sekunde lang glaubte sie, seine Haut schrumpeln, die Sehnen unter der Oberfläche zucken zu sehen. Ein regenbogenfarbener Schimmer, als spiegelte sich der stumpfe Schein einer Straßenlaterne in schuppigen Facetten, teilte das Licht in Fragmente. Dann meldete sich ein winziger Druck in ihren Schläfen, und das Regenbogenlicht verging. Die kleinen Finger öffneten und schlossen sich wieder, dann wurden sie schlaff, jeder rosige, säuberliche Nagel perfekt geformt.

Der feuchte, hilflose Blick des Babys richtete sich auf sie, und ihr ging das Herz auf. Von einer Welle mütterlichen Mitgefühls übermannt, konnte sie nicht länger widerstehen.

Ginny bückte sich so rasch, daß ihr das Haar zu beiden Seiten des Gesichts herunterfiel. Sie bettete das Kind auf das Laken und wickelte es ein, band die Hände fest. Sie schnürte ein kleines Bündel daraus und wandte sich um. Neben dem Telefon blinkte unverwandt und stumm das grüne Auge des Anrufbeantworters.

Auf dem Boden, wo sie den Rest der Nacht verbracht hatte, fand sie ihre Handtasche wieder, prüfte rasch den Inhalt und nahm mit dem Geld, das sie für den Weihnachtseinkauf mitgenommen hatte, auch ihre Kreditkarte heraus. Es war nicht viel, und sie würde mehr brauchen. Sie kehrte ins Schlafzimmer zurück und durchwühlte hektisch die Schubladen der Nachtkommoden links und rechts des Betts, fand aber nichts als Medikamente und eine Großpackung Kondome. Unter anderen Umständen hätte sie sich irgendwas dabei gedacht, vielleicht spöttisch gelacht, aber jetzt fielen sie ihr kaum auf. Der Frisiertisch gegenüber barg in einer Make-up-Schachtel zwei Zwanzigpfundnoten. Im Wohnzimmer stand eine Anrichte, in der Celia ihre Handtasche für den Alltag aufbewahrte. Sie zog sie heraus und verspürte einen heißen, fast überschäumenden Triumph. Irgendwo mußte sie doch sein, und tatsächlich fand sie in der Tasche Celias Kontokarte für den Geldautomaten.

»Ich lasse sie besser hier, für den Fall des Falles«, hatte ihre Freundin gesagt, die sehr praktisch veranlagt war. »Falls ich sie im Ausland verliere, wäre ich nach den Ferien bettelarm!« Die Karte steckte in einem kleinen blauen Plastiketui. Sie wußte, daß sich die Geheimzahl aus Tag und Monat von Celias Geburtsdatum zusammensetzte.

Hinter ihr fiel die Tür mit einem dumpfen Klicken ins Schloß, gedämpft vom Dunst des frühen Morgens, der mehr Frost als Nebel war. Die orangefarbenen Laternen hatten einen Hof und wirkten irgendwie gespenstisch. Irgendwo startete ein Dieselmotor. Keuchend wie ein großes Tier setzte sich ein Lkw in Bewegung. Weiter unten, kilometerweit flußabwärts, dröhnte ein Nebelhorn durch die stille Luft.

Die Kälte war heftig, und sie wickelte ihren Mantel fester um das Bündel, schnürte den Gürtel enger. Das kleine Gesicht schmiegte sich an die warme Bluse, und die großen Augen waren geschlossen. Es regte sich nicht, aber sie spürte die Hitze seiner Gedanken in ihrem eigenen Innern. Es fühlte sich in ihren Armen sicher geborgen. Wieder ging ihr das Herz über vor Mutterliebe.

Und irgendwo in der Tiefe kämpfte noch immer ihr eigenes Selbstgefühl, strampelte wie ein Ertrinkender in einer schwarzen Teergrube.

Der Pfad hinter dem Haus brachte sie auf die Straße zurück und in das verrufene Viertel am Fluß. Die Hunde schliefen entweder oder erkannten sie wieder. Hinter dem Zaun, wo sie angekettet waren, rührte sich nichts. Auch der Penner war nirgends zu sehen. Sie kam am Hinterhof des Chinarestaurants vorbei und kehrte ins Stadtzentrum zurück.

Um diese frühe Stunde war niemand unterwegs. Ihre Absätze klapperten auf dem Asphalt, und der Nachhall folgte ihr, vom Nebel gedämpft. Die Kirche ließ sie hinter sich und kam auf die Hauptstraße, bevor ihr auch nur eine Menschenseele begegnete. Dann hörte sie den Streifenwagen hinter sich; zwei gelangweilte Beamte kurz vor Schichtwechsel, die sich auf den Feierabend, eine Tasse heißen Tee und das Bett freuten. Beide folgten ihr mit Blicken, während sie vor Kälte gebückt und mit hochgezognen Schultern an den Schaufenstern entlanglief. Offenbar keine gefährliche Person, keine Einbrecherin. Der Wagen fuhr an ihr vorüber. Er bog ab, und sie blieb stehen, kehrte die vierzig Schritt zu der Bank zurück, die sie vorhin links liegen gelassen hatte. Hastig steckte sie die Karte in den Schlitz, tippte die Geheimzahl ein und drückte die Tasten für die Kontoanfrage.

Das Guthaben belief sich auf knapp tausend Pfund. Celia, die normalerweise eisern sparte, mußte den Großteil in die Ferien mitgenommen haben. Es mußte genügen. Sie ließ sich das Maximum auszahlen, wartete, bis der Automat zweihundert Pfund in glatten Zwanzigerscheinen ausspuckte, und stopfte die gefalteten Scheine in ihre Brieftasche, bevor sie ihren Weg fortsetzte.

Sie hatte kein schlechtes Gewissen dabei, wenigstens nicht an der Oberfläche ihres Bewußtseins. Ihr Baby brauchte das Geld. Und doch – tief unter der Taubheit und der seltsamen, überwältigenden Mutterliebe, brüllte sie auf vor Grauen und Abscheu.

Im Dunkel der Morgenfrühe kehrte sie zu Celias Wohnung zurück und gab sich alle Mühe, ungesehen zu bleiben.

* * * * *

Es war schon zwei Uhr durch, als David Harper auf die Uhr sah und merkte, wie lange er schon dasaß und sich in den kleinen Stapel Papiere vertiefte. Er nahm eine ausgiebige heiße Dusche und spielte mit dem Gedanken, sich noch einen Malt-Whisky zu gönnen, entschied aber dagegen. Statt dessen ging er zu Bett. Es war ein langer Tag gewesen und eine noch längere Nacht, doch trotz seiner physischen Erschöpfung war sein Verstand noch hellwach und wollte sich zusammenreimen, was er da gelesen hatte.

Thelma Quigley.

Das war der Name in dem Mietquittungsbuch gewesen, aber er war jetzt sicher, daß er nicht zu der Frau gehörte, die schreiend im Waterside-Einkaufscenter umgekippt war. Er hatte die Nacht über der Lektüre ihrer Tagebücher zugebracht und die Ausschnitte aus alten Zeitungen studiert, vergilbtes, zerknittertes Papier, das an den Falzkanten schon brüchig war.

Es gab zwei Tagebücher, beide aus der Mitte der sechziger Jahre, zerfleddert und im Rücken lose. Daneben gab es auch eine Reihe Schulhefte in unterschiedlichen Farben und ein paar Notizbücher mit Spiralbindung, wie sie Reporter benutzen.

Sie war eine unermüdliche Aufschreiberin gewesen, diese Thelma Quigley – oder vielmehr die Frau, die ihr Mietquittungsbuch mit sich herumtrug und ihren Namen benutzte, eine leidenschaftliche Berichterstatterin von Ereignissen. Doch von den Tagebüchern abgesehen, fiel es ihm schwer, die Papiere einer bestimmten Epoche zuzuordnen. Die Zeitungsartikel mußten erst nach Schrifttype und Papiersorten datiert werden. Einige Indizien gab es allerdings, und wenn er sich länger damit befaßte, würde er eine vorläufige chronologische Gliederung machen können. Dafür mußte er nur die Tagebücher zu Rate ziehen.

17. März 1967
Thelma will diesen Sommer nach Frankreich fahren. Immer ist sie so unternehmungslustig. Ich habe sie gefragt, was ihr an Brighton nicht gefällt, und sie hat bloß gelacht. Die Franzosen wären viel romantischer als die englischen Männer, behauptet sie, und da unten gäbe es nicht all diese Banden von Halbstarken und Mods, die sich gegenseitig bekämpfen. Sie hat eine Rolle in The Sound of Music *im Stadttheater bekommen und will, daß ich auch eine Chorprobe mitmache, aber ich kann nicht so gut singen wie sie.*

* * * * *

Den Aufzeichnungen zufolge war sie Mitte Dreißig, ein bißchen schüchtern, ein paar Jahre älter als ihre beste Freundin mit dem schauspielerischen Ehrgeiz, deren Horizont über einen Ferienaufenthalt in Brighton hinausging. Es war das Tagebuch einer Frau, die ihrem Charakter und den Umständen gemäß sehr isoliert lebte und die Welt ringsum stellvertretend durch die Augen Thelma Quigleys wahrnahm. Dieser Name fiel ziemlich häufig und weckte bei David eine nagende Erinnerung.

22. Mai 1967
Die ganze Zeit über konnte ich nichts schreiben [so hieß es erst nach einer Lücke von mehr als einer Woche; die Tinte war verschmiert, wo die Tränen vor langer Zeit die Seiten durchfeuchtet hatten]. Ich ging dorthin, wo sie begraben ist, aber es ist noch kein Grabstein an der Stelle. Ich kann noch immer nicht glauben, daß sie fortgegangen ist. Tot. Einfach so. Dabei war sie voller Leben, lachte so gern. Die Polizei

war bei mir und stellte noch mehr Fragen, aber ich hatte ihnen nichts zu sagen. Thelma kannte viele Männer, hatte aber keinen richtigen Freund. Ich wollte ihren Leichnam sehen, bevor sie beerdigt wurde, aber sie meinten, ich sollte es mir besser nicht antun. Es war ein geschlossener Sarg, weil sie angeblich gezeichnet war. Wie konnte ihr jemand so etwas antun? Wie schrecklich ist das alles! Wenn ich den Täter zu fassen kriegte, würde ich ihn eigenhändig zu Tode prügeln. Ich vermisse sie so sehr! Hätte ich ihr nur sagen können, daß ich mit nach Frankreich komme.

26. Juli 1967
Der Grabstein ist poliert und trägt ihren Namen. Mein Blumenhalter mit dem weißen Marmorherz ist noch da, und ich habe ein paar Nelken hineingestellt. Ihr Name wirkt so einsam auf dem Stein, und ich kann noch immer nicht glauben, daß sie da drin liegt und nie mehr aufsteht und herumtanzt wie sonst, mit den Jungs schäkert und lacht. Sie haben ihn noch nicht gekriegt diesen Kerl (Gott vergib mir, aber ich kann ihm nicht vergeben). Morgen gehe ich auf die Brücke, wohin wir letztes Jahr mit Tom und Geoffrey spaziert sind, als Thelma die doppelte Verabredung ohne mein Wissen traf, und wir uns auf dem Heimweg nicht einkriegen konnten, weil Geoffrey wie Adam Faith aussah, bloß kleiner, und jeder sagt, daß Adam kaum einsfünfzig groß ist. Das war ihr letztes richtiges Lachen, an das ich mich erinnere, und seitdem ist alles grau in grau gewesen. Jetzt zählt das alles nicht mehr. Ich habe niemanden, mit dem ich reden könnte. Meine Mutter meint, ich soll die Toten ruhen lassen, und mein Daddy weiß nichts zu sagen. Mir ist sowieso alles egal, andere Freunde habe ich auch nicht, und ich bin sehr einsam. Morgen gehe ich auf die Brücke, denn wo immer Thelma jetzt ist, wird sie heiter sein und mich wieder zum Lachen bringen.

Die folgenden fünfzig Seiten des Tagebuchs waren leer. Vom Juli bis zu einem bestimmten Tag im September hatte sie nichts notiert. Kein Wunder, daß David zuerst dachte, die Schreiberin der Zeilen im Juli – eine bekümmerte, einsame Frau, die einen Verlust nicht verkraften konnte – habe ihren Plan verwirklicht und sei zur Brücke gegangen, wo immer das war, um dort ihrer Freundin in den Tod zu folgen.

Aber nein.

22. September 1967

Das arme kleine Wurm will gestillt werden. Immer, immer wieder muß ich stillen, und wenn er seine riesengroßen Augen auf mich richtet, schmelze ich beinah dahin. Innerlich bin ich ganz aufgewühlt. Bestimmt hätte Thelma ihn gemocht. Sie meinte immer, ich könnte eine wunderbare Mutter werden, und behielt recht damit. Ich sorge besser für Baby Brummbär als irgendwer sonst es könnte, und ich liebe ihn abgöttisch. Wirklich und wahrhaftig. Ich kann kaum abwarten, daß er sprechen lernt, und ich weiß schon jetzt, welche Worte es sein werden.

Die Handschrift war klar und geschwungen und glich den Tagebucheinträgen vor der langen Pause bis ins Detail. Sie mußte von derselben Person stammen.

Ich muß einen anderen Kinderwagen für ihn besorgen, an dem alten eiert ein Rad, und er mag es nicht, wenn er herumgestoßen wird. Ich merke immer sofort, wenn er unzufrieden ist. Er sorgt schon dafür, daß ich aufpasse. So sind die lieben Kleinen nun mal. Heute nuckelt er sehr heftig, und ich habe mir einen Bluterguß zugezogen, aber er kann ja nichts dafür. Er muß wirklich sehr, sehr hungrig sein, aber mir macht das nichts, denn er braucht seine Nahrung, und etwas anderes nimmt er nicht zu sich.

20. Dezember 1967

Ich habe ihm einen großen Teddybär und einen Frosch aus Plüsch gekauft, der richtig knuddelig aussieht. Er wird bald nach Spielzeug verlangen, aber jetzt ist er noch zu jung dafür, das arme kleine Wurm, und sooo hilflos! Er braucht mich so sehr, und ich weiß ja, wie lieb er mich hat. Ihn in den Armen zu halten ist mein ein und alles. Ich muß wieder zur Metzgerei und Leber besorgen. Früher mochte ich das nie, aber jetzt brauche ich mehr und mehr davon. Eigentlich komisch. Es heißt, man kriegte seltsame Gelüste und Appetit, bevor *man ein Baby kriegt. Mir geht es dauernd so. Leber und Eier und sogar Eierschalen! Sonderbar. Und ich freue mich so sehr auf Weihnachten. Bloß ich und das Baby. Es wird wie der erste Heiligabend sein, und er ist ja so süß wie das Jesuskind. Vielleicht singe ich ihm ein Weihnachtslied.*

Das nächste Tagebuch hörte sich nicht viel anders an. Zwar war nicht jedes Datum ausgefüllt, manchmal gab es wochenlange Lücken, aber jeder Eintrag schilderte ausschließlich die Rituale des Fütterns und Einkleidens von ›Baby Brummbär‹. Beim Lesen konnte David den Wandel nachempfinden, die Besessenheit dieser Frau von ihrem Baby, aber das allein ließ ihm noch nicht die Haare zu Berge stehen.

Da war noch eine Merkwürdigkeit, etwas Unnatürliches in dieser Geschichte. Während seiner Lektüre stand er ein paarmal auf, um sich einen guten Schluck Islay Malt einzuschenken, und auf der Zunge schmeckte er den rauchigen Torf unter dem feurigen Alkohol. Doch auch der Whisky vermochte den fatalen Nachgeschmack nicht zu überdecken, den das Tagebuch bei ihm hinterließ.

Irgendwas stimmte da nicht. Er vermochte es noch nicht zu benennen, obwohl die Auslassungen unübersehbar waren. Doch auch sie jagten ihm nicht einen Schauer nach dem anderen über den Rücken. Es war etwas weit, weit jenseits der Auslassungen, dem er in jedem Fall auf die Spur kommen wollte. Er spürte etwas, das irgendwie falsch war. Nicht kriminell, obwohl auch diese Möglichkeit nahelag, sondern schlichtweg falsch.

Die Tagebücher stellten ihn vor ein Rätsel, das er lösen mußte. Einige Punkte waren leicht aufzuklären, durch bloßes Ak-

tenstudium. Thelma Quigley war ermordet worden. Das ging deutlich aus dem Tagebuch hervor. Jemand hatte sie niedergestochen, und ihre Leiche hatte irgendwo verscharrt gelegen, wo sie eine Zeitlang nicht aufgefunden wurde. Schon diese Erkenntnis ließ seine schwache Ahnung zur Gewißheit reifen. Thelma Quigley. Er hatte *den Namen schon einmal gehört. Wenn er herausfand, wer Thelma Quigley gewesen war, würde er auch die tote Frau identifizieren können.*

Auch mit ihrer Wohnung war etwas nicht in Ordnung. Es war mehr als ein fauler, stickiger Gestank und die Sammlung von Kinderkleidern und Spielzeug, das nie benutzt worden war. Seine Gedanken wanderten von dem schmuddeligen Zimmer zu den Schwarzweiß-Videos, die er auf dem Bildschirm in John Barclays Büro angesehen hatte. Er erinnerte sich an das Zittern der Frau, ihr Aufbäumen, als sie abtransportiert werden sollte. Die Stimme hatte er nicht hören können, aber Jenny McGill von Rolling Stock hatte erzählt, daß sie nach ihrem Baby verlangte, was auch die Krankenpfleger bestätigten. Die tote Frau hatte eine Tüte vom Drogeriemarkt getragen, die längst verschwunden war, aber offensichtlich Babywindeln enthielt.

Zugleich kam ihm Hardingwells Gelächter in den Sinn, als er ihm mitteilte, daß sie noch Jungfrau war, und die widersprüchlichen Informationen über ihren Gesundheitszustand. Sie hatte die Sechzig überschritten und hatte Milch in den Brüsten wie eine frischgebackene Mutter.

Endlich legte sich David schlafen. In einer wirren Folge von Alpträumen sah er wieder das Schwarzweiß-Video vom Zusammenbruch der alten Frau, aber diesmal hörte er zugleich den Ton, und die Kamera zeigte eine Totale von ihrem verzerrten Gesicht, und sie schrie nach ihrem Baby. Ihr offener Mund zeigte farblose, fleckige Zähne; ihre Brüste schwollen zu absurder Größe auf wie Ballons, aus denen eine schmierige, undefinierbare Flüssigkeit tröpfelte. Ein Blinzeln seiner Lider, und er war wieder in ihrem engen Zimmerchen, wo alles totenstill war. Diesmal war er allein, wandte sich vom Fenster ab, blickte nach der niedrigen Tür und über das Knäuel von Bettzeug, das verknotet und zu einem Nest geformt war. Wieder drehte er sich um und lauschte einem Geräusch. Offenbar war er nicht länger allein. Ein leiser, kratzender Laut war unter dem Bett zu hören, und er spannte die Muskeln an, erwartete jeden Moment einen Angreifer. Ihm war, als kauerte er sich hin, zitterte vor Anstrengung, und das Geräusch veränderte sich. Es kam wie stets in Träumen ohne Vorwarnung, ohne Grund. Vom leisen Kratzen einer Maus wechselte es zum stotternden Kreischen eines Neugeborenen. David fiel auf die Knie und starrte ins Dunkel unter dem Bett, und der Schrei endete in gurgelndem Gelächter. Ängstlich verkroch er sich, und plötzlich stürzte der Haufen Plüschspielzeug, der in der Zimmerecke zu einer Pyramide angeschwollen war, über ihm zusammen – eine Lawine bunter Schmusetiere, die ihn unter sich begrub und eindeckte, bis ihm die Luft wegblieb.

Hustend und schweißgebadet wachte er auf. Das Nachbild des Traums verfolgte ihn, bis er aufgestanden war und Kaffee aufsetzte, den er heiß und gesüßt hinunterstürzte. Vor dem Fenster war es noch immer dunkel, und der Wind ließ weiße Schneeflocken gegen die Scheiben klatschen. Da draußen regte sich kein lebendes Wesen.

— 8 —

Auf der Fahrt durch den Dezembernebel ins Büro dachte David über die Frau nach und versuchte, das ungute Gefühl abzuschütteln, das ihm seit dem plötzlichen Erwachen aus dem Alptraum nachhing. Donal Bulloch nahm an einer Konferenz in London teil, weshalb er der rechten Hand des Chefs Bericht erstatten mußte, Inspektor Scott Cruden.

»Ich treffe mich heute früh mit dem Vermieter und rede vielleicht mal mit den Nachbarn«, schloß er. »Noch wissen wir nicht, wer sie ist, aber im Lauf des Tages werden wir weitersehen.«

Cruden hielt den Aufwand wegen eines natürlichen Todesfalls für übertrieben, aber wenn's nun mal von übergeordneter Stelle so beschlossen war, wollte er sich auch nicht querlegen, zumindest heute nicht. »Machen Sie's so kurz wie möglich. – Aber die Lamont kann ich Ihnen nicht mitgeben, nicht diesmal und morgen wohl auch nicht«, erklärte der Inspektor rundheraus. »Sie ist in einer Vermißtensache unterwegs nach Whitevale. Anscheinend ist da ein Mädel weggelaufen.«

David zuckte gleichgültig die Achseln. Trotzdem wurmte es ihn. Er redete sich ein, Helen Lamont nur als fähige Kollegin zu vermissen, als jemanden, auf den Verlaß war. Wieder flirrte ein Bild vor seinem geistigen Auge, allerdings nicht das brutale aus dem Haus der toten Frau. Er erinnerte sich vielmehr daran, wie sie ihn angelächelt hatte, als er vor dem Kaminsims stand. Hatte er etwas in ihrem Blick gelesen, das ihn beunruhigte? Er schüttelte den Gedanken wieder ab. Noch mehr Komplikationen in seinem Leben konnte er nicht brauchen.

Ein Gespräch mit dem Hauswirt, der die vergammelten Gebäude vermietete, und ein paar Klinken putzen – das würde nicht allzu viel Zeit in Anspruch nehmen. Er ging an seinen Schreibtisch und tippte mehrere Anfragen, die er dem Polizeiarchiv zuleiten ließ. Es ging um nichts Geringeres als die Akte von Thelma Quigley, jener Toten, die zweimal gestorben war, wie es den Anschein hatte. Die Befragung der Nachbarn war vergebliche Liebesmüh, wie er annahm, konnte aber viel Zeit sparen, wenn er zufällig ins Schwarze traf.

Im Flur lief ihm Helen mit zwei uniformierten Polizisten über den Weg. »Gehst du wieder hin?«

Er nickte, und sie hob bedauernd die Schultern. »In einer Stunde bin ich zurück. Eine junge Frau von Anfang Zwanzig wird vermißt, aber es ist noch sehr früh am Tag, und es steht zehn zu eins, daß sie wieder auftaucht. Ruf mich an, wenn du mich brauchst!«

Er signalisierte ihr ein stummes Okay mit Daumen und gekrümmtem Zeigefinger und trat in die Kälte hinaus. Daß sie ihm durchs Fenster nachdenklich hinterherblickte, merkte er nicht, als er die Stufen zum Parkplatz hinunterlief.

Der Vermieter war ein Immobilienmakler in der Miller Street neben dem Kanal, der den Nordrand der Stadt säumte und seinen Weg in den Fluß erst ein ganzes Stück weiter südlich fand, bei der Mündung nahe Barloan Harbour und Levenford. Der Makler war nicht da, aber sein Sohn vertrat ihn im Büro, ein junger Mittzwanziger in modisch geschnittenem Anzug und mit einem rauhen Akzent, der die Gläser klirren ließ.

»Die alte Thelma? Lebt seit Jahren da«, erklärte er, nachdem David seinen Dienstausweis gezückt hatte. »Die Miete wird durch das Wohngeld vom Sozialamt aufgebracht. Die hat keiner Menschenseele was zuleide getan!«

»Haben Sie sich mal ihr Zimmer angeschaut?«

»Mein Vater war ab und zu mal da, glaube ich. Sie verhält sich ruhig. Keine lauten Parties, keine Haustiere. Kein Ärger. Was will man mehr in unserer Branche . . .«

Der junge Mann legte die spöttische Arroganz an den Tag, die bei Kindern feiner Leute häufig vorkommt, wußte aber auch nichts Genaueres. Er blätterte in seinen Unterlagen und fand heraus, daß Thelma Quigley seit fünf Jahren bei ihm wohnte. Und das war's. Sie war ein Name in seinen Registern, und ein regelmäßiger Eingang von Sozialgeldern auf dem Konto, und solange sie nicht bis in die Puppen herumschwofte, konnte sie dem Hauswirt gestohlen bleiben. David fühlte, wie er in Wut geriet, bezwang sich aber wieder. Es hatte keinen Zweck. Es gab eine Million Thelma Quigleys in einer Million Häusern in Tausenden von Städten. Heutzutage interessierte das keine Menschenseele mehr. Das einzige, was zählte, war das Geld und sonst nichts.

Die alte Mrs. Whalen, die drei Häuser weiter wohnte, war eine rüstige, mütterliche Frau und ihr Gesicht war von zahllosen feinen Fältchen gekerbt. Bob, ihr Ehemann, kauerte am Kohlenfeuer und trug hier drinnen seine Baskenmütze und einen alten Armeemantel, der ihm lose über den Schultern hing. Er ließ ein heiseres Husten von ganz tief drinnen hören und spuckte etwas Schleimiges in den Kamin, wo es binnen Sekunden zischend verdampfte. Mrs. Whalen klopfte ihm lässig auf die Schultern und erinnerte ihn an die guten Manieren, zumal ein Polizeibeamter im Haus sei.

»Asbestose«, entschuldigte sie sich. »Hat das Zeug jahrelang einatmen müssen, der arme Kerl. Ich sage immer, er soll nicht an die kalte Luft gehen, aber ganz aufs Haus beschränken kann er seine Spaziergänge auch nicht!«

Trotz der düsteren, niedrigen Räume und dem Geruch nach feuchtem Gips, der wohl nie trocknen würde, war die Wohnung sauber. Die alten, durch langen Gebrauch verkratzten Möbel waren poliert, und auf dem Kaminsims standen gerahmte Fotografien in einer Reihe, die das Wachsen und Werden eines Geschlechts von Whalen-Enkelkindern dokumentierten. Das alte Pärchen führte ein erfülltes Leben.

»Einundzwanzig Enkel und vier Urenkelchen. Zu Weihnachten muß ich jedesmal die Bank plündern«, sagte sie kichernd und schloß die gichtigen Finger um ihre Teetasse. David verspürte ein müdes, trauriges Mitleid für sie – den alten Bob mit seiner Staublunge, der im eigenen Schleim erstickte, die kleine Frau, die ihn pflegen mußte, und ihren aufgereihten Nachwuchs auf dem Kaminsims. Er rief sich abermals zur Ordnung. Es war nicht sein Kampf, und sie beklagte sich nicht.

»Thelma? Ach die, die ist immer ziemlich menschenscheu gewesen, wissen Sie! Hab sie höchstens mal im Laden getroffen, und sie hat mich gegrüßt. Manchmal hat sie die Bettwäsche aufgehängt. Ständig hing etwas auf der Leine, sobald die Sonne schien. Ansonsten kriegte man sie ohne die Babys nicht zu Gesicht.«

»Babys?« fragte er.

»Ja, sie hatte immer Kinder bei sich. Weiß nicht, wem sie gehörten, aber sie kümmerte sich um sie, seit sie hier eingezogen war. Schrecklich, was ihr zugestoßen ist. Ich hab's von Mr. Corrigan gehört, der unten im Postamt arbeitet. So was spricht sich ja wahnsinnig schnell herum, nicht wahr?«

David nickte beklommen. Aber die Babys interessierten ihn

weit mehr. Eine komische Vorahnung ließ ihm keine Ruhe, aber er stellte sie noch zurück. Er hatte alles über den Fall Dennis Nilsen gelesen, dessen Opfer unter den Dielenbrettern begraben lagen oder zerlegt im Abwasserkanal landeten. Er hatte auch die Morde von Frederick West studiert, mit den Leichen im Vorgarten, eingesargt in Beton.

Und was hatte der Gestank in der Wohnung zu bedeuten? Er versuchte, sich daran zu erinnern, aber es gelang ihm nicht. Wenn es Verwesungsgeruch war, wenn es eine Leiche gewesen wäre, hätte er es aus Erfahrung gewußt. Gedankenvoll schüttelte er den Kopf und verwarf die Idee wieder. Es wäre ihm mit Sicherheit nicht entgangen. Der Gedanke nagte an ihm.

»Waren es vielleicht ihre Enkel?«

»Glaub ich nicht. Sie trug nie einen Ehering, obwohl man danach heutzutage auch nicht mehr gehen kann. Mag sein, daß sie als Babysitter arbeitete oder so was. Eins steht jedenfalls fest, sie hat dauernd herumgealbert, beugte sich über den Kinderwagen, gackerte und gluckste – all den Tüdelüt, den manche für kindgemäß halten. Aber wehe, wenn man auch nur einen Blick riskierte, dann hat sie blitzschnell das Verdeck zugeklappt. Bißchen wunderlich war das schon. Normalerweise können's die Leute nicht abwarten, anderen ein Baby vorzuführen, selbst wenn's nicht das eigene ist. Und dann legt man doch gern auch 'ne Münze in die Wiege, weil es den Kleinen Glück bringt. Aber Thelma trug die Nase so hoch, daß sie glaubte, den kleinen Obulus ausschlagen zu können. Dabei lief die Ärmste herum, als hätte sie's weiß Gott nötig . . .«

Mrs. Whalen nötigte David noch einen Keks auf, den er sogar in den Tee tunken durfte. Sie verhielt sich ganz, als sei er einer ihrer Enkelsöhne, und bei näherer Überlegung war er noch jung genug dafür. Der alte Bob hustete wieder und starrte in die Flammen; das ledrige Gesicht war von schroffen Falten durchzogen. Er hatte sichtlich ein hartes, langes Arbeitsleben hinter sich. Seine riesigen, knotigen Hände mochten einst stark genug gewesen sein, die Spitzhacke zu schwingen oder Stahlrohre zu biegen, aber jetzt waren seine Augen erloschen und halbblind.

»Wie viele Babys waren es denn?« fragte David schließlich.

»Schwer zu sagen. Ich hab ja nie eins zu Gesicht gekriegt, aber es müssen mehrere gewesen sein. Vier vielleicht im Lauf der Jahre, oder fünf? Manchmal blieb sie einen ganzen Monat verschwunden, meistens im Sommer, wenn's heiß war. Dann hat sie Urlaub gemacht, nehme ich an. Und anschließend tauchte sie jedesmal mit einem anderen Kinderwagen wieder auf. Mehr kann ich Ihnen auch nicht sagen. Mag sein, daß sie ihre Rente damit aufbesserte, aber wie eine Tagesmutter kam sie mir auch nicht gerade vor. Die nehmen immer fünf oder sechs auf einmal in Obhut, für meinen Geschmack viel zu viele. Können den Hals nicht vollkriegen . . .«

»Unsinn, Frau!« mischte sich Bob ein. Seine Stimme knirschte wie Stiefel im Kies. »Hast doch selber acht gehabt!«

»Aber nur, weil du ein Nimmersatt warst!« widersprach Mrs. Whalen und zwinkerte David vergnügt zu. »Außerdem waren das schließlich meine *Kinder. Wie die Orgelpfeifen kamen sie nacheinander, kaum daß ich mal zum Durchatmen kam – und jedes wurde abgöttisch geliebt!«*

David stutzte und hätte sich beinahe an seinem Tee verschluckt. Ich sorge besser für Baby Brummbär als irgendwer sonst es könnte, und ich liebe ihn abgöttisch. Wirklich und wahrhaftig.

»Wir waren eine glückliche Familie«, fuhr Mrs. Whalen fort und merkte kaum, daß David mit den Gedanken ganz woanders war. »Kinder bringen Freude ins Haus, sagt man, und ist man erstmal Mutter geworden, will man gleich noch eins, das ist wie mit Süßigkeiten! Damals hockten wir alle hier in der kleinen Wohnung aufeinander und mußten uns furchtbar einschränken. Aber wir haben's überstanden, und warum? Weil es alles Wunschkinder waren. Ständig hatte ich Kinder um mich herum, und wenn sie mich manchmal besuchen kommen, werde ich wieder jung.«

»Ach was, red doch nicht dauernd solchen Kokolores, Frau!« grollte der Alte in heiserem Ton. »Dem jungen Mann wird ja der Tee schon kalt.«

»Achten Sie nicht auf ihn«, empfahl Mrs. Whalen. »Der war ja nie daheim, immer unterwegs zum Geldverdienen. Aber in Wirklichkeit war er noch närrischer als ich. Sie hätten miterleben müssen, wenn er mal wieder ein Neugeborenes in seinen rauhen Pranken hielt! Dann hätte er's mit der ganzen Welt aufnehmen können . . .«

David konnte es sich gut vorstellen. Der Alte wandte sich wieder dem Feuer zu und hing seinen Erinnerungen nach, während sich sein Brustkorb hob und senkte und der Atem piff wie ein angestochener Reifen.

»Aber Sie wissen nicht, woher Thelmas Kinder kamen?«

»Nein. Kein Mensch wußte, für wen sie arbeitete. Normalerweise hat man hier im Viertel keine Geheimnisse voreinander, aber Thelma lebte sehr für sich. Mir war sie ein Rätsel. Nicht, daß sie unhöflich oder schroff gewesen wäre. Hat immer freundlich gegrüßt, aber stehenbleiben und ein Schwätzchen halten, war mit ihr nicht drin. Eigentlich hat sie nur mit ihrem Schützling gesprochen. Da hatte sie wenigstens jemanden, der ihr zuhörte.« Sie klopfte ihrem Gatten sanft auf die Schulter. »Anders als ich mit diesem alten Besen hier, was?« neckte sie, aber nicht ohne ein Lächeln, während der Alte sie nachdrücklich ignorierte.

Auch bei den übrigen Nachbarn war nicht mehr zu erfahren. Die Frau hatte niemanden gestört und wollte, daß man sie in Ruhe ließ. Niemand war je bei ihr gewesen. Alle erwähnten die Babys im Kinderwagen, ohne den sie anscheinend kaum ausgegangen war. Abgesehen davon wußte man nichts über sie.

Thelma Quigley blieb rätselhaft.

David ließ nirgends durchblicken, daß sie in Wahrheit nicht Thelma Quigley hieß. Darin war er mittlerweile fast sicher, schon wegen ihres Tagebuchs. Es sei denn, sie wäre schizophren gewesen. Aber an eine Persönlichkeitsspaltung mochte David nicht glauben.

Dennoch stand er vor einem Rätsel. Fast alles an ihr schien unklar – woher sie kam, wessen Kinder sie hütete. Und noch etwas nagte an seinen Gedanken, und noch immer hätte David nicht sagen können, was.

Erst auf dem Rückweg ins Revier fiel es ihm ganz unvermittelt ein. Sie hatte kein Kind bei sich, als sie starb. Und doch galten ihre letzten Worte, die sie von sich gab, während ihr das Blut im gebrochenen Herzen stockte und im Unterleib sammelte, einem Baby.

Das Archiv hatte ihm einen kleinen Aktenstapel auf den Schreibtisch gelegt. Darunter fand sich das abkopierte Foto einer Frau. Thelma Quigly lächelte den Betrachter an, und trotz der unscharfen Aufnahme sah David die Fröhlichkeit in ihren Augen blitzen. Sie trug das dunkle Haar lässig hochgebunden, einige Locken fielen dennoch herab; die Brauen waren fein geschwungen, und ein entwaffnendes Lächeln ließ die gutgepflegten Zähne sehen. Die Haut schimmerte hell und makellos.

Der alten Frau, die im Waterside-Einkaufscenter zusammengebrochen war, sah sie ganz und gar nicht ähnlich.

Und es überraschte David nicht zu erfahren, daß Thelma Quigley bei einem Überfall in den sinnenfrohen sechziger Jahren erstochen worden war. Das Messer war ihr in Kehle und Luftröhre gedrungen und verletzte die Halsschlagader. Der Angreifer hatte so oft in Brust und Bauch gestochen, daß ihr kaum eine unversehrte Stelle am Leib geblieben war. Die Akte enthielt ferner Aufnahmen des Polizeifotografen von der Stelle, wo sie verscharrt worden. Die Stichwunden waren verkrustet und rauh an den Rändern, das Fleisch wirkte schlaff und grau. Fast zwei Wochen lang war die Leiche nicht gefunden worden.

Das Tagebuch hatte nicht gelogen. Die Frau, die als Thelma Quigley lebte, die in ihrer stickigen Kammer Babys hütete, war eine andere gewesen. David dachte die verschiedensten Möglichkeiten durch. Schließlich schüttelte er den Kopf und konzentrierte sich auf den Polizeibericht.

Thelma Margot Quigley. Geb. 22. Juni 1942. Eltern: John und Louise Quigley.

Die ersten Zeilen boten die nüchternen Fakten, den Lebenslauf einer Person, wie er in vorgedruckten Formularen steht: Schulbesuch, Sozialversicherungsnummer. Geburts- und Todesdatum, das letztere auf plus-minus zwei Tage geschätzt. Ein gescheites Mädchen, das in Edinburgh als Sekretärin einer Whisky-Großhandelsfirma beschäftigt war und davon träumte, Schauspielerin zu werden. Solche Worte enthüllen nicht viel mehr als das kalte Fleisch um die nackten Knochen. Das Protokoll ging dann, wie bei Polizeiberichten üblich, ins Detail; gut leserlich auf dem weichen, schwärzlichen Chemiepapier, auf dem die Mikrofilme der alten Registratur ausgedruckt wurden. Die Beamten hatten mehr als tausend Personen ins Verhör genommen, darunter viele Bekannte und Freunde des vermißten Mädchens, das auf so brutale und unerklärliche Weise ums Leben gekommen war. Doch der Mörder wurde nie gefunden. Wieder zog David Parallelen zu den handschriftlichen Mitteilungen des Tagebuchs.

»Na, kommst du voran?«

David drehte sich im Sessel um. Helen Lamont kam gerade an seinem Schreibtisch vorbei, gegen die Kälte dick eingemummelt in ihre gefütterte Lederjacke und mit einem Barett, das sie kaum wie eine Polizistin aussehen ließ.

»Ich sitz noch immer an dem Sterbefall im Einkaufscenter«, gestand er.

»Sag bloß nicht, daß du dafür Protokolle studierst! Besser, du schwingst dich zu ein paar Ermittlungen vor Ort auf, du Faulpelz!« Sie zwinkerte und grinste honigsüß.

»Hab den ganzen Vormittag nichts anderes getan«, verteidigte sich David und gab sich alle Mühe, ihr Lächeln nicht mißzuverstehen. »Aber dadurch wird der ganze Fall immer geheimnisvoller.« Einer seiner Kollegen blickte vom Schreibtisch auf, und David wechselte das Thema. »Und was hast du vor? Einer Ausreißerin nachjagen, wie Scott meinte?«

»Wenn's eine Ausreißerin ist«, nickte Helen. »Ich hoffe stark, daß sie nur die Nacht durchgefeiert und nun ein schlechtes Gewissen hat. Das schöne Kind wird seit sechsunddreißig Stunden vermißt; noch ein bißchen zu früh für Spekulationen. Der

Inspektor will allen Einsatzwagen die Personenbeschreibung mitgeben.«

Helen hielt das Foto eines blonden, intelligent dreinblickenden Mädchens hoch. Sie mochte gerade mal zwanzig sein sein und lächelte nicht, machte aber ein Gesicht, als ob sie gleich losprusten wollte. Die blauen Augen funkelten listig, und das Foto ließ sie gesund und aufgeweckt erscheinen.

»Ginny Marsden. Ist vorgestern nach Feierabend nicht heimgekehrt. Seitdem verschwunden. Das Übliche.« Der neugierige Kollege stand auf und verließ mit einem Bündel Akten unter dem Arm das Büro. Helen kam wieder auf den Fall zurück. »Was ist denn los mit der alten Dame?«

»Da ist inzwischen, mit Verlaub, die Kacke am Dampfen. Sie heißt gar nicht Thelma Quigley. Die echte Thelma ist seit rund dreißig Jahren tot. So steht's jedenfalls hier geschrieben.« Er deutete auf die über seinem Tisch verstreuten Papiere.

»Wer zum Teufel ist sie dann?«

»Genau das wüßte ich auch gern. Was hältst du von einem Ausflug nach Edinburgh?«

»Liebend gern, aber ich stecke bis zum Hals in Arbeit«, versetzte Helen und zog ein enttäuschtes Gesicht. »Muß meiner Ausreißerin nachsetzen, bevor die Spur kalt wird, fürchte ich – falls sie nicht doch bloß auf Trebe war. Frag in ein paar Tagen noch mal und reserviere schon mal die Karten – egal was, bloß kein Musical. Dann kriegst du dein Rendezvous . . .« Abermals schenkte sie ihn strahlendes Lächeln und war verschwunden, noch bevor er etwas erwidern konnte.

Seufzend vertiefte sich David wieder in die Thelma-Quigley-Protokolle. Er blätterte gerade die erste Seite um, als das Telefon schellte. Erst glaubte er, es sei Helen, doch statt dessen meldete sich June, die nicht gerade bester Laune war. Er hielt den Hörer in einigem Abstand, ließ das dünne Quäken über sich ergehen und verstand kaum eine Silbe ihres Wortschwalls. Nach einer Weile unterbrach sie sich, und er lauschte dem hektischen Stakkato: »Hallo? Bist du noch dran? Hallo!« Eigentlich hätte er am liebsten gleich aufgelegt. Allmählich mußte er wirklich etwas unternehmen.

Als ihre Stimme leiser wurde, hielt er den Hörer wieder ans Ohr. »Hallo, June!« grüßte er. »Mir geht's prima. Wie war dein Tag?«

— 9 —

»Sie ist einfach nicht nach Hause gekommen. Ihr Essen stand im Backofen. Vorher rief sie noch an, sie käme eine Stunde später. Sie hätte noch allerhand zu erledigen. Weihnachtsgeschenke einkaufen und Schmuckpapier. Nur, damit sie für jeden etwas hat.« Kurze Sätze, die atemlos hervorgestoßen wurden.

Der Frau rang die Hände, und ihre geweiteten Augen zeigten den trüben Blick einer Mutter, deren Kind verlorengegangen ist.

»Sie ist tot. Bestimmt. Irgendwas Schreckliches muß ihr zugestoßen sein. Sowas spürt man doch als Mutter.« Ihre Stimme versagte, und sie brach in heftiges Schluchzen aus. Helen Lamont wartete, bis sie sich wieder beruhigt hatte. Ihr Mann legte Winifred Marsden den Arm um die Schultern und zog sie zärtlich zu sich. Sie bettete ihren Kopf an seine Brust wie ein krankes, trostbedürftiges Kind. Er gab sich alle Mühe, aber für Winnie Marsden gab es keinen Trost mehr, auch nicht im sorgenvollen Blick ihres Gatten. Er sah in die Ferne, dachte an seine Tochter, wie sie als kleines Mädchen über die Blumenwiese lief, und darüber schob sich die schreckliche, schwarzrote Vision ihres Leichnams, der irgendwo am Straßenrand oder im Gebüsch lag, verwundet, vergewaltigt, erkaltet.

»Immer ist sie nach Hause gekommen, und wenn sie auswärts blieb, hat sie jedesmal angerufen«, beteuerte Winnie. Sie war eine kerzengerade Frau mit silbernem Haar, das einst blond gewesen war. Entweder trug sie kein Make-up, oder es war von nassen Taschentüchern verwischt, von Tränen weggespült. Ihre Nase war ebenso gerötet wie die glasigen Augen, dennoch entging Helen nicht die Eleganz dieser Frau. Ihre zitternden Hände waren schlank und gepflegt, die Fingernägel lang und lakkiert. Noch vor zwei Tagen hätten sich in der Stadt alle nach ihr umgedreht. Jetzt wirkte sie trotz ihrer sechsundvierzig Jahre wie eine Sechzigjährige.

»Sie haben also noch mit ihr telefoniert?«

»Allerdings«, versetzte John Marsden. »Ich war es, der ans Telefon ging, und Virginia wunderte sich, weil ich schon da war. An diesem Tag hatte ich früher Feierabend.« Er war ein gutaussehender Mann mit gewelltem Braunhaar und kräftigen, geschickten Händen, mit denen er seine Frau festhielt, während sie sich die Tränen trocknete. »Sie wollte noch rasch ins Einkaufscenter, um letzte Besorgungen für das Fest zu machen. Das macht sie jedes Weihnachten. Sie sorgt dafür, daß niemand leer ausgeht, verstehen Sie?«

Helen nickte. »Und seitdem ist sie nicht mehr hier gewesen.«

»Das haben wir dem Polizisten doch schon gestern erklärt! Vorgestern nacht, um genau zu sein. Da müßte doch sofort etwas unternommen werden . . .« Helen spürte den verhaltenen Zorn des Mannes, der sich seiner Frau zuliebe noch zurückhielt – um so besser für ihn. »Schließlich haben wir sie vermißt. Wir haben bei allen Bekannten nach ihr gefragt, auch bei Tony.«

»Wer ist Tony?«

»Ihr fester Freund. Sie wollen sich verloben. Wie gesagt, wir haben uns überall umgehört, aber nachdem sie das Büro verließ, hat sie niemand mehr gesehen. Deshalb wandten wir uns an die Polizei, aber da hieß es bloß, sie könnten uns auch nicht helfen.«

»Das stimmt auch. Wir müssen vierundzwanzig Stunden abwarten, wenn's kein Kleinkind mehr ist.«

»Aber wir wußten doch schon, daß sie vermißt ist! Der Polizei hab ich das auch gesagt. Sie kommt sonst immer nach Hause!«

»Ja. Ich verstehe.«

»Wirklich?« John Marsden starrte sie wütend an.

»Ich hoffe doch«, versetzte Helen. »Jedenfalls ich will für Sie tun, was ich kann.« Auf das unverhohlene Mißtrauen des Mannes reagierte sie nicht. Er sprach gepreßt und zischte durch geschlossene Zähne, und auf der Schläfe zeichnete sich ein Äderchen ab. Um nicht zu explodieren, würde er Dampf ablassen müssen.

»Ihre Schuld ist es nicht, John«, mischte sich Winnie Marsden ein, blickte zu Helen herüber und entschuldigte sich mit einem Achselzucken. »Sie ist nicht dabeigewesen.«

»Wenn es Sie beruhigt – die meisten jungen Leute tauchen früher oder später wieder auf«, erklärte Helen. »Neunundneunzig Prozent haben die Nacht bei Freunden oder Partnern verbracht oder durchgefeiert. Das können Sie mir ruhig glauben.« Helen gab sich alle Mühe, aber diesen Leuten war nicht zu helfen. Doch so seltsam es klingt, ihre Gewißheit, daß die Tochter auf jeden Fall nach Hause kommen würde, es sei denn, sie würde gewaltsam daran gehindert, reichte aus, um auch Helen zu überzeugen, daß Ginny Marsden wirklich etwas zugestoßen war. Mit vielen Eltern hatte sie schon dagesessen, die ihr wortreich erklärten, daß ihr Junge nie weglaufen würde, daß ihre Tochter so etwas nie täte, und jedesmal hatten sie unrecht. Aus irgendeinem unbegreiflichen Grund war das heute anders.

Virginia Marsden war zweiundzwanzig Jahre alt und bei einem Rechtsanwalt in Riverside am Stadtrand beschäftigt. Sie spielte gern Federball und nahm an einem Aerobic-Kurs teil. An Sonn- und Feiertagen sang sie im Kirchenchor und vergaß nie ein Jubiläum oder einen Geburtstag. Sie studierte Betriebswirtschaft in der Abendschule und arbeitete zielstrebig an der eigenen Karriere. Sie hatte alles, wofür sich zu leben lohnt. Sie liebte ihre Eltern, und abends kam sie pünktlich heim.

Wenn sie auftauchte, sollte sie *wirklich* wiederkommen, würden ihre Eltern sie aller Erfahrung nach erstaunt und glücklich in die Arme schließen und sich mit jeder Ausrede, egal wie fadenscheinig, zufriedengeben. Andererseits – wenn sie nicht wiederkam, fingen die Ermittlungen erst richtig an. John Marsden würde wohl in die Mangel genommen werden. Jede seiner Aussagen mußte psychologisch durchleuchtet und auf die Goldwaage gelegt, jedes Familienfoto untersucht und bewertet werden. Man würde das Innerste nach außen drehen, um herauszufinden, ob die Liebe zu seiner Tochter wirklich nicht mehr als väterlich war, oder ob sich mehr dahinter verbarg, Dunkles, Abgründiges. Er würde von einer Hölle in die andere stolpern, und seine Frau würde miterleben, daß man ihn wie eine Zwiebel abpellte, eine Haut nach der anderen.

Auch ihren Freund würden sie knacken, auf dieselbe Weise, bis er sich selbst nicht mehr wiedererkannte und sich den Rest seines Lebens fragte, ob er ihr nicht doch etwas angetan hatte.

Das waren die Aussichten für den Fall, daß sie nicht wiederkam. Polizeiliche Ermittlungen brachten immer die Suche nach Motiven, das Wühlen in schmutziger Wäsche mit sich – ein notwendiges Übel, wenn man Besitz und Leben der Menschen schützen will. Mochte das Mädel bald an der Tür schellen! Helen Lamont hoffte es inständig. Wenn nicht, würde den Marsdens und allen, die ihr sonst nahestanden, das Leben noch schwerer gemacht.

»Sie hat also angerufen, bevor sie das Büro verließ, weil sie noch etwas vorhatte?«

»Genau«, erwiderte John Marsden. »Weihnachtseinkäufe. Ich bin sicher, daß es darum ging. Ich hatte gerade die Tagesschau gesehen, und Winnie war in der Küche. Wahrscheinlich wollte sie mit Celia gehen. Das Fernsehen lief, und ich war abgelenkt, aber Ginny hatte es auch sehr eilig, und ich versprach, ihr das Essen warmzustellen. Wir hatten Lasagne . . .«

»Celia kann's nicht gewesen sein«, unterbrach Winnie. Nachdenklich runzelte sie die Stirn. Sie überlegte eine Weile. »Das ist nicht möglich.«

»Weshalb nicht, Mrs. Marsden?«

»Weil Celia in Ferien gefahren ist. Eigentlich wollten sie Ginny mitnehmen, aber sie hatte keine Lust. Sie hat noch jedes Weihnachten mit uns gefeiert. Dabei haben wir ihr noch zugeredet, John und ich, daß es doch eine prima Idee wäre. Sie hat doch auch mal ein bißchen Urlaub verdient, wo sie dieses Jahr so hart arbeiten mußte. Aber sie meinte, sie freut sich so auf Heiligabend und den Festbraten. So war sie schon immer. Sie würde uns nie ohne jede Nachricht auf sie warten lassen.«

Helen merkte sich den Namen für spätere Nachforschungen. Sie würde jeden ihrer Bekannten aufsuchen müssen.

Bei den Marsdens blieb sie noch zwei Stunden, und als sie sich verabschiedete, hatte sie eine klare Vorstellung von ihrer Tochter und eine gute Farbaufnahme, die nicht älter als einen Monat war. Sie zeigte ein schlankes Mädchen, ziemlich groß und mit blondem, gewelltem Haar, das fast bis zu den Hüften reichte, in demselben Mantel, den sie vor zwei Tagen für den Weg ins Büro angezogen hatte. Sie hatte die gleiche Eleganz wie ihre Mutter, die gleichen hohen Wangenknochen. Der Unterschied lag in den Augen. Ginnys Ausdruck war hellwach und aufgeweckt, und Helen war fast sicher, daß Winifred Marsden vor drei Tagen genauso ausgesehen hatte, nur ein wenig erwachsener. Jetzt ließ sie die Schulter hängen, und ihre Mutterfreuden waren vom Schmerz des Verlusts und der Ängste fast aufgezehrt.

* * * * *

David verbrachte die Nacht mit dem Ausdruck der Mikrofiches über Thelma Quigley. Scott Cruden würde ihn bald nach handfesten Ergebnissen fragen – nach irgendwas, das sie ins Protokoll über die tote Frau schreiben und abheften konnten. Nicht, daß sie ein Verbrechen begangen hätte oder auf der Fahndungsliste der Mordkommission oder der Sonderkommission oder der SO 13 stand. Sie war nur eine Unbekannte, die gestorben war, jemand, den man jenseits des Atlantiks Jane Doe genannt hätte. David hatte diesen amerikanischen Ausdruck schon ein paarmal gehört, und er gefiel ihm besser als »anonyme verstorbene Person«. Auf diese Weise bekam die Leiche, wenn auch nur vorübergehend, einen Namen, wurde wie ein Mensch behandelt, jemand, der einst ins Leben gehörte. Außerdem waren es nur zwei Worte, die leichter ins Formular getippt werden konnten.

Hätte man ihn danach gefragt, dann ging es ihm nur darum, die Identität aufzuklären und danach seine polizeilichen Dienstpflichten wieder aufzunehmen. Aber das war nicht die ganze Wahrheit. Das Rätsel um diese Frau beschäftigte ihn, und er würde nicht ruhen, bevor er es gelöst hatte. Er hatte die Akten mit nach Hause genommen, um sie noch einmal durchzugehen, bevor er nach Edinburgh fuhr, um die Spur aufzunehmen. Inspektor Crude war zwar nicht gerade überglücklich, als er es erfuhr, aber da sein Chef diesen Aufwand guthieß, hatte er eingewilligt.

Als David das Revier verließ, dachte er noch immer an Helen und das angebotene Rendezvous. Und auch dies wunderte ihn, denn er wußte nicht, ob es wirklich ernst gemeint war. Er warf die Papiere auf den Rücksitz und war zu Junes Wohnung in Westland Hill gefahren, nicht weit von der Uni. Sie wohnte in einer engen Allee in der Nähe des Kanals, der sich rings um das Brachland schlängelte, wo kahle und dürre Bäume standen. Ihre Begrüßung auf der Schwelle war nicht weniger frostig als die Winterkälte.

»Was ist nur mit dir los?« Das Verhör fing schon an, als sie auf sein Klopfen öffnete. Anscheinend hatte sie seinen Wagen am Fenster erspäht und auf ihn gewartet. Kaum hatte er den Türklopfer berührt, als die Tür auch schon aufging. June war ein hübsches Mädchen, klein und zart, mit kurzgeschorenem Blondhaar und weißen Zähnen. Sie wäre noch hübscher gewesen, wenn sie gelächelt hätte. Aber das unterblieb. Sie stand breitbeinig und mit blitzenden Augen da, eine Hand an der Tür, die andere in die Hüfte gestemmt, und versperrte ihm ungewollt den Eingang. An den Füßen trug sie übergroße Pantoffeln, die wie große rosa Kaninchen mit riesigen Augen aussahen. Einen seltsamen, unwirklichen Moment lang sah er die Szene aus zwei ganz unterschiedlichen Perspektiven. Zum einen nahm er die abweisende Haltung und den Zorn in ihrer Miene wahr, der nicht zu ihren lächerlich spießigen Hausschuhen paßte. Aber tief in seiner Seele kam es ihm vor, als wären sie selbst nur zwei Plüschtiere wie die in Jane Does Wohnung, die er im Traum gesehen hatte, als sie von ihrem Haufen herabpurzelten und ihn unter ihrem warmen Gewicht erstickten.

Er wich einen Schritt zurück und wußte nicht, was er sagen sollte.

»Ich . . .«, begann er.

»Ja bitte?«

»Ich könnte hier draußen bleiben, wenn du willst, damit auch die Nachbarn was davon haben!« Er fand seine Entschlossenheit wieder und die richtigen Worte. Sie wohnte in einem Altbau, dessen Fassaden renoviert und mit Sandstrahl gereinigt waren. Das menschenleere Treppenhaus war sehr hellhörig und ließ jedes Wort bis in den obersten Stock schallen.

»Dann komm halt rein«, sagte sie seufzend und ließ den Arm sinken. Er bemerkte ihre Nervosität, und seine Wut war augenblicklich verraucht. Schließlich war es nicht ihre Schuld; seine auch nicht. Er trat ein, blieb kurz stehen, um ihr einen Kuß auf die Wange zu geben, und sie ließ es geschehen, auch wenn sie angespannt blieb. Er wünschte, es fiele ihm leichter. In der Küche roch es nach frischem Kaffee, und etwas Köstliches brutzelte im Ofen. Er warf den Mantel über eine Stuhllehne; wie immer nahm sie ihn und hängte ihn an die Garderobe. Als er sich setzte, kratzte er versehentlich mit dem Stuhlbein über die Bodenfliesen und zuckte unwillkürlich zusammen.

»Du hättest es wenigstens versuchen können«, begann sie und setzte ihr Telefongespräch fort, als hätten sie nie aufgelegt.

»Ich hätte können und hab's auch versucht«, versetzte er nicht ganz wahrheitsgemäß. »Du kannst dir nicht vorstellen, wieviel ich zu tun habe. Donal Bulloch hat mich auf einen Fall angesetzt, und unter seiner Leitung gibt es kein Däumchendrehen. Übrigens weißt du genau, wie's in meinem Job zugeht.«

»Aber wir hatten Peter und Jane zu Gast. Seit Donnerstag stand die Einladung fest.«

David wurde es mulmig, während sie redete. Seit zwei Jahren gingen sie jetzt miteinander, und seit Jahresbeginn fiel ihm keine Ausrede mehr ein, wieso sie nicht unter einem Dach wohnten. Sie war bereit, ihre Wohnung aufzugeben, zwar ungern, aber wenn's nach ihr ging, wäre sie jederzeit bei ihm eingezogen. Er hatte abgewehrt, es sei keine gute Idee, schon wegen seiner unregelmäßigen Arbeitszeit, dem nächtlichen Bereitschaftsdienst – aber sie ließ nicht locker, und er mußte sich dieser Frage stellen.

Junes Freundinnen waren fast alle verheiratet, und wenn nicht, dann doch zumindest verlobt. Inzwischen machte sich bei ihr eine gewisse Torschlußpanik breit. Sie wollte endlich klare Verhältnisse haben. Sie sehnte sich nach einer Familie, wollte vier oder sechs Kinder aufziehen. Alles, wonach sie verlangte, war die Ehe und Kindersegen und ein glückliches Heim.

Und er mochte sie. Eine Zeitlang wußte er, daß er sie liebte, aber inzwischen war er sich seiner Gefühle nicht mehr so gewiß. Er behielt die Junggesellenbude, wo er seine Bücher hatte und die Dunkelkammer und die Tonbänder mit Blues und Rockmusik. Eines Tages wollte er Vater werden. Irgendwann, in ein paar Jahren, würde er einen verdammt guten Familienvater abgegeben. Mit einiger Sicherheit. Irgendwann schon.

Aber noch war es nicht soweit.

Er hatte noch viel vor, wollte Berge besteigen und Flüsse überqueren, bildlich gesprochen und im wortwörtlichen Sinn. Er wollte seine Kamera-Ausrüstung einpacken und die Wildnis von Burma und Borneo bereisen, auf den Spuren David Attenboroughs und Peter Scotts und Flora Spiers. Noch war er jung genug dazu. Er wollte auf Klettertour in die Alpen gehen und zum Himalaya, solange eine Glieder noch fit und flexibel waren.

Hinterher würde er vielleicht auch heiraten wollen. Vielleicht.

Aber vorerst fehlte es ihm an Argumenten. Sie war ein liebes Mädchen, und er wußte, daß er nicht ganz fair zu ihr war, obwohl er ihren Kinderwunsch verstehen konnte. Er respektierte sie, auch wenn er's nicht nachvollziehen konnte und nicht gewillt, nicht fähig und nicht in der Lage war, ihr zu geben, was sie ersehnte.

Sie hatte einen Auflauf gemacht und teilte die Portionen aus, wobei sie unentwegt über das Pärchen von gestern abend redete, wie enttäuscht sie gewesen seien, als er ausblieb, und daß Jane ihr seltsame Blicke zugeworfen hatte, die sie als Herablassung deutete. David wollte ihr klarmachen, daß ihre Freundin, wenn sie sich so verhielt, nicht wirklich ihre Freundin war. Sie hatte sich gerade mit Peter verlobt, der ein hohes Tier in der Krankenhausverwaltung war. Genau deswegen war er David verhaßt, der mit drei Brüdern in einem Zimmer in Kirkland aufgewachsen war und seinen proletarischen Biedersinn bewahrt hatte. Peter war für ihn bloß ein Schlipsträger, der nach teurem Aftershave roch und dauernd davon quasselte, wie wenig Sinn das Personal für die Probleme der Firma habe – und es dauerte eine halbe Stunde, bis David merkte, daß er über die Krankenschwestern der Klinik sprach. Personal. Firma. In den drei Jahren Streifendienst vor seiner Versetzung zum CID hatte David genug schwer arbeitende Pflegerinnen kennengelernt, die in den langen Wochenendnächten dieser Kleinstadt an der Clydeside darum kämpften, ihre Patienten sicher über den schmalen Grat zwischen Leben und Tod zu geleiten.

Während er seinen Auflauf aß, den June wie immer köstlich zubereitet hatte, wurde ihm klar, daß er unbewußt die richtige Entscheidung getroffen hatte. Gut, daß er was anderes zu tun hatte. Carrie McFall einschüchtern und mit ihr die Müllhalden am Flußufer durchwühlen war zwar nicht gerade seine Lieblingsbeschäftigung, und der Gestank in der Wohnung der Alten war auch kein Zuckerschlecken gewesen. Aber im Rückblick war es doch besser als ein Abend mit Peter-dem-Schlips und Jean, die mit ihrem teuren Verlobungs-Brilli wedelte, um June zu hypnotisieren.

Er gab sich alle Mühe, sie zu trösten; nach Streit war ihm jedenfalls nicht zumute. Aber während des Essens kehrten seine Gedanken immer wieder zu dem Rätsel zurück, auf das er gestoßen war. Und wenn er überlegte, wie er der toten Frau auf die Spur kommen wollte, fiel ihm auch Helen Lamont wieder ein, und er sah ihre dunklen, blitzenden Augen vor sich. Später, in seiner eigenen Wohnung, hatte er ein schlechtes Gewissen, weil er Junes Einladung zum Dableiben nicht gefolgt war. Ich hätte ihr eine Chance geben müssen, sagte er sich. Aber er war sich nicht sicher, ob er das wollte.

Er stellte den Fernseher an und machte sich einen Kaffee, von dem er schon jetzt wußte, daß er's in den stillen Stunden der Nacht, wenn er einzuschlafen versuchte, bereuen würde. Die Abendnachrichten waren voller Gewalt und Terror, und nichts vermochte ihn abzulenken. Auf allen Kanälen gab es nur Talkshows, Quiz oder Sport, weshalb er mechanisch nach der Fernbedienung des Videogeräts tastete, um eine Aufzeichnung abzuspielen. Es war einer der Naturserien, die er im letzten Jahr verpaßt hatte und jetzt seiner Sammlung von Tierfilmen einverleibte. Die vertraute Stimme des Moderators kommentierte gedämpft die nackte, zitternde Vogelbrut im Nest aus Gras und Moos. David, der die Akte Thelma Quigley geöffnet hatte, merkte die Bewegung aus den Augenwinkeln.

Das winzige Vogeljunge, das vor Kälte bebte, die riesigen Augen noch immer geschlossen, die Haut rosig und verletzlich, zuckte in seinem Nest, stützte sich mit nackten Beinchen am Rand ab, beugte sich über das nächstgelegene Ei. Es brauchte mehrere quälende Minuten, bis der Vogel erschöpft innehielt, vor Anstrengung keuchend. Endlich hatte er sich das Ei auf den Rücken gedreht und hievte es über den Rand, vorsichtig, um nicht selbst aus dem Nest zu fallen. Schließlich war es das Ei, das hinunterstürzte.

»Der kleine Kuckuck wird weitermachen, bis er das Gelege des Regenpfeifers losgeworden ist«, erklärte die Stimme, »um das Futter der unfreiwilligen Zieheltern für sich allein zu haben. Am Schluß überlebt er allein.«

David verfolgte den Vorgang mit wachsender Faszination. Es war das Gesetz der Evolution, das den Kuckuck zu einem erfolgreichen Brutparasiten machte, bis hin zur farblichen Nachahmung der Eier seines Opfers. Als Zehnjähriger hatte er mit der Kamera seines Onkels mit mehr Glück als Verstand einen Kuckuck knipsen können, der im Garten das Nest eines Rotkehlchens okkupiert hatte, und war fast geplatzt vor Stolz, als die Aufnahme in einem Tierfreunde-Magazin veröffentlicht wurde.

Eine Weile saß er da und hatte die Arbeit ganz vergessen, während der Kuckuck wuchs und wuchs und seinen irritierten Ernährern mehr und mehr Futter abverlangte, denen nichts übrigblieb als den aufgesperrten Schnabel zu stopfen.

Schließlich schaltete er den Fernseher aus und wandte sich dem Protokoll und den Papieren zu, die er in der Wohnung der Frau gefunden hatte. Wieder ging er den Fall Quigley durch, legte den Finger auf jedes Wort, das ihm entgangen sein könnte, und nahm schließlich das Tagebuch von 1967 vor. Als er es aufschlug, tastete er blind nach der halbleeren Kaffeetasse, und um nicht den Inhalt über die Akten zu kippen, ließ er das Heft versehentlich zu Boden fallen. Die Seiten blätterten auf, als es zu Boden fiel. Ein Stück Papier flatterte heraus und landete auf dem Teppich. David bückte sich und hob es auf.

Noch ein Zeitungsausschnitt.

Keine Hoffnung mehr im Fall der vermißten Frau

Eine graue Schlagzeile vor vergilbtem Hintergrund. Das Papier war so dünn und trocken, daß man glaubte, es werde vom bloßen Anschauen zu Staub zerfallen. Der Titel der Zeitung ging nicht daraus hervor, aber ein Teil des Datums – nur die 6 und die 7 – ließ darauf schließen, daß es aus demselben Jahr stammte. Der Ausschnitt hatte im hinteren Umschlag des Hefts gesteckt. Er faltete ihn auseinander, vorsichtig, um ihn nicht zu zerreißen, und breitete ihn schließlich auf der Tischplatte aus.

Die Polizei sucht noch immer nach der vermißten Sekretärin Heather McDougall. Man befürchtet, daß sie einem Gewaltverbrechen zum Opfer fiel . . .

Man nimmt an, daß sie ein weiteres Opfer des Mörders von Thelma Quigley ist, deren verstümmelte Leiche im Mai nahe der Duncryne Bridge verscharrt aufgefunden wurde.

Miß McDougall, die seit zwei Wochen vermißt wird, hat in derselben Whiskyfirma gearbeitet wie das ermordete Mädchen. Sie waren eng befreundet. Das Verschwinden – wenige Monate nach dem mysteriösen Mord an Thelma Quigley, die eine glänzende Bühnenkarriere vor sich und eine größere Rolle in einem Musical angenommen hatte – führte zu Spekulationen, ob Heather McDougall das neueste Opfer ist.

Zwar wurde noch keine Leiche gefunden, aber falls sich dies bewahrheiten sollte, ist es fast sicher, daß beide Frauen mit dem Killer befreundet waren.

Entsprechende Überlegungen hat die Polizei anscheinend schon angestellt, denn in den letzten Wochen wurde eine großangelegte Suchaktion in den bewaldeten Gegenden rund um die Brücke und am Flußufer durchgeführt. Mit Spürhunden wurde die Nordseite durchkämmt, wo die Spazierwege zu einem bekannten Liebesnest führen.

Catriona McDougall, die Mutter der Vermißten, konnte noch nicht Stellung nehmen, aber ihre Tante Mrs. Janet Ferguson sagte: »Nach dem, was Thelma zugestoßen ist, haben wir wenig Hoffnung. Heather ist ein sehr ruhiges Mädchen; sie wäre niemals mir nichts, dir nichts untergetaucht. Meine Schwester muß mit dem Schlimmsten rechnen.«

Polizeichef Philip Cutcheon, der die Ermittlungen führt, erklärte: »Im Augenblick geht es nur darum, einen Vermißtenfall aufzuklären. Alles andere wäre reine Spekulation.«

Mr. Cutcheons Männer halten sich bereits seit mehreren Tagen in der Umgebung der Duncryne-Brücke auf, wo vor kurzem eine Frau verletzt wurde und ein Baby starb, das aus dem Kinderwagen in den Fluß fiel. Die Tragödie geschah vor zwei Wochen, als die unverheiratete Greta Simon von einem Lkw erfaßt wurde. Das ihr anvertraute Baby ist vermutlich in die Schlucht gestürzt. Seine Leiche konnte nicht geborgen werden. Die Polizei sucht außerdem noch immer nach den Eltern. Die Suche geht weiter . . .

Die Fortsetzung des Artikels erinnerte noch an mehrere schreckliche Fälle von Leichen, die im Wald gefunden wurden, und brachte weitere Details über den schrecklichen Unfall auf der Brücke. Es gab auch ein Foto von Thelma Quigley, auf dem sie viel deutlicher zu erkennen war als auf dem Fahndungsbild, und ein weiteres von einer schüchternen, pummeligen Frau mit dichtem, dunklen Haar. Heather McDougall blickte nicht in die Kamera. Sie war nicht gerade hübsch, aber mit ihrem Mondgesicht auch nicht unattraktiv. Auf der Wange hatte sie drei kleine Leberflecke.

David legte die Hände auf den Ausschnitt und strich ihn auf der Tischplatte glatt. Eine ganze Weile blieb er nachdenklich sitzen. Jetzt gab es noch ein Rätsel mehr.

*****

Eine Veränderung ging mit ihm vor. Tief im Inneren fühlte er, wie etwas wuchs und ihn beeinflußte. Es hatte ihm große Angst eingejagt, als seine ausgestreckten geistigen Fühler die Eindringlinge in seinem alten Nistplatz bemerkten. Er hätte ihre Ausstrahlung früher erfassen müssen. Doch sein forschender Spürsinn, sein inneres Alarmsystem hatte ihn erst gewarnt, als sie schon zu nahe waren, und vor Schreck war er aufgewacht.

Er hatte mit weit offenen Augen im Dunkeln dagelegen und sich konzentriet, während die Mutter ahnungslos schlief, in wirre Träume verstrickt. Er hatte Kontakt aufgenommen, zuerst nur ganz vorsichtig. Da war die Hitze eines anderen weiblichen Körpers. Unwillkürlich zog er sich zurück, streckte sich dann aber wieder aus und probierte noch einmal. Sie waren zwei. Die Frau, eine potentielle Mutter, die er abschmeckte wie ein Hund die Witterung aufnimmt – und ein Mann. Männer waren ganz anders, unnachgiebig und tödlich, das verriet ihm der Instinkt. Er spürte die Bedrohung, als er an der Oberfläche dieses fremden Bewußtseins kratzte, und im Nu hatte er die Mutter geweckt, sie mit einem schmerzhaften seelischen Stoß geweckt und auf die Beine gebracht. Ihnen blieb keine Zeit mehr. Er peitschte sie vorwärts, und sie hob ihn auf und begab sich zur

Hintertür. Seine Nistplätze mußten immer einen Fluchtweg haben. Das war ihm zur zweiten Natur geworden, wie das Atmen oder der Saugreflex beim Stillen. Er drängte sie weiter, und sie lief hinaus in die Kälte, vor der er sich durch ihre Körperwärme schützte. Auf der Suche nach einem Unterschlupf, wohin sie sich wenden konnten, durchforschte er die Bilder in ihrer Seele und trieb sie voran. Der weibliche Eindringling – *konnte sie eine Mutter sein? Da war etwas in dem kurzen, schlüpfrigen Kontakt, das ihm einen Schock versetzte* – und der tödliche Mann zögerten noch auf der Schwelle, trotzdem war Eile geboten, und er mußte ein neues Nest finden.

Nach der langen Phase des Saugens und Fütterns trat endlich eine Veränderung ein. Der Wandel ging in raschen Schritten vor sich, ganz ohne sein Zutun. Es sproß und keimte in ihm, und er wurde hilflos wie von einer Flutwelle davongetragen.

Nach all der Zeit würde es ein mächtiger Umbruch sein, und er wußte, daß es gut für ihn war. Leises Beben durchschauerte ihn – sein Fleisch wurde fester, das Rückgrat dehnte sich in die Länge, Sehnen zerrten und zogen, wie um die ihnen innewohnenden Kräfte zu erproben. Wo vorher nur Fett und Knorpel war, bildeten sich neue Knochen, und zugleich wurde sein Hunger größer. Von nun an würde er mehr brauchen als ein wenig Milch und tröpfelndes Blut.

Er mußte anderswo Zuflucht finden, wo er in Ruhe abwarten konnte, bis der Wandel vollzogen war. Im Innern der neuen Mutter hörte er das Herz wie rasend klopfen, das Blut in den Adern kochen, das nun auch seine Essenz mit sich trug. Auch sie würde sich verändern, wenn er sich änderte, aber vorläufig war es nicht einfach. Zu sehr wurde er, wurden seine Willenskraft und Energie von dieser Metamorphose in Anspruch genommen, als daß er sie vollständig beherrschen und in seine Dienste nehmen konnte. Es würde einige Zeit brauchen. Sie sträubte sich noch gegen ihn, wehrte sich mit aller Kraft, und ihr verängstigtes Bewußtsein trat und buckelte gegen das Joch seines Geistes. Es brauchte mehr Zeit, als er jetzt aufbringen konnte. Sie war anders als die vorigen. In seiner Verblendung und Verwirrung hatte er nicht aufgepaßt. Als die Alte gestürzt war, hatte er nur an seine Zwangslage gedacht und den Ausweg, der sich ihm bot. Er hatte ihren Geruch wahrgenommen, ebenso wie sie seinen eigenen, und in seiner Angst hatte er zugegriffen.

Es war ein Fehler gewesen, denn diese hier war anders. Sie hatte gegen ihn angekämpft, sich gewunden und gerungen, um seiner Herrschaft zu entrinnen. Was immer er in den anderen Müttern angerührt haben mochte, ihr fehlte es. Er hatte sie ergriffen, weil sie ihm im Augenblick höchster Not am nächsten stand, anstatt sie in Ruhe auszusuchen, sich vorzutasten und sie seinen Wünschen gemäß zu beeinflussen.

Jetzt war es zu spät, und ihm blieb nur übrig abzuwarten. Er hatte schon zuviel Kräfte investiert, um sie fallenzulassen und eine andere zu finden. Was immer auf ihn zukommen würde – um in diese neue Phase zu gelangen, brauchte er sie. Abermals sagte ihm der Instinkt, daß sie ihn nur vorübergehend hilflos machte, später würde er wieder stark werden.

Vielleicht brauchte er dann keine Mutter mehr.

Das war ein völlig neuer Gedanke.

Vielleicht konnte er sich dann selbst Nahrung verschaffen.

Diese Perspektive war so überwältigend, daß es ihm einen Schauer der Erregung über den Rücken jagte und er sich an ihrer Haut rieb. Augenblicklich und ohne jede Überlegung stülpte er die Lippen über die Milchdrüse und begann zu nuckeln. Automatisch drückte sich die Zunge in die weiche, geschwollene Haut, damit seine Zähnchen die Kruste auf der Oberfläche aufschaben konnten und er durch die entzündeten Kapillaren ein wenig Blut trank. Doch auch seine Zunge war anders, weicher als früher, unfähig, an der Haut zu kratzen.

Aufregung bemächtigte sich seiner, aber noch drängte er sie zurück. Sein Gaumen pochte vor Schmerz, dort, wo das Fleisch durch lebenslanges Saugen schon verhornt war. Die fremde Haut war schon angeschwollen, dünn und wund geworden. Schon wurde sie von den scharfen, dicht beieinander stehenden Splittern seines Kiefers aufgebrochen. Er drehte ruckartig den Kopf, versteifte die Nackenmuskeln und preßte sich an sie.

Sie stöhnte traumverloren und wollte sich umdrehen.

Wilde Gier überkam ihn, heftiger denn je. Seine Haut war wie ausgetrocknet und tat weh, wenn er sich bewegte. Er zuckte mit den Beinen, traf den Oberschenkel der Mutter. Sie grunzte im Halbschlaf. Das Zimmer war abgedunkelt, aber draußen war es hell, nicht das grelle Tageslicht, das ihm die Augen verdarb, oder die Lichter der Straße, die ihn blendeten, sondern Mondlicht, das sich in den Eisblumen am Fenster brach und die Umgebung in ein gespenstisches Blau tunkte. Er spürte das Ziehen der Mondphasen und Gezeiten und wußte, daß seine Zeit gekommen war.

Er hatte sich wieder mit dem Mund an die Zitze herangetastet und umschloß sie mit trockenen Lippen. Ganz oben löste sich die Haut, darunter warf das neue Fleisch Blasen. Milch und seine eigene Essenz traten aus, durchfluteten seinen Mund, und er schmatzte laut, rülpste mit tiefer, ungeahnter Befriedigung. Er saugte sich fest, und die Mutter erbebte vor Schmerzen. Der Stoff, der sie einhüllte, klebte an der Haut und raschelte wie trockenes Laub. Er riß die Augen auf und genoß das blaue Mondlicht. Seine Beine spreizten sich, krampften und knickten ein. Die Zehen standen weit auseinander, und unter der Achselhöhle hämmerte ein Druck, den er nicht kannte.

Die plötzliche Erregung verdrehte ihm den Kopf, während er nuckelte. Er spürte die Hitzeströme unter der Haut der Mutter und folgte ihnen tastend, während die Brustwarze seinem Mund entglitt. Ein schwaches Plopp ertönte, das er ignorierte, während er der verführerischen Körperwärme nachspürte, den Gipfel der geschwollenen Brust überwand und die pulsierende Ader erreichte. Er preßte den Mund an die Stelle und nuckelte abermals, drückte die Stirn gegen das Fleisch. Es dauerte ein wenig. Es widerstand ihm noch eine ganze Weile – aber dann, mit einem schwachen *Gluck*, löste sich etwas.

Augenblicklich schoß ihm ein wohltuender Strahl in den Mund.

Die Mutter wimmerte in ihrer Betäubung, wand sich, als wollte sie sich losmachen, aber er hielt sie fest, mit aller Konzentration, während sein Mund und seine Kehle im ekstatischen Genuß ihres Lebenssafts schwelgten. Hitze und Energie überwältigten ihn, entflammten sein Inneres und ließen ihn überschäumen vor Lust – der Geschmack, die Anziehungskraft des Monds, sein fahles, vollkommenes Leuchten, eine Woge von frischem Blut und das unausweichliche Wachstum seines Körpers.

Bald war es soweit.

Er drängte sich an sie, und ihn ergriff ein neues, völlig fremdes Gefühl.

Tief unten, zwischen seinen erneuerten Gliedmaßen, war das schwanzähnliche Anhängsel verwelkt und weggeschrumpft und bildete eine Knospe zwischen den Schenkeln, wie eine Kaulquappe schrumpft, bevor sie neue Glieder ausbildet. Die knochenlose Röhre dazwischen wirkte eingeengt und fremdartig, gehörte aber noch immer zu ihm. Er spürte, wie sie sich aufbäumte, als habe sie einen eigenen Willen. Ihm wurde plötzlich heiß, und eine unbekannte Wahrnehmung machte ihn stutzig.

Das Anhängsel entfaltete sich wie ein zarter, griffiger Finger, wie die Zunge eines Schmetterlings. Der Fleischknoten rollte sich aus, tastete behutsam und fand die heißeste Stelle. Ohne Zögern, aber so langsam, daß es mehr wie ein Fließen war, glitt es ins Innere.

Die Wollust ließ ihn innerlich explodieren, als er seine eigene Essenz schmeckte und sich an der Verwandlung labte, die sich an ihm vollzog. Er hatte eine neue Quelle entdeckt, die unendlich köstlicher war. Jener fremde Körperteil schlug aus und zuckte in einem sonderbaren Rhythmus, den die ungewohnte Nahrung ihm eingab. Sekundenlang war er völlig hingerissen, und sein kühler Geist erhitzte sich rauschhaft.

Sogleich reagierte auch sein Körper. Alle Muskeln spannten sich verzückt an, und in einer Woge spürte er, wie sich das Wachstum beschleunigte.

Das war es, was er brauchte. Er hatte sich mit Honig ernährt, und nun bekam er Gelee Royal, um den Wandel voranzutreiben. Sein ganzes Wesen tauchte in den ungeahnten Strom des Glücks ein.

* * * * *

Ginny Marsden empfand den Schmerz und verirrte sich beim Erwachen von einem Alptraum in einen anderen.

In diesem Moment wußte sie, wer sie war, und wurde vor Schreck fast wahnsinnig. Es fraß an ihr und wollte sie ausdörren. Es hatte sich aus ihrem Geist zurückgezogen, die feste seelische Umklammerung gelockert, und sie erkannte sich selbst wieder.

Und doch war sie wie gelähmt. Es erdrückte sie fast, der Mund lag an ihrer Schulter, dicht am Hals, und scheuerte an den wunden Stellen ihrer Haut. Es tat ihr weh, mit einer Serie von Nadelstichen, nicht schlimmer als ein Kratzen, aber sie spürte ihr Blut verrinnen.

Sie rückte ab, ihr Körper erbebte angesichts der gräßlichen Erkenntnis, und das Wesen straffte sich. Im Dunkeln sah sie nichts als die schwachen Umrisse im Zwielicht, aber sie nahm alles genau wahr.

O Jesus, es ist in mir drin.

Sie schrak zusammen. Es war auf ihr, über und in ihr. Seine trockene Haut schabte an ihrem weichen Fleisch. Sein Mund fuhr über ihren Körper, die Lippen kratzten und die kalte Zunge leckte an ihr.

Und unten zwischen ihren Beinen spürte sie das ekelhafte Pochen jenes anderen Glieds, das tief hineingeglitscht war und sie von innen aussaugte.

Heilige Mutter Gottes errette mich.

Sie wußte jetzt, daß sie in der Hölle war. Sie war zur Hölle gefahren und diente dem Teufel als Ernährerin.

Das Grauen hielt Ginny Marsden gefangen. Ihr Körper wollte reagieren, aber er war wie versteinert; das furchtbare Erlebnis zerriß sie in tiefster Seele. Irgendwo meldete sich auch die schwache Stimme ihres eigenen, erkalteten Selbst, wollte sich erinnern, was geschehen war. Hatte es einen Unfall gegeben? War sie auf dem Heimweg vom Einkaufscenter überfahren worden?

Ein anderer Teil ihres Innern wußte noch von dem Alptraum, als die alte Frau auf den Fliesen zusammenbrach. Sie hatte eine flüchtige Verlockung gespürt, sich langsam dem alten schwarzen Kinderwagen genähert. Sie sah, wie sie sich über das Verdeck beugte und hineinblickte, wo sie von den großen Kulleraugen unwiderstehlich angezogen wurde.

Nein . . . nein . . .

Sie wollte die Erinnerung abschütteln, die hastige Flucht durch das verrufene Viertel vergessen. Schon jetzt kam sie ihr wie ein ferner Traum vor, als wäre es jemand anderem zugestoßen, und doch spürte sie noch jetzt die eisige Luft, die ihr im Hals wehtat, den plötzlichen, bestürzenden Drang, gekoppelt mit Ekel und Abscheu, sogar noch während sie lief, ohne zu wissen, wohin es sie trieb – in den Unterschlupf, den sie beide brauchten.

Und jetzt war es auf ihr und in ihr, und sie war machtlos. Sie schauderte, und wieder straffte sich das Wesen. Seine Finger tasteten über ihre Haut, schlossen sich langsam, kniffen ihr ins Fleisch. Für einen Augenblick hörte das Saugen auf. Das innere Pulsieren wurde langsamer. In den stechenden Wunden erstarb der Schmerz, sie fühlte gar nichts mehr außer dem Tröpfeln ihres Bluts, und die aus den Brüsten sickernde Milch, die ein seltsamer Druck von innen heraustrieb. Sie duftete süß und warm, aber darin lag noch ein anderer Geruch, den sie kannte – der Geruch des Wesens, das an ihr nagte. Es hatte sie angesteckt.

Es kam näher, und sie mochte gar nicht hinsehen, als es sich ihr zuwandte. Seine Augen waren weit offen und traten glasig hervor. Der Kopf wanderte hin und her, und in seinem Blick spiegelte sich das frostige Licht des Monds, gerade hell genug, um das Rot und Schwarz mit einem silbrigen Film zu überziehen. Es blinzelte einmal, mit leisem Geräusch, dann starrte es sie hypnotisierend an. Es wälzte sich über sie, mit Armen und Beinen, und sie fühlte wieder, wie sich sein Geist herantastete wie eine tote, aber noch zuckende Hand in ihrem Gehirn. Sie wollte ausweichen, sich entziehen, aber es drückte entschlossen zu, und auf einmal schwebte wieder sein Geruch in der kalten Luft. Ginny Marsden fuhr zurück, klammerte sich an ihre eigenen Gedanken. Sie wollte weg von hier, sich von dem Alptraum befreien, und wußte doch, daß es kein Traum war. Der Geruch benebelte sie, und ihr Selbst glitt davon. Es gab ein knirschendes, widerwärtiges Geräusch, wie Kiesel unter der Sohle oder spitzes Metall auf Glas, aber sie hörte nur ein Wimmern, das Klagen eines hilflosen Babys, dem sie helfen wollte. Der Widerhall in ihrem Schädel war ein Echo ihrer eigenen Schwäche, der sie sich hingab.

Aber in einem versteckten Winkel ihrer Seele schrie sie noch immer vor Grauen und Panik.

— 10 —

»Sie ist immer nach Hause gekommen, und wenn sie mal wegblieb, hat sie jedesmal angerufen. Aber eines Tages war sie verschwunden, und ihr Abendessen brannte im Herd an.«

Ohne es zu ahnen, wiederholte die alte Frau fast wörtlich, was Virginia Marsdens Mutter Helen Lamont gegenüber beteuert hatte. Ihr Name war Catriona McDougall. Sie hatte soeben erfahren, daß ihre Tochter im Einkaufscenter eines Orts gestorben war, den die alte Frau nie gesehen hatte. Ihre Stimme war zittrig und weinerlich, und immer wieder unterbrach sie sich und wurde still, als würde ihr die Luft abgedreht. Ihre Trauer war dreißig Jahre alt, aber sie war kein bißchen geschwunden. Es gab nicht den geringsten Unterschied zwischen dem, was Winnie Marsden durchmachte, und dem Kummer der Greisin.

David hatte die Einöde durchquert, um in dieses Dorf zu kommen; eine alte Siedlung, wo seit Jahrhunderten Pferdekarren durch enge Gassen gerumpelt und die Dächer mit Ried gedeckt waren. Es waren nur wenige, dicht beieinander stehende Häuser im Windschatten eines Hügels, der einst nur die Abraumhalde einer alten Kohlenmine gewesen war. Die Bewohner – ein Bergmannsgeschlecht, das stur an seiner holprigen Mundart festhielt – waren breitschultrig und hatten kantige Gesichter. Den Mittelpunkt bildete eine kleine Kirche mit anschließendem Friedhof, geschützt vor dem Wind, wo die Grabsteine quer durcheinander standen. Wenn er das Moos abkratzte, würde David dieselben Namen finden, die neben den Türen der niedrigen Hütten zu lesen waren. Die Stadt trotzte den Stürmen, die vom Meer hereinfegten, und war – anders als sonstige stillgelegte Zechen, deren Anwohner mit den Jahren ihre Häuser aufgegeben und eine neue Zukunft in der Großstadt gesucht hatten – gepflegt und sauber.

Das greise Ehepaar lebte in einem kleinen Cottage am Ende einer Häuserreihe, die wohl die Hauptstraße darstellte. Hinter dem kleinen Garten erstreckte sich grasbewachsenes, vom Rauhreif überzogenes Hügelland. In den Feldern war niemand zu sehen, und auf der Straße ging nur selten jemand vorüber. David hatte den Eindruck einer Ortschaft, die ganz auf sich selbst gestellt ist, deren eigensinnige Bewohner sich so eng aneinander drängten wie die Häuser, in denen sie lebten. Außenseiter würden es sehr schwer haben in solch einem Kaff.

Trotzdem hatte Catriona McDougall ihn hereingebeten, eine Kanne Tee aufgesetzt und altbackenen Streuselkuchen angeboten. Den Kaminsims zierte das Bild eines schüchternen jungen Mädchens mit drei Muttermalen auf der Wange. David wußte, daß er einer alten Frau schonend beibringen mußte, daß ihre Tochter nicht mehr am Leben war.

»Sie kam nie mehr nach Hause«, bekräftigte der Ehemann. Er saß eingepfercht im Sessel, mit groben, gichtigen Gliedmaßen, blasser Haut und wäßrigen blauen Augen, die nachdenklich seine geballten Fäuste betrachteten. »Nie, nie mehr.« Um die Mundwinkel zuckte es unmerklich wie unter ständiger Anspannung, und David ahnte, daß er einen Schlaganfall hinter sich hatte.

»Es steht alles im Protokoll«, fuhr die Frau fort, »die Polizei war tagaus, tagein bei uns und fragte ständig was anderes, zeigte uns ein Bild von diesem oder jenem Kerl, ob wir nicht jemanden wiedererkennen. Aber sie sahen sich alle viel zu ähnlich. Von heute auf morgen ist sie nicht mehr da gewesen. Auf und davon. Es war um die gleiche Zeit, als das Baby oben auf der Duncryne Bridge starb.«

»Niemals. Nie mehr«, wiederholte der Alte mit ausdruckslosem Gesicht.

»Danach war er ein gebrochener Mann«, erklärte Catriona McDougall und nickte ihrem Gatten zu. Sie sprach noch immer den Hochland-Akzent, mit dem sie aufgewachsen war, den melodischen Singsang der Westküste. »Im Grunde genommen haben wir uns beide nie davon erholt. Sie war doch unser einziges Kind, verstehen Sie? Es war eine Schande, daß wir nicht noch eins kriegten. Aber Callum war's zufrieden, wenn sie nur gesund und munter sei. Und wir liebten sie wie eine ganze Kinderschar zusammen! Sie war unser ein und alles, und sie ist nie mehr aufgetaucht.«

Die Frau mußte schon um die Neunzig sein. Sie wirkte schmal, verglichen mit der riesigen Vogelscheuchengestalt ihres Mannes, der unbeweglich, aber zitternd im Sessel beim Kohlenfeuer saß. Draußen prasselte ein Hagelschauer gegen die Fensterscheibe, den die Sturmbö von Osten direkt aus Sibirien mit sich führte und zur Nordsee trug, um die Küste des Firth of Forth damit einzudecken.

Im Kamin heulte der Wind, und die alte Bäuerin bückte sich, um ihrem hilflosen Gatten die Wolldecke um die Schultern zu legen, wobei sie liebevoll über den ausgefransten Stoff strich. In dieser sanften Geste, dachte David, zeigten sich der Zusammenhalt und die grenzenlose Liebe, die sie ein Leben lang miteinander geteilt hatten, in guten wie in kargen Zeiten, und die noch immer in ihren Herzen loderte. Wer vermochte die menschliche Liebesfähigkeit zu ermessen?

Es erinnerte ihn an Mrs. Whalen, die mit der Toten, der Tochter eben dieser Frau hier, Tür an Tür gewohnt hatte. Bei ihr hatte er die gleiche Hingabe, die gleiche menschliche Anteilnahme erlebt, mit der zwei alte Menschen aneinander hingen. David Harper staunte über diesen seltsamen, machtvollen Trieb, der eine Frau und einen Mann so unlöslich miteinander verketten konnte, über die Zeit des ersten Überschwangs und der Leidenschaften hinaus. Er fragte sich, ob auch ihm dereinst so etwas beschieden war. Doch gab es einen Unterschied zwischen den beiden Greisinnen, die ihre hinfälligen Männer pflegten. Mrs. Whalen hatte acht Kinder in die Welt gesetzt und großgezogen, durch dick und dünn, bis sie aus dem Haus gingen und ihr viele Enkel bescherten.

Catriona McDougall dagegen hatte nur eins bekommen, nach schwerer und schmerzhafter Geburt, die sie und das Baby beinahe das Leben kostete, und danach hatte sie nie mehr gebären können.

Und dann war das Kind, um das sie sich weit über die übliche Zeit hinaus gekümmert hatte, von ihr gegangen – obwohl noch immer die Mutterliebe in ihrem Busen glühte wie eine traurige, fast erloschene Fackel, und sie die fromme Hoffnung auf ein Wiedersehen, die ungestillte Sehnsucht nach ihrem Kind nie aufgegeben hatte.

»Thelmas Tod hat Heather nie überwinden können. Sie waren so gute Freundinnen gewesen. Aber Thelma ging mehr aus sich heraus. Sie wissen schon, was ich meine! Heather gehörte zur Gattung der Mauerblümchen . . .« Catriona deutete auf das Bild ihrer Tochter, das direkt in der Mitte über dem Kamin stand – im Gegensatz zu Mrs. Whalens Orgelpfeifen-Anordnung ihrer Nachkommen. Die Wange zeigte drei kleine Muttermale, auf einer Linie wie der Oriongürtel am Firmament. Es mußten dieselben sein, die David vom Foto der Leiche her kannte, auf dem sie mit halboffenen, erloschenen Augen auf der Bahre zu sehen war. Die Muttermale waren der einzige sichtbare Beweis, doch gab es noch weitere Hinweise für die Identifikation. Auch das Foto des alten Zeitungsausschnitts hatte Ähnlichkeit mit dem geröteten, seltsam aufgequollenen Gesicht der Frau aus der Leichenhalle.

»Sie dürfen das nicht mißverstehen. Thelma hatte auch ihre Anfechtungen, und wir sorgten uns oft, ob sie nicht auf die schiefe Bahn gerät. Aber Heather hat uns jedesmal beruhigt: Sie sei alt genug und wüßte schon, was sie tut. Und sie hatte recht damit. Wir wollten nur vermeiden, daß sie Schaden nimmt an Leib und Seele, wissen Sie?«

David nickte mitfühlend.

»Nie, nie mehr nach Hause gekommen«, wiederholte der Alte, und seine Stimme klang mürbe und verwittert wie seine Haut.

»Aber was ihr auch zugestoßen sein mag, sie war schon vorher ein Schatten ihrer selbst. Als wäre ihr alle Lebensfreude genommen, genau wie bei meinem lieben Callum hier. Auch er hatte keine Freude mehr am Leben, so daß ich mehr oder weniger beide verloren habe. Und sie haben meine Tochter nie gefunden, und niemand kann mit Sicherheit sagen, was passiert ist. Alle meinten, es sei dieselbe Bestie gewesen, die unsere Thelma auf dem Gewissen hat . . .«

Plötzlich konnte die Alte die Tränen nicht mehr zurückhalten. Sie schwieg und tupfte sich die Augen mit einem Spitzentüchlein.

»Allein den Gedanken daran kann ich kaum ertragen. Wir wissen ja, was aus dem armen Mädchen wurde. So zugerichtet und zerstochen, es sah furchtbar aus. Wenn sie den erwischt hätten, der zu so etwas fähig ist, hätten ihn die Leute hier bei lebendigem Leib zerrissen. Aber der Täter wurde nie entdeckt, ebensowenig wie Heather. Die Polizei fragte, ob sie nicht mit ihm weggelaufen ist, und ich weiß noch, wie wütend ich geworden bin. Beinahe hätte ich ihnen die Tür gewiesen, weil sie so etwas Haarsträubendes unterstellten. Thelma war jünger als unsere Heather, aber uns war klar, wie gut ihr diese Freundschaft getan hat. Wir haben sie immer von allem ferngehalten und viel zu sehr behütet. Sie war doch unser Herzenskind, und wir hatten immer Angst um sie. Aber Thelma war lieb zu ihr gewesen. Heather würde nie mit einem gemeinsame Sache machen, der ihrer Freundin wehtut. Oberkommissar Cutcheon, ein junger Mann, den Callum vom Kegelklub kannte, hat später gemeint, sie sei vermutlich tot, und wir müßten damit rechnen, sie nie wiederzusehen.«

Die alte Frau blinzelte David zu, der mit der Untertasse in der einen, dem halb geleerten Teebecher in der anderen Hand geduldig lauschte. »Aber ich gab die Hoffnung nicht auf. Irgend etwas sagte mir, daß sie noch am Leben ist. Weshalb? Das kann mir selbst nicht erklären und Ihnen auch nicht. Mütter haben so ihre Ahnungen, wissen Sie! Ich wußte ja auch auf Anhieb . . .« Sie unterbrach sich und musterte ihren gelähmten Mann, dem die Mundwinkel zuckten und der Speichel vom Kinn troff, und eine wundersame Zärtlichkeit trat in ihren Blick. Ihre Liebe mußte sehr groß sein, und sekundenlang erkannte David das junge Mädchen hinter den Runzeln und Schrunden ihres marmorierten Gesichts.

». . . ich wußte auf Anhieb, daß ich schwanger war. Man möchte es kaum glauben, aber damals war's mir sonnenklar. Von jener Nacht an war sie ein Teil meiner selbst, ein lebendiges Stück von mir. Wie heißt es in der Bibel? Ich trug sie unter dem Herzen . . . Und ich sprach ein Dankgebet. Callum, dieser grobe Klotz, hat bloß gelacht, und zwei Tage bevor die Regel ausblieb, begann der Krieg, der uns für zwei Jahre trennte. Hätte ich ihn damals bei mir behalten können, hätte er noch mehr zu lachen gehabt. Aber eins sage ich Ihnen, Mr. Harper, als Mutter spüren Sie, wenn ein Teil des eigenen Inneren abstirbt. Und dieses Gefühl hat sich nie bei mir gemeldet – bis neulich.«

David hob bestürzt den Kopf. »Wie bitte?«

»Ich war in der Küche, bereitete das Abendessen vor – nur ein Stück Kochfisch, was anderes verträgt er ja nicht mehr – und wollte gerade den Topf von der Feuerstelle nehmen, als es mich traf. Ich krümmte mich auf dem Boden und dachte: Jetzt ist es soweit, mein Schöpfer ruft mich zu sich. Ich fand, er hatte Zeit und Stunde unklug gewählt, und bekam Angst um Callum, der jetzt dasitzen und nicht wissen würde, was los ist . . .«

Mrs. McDougall tupfte sich abermals die Wangen und schluchzte leise. »Aber in diesem Augenblick sah ich Heather vor mir stehen. Sie sah genauso aus wie sonst, winkte mir zu –

nicht anders als damals, wenn sie morgens zur Arbeit ging, und dann war sie fort, und ich wußte, jetzt ist sie *wirklich* von uns gegangen. Was geschehen ist, weiß ich nicht, aber von diesem Moment an, seit ungefähr zwei Wochen, weiß ich, daß sie tot ist. Mag sein, daß ich mir's all die Jahre nicht eingestehen wollte. Aber das glaube ich nicht. Wissen Sie was? Ich spüre ihre Abwesenheit nicht mehr, und nie mehr würde ich das Licht im Flur anlassen, für den Fall, daß sie unvermutet nach Hause kommt . . .«

Ihr Schluchzen erstarb. Dann blickte sie David vielsagend an. »Und nun tauchen Sie auf und stellen mir Fragen.«

»Die Brücke«, erinnerte er sie. »Danach wollte ich mich erkundigen. Es steht in den Protokollen von damals . . .«

»So lange ist das nun auch wieder nicht her, Mr. Harper. Mir ist, als wäre es gestern gewesen. Und für ihn«, fuhr sie fort und nickte ihrem Mann zu, »ist die Zeit sowieso stehengeblieben. Tja, dort haben sie Thelma gefunden. Ohne richtiges Grab, nur mit Laub bedeckt und dahingemetzelt von diesem Verrückten. Wer weiß, ob er noch lebt, aber mir wäre wohler, wenn er in der Hölle brennt, Gott verzeih mir die Sünde. Es war droben an der Brücke bei Duncryne. Gar nicht weit von hier, ein oder zwei Kilometer Landstraße und dann rechts ins Tal abbiegen. Lord Duncryne selbst hat die Brücke einst erbaut, das war noch vor meiner Geburt und ist viele Jahrzehnte her.«

Morgen gehe ich auf die Brücke, denn wo immer Thelma jetzt ist, wird sie heiter sein und mich wieder zum Lachen bringen.

Die einsamen, verbitterten Sätze des Tagebuchs fielen ihm wieder ein. Heather McDougall hatte beschlossen, auf die Brükke zu gehen, und aus dem Tagebuch ging hervor, daß sie sich hinunterstürzen und ertränken wollte. Er war noch nicht oben gewesen, obwohl ihn die Neugier zweifellos dorthin drängte, aber er ahnte, wie tief das Wasser unter der Brücke war, und daß sie, wenn sie gesprungen wäre, den Tod weit früher gefunden hätte.

Er dachte an die Zeitungen, die in Fortsetzungen über das verschwundene Mädchen berichteten. Es hatte noch andere Tote an der Brücke gegeben, und mehr als das. In den sechziger Jahren war ein gräßlicher Unfall geschehen, etwa zur selben Zeit, als Heather McDougall verschwand.

Er aber wußte, daß sie nicht verführt worden war, nicht ermordet. Sie kletterte auch nie übers Geländer, aus Verzweiflung über den gewaltsamen Tod ihrer Freundin.

Statt dessen war sie einfach verschwunden und hatte dreißig Jahre lang unter dem Namen ihrer Freundin gelebt, zuletzt in einer feuchten, engen Wohnung in einer Stadt am anderen Ende Schottlands.

Das Rätsel begann, immer mehr Nebenrätsel auszubrüten. Fragen über Fragen. Catriona McDougall, die Bauersfrau aus dem Hochland mit dem gälischen Akzent, hatte offenbar so etwas wie das Zweite Gesicht. Sie hatte nie akzeptiert, daß ihre Tochter tot war. Sie glaubte erst seit ein paar Tagen daran – seit jenem Abend, als die Frau, die sich Thelma Quigley nannte, im Einkaufscenter zusammenbrach.

Seine Gedanken irrten im Kreis. Zu viele Fragen, ohne den Schimmer einer Antwort. Seine kriminalistische Vernunft riet ihm, den Fall ruhen zu lassen, in den Wagen zu steigen, Donal Bulloch und Professor Hardingwell von seinen Erkenntnissen zu berichten. Dann konnten die Behörden in dieser Region endlich ihre Polizeiakte schließen.

Aber die alte Catriona war wohl nicht die einzige, die das Zweite Gesicht hatte. David hätte diesen Ausdruck nicht benutzt – er nannte es Intuition. Eine innere Alarmglocke, bei deren lautlosem Klang sich die Haare auf seinem Unterarm aufrichteten. Seiner Spürnase konnte er seit jeher vertrauen, und er beschloß fürs erste, die Fährte aufzunehmen.

* * * * *

Helen Lamont klopfte an der Tür und wartete auf Antwort. Sie hätte auch eine Polizeistreife zu dieser Adresse schicken können, aber es lag ohnehin auf dem Rückweg zum Revier, und als sie die Verzweiflung in Winnie Marsdens Blick sah, beschloß sie, sich selbst darum zu kümmern. David war an diesem Morgen in Edinburgh unterwegs, während sie das Foto für den Fahndungsaufruf besorgte, der allen Polizeistellen gefaxt und den ermittelnden Beamten mitgegeben wurde.

Sie würden noch Lauferei genug haben in dieser Sache, denn Ginny Marsden war sehr beliebt und immer fleißig. Praktisch alle, die sie kannte – Freundinnen, Bekannte, Arbeitskollegen, bis hin zu den Teilnehmern ihrer Aerobic-Gruppe und Abendschulkurse –, mußten ins Verhör genommen werden. Die Mädchen bei Kellacher & Frick, dem Anwaltsbüro an der Riverside, waren keine große Hilfe gewesen – außer vielleicht ganz am Schluß –, aber das war nicht ihre Schuld. Es waren Teenager, die nichts oder nicht viel anderes im Kopf hatten als Weihnachten und Jungs und Fingernägel lackieren. Keine von ihnen ging zur Volkshochschule, um ein Diplom als Betriebswirtin zu machen.

»Was ist denn mit Celia?« hatte eine von ihnen gefragt.

»Celia Barker?« Helen hatte sich ihren Namen bei den Marsdens notiert. »Ist sie nicht in Ferien?«

»Doch, doch. Griechenland, glaube ich. Bestimmt war es Griechenland. Oder wollte sie nach Ibiza? Ach, ist ja auch egal. Ursprünglich wollte Ginny mit ihr fliegen, aber dann hat sie sich's anders überlegt.«

»Und?« hatte Helen nachgefragt, um dem Mädchen auf die Sprünge zu helfen.

»Vermutlich hat sie Ginny gebeten, ihre Haustiere zu füttern. Garantiert. Sie sind die besten Freundinnen, und Celia muß sich immer jemanden suchen, der die Tiere füttert und die Post aus dem Kasten holt. Sie hat eine Katze und einen Goldfisch mit lustigen Namen. Minky und Dinky. Nein, Mork und Mindy – aber zu wem welcher Name gehört, weiß ich nicht.«

Helen schrieb sich die Adresse auf. Sie hatte sich ohnehin nach der Barker erkundigen wollen, schon weil sie mit Ginny Marsden befreundet war, und es gab immerhin die – wenn auch sehr weit hergeholte – Hoffnung, daß sie im letzten Moment die Reise doch mitgemacht hat und sich jetzt nicht traute, von irgendeiner Mittelmeerinsel aus die Eltern anzurufen. Es war eine winzige Chance, die nun vollends zerstob: Die Mädchen versicherten, Celia sei schon in der Nacht geflogen, bevor die Marsdens ihrer Tochter das Essen warmstellten. Ginny hatte noch den ganzen Tag im Büro verbracht, und ihre Kolleginnen glaubten, sie habe kurz vor Ladenschluß rasch noch was einkaufen wollen. Diejenige, die sich an die Namen der Haustiere erinnerte, hatte sie sogar noch bis zur Kreuzung begleitet.

In ihrem Notizbuch waren Datum und Uhrzeit festgehalten. Helen studierte die Ziffern, hob den Blick und blätterte weiter. Etwas quälte sie, aber sie wußte nicht, was. Eine vage Assoziation, nicht mehr. Es würde ihr schon noch einfallen, sagte sie sich.

Die geduckte Häuserzeile an der Dunlop Street wurde von eingezäunten Linden überschattet, doch diese vermochten kaum den frostigen Wind abzuhalten. Es war schon spät, als Helen dort eintraf. Auf nichts hätte sie jetzt mehr Appetit gehabt als auf eine Tasse heißen Tee. Aber was blieb ihr anderes übrig? Sie verließ den Wagen und öffnete das Gartentor vor dem Haus am Ende der Straße. Hinter den Fenstern war alles dunkel, auch im Nachbarhaus. Helen glaubte kaum, daß jemand daheim war, den es herauszuklingeln lohnte. Aber sie hatte diesen Fall nun mal übernommen und tat gut daran, Schritt für Schritt vorzugehen. Ginny hatte offensichtlich vorgehabt, in den Feiertagen ab und zu das Haus ihrer Freundin aufzusuchen und die Katze zu füttern. Es war nur logisch, hier nachzusehen. Ihr war auch die Idee gekommen, ob die Kleine einen heimlichen Lover hatte, von dem weder ihre Eltern noch Tony wußten. Das Haus war jedenfalls der ideale Ort für ein verschwiegenes Schäferstündchen.

»Besser, wenn ich dich in flagranti ertappe als tot im Gebüsch«, murmelte Helen vor sich hin, wie um das Bild des vermißten Mädchens vom Fahndungsfoto zu beschwören. Sie schnalzte mit der Zunge. Besser so, als wenn die Ermittler ihren Tony stundenlang in die Zange nehmen – was unweigerlich der Fall war, wenn Ginny nicht bald wieder auftauchte. Er stand als nächster auf ihrer Liste, ganz oben bei den Verdächtigen. Der arme Kerl wußte noch nicht, was ihm blühte.

Sie klopfte an die Tür und wartete auf Antwort. Die Winterkälte kroch ihr in den Nacken, schmerzte im Hals.

Drinnen war ein schlurfendes Geräusch zu hören. Nur ein leises Kratzen, aber so unerwartet, daß Helen zusammenzuckte. Wieder klopfte sie.

»Hallo?« Sie hockte sich hin, wollte den Briefkastenschlitz öffnen. Im Inneren des Hauses war alles stockfinster.

Eine Bodendiele knarrte.

Helens Herz tat einen Sprung.

Da drinnen bewegte sich jemand. Zweimal hatte sie es deutlich gehört. Sie stand auf und fragte sich, was sie jetzt tun sollte. Am liebsten hätte sie einen Blick durch den Briefkastenschlitz geworfen, aber dann fiel es ihr ein. Es war ja nur ganz leise. Vielleicht spazierte bloß die Katze durch die Diele, Mork oder Mindy! Dennoch konnte hinter dieser Tür etwas lauern. Sie straffte sich, überlegte, dann machte sie kehrt und holte die Taschenlampe aus dem Wagen.

Du mußt Meldung über Funk machen, nahm sie sich vor, aber eine innere Stimme sagte ihr, wie dumm das war. Sollte sie sich vor den Kollegen zum Narren machen? Die Lampe wog schwer in ihrer Hand. Das Gartentor quietschte, als sie es wieder aufstieß; die Scharniere zogen sich in der Kälte zusammen. Statt wieder an die Tür zu gehen, schlich sie über den Kiesweg im Vorgarten zum Fenster. Fast alle Gardinen waren fest zugezogen, nur ein winziger Spalt offen geblieben. Der Lichtstrahl spiegelte sich im Fensterglas, und sie schirmte mit einer Hand den Blick ab, als sie hineinspähte. Drinnen konnte sie mit knapper Not eine längliche Couch und einen kleinen Beistelltisch ausmachen. Sie kehrte zur Tür zurück und klopfte abermals. Dann klappte sie, im Abstand von einer Armlänge, mit zwei Fingern den Deckel des Briefeinwurfs auf – nur für den Fall, daß etwas Spitzes oder Ätzendes durch den Spalt kam. Alles schon mal dagewesen, wie man so sagt – eine Messerklinge, die aus dem Briefschlitz fährt und in Augen und Hirn eindringt.

Wer so was erlebte, konnte anschließend nicht mehr davon erzählen.

»Ginny Marsden?« rief sie. Die Worte verhallten ungehört in der Finsternis. Sie wartete noch ein oder zwei Sekunden, dann wiederholte sie den Namen des Mädchens. Keine Antwort. Das Lampenlicht fiel durch den Briefschlitz und wanderte durch den düsteren Flur, über die Garderobe, an der Mantel und Hut hingen wie das gespenstische Phantombild eines Gehenkten.

Dann kam das Geräusch wieder. Ein leises Knarzen, als träte jemand, der wenig auf die Waage bringt, ganz behutsam auf den Holzboden, wobei ein Dielenbrett gegen das verlagerte Körpergewicht aufbegehrte.

Helen überlief ein Schauder.

Funkkontakt aufnehmen!

Abermals überlegte sie hin und her. Jemand konnte hier eingestiegen sein, nachdem er gesehen hatte, daß die Vorhänge seit ein oder zwei Tagen geschlossen blieben. Oder irgendwer aus der Nachbarschaft, der wußte, daß die Bewohnerin verreist war. Womöglich war es Ginny Marsden selbst?

Funkkontakt aufnehmen! Das hieße, auf Nummer Sicher gehen. Wenn nötig, konnte in fünf Minuten eine Streife hier sein. Einen Haussuchungsbefehl erwirken und da drin das Unterste zuoberst kehren. Aber sie konnte sich schon jetzt die Blicke vorstellen, wenn die Patrouille hier eintraf, die großen Jungs, die Aufmischer-Truppe – und sich das Ganze als falscher Alarm herausstellte. Sie verwarf den Gedanken, Verstärkung zu holen. Ihren Job konnte sie wohl noch allein besorgen. Ein menschenleeres Haus, was soll's!

Langsam ließ sie den Deckel vom Briefkastenschlitz los und erhob sich. Im Lichtkegel der Taschenlampe wirbelten Schneeflocken, und der Atem stand ihr wie Rauch vor dem Mund. Sie wandte sich nach rechts, über den Plattenweg, der hinters Haus führte, und folgte dem Lichtstrahl, den sie so niedrig wie möglich hielt und mit der Hand abdeckte. Das flache Holzgatter ließ sich mühelos übersteigen, und das trokkene Geißblatt, das daran hochrankte, raschelte nur leicht.

Schließlich stand sie hinter dem kleinen Haus. Über ihr ragte wie ein Damoklesschwert ein langer, gezackter Eiszapfen vom Ablaufrohr der Regenrinne herab. Sie machte vorsichtshalber einen Bogen um ihn und kam an einem kleinen Fenster mit heruntergezogenen Jalousien vorbei. Hier, abseits der Straße, unter Dachvorsprung und Regenrinne, lag der kristallisierende Frost wie ein dichter Nebel in der Luft, der die Konturen verschwimmen ließ und in irisierenden Schwaden über den Erdboden wallte.

Reg dich nicht künstlich auf, Lamont, befahl sie sich. Schließlich war es nur ein kleines Reihenhaus am Ende der Zeile. Abgesehen davon, daß ein Mädchen vermißt wurde, gab es keinerlei verdächtige Umstände. An der Tür zeichnete sich das helle Viereck des Katzentürchens ab, und jetzt fiel ihr der Name wieder ein: Mork. Oder Mindy? Das andere Haustier war ein Goldfisch, wie die Sekretärin im Anwaltsbüro meinte. Helen probierte ihr Glück am Türknauf, drehte ihn vorsichtig und stellte erleichtert fest, daß er kein Geräusch machte. Eigentlich hätte sie klopfen und sich ausweisen sollen, aber sie rechtfertigte ihr Eindringen mit dem Geräusch von vorhin, das vielleicht von der Katze stammte.

Knarrend ging die Tür auf. Sie erstarrte vor Schreck und atmete durch, wobei sie merkte, daß sie eine Zeitlang unwillkürlich die Luft angehalten hatte. Helen drückte die Lampe nach unten, hielt den Lichtstrahl tiefer und leuchtete durch den zentimetergroßen Türspalt. Ein Kachelboden. Sie zögerte noch fünf, sechs Atemzüge lang und unterdrückte den dringenden Wunsch, über Funk eine uniformierte Funkstreife zu holen und das Haus zu umstellen.

Sie öffnete die Tür ganz und blieb auf der Schwelle stehen. Die Küche war kalt und leer. Neben dem Spülbecken stand ein Napf, dessen Rand ein Name zierte. An der Wand hing ein Sortiment von Töpfen und Pfannen. Ein Geschirrtuch war neben der Spüle auf den Boden gefallen und lag, schwarzweiß gemustert, außerhalb des Lichtkegels auf den roten Fliesen. Helen trat ein, zwei Schritte vor. Nun war sie drinnen.

Der Nebel folgte ihr, wand sich im Lampenlicht wie ein ungeladener, verstörender Geist.

Von jenseits der Innentür, die nicht ganz geschlossen war, kam ein Laut. Es war nicht mehr als ein leises Knistern, wie von Stoff auf Stoff, gefolgt von einem ganz schwachen, fast quietschenden Ton.

Verdammte Katze, stöhnte sie innerlich. Es mußte die Katze sein. Natürlich war es die Katze. Eine seltsame Erleichterung bemächtigte sich ihrer und löste die Anspannung. Sie wandte sich um und näherte sich der Tür.

»Komm, Pussi!« flötete sie mit dem bei allen Menschen üblichen Lockruf. »Pussi, Pussi, Pussi . . .« Sie schürzte die Lippen und schnalzte, hob die freie Hand, um die Tür aufzustoßen, durch die das Tier jeden Augenblick hereinspaziert kommen würde. Und genau in diesem Moment registrierte ihre Wahrnehmung etwas, das sie abermals erstarren ließ.

Es war das Geschirrtuch auf dem Kachelboden, neben der Spüle, die schwarzweiße, bucklige Silhouette. Sie wollte gerade kehrtmachen, als im Korridor hinter der Tür plötzlich ein Lärm entstand. Eine Gänsehaut überlief sie am ganzen Leib, als hätte sich ein eiskalter Finger zwischen ihre Schulterblätter gelegt. Der Lampenstrahl erzitterte und senkte sich, noch während sie sich umdrehte, auf das Tuch am Boden.

Es war kein Geschirrtuch. Die Katze lag unter dem Spülbekken und streckte alle viere von sich. Den Kopf umgab eine nasse, glitzernde Pfütze von dunklerem Rot als die Kacheln ringsum. Der Kadaver war auf die Seite gewälzt, eine Pfote ragte empor, im letzten Todeskampf erstarrt, mit ausgestreckten, krummgebogenen Klauen. Die Schnauze stand offen, zu einem stummen Knurren gebleckt, der Kiefer und die scharfen Zahnreihen waren vollständig zu sehen. Das kleine Geschöpf war zu einer Grimasse ohnmächtiger Wut versteinert, die es noch im Tod wild und raubtierhaft erscheinen ließ.

Aber da war noch mehr. Trotz des bedrohlichen Knirschens hinter der Tür in der Finsternis starrte Helen wie hypnotisiert auf das tote Tier.

Es war nicht nur die Leichenstarre des offenen Rachens, der darauf schließen ließ, daß der Tod völlig überraschend eingetreten war. Anstelle der Augen klafften nur dunkle, verkrustete Höhlen. Der Hals war nach hinten geknickt, so daß sie scheinbar zur Decke starrten, aber blind und leer. Auch dort, wo die rosa Stupsnase gewesen sein mußte, gähnten links und rechts tiefe Löcher. Die Augen waren fort; in den Höhlen glänzte getrocknetes Blut oder eine andere zähe Flüssigkeit, in der sich das Licht der Taschenlampe spiegelte. An der Wange waren Fell, Haut und Muskelfleisch abgerissen, und der nackte Knochen ragte heraus.

»Was zum ...«, murmelte sie und wollte den Blick von der verstümmelten Katze abwenden.

Hinten im Flur knarrte wieder ein Dielenbrett, und das Bewußtsein akuter Gefahr traf sie blitzartig. Sie schwang sich hinter die Tür, mit pochendem Herzen, zum Teil noch immer auf den Kadaver mit ausgerissenen Augen fixiert, zugleich auf den Lärm lauschend, überwältigt von namenlosem Grauen vor etwas, das fremd und widernatürlich war. Die alte, kindische Angst vor dem Monster im Dunkel meldete sich zurück und drohte, sie in die Flucht zu jagen.

»Bleib, wo du bist«, zischte sie und versuchte, ihr aufgeregtes Herzklopfen zu dämpfen. Das Blut rauschte ihr in den Ohren, und der Hals war wie ausgedörrt. Die Katze konnte es nicht sein. Vielleicht doch ein Einbrecher, jemand, der zur falschen Zeit am falschen Ort erwischt wurde, auf frischer Tat beim Plündern des verlassenen Hauses.

Und wenn's nur ein Dieb ist, fragte sie sich, wozu dermaßen in Panik geraten? Mit Einbrechern wurde sie schon fertig. Sie knipste die Taschenlampe aus, umklammerte ihren Griff und hob ihn drohend in Schulterhöhe.

Kein Dieb. Einbrecher reißen kleinen Kätzchen nicht die Augen aus. Aber was dann? Aus irgendeinem Grund fiel ihr nichts ein. Sie konnte es sich selbst nicht erklären.

Das Herzklopfen wurde, allen Anstrengungen zum Trotz, nicht langsamer. Das übermenschliche Grauen wuchs noch, und sie drängte es verzweifelt zurück, aber es überkam sie so ungewohnt und brutal, daß es ihr nicht gelingen wollte. Ihre Knie wurden weich unter dem Druck. Es war vollkommen unbegreiflich und doch wahr.

»Hier ist die Polizei!« rief sie laut und mußte sich die Worte förmlich herauszwingen. Trotzdem hörte es sich recht kläglich an in der leeren Küche. »Rühren Sie sich *nicht* von der Stelle! Widerstand ist zwecklos!« Helen verfiel in den streng dienstlichen Befehlston, der ihrer Stimme mehr Festigkeit verlieh. Sie hob die Lampe und legte den Finger an den Knopf, um sie bei Bedarf aufleuchten zu lassen. Zentimeterweise bewegte sie sich vorwärts, bis sie durch die Tür trat und in der Diele stand.

Etwas wimmerte. Ein schwacher Ton tief in der Finsternis, mit rauhem Beiklang wie das Stöhnen eines kleinen Tiers. Er wiederholte sich, ein wenig lauter. Helen pochte das Herz wie vorhin bis zum Hals. Sie trat noch einen Schritt vor und noch einen.

Erst jetzt traf sie der Geruch, eine mächtige, stinkende Woge im Dunkel, dicht wie der Nebel, der ihr ins Haus gefolgt war. Sie erkannte ihn sofort wieder. Es war der Geruch des Hauses, wo die tote Alte gewohnt hatte, inmitten zerrissener Laken und aufgestapelter Plüschtiere mit blinkenden Knopfaugen.

Er brannte in den Augen, schwelte in der Nase, und die Kehle rebellierte gegen ihn. Sie blinzelte heftig und versuchte, durch den plötzlichen Tränenfluß hindurch klare Sicht zu behalten. Etwas knirschte irgendwo hinter den Schwaden, die sich zusammenballten, und sie registrierte den Lärm wie eine abgehackte Serie einzelner kratzender Geräusche.

Helen wich zurück. Überall ringsum war der Gestank so heftig, daß er sich in Scheiben schneiden ließ, weit stärker als im Haus dieser Thelma Quigley. Sie machte kehrt, gab sich Mühe, nicht einzuatmen, aber sie spürte den pelzigen Belag auf der Haut, sein Eindringen in alle Poren. Noch während sie sich umdrehte, leuchten in einer sprühenden Vision die Farben auf, explodierten wie ein schimmerndes Feuerwerk, als würden alle

Zäpfchen und Sensoren hinter ihren Augäpfeln zugleich angesprochen. Farbkreisel tanzten vor ihrem Blick, strahlend und funkelnd.

Gift! Die Erkenntnis kam so unvermittelt wie bei David Harper in jenem anderen Haus. Es mußte eine Art Nervengas sein.

Die Farben wechselten zu kitschigen Schattierungen von Orange und Gelb, Feuerrot und pulsierendem Purpur. Formen schwollen auf und zerfielen wieder. Ein grünliches Gesicht wirbelte vorüber, silbrige Tränen vergießend; in der Ferne schrie ein Kind mit schriller, durchdringender Stimme, ein Schrei, der nicht enden wollte, fast überschnappte und in rhythmisches, herzzerreißendes Schluchzen mündete. Zu ihrer Rechten rülpste der verstopfte Abfluß, gurgelte unter dem Boden, ein Geräusch, das sie schon als kleines Mädchen gehaßt hatte, weil es die Furcht vor Sümpfen und nasser Dunkelheit mit sich brachte. Mit dem Fuß trat sie gegen die Tür, und der Stoß hallte wie ein von Wand zu Wand springendes Echo nach. Ihr Herz pochte wild an den Brustkorb, die Finger klebten gelähmt an der Taschenlampe und vermochten sie nicht einzuschalten. Der Spülstein am Fenster dehnte sich zu bizarren Formen aus, zerbröckelte und versank im Rachen des Abflußrohrs. Die Katze wälzte sich am Boden herum, stand plötzlich auf den Hinterbeinen und hob ihre eine starre Pranke, die Klauen ausgestreckt und zum Zuschlagen bereit, mit einem schwachen phosphorizierenden Schimmer in den leeren Augenhöhlen.

Helen wollte aufschreien, aber sie hatte keine Stimme mehr. Ihre Kehle brachte noch ein heiseres Krächzen heraus, dann war sie zugeschnürt und stumm. Im Dunkel sah sie wie in einem alten, längst vergessenen Alptraum ihre Großmutter, die sich zu ihr umdrehte, das Gesicht mit Spinnweben verklebt und voller krabbelnder Käfer. Sie hörte einen Jungen wieder und wieder ihren Namen rufen – einst hatte sie an der South Street am Flußufer miterlebt, wie er von einem Lkw erfaßte und überrollt wurde. Die Katze tänzelte zur Geigenmusik, und ihr Fell wimmelte von Läusen. Dicke, ausgebildete Maden glitten unter ihren Krallen hervor, und in den Tiefen des düsteren Korridors wichen die Farben einem einzigen, monströsen Schatten, der sich näherte.

Die ausgestreckten Fühler ihrer Wahrnehmung spürten ein unbekanntes, nicht geheueres Gegenüber.

Sie wollte noch immer kehrtmachen, dem Schatten entrinnen, als ihre aufgewühlte Seele auf eine andere traf und sie im Innern die eiskalte, abstoßende Berührung eines fremden Geistes spürte.

Sie schrie lautlos auf, aber nichts regte sich. Ihre Lungen füllten sich mit Feuer, die Zähne knirschten aufeinander, wollten klappern und Funken sprühen – und klemmten fest aufeinander. Das Haar richtete sich stachelförmig auf, und sie fiel in unergründliche Nacht.

Dann stürzte sich ein gräßliches, bibberndes Etwas auf sie.

— 11 —

Sie kam näher. Seine wachsamen Sinne hatten sie längst erfaßt.

Hier in der Finsternis hatte er ganz ruhig abgewartet. Die Mutter machte eine Bewegung, aber er hieß sie stillstehen. Sie stieß einen dumpfen Laut aus und verstummte. In der Luft knisterte der Frost wie Glassplitter. Ein kleines Wesen raschelte draußen im Blumenbeet und weckte ein plötzliches Hungergefühl, das er vorerst unterdrückte. Grobe Schritte lärmten heran, seine neue, größere Sensibilität ließ ihr Knirschen auf dem eisigen Kies unterträglich laut erscheinen.

Das Knirschen brach ab, und wieder trat Stille in, nur durchbrochen vom surrenden Flügelschlag der Stare und dem Gekreisch, mit dem der Schwarm seine Nistplätze am Kirchturm anflog. Das Tor quietschte protestierend, und ihm sträubten sich die Nackenhaare. Es klang wie eine Herausforderung, und unwillkürlich zuckte er bei dem Geräusch zusammen. Eine gewisse Erregung überfiel ihn einen hitzigen Augenblick lang und ebbte langsam wieder ab.

Die Schritte näherten sich, und er streckte seine Geisteskräfte weit aus, bis er ihre Körperwärme entdeckte. Wieder meldete sich der neue Hunger. Heiß und pulsierend war sie, angespannt und sprungbereit. Etwas Vertrautes kam ihm da entgegen. Er konzentrierte sich, richtete seine Gedanken genauer aus.

Und er erkannte sie wieder.

Er fand keine Worte dafür – hatte noch keine –, aber seine Sinne waren imstande, Abweichungen in Gestalt und Gewebe und Temperatur und tausend weitere subtile Kriterien wahrzunehmen, die ihn befähigten, eins vom anderen zu unterscheiden. Diese hier war schon einmal gekommen, zu dem alten Platz, wo die frühere Mutter brütete. Sie hatte ihn mit einem anderen heimgesucht, und er war ängstlich gewesen, empfindlich nach den Wirren, die Verlust und Wechsel zu einer neuen Mutter und die große Wandlung bei ihm auslösten.

War sie auf der Jagd nach ihm? Stellte sie eine Gefahr dar?

Vorsichtig nahm er Witterung auf, forschte und sondierte, aber er hatte sich noch immer nicht ausreichend erholt, um mehr als flüchtigen Kontakt aufzunehmen. Es war schwierig, ja unmöglich, Genaueres zu erfahren. Nur das ungute Gefühl einer Bedrohung blieb. Sein Instinkt riet ihm, sich zurückzuhalten, ihr Kommen und Gehen geduldig abzuwarten. Er konnte im Dunkeln, in der sicheren Obhut seiner Mutter ausharren, bis sie vorüber war.

Das Tor schloß sich mit einem Klicken im kalten, metallischen Schnappschloß. Die Vibration teilte sich dem Fensterglas mit und hallte bebend nach. Er konzentrierte sich auf die Schritte, die unter dem Fenster stehenblieben, dort, wo die Vorhänge nicht völlig geschlossen waren und einen schmalen Streifen Mondlicht einließen, der von dort auf die gegenüberliegene Wand fiel. Eine Silhouette bewegte sich vor der Scheibe, schnitt das Licht ab und ließ es wieder einströmen, bevor es abermals gedämpft wurde.

Die innere Spannung zerriß ihn fast, und seine Wahrnehmungsfühler schlossen sich um die näherkommende Gestalt zusammen.

Jetzt stürzte eine andere Glut durch den Spalt zwischen dem Gardinensäumen, und er duckte sich unter dem brennenden Schmerz in den Augen. Hätte das Licht sie direkt getroffen, so wären sie wohl in der ungewohnten Hitze geschmolzen und verraucht. Eine winzige Klage entrang sich seinen Lippen, und die Mutter zuckte krampfhaft.

Die Fremde da draußen wich ebenfalls zurück, straffte sich, unbewußt alarmiert von seinem Zischlaut unterhalb der Wahrnehmungsgrenze.

Der Schatten entfernte sich, und wieder hatte er das kühle, milde Mondlicht im Blick. Jemand donnerte dröhnend gegen die Tür. Der Lärm ließ die Mutter erzittern. Er spürte ihren Widerstand, das Aufkeimen verzweifelter Hoffnung, die er gnadenlos niederwalzte. Der Konflikt zwischen Geist und Körper, die wie Gezeiten an ihrem eingeschüchterten Wesen zerrten, ließ sie leise aufstöhnen.

Es rappelte an der Tür, und Metall klickte auf Holz. Er hatte schon gehört, wie Briefkastendeckel geöffnet wurden, und tat den Radau als nebensächlich ab. Eine menschliche Stimme schallte durch den Flur und lallte Worte, die keinen rechten Sinn machten. In diesem Augenblick rührte sich die Mutter und kam aus dem Gleichgewicht. Sie streckte die Hand aus, um sich an der Couch vor dem drohenden Sturz abzustützen. Ein Dielenbrett knarrte.

Die Fremde erschauerte, nicht physisch, aber geistig. Ihr Zittern kam in hellem, klaren Ton singend durch das Dunkel. Mit Stolz und Befriedigung registrierte er dieses erste, untrügliche Anzeichen der Furcht, und augenblicklich meldete sich jener Hunger wieder. Er wog prüfend den Kopf, wartete auf ihren nächsten Schachzug. Fast zerstreut befahl er der Mutter, sich in die Ecke zu kauern, falls der Lichtstrahl wiederkam. Zögernd gehorchte sie. Während ein tief verborgener, unberührbarer Teil ihres Selbst noch immer gegen ihn aufbegehrte, sorgte sein Zugriff auf ihr Nervensystem dafür, daß sie sich schlurfend in

Bewegung setzte. Ihr Knie stieß auf das lose Dielenbrett und ließ es abermals knarren.

Die Reaktion von draußen folgte auf dem Fuß. Die Gänsehaut des Neuankömmlings teilte sich ihm unmittelbar mit. Durch die Wände, durch Ziegel und Mörtel sah er die warme Farbe ihres Körpers zu einem kühlen, namenlosen Schatten verblassen, und selbst die zarten Schwingungen der fremden Seele wurden hektisch. Doch legte sich ihre Verstörung bald wieder, und die Frau entfernte sich von der Tür. Er blieb im Dunkeln sitzen, neben der Wohnzimmertür, fest in die Arme der Mutter gebettet, die fast unmerklich bebte. Die Neue bewegte sich weiter, fast außerhalb seiner Reichweite, jenseits der Mauer, und kehrte von hinten zurück. Er strengte sich an, wieder Fühlung aufzunehmen und wollte schon fliehen, als es in der Küche laut wurde.

Sie war eingedrungen.

Es kam nicht völlig unerwartet. Drüben, an der gegenüberliegenden Wand, blinzelte das grüne Auge von Celia Barkers Anrufbeantworter. Die Farbe ließ auf ein kleines Tier schließen, aber er hatte sich an die Reaktionen gewöhnt, die das Blinken in ihm auslöste. Es hatte keinen lebendigen *Sinn*. Jetzt war der Lärm in der Küche wichtiger. Sie war da drin.

Angst vor der nahenden Gefahr überkam ihn mit aller Macht.

Aus der Küche ließ sich die Fremde mit einer Serie tiefer, unverständlicher Laute vernehmen, die seinen Ohren weh taten. Sie kam näher, seinen nachtaktiven Sinnen deutlich erkennbar, und er reagierte auf ihre Anwesenheit.

Die Mutter rührte sich. Sie wollte rufen, und er reagierte. Seine Drüsen waren bereit, mit Sekreten aufgepumpt wie immer, wenn er sich auf Flucht oder Kampf vorbereitete. Doch sein Instinkt riet ihm, den Kampf noch nicht zu eröffnen. Die Mutter wollte sich ihm entziehen, und er wickelte seine Tentakel um sie, umschlang ihren Hals, knotete ihn zu und erstickte den Schrei, den sie ausstoßen wollte, um sie beide zu verraten. Er drückte fest, bis sie nur noch still gluckste.

Er war bereit.

Das Wesen trat an die Tür. Die Mutter zog sich zurück, aber er zwang sie vorwärts, einen Schritt und noch einen. Vom Zimmer gegenüber kam wieder Lärm, ein Murmeln nur, das sein alarmiertes Wahrnehmungssystem in die Länge streckte. Die Mutter trat mit dem Fuß nach dem losen Dielenbrett.

Von der anderen Seite der Tür pulsierte das Herzklopfen in grellen Farben. Tierhafte Wut und ein dumpfer Drang ergriffen ihn unter dem Eindruck der Gefahr. Seine Drüsen schwollen noch mehr an, pochten mit schmerzhaftem Druck unter der Oberfläche seiner Haut.

Die Fremde rief wieder, ein stotterndes Stimmengewirr, dessen Echo sich an den Wänden des engen Korridors brach. Er jammerte. Der Laut entrang sich den Tiefen seiner Brust, ein heiseres Wimmern vor Wut und jener Angst, die nur ihm eigen war. Plötzlich drängte er die Mutter, sich gegen die Wand zu pressen. Alle seine Muskeln verkrampften sich nervös und schmerzhaft; spiralförmig klafften die Öffnungen unter seinen Gliedmaßen auf. Da war kein Wille mehr, keine bewußte Wahl der Mittel wie bei den Müttern oder anderen, die er manipuliert hatte. Diesmal trat alles auf einmal aus, jedes Drüsenventil öffnete sich wie ein Mund, jeder Muskel erleichterte sich seufzend. Er hörte, wie sie den Schwall der Sekrete zischend freisetzten.

Die Mutter versteifte sich. Es kam ruckartig. Sie fuhr hoch, als hätte sie ein Hammerschlag vor die Stirn getroffen, und er verstärkte die Umklammerung. Ihr Kopf schlug gegen die Wand, am ganzen Leib vibrierte sie heftig in einer raschen Folge dumpfer Stöße. Ihr Mund stand offen, und ein langer Speichelfaden troff von der Unterlippe. In ihrem Kopf explodierte die Panik, die er mit seinem eigenen Geist überschwemmte und zu dämpfen suchte.

Draußen hatte sein Sekret die Fremde erreicht, und sie erstarrte in der Bewegung, mitten in der Küchentür, ein Fuß noch über dem Boden schwebend. Er merkte, wie es sie überwältigte wie eine chemische Keule. Er konzentrierte sich so sehr, daß seine Wahrnehmungsorgane weit geöffnet waren. Mit all ihrer

Kraft reagierte sie auf die Wirkung seiner Drüsensekrete. Das Adrenalin schoß ihr in die Venen. Eine Mischung subtiler Aufputschmittel und Hormone bespülte die Rezeptoren ihres Hirns. Zucker in komplexen Verbindungen versetzte ihr einen mächtigen Energieschock, den sie nicht verarbeiten konnte. Ihre Eierstöcke stießen Progesteron und Östrogen in den Kreislauf, und sie taumelte zurück, von der chemischen Überdosis fast außer Gefecht gesetzt.

Er fühlte, wie es in ihrem Inneren siedete, und nahm ihre galvanische Reaktion war. Das Neuronengewebe unter ihrer Schädeldecke verzweigte sich und sprühte Funken. Sie strauchelte, während ihr Verstand unbegreifliche, heftige Impulse ausstieß. Er konnte es im Dunkeln wahrnehmen wie ein Feuerwerk aus Licht und Farben, so wie er die konzentrierte Essenz seines Selbst im fremden Blut schmeckte, das reine Destillat aus den Eingeweiden einer Mutter trank.

Minutenlang war er selbst gebannt von den sich überstürzenden Eindrücken und vollzog alles nach, was die Neue erlebte. Der Höhepunkt ihrer Augenblicksreaktion lähmte ihn beinahe.

Die Mutter schlotterte in seinem Klammergriff, ihre eigenen Sinnesorgane vibrierten unter seinem Einfluß und waren bereits jetzt, nach so kurzer Zeit, gegen die volle Wirkung abgehärtet. Er lockerte den mentalen Griff minimal, und sie holte schluckend Luft. Die Angst schwelte fort und kämpfte gegen die Mutterliebe, die sie mit gegenläufigen Impulsen bedrängte. Es riß sie fast in Stücke. Er wandte den Kopf und lugte durch den Spalt zwischen Tür und Rahmen. Im Korridor wich die fremde Gestalt zurück.

Jetzt mußte gehandelt werden. Er drehte sich um und fixierte die Mutter. Sie setzte sich in Bewegung. Es war keine Zeit zu verlieren. Er verstärkte den Druck und begrub ihre Angst und Panik mit dem Bedürfnis, ihn zu schützen.

Selbst im Dunkeln konnte Ginny Marsden die weit aufgerissenen Augen des Babys erkennen. Und sie spürte die Gefahr.

Mit stieren Augen trat sie aus der Dunstwolke hervor. Ihre lodernde Angst glomm nur noch als schwache Glut, während sich die Mutterliebe aufblies wie ein Ballon. Ihre Beine bewegten sich ohne ihr Zutun, doch die Muskeln waren noch angespannt, und sie stolperte. Etwas bedroht ihr Baby. Jemand wollte ihm wehtun. Sie dachte nicht nach, sondern reagierte bloß. Sie schlich, mit dem Baby im Arm, über die Türschwelle und stieß gegen die Wand. Es wimmerte. In ihrer verzweifelten Wut seufzte sie auf und machte einen Satz nach vorn.

Eine Gestalt bewegte sich in der Küche; ihre Konturen verschwammen in der Finsternis. Sie stürzte auf sie zu, wobei sie das arme Wurm fest an sich gepreßt hielt, die zarte Haut fühlte und an nichts denken konnte als den unwiderstehlichen Wunsch, es zu schützen.

Sie fiel über den flüchtigen Schatten her, hob den Arm und schlug zu. Die Hintertür stand weit offen. Die Silhouette wirbelte davon, stieß gegen den Spülstein und prallte zurück. Ginny glaubte, eine ausgestreckte Hand zu sehen, die nach ihrem Baby schnappte. Sie wollte kehrtmachen, aber dann geschah es.

Ginny konnte kaum etwas erkennen, aber plötzlich taumelte der Schatten abermals zurück. Ein Lärm entstand – das scharfe, mißtönende Klirren von splitterndem Glas. Ein metallisches Gerät fiel in den Spülstein und dröhnte mit einem Echo, das kein Ende nehmen wollte. Jemand schrie ohrenbetäubend, und über ihr schlug die Finsternis zusammen.

* * * * *

Helen sah den geduckten Schatten im Türrahmen. Sie wollte sich gerade abwenden, dem finsteren Alptraum entfliehen, der ihre Sinne gefangen hielt. Der Schrecken durchpulste sie in heftigen Wellen. Dann berührte ihre Seele ein völlig fremdes, nicht geheures Gegenüber. In diesem Augenblick merkte sie – allen flüchtigen Schreckensbildern zum Trotz –, daß ihr ein Unbekannter entgegentrat, ein kalter, haßerfüllter Geist, der über ihr Gehirn glitschte und unbeschreiblichen Ekel auslöste.

Ein Schrei drängte sich ihr über die Lippen, aber zugleich mußte sie würgen. Das Haar richtete sich igelförmig auf, und sie versuchte angestrengt, sich der Umklammerung zu entwinden.

Ein grauenhaftes, spinnenflinkes Wesen raste auf sie zu. Ihr blieb keine Bedenkzeit. Die Wahrnehmung war so überwältigend, daß sie in der Bewegung innehielt und nicht mal abwehrend den Ellbogen hob. Der Schatten stürzte durch den Flur. Eine Hand reckte sich ihr entgegen, in ihrer Einbildung riesig groß, mit blassen, gekrümmten Spinnenfingern. Ihre eigene Hand war ebenfalls ausgestreckt und berührte fast die andere. Sie zog sie unmittelbar zurück, und die Gestalt beugte sich über sie.

Gott steh mir bei, es hat zwei Köpfe.

Der plötzliche klare Gedanke zerstob wieder. Das Ding hatte zwei Köpfe. Es war ein Monster, das aus der düsteren Diele kam. Die Stimme der Vernunft sagte ihr, daß es nur eine weitere Halluzination sein konnte, durch Gas oder eine Droge hervorgerufen, die sie eingeatmet hatte. Eine andere Stimme, ursprünglich und roh, erinnerte sie an die Dämonen. Es war ein lebender Alptraum, der sich ihr entgegenstellte. Ihr Mund klappte auf, und diesmal gab sie ein heiseres Krächzen von sich. Ihr Kopf knickte zur Seite. Ein blasses Gesicht entfernte sich, in Zeitlupe, wie es schien. Sie sah blondes Haar wallen, fast elegant in die Luft geschleudert. Die fremde Hand wirbelte davon und schien von selbst zu fliegen.

Und ein anderes Gesicht tauchte vor ihr auf.

Das Herz pochte so heftig, daß sie zu sterben fürchtete.

Das Wesen beugte sich vor, mit wütend verzerrter Miene, die Augen im Dunkel weit aufgerissen und groß wie Golfbälle. Sie traten aus einem Gesicht hervor, das sie sich nicht im Traum ausgemalt hätte. Die Augen leuchteten von innen her. Der Mund war winzig und von Warzen entstellt und umschloß spitze Raubtierzähne, scharf wie Glasscherben. Die Lider waren so weit aufgeklappt, daß die Reptilienaugen herauszuspringen und auf die knochigen Wangen zu fallen drohten. Ein papierener, durchscheinender Stoff flatterte über der Haut.

Es kreischte ihr entgegen, so laut und schrill, daß sie die

Knochen in den Ohren summen hörte und ihre Hirnschale erzitterte, daß ihr vor Schmerz die Schläfen pochten.

Fasziniert starrte sie in die hervortretenden Augäpfel des zweiköpfigen Wesens. Es öffnete die Lippen und ließ ein seltsames Zischen hören. Wieder wallte der Gestank auf, diesmal schwächer als zuvor. Die Gestalt verzerrte sich und löste sich auf. Die Farbe wechselte trotz der Finsternis von Grau in ein blasses Rosa. Sekundenlang glaubte sie, ein Baby vor sich zu sehen, und eine neue, verzehrende Sehnsucht krampfte ihr den Magen zusammen, eine widersinnige Empfindung mitten in der Woge namenlosen Grauens.

Dann kam ein Peitschenhieb aus dem Dunkel, der sie direkt über den Brauen traf. Nadelscharfe Stiche bohrten sich in ihre Haut. Sie spürte, wie etwas zerriß. Das Gesicht zerlief wie geschmolzenes Wachs, dicht über sie gebeugt, sie spürte einen gräßlichen Hunger und wich kopflos zurück. Auf der Stirn brannte der Schmerz wie Feuer, und sie stürzte. Als letztes sah sie noch, wie das zweiköpfige Ungeheuer zurücktänzelte. Helen schlug mit dem Kopf gegen etwas Hartes und sah bunte Farben kreisen, diesmal richtige, keine krankhaft entstellten. Dann wurde ihr schwarz vor Augen, und sie ahnte dumpf, daß sie mit dem Gespenst allein in der Dunkelheit blieb. Die Woge der Bewußtlosigkeit schlug über ihr zusammen, und ihr war, als fiele sie in einen tiefen Brunnen.

* * * * *

»Die Tür ist unverschlossen«, bedeutete David Harper den beiden Uniformierten. Währenddessen hielt eine weitere Streife an der Straße und kam herüber. Die letzte Tageshelle schwand bereits, doch war keine Zeit mehr zu verlieren – nicht seit dem Gespräch mit der greisen Mutter von Heather McDougall. John Barclay hatte zwei Nachrichten auf seinem Anrufbeantworter hinterlassen, beide mit der dringenden Bitte um Rückruf. David konnte sich denken, daß der Expolizist seine Videobänder zurückhaben wollte oder zumindest das Okay dafür, die älteren, bei ihm aufbewahrten zu überspielen. Er nahm sich vor, gleich morgen früh mit Barclay zu telefonieren, sobald die Durchsuchung des Hauses der toten Frau abgeschlossen war. Es war nicht leicht gewesen, Inspektor Cruden zu überzeugen, aber die Aussagen der Nachbarin, daß die Frau namens Thelma Quigley stets mit einem Kinderwagen unterwegs war und mit Babys zu tun hatte, waren bedenklich genug, um eine Nachprüfung zu rechtfertigen. Gab es dieses Baby wirklich, dann mußte es doch irgendwo sein!

»Der Fall Frederick West könnte sich wiederholen«, hatte jemand auf dem Revier gemeint, und Cruden hatte stirnrunzelnd nachgedacht. »Sie wurde mit einem Kind gesehen, das eindeutig nicht aus der Nachbarschaft kam, und hatte scheinbar keine in Frage kommenden Angehörigen. Und das Haus voller Spielzeug und Babysachen. Mag sein, daß sie komplett verrückt war, oder nur eine ehrbare alte Lady mit 'nem Dachschaden. Aber wenn nicht . . .«

»Und Sie sind sicher, daß es sich um Heather McDougall handelt, David?«

»Vollkommen. Wir warten noch auf die Ergebnisse aus der Zahntechnik, aber das ist nur eine Formalität. Die drei Geburtsmale auf der Wange stimmen exakt überein. Mit Fingerabdrükken hätten wir kein Glück – sie war rein wie frischer Schnee. Auch Professor Hardingwell teilt meine Ansicht.«

»Aber Sie waren doch schon im Haus?«

»Da wußten wir noch nichts von den Babys.«

»Klingt ein bißchen weit hergeholt«, sinnierte Cruden, aber er war gründlich genug, um keine Möglichkeit auszuschließen, auch wenn sie noch so fern lag. David Harper galt als fähiger Polizist und neigte nicht zu Hirngespinsten.

Schließlich gab der Inspektor sein Einverständnis, und binnen einer Stunde war der Haussuchungsbefehl unterzeichnet. Es gab noch ein oder zwei Aspekte, die David nicht erwähnt hatte, niemandem gegenüber – denn seine Informationen aus Edinburgh waren verjährt und konnten purer Zufall sein. Dennoch hingen sie ihm hartnäckig nach, auch wenn er sich's vorerst aus dem Kopf schlagen mußte.

»Ist Lamont wieder da?« erkundigte er sich, als er sich den Mantel umlegte. Er hätte sie gern mitgenommen. Er brauchte eine kompetente Mitarbeiterin an dem Fall – auch wenn das bloß ein verdammter Vorwand war, wie ihn sein Gewissen belehrte. Doch auf sein Gewissen mochte er jetzt nicht hören.

»Nein, sie ist noch unterwegs«, erklärte Cruden. »Sie bearbeitet diesen Vermißtenfall. Ist wohl in Gilmourhill drüben und sucht die Gegend ab.«

David zuckte die Schultern und knöpfte den Mantel bis zum Hals zu, obwohl es nur für den kurzen Weg zum Parkplatz gegenüber war. »Wenn sie wiederkommt, soll sie mich gleich anrufen, ja?«

Es war inzwischen bitterkalt geworden. Die Dunkelheit brach schnell herein, und über den Dächern zeigte sich ein blasser Streifen Mond. Die beiden Streifenpolizisten traten mit ihren Lederstiefeln hart auf das Pflaster, ihre Gummiknüppel und Handschellen rasselten im Takt ihrer Schritte. David stieß die Tür auf und leuchtete in den Flur.

»Die Glühbirne ist kaputt«, stellte er fest. »Nehmt eine von drinnen und schraubt sie hier rein.«

»Wonach suchen wir überhaupt?« wollte einer der Beamten wissen. Er trat in den Korridor und blieb stehen. »Mein Gott, was für'n Gestank! Ist hier jemand gestorben?« Er wandte sich um und richtete den Scheinwerfer nach oben. Der Strahl fiel David in die Augen und blendete ihn.

»Nehmen Sie das Ding 'runter!« schimpfte er. Der Geruch war jetzt anders als neulich. Es erinnerte ihn an die heiße Wut und die unterschwellige Gewalt, die ihn ergriffen hatte, als er diese stickigen Räume zuletzt betreten hatte. Ihm fielen auch die anderen Empfindungen wieder ein, und das Trugbild von Helen Lamont, die blaß und hingestreckt am Boden lag. Wieder zwang er sich, an etwas anderes zu denken. Der Geruch war ausgedünnt, doch schwang noch immer eine schwere, pilzige Säure mit, die den Eindruck von Schimmel und Ungeziefer und lauernden Gestalten im Dunkeln heraufbeschwor. Ich hätte gleich beim ersten Mal einen Suchtrupp mitnehmen sollen, dachte David. Wenn es ein Baby gab und es hier drin gelegen hatte, würde er sich nie verzeihen, daß ihn in der stinkenden Wolke seine sprichwörtliche Spürnase verlassen hatte.

Und wenn es ein Baby war, das noch lebte . . .

Er vermied es, die Schlußfolgerung zu ziehen. Das führte zu nichts.

»Links befindet sich das Wohnzimmer. Dahinter das Bad, und gegenüber eine kleine Küche.« Er verteilte sie in der Wohnung, und die Männer begannen mit der systematischen Durchsuchung. Das Nest aus spiralförmig verknotetem Bettzeug lag noch immer unberührt da. Die Polizisten entwirrten den Knäuel vorsichtig und rümpften die Nase über den Gestank, der noch immer im Stoff hing.

»Was hat sie hier aufbewahrt? Das riecht ja wie Katzenpisse.«

»Hundeköttel vermutlich, oder noch Schlimmeres.« Der andere setzte noch eins drauf: »Des Teufels umgestülpter Mastdarm . . .!«

David durchpflügte in der anderen Zimmerecke den Spielzeughaufen. Neben ihm räumte ein junger Polizist den kleinen Schrank über dem Garderobentisch leer und stellte die Gegenstände ordentlich nebeneinander. Er holte einen Schuhkarton hervor, den er arglos öffnete. Der Deckel glitt zur Seite, und David wandte sich gerade um, als der Rekrut taumelte und nach hinten fiel. Die Schachtel flog ihm aus der Hand, drehte sich in der Luft, und heraus flog eine gespenstische weiße Silhouette.

»Verdammte Sch –«, bellte der Kollege vom Bett her. Der Junge am Boden wich zurück, als würde er attackiert. Die Gestalt schwebte in einer langsamen Drehbewegung, ihr durchsichtiges Gesicht glotzte aus blinden Kugelaugen. Dann sank sie herab und zerknüllte raschelnd am Boden. Der Polizist streckte noch immer hilflos alle viere von sich, und sein hektisches Gestikulieren verursachte einen Luftzug. Das papierdünne Ding rollte zur Seite, geriet an ein Stuhlbein und verfing sich.

David war mit drei Schritten herangeeilt und wollte es festhalten. Er streckte die Hand aus und hielt plötzlich inne.

Die Gestalt bewegte sich. Winzige Schultern hoben sich bedauernd, während es wieder zu Boden trudelte. Das Gesicht war im Profil zu sehen, flach und ziemlich verschrumpelt. Die Kugeln in den Augenhöhlen waren riesig, die Ohren weit hinten am Schädel kaum mehr als durchlöcherte Fähnchen. Eine richtige Nase gab es nicht.

»Was zum Teufel ist das?« rief einer der Männer.

David gab keine Antwort. Es erinnerte ihn an etwas, das er schon gesehen hatte. Während er noch beobachtete, fiel es ihm ein. Es war wie die Hülle einer Libellenlarve, die das voll ausgebildete, schmuck glänzende Tier aufbricht und hinter sich läßt.

Leise seufzend bäumte sich das Ding in der Luft noch einmal auf. Das Gesicht schrumpfte sekundenschnell, die durchsichtigen Ärmchen knickten nach vorn. Richtige Beine gab es nicht, nur einen spitz zulaufenden Unterleib, der in eine Art Nabelschnur mündete. David konnte nichts tun als den Zerfall der hauchdünnen Textur zu verfolgen. Das Gesicht zerkrümelte zu hundert winzigen Fetzchen, fragil wie Schmetterlingsflügel.

»Grundgütiger! Sergeant, ich glaubte, ein Gespenst zu sehen«, stammelte der Jungpolizist. »Hab mir vor Angst in die Hosen gemacht . . .«

»Es ist eine Eihülle«, murmelte David und war fast sicher, daß es stimmte, aber nicht ganz. »Irgendwann muß ein Baby hier gewesen sein.« Das Ding war inzwischen völlig unkenntlich.

»Tut mir leid, Sergeant. Ich hab die Schachtel aufgemacht, und da flog es heraus. Wollte es nicht fallenlassen . . .«

David winkte ab. Sein Verstand arbeitete fieberhaft, und er hätte sich in den Hintern treten mögen, daß er das Zimmer beim ersten Mal nicht gründlicher durchsucht hatte.

»Was ist eine Eihülle?« erkundigte sich der Kollege des Jungpolizisten.

»Manchmal kommen die Kinder damit zur Welt«, erläuterte David. »Eine sehr dünne Haut im Mutterleib, die vor allem das Gesicht überzieht. Bei der Geburt schält sie sich ab.«

Der Beamte verzog das Gesicht. »Und wer hebt so was auf?«

»Es soll Glück bringen.« Aber David spürte, daß hier nicht viel Glück zu erhoffen war. Eine Eihülle deutete auf ein Neugeborenes hin, es mußte also ein Säugling gewesen sein. Vielleicht hatte hier sogar eine Geburt stattgefunden. Wenn das zutraf – was war dann aus der Mutter geworden? Von den Nachbarn hatte niemand sie gesehen. Sie kannten nur die alte Frau mit dem Kinderwagen.

Das Bild der flüchtigen, schwebenden Gestalt, die auf den alten Dielenbrettern zerbröselt war, ließ ihn nicht mehr los. Das geisterhafte, verkrümmte Wesen, mit riesigen Glotzaugen und stumpfen Gesicht war mit keinem der Babys vergleichbar, die David je gesehen hatte. Andererseits war ihm noch keine Eihülle untergekommen. War dies hier tatsächlich ein Überbleibsel der Nachgeburt? Dann wäre es nur ein weiteres der vielen Rätsel jener Frau, die hier unter dem Namen einer dreißig Jahre zuvor Ermordeten gewohnt hatte.

»Sie ist nie mehr nach Hause gekommen«, hatte die alte Mrs. McDougall gejammert. »Das war ungefähr um die Zeit, als das Baby an der Duncryne-Brücke umkam.«

Die Worte hallten ihm noch im Ohr, wollten gründlich bedacht werden. Was Mrs. McDougall erzählte, hatte auch in den Serienberichten über den Mordfall und das vermißte Mädchen gestanden. Am Tag, als Heather McDougall für immer verschwand, hatte es einen weiteren Todesfall an der Brücke gegeben.

Sie wollte hinauf zur Duncryne-Brücke, um sich hinunterzustürzen, ihrer Freundin in den Tod zu folgen, aber sie hatte sich nicht umgebracht. Statt dessen war sie für drei Jahrzehnte untergetaucht. An jenem Tag hatte es ein Baby gegeben, und jetzt gab es wieder eins.

Das ließ David keine Ruhe. War es ein Zufall? Oder steckte dahinter ein mysteriöser, abgründiger Zusammenhang?

Die flockigen Überreste der Hülle bildeten eine kleines Häufchen auf dem Holzboden. David hatte schon Proben für die spätere Untersuchung genommen, um sicherzugehen, daß es das war, was er glaubte. Er löffelte noch ein wenig mehr in den

Schuhkarton und dachte an die Facettenaugen der Libellen, wenn sie sich aus der Haut schälen und von einem schwarzen, schuppigen Ungeziefer, das im Finstern haust, in ein blinkendes, geflügeltes Insekt verwandeln. Auch die Augen der Embryonalhülle waren kugelrund gewesen.

Neue Erkenntnisse brachte die Durchsuchung nicht. In den verknäuelten Bettüchern fanden sich rostrote Flecken, die von Blut herrühren konnten. David ließ sie für die Abteilung Spurensicherung zusammenfalten. Im Boden waren keine versteckten Falltüren, und von den Dielenbrettern war keins in letzter Zeit angehoben worden. Eine Luke führte in einen kleinen Speicher oberhalb der Küche – ein enger und staubiger Raum, wo sich der ranzige Geruch festgesetzt hatte. Er verfügte über ein kleines Oberlicht, das auf ein flach abfallendes Dach hinter dem Anwesen hinausging. Im Lichtstrahl der Taschenlampe erkannte David Kratzspuren im Moos, wo jemand zum Abflußrohr der Nachbarwohnung entlanggehangelt war, und dachte an die Geräusche, die er und Helen Lamont bei ihrem ersten Besuch gehört hatten.

Es hatte Geräusche gegeben, soviel stand fest. Ein Wimmern, das er für einen Katzenlaut hielt, und leises Schaben, als würde ein Möbelstück vorsichtig weggerückt. Damals war er sich nicht sicher gewesen, ebensowenig wie jetzt, aber es wunderte ihn.

War irgendwer die ganze Zeit über hier im Haus gewesen?

* * * * *

Helen Lamont rappelte sich unsicher hoch, keuchte atemlos und würgte vor Ekel, als die Übelkeit in Wellen hochkam.

Bei jedem Schlag ihres Herzens hämmerte der Kopfschmerz in ihren Schläfen und zwischen den Augen. Die Taschenlampe war ihr entglitten und lag irgendwo, und es war stockfinster. Selbst das Mondlicht war verschwunden. Eine ganze Weile war sie vollkommen durcheinander und mußte sich Mühe geben, das Geschehene zu rekonstruieren.

Ein Ungeheuer . . .

Nein, kein Ungeheuer. Die Erinnerung gaukelte ihr das Bild

eines lauernden Schattens vor. Sie hatte ihn für ein Gespenst mit zwei Köpfen gehalten, aber das war wohl nur eine Halluzination. Entweder das, oder sie fing an, den Verstand zu verlieren . . . Plötzlich fiel ihr ein, daß sie hier weg mußte. Noch immer hing der Gestank in der Luft, ranzig und widerwärtig, wenn er auch mittlerweile nachgelassen hatte. Ein Giftgas, das sie halluzinieren ließ, irgendein Chemiezeugs in der stickigen Atmosphäre des ungelüfteten Zimmers. Sie stolperte zur Tür und riß sie auf, wobei ihr schwante, daß sie sie beim Eintreten vorhin nicht hinter sich zugemacht hatte.

Das winterliche, saubere Klima schlug ihr entgegen, und sie sog erleichtert die eiskalte Luft ein, deren Frosthauch im Rachen kratzte und doch willkommen war. Hustend und spuckend lehnte sie sich gegen die Rückwand des Hauses und gab sich dem Brechreiz hin, der sie abermals erfaßte, doch außer einem dünnen Speichelfaden kam nichts hoch. Das Herz schmerzte unter dem Brustbein, die Säure brannte in der Speiseröhre, aber sie behielt alles drinnen.

»Verdammte Närrin«, schalt sie sich selbst. »Hättest Hilfe anfordern sollen.« Jetzt mußte sie endlich das Funkgerät betätigen, so peinlich es auch war für sie. Noch immer wollte ihr nicht einleuchten, was passiert war, und sie bemühte sich vergeblich, den Hergang nachzuvollziehen. Etwas hatte sich auf sie gestürzt.

Oder?

Selbst darin war sie sich nicht ganz sicher. Es hatte gestunken, ähnlich wie der Modergeruch in Thelma Quigleys Haus. Der Gestank war fett und wolkig aufgestiegen, und mit einem Mal war sie komplett durchgedreht. Anders ließ sich das nicht nennen.

Sie war hingeflogen und hatte sich den Kopf gestoßen. Das mußte stimmen. Die Beule an ihrem Hinterkopf war nicht zu verleugnen; ihr Pulsieren mischte sich in den Schmerz auf der Stirn, wo Blut aus einer Schnittwunde sickerte. Im Dunkeln hatte sich ihr etwas entgegengeworfen, ein grauenhaftes Wesen, das sich wand und waberte und aussah, als hätte es zwei Köpfe.

Wirklich?

»Verdammte, halbverrückte Närrin«, fluchte Helen abermals. Sie begab sich zum Wagen und betätigte den Funkruf. Das Mädchen im Kontrollraum tröstete sie ein wenig, und fünf Minuten später war der Streifenwagen da. David Harper war der erste, der heraussprang und sie hinterm Steuer entdeckte. Rasch kam er hinübergelaufen, gefolgt von zwei Uniformierten.

»Wir kamen gerade hier vorbei«, keuchte er. »Was ist los?« Er beugte sich schützend über sie, legte ihr beruhigend die Hand auf die Schulter. Sie lehnte sich erschöpft an ihm, fühlte die Wärme seines muskulösen Körpers. Für den Augenblick wollte sie sich nur an ihm festhalten und die Tränen fließen lassen, die ihr in die Augen stiegen. Mit besorgten Blicken musterte er sie.

»Hab eins über den Schädel gekriegt, sonst nichts«, stöhnte Helen. Noch immer war sie verstört, wußte nicht, wie ihr geschah. Sie wollte keinen Blödsinn erzählen. »Könnte ein Einbrecher gewesen sein, aber es war dunkel, und ich konnte nichts feststellen. Ich war wohl einige Minuten lang wie benebelt.«

»Hast du ihn zu Gesicht bekommen?«

Sie schüttelte den Kopf. »Nein. Ich könnte nicht mal sagen, ob Mann oder Frau. Nur eine schattenhafte Gestalt, die mit mir zusammenstieß.«

»Wieso begibst du dich auch mutterseelenallein auf Spurensuche!« schimpfte er. »Du hättest Hilfe anfordern sollen.«

Helen hielt nach den Polizisten Ausschau, die gerade auf ihre Seite des Bürgersteigs kamen. Mit einem flehenden Blick zu David bat sie stumm, das Thema zu wechseln. Er hatte die Botschaft verstanden, aber in seiner Miene mischten sich Zorn und Betroffenheit.

»Ich glaubte, etwas gesehen zu haben und bin ausgerutscht, als ich mich umdrehte. Es war nichts. Bloß ein Kontrollgang aufs Geratewohl. Ich suche noch immer nach dem Mädchen, und es könnte sein, daß jemand hier war, um die Katze zu füttern.« Sie sah ihn vielsagend an und wußte, daß er recht hatte – doch vor den Streifenpolizisten wollte sie sich nicht rechtfertigen. »Das schreib ich dann auch in meinen Bericht.«

Einer der Beamten spähte über das Gartentor. »Sollen wir hier vorsorglich auch durchsuchen?«

Helen fuhr auf dem Absatz herum. »Nein. Ich hab schon alles gesehen. Das Haus ist leer.« Die Nervosität in ihrem Blick war David nicht entgangen. Aus irgendeinem Grund wollte sie nicht, daß die anderen das Haus betraten. Vorerst konnte es ihm recht sein.

»Na prima, wenn's nach mir geht«, nickte der andere. »In zehn Minuten ist Schichtwechsel, Sergeant.«

»Okay. Dann könnt ihr euch trollen. Ich schau mich nur noch ein bißchen um und fahre mit Kommissarin Lamont zurück.«

Sie waren kaum fort, als er sich zu Helen wandte. »Ich sollte dich wieder ins St. Enoch bringen.« Er faßte nach ihrem Hinterkopf. Sie stand reglos da, während er die Beule befühlte, zuckte aber unter dem leichten Druck zusammen. »Hier hast du 'ne Schürfwunde.« Er ließ seine Hand zu ihrer Wange wandern, faßte sie unters Kinn. »Und da oben auch. Wie viele Davids siehst du?«

»Einen, und der reicht mir!« Helen grinste. »Einen Anschiß vor den Jungs konnte ich jetzt nicht brauchen. Ich wollte nur auf Nummer Sicher gehen. Hab mir sowieso nichts davon versprochen.«

»Ich hab mir nur Sorgen gemacht um dich, sonst nichts. Andererseits wolltest du unter keinen Umständen, daß sie hineingehen. Raus mit der Sprache. Was ist hier los gewesen?«

»Keine Ahnung«, entgegnete Helen gedehnt. Sie spürte noch immer den Druck seiner Finger an ihrem Hinterkopf, wo die Beule mit ihrem Herzschlag im selben Takt pochte. »Mag sein, daß es verrückt klingt. Ich wollte mich nicht lächerlich machen, aber mir ist es alles andere als geheuer. Erinnerst du dich an Thelma Quigleys Wohnung? Den Gestank dort?«

Er war noch nicht dazu gekommen, sie über die wahre Identität der Toten aufzuklären.

»Naja, da drin riecht es genauso, nur schlimmer. Ich weiß selbst nicht, was mir passiert ist. Mir wurde schwindlig, und wahrscheinlich fiel ich in Ohnmacht. Ich weiß nicht mal hundertprozentig, ob mich ein Schlag auf den Kopf traf, obwohl ich's stark annehmen möchte.« Sie erklärte den Ablauf der Geschehnisse, soweit sie ihn vergegenwärtigen konnte – zumindest das, was ihrer Meinung nach geschehen war. Dann ließ er sie im Wagen zurück, um selbst einen Blick in Celia Barkers Haus zu werfen.

Es fand sich nicht viel außer ein paar verdrehten Bettlaken auf dem Boden und die tote, steife Katze. Wenn es irgendeinen Geruch hier gegeben hatte, war er verflogen. Eine schwache, saure Note lag gleichwohl, kaum wahrnehmbar, in der Luft und konnte auf alles und jedes hindeuten. Aber er kannte Helen Lamont. Wenn sie den Gestank aus dem Haus der toten Frau wiedererkannte, würde er ihr glauben. Es gab jedenfalls keinerlei Anzeichen dafür, daß er künstlich erzeugt war, keine Phiolen, keine Kanister mit Chemikalien, nichts. Blieb nur die tote Katze, aber sie lag nahe genug an der Tür, daß sie durch den Katzeneingang gekommen sein mochte. Anscheinend war sie totgebissen worden, vielleicht von einem Hund, und die fehlenden Augen sagten gar nichts. Selbst im kältesten Winter waren sie das erste, was in Verwesung überging. Er ließ den Kadaver umstandslos im Mülleimer verschwinden; er sollte nicht länger die Luft verpesten. Eine tote Katze war keine große Affäre.

— 12 —

»Die Sache wird immer mysteriöser«, erklärte David. »Wenn's sein muß, schicke ich auch noch einen Bautrupp ins Haus der Toten, um die Dielen rauszureißen. Jedenfalls hatte sie vorübergehend ein Baby dort, und vielleicht mehr als eins. Weiß der Himmel, was sie damit angestellt hat.«

Helen saß eingekuschelt in ihrem ledernen Ohrensessel, nicht weit vom künstlichen Kaminfeuer, das sein flackerndes Licht an die Wände warf. Sie trug einen übergroßen Sweater, der sie völlig einhüllte, und hielt einen geschliffenen Schwenker mit Cognac in der Rechten. Auf ihrer Stirn klebte ein kleines rosafarbenes Pflaster. Die Schwester in der Notaufnahme hatte den schmalen, tiefen Schnitt untersucht, mit Alkohol desinfiziert und sie wieder heimgeschickt. Blaue Flecke hatte diesmal nicht davongetragen.

»Es war genau derselbe Geruch, oder jedenfalls sehr ähnlich. Anfangs hatte ich das Gefühl, ich würde unter Drogen gesetzt. Es war wie LSD – eine scheußliche Art von Horrortrip.«

»Ich nehme an, daß du aus persönlicher Erfahrung sprichst?«

»Da kannst du Gift drauf nehmen, David«, stichelte sie zurück, bis sie seinen ernsten Blick bemerkte. Sie zeigte ein zaghaftes Lächeln, das sofort verschwand, als die Erinnerung wiederkehrte. »Mir war, als spazierte ich durch einen Alptraum. Alles im Zimmer ringsum wechselte die Form und durchlief das gesamte Farbspektrum – abgesehen davon, daß alle Farben irgendwie krank wirkten. Und dann spielten meine Gefühle Achterbahn. Ein einziges Kuddelmuddel – ängstlich und wütend und deprimiert und vollkommen überspannt zugleich. Schwer zu sagen, was wirklich passiert ist. Möglicherweise war's eine Art Nervenzusammenbruch, ein psychotischer Schub oder so was.«

»Das Gefühl hab ich auch jedesmal, wenn meine Fußballmannschaft verliert«, meinte David und grinste. Sie funkelte ihn böse an, und er hob entschuldigend die Brauen. Aber er wollte sich gar nicht über sie lustig machen. »Vielleicht gibt's was neues auf dem Drogenmarkt. Ecstasy? Crack? Etwas in der Art? Oder eine neue Sorte PCP?«

Sie lehnte sich zurück und nippte an ihrem Drink. »Was immer es war, besonderes Vergnügen bereitet es nicht, das kann ich dir flüstern. Kann mir kaum vorstellen, daß jemand willens ist, für diese Art Rausch zu bezahlen.«

Da mußte ihr David recht geben. Er wußte noch gut, welche merkwürdigen Gefühlswallungen ihn überkamen, als er in das stickige Wohnzimmer der Toten eingedrungen war: seine plötzliche Gewaltbereitschaft, die ihn selbst am meisten schockierte, und der sinnlose, urplötzliche Wutanfall – das, und zugleich das primitive, überwältigende Begehren.

»In der Quigley-Wohnung ging's mir ganz ähnlich.« Er nickte und kämpfte das Bild nieder, das sich in seiner Phantasie über die wirkliche Helen Lamont legte. »Beziehungsweise, der Wohnung der McDougall. Anfangs dachte ich an Gas oder irgendwelche Dämpfe von Bleifarbe oder Ammoniak, aber das war's nicht. Weißt du noch, wie ich dich ans Fenster gedrückt habe?«

Sie nickte und dachte daran, wie elend ihr zumute gewesen war – und wie lüstern zugleich. An seinen festen Klammergriff im Nacken und die heftige, triebhafte Gier.

»Dann fiel mir Nervengas ein. Ich hab mal einen Film über Porton Down gesehen. Es ging um Sarin, dieses Zeug, das die Attentäter in der U-Bahn von Tokio versprüht haben, und ein paar andere Süppchen aus der Giftküche. Sie können einem tatsächlich Halluzinationen verpassen. Als ich das Zeug einatmete, hatte ich den Wunsch, jemanden zu schlagen. Wäre ich nicht ans Fenster gekommen, hättest du es sein können . . .«

Helen lächelte flüchtig. »Nach dem, was du Kenny Lang antun wolltest, bevor er hinfiel wie ein nasser Sack, kann ich ja froh sein, daß du dir's anders überlegt hast. Wieso beichtest du mir das erst jetzt?«

»Jedenfalls ist es rasch abgeklungen, und es wäre wohl nicht tödlich gewesen, will ich hoffen«, stammelte David. »Gegen eine Reihe von Antibiotika bin ich allergisch. Von denen bekomme ich Panikattacken. Ich glaubte, es wäre irgendeine Reinigungsflüssigkeit, die ausgelaufen ist und einen Zusatz enthält, der das gleiche bewirkt . . .«

»Hast du in Celia Barkers Wohnung noch etwas gefunden?« erkundigte sich Helen.

David schüttelte den Kopf. »Nichts, was ungewöhnlich wäre. Das Bett war nicht gemacht, vielleicht hat wer darin geschlafen. Bettzeug lag auf dem Boden verstreut in einer Ecke. Ganz ähnlich wie das Nest in dem anderen Haus. Hab ein bißchen davon einpacken lassen für die Untersuchug, zusammen mit den Resten der Eihülle.«

Von dem ominösen Fund in der Schuhschachtel hatte er ihr schon berichtet. Helen kannte das Phänomen natürlich, und er mußte nicht ins Detail gehen. Trotzdem blieb das Ganze unerklärlich. »Was mich mehr interessiert, ist dieser geheimnisvolle Angreifer. Cruden wird's gar nicht gefallen, daß du auf eigene Faust da reingegangen bist.«

»Ich sagte schon, es ging um das vermißte Mädchen und sonst nichts. Die Adresse war die ihrer Kollegin, und die ist völlig unverdächtig. Das alles sind ganz normale, gutbürgerliche Leute, die fest im Berufsleben stehen. Mit so etwas konnte ich weiß Gott nicht rechnen, ganz und gar nicht. Ich war einfach überrascht, daß die Tür nicht verschlossen war, und das Mädchen hätte immerhin tot drin liegen können. Ich mußte abwägen. Na, egal – jetzt ist es nicht mehr zu ändern. Ich weiß selbst nicht, wie es sich abspielte. Denk an die Visionen, die ich hatte. Aber wehe, wenn unsere lieben Kollegen davon erfahren! Erwartest du vielleicht, daß ich's ins Protokoll schreibe?« Sie blickte zu David auf und musterte ihn forschend. »Dir kann ich's hoffentlich anvertrauen. Da war etwas Seltsames, das mir auflauerte. Vielleicht bin ich bloß hingeflogen, aber ich könnte es nicht beschwören. Ich bildete mir ein, ich sähe ein Gespenst – ein monströses Gruseltier aus dem Horrorfilm. Es hatte zwei Köpfe und erinnerte an diese steinernen Wasserspeier an Kirchtürmen. Und dann sah ich Blut die Wände runterlaufen und Dornen aus der Tür wachsen. Bestimmt ist das auf eine Droge zurückzuführen, die in der Luft lag und nachließ, als ich die Tür öffnete.«

»Und woher stammt deine Wunde auf der Stirn?«

»Frag mich was Leichteres! Ich wüßte es selbst gern. Wäre es der Einbrecher gewesen, hätte ich ihn niederschlagen oder wenigstens Widerstand leisten können. Unter normalen Umständen. Aber glaub mir, die Situation war alles andere als normal. Ich wüßte gern, was ich da eingeatmet habe. Es muß jedenfalls ziemlich wirksam gewesen sein.«

Helen zog die Version vor, wonach sie nur ausgerutscht und auf den Kachelboden gestürzt war, wenigstens für das Dienstprotokoll. Den Eindringling – falls es einen gegeben hatte –, der entkommen war, weil sie ihn ohne Verstärkung stellen wollte, verschwieg sie. David widerstrebte diese Lösung zwar, aber letztendlich ließ er sich doch darauf ein.

»Und was hast du so erlebt?« wollte sie wissen und leerte ihr Glas, während er in die Gegenwart zurückkehrte. Sie langte nach der Flasche und wich seinem mißbilligenden Blick aus. Natürlich war es unklug, die Schmerzmittel mit Alkohol 'runterzuspülen, aber sie schenkte sich trotzdem noch einen Drink ein.

»Nicht viel normaler als deiner. Weiß der Teufel, wie ich das dem Chef beibringen soll. Unsere Thelma Quigley entpuppt sich als Heather McDougall – ihre beste Freundin, die mindestens fünf Jahre, vielleicht länger unter falschem Namen hier lebte. Ich mußte 'ne Menge Akten wälzen, um ihr auf die Schliche zu kommen. Quigley fiel in den sechziger Jahren einem Mordanschlag zum Opfer, und Heather verschwand ein paar Wochen später, am 27. Juli 1967. Ich sprach mit ihrer Mutter. Sie wirkt ziemlich helle, während ihr Mann ganz schön abgebaut hat. Und von diesem Punkt an wird der Fall kompliziert – jedenfalls kann ich mir keinen Reim mehr darauf machen.«

»Worum geht's denn?«

Er lehnte sich zurück und holte den Schnellhefter aus dem Regal, in dem er einige der vergilbten Dokumente sammelte. Dann reichte er ihr eine zusammengefaltete Fotokopie.

»Sieh selbst.«

28. Juli 1967
BABY STIRBT BEI BRÜCKENSTURZ

Ein Kleinkind soll im Fluß ertrunken sein, nachdem sein Kinderwagen von einem Lkw erfaßt wurde. Die Tragödie spielte sich gestern nachmittag an der Duncryne-Brücke ab, die zur Gemeinde Blane am Nordrand der Stadt gehört und den Fluß Balcryne überquert. Eine Frau, die man für die Großmutter des Opfers hält, wurde mehrere Meter mitgeschleift. Der Kinderwagen prallte gegen einen Brückenpfeiler. Laut Polizeibericht wurde das Baby vermutlich herausgeschleudert und stürzte in die Tiefe.

Die Frau erlitt bei dem Verkehrsunfall schwere Kopfverletzungen und wurde noch in der Nacht im Krankenhaus von Blane operiert. Sie schwebt noch in Lebensgefahr. Wie ein Sprecher der Ärzteschaft erklärte, befindet sich die Frau, die noch immer nicht identifiziert werden konnte, wegen komplizierter Knochenbrüche und innerer Verletzungen noch immer auf der Intensivstation.

Der Unfallort liegt am Nordende der Duncryne-Brücke, einem öffentlichen Wanderweg gegenüber, der bei Bewohnern dieser Gegend als »Liebespfad« bekannt ist. Der ramponierte Kinderwagen fand sich nur wenige Meter von der Stelle entfernt, wo im Mai dieses Jahres die zerstückelte Leiche der Laienschauspielerin Thelma Quigley entdeckt wurde. Noch immer fahndet die Polizei nach dem Mörder, der sein Opfer mit zahlreichen Messerstichen getötet und im Laub verscharrt hatte.

Mit Spürhunden, die sich bereits gut auskennen dürften, durchkämmten gestern Suchtrupps der Polizei erneut das Ufergelände. Mehrere Taucher wurden von der Marinebasis in Finloch eingeflogen und stiegen in die Flußbecken, die im Regionaldialekt »Hexentöpfe« heißen. Doch fand sich bis jetzt keine Spur des ertrunkenen Kleinkinds.

Der Fahrer des Lastwagens, Brian Devanney, der für J. C. Carnwath Hauliers arbeitet, wurde am Abend wegen fahrlässiger Tötung festgenommen und soll heute dem Haftrichter vorgeführt werden. Es ist der dritte tragische Unfall in diesem Jahr, in den die Speditionsfirma verwickelt ist. Das Verkehrsministerium gerät zunehmend unter Druck und wird möglicherweise einen Untersuchungsausschuß einsetzen.

Devanney stand unter Schock und mußte wegen eines Schädeltraumas ebenfalls medizinisch versorgt werden. Beinahe wäre auch sein Transporter in die Tiefe gestürzt, der von der Spur abkam und mehrere junge Ebereschen mitriß, die Gemeinderätin Agnes White zu Jahresbeginn anpflanzen ließ.

Nach Aussagen des Klinikpersonals behauptet der Fahrer, die

Frau sei blindlings auf die Fahrbahn gelaufen. Von Mr. und Mrs. George Crombie, die kurz danach am Unfallort eintrafen und Mr. Devanney aus dem Führerhaus befreiten, wurde diese Darstellung nicht ausgeschlossen.

»Er war in furchtbarem Zustand«, erklärte Mrs. Crombie unserem Reporter. »Uns gegenüber beteuerte er, eine Frau getötet zu haben, die plötzlich vor seinem Kühler auftauchte.«

Der Bericht wurde auf der letzten Seite fortgesetzt. Das graue, fleckige Papier roch noch immer nach dem Toner des Microfiche-Druckers. Es war nur einer aus einem ganzen Stapel alter Zeitungsartikel, die David aus dem Magazin der Bibliothek bestellt hatte, als er von seinem Besuch bei dem Ehepaar heimgekehrt war. Auch ein Foto der Brücke war zu sehen, so aktuell wie vor dreißig Jahren – in seiner Neugier hatte David einen Abstecher dorthin unternommen. Die Gegend, in der die echte Thelma Quigley umgekommen, das Baby übers Geländer katapultiert worden war, würde im Sommer ein reizvolles Touristenziel bieten. Selbst im Winter war sie sehenswert.

»Ich bin da oben herumspaziert, um mir einen Eindruck zu verschaffen. Heather McDougall hatte auf die Brücke gehen wollen, und das war ihr Ziel, als sie für immer verschwand. Anscheinend suchte sie den Freitod. Ich bin überzeugt, daß sie sich selbst hinunterstürzen wollte, um bei ihrer Freundin im Jenseits zu sein. Etwas muß sie davon abgehalten haben, bloß was?«

Er nahm Helen die Kopie ab und faltete sie zusammen. »Sie ist nie wieder heimgekehrt. Ihre Eltern warteten an diesem Abend vergeblich auf sie. Dreißig Jahre haben sie gewartet – bis sie im Waterside-Einkaufscenter zusammenbrach. Komisch, nicht? Ihr Tagebuch deutet einen Selbstmordversuch an, und am selben Tag flog dieses Baby von der Brücke.« David heftete den Artikel ab.

»Eine schlimme Geschichte!«

»Da magst du recht haben. Als ich zum ersten Mal davon hörte, hat's bei mir geklingelt. Das war damals ein Riesenskandal gewesen. Devanney, der Fahrer, wurde wegen fahrlässiger Tötung eingebuchtet.«

»Ist die Frau gestorben?«

»Nein! Nicht wegen ihr. Wegen des Babys, obwohl die Leiche fehlte. Das hat sich mir damals eingeprägt. Devanney sollte sich ursprünglich nur wegen des Verkehrsdelikts verantworten, dann wurde Totschlag daraus. Er hatte die Kurve zu schnell genommen und fuhr auf der falschen Straßenseite – so befand das Gericht, obwohl er alles abgestritten hat. Vielleicht hat sein Verteidiger geschlafen. Heute würden sie mit so was nicht durchkommen. Jedenfalls hat man ihm die Schuld an dem Tod eines Babys gegeben, das nie gefunden wurde.«

»Ich verstehe nicht ganz . . .«

»Du mußt doch davon gehört haben. Der Brückenbaby-Fall.«

Helen schüttelte den Kopf. »Das war vor meiner Zeit.«

»Vor meiner auch, aber manchmal studiere ich die alten Geschichten, weißt du!« Er deutete auf die Zeitungsausschnitte im Schnellhefter, den er noch in der Hand hielt. »Hier ist alles dokumentiert. Tatsache ist, daß die Frau – sie hieß Greta Simon – ein Baby bei sich hatte. Es wurde aus dem Kinderwagen über das Geländer ins Wasser geschleudert. Damals war es ziemlich stürmisch und regnete, und es wurde wohl weggespült. Kein Mensch wußte, wer das Kind war, und Greta Simon konnte keine Auskunft mehr geben. Sie war hirnverletzt und hatte die Sprache verloren, aber ihre Nachbarn wußten, daß sie ein Baby hütete. Haargenau wie Heather McDougall. Sie glaubten, es wäre ihr Enkeltochter. Sie war zu krank, um zum Prozeß zu erscheinen, aber es gab zahlreiche Zeugen, die sie mit dem Kinderwagen auf dem Weg zur Brücke gesehen hatten.«

»Und zum Schluß wurde der Fahrer eingelocht?«

»Fünf Monate hat er gesessen. Das Baby ist nie aufgetaucht, und nach Meinung der Ermittler wurde es den River Forth hinunter und ins Meer getragen. Man hat den ganzen Strom abgesucht, jedes Becken und alle Seitenkanäle. Die Hunde haben auch nichts gefunden, obwohl manche glaubten, ein Fuchs oder

Dachs oder sogar einer der Köter könnte die Kinderleiche gefressen haben.«

Helen erschauerte. »Nicht auszudenken.«

»Das alles könnte reiner Zufall sein. Trotzdem merkwürdig. Ich wünschte, ich hätte nie damit angefangen.«

»Weshalb?«

»Weil es zu nichts führt und mich dermaßen in Anspruch nimmt. Ich habe ein Dutzend anderer Fälle zu bearbeiten, und Scott Cruden verlangt, daß ich diesen hier so rasch wie möglich zum Abschluß bringe. Ursprünglich ging es ja nur darum, eine alte Frau mit Auffälligkeiten im Blutbild zu identifizieren. Und je tiefer ich mich einarbeite, desto mehr gleitet mir die Lösung aus den Händen . . .«

»Trotzdem kannst du jetzt nicht aufgeben, oder?«

Er schüttelte den Kopf. »Meine alte Mutter hat immer gesagt, daß mich die Neugier eines Tages noch in große Schwierigkeiten bringen wird. Wahrscheinlich hatte sie recht. Eins mußt du zugeben: Die ganze Sache kommt einem aberwitzig vor. Erst stirbt diese Unbekannte im Einkaufscenter. Dann identifizieren wir Thelma Quigley, die sich als Heather McDougall entpuppt und vor dreißig Jahren untergetaucht ist – am selben Tag, an dem das Baby verschwand. Sie taucht in einer Stadt auf, die ganz am anderen Ende Schottlands liegt, mit einem Baby, das jetzt seinerseits vermißt wird. Wir wissen, daß es nicht ihres sein kann, aber die Mediziner sagen, sie hatte Milch in den Brüsten und war womöglich imstande, es zu stillen.«

»Davon hast du noch gar nichts erzählt. Ich dachte, sie wäre sechzig Jahre alt. Hatte sie so was wie eine Hormonbehandlung hinter sich?«

»Deshalb wurde ich ja ursprünglich darauf angesetzt. Ich sollte rausfinden, ob sie im Ausland war und sich eine Tropenkrankheit eingefangen hat. Jedenfalls finden wir in ihrer Wohnung Babykleider, Spielzeug und dann auch noch diese Eihülle. Ein paar Stückchen davon habe ich zur Untersuchung eingesammelt, aber der Rest ist zu Staub zerfallen. Wie reimt sich das alles zusammen?« David unterbrach sich und setzte noch einmal von vorn an. »Na schön, also McDougall wurde als vermißt gemeldet, genau wie dein Mädchen – wie heißt sie doch gleich?«

»Ginny Marsden.«

»Na bitte. Sie ist also nie mehr aufgetaucht, diese McDougall. Man glaubt, sie sei ermordet worden, aber das stimmt nicht. Statt dessen lebt sie völlig zurückgezogen als Thelma Quigley, ihre Freundin, die *wirklich* ermordet und in der Nähe der Brükke verscharrt wurde. Übrigens eine herrliche Gegend dort. Wirklich bezaubernd. Du solltest mal mitkommen und es dir ansehen. Ich habe einen kleinen Vogel dort beobachtet, der versuchte, ein Loch ins Eis zu picken, das arme Tier . . .«

Helen lehnte sich zurück. »Du weichst vom Thema ab. Ich dachte, ich wäre diejenige, die einen Schlag auf den Hinterkopf gekriegt hat . . .«

David kam wieder auf den Punkt. »Und kaum tauchst *du* bei der Marsden auf, beziehungsweise in der Wohnung ihrer Freundin, ist da der gleiche Geruch, dieselbe Chemikalie am Werk, die wir unten in der Latta Street vorgefunden haben. Das sind ein paar Zufälle zuviel, wenn du mich fragst.«

»Vielleicht war es doch bloß ein Reiniger«, schlug Helen vor. »Ich reagiere auch auf manches von dem Zeug. Das könnte doch eine Erklärung sein.«

»Jedenfalls wäre sie naheliegender als Nervengas«, räumte David ein, obwohl seine Miene verriet, daß er keineswegs davon überzeugt war. »Dann wäre auch ich darauf allergisch, und wir sollten das Gesundheitsamt hinzuziehen, falls hier Umweltkriminalität vorliegt. Aber davon mal abgesehen – die ganze Vorgeschichte will nicht recht zueinanderpassen. Ich bin so ratlos, daß ich heute nacht garantiert kein Auge zutun werde.«

Er blätterte im Schnellhefter, dem jener andere Chemiegeruch nach dem Mikrofiche-Drucker entströmte. »Schau dir das an«, empfahl er und hielt ihr ein körniges, verwackeltes Foto hin. Deutlich genug war darauf ein altmodischer Kinderwagen zu erkennen, verbeult und gegen einen Betonpfeiler am Brükkenrand gequetscht. Eine gemusterte Babydecke war auf die

Straße gerutscht. »Niemand weiß, wessen Kind es war. Keiner wußte seinen Namen!«

»Ich dachte, es gehörte dieser Frau namens Greta?«

»Sie *hatte* das Baby in ihrer Obhut, das schon. Aber es war nicht ihres. Dafür war sie zu alt. Es gab jede Menge Hinweise aus der Bevölkerung, daß sie eins hütete, aber weder die Eltern noch der Nachname stehen mit Sicherheit fest. Sie nannte es Tim, meinten die Nachbarn. Klein-Tim. Es gab keine Adoptionsakte, und irgendwelche Angehörigen haben sich nicht gemeldet. Greta Simon selbst war eine mysteriöse Person. Keiner wußte, woher sie stammte. Die meisten hielten sie für eine Engländerin, und damit basta! Sie kam über die Brücke, wurde vom Lkw erfaßt und ins Gebüsch am Straßenrand geschleift, während ihr Baby übers Geländer und in den Fluß fiel. Mehr wissen wir nicht von ihr.«

»Aber du glaubst nicht recht daran?«

»Nein. Da stimmt doch was nicht. Es hat mir zu viele Parallelen zum Fall Heather McDougall.«

»In einem Abstand von drei Jahrzehnten?«

»Die Parallelen bleiben – trotz zeitlichem Abstand. McDougall ging am selben Tag zur Brücke hoch. So steht's in ihrem Tagebuch, und ihre Mutter hat es bestätigt. Dreißig Jahre später taucht sie wieder auf, stirbt und soll angeblich *möglicherweise* ein Baby bei sich haben, das jetzt vermißt wird.«

»Klingt, als ob sich die Geschichte wiederholt. Worauf willst du hinaus? Diese Heather McDougall – glaubst du, sie hat das Baby gekidnappt? War sie nicht ganz richtig im Kopf?«

David zuckte mit den Achseln. »Unmöglich ist das nicht. Ich weiß es nicht. Heute früh bin ich die Kidnapping-Fälle der letzten Jahre durchgegangen, und soweit ich sehe, gilt derzeit nirgends ein Baby als vermißt. Es sei denn . . .« Plötzlich hielt er inne.

»Was?«

»Es sei denn, sie hat sich der Eltern entledigt. Sie vielleicht vergiftet? Das könnte auch den Gestank erklären. Ein Toxikum, mit dem sie vergast wurden . . .«

»Das glaubst du doch selbst nicht«, protestierte Helen.

»Nein. Mich überzeugt auch diese Theorie nicht. Diese McDougall war alt und schwerkrank. Sie hätte niemanden überwältigt. Womöglich hat sie das Kind fremder Leute gehütet, die Grund haben, sich nicht bei uns zu melden. Wie schon gesagt – wenn's sein muß, laß ich das Fundament des Hauses ausbuddeln. Es könnte eine Neuauflage des Fred-West-Falls sein, was ich allerdings persönlich bezweifle. Mir kommt das alles nur äußerst seltsam vor. Ständig blättere ich in diesen Dokumenten und kombiniere, glaube sekundenlang, ich hätte den Durchblick – und schon ist er wieder weg.«

Er stand auf und setzte sein Glas ab. »Und jetzt bin *ich* weg. Kann kaum noch die Augen aufhalten.«

Sie verzog enttäuscht das Gesicht. »Gerade jetzt, wo es spannend wird!« Sie erhob sich aus dem Sessel und hakte sich bei ihm unter. »Danke, daß du mich heute da rausgeholt hast. Und daß du's für dich behalten willst. Das vergeß ich dir nie!«

Er zwinkerte ihr zu und winkte ab. Wieder lehnte sie sich an ihn, und er spürte durch das Oberhemd hindurch, wie erhitzt sie war. Es war nur eine freundschaftliche Geste, wie unter Kollegen üblich, aber zugleich wußte er, daß es ihm mehr bedeutete. Beinahe hätte er den Arm um sie gelegt und sie an sich gezogen, aber er konnte sich gerade noch bremsen.

»Ich helfe dir bei deiner Ausreißerin«, erklärte er rasch. »Dann kannst du mir bei der toten Unbekannten zur Seite stehen. Komm morgen früh vorbei und hol mich ab, ja?«

»Mußt ja nicht gleich selbst zum Ausreißer werden«, murmelte sie. Sie lächelte zu ihm hoch, aber das Lächeln gefror. Seine dunklen Augen musterten sie ernst, und er spürte ihre aufkeimende Erregung. Helen merkte, wie er zögerte, mißverstand es als Abwehr. Rasch hob sie die Schultern, um sich und ihm eine peinliche Situation zu ersparen.

»Jedenfalls nicht für immer.«

* * * * *

Es war kalt und finster. Draußen kroch der wabernde Nebel umher, fast wie ein lebendes Wesen, suchte die dunklen Ecken und füllte sie mit klammer, dunstiger Feuchtigkeit.

Ginny Marsden erzitterte, halb im Schlaf und gegen den Stapel leerer Kartoffelsäcke gelehnt, die in der Ecke des Gartenhäuschens lagen. Wie sie hierhergekommen war, wußte sie nicht mehr. Die Flucht stellte sich ihr nachträglich als eine Folge wirrer Visionen dar. Gespenstische Schattenbilder waren am Rand ihres Blickfelds vorbeigehuscht. An die Silhouette jenes Wesens, das in der Küche lauerte, konnte sie sich noch erinnern. Sie hatte zugeschlagen und war fortgerannt, das Baby schützend im Arm haltend. Dann war die Gefahr vorüber. Das fremde Wesen war zurückgeprallt und gestürzt, und Ginny hatte den vagen Eindruck, daß es eine Frau gewesen sei.

Sie hatte furchtbare Angst, der Eindringling könnte dem Baby etwas antun. Die Panik war in heißen Wellen gekommen und hatte jeden klaren Gedanken weggespült. Sie stolperte hinaus ins Freie, wo ihr Atem frostig rauchte, und rannte drauflos, als sei ihr der Teufel selbst auf den Fersen. Erst als sie den Rand des Fußwegs hinter den Häusern erreicht hatte, blieb sie stehen. Dort bog sie rechts in die nächste Straße und hatte ein oder zwei Kilometer zurückgelegt, ohne zu wissen, wohin sie sich wenden sollte, doch von einem geheimnisvollen Instinkt geleitet. Schließlich war sie dem Feldweg gefolgt, der hinauf zur Laubenkolonie führte, wo ungepflegte Treibhäuser und wacklige Schuppen auf handtuchgroßen, dichtbepflanzten Grundstücken standen.

Die Gegend war ihr vertraut. Im Sommer hielt sich ihr Großvater noch manchmal hier auf, züchtete Chrysanthemen und Dahlien und Farn zwischen seinen Zwiebel und Lauchbeeten. Als Kind war sie oft hiergewesen, hatte neben dem kleinen Treibhaus gespielt, wild wuchernde Krauseminze und Thymian gepflückt. Sie kannte die fette große Kröte, die unter einem umgestülpten Blumentopf hauste und die Schnecken fraß, bevor sie über den Wirsing herfielen. Jetzt kam ihr das vor, als läge es Millionen Jahre zurück.

Das Tor war verschlossen, regelrecht verbarrikadiert gegen Vandalismus, und zusätzlich mit Stacheldraht gesichert. Sie ignorierte ihn, achtete nicht auf die Schmerzen, als sie über die Holzlatten kletterte und sich beim Versuch zweimal in die Handfläche schnitt, weil sie gleichzeitig das Baby festhalten mußte. Es drängte zur Eile, seine Angst trieb sie vorwärts. Es brauchte einen warmen Unterschlupf. Sie hangelte sich auf die andere Seite, ließ sich schwerfällig fallen und kroch durch die frostglitzernden Reihen mit gefrorenen Lauchstangen und Kohlspitzen bis zur Hütte am anderen Ende. Der Riegel trug ein Vorhängeschloß, aber sie ahnte, wo der Schlüssel versteckt sein mochte. Unter der Tonscherbe fand sich eine andere Kröte, die dort steif im Winterschlaf lag und mehr an einen Stein erinnerte denn an ein Tier. Neben ihr glänzte der Schlüssel im Mondlicht. Sie sperrte auf; die Tür quietschte in den Angeln, als sie eintrat, und sie verschloß sie fest hinter sich, bevor sie sich eine Pause gönnte. In der Finsternis, von machtvollen geistigen Kräften geleitet, fand sie ihren Platz in der Ecke, wo die Kartoffelsäcke auf einem Haufen lagen. Sie verteilte sie ringsum, zog sie über sich und zupfte sie zurecht, bis sie und das Baby fast völlig zugedeckt waren. Das Baby schmuste, preßte das Köpfchen an ihren warmen Leib, suchte nach der Brustwarze und fand sie. Während er Kontakt aufnahm, spürte sie bereits die liebevollen Gefühle aufwallen wie immer, wenn er trank.

Irgendwann in der Nacht schreckte sie atemlos hoch und schüttelte die wirren Traumbilder ab. Die Brüste waren wund und pochten, ihre Bluse roch nach saurer Milch. Der Rücken tat weh, und an den Handflächen war die Haut vom Stacheldraht durchbohrt. Ihre Augäpfel fühlten sich schwer und schmutzig an, als sei Staub unter die Lider geraten und habe das zarte Fleisch auf der Innenseite aufgescheuert. Zunächst versuchte sie, sich zu erinnern, was geschehen war, aber ihr Verstand arbeitete nur zäh und unwillig. Für Sekunden sah sie das Bild der überwinternden Kröte vor sich. Sie war das genaue Ebenbild ihrer Situation – ihre Muskeln hingen kraftlos durch, als wäre sie leergepumpt, und die Kälte kroch ihr bis ins Mark und schwächte sie bis zur vollständigen Erschöpfung. Die Jutesäcke rochen nach Leim und alten Kartoffeln, waren aber durchtränkt von jenem anderen Gestank, der ihr mittlerweile vertraut geworden war, von jener bitteren Süße, die es absonderte.

Es.

Ginny Marsden straffte sich im Dunkeln.

Es. Das Baby. Es hatte sich angeschmiegt und den Durst gestillt und sie hatte sich selbst weggegeben, der Druck in ihrer geschwollenen Brust hatte sich entladen.

Es war nicht mehr da. Sie drehte sich ganz vorsichtig um, ihre betäubten Muskeln gaben nur langsam nach, als wäre sie in einen sirupartigen Kokon eingesponnen. Das Kind war verschwunden. Ihr individuelles Selbst regte sich wieder, noch ganz benommen vom plötzlichen Bewußtsein der Freiheit.

Das Baby war weg, das sie gefangen hielt. Ihr Kerkermeister hatte sie verlassen. Ihr Herz klopfte aufgeregt. Sie rührte sich und spürte ihre Glieder schmerzhaft knacken. Die Dunkelheit in Großvaters Gartenhaus war undurchdringlich bis auf ein blasses Rechteck hoch oben in der Wand, wo ein Stück Folie statt einer Fensterscheibe angeschraubt war. Es mußte noch immer Nacht sein. Mondlicht schimmerte durch das zerkratzte Plastik, kaum stark genug, um die Gartengeräte zu beleuchten, die von den Haken am Ständer gegenüber hingen.

Es war verschwunden. Sie konnte fliehen. Die Bilder ihres Traums kehrten zurück – das Gefühl eines schuppigen Wesens, das über ihren Körper krabbelte, sein kaltes, warziges Leder, von dem sie selbst zurückschauderte und eine Gänsehaut bekam. Wieder empfand sie, wie es schleimig und kühl zwischen ihre Beine stach, sondierte, riesig und abstoßend, beim Eindringen lähmend und ihr alle Kräfte aus Mark und Blut saugend.

Als sie soweit war, wurde sie gewahr, wie sich nahe der Tür etwas bewegte. Es raschelte und rührte sich, ein fast unhörbares Quieken. In diesem Augenblick starb ein kleines Tier in der Finsternis. Ihre geschärften Sinne konnten spüren, wie es sein Leben aushauchte, so wie sie die Gegenwart des anderen Wesens wahrnahm.

Und nun war das alles vorbei. Es war noch immer da, im Dunkel der Nacht. Es war von ihr weggekrabbelt und hatte sich etwas gekrallt. Irgendwo dort bei der Tür, ein geduckter Schatten – *O Gott, O mein Gott, ich muß sofort* –, der wiederkehren und sie an sich ketten würde.

Ginny gab sich Mühe, auf Abstand zu gehen. Sie massierte den Arm, versuchte ihn hastig zu wärmen. Jeder Aufschub vergrößerte ihre Chance. Der plötzliche Freiheitsdurst lähmte sie beinahe, überwältigte sie wie zuvor die Wellen der Furcht und des Ekels.

Vom Eingang her war ein Schlürfen zu vernehmen und ein Knacks, nicht lauter als das Platzen der Schale eines Hühnereis. Warmer Blutgeruch mischte sich in die kühle Brise, metallisch schmeckend wie ihr eigener Lebenssaft, der ihren Wunden entströmte. Die schattenhafte Gestalt scharrte mit den Füßen, zwei oder drei Meter entfernt, vielleicht mehr. Ganz in ihrer Nähe, neben dem alten Spaten, baumelte die Harke, mit der ihr Großvater seine Kartoffelbeete geradezog. In Augenhöhe ragten die vier Zinken hervor. Sie faßte einen Entschluß und stützte sich auf einem Knie ab, tastete hinter sich und nahm leise die Harke vom Nagel.

Ihre Muskeln knirschten. Die Kniegelenke und die Knochen im Schenkel knackten wie rohes Gestein. Das Ding in der Finsternis vor der Tür bewegte sich flink. Sie spürte, wie es sich umwandte. Verzweifelt griff sie zu und umklammerte mit einer Hand den Griff der Harke.

— 13 —

»Ein wunderschöner Blumenstrauß!« Die Stimme im Hörer jauchzte vor Freude. »Was für eine schöne Überraschung!«

»Na komm schon, Mama«, protestierte David. »Du kriegst jedesmal Blumen. Schon als Kind hab ich welche gefunden. Weißt du noch, die Glockenblumen damals?«

»Und sie sind in zehn Minuten verwelkt«, kicherte seine Mutter am anderen Ende der Leitung. »Natürlich erinnere ich mich. Und ich weiß noch, daß du von oben bis unten verdreckt warst, als du aus dem Sumpf kamst. Eigentlich wollte ich mich nur bedanken, weil du an mich gedacht hast. Hab schon heute früh angerufen, aber es ging niemand dran.«

»Bestimmt war ich unter der Dusche«, druckste David herum. »Da höre ich das Telefon nicht.« Helen Lamont reichte ihm ihre Kaffeetasse. Angesichts der Kälte, die heute herrschte, hatte sie ihre schafwollgefütterte Fliegerjacke übergezogen, die hier drinnen viel zu warm wirkte. »Du weißt ja, daß ich dir jedesmal Blumen schicke. Das einzige, was ich vergessen habe, ist dein Alter.« Er hob die Hand, als stünde seine Mutter vor ihm. »Nein, sag nichts. Das ist dein Geheimnis. Du wirkst so jung wie eh und je. Wie immer. Im Gegensatz zu mir – ich sehe aus, als hätte ich schon zweimal gelebt. Ein Gesicht, das nur die eigene Mutter lieben kann, wie?« Er lachte, denn im Grunde war es ihm scheißegal. »Und wie geht's ihm? Sag ihm, ich gehe wieder angeln, sobald das Wetter besser wird. Und er soll im Haus bleiben; die Kälte tut ihm nicht gut.«

Helen saß am Tisch und lauschte seinem Telefonat. Sein Hemd war noch nicht zugeknöpft und hing aus dem Hosenbund heraus. Das Haar war noch naß von der Dusche, was ihm ein frisches, jungenhaftes Aussehen verlieh. Zerstreut rubbelte er es mit dem Handtuch ab, wie unbeobachtet. Die Muskeln an seinem Unterarm buckelten und entspannten sich wieder, und sie erinnerte sich an das Gefühl der Geborgenheit, als er den dünnen Kerl an der Waterside Street niedergestreckt hatte.

Er war einer von den anständigen Jungs. Heimlich nannte sie ihn schon immer so – jetzt lieber denn je. In den letzten Wochen, seit ein paar Tagen hatte sich ihre Wahrnehmung merkwürdig verändert. Wie stark er war, als sie sich nach dem Alptraum in Celia Barkers Haus an ihn lehnte! Sie glaubte, noch immer den festen Druck seiner Hände am Hinterkopf zu spüren. Früher hätte sie so etwas für Einbildung gehalten. Aus irgendeinem Grund, den sie selbst nicht begriff, war sie sensibler geworden. Sie spürte jede Regung seiner Seele, sogar wenn er sie selbst noch nicht kannte. Am liebsten hätte sie ihm zugerufen, daß sein Kaffee kalt wurde. Was würde er auf die – dann unvermeidliche – Frage am Telefon antworten? Aber sie ließ es bleiben. Die Zuneigung des Sohns zu seiner Mutter war seinem Tonfall deutlich anzumerken, und sie ließ ihn eine Weile mit ihr schwatzen, bevor sie ihm die Tasse hinstellte. Er zwinkerte ihr zu, genau wie gestern abend, bevor sie ihm erklärt hatte, daß er ruhig noch etwas bleiben konnte. Er lächelte und nahm einen Schluck.

»Ja, Mama. Ich passe schon auf, daß ich richtig esse. Nein. Mir geht's prima. Natürlich. Ein Sweater wäre toll. Aber keinen von Pringle. Du weißt ja, daß ich nicht gern Reklame laufe . . .« Jetzt lachte er schallend über das, was sie sagte. »Ja, ich weiß. Du kennst meinen Leberfleck. Nein, sonst niemand. Ehrlich. Glaubst du, ich wäre pervers?«

Endlich legte er, noch immer kichernd, auf.

»Erinnere mich daran, daß ich mir den Leberfleck mal anschaue«, Helen grinste, und sie lachte wieder. Sein Gesicht war noch gerötet von der heißen Dusche und von den Späßen, die er mit seiner Mutter machte.

»Hat sie Geburtstag?«

»Klar. Sie würde es mir nie verzeihen, wenn ich ihr keine Blumen schicke. Vor zwei Jahren, als ich im Toby-Cannel-Fall als V-Mann arbeitete, hab ich's nicht geschafft. Eine Woche lang mußte ich untertauchen, an der Riverside nicht weit von der Gegend, wo wir gestern waren, und ich hab's vollkommen vergessen. Wir waren so lange unterwegs, daß ich nicht mal mehr wußte, welcher Wochentag war. Damals wurde der große Toby erschossen. Sechsmal getroffen, und tellergroße Durchschüsse. Es war gräßlich zu sehen, wie er weitergelaufen ist, als wäre er eine Maschine. Wie ein Zombie.«

»Du schweifst schon wieder ab«, mahnte Helen. »Kannst du nicht mal bei einem Thema bleiben?«

»Recht hast du. Wie dem auch sei – damals hat sie hat hundert Nachrichten aufs Band gesprochen, und als ich nicht zurückrief, knöpfte sie sich Donal Bulloch vor. Sie machte fünf Sekretärinnen verrückt, bis sie endlich durchgestellt wurde – denn er war der einzige, der wußte, wo ich war, außer Jock Lewis, der mich begleitete und nichts als Bohnen aß, die ich gar nicht vertrage.« Wieder traf ihn Helens tadelnder Blick. »Der Chef hat ihr erklärt, daß ich in einem hochwichtigen Fall ermittle, und damit gab sie sich zufrieden. Mehr noch, er schickte ihr die Blumen höchstpersönlich. Aber als die Zeitungen die Bilder von Toby Cannel auf dem Pflaster brachte, wußte meine Mutter, woran ich arbeite. Sie war nicht dumm. Damals verlangte sie, daß ich auf der Stelle den Dienst quittiere.«

»Hast du je den Schlager von Dean Martin gehört? *A man who loves his mother?*«

»Aus diesem Film? *Robin and the Seven Hoods?*«

»Genau!« Helen begann zu singen: »›Ein Mann, der seine Mutter liebt, ist Manns genug . . .‹ – Dafür brauchst du dich weiß Gott nicht zu schämen.«

Es gab noch zwei weitere Botschaften auf dem Anrufbeantworter. David spulte das Gerät zurück. June war die erste. Die Wiedergabe war gedämpft, und Helen hörte nichts als ein Murmeln, doch als David sich abwandte, kriegte sie mit, daß es nicht freundlich gemeint war. Sie blieb sitzen. David sagte nicht viel, und sie verspürte Mitleid mit ihm. Es ging alles sehr schnell. June hatte Angst, ihn zu verlieren, soviel war klar. Und sie wußte auch warum.

Ohne sich umzudrehen, trat David von einem Bein aufs andere, und ihr war klar, daß er jetzt eine andere Nachricht abhörte. Mit schräggestelltem Kopf lauschte er und drückte die Stoptaste, bevor er die Wählscheibe drehte. Beim Wählen wandte er sich um und bedeutete Helen, ihm den Schnellhefter mit den Kopien zu bringen. Sie schob ihn über den Frühstückstisch, und er nahm ihn entgegen. Aus den Papieren suchte er das Foto des Kinderwagens hervor.

»Es ist John Barclay im Einkaufscenter. Er versucht schon seit Tagen, mich zu erreichen.« Er hielt die Hand hoch; offenbar war der andere drangegangen. Er wechselte ein paar Worte und versprach, in einer Stunde zu kommen, dann legte er auf.

Dann nahm er das Foto zur Hand, das kaum mehr als ein Gewirr von zerquetschten Rädern und verbogenen Metallstangen zeigte. »John hat den Kinderwagen vor dem Drogeriemarkt gefunden. Einer seiner Mitarbeiter entdeckte ihn beim Abschließen, am Abend nach Heather McDougalls Tod. Für uns ist das nicht ganz so wichtig. Ich dachte, er wollte seine Videobänder wiederhaben, aber wie er sagt, hat er was Neues entdeckt.«

»Was denn?«

»Am besten sehen wir's uns selbst an. Kommt mir seltsam vor.« Anscheinend war er froh, einen konkreten Anhaltspunkt zu finden. Sie mußte lächeln.

* * * * *

Der Hunger hatte ihn geweckt.

Mittlerweile war es ein anderer Hunger. Die Mutter war wieder eingeschlafen. Mechanisch und instinktiv hatte sie, um ihn zu schonen, ihr Gewicht verlagert und ihn an sich gedrückt. Tief im Innersten zitterte sie vor Kälte, und er zog sich vorsichtig zurück, wollte den Kontakt nicht abbrechen, obwohl er hellwach war. Er würde warten müssen, bis sie ausgeschlafen hatte, um wieder zu trinken. Schon jetzt waren seine Glieder stark genug, die Knochen waren breiter und kräftiger geworden. Er konnte sich selbständig bewegen.

Es ängstigte ihn, daß man in der Nacht ihr Nest aufgestöbert hatte, denn er hatte den Eindringling – es war eine Frau – wiedererkannt. Eine potentielle *Mutter* für ihn. Wie vertraut sie ihm war, hatte er ihrem Körpergeruch, ihren seelischen Reaktionen ablesen können. Er hatte die Gefahr erkannt, ihr Eindringen bemerkt und zur Flucht gedrängt – denn er war nicht stark genug, noch nicht. Er wußte ja nicht, wie er der Fremden begegnen sollte. Als sie zurückwich, hatte er sie berührt, seine Duftmarke hinterlassen. Er hatte unermeßliche geistige Kräfte gespürt. Und obwohl sie ihn in Not brachte, war er von ihr wie hingerissen. Ihr Geruch und ihre Schwingungen hatten ihn zutiefst erregt.

Draußen im Dunkel kroch etwas mucksmäuschenstill vorüber. Sein Appetit meldete sich instinktiv. Jenes andere Wesen fiel ihm wieder ein, das sich seiner Ruhestätte genähert hatte – bis er zuschlug, rasch und erbarmungslos, schneller als jemals in seinem langen, behaglichen Leben. Das war nicht vorauszusehen. Das Wesen war ihm zu nahegerückt und maunzte nervös, als es seinen Geruch wahrnahm. Er hatte nicht lange überlegt, sondern bloß reagiert. Es galt, sich rasch zu wehren, und daran war das Wesen gestorben. Der ungleiche Zweikampf hatte ihn erschüttert. Eine solche Heftigkeit des Zuschlagens war ihm fremd gewesen. Bis jetzt hatte er Schmerz nur in zwei Formen gekannt – Licht, das ihm in den Augen brannte, und nagenden Hunger.

Jetzt quälte ihn ein neuer Hunger. Er raubte ihm den Schlaf. Draußen hatte sich etwas bewegt, und er blinzelte und streckte die geistigen Fühler aus.

Da drüben bewegte sich ein Körper, dessen Hitze grell gegen das verwaschene Grau abstach, verglichen mit dem schwachen, undeutlichen Flimmern, mit dem sich ihm die Ameisen und anderen Insekten zeigten, die zu Tausenden unter der Erde oder im Holz lebten.

Erst hatte er sich angeschlichen – reflexhaft, frettchenhaftleise und katzenweich, doch mit der Behendigkeit einer Kreuzotter. All seine Sinne waren jetzt nach vorn gerichtet. In diesem Moment hatte er die Mutter vergessen. Er hatte seinen Geist von ihr abgezogen und sich auf die Körperwärme an der Tür konzentriert. Der Hunger bohrte in seinen Tiefen. Die unbenutzten Muskeln seiner neuen Gliedmaßen zuckten. Er bebte unter der Anspannung, und die geballte Energie kribbelte an seiner dünnen Wirbelsäule herab.

Er hechtete nach vorn, und das warme Ding quiekte, als es ihn kommen hörte. Hakenschlagend rannte es nach der Tür, fast so flink wie er selbst, dann machte es kehrt und stellte sich ihm dreist entgegen. Eine flache Schnauze klaffte auf und zeigte kleine, tödliche Spitzzähne. Blindlings grabschte er danach. Es wand sich, wollte zubeißen – ein jagendes Wiesel, das unversehens selbst zur Beute geworden war. Er beugte sich vor, spießte es auf und drückte zu, bis es leise winselnd verendete.

Genießerisch senkte er den Kopf, leckte an dem Leckerbissen, schmeckte das scharfe Sekret, das zur Verteidigung und Drohung ausdünstete, ganz wie er selbst seinen Geruch versprühte. Sein Maul wölbte sich über den Kopf des Tiers, Schleim tröpfelte in die Augen, der sie auslaufen und verdampfen ließ. Dann schlürfte er es aus, knackte mit den Vorderzähnen die dünne Hirnschale, speichelte sein Gift hinein, das Hirn und Nervengewebe zersetzte. Er zerdrückte den Körper und trank sich satt, kostete den Blutgeschmack, der ihm in die Kehle glitt. Augenblicklich durchpulste die Glut neuer, frischer Nahrung seine Eingeweide. Wieder beugte er sich über die pelzige, verschrumpelte Hülle – und erstarrte.

Der Schreck durchzuckte ihn unvorbereitet. Die Mutter war wach, und er selbst hatte sie gehen lassen. Er fuhr herum, die Augen im Dunkel geweitet. Er verspürte ihre Angst, ihre Schmerzen, wie er viele andere Dinge in der Nacht wahrnahm. Zugleich aber teilte sich ihm ihr verzweifelter, selbstvergessener Zorn mit. Er sah ihre blasse Hand nach der Harke tasten. Alles ging blitzschnell und verschwamm vor seinen geschärften Sinnen. Er sah die vier gekrümmten Zinken über sich schweben. Er hüpfte nach links, seine neuen Glieder stießen machtvoll vom gestampften Hüttenboden ab. Ein Scheppern dröhnte in seinen Ohren wie ein tiefer, uralter Gong, dessen Nachhall die Luft erzittern ließ.

Augenblicklich stieß er zu. Die Chance zu einem zweiten Versuch bekam sie nicht mehr. Er stürzte sich auf sie, packte zu und fühlte seine Drüsen erneut schwellen.

Sie stieß einen Laut aus, einen erstickten Schrei, der in seinen Ohren tief und heiser klang, während er sie an die Kette ihres Geistes nahm. Seine Tentakel ringelten sich um ihren Hals, schnürte ihn fest ein. Jetzt grunzte sie nur noch und ließ die Harke fallen. Mit dumpfem Aufschlag traf sie einen alten Düngerbeutel, den sie durchbohrte und in den Boden nagelte. Unwillkürlich nebelte er sie ein, und sie sackte ohnmächtig zusammen, als würden ihr Sehnen und Gelenke durchtrennt. Im Dunkeln wartete er still, bis er sicher sein konnte, daß sie vollständig unterworfen war. Dann löste er langsam, ganz langsam die Schlinge von ihrem Hals, lauschte dem matten, gelähmten Schlag ihres Herzens, spürte ihn durch die eigene Haut.

Sein neuer Hunger war gestillt, aber er hatte andere Sorgen. Er hockte in der Finsternis, fixierte sie mit seinen nachtsichtigen Augen, löste behutsam die Umklammerung und schmiegte sich an ihren warmen Körper. Sie leistete keinen Widerstand mehr, aber er mußte sich vorsehen. Es war die erste, die gegen aufbegehrt hatte, die versucht hatte, sich zu befreien – die einzige, die auch nur dazu *fähig* war. Darin lag eine große Gefahr.

Er wartete noch eine Weile, fast bis zum drohenden Anbruch des Morgendämmers. Dann weckte er sie und zwang sie, sich zu bewegen. Er hörte ihre Gelenke knirschen, als sie sich erhob, und wußte nicht, was es zu bedeuten hatte. Ihm fehlten noch Worte und Wissen über all das, was nicht ihn selbst oder die Mütter betraf. Aber er lernte schnell.

* * * * *

Im Sicherheitsbüro des Waterside-Einkaufscenters bot John Barclay Kaffee an, doch David und Helen waren viel zu neugierig auf das, was er ihnen zeigen wollte. Die Bildschirme an seinem Arbeitsplatz waren eingeschaltet – eine Front graublau flackernder Fenster, die denselben Schauplatz aus allen möglichen Perspektiven zeigten. Es war noch früh, kaum neun Uhr durch, aber schon jetzt strömten Kunden herein, keine müßigen Flaneure, sondern eilige Passanten, die auf dem Weg zur Arbeit das Nötigste einkaufen. Während David und Helen auf den Monitor starrten, lief Carry McFall durch die Passage zu den Rolltreppen.

»Hier ist noch was«, verkündete John und legte eine Kassette ein. »Ich bin sie alle noch mal durchgegangen und dachte, das hier könnte euch interessieren.« Er spulte zurück, und sie sahen die verschwommenen Silhouetten der Fußgänger in merkwürdigem Veitstanz rückwärts steppen. Schließlich hielt John das Band an. »Da, bitte. Kamera vier im Seitenfoyer. Schaut euch das mal an.«

»Worauf sollen wir achten?«

»Auf eure tote Frau. Wir haben die Aufnahme, wie sie hereingekommen ist.« John deutete auf den Bildschirm. »Das muß sie sein. Hinter dem Dicken da. Das ist sie.«

»Bist du sicher?«

»Hundertprozentig. Nachdem du weg warst, habe ich den ganzen Nachmittag die Videos angeschaut. Schon, um sie wieder löschen zu können, wenn sich nichts ergibt. Aber als ich das hier entdeckte, wollte ich sie euch unbedingt zeigen. Habt ihr euren Anrufbeantworter nicht abgehört?«

David schüttelte den Kopf. John starrte ihn ungläubig an. Sie wandten sich wieder dem Film zu. Ein beleibter Herr im dicken Pelzmantel und einem Hut, der viel zu klein für seinen runden Kopf war, drängte durch die Schiebetür. Hinter ihm trottete gesenkten Blicks eine magere, unscheinbare Frau.

Sie schob einen dunklen Kinderwagen vor sich her.

»Es ist derselbe, den einer meiner Leute hinterm Haus fand. Das Reinigungspersonal hat ihn bei Ladenschluß nach draußen gestellt. Sie glaubten, irgendwer hätte seinen Sperrmüll bei uns loswerden wollen. Das Ding wirkt ja auch ziemlich vergammelt, und eins der Räder eiert zum Gotterbarmen.« John hielt das Video an. Heather McDougall – wenn sie wirklich die alte Frau war – gefror auf dem Bildschirm zur Salzsäule, das Gesicht halb verschattet. »Erst nachdem ich dies hier sah, fiel mir ein, daß jemand von dem Kinderwagen erzählt hatte. Aber jetzt kommt was Merkwürdiges.«

Er ließ den Film weiterlaufen. Die magere Frau kam durch die Schiebetür herein und trat ins Licht. Sie hob den Kopf und bewegte sich schlurfend, fast quälend langsam, nach links. Selbst im unscharfen, wackelnden Fernsehbild wirkte sie finster und verwahrlost. Das Verdeck des schwarzen Kinderwagens war hochgeklappt. Schweigend sahen sie zu, wie sie weiter nach links und aus dem Bild wanderte.

»Ist das alles?« murmelte David, aber sein Verstand kombinierte schon fieberhaft. Das Baby hatte es also tatsächlich gegeben – vorausgesetzt, daß eins unter dem Verdeck lag. Entweder das, oder sie war eine Pennerin, die den alten Kinderwagen als Gepäckkarren benutzte. Er wollte gerade etwas sagen, als die Frau, ganz links am Bildrand, stehenblieb und sich über den Haltegriff nach vorn beugte. Die Auflösung war nicht scharf genug, um die Bewegung ihrer Lippen zu sehen, aber sie bewegte den Kopf nach links und rechts. Augenscheinlich redete sie auf etwas ein, das im Wagen lag. Wie eine Mutter mit ihrem Baby sprechen würde. Man merkte es dem Kopfwiegen, dem Rhythmus an. Sekunden später war sie aus dem Blickfeld der Kamera verschwunden. Der Sicherheitsmann stellte das Gerät ab.

»Nimm das ruhig mit. Und jetzt noch die Aufnahme von Kamera drei, gleich neben der Rolltreppe.« John Barclay wechselte das Band aus, und der Bildschirm wurde wieder hell. »Ich hätte es zusammenschneiden sollen, um Zeit zu sparen, aber mir fehlen die Geräte dazu«, erklärte er.

Heather McDougall bewegte sich auf die Kamera zu, noch immer mit dem Kinderwagen vor sich. Zwei Mädchen kreuzten ihren Weg, kamen an ihr vorüber und blieben beide stehen. Die beiden blickten einander an, und eine schüttelte mißbilligend den Kopf. Ihre Freundin hob die Hand und hielt sich Nase und Mund zu. Dann liefen sie hastig davon. Die Alte trottete weiter zum Drogeriemarkt, wo schon mehrere Buggies parkten. Wieder beugte sie sich vor und machte sich am Kinderwagen zu schaffen, um das Baby bequem zu betten. Dann richtete sie sich wieder auf, schob das Verdeck hoch und klemmte es fest. Mit schleppenden Schritten bewegte sie sich fort und betrat den Drogeriemarkt, kurzzeitig innehaltend, als müßte sie Atem holen. Das Kreisen der Kamera, die sich im Minutenrhythmus von links nach rechts bewegte, verfolgte ihren Weg noch ein Stück. Helen erkannte die Handtasche wieder, die sich vor ein paar Tagen im Gebüsch fand, wo Carrie McFall sie hingeworfen hatte. Ihr Körper hatte, wie David erkannte, bereits die hinfälligen Bewegungen einer Greisin, die nur noch wenige Minuten zu leben hat.

»Die Fortsetzung kennt ihr«, bemerkte John Barclay. »Das Band ist noch bei euch. Lückenlos können wir's nicht dokumentieren, aber das Wichtigste habt ihr gesehen.«

»Nett von dir, Jab«, nickte David. »Die Ärzte hatten recht. Der Frau von Rolling Stock hat sie auch zugerufen, ihr Baby zu holen.«

»Aber wessen Baby?« wunderte sich Helen. »Und was ist aus ihm geworden?«

John ließ ein breites Grinsen sehen. »Hab ich mir denken können, daß ihr danach fragt. Genau dasselbe ist mir auch aufgestoßen, als ich sie in den Drogeriemarkt spazieren sah. Anfangs wußten wir nur, wie sie herauskam, ihre Tüte fallen ließ und den Herzklaps bekam. Nachdem ich sie mit dem Kinderwagen entdeckt hatte, mußte ich sämtliche Bänder nach dem Ding durchsuchen. Gut, daß bei allen eine Zeituhr mitläuft. Wird ein kniffliges Stück Arbeit, aber wenn ihr wollt, könnt ihr eine Sequenz daraus schneiden.«

Auf dem Bildschirm schlich Heather McDougall, als müßte sie am Ende eines langen Arbeitstags auf einen Berggipfel klettern, und verlor sich in der Menge, bis sie außer Sicht war.

John nahm die nächste Kassette vom Stapel und legte sie ein. Gespannt starrten David und Helen auf den Bildschirm. »Hoffentlich darf ich den Rest der Bänder überspielen, wenn ihr das gesehen habt«, brummte John. »Ich schätze, danach kann mir die Sonderkommission Harper-Lamont einen ausgeben.«

»Abgemacht, John. Die Sonderkommission weiß deine Hilfe sehr zu schätzen.«

Der Ex-Polizist tippte auf Rücklauf, und abermals tanzten die Bilder in gegenläufiger Richtung. Die Kamera schwenkte von rechts nach links; die Kunden gestikulierten und liefen trickfilmartig die Rolltreppe rückwärts hinauf.

Ein weiterer Schwenk der Linse, und am Bildrand versammelten sich die Zuschauer um die liegende Gestalt. Eine kleine Frau in grauem Mantel bückte sich vor der Säule und tauchte mit der Einkaufstüte in der Menge unter. Gerade noch im Blickfeld sah man Carrie McFall, die rasch herbeieilte und in die Richtung lief, wo die Handtasche liegen mußte. Beide verschwanden aus dem Film. Sekundenlang waren die nur noch die beiden Mädchen erkennbar, denen Heather McDougall begegnet war. Sie standen einander vor dem Laden gegenüber und verglichen offensichtlich ihre Schnäppchen.

Eine weitere Kundin kam an ihnen vorüber, mit raschen Schritten, fast hüpfend. Sie war schlank und blond, das Haar gewellt und hochgesteckt, wie es schien. Der weite Mantel war offen und flatterte beim Gehen. Das Bild war nicht gerade haarscharf, aber es sah aus, als lächelte das Mädchen.

»Gott im Himmel«, flüsterte Helen. John Barclay hob beschwörend die Hand.

»Seht genau hin!« riet er. Erst jetzt beendete die Kamera ihren Schwenk nach links und kehrte zurück. Das Mädchen war jetzt deutlicher zu sehen. Die Kamera erfaßte genau den Winkel, den die andere vorhin ausgeblendet hatte. Sie zeigte die kleine Reihe von Buggies und Einkaufswägelchen am Einstellplatz vor der Drogerie.

Das Mädchen lief vorbei, wandte nur leicht den Kopf, und obwohl es nicht mehr zu sehen war, mußte sie wohl von der Szene abgelenkt sein, die sich mitten in der Ladenstraße abspielte. Sie verlangsamte den Schritt, spähte hinüber, offenbar neugierig geworden, dann setzte sie ihren Weg fort. Von ihrem Standort aus konnte sie nicht ausmachen, wieso ein solcher Andrang herrschte, und verlor rasch das Interesse. Mit einer Hand fuhr sie in die Tasche und wickelte den Mantel fester um sich. Aus ihren Zügen strahlten Selbstvertrauen und Wohlgefühl. Die Kamera verfolgte ihren Weg wie den von Heather McDougall. Jetzt näherte sich das Mädchen der Kinderwagenreihe. Zielstrebig ging sie daran vorbei; offenbar wollte sie woanders hin.

»Da«, murmelte John Barclay abwesend.

Das Mädchen lief drei Schritte weiter, zögerte beim vierten und blieb beim fünften Schritt fast stehen. Sie hob den Kopf und war jetzt erstmals von vorne zu sehen. Sie war recht hübsch mit ihren ebenmäßigen Gesichtszügen.

»Teufel noch mal«, stöhnte Helen. »Sie ist es!«

»Ruhig«, unterbrach Barclay. »Jetzt kommt der entscheidende Moment!«

Der alte schwarze Kinderwagen war rechts vorn zu sehen. Das Mädchen stand direkt dahinter, drei oder vier Schritte entfernt. Ihr Kopf knickte seitwärts nach hinten, und sie zog die Nase kraus. Auf dem körnigen Fernsehbild wirkte sie wie ein Tier, das Witterung aufnimmt.

Der kalte Schweiß trat David Harper auf die Stirn, und zugleich hatte er eine dumpfe, ungute Vorahnung. Er wußte, was jetzt kam.

Das Mädchen war jetzt stehengeblieben, schnüffelte wieder, obwohl man nur ganz verschwommen sehen konnte, wie sie den Kopf nach hinten legte. Halb wandte sie sich vom Kinderwagen ab, als wollte sie davonrennen. Einen Fuß setzte sie schon vor, aber der andere schien festgeklebt. Ihr Lederbeutel baumelte unkontrolliert vom Schulterband und schlug gegen die Hüfte. Eine Hand glitt aus der Manteltasche und tastete vor, weg vom Kinderwagen, als müßte sich das Mädchen den Weg durch eine Wand bahnen oder an unsichtbaren Ketten zerren.

Sie blieb wieder stehen und riß den Mund auf. Zu dritt verfolgten sie gebannt, wie sie sich vorbeugte. Bei einem Fausthieb in die Magengrube wäre es die ganz normale Reaktion gewesen. Das Gesicht wurde heller, blutleer, und der Mund klaffte angestrengt auf.

»Ihr wird schlecht«, mutmaßte Helen.

»Nein.« John Barclay brauchte nichts zu erklären. Keiner von ihnen vermochte den Blick von der Szene abzuwenden. Davids Vorahnung würde eintreffen – dennoch hoffte er aus irgendeinem Grund, den er selbst nicht erklären konnte, daß die junge Frau weitergehen möge. Ein unnatürliches, widernatürliches Gefühl der Bedrohung ging von dem altmodischen, schwarz verhangenen Gefährt aus, unter dessen Verdeck undurchdringliche Finsternis herrschte. Dieser Kinderwagen war durch die Zeit gereist, vier Tage lang, seit Heather McDougalls Zusammenbruch, mit der Lichtgeschwindigkeit einer Filmaufnahme, über Linsen und Drähte und Bandmaterial in diesen Bildschirm gelangt. Helen saß nah genug neben David, um seine wachsende Unruhe zu spüren und fragte sich, was in ihm vorgehen mochte.

Geh weiter, hörte er seine innere Stimme flehen. *Hau ab, Kind!*

Das Mädchen wandte sich um. Für die Zuschauer bewegte sie sich sehr viel langsamer, als würde der Film in Zeitlupe abgespult. John Barclay hatte aber die Tastatur der Bedienung nicht angerührt. Natürlich war kein Ton zu hören, aber eins stand für David fest – hätte es einen gegeben, dann wäre er ein lahmes, retardierendes Knarren und Stöhnen gewesen. Wieso ihm gerade dieser Gedanke kam, hätte er auch nicht zu sagen gewußt, aber er durchzuckte ihn mit unterklärlicher Gewißheit.

Sie drehte sich nach dem Kinderwagen um, und jedem war klar, wie schwer es ihr fiel, denn ihr Körper drängte in die andere Richtung. Die Füße überkreuzten sich förmlich bei diesem inneren Kampf. Sie bückte sich, zog sich zurück, machte einen Schritt rückwärts, das Gesicht schnellte herum und war wieder im Licht. Ihre Schultern hüpften, und mit ihnen wirbelte der lange, elegante Mantel. Jenseits lief Carry McFall ganz kurz über die Bildfläche und verschwand wieder. Von dem Drama, das sich keine zwanzig Meter vor ihr abspielte, nahm sie keine Notiz und war offenbar nur an ihrem Fund interessiert.

Das Mädchen im Mantel setzte sich in Bewegung, mit staksigem Schritt, wie ein Zombie in schlechten Filmen. Unter anderen Umständen wäre es komisch gewesen, aber den Zuschauern war nicht zum Lachen zumute. Ihre Schritte wirkten linkisch, verkrampft, nahezu obszön.

»Herrje, die Ärmste!« seufzte Helen mitfühlend. Einen Moment lang schien alles auf der Kippe zu stehen. Selbst John

Barclay, der die Aufzeichnung schon gesehen hatte, hielt den Atem an.

Auf dem Bildschirm hatte das Mädchen jetzt den Wagen erreicht, am ganzen Leib nervös zuckend und ohne die beschwingte Eleganz von vorhin. Ihrer Körpersprache, den abgehackten Bewegungen war abzulesen, daß sie jede Selbstkontrolle und den letzten Rest ihrer Willenskraft verlor. Ein Pantomime hätte die Verwandlung kaum überzeugender einstudieren können.

Sie blieb stocksteif stehen, hemmungslos schlotternd und die Hände ringend. Unter ihrem Schatten verfinsterte sich das Viereck unter dem schwarzen Verdeck noch mehr. Sie faßte hinein. Während sie noch darin herumfuhrwerkte, verkrampften sich ihre Schultern. Schließlich erhob sie sich zitternd und hielt ein Baby fest an sich gepreßt, eingehüllt in die Mantelfalten.

»Du liebe Güte«, keuchte Helen, »das muß sie sein!«

»Ich konnte es selbst kaum glauben«, kommentierte John Barclay. Er hielt das Video an und ließ das Mädchen stillstehen, unbewußt der Kamera halb zugewandt, mit dem kleinen, in einen Schal gewickelten Bündel vor der Brust. Die Augen starrten in weite Ferne, ihrer Miene fehlte jeder individuelle Ausdruck, als wären ihr die Gesichtsmuskeln abgestorben. Das Lächeln war verschwunden.

»Es ist Ginny Marsden«, erklärte Helen ihrem Kollegen. »Ich weiß es genau. Ihre Eltern meinten sowieso, sie sei dort gewesen. Ich hätte mir die Bänder der Videoüberwachung selbst anschauen müssen, aber auf die Idee bin ich nicht gekommen. Glaub mir, David, das *ist* sie!«

Stumm saß er da, den Blick noch immer auf den Bildschirm geheftet, als habe er gar nicht zugehört. »Stell's wieder an, John«, bat er schließlich. »Laß uns die Fortsetzung sehen.«

Die Kamera schwenkte wieder aus und verfolgte den Vorgang weiter, obwohl kein Kameramann die Linse führte. Das Mädchen kehrte ihnen den Rücken und machte sich auf den Weg zum Ausgang jenseits der Menschenansammlung, wo mittlerweile die Krankenpfleger eingetroffen waren und hereinstürmten.

»Ihr müßt das genau verfolgen. Ich kann's zurückspulen, wenn ihr wollt. Behaltet den oberen Bildrand im Auge!«

David fiel es schwer, die Augen von dem Mädchen abzuwenden. Ihre Haltung wirkte unwürdig und furchterregend. Sie hatte sich von der lebensfrohen jungen Dame, die das Einkaufscenter wegen der letzten Besorgungen für Heiligabend betreten hatte, in eine dumpfe, irgendwie erbärmliche Elendsgestalt verwandelt. David war diese Haltung nicht unbekannt. Menschen, die sich selbst aufgegeben haben, wie die ausgemergelten Männer von Auschwitz oder die Überlebenden des Dresdner Feuersturms, mochten so ausgesehen haben. Es war das Bewußtsein der sicheren, unvermeidlichen Katastrophe. Ein Schweißtropfen rann ihm vom Hals in den Nacken.

John hob den Finger. Das fahrbare Krankenbett wurde zum Ausgang gefahren. Eine Anzahl Kunden lief durch die Türen ein und aus, und obwohl alles geräuschlos vor sich ging, reagierten sie offenbar auf den Schrei von Phil Coulter. Eine Hausfrau blieb wie angewurzelt stehen. Ihr Mann zog sie am Arm zur Seite. Die Bahre bremste ab. Einer der Mediziner wollte die Schiebetür öffnen.

»Jetzt paßt auf!« rief Barclay.

Die Sterbende setzte sich auf, das Gesicht ebenso schmerzvoll verzerrt wie vor hin das des Mädchens. Ihr Mund öffnete und schloß sich; sie schnappte nach Luft. Phil Coulter griff mit der freien Hand nach ihr. Sie entwand sich, wälzte sich von der Bahre und fiel zu Boden. Spornstreichs krabbelte sie auf allen vieren los wie ein riesiges schwarzes Insekt, der Frau mit dem Baby hinterher. Auf dem stummen Bildschirm war sie eine groteske, gespenstische Erscheinung, die mit hektischen Sprüngen über die Fliesen glitt. Ein kleiner Hund in der Nähe zerrte an der Leine und bleckte aggressiv oder auch furchtsam die Zähne. Die Frau huschte vorüber. Eine ihrer geschwollenen Brüste schleifte am Boden und ließ an einen monströsen Tumor denken. Ein Mädchen verließ die Boutique, mit Päckchen beladen, und ahnte nicht, was in der Passage vor sich ging. Fast wäre sie über die kriechende Frau gestolpert, und die Päckchen flogen ihr aus der Hand. Es fehlte nicht viel, und die Alte hätte es noch bis zum

Bürgersteig geschafft. Am äußersten Rand des Monitors war noch ein Zipfel des wehenden Mantels zu erkennen. Das Mädchen blieb stehen, fuhr herum und näherte sich der Kamera. Die Alte hielt inne, und der Rückstoß ließ sie mit der Stirn hart aufschlagen. Selbst in der Stille war die Heftigkeit des Schlags unverkennbar. Sie rollte beiseite, zuckte noch einmal und lag still.

»Was sagt ihr dazu?« fragte John. »Ist das 'ne absurde Geschichte oder nicht?«

David stand sprachlos neben Helen, die ebenfalls völlig entgeistert war. Das Mädchen lief rasch weiter, aber noch immer wie spastisch gelähmt, als gehorchten ihre Muskeln einander widersprechenden Befehlen. Das Baby hielt sie unter dem Mantel versteckt. Je mehr sie sich der Kamera näherte, desto mehr Platz nahm ihr Gesicht ein.

»Das ist Ginny Marsden«, stellte Helen fest. »Jetzt besteht kein Zweifel mehr.«

»Und wer soll das sein?« erkundigte sich John Barclay.

»Ein Mädchen, nach dem ich fahnde. Sie wird seit ein paar Tagen vermißt.«

»Jetzt weißt du auch warum. Eine verdammte Kidnapperin ist sie!«

»Schaut ihr mal ins Gesicht«, unterbrach David.

Das Antlitz von Ginny Marsden war zu einer furchterregenden Grimasse entstellt. Es sah aus, als versuchte sie mit aller Macht eine unsichtbare Schranke zu überwinden. Der Mund war nach hinten verzerrt, daß die unteren Zähne alle sichtbar wurden. Die Sehnen im Nacken wölbten sich wie Drähte.

»Kommt mir vor, als bekäme sie gleich einen Anfall«, räumte John ein.

Das Mädchen beschleunigte ihre Schritte, tauchte unter der Kamera weg. Sie kam an die Ecke und drehte sich um, und sekundenlang lugte ein rosa Streifen unter dem Mantel hervor. War es das Gesicht eines Babys, das sich an ihre Schulter klammerte und von dem weiten Aufschlag fast verdeckt war? Bei seinem Anblick, so verschwommen und flüchtig er war, empfand David ein sonderbares Gefühl in der Magengrube.

»Soll das ein Baby sein oder ein ausgestopfter Strumpf?« staunte John. »Häßlicher kleiner Bastard, wie?«

Es war nur eine flüchtige Erscheinung, ein undeutlicher Fleck im Bild, aus der Entfernung und in der Hast der Bewegung verwackelt. Trotzdem war das kleine, flackernde Gesicht sonderbar genug, um Aufmerksamkeit zu erregen. David bat John, die Szene noch einmal zu spielen. Drei- oder viermal ließen sie das Band zurücklaufen, aber selbst im Standbild zeigte es sich verschwommen, während Ginny Marsdens Miene, von Angst und Schrecken gezeichnet, gestochen scharf und klar erkennbar blieb. David würde das Band ins Revier mitnehmen müssen, wo man es bearbeiten und die Kontraste so weit wie möglich schärfen würde.

»Ich dachte mir erst nichts dabei«, erklärte John Barclay. »Die Pfleger haben ausgesagt, sie wäre ihnen von der Bahre gehüpft. Dasselbe soll auf dem Weg in die Klinik noch mal passiert sein. Aber ich begreife nicht, wie sie hier mit einem Baby auftaucht, das dann jemand anders einfach mitnimmt. Mir kam schon die Idee, ob sie im Schichtwechsel arbeiten? Oder ob sie den Kinderwagen nur zum Ladendiebstahl benutzen?« Er musterte David und Helen. »Das war jedenfalls zunächst meine Theorie. Aber wenn ich's mir genau überlege, sieht es nicht danach aus, als ob sie einander auch nur kennen. Wenn das Mädchen hereinkommt, möchte man meinen, daß sie keinerlei Sorgen hätte. Und sobald sie mit dem Baby abzieht, wirkt sie wie um zehn Jahre gealtert. Das ist wirklich der merkwürdigste Vorfall, der mir je untergekommen ist.«

— 14 —

»Das wird uns die Sache erleichtern«, ließ sich Donal Bulloch vernehmen. Der hochgewachsene, grauhaarige CID-Abteilungsleiter lehnte sich in seinem Drehsessel zurück. Die Sonnenbräune konnte er während seiner viertägigen Konferenz nur im Solarium bekommen haben. Neben ihm wirkte Scott Cruden bleich wie Troglodyt.

»Wenn sie ein Baby mit sich herumschleppt«, bemerkte Cruden, »machen wir sie in Kürze dingfest. Wenigstens sieht es so aus – falls nicht eine abgefeimte Betrügerei dahintersteckt.«

»Kidnapping ist in jedem Fall strafbar«, korrigierte Bulloch. Dann grinste er breit. »Nein, du hast recht, Scottie. Noch wissen wir nicht, ob es sich tatsächlich um Entführung handelt. Mag sein, daß sie einander gekannt haben, mit einiger Wahrscheinlichkeit sogar. Aber nach allem, was wir bisher wissen, ist dieser Fall doch äußerst mysteriös. Zwei mysteriöse Fälle. Ich fürchte, wir müssen beiden auf den Grund gehen.«

Er wandte sich David zu. »Mr. Hardingwell hat mir erzählt, daß du bei ihm warst.« Das war Feststellung und Frage zugleich. Davids Antwort kam wie aus der Pistole geschossen.

»Es schien mir besser, mich zu informieren, bevor ich mich blindlings in Gefahr begebe.«

»Nicht wie Lamont, die anscheinend glaubt, auf Verstärkung verzichten zu können. Das hätte ins Auge gehen können! So was bin ich von euch beiden nicht gewohnt. Das nächste Mal wird die Zentrale informiert, wenn's brenzlig wird, verstanden?«

Helen wurde puterrot. »Tut mir leid, Sir. Wird nicht wieder vorkommen.«

Der Reviervorsteher nickte, und damit war die Angelegenheit erledigt. David hatte ihm alle Videos vorgeführt – in der Reihenfolge, in der er sie heute früh in John Barclays Büro gesehen hatte. Freilich spielte er diesmal auch die Bänder mit dem Zusammenbruch der angeblichen Thelma Quigley zu.

»Ich glaube nicht, daß sie unter einer Decke stecken«, hielt David seinen Vorgesetzten entgegen. »Nach dem, was Helen von Kollegen und Eltern des Mädchens erfahren hat, war sie nur wegen letzter Weihnachtseinkäufe unterwegs. Natürlich werden wir sie noch einmal aufsuchen und die Möglichkeit einer Verbindung in Betracht ziehen. Aber es erscheint mir wenig wahrscheinlich. Damit hätten wir ein Rätsel mehr, und natürlich müssen wir auch das Baby finden, ganz gleich, ob es als vermißt gemeldet wurde oder nicht.«

»Wir müssen den Fall über das Mädchen aufrollen«, bekräftigte Helen. »Wenn wir sie finden, wird sich alles andere von selbst lösen.«

»Was ist mit dem anderen Kind?« unterbrach der Chef, beugte sich vor und legte beide Hände auf die Schreibtischunterlage. »Aus den Tagebüchern dieser McDougall geht hervor, daß sie schon früher ein Kind hatte, stimmt's? Und das ist mehrere Jahre her?«

»Ich muß das noch nachprüfen. Es gab Indizien für ein Neugeborenes im Haus; ich habe entsprechende Proben ins Labor geschickt. Die Ergebnisse dürften im Lauf des Nachmittags oder morgen früh vorliegen. Was mich irritiert, ist die Vorgeschichte. Wir wissen, daß McDougall verschwunden ist. Bald danach fing sie an, ein Baby in ihrem Tagebuch zu erwähnen. Ziemlich wirr und abgehackt, und es finden sich große Lücken, aber der Sachverhalt ist eindeutig. Dann bringt sie ein Baby mit ins Einkaufscenter und stirbt. Und das wird dann auch noch entführt!«

Er überlegte eine Weile, bevor er fortfuhr, wog ab, ob es schon an der Zeit sei für diese Mitteilung. »Trotzdem läßt auch der frühere Fall einige Fragen für uns offen. Die Einträge ins Tagebuch beginnen genau zu dem Zeitpunkt, an dem ein Baby im Umland von Edinburgh vermißt wurde. Ich hatte das entdeckt, nachdem ich mit McDougalls Mutter gesprochen hatte. Ihre Tochter tauchte am selben Tag unter, an dem ein Kind umkam, beziehungsweise nach einem Unfall für tot gehalten wurde.«

»Kommt mir bekannt vor«, sinnierte Bulloch. »Das muß in den sechziger Jahren gewesen sein, wenn mich mein Gedächtnis nicht täuscht. An der Duncryne-Brücke. Früher bin ich in dieser Gegend oft gewandert. Ein Freund von mir, der alte Phil Cutcheon, hatte damit zu tun. Er ist jetzt pensioniert. War ein sonderbarer Fall damals. Der Lkw-Fahrer wurde zu ein paar Jährchen verknackt, obwohl die Leiche nie gefunden wurde. Man hätte ihn schon wegen des Unfalls drangekriegt, aber das verschwundene Baby erregte ungeheures Aufsehen.«

»Ich habe mich gefragt«, sagte David gedehnt, »und es mag weithergeholt klingen, ob die McDougall einen Tick entwikkelt hat. Die Zufälle sind doch mehr als auffallend. Von Stund an galt sie als vermißt, und wenn ich recht verstehe, hielt sie sich zuletzt am Unfallort auf. Zugleich beginnen ihre Tagebücher, das Kind zu erwähnen. Auch in den letzten fünf Jahren sahen ihre Nachbarn sie ständig mit Kinderwagen. Vielleicht länger schon. Da stimmt doch was nicht.«

»Ich bin derselben Meinung.« Bulloch nickte zustimmend. »Sucht das Mädchen, und sucht nach dem Kind. Ihr könnt den Fall zu zweit übernehmen, aber beeilt euch damit, verstanden? Zunächst geben wir einen Fahndungsaufruf an den Streifendienst, und wenn ihr mehr Leute benötigt, will ich sehen, was ich für euch tun kann.«

Im Büro brühte David Kaffee für beide auf. Helen durchblätterte ihre Akten und zeigte ihm das Bild von Ginny Marsden. Sie war eindeutig diejenige, die ins Einkaufscenter gekommen war und das Baby aus dem Kinderwagen holte. Das Foto zeigte sie in ihrer ursprünglichen Frische, blond, schüchtern lächelnd, mit wehendem Mantel und hellwachen Augen.

»Aber was für einen Grund hätte sie, sich an einem Baby zu vergreifen?« wollte David wissen. Helen hob die Brauen und legte den Kopf schräg. »Diese Angelegenheit kommt mir oberfaul vor«, fügte er hinzu, und Helen konnte nur zustimmen.

»Ich hab's doch auch gesehen. Sie hatte noch keinen Vorsatz gefaßt, als sie hereinkam. Sobald sie zum Kinderwagen ging, war sie nicht mehr dieselbe. Sie sah aus, als wäre sie krank geworden. Ich dachte, sie würde jeden Moment umkippen.«

»Ob sie das Baby weinen gehört hat?«

»Mag sein. Aber niemand nimmt ein fremdes Baby aus dem Wagen, weil es schreit. Dabei könnte man Kopf und Kragen riskieren! Wir müssen uns ein paar Bilder vergrößern lassen. Die Spurensicherung hat Scanner-Programme, mit denen sie die Unschärfen herausholen.«

Noch am selben Nachmittag trafen von der Gerichtsmedizin die Gutachten über die getrocknete Eihülle ein, während David die restlichen Aufzeichnungen aus dem Haus der Toten studierte. Ab und zu machte er eine Pause und notierte sich etwas.

Es war keine Eihülle. Es handelte sich um Haut, wenn auch keine menschliche. Bill Caldwell vom Laboratorium hatte ihm eine Analyse mitgeschickt. Danach war es irgendein Integument – eine abgestreifte Haut, deren Textur weder menschlich war noch irgendeinem bekannten Säugetier zugeordnet werden konnte. Seiner These nach konnte es ein Reptil sein, aber sicher war das nicht, und schon deshalb ließ sich auch über das Alter nichts sagen.

David dachte an den gestrigen Tag, als das Ding federleicht und fast durchsichtig aus der Schuhschachtel schwebte, um wie Reispapier am Boden zu zerkrümeln. Er war sicher, einen Kopf erkannt zu haben und zwei Arme, sowie eine magere Brust. Der Spalt lag im Rücken. Eine Eidechse war es jedenfalls nicht.

Aber ein Mensch? Das hätte er nicht beschwören können.

Eine Stunde später rief ihn Helen ins Fotolabor. Derek Horner, ein kleiner Mann mit starken Brillengläsern, saß vor einem Computerbildschirm, die Tastatur auf den Knien. Mit der Rechten bediente er die Maus und tippte nur ab und zu einen Befehl ein. Auf dem Monitor drehte sich Ginny Marsden in langsamen, regelmäßigen Bewegungen, während der Scanner die Bilder einfing. Viereckige Bildmarken auf Gesicht und Schultern erinnerten an das Zielsystem eines Computerspiels. Im Nu wurden die Bilder aufgebläht. Noch waren sie verschwommen, aber Dereks meinte, das sei kein Problem, sie könnten anschließend noch geschönt werden. Er tat es; das Gesicht des Mädchen wurde gestochen scharf und blickte direkt in die Kamera. Sie glich Helens Fahndungsfoto aufs Haar, ohne den geringsten Zweifel. Sie sahen die Ausbuchtung an der Stelle, wo der Kopf des Babys an ihrer Brust lag. Deutlich zeichnete sich das Gesicht vor dem Stoff ab, zur Kamera hin ein wenig verzerrt.

»Können wir den Fratz noch etwas größer haben?« fragte David.

»Das ist schon die Vergrößerung. Glaube kaum, daß wir's besser hinkriegen. Unsere Programme hier sind nicht schlecht, aber wir können keine Wunder vollbringen. Das, was in *Blade Runner* gezeigt wird, können Sie vergessen. So weit wird die Technik frühestens in fünfzig Jahren sein. Ich kann die Auflösung noch ein bißchen hochpuschen, aber das wird nicht viel helfen.«

»Warum ist es so verzerrt?« Mit Kameras kannte sich David aus. Er fotografierte seit er neun Jahre alt war und Bilder von den Vogelnestern im Garten seines Elternhauses schoß. Auf die kurze Entfernung hätten trotz der Bewegung beide Gesichter klare Konturen zeigen müssen.

»Was weiß ich?« murrte Derek. »Könnte eine Brechungsabweichung in der Linse sein. Oder eine komischer Schatten von irgendwoher. Soll ich's ein bißchen aufhellen?« Er tippte auf ein paar Tasten, und die Umgebung des Babygesichts lichtete sich im Gegensatz zum übrigen Bild. Doch selbst jetzt blieb es noch immer sehr grobkörnig, eher ein mißgestalteter Fleck.

»Sind Sie sicher, daß es ein Baby ist?« wollte Derek wissen. Auf dem Monitor wirkte der Kopf merkwürdig langgestreckt. Die Augen waren möglicherweise geschlossen, aber in diesem zerknautschten Gesicht wirkten sie wie tellergroße, dunkle Flekken. »Ein Gesicht, das wohl nur die eigene Mama süß findet«, setzte der Fotolaborant hinzu.

Helen mußte lachen. »Das können wohl nur Mütter beurteilen!«

Derek ließ eine Kopie des vergrößerten Bilds ausdrucken, nachdem er behutsam hinzugemischt hatte, was der Hautfarbe am nächsten kam. Ginny Marsdens Gesicht war jetzt gestochen scharf, nur das Baby wirkte noch schemenhaft.

»Sieht aus wie geschmolzen«, frotzelte Helen. »Als Steckbrief könnten wir's jedenfalls nicht aufhängen.« Sie hielt das Bild gegen das Licht, als sie ins Büro zurückkamen. »Irgendwas ist nicht in Ordnung damit«, erklärte sie schließlich. »Es sieht so – so falsch aus. Auf dem Film war nicht zu erkennen, wieso, aber ich hatte so ein komisches Gefühl, als ich's zum ersten Mal sah. Und genauso geht's mir jetzt mit dem Foto. Man könnte sich ekeln davor.«

David erwiderte nichts. Seine Gedanken kreisten um ganz andere Probleme. Er saß wieder über dem Tagebuch und stellte seine Exzerpte zusammen. Auch wenn die Aufzeichnungen in den zerfledderten, bekleckstem Schulheften lückenhaft und undatiert waren, ließen sich doch zeitliche Sequenzen nachweisen. Nach der ersten Erwähnung des Babys, den verzückten Schmeichelworten seiner neuen Mutter, hatte es immer wieder Notizen gegeben, manchmal im Abstand von Monaten, manchmal eine ganze Eintragsfolge über einen Monat hinweg, ohne daß ein Tag ausgelassen wurde.

Und immer ging es um das Baby. *Baby Brummbär* war der am häufigsten wiederkehrende Begriff. Ein Vorname tauchte nirgends auf. Sie schilderte gewöhnlich den Tagesablauf, wie es nach Nahrung verlangte und die Windeln gewechselt werden mußten. Und nur ein einziges Mal, in einem Heft anscheinend neueren Datums, schrieb Heather McDougall etwas vom Hautausschlag des armen Kleinen, der andauernd mit Babylotion eingeölt werden müsse, und schließlich, daß sich die Haut abschälte wie beim Sonnenbrand und darunter ganz rosa und gesund aussah.

War das die vermeintliche Eihülle? fragte sich David. Nicht, wenn es nach Caldwell in der Gerichtsmedizin ging. Seiner Analyse zufolge war sie nicht menschlichen Ursprungs.

Doch auf derselben Seite, wo es vermerkt war, hatte die Frau geschrieben:

> Ich heb's auf und zeig es ihm, wenn er groß ist. Daß er mal so krank war. Aber jetzt ist er wieder wohlauf und ist hungriger denn je. Er wird mich noch auspressen wie eine Zitrone, Gott steh ihm bei.

* * * * *

Ginny Marsdens Beine trugen sie nach Osten, brachten sie in unmittelbare Nähe der St.-Enoch-Klinik, wo Heather McDougall widerstrebend und sich aufbäumend gestorben war. Es war eine lange Wanderung, am Stadtmuseum und der Kunstgalerie vorbei, in den Uferpark, wo sich der Kanal durch schmucke Grünanlagen schlängelte. Scharen von Krähen hockten im nackten Geäst der Bäume, warteten dösend und mit eingezogenen Hälsen auf die Sonne; geierähnliche Silhouetten vor dämmrig-winterlichem Himmel. Wenn sie in ihre Nähe kam, flatterten sie unruhig auf, doch sie nahm es gar nicht zur Kenntnis. Zu dieser frühen Stunde war noch nicht viel los an der Auffahrt, wo sich die Brücke über den Fluß schwang – Lkws zumeist oder Schwertransporter mit Anhängern, die sich noch vor dem Berufsverkehr auf den Weg machten. Unter der Brücke spürte sie, wie die Fahrbahn unter dem Gewicht erzitterte.

Unwillkürlich trieb es sie vorwärts, hinaus zum Busbahnhof. Als sie dort eintraf, war das Wartehäuschen leer bis auf einen Saufbruder, der zusammengesunken in der Ecke schnarchte. Sie setzte sich geduldig hin, verkroch sich unter ihrem Mantel, hielt das Bündel fest und sah zu, wie die Omnibusse hereinbrausten, um die ersten Fahrgäste aufzunehmen. Sie war sich noch nicht klar, wie es weitergehen würde, als ein Bus vor dem Eingang des langgestreckten Warteraums hielt. Fast zögernd stand sie auf und wartete neben dem Bus, bis der Fahrer sie bemerkte. Er grinste ihr zu und stellte den Motor aus; zischend öffnete sich die pneumatische Tür. Sie stolperte die Stufen hoch, richtete sich auf, zahlte mit einer Zehnpfundnote – es dauerte eine ganze Weile, bis der Fahrer das Kleingeld aus eigener Tasche gewechselt hatte –, und begab sich ins Heck. Zehn Minuten später setzte sich der Bus in Bewegung, fuhr stadtauswärts nach Westen Richtung Kirkland, was kilometerweit draußen auf dem Land lag. Es gab noch vier weitere Passagiere, zwei Arbeiter im Blaumann, die Hüte tief ins Gesicht gezogen, um noch etwas Schlaf nachzuholen. Niemand kümmerte sich um sie. Es war noch kaum Tag.

Eine halbe Stunde später hielt der Bus in einer Stadt, die sie nur vom Durchfahren kannte, nie besucht hatte. Sie blickte aus dem Fenster, sah die schwache Widerspiegelung ihres Gesichts im schmuddeligen Fensterglas und las auf einem Plakat die Werbung für einen Ausflug nach Levenford Castle. Ein Wappen – Elefant mit doppeltem Höcker – bezeichnete den Felsen, der das verwitterte Monument trug.

Sie hatte keinen Plan, aber irgendwie war ihr klar, daß sie hier aussteigen mußte. Der Himmel war noch dunkel, aber der Bushaltestelle gegenüber lag ein kleines Café, wo sich Frühaufsteher und Ausflügler nach einem Kaffee anstellten. Sie schloß sich der Warteschlange an und hielt ihr Baby fest umklammert, als sie den Plastikbecher in Empfang nahm. In einer Ecke war ein Platz frei. Ein breitschultriger Mann in schwerer Lederjacke saß ihr gegenüber und entzündete eine Zigarette. Als er anfing zu reden, um ein Gespräch mit ihr zu führen, würdigte sie ihn keines Blickes.

Ginny spürte, wie das Baby unruhig wurde, und wandte sich ab. Der Kaffee schmeckte bitter, aber heiß, und sie schlürfte ihn langsam, während sich das Kind umdrehte, um ihrer Körperwärme näher zu sein. Sie wartete im Café, bis es fast hell wurde und der Tag anbrach. Die beiden Frauen hinter der Theke, die seit ihrer Ankunft pausenlos gearbeitet hatten, blickten neugierig zu ihr hinüber. Schließlich kam eine von ihnen mit zwei Tassen herüber.

»Siehst aus, als könntest du noch einen vertragen, Kind«, meinte sie freundlich. Ihr runzliges Gesicht paßte nicht recht zu ihrem rabenschwarz gefärbten Haar. Sie zog einen Stuhl heran und setzte sich zu Ginny. »Ein Neugeborenes, stimmt's?«

Ginny nickte. Das Kind räkelte sich abermals. Es krümmte sich, trat heftig. Die ältere Frau faßte nach dem Mantelkragen, schlug ihn behutsam beiseite wie jemand, der sich ein Baby ansehen will.

Für den Bruchteil einer Sekunde sackten ihre Gesichtszüge zusammen, als würden ihr die Muskelstränge durchtrennt.

Der schwere Duft stieg wieder empor, unsichtbar, aber kräftig in der rauchigen, stickigen Luft. Die Frau blinzelte zweimal, als ob ihr die Augen brannten und entzündet wären. Sie schüttelte ein wenig erstaunt den Kopf, dann trat wieder der mütterliche Ausdruck in ihr verlebtes Gesicht. »Mein Gott, ist er nicht süß!« murmelte sie.

Ihre Kollegin hinter der Theke rief nach ihr. »Sorg dafür, daß der Kleine nicht deine Grippe kriegt, Margaret!«

Margaret hustete und hielt sich rasch die Hand vor den Mund. Dann lächelte sie dem Mädchen versonnen zu und zeigte zwei Reihen falscher Zähne. »Hat mich schon im Oktober erwischt, sag ich dir. Wird mich noch umbringen.« Aus ihrer Servierbörse fischte sie ein Päckchen Zigaretten und ein billiges Plastikfeuerzeug. »Genau wie die hier. Macht's dir was aus, wenn ich rauche?«

Ginny schüttelte geistesabwesend den Kopf. Schweigend wühlte Margaret noch einmal in ihrer Börse und holte eine Silbermünze aus. Sie reichte sie der Fremden, drückte sie ihr in die Hand. »Nur, weil's dem Kleinen Glück bringt, Mädchen. Ich muß immer 'ne Münze loswerden, wenn ich ein Baby seh!«

»Ich brauche was, wo ich bleiben kann«, murmelte Ginny. Ihre Stimme klang hohl, und sie zitterte ganz leicht, aber merklich. Da war etwas in ihrem Blick, das Margaret rührte, obwohl sie ihr nicht gerade wie jemand aussah, der wirkliche Not leidet. »Hast wohl Ärger zu Hause, mein Kind?« fragte sie besorgt und legte das Gesicht in bekümmerte Falten.

Selbst im Winter bevölkerten morgens zahlreiche Gäste das Café: Büroangestellte legten auf dem Weg in die Stadt einen Zwischenstopp ein, Jungs mit kahlrasiertem Schädel waren zu Frühterminen aufs Gericht bestellt – einige in schlechtsitzenden, geborgten Anzügen, um Eindruck zu schinden, andere völlig verwahrlost –, Bauern kamen mit der Hochland-Bahn und mußten hier umsteigen, Straßenarbeiter gönnten sich einen heißen Kaffee, bevor sie bei Regen und Wind draußen schufteten, um sich ihr tägliches Brot zu verdienen und sich eine frühe Arthritis zu holen. Aber ein junges Mädchen mit einem Baby, zu dieser Tageszeit, das war ungewöhnlich. Seit zwei Stunden saß sie jetzt da, wartete auf den Tagesanbruch und hatte für niemanden einen Gruß übrig. Natürlich waren ihr die Sorgen anzumerken. Und das so kurz vor Weihnachten!

Das Mädchen schwieg beharrlich. Sie war schlank und hübsch, hatte blondes Haar, das aussah, als hätte es längere Zeit keinen Kamm mehr gesehen. Ihr Mantel war allerdings ein teures, schick geschnittenes Modell, warm und gut gefüttert, richtig bei dem Wetter. Ihr Gesicht war anmutig, aber unter den Augen lagen tiefe Ringe, als hätte sie seit Ewigkeiten nicht geschlafen oder sei mitten in ihrer Periode. Ihre verkniffene Miene zeugte von großen Strapazen.

»Gibt es hier irgendwo eine Unterkunft?«

»Natürlich. Am Ende der College Street steht ein Asyl. Nimm die erste Straße links, bis du zum Institut für Seefahrtskunde kommst. Das kannst du gar nicht verfehlen; sie haben ein riesiges Segelboot an die Fassade gemalt. Das Asyl liegt in der Straße gegenüber. Da kannst du bleiben, bis es dir wieder besser geht, und sie helfen dir auch, ein möbliertes Zimmer zu finden.«

Margaret schob dem Mädchen die andere Tasse zu und bedeutete ihr zu trinken. Unter dem Aufschlag war gerade noch der Kopf des Neugeborenen zu sehen. Eine Schande, dachte die Serviererin, nicht mal ein Wollmützchen hat das arme Wurm gegen den Frost. Offenbar saß die Kleine wirklich in der Klemme. Sie drückte ihre Zigarette aus, während Ginny den Kaffee trank, und wollte sich gerade eine zweite anzünden, als die Tür aufging. Ein kalter Luftzug wehte herein und trug ein halbes Dutzend Männer ins Lokal, Maurer und Pflasterer von der Castlebank Church, die gerade renoviert wurde. Mit geröteten Gesichtern klopften sie sich die Kälte aus den müden Knochen. Margaret kehrte hinter die Theke zurück und half, die Bestellungen aufzunehmen. Bald brutzelten Eier mit Speck auf der Elektroplatte. Als die Arbeiter versorgt waren, sah sie in die Ecke. Das Mädchen war fort. Nur die leere Kaffeetasse stand noch auf dem Tisch. Sie hatte gar nicht gemerkt, wie sie wegging. Hoffentlich brannte im ein ordentliches Kohlenfeuer!

Nina Galt, die stellvertretende Leiterin des Asyls, zeigte ihr die winzige Kammer mit eigenem Ofen. Ein Bett und ein Bettvorleger hatten Platz darin, und das Fenster zeigte eine überraschend schöne Aussicht über verwilderte Gärten, wo die Hekken dick mit Schnee gepolstert waren. Kein Fernseher, kein Telefon, nur ein in der Mitte durchgesessener Fauteuil, das Polster an der Armlehne aufgeschlitzt und vergammelt. Nina reichte dem Mädchen eine Broschüre mit den Adressen der Wohlfahrtsdienste, von Sozial- und Wohnungsamt und allem, was ein obdachloses junges Mädchen sonst brauchen konnte. Sie stellte kaum Fragen, nur nach dem Namen und der letzten Adresse. Als sie das Zimmer verließ und in den Gemeinschaftsraum zurückkehrte – wo im Kamin tatsächlich kräftig eingeheizt war –, überlegte sie noch, ob sie zurückkehren und dem Mädchen sagen sollte, wo es Fläschchen und andere Utensilien für die Babyfütterung gab, aber dann unterließ sie es. Sie setzte ihren Weg fort und fragte sich, wie viele junge Leute wohl über die Feiertage hier eintreffen würden. Weiß der Himmel, wieso zu dieser Jahreszeit so viele kamen. Sie mußte an tyrannische Väter denken, die noch an Heiligabend ihre gefallene Tochter auf die Straße werfen und ihr zubrüllen, daß sie ihnen nie wieder die Schwelle kämen ... Schrecklich, aber leider nicht zu ändern. Alles, was Nina ihnen bieten konnte war eine Anlaufstelle und ein Dach über den Kopf, solange sie kein eigenes hatten.

Anderntags war das Mädchen verschwunden.

Doch in der Nacht machte sie abermals, ohne daß es jemand merkte, alle Todesqualen der Hölle durch.

— 15 —

»Ich hab ihn gefunden«, krächzte die uralte Frau, »und er gehört *mir*.«

Ihr Name war Greta Simon, und sie saß im Rollstuhl in einer Ecke der Krankenstation, wohin kein Licht fiel. Ihr Haar war grau und ausgedünnt, und die Schläfe zeigte eine flache Delle, einen halben Zentimeter tief vielleicht und von der Größe eines

Tennisballs. Das gab ihr ein asymmetrisches, geradezu zerknautschtes Aussehen. Ihr linkes Auge auf derselben Seite war gräßlich schielend nach innen gekehrt, was sie zugleich tükkisch und blödsinnig erscheinen ließ.

Sie grinste breit und zeigte nur drei Zähne auf der linken Seite. Die Zahnlücken ließen ihre Stimme zischeln und speicheln wie über ein schlecht sitzendes Gebiß. Die Händen hielt sie ständig um ihren Oberleib geklammert, als müßte sie sich versichern, wirklich da zu sein. »Ich liebte ihn, und immer hab ich mich um ihn gekümmert«, nuschelte sie. David mußte sich vorbeugen, um sie zu verstehen. »Mein allerliebster Tim. Der süße Klein-Timmi. Er war meiner, wissen Sie? Ich hatte ihn, und ich fütterte ihn. Andauernd. Er hat nie aufgehört zu trinken. Hat mir blaue Flecken beigebracht, wahrhaftig, aber ich hab's gar nicht gemerkt.«

Sie warf David einen Blick zu – oder war es nur ein zufällig verirrter Augenaufschlag? Er hätte nicht zu sagen vermocht, ob sie in seine Richtung schielte. Es sah jedenfalls ganz danach aus.

Das also war Greta Simon, die an jenem Tag an der Duncryne-Brücke fast von dem Lkw getötet worden wäre, während Heather McDougall beschloß, hinaufzuklettern und ihrer Freundin in den Tod zu folgen. Sie wirkte steinalt, verwirrt und gebrechlich, und doch war ihr gesundes Auge voller Leben. Unter ihrer mißgestalteten Schädeldecke war eine wache, schalkhafte und doch scheue Intelligenz zu spüren.

»Fahren Sie doch mal hin und reden mit ihr«, hatte Phil Cutcheon ihm empfohlen. »Ich hab sie noch ein- oder zweimal besucht nach dem Prozeß. Ein bißchen kindisch ist sie geworden, aber sie hat mehr auf dem Kasten, als man annehmen möchte.«

Der Detective im Ruhestand hatte ihm einen ordentlichen Pott starken Kaffee eingeschenkt, als sie in dem beheizten Treibhaus saßen. Zwischen all den Grünpflanzen und überwinternden Topfpflanzen fühlten sie sich wohl wie an einem warmen Frühlingstag.

»Ich vermisse die Arbeit noch immer«, hatte Cutcheon erklärt. »Den Streß, die tägliche Herausforderung. Man gewöhnt sich dran, und wenn man aufhört, ist es, als würde einem von hinten ins Knie geschossen. Merken Sie sich meine Worte, junger Mann! Sie haben noch einige Jahre vor sich, aber sorgen Sie rechtzeitig dafür, daß Sie sich anderweitig beschäftigen können, wenn Sie eines Tages pensioniert sind. Immerhin bleiben mir der Garten und mein Kegelklub. Aber ich vermisse die gedanklichen Anforderungen, das Kombinieren . . .«

Er hatte sich zurückgelehnt und David gemustert, ganz ähnlich wie Greta Simon jetzt, bloß daß Cutcheon jenen forschenden Blick draufhatte, den wohl alle Polizisten im Lauf der Zeit entwickeln. Den Röntkenblick.

»Sie haben ja auch einen mysteriösen Fall an der Angel, wie man hört. Genau wie ich damals. Und da gab's einen alten Sergeant, der in den vierziger Jahren an was ähnlichem arbeitete. Hat mich schwer beeindruckt, und Sie wird's auch nicht kalt lassen, aber es macht ja nichts, wenn Sie die Sache aufs neue durchackern. Sollte mich freuen, wenn Sie fündig werden. Meiner Meinung nach gehörte der Fahrer nicht hinter schwedische Gardinen. Auf keinen Fall. Aber er hatte diesen Vollidioten von Rechtsanwalt, und ich konnte nichts tun, als die Fakten berichten. So wie es aussah, war er zu schnell gefahren, von den Bremsspuren her sowieso, aber ich würde mal sagen, das Urteil stand auf der Kippe. Was das Baby betrifft, haben wir so viele Arbeitsstunden in die Suche gesteckt, und doch ist es nie aufgetaucht. Was mir keine Ruhe ließ: Es war in einen Schal gewickelt, als es von der Brücke flog, und der war ebenfalls spurlos verschwunden. Man möchte meinen, daß so'n Ding sich im Schilf verfängt oder in den Brombeeren an der Uferböschung. Gehen Sie man hin und sehen sich um. Es hat sich in all den Jahren nicht geändert.«

»Ich war schon dort«, versicherte David. Der Kaffee war rabenschwarz und stark, und er spürte schon den Puls rasen. »Ziemlich steil dort.«

»Genau. Vor allem da, wo's zu den Hexentöpfen runtergeht.

Als Junge hab ich dort viel gespielt, wissen Sie? Schöne Stelle zum Baden, bloß verdammt kalt, selbst im Sommer. Wenn das Baby dort reingefallen ist, dürfte es wohl rasch erfroren sein. Aber ich hab's nicht glauben wollen, weil ich schon als Kind wußte – was immer da herumschwimmt, landet irgendwann am Ufer, selbst wenn der Fluß Hochwasser hat. Devanney, der Fahrer, hatte keine Ahnung. Er behauptete, die Frau sei blindlings auf die Straße gerannt. Vielleicht war noch jemand anders dabei, aber er war sich nicht sicher und stand außerdem unter Schock. Stundenlang haben wir kein Wort aus ihm rausgekriegt. Er arbeitete für Carnwath Hauliers, die hatten damals allerhand auf dem Kerbholz. Ihre Geschäfte führten sie in Wildwest-Manier und setzten ihre Fahrer zu sehr unter Druck. Es hatte schon zuvor ein paar Unfälle gegeben, weshalb eine Verurteilung leicht fiel, aber wie schon gesagt – es stand auf der Kippe. Wissen Sie, die Umgebung da oben ist so ruhig, daß man einen Lkw auf zwei Kilometer Entfernung herankommen hört. Wenn Sie mich fragen, war es mindestens so sehr ihre Schuld wie seine.«

»Und was, glauben Sie, ist wirklich passiert?«

»Das weiß allein der Herrgott. Ich war mir übrigens nie hundertprozentig sicher, ob tatsächlich ein Baby auf der Brücke war. Greta Simon muß irgendwann ein Kind gehabt haben, jedenfalls eines, das sie hütete. Genügend Augenzeugen könnten das bestätigen. Aber niemand wußte, zu wem das Baby gehörte. Sie lag ja wochenlang im Koma, und als sie daraus erwachte, war sie komplett verrückt. Sie faselt zwar noch immer von ihrem lieben Jungen und glaubt zeitweise, daß sie ihn noch hat. Trotzdem bleiben die Umstände rätselhaft. Angesichts der dürftigen Beweislage hätte Devanney nicht im Knast landen müssen. Außer einem demolierten Kinderwagen am Straßenrand gab es keinerlei Beweis, daß wirklich ein Baby übers Geländer flog. Greta war schon vor dem Unfall nicht ganz bei Groschen. Der Richter setzte voraus, daß ein Baby dagewesen und folglich umgekommen ist, und damit war der Fall erledigt. Außerdem hatten wir in ihrer ärmlichen Bleibe das Unterste zuoberst gekehrt. Da gab's jede Menge nagelneue Kinderkleidung, Spielsachen und eine Wiege, die nie benutzt worden sind. Für mich war das wenig aufschlußreich, aber ich mußte es in meinem Bericht erwähnen.«

»Dasselbe haben wir in Heather McDougalls Wohnung gefunden.«

»Und es stank zum Himmel. Als hätte sie Katzen oder irgendwelche ekligen Viecher beherbergt. Da war ein Mief, der einem die Haare aus den Nasenlöchern brannte.«

»Dito.«

»Von McDougalls Verschwinden erfuhren wir erst anderntags, wenn mich mein Gedächtnis nicht täuscht. Um die Wahrheit zu sagen, ich hätte die beiden Fälle nie in Verbindung gebracht, denn uns fehlte jeglicher Hinweis, daß sie zur Duncryne hinaufwollte. Mag sein, daß da ein Zusammenhang besteht . . .«

»Wir haben schon einige Beweise zusammengetragen. Deshalb wollte ich mich unbedingt mit Ihnen unterhalten. Mr. Bulloch läßt Sie übrigens schön grüßen. Er meint, Sie beide hätten oft gemeinsam ermittelt.«

»Das ist schon so lange Jahre her, daß ich's kaum noch weiß. Hat ja mit der Zeit selbst Karriere gemacht, der junge Bulloch. Mußte sich ganz schön abrackern, glaube ich.«

Der hünenhafte Pensionär lehnte sich zurück und musterte David über den Rand der Kaffeetasse hinweg. Seine grauen, buschigen Brauen zogen sich ernst zusammen. Seine Schultern waren breit genug, um die gewaltige Körpergröße zu verdekken. Seinerzeit muß er ein stattlicher Polizist gewesen sein, dachte David. Die blauen Augen waren noch immer klar und scharfblickend. Ihnen entging nichts.

»Übrigens hat das, was Sie da erzählen, mein Interesse geweckt, obwohl ich Maisie, meiner werten Gattin, versprochen habe, keine neuen Kriminalfälle mehr zu übernehmen. Bei meinem Weggang waren ein oder zwei Akten noch immer nicht geschlossen. Aber nach 'ner Weile legt man sich auf die faule Haut und läßt die Jüngeren ran. Ihr werdet schließlich dafür bezahlt, nicht wahr? Und einen alten Knacker wie mich, der euch ins Handwerk pfuscht, könnt ihr am allerwenigsten brauchen.« Er grinste breit. »Aber wenn's darum geht, Ihre kleinen grauen Zellen zu aktivieren, bin ich gerne behilflich.«

»Was mich am meisten irritiert, sind die vielen Zufalls-Parallelen«, erklärte David. »Wenn ich recht verstehe, haben wir zwei vermißte Babys, von denen niemand weiß, woher sie stammen. Wenn die Tagebücher der McDougall stimmen, sind's womöglich mehr als zwei. Es könnten bis zu vier sein, denn die Aufzeichnungen umspannen einen langen Zeitraum. Ob sie die Kinder gehütet, geborgt oder gekidnappt hat, vermag ich nicht zu sagen, aber eins weiß ich mit Sicherheit – daß sie selbst nicht die Mutter war.«

»Ebensowenig wie Greta Simon. Wenn Sie im Blairdyke-Sanatorium nachfragen, wird man's Ihnen erklären. Sie hatte nie ein eigenes Kind; offenbar hat sie für irgendwen als Babysitter gearbeitet oder spielte die Rolle einer Stiefmutter, was weiß ich. So was kommt gelegentlich vor. Ich habe damals alle Pflegschaftsakten studiert und nachgeprüft, ob ein Kind als vermißt gemeldet ist. Das hätte einen Riesenwirbel ausgelöst. Vergessen Sie nicht, daß wir uns alle Mühe gaben, den Anschlag auf Thelma Quigley aufzuklären. Morde sind nun mal wichtiger als Verkehrsunfälle, und seien sie noch so gravierend. Wir standen unter erheblichem Druck. Der Quigley-Fall war von Anfang bis Ende verkorkst. Trotzdem haben wir das Menschenmögliche versucht, auch das Baby zu finden – Fehlanzeige!«

»Und das, obwohl Sie dachten, es gäbe gar keins?«

»Tja, irgendwann muß ein Baby dagewesen sein. Ob Junge oder Mädchen? Keine Ahnung. Später behauptete Greta, es sei ein Junge gewesen, aber damals war sie schon jenseits von Gut und Böse. Es *gab* ein Baby, aber ich bin nicht sicher, ob es von der Brücke fiel und in den Abgrund stürzte. Wir hätten doch was finden müssen! Passanten wollten noch jemanden auf der Brücke gesehen haben. Doch diese Person konnte nie identifiziert werden. Vielleicht hat sie Greta Simon begleitet, wer weiß?«

»Man munkelt, das Kind sei vom Fuchs geholt worden, oder von einem Hund . . .«

»Wir haben alles mit Spürhunden durchsucht. Wenn da was zu holen war, hätten sie's gefunden. Uns blieb nichts übrig, als unser Protokoll zu schreiben, und damit gab sich das Gericht zufrieden. Es war ein reiner Routinejob, aber ich bin bloß Polizist und sonst nichts – gewesen, muß ich heute sagen. Die Gesetze habe ich nicht gemacht. Mehr konnten wir nicht tun.« Er richtete sich auf und verschränkte die Finger. »Später habe ich noch oft darüber nachdenken müssen. Und Ihnen sehe ich an, daß Sie's auch tun. Meiner Meinung nach ist diese Geschichte ein Faß ohne Boden. Ständig geistert sie bei mir im Hinterkopf herum. Doch eine Patentlösung kann ich auch nicht anbieten. Vielleicht habe ich damals einen Fehler gemacht, nach allem, was ich jetzt durch Sie erfahre. Mag sein, daß ich postum noch was wiedergutmachen muß. Ich könnte Ihnen später noch manches erzählen – aber eins müssen Sie wissen: Der Fall scheint sich zu wiederholen, und das gefällt mir ganz und gar nicht!«

»Ich verstehe nicht ganz«, räumte David ein.

»Ihrem Bericht zufolge ermitteln Sie in einem Fall, der dem früheren viel zu ähnlich ist. Heather McDougall kam von hier und verschwand um dieselbe Zeit wie das Baby. Selbst wenn das drei Jahrzehnte her sein soll, ist da etwas oberfaul. Wußten Sie, daß Greta Simon ebenfalls zu Hause ausgerissen ist, irgendwann in den vierziger Jahren?«

David schüttelte den Kopf.

»Tja, aber so ist es. Sie kam aus einer anderen Gegend des Landes. Ob Kirkland oder Levenford, jedenfalls irgendwo aus den Wäldern. Damals, während des Kriegs, gab es Herumtreiber zu Dutzenden. An der Clydeside waren viele Familien ausgebombt, weshalb alle möglichen Leute vermißt wurden. Als wir uns in den Fall reinknieten, fanden wir ihren Namen in der Fahndung. In ihrer Handtasche lag noch immer der alte Personalausweis aus dem Krieg. Bis dahin wußte niemand, wer sie war, noch ihren Geburtsort. Und jetzt stehen Sie vor demselben Problem. Greta Simon, Heather McDougall und jetzt auch noch dieses Mädchen, Ginny Marsden. Mehr Zufälle als man glauben möchte, nicht wahr?«

»Und was halten Sie davon?«

»Ich bin nicht der erste, dem auffällt, daß hier etwas nicht stimmt. Es muß eine Ewigkeit her sein, aber ich hab schon mal von einem ähnlichen Fall gehört. Das war noch vor Ihrer Zeit. Eigentlich auch noch vor Donal Bullochs Zeit, aber seinerzeit habe ich der Sache kein Gewicht beigemessen. Muß ein ansteckendes Virus sein, das die Frauen dazu bringt, Kinder zu stehlen . . .«

»Ich kapier's noch immer nicht ganz.«

»Das kann ich mir denken«, grinste Phil Cutcheon und fuhr sich mit der Hand über das graue Haar. »Wissen Sie was? Als erstes gehen Sie ins Blairdyke-Sanatorium. Der Chef heißt Mike Fitzgibbon. Ich rufe ihn an, damit er sie zu Greta Simon bringt. Hören Sie selbst, was sie zu sagen hat. Wenn Sie das hinter sich haben, kommen Sie wieder her, und dann sehen wir weiter. Jetzt muß ich erst was essen, und hier im Treibhaus hab ich um diese Jahreszeit wahnsinnig viel zu tun . . .«

Dr. Fitzgibbon war ein kleiner, hagerer Mann mit schütterem, kurzgeschorenem Blondhaar und achteckigen Brillengläsern, die ihm ein nüchternes, fast finsteres Aussehen gaben. Doch sein heiteres, gewinnendes Lächeln strafte den ersten Eindruck Lügen. Von seinen schmalen Schultern hing der weiße Kittel herab und bauschte sich knisternd, als sie zu zweit durch den Korridor liefen. Die Wände waren fahlgrün getüncht wie bei fast allen öffentlichen Institutionen im Gesundheitswesen – als gäbe es eine Dienstanweisung, den Farbton möglichst stumpf und deprimierend zu wählen.

»Der alte Phil Cutcheon hat mich über Ihr Kommen informiert«, grüßte der Arzt. »Eine Schande, daß er nicht mehr bei der Polizei ist. Er kennt sich in der Täterpsychologie besser aus als mancher Eierkopf unter den Spezialisten. Einen Simulanten erkennt er zehn Meilen gegen den Wind. Wehe Ihnen, wenn Sie ihn anlügen, das merkt er sofort!«

David versprach, daß er nichts dergleichen vorhatte. Mike Fitzgibbon bestand darauf, ihn beim Vornamen zu nennen und führte David in sein kleines, aufgeräumtes Büro mit Blick auf den gepflegten Garten.

»Greta Simon. Eins unserer ältesten Sorgenkinder hier. Seit fünfzehn Jahren kenne ich sie und weiß noch immer nicht, wo ich mit ihr dran bin. Aber wenn Sie mit ihr reden wollen – bitte sehr! Sie kann sehr freundlich sein, wenn sie will; andererseits spricht sie manchmal wochenlang kein Wort. Manchmal hängt es von den Mondphasen ab oder ob's regnet oder ob sie nach dem Mittagessen eine Amsel singen hört. Mit ihrem Fall war Chefinspektor Cutcheon jahrelang beschäftigt, was ich gut verstehen kann.« Er trat vor den grauen Wandschrank und holte aus der zweitobersten Schublade einen dicken Ordner heraus. »Das hier ist nur die Zusammenfassung. Es gibt noch ein paar Meter Akten von damals, aber es reicht wohl, wenn ich Ihnen die Kurzfassung zeige.«

Mike schlug den Deckel auf und holte den offiziell wirkenden Krankenbericht heraus. David fühlte sich an seine Protokollformulare erinnert.

»Greta Simon. Am 27. Juli 1967 im Blane-Krankenhaus eingeliefert, im Alter von etwa sechzig Jahren. Litt an mehreren komplizierten Knochenfrakturen und einem heftigen Schädelbasisbruch infolge eines Verkehrsunfalls. Aber das wissen Sie schon.«

»Wie schwer waren die Verletzungen?«

»Grauenhaft. Bekam zwanzig Klammern in die Beine. Der Hüftknochen war eingedrückt und beide Kniegelenke luxiert. Die Chirurgen wollten amputieren, glaubten aber nicht, daß sie mit dem Schädelbruch durchkommt. Ein Wunder, daß sie's überlebt hat.« Der Mediziner wandte sich wieder dem Bericht zu. »Das Koma dauerte fast fünf Wochen, danach mußte die Intensivbehandlung fortgesetzt werden. Der Schaden an der linken Schläfe beeinträchtigte die Gehirnlappen, was zu rechtsseitiger Lähmung, Gesichtsmuskelparalyse und Sprachverlust führte. Bei Verletzungen diesen Grades ist das nicht ungewöhnlich und kommt auch bei Patienten mit Hirnschlag und Blutsturz vor.«

Mike blickte auf. »Soviel zum Krankheitsbild. In den ersten sechs, sieben Monaten konnte sie gar nicht sprechen. Aber es gab noch andere interessante Aspekte. Wir hatten sie auf etwa sechzig geschätzt. Nach äußerem Anschein, Knochenstruktur und Gesamtbefund mußte sie so alt sein. Später stellte sich heraus, daß sie erst Anfang Fünfzig war, aber das nur nebenbei. Was die Kollegen vom Blane-Krankenhaus wunderte, war die Milch in den Brüsten.«

»Milch?« fragte David. Bei diesem Wort setzte er sich kerzen gerade auf.

»Genau. Produziert von den Drüsen.«

»Ach so, ich weiß. Ich war bloß überrascht.« Eigentlich mochte er kaum glauben, was der Arzt da sagte. Schon wieder eine Parallele. Eine *unübersehbare* Parallele.

Eine weitere ließ nicht auf sich warten. »Und daß sie menstruierte«, las Mike Fitzgibbon aus den Unterlagen vor. »Sehr ungewöhnlich. Dr. Tvedt hat beides besonders hervorgehoben. Er hätte liebend gern eine Obduktion vorgenommen, wie ich seinen Notizen entnehme. Zu seinem Leidwesen starb sie nicht.« Mike lächelte versonnen. »Er war sehr ehrgeizig. Geradezu unersättlich. Letztes Jahr hat man ihn selbst obduziert. Leberschaden. Zu tief ins Glas geschaut . . .«

Der junge Arzt blätterte in der Akte. »Jedenfalls rechnete niemand damit, daß sie überlebt, angesichts ihres Zustands. Das schlimmste waren die Blessur an der Schädeldecke und der indirekte Hirnschaden. Drei Blutgerinnsel im Zerebrum, eins davon sehr heftig. Daher der Sprachverlust und die Lähmungserscheinungen. Den Neurologen gelang es, den eingedrückten Knochen zu lösen, und der Meningus – die Membrane, die das Hirn überzieht – wurde entlastet.«

David nickte. Er hatte genügend Obduktionsberichte gelesen, wie sie in Mordprozessen immer wieder auftauchen, und kannte das einschlägige Fachvokabular.

»Davon war auch das Hirn selbst betroffen. Und jetzt das Erstaunliche: Die Gerinnsel verschwanden ungewöhnlich rasch und ohne Unterstützung von Antigeliermitteln. Normalerweise versuchen wir, größere Verklumpungen aufzubrechen und hoffen, daß sie sich auflösen, bevor die unterbrochene Blutversorgung größere Schäden verursacht. Keiner konnte sich den spontanen Abfluß erklären. Tvedt war überzeugt, daß sie ungewöhnliche Antikörperchen im Blut hatte.«

David hob den Kopf. »Ungewöhnlich – weshalb?«

Mike überflog rasch die Papiere, die er offenbar schon xmal studiert hatte. »Aus einer ganzen Reihe von Ursachen. Vor allem ließ sich nicht feststellen, ob sie Schutz gegen Bakterien oder Viren bieten. Das war noch in den sechziger Jahren. Inzwischen ist die Medizin erheblich weiter. Es scheint, als sei sie einem Virusbefall ausgesetzt gewesen, einer Infektion vor dem Unfall. Entweder hatte der Organismus dagegen Antikörper gebildet, oder die großen Proteinketten sind von außerhalb zugeführt worden.«

»Um was handelte es sich denn?«

Mike zuckte die Achseln. »Das weiß kein Mensch.«

»Ist sie denn in neuerer Zeit nicht mehr untersucht worden? Sie sagen selbst, welche Fortschritte die Medizin seitdem gemacht hat.«

»Aber sicher. Wir können heute Gene isolieren und haben Verfahren entwickelt, mit denen spezifische Antikörper bis hin zu ihrer Proteinstruktur identifiziert werden. Aber jetzt ist nicht damals. Rund sechs Monate nach ihrer Einlieferung waren sie nicht mehr nachweisbar. Tved glaubte anfangs an eine ununterbrochene Zufuhr in Gretas Blutkreislauf, aber er hat sich geirrt. Natürlich hätte er Proben aufbewahren können, aber er verzichtete darauf, und seine Leute waren nicht imstande, die Produktion der Antikörper zu stimulieren.«

»Und wie sind sie verschwunden?«

»Wer weiß? Manche behaupten, wir trügen Antikörper gegen jede denkbare Krankheit mit uns herum, die seit der Urzeit aufgetreten ist – eine Art mikrobiologisches Arsenal zur Bekämpfung aller möglichen Gefahren. Was uns wirklich bedroht, ist das Auftauchen neuer Kulturen, und die entstehen ununterbrochen. Mehr und mehr enthüllt der Mensch in seiner Weisheit die Geheimnisse der Genetik. Jedenfalls verfügte Greta, wie es scheint, über komplexe molekulare Verbindungen, sei es zur Abwehr eines Angriffs oder als Schutzschild. Als die Gefahr vorüber war, hörte der Nachschub auf. Normalerweise hinterläßt ein solcher Vorgang, auch wenn er abgeschlossen ist, Spuren im menschlichen Immunsystem. Tvedt konnte jedoch die Produktion nicht beeinflussen, weil er die Umstände nicht kannte, unter denen sie einst begonnen hatte.«

Mike klappte den Ordner zu. »Nach rund fünf Monaten wachte sie zu allgemeiner Bestürzung auf, und ihre Verletzungen begannen abzuheilen. Man unternahm eine Szintigraphie ihres Gehirns und stellte das Verschwinden der Gerinnsel fest, obwohl noch Narben erkennbar waren. Ihre Sprachlähmung hielt ein oder zwei Jahre vor, auch später hat sie nicht viel reden können. Motorische Störungen blieben ebenso zurück wie Gehbeschwerden wegen der Muskelrisse und Knochenbrüche in der Hüftgegend. Im übrigen war sie einigermaßen stabil, nur . . .«

David nickte ungeduldig.

»Abgesehen vom Hirnschaden, der nicht allein auf Motorik und Sprachzentrum begrenzt war. Sie war unheilbar behindert und wurde deshalb hier in Blairdyke stationär untergebracht. Wir versuchten's mit mehreren Diagnosen, aber vergebens. Kurz, ihr geistiger Horizont geht nicht über den einer Siebenjährigen hinaus. Aber das ist nur ein Aspekt der Hirnverletzung. Von Zeit zu Zeit entwickelt sie akute Symptome von Katalepsie, großem und kleinem Schlaganfall.«

»Sie kippt aus den Latschen?«

»Völlig richtig. Sie kippt gelegentlich um.« Mike lächelte ohne Herablassung. »Obwohl wir keinen klinischen Nachweis führen können, weder chemisch noch hormonell, leidet sie an schizophrenen Schüben. Es mag an den neuen synaptischen Schaltstellen liegen, die nicht einwandfrei funktionieren. Sie redet mit sich selbst, hält sich für besessen. Gelegentlich glaubt sie, ein Baby zu haben.«

David lehnte sich zurück. Eine zufällige Parallele jagte die nächste. »Weiß man, ob sie je ein Kind hatte?«

»Ich bin kein Pathologe. Mein Fachgebiet ist die Psychotherapie. Aber sie konnte wohl keins bekommen. Die Untersuchung ergab Verknotungen in beiden Eileitern. Eine von ihnen stellte sich als Tumor heraus, der zu Beginn der siebziger Jahre entfernt wurde. Ursprünglich war die Gebärmutter überdurchschnittlich groß und voll funktionsfähig; sie zeigte für ihr Alter unnatürliche Aktivitäten. Offenbar produzierte sie riesige Mengen von Hormonen, als sie eingeliefert wurde, und die Kollegen hatten den Verdacht, die Schleimdrüse sei entzündet, was aber nie nachgewiesen wurde. Das heißt, vom Hormonspiegel her war sie fruchtbar, aber physisch steril.«

»War sie noch Jungfrau?«

»Nein. Aber ein Baby hatte sie nie, kein eigenes jedenfalls. Seit Beginn der Behandlung, jedenfalls in den ersten sechs Monaten, wurde die Zufuhr von Progesteron und Östrogen gedrosselt und verebbte schließlich ganz. Fast über Nacht setzte die Monatsblutung ein. Vermutlich hat dies auch ihr psychisches Befinden beeinträchtigt, aber das war vor meiner Zeit. Damals drückte ich noch die Schulbank.«

»Ich auch«, versetzte David.

»Was interessiert Sie denn so an Greta?«

»Genau weiß ich's selber nicht«, gestand David freimütig. »Ich folge einer ganzen Reihe merkwürdiger Zufälle, die mir keine Ruhe lassen. Bei uns gab es eine ganz ähnliche Patientin wie Ihre, die Sie gewiß interessieren würde – aber sie starb.«

»Phil Cutcheon meint, Sie wollten sich mit Greta unterhalten?«

»Sehr gern«, nickte David. »Zugegeben, ich habe keine Ahnung, wonach ich suche, aber ich gehe den Dingen gern auf den Grund.«

»Sie würden einen tüchtigen Doktor abgeben.« Mike Fitzgibbon stand auf und öffnete die Tür. Der freudlose Korridor ließ ihre Stimmen wie in einer Höhle widerhallen, und die Schritte wurden vielfach verstärkt und von den Wänden zurückgeworfen. Am anderen Ende führte ein enges Treppenhaus eine Etage tiefer. Hier waren die Flurwände heller gestrichen und freundlicher. Die Fenster gingen auf den kleinen Garten hinaus, wo der Frost auf den Winterrosen glänzte.

Auf halbem Wege öffnete Mike eine weißlackierte Tür. Er trat als erster ein und winkte David, ihm zu folgen. Das spartanisch eingerichete Zimmer war sauber und schattig. Die heruntergelassene Jalousie reichte fast bis zur Fußleiste. Vorübergehend mußten sich Davids Augen an das Dunkel gewöhnen, aber durch die Tür fiel genug Licht herein, um die abgezehrte, winzige Frau im Rollstuhl zu erkennen, die ihren Brustkorb mit beiden Armen umschlang. Sie zuckte im selben unregelmäßigen Rhythmus, den er kürzlich bei Heather McDougalls altem hinfälligen Vater erlebt hatte. Der Blick war ebenso erloschen, wenigstens anfangs, und in weite Fernen oder ferne Vergangenheit gerichtet.

Diese Frau hatte den Verstand am selben Tag verloren, als Callum McDougall seine Tochter verlor. Auch darin lag eine merkwürdige Symmetrie.

»Hallo, Greta«, grüßte Mike fröhlich und trat ans Fenster. Er hob die Jalousie an, nicht völlig, aber genug, um es hell werden zu lassen, damit sie ohne Anstrengung sehen konnten. Ein Streifen Licht fiel der Greisin ins Auge, und David sah etwas aufblitzen, das Wut oder Mißtrauen oder völliger Irrsinn sein mochte. Noch immer bebend, wandte sie den Blick vor dem Licht ab. Ihr Haar war verblichen und spärlich, die Stirn blaß und fleckig. Sie hob das Kinn. In dieser Stille hörte David das Scheuern des Knochens am künstlichen Gelenk.

»Psssst«, machte die Frau und fixierte den Doktor mit einem Auge, während das andere verquer die Wand anstarrte. »Er wird noch wach!«

»Wer wird wach, Greta?« erkundigte sich Mike Fitzgibbon und er blickte David bedeutungsvoll an.

»Sie wecken mir das Baby, Doktor! Sie wissen doch, es braucht seinen Schlaf, das arme Würmchen. Wenn Sie ihn wachmachen, kriegen wir kein Auge mehr zu!«

»Wie heißt denn dein Baby, Greta?«

»Tim. Das wissen Sie doch! Er ist Klein-Timmie.« Sie bückte sich und kippte zurück, hin- und herschaukelnd, und ihr verschrumpelter, eingefallener Schädel zuckte im Halbschatten. Ihre Miene verzerrte sich zu einer zwergenhaften Maske, und trotz ihrer Gebrechlichkeit überlief David eine Gänsehaut.

»Schließlich habe ich ihn gefunden, oder?« Der Rollstuhl knarrte, als sie sich herüberbeugte. »Früher. Ich habe ihn gefunden. Er wollte mich haben, wissen Sie! Er schrie nach mir, und ich hab ihn gerettet. Er brauchte mich und ich ihn . . .«

Plötzlich fuhr die Frau hoch und klappte mit den Lidern, dreimal hintereinander. Sie drehte den Kopf, das gesunde Auge weit aufgerissen, und sah sich im Zimmer um. Mike wechselte einen Blick mit David. »Das war zu erwarten. Diese Stimmungsumschwünge sind unerklärlich und kommen sehr abrupt.«

»Wo bin ich hier?«

»Du bist im Pflegeheim, Greta. Das weißt du doch. Und hier ist David, der dich besuchen kommt!«

Die alten, fahrigen Hände rieben zerstreut an den dürren Oberarmen, kratzten über die kantigen, fleischlosen Gelenke.

»David«, wiederholte sie mit erschöpfter, zittriger Stimme. »David. Kannst du ihn nicht für mich suchen? Hab ihn verloren und finde ihn nirgends mehr.« Greta Simons Mundwinkel klafften seitwärts gezerrt auf, und die Worte waren abgehackt und schwer verständlich. »Nahm ihn mit . . . Hat mein Baby weggenommen, jetzt find ich's nicht, und er braucht doch . . .«

»Wer war es denn?« fragte Mike.

»Sie hat's getan! Kommt und nimmt ihn mir weg. Hab sie gesehen!« Sie straffte sich und legte den Kopf schräg und machte eine kreiselnde Bewegung, die sie noch debiler erscheinen ließ als zuvor. Minutenlang herrschte Stille im Zimmer, bevor die Alte leise zu summen begann. Anfangs kaum vernehmbar, wie ein Räuspern, tief und grollend, dann steigerte es sich, traf zwar nicht ganz den Ton, aber beinahe. »Hmmm-hm. Hum-hum. Dihdah-da, dih-dih . . .«

»Meinen Buben ließ ich hier . . .« Die Worte kamen speichelnd über ihre Lippen und waren deutlich zu verstehen. »Meinen Buben ließ ich hier, pflückte Beeren am Strauch . . .« David erkannte das Lied wieder. Seine eigene Großmutter hatte es ihm oft genug vorgesungen, als er noch klein war. Die Melodie schlummerte seit zwei Jahrzehnten irgendwo in seinem Gedächtnis, tief begraben unter den Spielen und Reimen seiner Jugendzeit. Wenn er sie hörte, mußte er an seine eigene Mutter denken – nicht, wie sie jetzt war, robust und matronenhaft, sondern an die junge, rothaarige Frau, die sie einst gewesen sein muß, als er noch selbst ein Baby war.

Und nun drang die unmelodische Klage zwischen den alten Zahnstümpfen hervor. »Meinen Bub ließ ich hier.« David erinnerte sich an die schlichten Verse des alten Lieds. Das Baby wurde von Elfen mitgenommen. In den alten gälischen Märchen wurden oft Kinder gestohlen. Jetzt hörte die Frau zu schaukeln auf. Das Lied war zu Ende.

»Ich habe ihn aus den Augen gelassen. Nur ganz kurz auf der Brücke. Hab ihn verlassen, und sie hat ihn geholt.«

»Wer war das denn?« fragte David. Mike Fitzgibbon stützte die Ellbogen auf den Tisch und barg das Kinn in den Händen.

»*Sie* hat's getan. Es hat sie dazu gebracht. Ich dreh mich um und schau ins Wasser, und da kommt sie und nimmt ihn aus dem Wagen. Will sie noch aufhalten. Weiß ja, was sie vorhat. Ich muß ihn zurückhaben!«

»Und was ist dann passiert?«

Das gesunde Auge der Greisin glühte feurig auf und wurde dann trübe. Ihre Braue hob sich zu einem Ausdruck des Erstaunens. Der Kopf knickte zur Seite, als lauschte sie angestrengt, aber der verwirrte Blick blieb.

»An den Unfall selbst hat sie gar keine Erinnerung«, erklärte der Arzt. »Das ist aber ganz natürlich. Ihr Kurzzeitgedächtnis ist ohnehin größtenteils weg. In zehn Minuten weiß sie nicht mehr, wer Sie sind. Oder ich.«

Greta Simons träges, eingefallenes Gesicht hob sich ganz langsam wieder. Das Auge blieb auf David fixiert. Der Nebel in ihrem Blick lichtete sich wieder, als hätte ihr Verstand kurzzeitig ausgesetzt, um anschließend seine Funktion wieder aufzunehmen.

David versuchte es andersherum. »Wo ist das Baby hergekommen?«

»Er ist meiner!« zischte sie. Das Leben kehrte in sie zurück, und sie beäugte ihn fast schelmisch. Ein Lichtfleck traf die große Pupille, die grotesk aufflackerte. »Er ist meiner. Klein-Timmie. Süßer *Klein*-Tim. So heißt er, wissen Sie? Er ist ja so charmant und reizend und hat mich lieb.«

»Dein Baby?«

»Er liebt mich, und ich stille ihn.« Die Hände auf ihren mageren Schultern zuckten wieder und umklammerten sie fest, als müsse sie etwas dicht an den Körper pressen. Es erinnerte David an eine Mutter, die ihr Kind im Arm hält. »Hab ihn gefunden«, gluckste sie. »Er rief mich, und ich nahm ihn. Schon lange, lange her.« Das Flackern tanzte noch immer ihrem Auge, und ihr Mund verzerrte sich zu einem Grinsen. »Er rief nach mir, und ich nahm ihn, denn er brauchte mich ja. Das war in den Bäumen am Wasser. Ich sah sie runterfallen, und er rief mich. Darf man ein Baby hilflos liegenlassen? Nein, niemals.«

»Wen gesehen?« wollte David wissen, aber sie war schon wieder ganz woanders.

Ihre Umklammerung wurde fester. »Wußten Sie nicht, oder? Keiner wußte es. Aber ich kann für ihn sorgen. Tim wollte mich. Er sagte *Nimm mich*. Darum nahm ich ihn, und er gehört mir.«

»Wo hast du ihn hergenommen?«

»Die Alte war tot. Purzelte hinunter, und sie starb. Machte großen Lärm, als sie aufschlug. Das war beim Wasser, wo wir Blüten für Holunderwein sammeln. Konnte ihr nicht helfen. Hab's versucht, trotzdem, wissen Sie!« Abrupt wechselte die Stimme ins Weinerliche. »Sie fiel runter, und das Baby rief mich und brauchte eine Mutter. Ich hab ihn versorgt und gestillt. Ist immer sooo hungrig, sehr sehr hungrig. Saugt mich noch zu Tode, aber er braucht mich.«

»Und wann ist das passiert, wann hast du das Baby gefunden?«

Die Alte blinzelte David mißtrauisch an. »Du kriegst ihn nicht. Ist mein Baby. Sie darf ihn auch nicht haben. Die Schlampe hat's auf meinen Timmy abgesehen. Will ihn wegnehmen und selbst bemuttern. Das ist's, was sie vorhat. Aber sie kriegt ihn nicht.« Sie wurde laut.

»Niemand will ihn dir wegnehmen«, begütigte David freundlich. Doch was sie sagte, war mehr als befremdend. Er hatte gehofft, mehr von der Alten zu erfahren, seit Phil Cutcheon ihm berichtet hatte, daß sie noch lebt. Er war nur seinem Jagdinstinkt gefolgt, oder zumindest seiner Neugier. Doch Greta Simon war völlig weggetreten. Die Delle an ihrem Schädel leuchtete im Sonnenlicht auf wie ein Mondkrater.

Dann erkundigte sich David, abermals wieder rein instinktiv: »Wie alt bist du, Greta?«

»Sechsundzwanzig.«

David blickte Mike Fitzgibbon fragend an. Der Doktor nickte unmerklich. »Und welches Jahr haben wir?«

»Einundvierzig. Mitte Mai. Weißt du denn nicht, daß Krieg ist, Dummerchen?«

Wieder grinste sie, und sekundenlang bekam ihre Miene einen verschmitzten Ausdruck. Das Schielauge glänzte. Sie ließ den Kopf sinken und begann wieder ganz leise zu summen. Sie winkelte die Arme an und krümmte die Hände, als hielte sie tatsächlich ein Baby im Arm.

»Au, nicht so fest, Timmy. Wirst mich noch leersaugen, wenn du so weitermachst.«

— 16 —

Das Baby saugte fest und ließ ein leises, raubtierhaftes Grunzen hören. Seine Finger krallten sich in ihre Haut, zwickten sie schmerzhaft. Auch ihre Brüste taten furchtbar weh, wo er die schon verschorften Stellen aufriß, und sie wand sich unter seinem Klammergriff.

Ginny Marsden war am frühen Nachmittag hinaus in die Kälte gegangen und hatte ein paar Pfund bei der Wohlfahrt ausgegeben. In deren Laden gab es Second-hand-Kinderkleidung in allen Größen. Die Sozialhelferin sah zu, wie sie eine Mütze, einen kleinen Jumper und einen einteiligen Strampelanzug aussuchte, alles in verschiedenen Farben. Wie das Baby darin aussah, schien ihr völlig egal zu sein. Einen altmodisch gehäkelten Schal nahm sie ebenfalls mit. Im Hinterhof des Ladens stand eine Auswahl gebrauchter Buggies und Tragebettchen. Ginny zögerte nicht lange und wählte einen alten dunkelblauen Kinderwagen mit hohen Seitenteilen und einem Verdeck mit Plastiküberzug, das hochgezogen und festgesteckt werden konnte. Sie zahlte, und während die Sozialhelferin das Geld in die Kasse zählte, stopfte sie die neuen Kleider unter das Allwetterdach und machte, daß sie fortkam. Eins der Räder links am Kinderwagen quietschte.

In ihrer Schlafkammer wickelte sie das Baby in den Schal, stopfte die dünnen Ärmchen fest hinein, fast ohne zu wissen, was sie tat. Sie bewegte sich langsam, stockend, als sei sie völlig ausgelaugt oder müßte sich von einer Grippe erholen. Sie war zu Tode erschöpft, und am Rand ihres Blickfelds verschwamm alles wie beim Blick durch einen endlosen Tunnel. Als sie das kleine Bündel in den Schal geschnürt hatte, legte sie sich aufs Bett. Die Bluse knöpfte sie bis zum Gürtel auf, um sein kleines, stumpfnasiges Gesicht an ihre warme Haut zu pressen. Hinten zerknautschte ihr hochgeschlagener Rock. Lediglich Mantel und Schuhe hatte sie ausgezogen. Sie bettete sich auf die kalten Laken, hielt das Baby fest im Arm, während sich das Bettzeug erwärmte. Bald darauf wurde sie von der Müdigkeit überwältigt. Ihr letzter, kaum noch bewußter Gedanke galt der Strumpfhose, die sie irgendwann noch angehabt hatte. Sie konnte sich beim besten Willen nicht erinnern, wo sie abgeblieben war.

Sie schloß die Augen, und das Dunkel hüllte sie ein. Das silberne Mondlicht, das durch den Spalt im Vorhang lugte, sah sie nicht. Binnen weniger Sekunden war sie fest eingeschlafen und taumelte in die schwarze Höhle ihrer Alpträume zurück.

Als sie erwachte, hatte sie Hunger. Ihr war kalt und hundeelend. Das Baby zerrte an ihren Brüsten und trank. Die Träume waren abscheulich gewesen, so furchterregend, daß sie sich wunderte, wie sie dabei überhaupt schlafen konnte.

In diesen dunklen Stunden fühlte sie sich von Visionen und Schreckbildern verfolgt. Sie hatte geträumt, bei lebendigem Leib von Maden zerfressen zu werden, die unter ihrer Haut wimmelten und zappelten. Dabei war sie gelähmt und konnte sich nicht rühren. Das Fleisch wurde ihr in Fetzen gerissen, sie hörte ihre schmatzenden, schlürfenden Laute, mit denen sie über ihren Körper herfielen, und in den Tiefen ihres Traums wurde ihr klar, daß sie sterben würde.

Mit diesem klaren, ganz bewußten Gedanken wachte Ginny auf und hätte beinahe laut gebrüllt.

Das Baby schnüffelte. Ein Schauer erfaßte sie, ein Beben vor Abscheu, Haß und Angst, so unabweisbar wie die Angstträume der Nacht. Dann grunzte es und ließ seinen Geruch entströmen.

Sie hatte sich gerade umgedreht und konnte im äußersten Rand ihrer Augenwinkel den grauen Schädel des Wesens sehen, unförmig und verschwommen unter ihrem Kinn. Im Bruchteil eines Lidschlags löste es sich auf. Die Konturen fransten aus, verschwebten und bildeten die rosafarbene Rundung einer Kinderstirn. Das Baby blickte auf, noch immer nuckelnd, und starrte sie aus großen blauen Augen an.

Die Panik wurde weggedrückt und überschwemmt von der tiefen, namenlosen Sehnsucht, dieses Baby zu bemuttern. Es berührte wie ein seidiger Hauch ihre Seele, mit kühler, fötaler Feuchtigkeit. Tief in ihrem Innern meldete sich abermals jener Teil von ihr, der die monströse Besessenheit nicht teilte, schrie wie verrückt vor Panik angesichts ihrer Versklavung, der völligen Unterwerfung ihres Selbst unter das Diktat dieses widerlichen Parasiten.

Ginny Marsden wollte sich rühren, aber momentan schien es unmöglich. Ihre Glieder, steif vor Kälte und irgendwie willenlos, versagten ihr den Dienst. Sie versuchte es noch einmal, konnte gerade eine Hand heben, einen Arm, wenn auch bleischwer und von einer unermeßlichen Magnetkraft gebannt. Ihre Haut war taub, darunter fühlte sie prickelnde Nadelstiche, die sie sogleich an das schreckliche Traumbild der Maden denken ließ. Wieder bebte sie zurück, schluckte die dicke und heiße

Galle, die ihr in die Kehle stieg, hinunter. Ihre Schulter knackte und sandte elektrische Stöße durch ihren Leib; das Gelenk brannte wie entzündet. Sofort hielt sie inne und wartete ab, bis der Schmerz nachließ. Es brauchte eine Weile, bis er nur noch als schwache Glut loderte.

Unten an ihrer Brust trank das Baby gierig wie immer. Es sog ihre faltige Haut in seinen Mund, biß und kaute heftig daran. Die rechte Brust war noch immer rund und aufgebläht, drückte von innen. Bald würde das Kind – *das Monster* – herüberwechseln und sich dort sättigen. Dabei wurde es immer stärker. Auch die Finger kniffen jetzt wie winzige, brutale Saugnäpfe in die weiche Haut über ihren Rippen. Sie war machtlos dagegen.

In ihren Eingeweiden krampfte sich alles zusammen; bohrender Hunger erinnerte sie daran, daß sie selbst essen mußte. Auf dem linken Arm aufgestützt, erhob sie sich aus dem Knäuel der Decken auf dem harten Lager und gelangte mit großer Mühe in eine sitzende Stellung. Ihr war, als litte sie an einer fiebrigen Grippe und bräuchte Wochen, um wieder zu Kräften zu kommen. Als sie die Beine aus dem Bett schwang, ächzten Knie- und Hüftgelenke fast hörbar. Sie spürte, wie Knochen und Knorpel aneinander rieben, deren Oberflächen rauh und ausgetrocknet schienen.

Ich sterbe.

Der Gedanke kam ungebeten und versetzte ihr einen quälenden Stoß.

Sie begriff, daß es kein Entkommen mehr gab. Vor fünf Tagen noch war sie kräftig und sorgenfrei gewesen wie nur jedes Mädchen von zweiundzwanzig Jahren. Gesund und munter – sogar glücklich. Seitdem wurde sie von innen ausgezehrt. Alles tat ihr weh, und ihr Verstand drehte sich im Kreis. Unten an ihrer Brust schlürfte das Baby lustvoll und brauchte ihre letzten Energien auf. Das Hungergefühl geißelte sie wieder, und sie schaffte es ans andere Ende des Zimmers, schlurfend und langsam wie eine alte, kranke Frau. In der Ecke war eine Arbeitsfläche neben der alten Kochplatte. Dort hatte sie die Einkäufe von heute nachmittag abgelegt. Sie ließ sich auf dem roh gezimmerten Stuhl nieder, lauschte dem unheilvollen Raspeln ihrer Muskeln und Knochen und wickelte das Päckchen vom Metzger aus, das sie mit Celias Geld gekauft hatte. Sie drehte sich halb und gebrauchte beide Hände, um die Plastikhülle abzustreifen. Dabei legte sie zwei dunkle Scheiben roher Leber frei.

Sie beugte sich darüber und biß hinein. Das Fleisch war weich und schwabbelig, obwohl die lappige Haut darüber wie Gummi nachgab, als ihre Zähne eindrangen. Kühle, metallische Flüssigkeit quoll ihr in den Mund, und ihr Magen bäumte sich auf, rebellierte gegen die glitschige Masse am Gaumen und den widrigen Geschmack. Der Verzehr roher Leber verursachte solchen Ekel, daß ihr davor schauderte.

Doch die Gier, auf der Stelle alles hinunterzuschlingen, erwies sich als stärker. Mit beiden Händen stopfte sie sich das Fleisch zwischen die Zähne und vertilgte es. Es hatte die Konsistenz nasser, modriger Pilze in einem kalten Oktober und den Rostgeschmack von erkaltetem Blut. Es sickerte ihr in die Gurgel und glitt hinab. Sie würgte, schluckte, würgte etwas weniger, schluckte mehr. Bissen für Bissen fraß sie das Zeug, kaute, so rasch sie vermochte, rotzte und grunzte im überwältigenden Drang, ihrem Organismus die nahrhaften Innereien zuzuführen. Ihre Hände waren rot und klebrig, aber das merkte sie kaum. Binnen Minuten hatte sie ein ganzes Pfund Leber weggeputzt, und das leere Gefühl in der Magengrube verwandelte sich im Handumdrehen zu drückender Atemnot, während sich die Leber in ihrer Bauchhöhle festklumpte. Ihr Körper nahm die schwere Verdauungstätigkeit auf, und ihr wurde schwindlig, aber schon griff sie mit blutüberströmter Hand nach dem Karton mit Eiern hinter dem leeren Einwickelpapier.

Sie klappte den Karton auf, ignorierte die schmutzigen Finger. Sechs Eier steckten in den Näpfchen aus Pappe. Im Nu hatte sie eins herausgehoben. Es flutschte ihr aus der nassen Hand und wäre beinahe zu Boden geglitten, aber sie griff wieder zu, diesmal fester, und wie selbstverständlich führte sie es an den Mund. Übelkeit erfaßte sie, und ihr ganzes Wesen wehrte sich gegen das, was sie tat. Und doch öffnete sie den Mund und stieß das Ei hinein. Ihre Zähne setzen an und brachen durch die Schale. Das Eigelb platzte auf und rutschte ihr dickflüssig über die Zunge, das schlüpfrige Eifädchen hinterdrein. Sie genoß den schleimigen, blumigen Geschmack eine Weile, aber dann biß sie abermals in die Schale. Sie barst und knisterte wie Schrotmehl. Sie ließ ihre Kiefer mahlen, die Schale zu winzigen Partikeln zerkleinern, die sich mit den Resten des Eiweißes mischten und verschluckt wurden. Die scharfkantigen Schalenreste scheuerten an ihrer Speiseröhre, aber sie ignorierte das Kratzen. Schon holte sie das nächste Ei heraus.

Wenig später hatte sie sechs Eier verzehrt, rang nach Atem und hielt sich den Bauch, dessen Konvulsionen ihrem Gliederschmerz nicht nachstanden. Sie wartete eine Weile, bevor sie den Literkarton Vollfett-Milch öffnete und so durstig trank wie das Baby ihre eigene. Die Eierschalen hatten ihr den Gaumen zerschnitten, und die warme Süße ihres eigenen Bluts mischte sich mit der Milch.

Ginny Marsden war nicht mehr hungrig. Mühsam rappelte sie sich auf, fühlte in ihrem Gewicht zusätzliche Schwere der Mahlzeit, und drehte den Wasserhahn auf. Beide Hände hielt sie unter den Strahl, sah, wie sich das Wasser von den Leberresten an ihren Fingern rosa verfärbte. Kleine Fleischfasern, rot wie Marmelade und genauso klebrig, fielen in das Waschbekken und wirbelten den Abfluß hinunter. Sie trocknete sich an einem Geschirrtuch ab, in dem ein zu heißes Bügeleisen eine mitraförmige Spur hinterlassen hatte, wobei sie abwechselnd mit der freien Hand den Nacken des Babys hielt. Als sie trokken war, löste es sich von ihrer Brustwarze. Ginny betrachtet sich und sah die entzündeten, aufgescheuerten Nippel, die noch immer stolz an ihren Brüsten hervorragten. Das Baby kuschelte sich näher an ihre warme Haut und schloß die Augen. Sie hörte das zufriedene Atmen eines satten Säuglings. Ihre Brust wirkte noch immer voll und aufgedunsen, aber dort, wo sich der Hals und die Armbeuge rundeten, entdeckte sie die Spuren feiner Runzeln.

Ihr verwirrter Geist wollte die verletzliche, filigrane Hautstruktur untersuchen, die anscheinend jede Spannkraft verloren hatte, aber es fiel ihr schwer, sich zu konzentrieren. Wenn sie den Kopf senkte, empfand sie das merkwürdige Bedürfnis, auf Kreide oder rostiges Eisen zu beißen, überlagert vom drängenden Wunsch, das Kind an sich zu pressen und vor der Kälte zu schützen.

Sie wandte sich vom Spülstein ab, wo der Hahn noch immer tropfte wie ein hallendes Metronom, und kam am Wandspiegel vorbei. Auf einmal sah sie das graue, bucklige Ding mit ausgebreiteten Armen und Beinen wie einen Frosch an ihrer Haut kleben. Sein Schädel war kantig und schmal, die langgestreckten Gliedmaßen dürr und krumm. Es zuckte in ihren Armen, spürte ihren Schock. Während ihr vor quälender Angst Tränen in die Augen traten, verzerrte sich der Spiegel und wurde trübe, und im Bruchteil einer Sekunde war es wieder ein Baby, und das unstillbare Bedürfnis, es zu behüten und zu versorgen, ließ sie fast ohnmächtig werden.

Doch tief im Innern wußte sie, wer sie war, und erkannte es als das, was es war, und sie schrie und schrie und schrie in stummer Angst. Und noch immer trat kein Laut über ihre Lippen.

Ohne Hast ging Ginny am Spiegelbild des rosafarbenen Babys vorüber, das sich an sie kuschelte. Ihre Bluse, seit fünf Tagen nicht gewaschen, grau und speckig am Kragen, war bis zum Nabel aufgeknöpft. Darunter ragten ihre nackten Brüste hervor – mit einem Muster aus Blutergüssen gesprenkelt, die überall dort blauviolett aufblühten, wo es hart genug zugebissen hatte, um ihr das Blut in kleinen Tröpfchen auszusaugen. Die Brüste selbst hingen gedunsen und rundlich herab, zweimal so groß wie sie noch vor wenigen Tagen waren, bevor das Baby sie verwandelt hatte.

Sie hob den Blick und sah ihr eigenes Gesicht. Vor Entsetzen wäre sie fast umgekippt. Ihr blondes Haar war an den Wurzeln bereits ergraut; im Spiegelbild schimmerten rötlich die Falten auf der Haut, gezackte Krähenfüße an den Augenwinkeln und Risse an der Oberlippe.

Herr im Himmel hilf mir, ich bin zur Greisin geworden.

Schwere Tränensäcke wölbten sich unter den Augen, fast so dunkel wie die Flecken auf der Brust. Das Weiße ihrer Augen war nicht mehr makellos klar, sondern nikotingelb umrandet wie bei einer Rauschgiftsüchtigen. Wie eitel war sie noch vor weniger als einer Woche gewesen! Wie stolz auf die hohen Wangenknochen, das Erbteil ihrer Mutter, die ihr den klassischen Augenschatten verliehen, für den kein Make-up notwendig war. Jetzt wirkten ihre Wangen blaß und eingefallen, und die Knochen standen totenkopfähnlich hervor. Sie war abgemagert, ausgezehrt. Hätte in diesem Moment jemand, der auch Thelma Quigley kannte, Ginny Marsden gesehen, wäre er zu dem Schluß gekommen, daß sie beide am selben verheerenden Aussatz litten. Ginny starrte ihrem Ebenbild in die Augen, und in ihrem Blick lag das aufdämmernde Bewußtsein des eigenen Verfalls.

Ich sterbe.

Das war nicht nur so dahingesagt. Es war eine Tatsache. Sie konnte sich selbst davon überzeugen. Mit nur zweiundzwanzig Jahren war sie in einer knappen Woche so gealtert, daß sie mindestens wie eine Vierzigjährige aussah. Sie legte sich auf das Bett, sehr vorsichtig und sacht, um seinen Schaf nicht zu stören. Der unterdrückte Teil ihres Selbst hatte endlich die Barriere durchbrochen und arbeitete sich frei. Sie gab sich Mühe, die Nerven zu bewahren, denn jeder Ausbruch von Panik würde das Ding und seine Sinnesorgane argwöhnisch machen. Selbst jetzt noch mußte ihr eigener Wille gegen seinen unerbittlichen Zwang ankämpfen, aber sie drängte die Angst zurück und zwang sich zur Ruhe.

Eine Idee hatte sich geformt.

Sie bewegte sich wieder, drückte das Baby ganz behutsam, atmete schläfrig und monoton und lauschte dem Schnurren seines Atems. Es hörte sich an wie ein ganz normales Baby. Ganz allmählich, trotz ihrer Gliederschmerzen, schob sie seine winzigen Finger von der Haut, hielt seinen Rücken mit der flachen Hand, um den Körperkontakt nicht zu unterbrechen. Es erbebte leicht und kuschelte sich an, ließ sich sanft umdrehen. Die Beine hielt es jetzt angewinkelt und überkreuz. Mit unendlicher Sorgfalt zog sie das Laken vom Bett und begann, das Baby zu wickeln. Sie hielt es noch immer, drückte leicht, damit es die Bewegung nicht merkte. Endlich war es ins Laken gehüllt, obwohl es noch immer an ihrer Brust lag. Der Atem ging tief und gleichmäßig.

Draußen klirrte ein Hagel von Eiskristallen ans Fenster, der sie daran erinnerte, daß noch immer Winter war. In ihrem Innern hatte sich ewiger Winter ausgebreitet. Eisige Furcht kroch ihr ins Gebein, während ihre Seele sich der unerbittlichen Gefangenschaft entwand.

Mit unmerklichen Bewegungen zog sie beide Kissen vom Kopf des Bettes und stopfte sie aufeinander gestapelt unter das Laken. Erst jetzt, als das Baby unter dem neuen Gewicht lag, wagte sie, sich ganz sachte zurückzuziehen und aufzusetzen – langsam wie ein Gletscher auf der Wanderung. Es schien eine Ewigkeit zu dauern. Irgendwann quietschte eine Bettfeder unter ihrer Last, und das Baby stieß ein hohes, tierisches Grunzen aus. Es drehte den Kopf, als suchte es wieder nach der Brust. Sie legte die Hand aufs Kissen und drückte. Ihr Herzschlag ging schneller, ihre Gedanken wollten ihn dämpfen. Das Grunzen ging in leises Schnarchen über, und der Kopf wandte sich wieder ab.

Ginny Marsden wartete weitere zehn Minuten, bevor sie das Bett verließ und mit bedächtigen, absichtlich sparsamen Bewegungen aufstand. Barfuß, das protestierende Knirschen ihrer Gelenke und einen plötzlichen Hustenreiz verdrängend, ging sie ein paar Schritte zur Tür.

Zum ersten Mal seit fünf Tagen lagen mehr als drei Meter zwischen ihr und dem Ding, das sich im Einkaufscenter an sie gekrallt hatte. Aus dieser Entfernung schien sein Einfluß zu schwinden.

Jetzt los. Beweg dich. Raus hier. Ihr Verstand, der sich beinahe seiner Fesseln entledigt hatte, feuerte sie an und sandte verzweifelte Befehle an die Oberfläche. *Hau ab.*

In einer tieferen Schicht ihres Bewußtseins wollte sie sich umdrehen und das Ding erwürgen. Seinen Kopf gegen die feste Kante des Waschbeckens schlagen, bis das Hirn blutig zerplatzte wie die Leberlappen, die sie vorhin hinunterwürgen mußte. Ins kalte Wasser tunken, bis sein unirdisches Herz zu schlagen aufhört. Dieser Teil ihres Inneren, der ihr eigentliches Selbst barg, wollte es ein für allemal vernichten, schreckliche Rache nehmen an dem Ding, das an ihr fraß und ihr junges Leben verkümmern ließ.

Doch obwohl die Fessel gelockert war, mußte sie um jeden Zentimeter Boden kämpfen. Aus der Entfernung von drei Metern sah es noch immer wie ein Säugling aus, obwohl seine Züge unnatürlich verschwammen wie unter doppelter Belichtung. Die Hautfarbe irisierte. Sie wandte sich um, selbst als sie ihren rechten Fuß in den Schuh steckte, der bei der Tür liegengeblieben war. Sie sah sein Köpfchen, das sich vom Knäuel des Lakens kaum unterschied, pulsieren und wabern; die Haut schien im Feuer seiner inneren Hitze zu schmelzen.

Weg jetzt! Hau ab! schrie ihr Verstand in höchster Not. *Renn weg!*

Jetzt oder nie. Sie streifte den anderen Schuh über, ohne sich Zeit zu lassen, ihn aufzuschnüren, stieß die Ferse hinein, daß sich das Leder nach innen bog.

Eile eile eile.

Die Panik schwoll zu einer dunklen Flutwelle an. Das Ding auf dem Bett erbebte und wechselte die Gestalt. Sein Atem, anfangs tief und schläfrig, war mittlerweile hektischer geworden. Sie merkte, wie seine geistigen Fühler den Betrug merkten, die Verkehrtheit seiner Lage erfaßten. Gleich würde er aufwachen, und einmal geweckt, würde er sie an sich ziehen, sie zwingen, zu . . .

Sie bekam den Schuh an und langte nach dem Mantel. Der Aufhänger verhedderte sich am Haken des Kleiderständers, brachte ihn aus dem Gleichgewicht. Er schwankte vor und zurück, wobei er gegen die Wand knallte. Das dünne, bucklige Ding im Bett, inzwischen gar nicht mehr rosa, sondern mit einem grauen, schimmeligen Pelz überzogen, schnarchte guttural.

O bitte nicht . . . laß es auf keinen Fall . . .

Schließlich kam der Mantel frei. Mit der linken Hand tastete sie nach dem Türknauf. Er fühlte sich kalt und glatt an, aber die bloße Berührung schmerzte ihr in Fingerknöcheln und Ellbogen. Ihre Knochen schienen zu bröckeln, verwandelten sich in Kreide. Sie zog am Griff, spürte einen Muskelkrampf in der Schulter, brennend wie eine Entzündung. Die Tür ging nicht auf.

Gott im Himmel laß mich hier raus!

Sekundenlang war sie völlig entgeistert. In ihrer Verwirrung begriff sie nicht, weshalb die Tür zugesperrt war.

Der Schlüssel der blöde Schlüssel dreh ihn um dämliche Kuh.

Ihre Hand ließ den Türknauf los. Ein blaues Plastiketikett baumelte vom Schlüssel im Schloß herab. Sie drehte ihn rasch gegen den Uhrzeigersinn. Mit einem tiefen, metallischen Klakken rastete der Bart ein.

Das Ding hinter ihr knurrte. Ginny hatte nie den Laut eines Wiesels im Erdloch gehört, aber dies hier klang so, wie sie es von einem kleinen, gemeinen Raubtier erwartete. Das Herz klopfte ihr bis zum Hals, so laut, daß sie den Atem anhielt.

Bitte, lieber Gott . . .

Wieder ein unvermeidliches Geräusch, als der Bolzen scheppernd zurückschnellte. Sie tastete nach dem Knauf und drehte ihn abermals. Hinter ihr raschelte es. Im Nu war jede Faser ihres Nervensystems in Alarmbereitschaft. Über die Oberfläche ihres Geistes glitt ein kalter, schleimiger Finger, noch nicht kontrolliert, sondern bloß ein stumpfes, zielloses Abtasten. Sie zog an der Tür, wollte sie rasch öffnen, aber sie war wie gelähmt. Alle ihre Bewegungen waren in winterlicher Starre eingefroren. Die Luft war wie durchsichtiger Kleister, durch den sie waten mußte.

Die Tür knarrte in den Angeln, einem trockenen Ast im Sturm ähnlich, einer Holzplanke unter schwerem Tritt. Das Geräusch durchbrach quietschend die Stille.

Drei Meter hinter ihr war ebenfalls ein schrilles Quietschen zu hören, obwohl Ginny nicht wußte, ob sie den Klang wirklich hörte. Das Knarren dauerte und dauerte, bis ihr sämtliche Haare zu Berge standen.

Jetzt ist es wach, oh, es kommt.

Sie wandte sich halb um. In ihrem Kopf hörte sie es noch immer trostlos quieken wie ein Schwein im Schlachthof. Sie sah, wie es sich auf dem Laken wälzte. Ihr Herz tat einen Sprung. Ihr Mund stand offen, und sie wollte sich abwenden. Neben dem Geräuschs in ihrem Kopf knarrte es auch hörbar, als das Ding, einer Kamerablende ähnlich, die Augen aufklappte und blinzelte. Es schoß einen Blick herüber, der sie festnagelte.

Sie stand vor Angst wie gelähmt da.

Es wand sich verzweifelt, wollte sich aus der Umwickelung befreien. Ginny verharrte zitternd, den Mantel über den Arm gelegt, die Beine weit gegrätscht, eine Hand am Türknauf. Ein dunkler Spalt verriet ihr, daß die Tür höchstens drei oder vier Zentimeter offenstand. Ihre freie Hand gestikulierte wie ein blasser, flatternder Vogel in der Luft. Das schlappe, strohige Haar fiel ihr über die Schulter, als sie den Kopf drehte.

Das Wesen knurrte. Seine Augen waren tellergroß und spiegelten das schwache Licht von draußen.

Vampir.

Der Gedanke kam ihr kristallklar und kühl. Die Augen schimmerten im selben rötlichen Ton wie bei den Vampiren, die sie im Kino gesehen oder von denen sie gelesen hatte. Aber dies hier war kein gutaussehender osteuropäischer Graf, der sich über jungfräuliche Hälse beugt, um Blut zu trinken. Es war ein Monster, ein räuberischer Schmarotzer, der saugend und schlürfend und gebieterisch an ihr klebte. Seit fünf Tagen schon trank er sich an ihrem Leben satt und hatte noch immer nicht genug.

Jetzt war es wach und hinter ihr her. Starr beobachtete sie, wie es sich aus den Laken herausarbeitete, fühlte die furchtbare geistige Not, sein unersättliches Verlangen nach Fürsorge und Bemutterung. Zugleich entging ihr nicht die Lohe seines Zorns, fremdartig, wild, heimtückisch und maßlos.

Es gelang ihr, den Blick abzuwenden. Sie stieß die Tür ein Stück weiter auf. Weit unten, im Treppenhaus, hörte sie die frühmorgendlichen Geräusche des Herbergsbetriebs, das Klappern von Geschirr in der Küche. Matte, raunende Stimmen. Die sorglose Banalität dieser gedämpften menschlichen Unterhaltung war ihr so fremd geworden, daß sie fast den Mut sinken ließ. Sie sehnte sich nach ihnen. Sie wollte doch in die Küche hinunter, die anderen vor der Gefahr warnen.

Das Ding knarrte wieder in ihrem Kopf, sein unartikulierter Befehl war eine geistige Kralle, die an der Substanz ihrer eigenen Gedanken zerrte. Der Blutgeschmack stieß ihr säuerlich auf.

Unten sang jemand ein paar Zeilen eines Lieds. Die warme, frauliche Stimme zog sie an wie ein Magnet. Das Ding auf dem Bett schnappte nach ihr. Sie war seine Beute, nicht mehr als ein Stück Fleisch auf der Metzgertheke.

Ginny quälte sich durch die Tür, widersetzte sich standhaft dem Drang zur Umkehr, der sie mit seinem Bleigewicht beschwerte. Ihre Hüften knirschten schmerzhaft, als sie einen Schritt vortrat. Im Magen pappten ihr die unverdaute rohe Leber und Eier, drückten gegen die Eingeweide, und am liebsten hätte sie sich übergeben.

Etwas fiel dumpf zu Boden, und sie konnte nicht anders, sie mußte hinsehen. Alles geschah in Sekundenschnelle. Sie war schon dabei, das Zimmer zu verlassen, voller Angst, wieder eingefangen zu werden, und mit dem brennenden Wunsch, die anderen zu erreichen und zu warnen, in ihrer sicheren Obhut auszuruhen. Und plötzlich plumpste etwas hin, und sie drehte sich um. Es war vom Bett gefallen. Das Laken war fast abgestreift.

Geh, raus jetzt, rasch!

Die Tür schwang auf und prallte gegen die Wand.

»Hast sie aufgeweckt mit der Singerei«, ließ sich eine Frau von unten vernehmen. Eine andere Frau lachte fröhlich.

»Kost und Logis umsonst, dazu noch musikalische Darbietungen – was wollen sie mehr?« Die andere Stimme schnalzte.

»Hilfe«, wollte Ginny antworten. Ihr Mund klappte auf, aber heraus kam nur ein rauhes Schnarren, das nicht menschlicher klang als das Grunzen des Wesens, das verbissen über den nackten Boden hüpfte.

Sie erreichte die oberste Treppenstufe, zwang sich vorwärts, dehnte die unsichtbaren Fesseln und spürte, wie ihre Zugkraft nachließ.

»Willst du noch 'ne Tasse Tee, bevor wir loslegen?« fragte jemand im Erdgeschoß. Die Aussicht auf ein bernsteinfarbenes, aromatisch dampfendes heißes Getränk trat ihr seltsam deutlich vor Augen. Tee und gute Laune. Tee und Trost und Fürsorge und Geselligkeit. Sie würden sie doch gewiß in ihre schwesterliche Obhut nehmen, diese Frauen, oder? Sie würden ihr Schutz und Halt geben.

»Klar. Täßchen Tee und 'ne Fluppe vor Tagesanbruch – da kommt der Motor erst richtig auf Touren.« Die andere weibliche Stimme, bärbeißig, heiser, voller Humor. Sie lachte wieder, rauchig, das Lachen einer Frau, die nichts erschüttern kann. Wie verlockend für Ginny Marsden, die als dürres, hageres Gespenst, das stumm im Schatten blieb, auf dem Treppenabsatz versteinert war. Unschlüssig setzte sie einen Fuß vor, strengte sich an, gegen Schmerzen und Angst und die plötzliche Erschöpfung, die sie befiel, aufzubegehren. Ihre Hand lag auf dem kalten Holz des Geländers, hielt sich so fest wie möglich. Sie spürte, wie sie schwankte, legte die nächste Stufe zurück, dann wieder eine, und noch eine bis zum Treppenabsatz. Sechs folternde Schritte, alles in allem. Ginny gelangte an die Biegung, drehte sich um und merkte, wie die wachsende Distanz die Geistesimpulse schwächte, die das Ding ausstrahlte. Sie könnte es schaffen, wenn sie sich nur traute!

Etwas rumpelte oben im Zimmer.

Hättest die Tür zumachen sollen!

Die Erkenntnis traf sie wie ein Keulenschlag. Sie hätte die Tür schließen und von der anderen Seite verriegeln sollen, dann säße es in der Falle. Ginny erstarrte. Noch konnte sie zurück. Sie machte kehrt, hatte wieder das Gefühl, in Sirup zu schwimmen, und maß mit den Augen das Treppengebirge, das sie zurücklegen mußte.

Vor fünf Tagen wäre sie einfach losgelaufen, immer zwei Stufen auf einmal nehmend, oder gleich drei, hinaufgehüpft, ohne groß Atem zu schöpfen. Jetzt erstreckte sich die Stiege vor ihr wie der Himalaya. Wie sollte sie in ihrem Zustand solche Höhen erklimmen?

Sechs Stufen. Hunderte von Kilometern. Es waren nur sechs Stufen.

Sie hatte ihr Selbst wiedergewonnen, jedenfalls zum größten Teil – jenen Teil, der sich nicht einschüchtern ließ oder in abseitigen Begierden suhlte.

Es konnte ihr immer noch folgen. Wenn es sich aus dem Lakenwickel befreit hatte, konnte es nachkommen. Sie hatte erlebt, wie es durch die Finsternis des Gartenschuppens flitzte, hatte gesehen, wie es aus sicherer Entfernung über die Katze herfiel, als sie durch die Türklappe kam. Es bewegte sich eilends wie Spinnen in der Nacht. Selbst jetzt, in der Erinnerung, hatte sie das seltsame Doppelbild eines plumpen, rosigen Säuglings, der das fremde graue Ungeheuer kaschierte. Falls es bis zur Tür kam, würde es durch den Flur krabbeln und sie an der Angel seines Geistes zurückzerren wie einen japsenden, sterbenden Fisch. Er würde sie wieder einfangen. Für sie wäre es der sichere Tod.

Ginny Marsden faßte den mutigsten Entschluß ihres Lebens.

Unten in der Küche fing die Frau wieder zu singen an, mit rauher, melodischer Stimme. Ein dampfender Kessel begann zu pfeifen und begleitete sie. Der Klang zerfetzte das zarte Gewebe ihrer Seele. Trotzdem machte sie kehrt, zwang sich, wegzuhören, dachte nur an die Notwendigkeit, dem kleinen Monster den Weg durch die Tür zu versperren.

Langsam stieg sie die Stufen wieder hinauf.

— 17 —

»Klar, die hab ich gesehen«, stellte die Frau fest und hielt das Foto schräg, um es im Schein der schwach flackernden Neonlampe über der Theke zu studieren. Ihre sorgfältig gemalten Brauen, passend zum schwarzgetönten Haar, hoben sich zu einem stolzen Zwillingsbogen. Sie schloß die Augen halb, während sie nachdachte, und eine Falte trat auf ihre Stirn. Ihre gütige Miene zeugte von großer Lebenserfahrung.

Sie drehte sich zu ihrer Kollegin um, die im fettigen Dampf der Kochnische stand und die Bratwürstchen in der flachen Pfanne wendete. »Maisie? Erinnerst du dich an das Mädchen von gestern – die mit dem Baby?«

»Die den ganzen Morgen dasaß, ohne was zu bestellen, Margaret?«

»Genau. Das war sie. Soll das ihr Foto sein?«

Die andere Frau kam hinüber. Ihr ausgebleichtes Haar, jetzt rot getönt, mußte einmal schön gewesen sein.

»Ja, das ist sie. Das arme Kind war halbverhungert und durchgefroren. Sie wirkte völlig verstört. Hab mir schon gedacht, daß sie auf der Flucht ist oder sich vor irgendwem versteckt. Aber gesagt hat sie kein Wort.«

David war im Osten unterwegs, auf einer anderen Spur, und hatte Helen die Fahndung überlassen. Zwei Stunden brauchte sie, um den Bus zu finden, mit dem Ginny Marsden am Vortag die Stadt verlassen hatte. Zwei Streifenpolizisten konnten beschwören, daß ein Mädchen zu sehr früher Stunde mit einem Baby zum Busbahnhof hinter St. Enoch gelaufen war, nicht weit vom Einkaufscenter. Durch geduldiges Herumfragen und Hakkenablaufen gelang es ihr, einen Fahrer zu finden, der sie vermutlich im Wartehäuschen sah. Sie bohrte ein bißchen nach, wollte wissen, auf welcher Seite sie saß. Das Häuschen war ein langgestreckter Schlauch mit mehreren Türen. Der Sitz, den jemand einnahm, ließ vielleicht darauf schließen, in welche Richtung er wollte. Die vier Eingänge nach Norden, Süden,

Osten und Westen entsprachen der Richtung, die ein Bus der jeweiligen Fernstrecke nehmen würde. Ginny Marsden hatte nahe am westlichen Eingang gesessen – wenn es denn Ginny war. Doch das alles bildete vorläufig nicht viel mehr als einen Anhaltspunkt, eher eine vage Chance als eine echte Hypothese.

Durch einen Glücksfall begegnete sie der Busmannschaft, die gerade zum Schichtwechsel kam. John Skelly, ein rotgesichtiger Mann mit langem Haar und Koteletten, erinnerte sich an das Mädchen.

»Die fiel mir geradezu die Treppe hoch. Ich dachte erst, sie wäre bekifft. Dann verlangte sie ihre Karte und schien völlig nüchtern, bloß etwas steif vor Kälte. Gab mir einen Zehner, den ich erst nicht annehmen wollte – das Geld abgezählt bereithalten, heißt's in den Beförderungsbedingungen. Aber was soll's, sie war ein junges Ding, soweit ich weiß. Ich hab eine Tochter, die älter ist als sie. Also wissen Sie, wenn die mitten im Winter zu nachtschlafender Zeit unterwegs wäre, noch dazu mit 'nem Baby ...«

Helen brachte ihn aufs Thema zurück, von dem er abgeschweift war wie sonst David Harper. Dabei mußte sie ein Lächeln unterdrücken. David als Busfaher – nein, das konnte sie sich beim besten Willen nicht vorstellen!

»Jedenfalls ist sie ganz nach hinten gegangen. Da waren auch noch zwei Arbeiter, die saßen schon drin mit ihrer Monatskarte. Die fahren jeden Morgen mit, aber Sie müssen früh aufstehen, wenn Sie die verhören wollen. Lohnt sich aber kaum, denn die pennen von hier bis Kirkland und wachen erst auf, wenn ich vor der Klinik wende. Also, sie saß hinten und sah aus, als ob sie mal wieder was Ordentliches zu beißen bräuchte. Abgemagert bis auf die Knochen. Hab sie zunächst für älter eingeschätzt, aber vielleicht war sie bloß verschnupft. Ach, und noch was – sie hätte sich auch den Hals mal wieder waschen können. Mädchen lassen's meist nicht soweit kommen, aber sie roch nicht ganz sauber, verstehen Sie?!«

Helen legte den Kopf schräg. »Sie roch? Wonach denn?«

»Wenn Sie mich fragen, nach 'ner ganzen Horde Katzen im

Haus. Ich hab da 'ne Tante, die ist ein bißchen verwahrlost, trinkt auch gern mal zuviel – also, ohne Wäscheklammer an der Nase geht die niemand daheim besuchen. Aber das Mädchen hier war noch schlimmer dran. Ich dachte schon, das Baby wär's. Sie müßte mal die Windeln wechseln, bevor's zum Himmel stinkt. Wie Katzenpisse und Kotze und Scheiße durcheinander, verzeih'n Sie den Ausdruck. Oder sie hatte 'ne ansteckende Krankheit, was Schlimmeres als Grippe, meine ich . . .«

Helen dachte an Ginny Marsden – falls sie es war, war sie wirklich erkrankt, wenn auch nicht körperlich. Wer ein fremdes Kind aus seinem Wagen stiehlt, mußte doch krank im Kopf sein!

»Also, wissen Sie! Mein Onkel Joe litt an einem Emphysem mit Wundbrand im Bein. Als es zu Ende ging, mußten sie's ihm vom Knie abwärts amputieren, aber das hat alles verschlimmert. Der Gestank war umwerfend. Setzte jeden außer Gefecht. Und genauso roch die Kleine.«

»Und wo ist sie ausgestiegen?« wollte Helen wissen

»Levenford. Gleich an der Ecke River und Kirk Street. Es war noch nicht hell und saukalt. Kaum daß die Tür auf war, als schon der Schnee reinwehte. Jedenfalls würde *ich* mein Mädchen in so 'ner Jahreszeit nicht an die Luft setzen, Baby oder nicht Baby. So was gehört bestraft! Dabei sah sie aus wie 'ne arme Seele auf Wanderschaft. Ich hätte ihr Fahrgeld gar nicht erst annehmen sollen, aber der Inspektor sieht so was nicht gern, wenn Sie verstehen, was ich meine, und dann ist am nächsten Ersten der Letzte und man kriegt in Nullkommanichts den Laufpaß. Solche Vorgesetzte haben ein Herz aus Stein, ist doch wahr!«

Auch Helen kannte hyperkorrekte Inspektoren, freilich nicht bei den Verkehrsbetrieben. Sie dankte John Skelly für seine Auskünfte und verließ den Busbahnhof. Offenherzigkeit und unverfälschten Humor wußte sie zu schätzen. Sie wählte David Harpers Funktelefon an und bekam nichts als das Besetztzeichen. Deshalb beschloß sie, sich selbst auf den Weg zu machen. Wenn sie ihn das nächstemal kontaktierte, wollte sie wenigstens handfeste Ergebnisse vorweisen.

Für die Fahrt nach Levenford – rund dreißig Kilometer westwärts, vielleicht etwas mehr – brauchte sie fast eine halbe Stunde. Es war spät am Nachmittag, als sie an der Roundriding Road einbog. Vage entsann sie sich des Ortsnamens und überlegte, ob jemand aus ihrer Bekanntschaft hier lebte. Sie fuhr Richtung Stadtzentrum, dem Turm von Burgh Hall entgegen, der schmucklos und verwittert im Schatten des roten, Ziegelgebäudes der Castlebank-Destillerie emporragte. Eine Erinnerung ließ Helen keine Ruhe, als sie die Fabrik passierte. In dieser Gegend war irgendwas passiert, ein Zwischenfall vor ein oder zwei Jahren. Als sie vorüber war, runzelte sie nachdenklich die Stirn und sah die doppelten Hügelkuppe mit der Burg über der Flußmündung.

Levenford. Sie verband den Namen mit einem schauerlichen Verbrechen. Irgendein verrückter Killer hatte hier, in einem Winter, der nicht weniger kalt war als der jetzige, die Straßen unsicher gemacht. Er hatte es auf junge Leute abgesehen. Sie sah noch die Schlagzeilen vor sich, hörte den Nachrichtensprecher der Tagesschau. Der Verrückte hatte ein Mädchen an dem hohen, schmalen Turm aufgeknüpft, der hinter ihr lag. Sie erschauerte bei dem Gedanken an den eiskalten Dünkel, den Größenwahn, der einen dazu verleitete, einen Teenager zu entführen, umzubringen und wie eine Trophäe von der Wetterfahne baumeln zu lassen.

Das Destillerie-Gebäude war unübersehbar. Auch dort hatte es ein Verbrechen gegeben, oder? Sie wußte nichts mehr darüber, aber sie war froh, heute keinem Irren nachjagen zu müssen. Höchstens einem Mädchen, dessen Hormone verrückt spielten, aber keiner Mörderin.

Ginny Marsden mußte irgendwo untergetaucht sein, dachte Helen. Eine Ahnung verriet ihr, daß sie hierhergekommen war, um eine Weile zu bleiben. Diese alte Stadt mit ihren engen Straßen war ein Ort, wo man in aller Ruhe abwarten konnte, bis die wilde Jagd vorüber war. Helen parkte unten am Fluß und wanderte dann die gepflasterte Straße hinauf, unter den Arkaden eines verfallenen Gemäuers. Als sie aus der blassen Wintersonne in seinen Schatten trat, fröstelte sie, und das nicht nur vor Kälte. Hier war etwas Bedrohliches zugegen. Sie hätte nicht zu sagen vermocht, woher sie es wußte und wieso, sie verspürte nur so ein Kribbeln im Hinterkopf und den dringenden Wunsch, hier wegzukommen. Rascher lief sie dem Tageslicht am anderen Ende des Tunnels entgegen, wo die plötzliche Nervosität verebbte. Sei keine solche Närrin, schalt sie sich. Und doch war das Gefühl der Bedrohung ganz real gewesen.

Im Café neben der Bushaltestelle am Ende der Kirk Street war nicht viel los, als sie dort eintraf. Margaret und Maisie freuten sich über die Abwechslung. Sie brachten Helen einen dampfenden Becher Tee, groß genug, einen Viertelliter des starken Gebräus zu fassen, und ein gebuttertes Sandwich mit Spiegelei, das Eigelb nicht ganz durchgebraten. Beides war köstlich. Von Ginny Marsdens letzter Mahlzeit konnte Helen nichts wissen.

»Lassen Sie sich's schmecken, meine Liebe!« Margaret zog einen Stuhl heran und setzte sich. »Dieses Mädchen – was hat es auf dem Kerbholz?«

»Sie wird vermißt«, erklärte Helen vorsichtig. »Ihre Eltern machen sich große Sorgen.« Eigentlich war es erstaunlich, wie schnell sie ihr auf die Schliche kam. Hätte sie nicht das Glück gehabt, daß sich zwei Streifenbeamte an Ginny Marsden erinnerten, müßte sie noch jetzt in der Stadt die Klinken putzen.

»Dazu haben sie auch allen Grund«, nickte Maisie. »Das arme Ding hatte kaum noch ein Gramm Fleisch an den Rippen. Margaret wollte ihr zu essen geben, aber sie nahm nur einen Kaffee, und selbst den hat sie kaum angerührt. Als wär' Gift drin. Sie war ein armes Ding, zum Erbarmen. Ist ihr Verlobter hinter ihr her, oder hat die Familie sie aus dem Haus gejagt?«

»Nichts dergleichen. Ich muß sie bloß finden.«

»Na, dann probieren Sie's doch mal im Asyl drüben, neben dem Seefahrtsinstitut!« mischte sich Margaret ein. »Sie wollte wissen, wo sie bleiben kann, und was anderes gibt's hier nicht für die Obdachlosen. Nina Galt hat ein Herz für diese Leute. Sie ist meine Cousine mütterlicherseits und hilft dort ehrenamtlich mit. Das Mädel suchte jedenfalls eine Übernachtungsmöglichkeit – vielleicht auch für länger, was weiß ich! Da hab ich ihr geraten, bei Nina zu fragen. Ich nehme an, sie ist dorthin gegangen, denn wir hatten viel zu tun, als neue Gäste mit dem Bus eintrafen, die nach Creggan weitermüssen. Als ich mich wenig später nach ihr umdrehte, war sie schon weg mit dem Baby.«

»Haben Sie das Baby gesehen?«

»Nur ganz kurz. Sie wissen ja, wie das ist. Man möchte ja doch mal einen Blick riskieren. Aber sie hielt es ganz fest im Arm, und ich dachte noch, das kleine Würmchen hat gar keine Mütze auf bei diesem Wetter. Und zu dieser Jahreszeit! Aber sie hatte es warm eingemummelt in ihren Mantel. Ich zog den Aufschlag zurück, um mal ganz kurz nachzuschauen, und das Mädchen, wie soll ich sagen, zuckte regelrecht zusammen. Sie ging gleich auf Abstand. Ich hab das Kind kaum sehen können. Ich dachte schon, es könnte behindert sein, Gott steh mir bei. Mir kamen regelrecht Kaffee und Frühstück wieder hoch, so schlimm war's.«

»Was meinen Sie?«

»Och, die alte Blindschleiche!« spottete ihre Kollegin. »Du brauchst auch mal wieder neue Gläser! Würdest ja nicht mal meine Schwester auf der anderen Straßenseite erkennen.«

»Meine Augen sind noch tipptopp!« verteidigte sich Margaret und hob wütend die schwarzgemalten Brauen. »Aber als ich das Kind sah, wirkte der Kopf so merkwürdig klobig. Erst dachte ich, es wär nur 'ne Puppe, der jemand den Kopf plattgetreten hat. Eine Minute lang schien es wie . . . wie . . .« Margaret rang nach Worten. »So völlig aus der Form geraten, und von komischer Farbe. Aber es war wohl nur ein Lichtreflex, weil ich stark husten mußte, daß mir das Wasser in die Augen trat. Als ich blinzelte, war es ein ganz süßer Fratz. Hätte ihn knuddeln können . . .«

Helen überlief ein seltsamer, unerwarteter Schauder. Einen ganz ähnlichen Bericht hatte sie schon einmal vernommen.

»Es war wirklich ein hübscher Junge. Hab zwar nur einen kurzen Blick darauf werfen können, aber das reichte, um ihn auf der Stelle zu lieben. Er guckte so nett mit seinen großen, blauen Augen, meerblau – Herrgott, klingt wie ein Gedicht, wie?« Sie lächelte breit und zeigte zwei eindrucksvolle Reihen falscher Zähne. »Es gluckste wie alle Neugeborenen, so zittrig, eher wie ein Wimmern. Und da fielen mir meine eigenen Blagen wieder ein, wie sie kurz nach der Geburt waren.«

»Bloß daß es schon länger her ist als gestern«, unterbrach Maisie. »Ihr Ältester ist achtunddreißig, und wenn ich dran denke, wie's *ihre* Tochter treibt, dürfte sie über kurz oder lang Großmutter werden.«

»Ach, halt doch den Rand«, schimpfte Margaret, blieb aber gutmütig. »Jedenfalls roch es so wie jedes Neugeborene, Sie wissen schon, nach warmer, gesüßter Milch ...«

»Haben Sie noch einen anderen Geruch wahrgenommen?« erkundigte sich Helen.

»Tja, zuerst dachte ich, das Mädchen könnte mal wieder ein Bad nehmen«, erklärte Margaret naserümpfend. »Als sie an die Theke kam, erinnerte sie mich an die schmuddeligen Bettler, die drüben in den West Mains an der Küste hausen. Das war anfangs. Aber ich muß mich geirrt haben. Hinterher roch ich auch nur noch den Duft des Kleinen, und wissen Sie, am liebsten hätte ich ihn selbst auf den Arm genommen und geschmust. Stellen Sie sich vor, ich in meinem Alter will noch'n Baby haben ...«

»Ich denke, das wär' das achte Weltwunder, oder?« kicherte Maisie, und beide Frauen brachen in Gelächter an.

»Nicht nur für mich«, amüsierte sich Margaret. »Mein Billy hat wohl längst vergessen, wie man's macht.«

* * * * *

Er brüllte.

Sie hatte ihn verlassen. Die Erkenntnis versetzte ihn in unbeherrschte Wut und Angst. Er hatte seinen Hunger gestillt, die Milch eingesogen und die fetten Proteine, die der verwandelte Körper der Mutter hergab, und fühlte seine Kräfte wachsen. Schon war die Haut auf seinem Rücken straff geworden, glänzte und drückte ihn, wollte abgestreift werden. Auch er veränderte sich, aber diesmal war nichts so wie sonst. Der Wechsel war viel grundsätzlicher und überwältigender. Er spürte ihn in jeder Zelle seines Körpers.

Er wurde ein *anderer*. Aber ihm fehlten die Begriffe oder das Denkvermögen, sich den Unterschied zu vergegenwärtigen.

Die letzten Schlafperioden waren nicht leicht gewesen. Er hatte wieder geträumt, von dunklen, schattigen Orten, von der langen Qual der Geburt, die sich als furchteinflößendes Echo zu wiederholen schien, wie ein Nachhall seiner eigenen, lange Geschichte auf dem Resonanzboden seines Selbst. Er träumte von Hunger und Durst und von dem Drang, der sich nun schokkierend, bestürzend und verwirrend seiner bemächtigte, eine fremde, unerklärliche Gier, die sich wie ein neuer Hunger ausnahm und nicht weniger an ihm zehrte.

Es war ein Wandel, den er wiedererkannte, und der nun über ihn hereinbrach.

Und nun hatte sie ihn im Stich gelassen. Sie hatte abgewartet, bis er eingeschlafen war, von dem Festmahl in Sicherheit gewiegt, satt und faul und von den neuen Wachstumsprozessen ausgelaugt. Sie hatte ihn eingewickelt. Er wand sich und kämpfte gegen das Laken, spürte den Stoff an seiner trockenen, abgeschälten Haut kratzen. Er trat und schlug um sich, wälzte sich hierhin und dorthin. Und die ganze Zeit schrie er, ließ seinen geistigen Feuerstrahl heftig auflodern, daß er an der Fensterscheibe leckte und über den Boden floß.

Er wußte, daß sie ihn hörte, denn ihre Reaktion stachelte ihn noch mehr auf, brannte wie ein pulsierendes Leuchtfeuer in seiner Stirn. Er hatte sie gefunden und ihr befohlen, wiederzukommen. Sie erschrak, und ihr eigener Geist schrie ebenfalls, verstärkte ihre Angst, sagte ihm geradezu den Dienst auf, wie sie sich schon früher widersetzt hatte.

Diese hier war unberechenbar. Ihre Vorgängerinnen waren Herdenvieh gewesen – gefügig, einfältig, mit ihrem Los zufrieden. Sie hatten ihn angenommen und sich ganz hingegeben, selbst wenn er ihre Substanz aufzehrte.

Doch bei dieser hier war alles anders. Er hatte sie zu rasch ausgewählt, mußte eine schnelle Notlösung finden, als er selbst verletzlich und beunruhigt war, und er hatte die falsche Wahl getroffen. Er bekam sie nicht vollständig unter Kontrolle. Sie würde sich ihm nicht unterwerfen.

Sie war keine *richtige* Mutter.

Selbst jetzt spürte er ihren Verfall. Er trank sie leer, leckte sie auf, und auch das war neu. Eine richtige Mutter hätte länger halten müssen als sie, so lange, daß die Zeit keine Rolle mehr spielte. Er wurde gestillt und schlief, und wenn die Mutter schließlich ausgetrocknet war, suchte er sich eine neue. Jetzt wurde das anders, denn sein Begehren hatte sich geändert, war heißer und dringender geworden. Er spürte den Wandel in seinen Bedürfnissen und in der Fütterung. Er nahm jetzt nicht mehr bloß das, was sie für ihn produzierte, was seine eigenen, ihrem Kreislauf zugeführten Zellen verlangten. Seine geschmeidigeren Gliedmaßen machten es möglich, in ihre Venen vorzudringen, sie direkt abzuzapfen, dringend benötigte Spurenelemente aufzunehmen, jene Nährmittel und Bausteine, die sein Organismus für die rasche Umgestaltung brauchte.

Und doch wollte sie sich entziehen, ihn verleugnen, und das war ebenfalls neu. Jetzt hatte sie ihn in dieses Tuch geknotet. Sie hatte ihn hintergangen, mit einem schmählichen Trick, und war entkommen.

Maßloser Zorn kochte in ihm hoch. So etwas war noch *nie* vorgekommen. Sein Geist schrie vor Angst und Haß, und sie schwankte bereits. Instinktiv tastete er nach ihren mentalen Bruchstellen, wo er die Reaktionen beeinflussen konnte.

Stur kämpfte sie gegen ihn an, und er knurrte, während er das Laken noch abzustreifen versuchte. Schließlich hatte er den Kopf freigewurstelt und wälzte sich seitwärts, robbte wie eine Raupe in ihrem eigenen Kokon. Er bremste nicht schnell genug und fiel vom Bett hinunter, schlug mit dumpfem Lärm auf. Ein schmerzähnliches Gefühl überlief seinen Rücken, wo die Haut dünn und zart war. Er hörte etwas reißen, und die Verzweiflung quoll auf, heiß und ätzend wie Säure.

Weit weg, jenseits der Tür und die Treppen hinunter, war das Gequengel einer anderen Frau zu hören, für sein Gehör nur ein kakophonisches Durcheinander. Er dachte daran, einen Hilferuf in diese Richtung zu senden, aber dann schwante ihm, daß sie zu alt war, um von dauerhaftem Nutzen zu sein. Die Älteren waren schwerer zu kontrollieren, wenn er sich selbst wandelte. Er kreischte wieder, peinigte die Mutter mit seinem unerbittlichen Zwang. Sie blieb auf der obersten Stufe stehen, hätte beinahe kehrtgemacht, bewegte sich wieder vorwärts. Vergebens kommandierte er, spürte erneutes Zögern, erneute Verweigerung, einen seelischen Protest aus tiefstem Abscheu. Sie nahm eine weitere Stufe, wieder eine. Er fühlte ihre Schwingungen durch die Wände und den Boden, seismische Erschütterungen, die nur seiner Wahrnehmung zugänglich waren. Sie entfernte sich mehr und mehr, und er wußte, daß sein Einfluß schwinden würde. Wieder streckte er die Fühler aus, in die obengelegenen Räume, ins Erdgeschoß, suchte Kontakt, tastete nach anderen Menschenwesen, die er unterwerfen konnte.

Hinter der Mauer schreckte eine Maus aus dem Winterschlaf, kreischte auf und starb. Die Verzweigungen ihres Hirns glühten auf und verdorrten, platzten unter dem plötzlichen Energieschlag. Unter dem Dachvorsprung fielen zwei nistende Stare aus ihrem Versteck und prallten dumpf aufs gefrorene Pflaster. Geschmolzene Vogelaugen tröpfelten ins Eis. Auf der Suche nach Essensresten streunte ein Kater an der Küchentür vorüber, verdrehte den Schwanz; sein Aufkreischen erinnerte an das Geräusch von Fingernägeln, die über eine Schiefertafel kratzen. Er rannte aus der schmalen Gasse und kam unter die Räder eben jener Buslinie, mit der Ginny Marsden gestern aus der Stadt nach Levenford gekommen war; von ihm blieb nichts als ein schmieriger, bepelzter Streifen von zwei Metern Länge auf Asphalt.

Draußen im Hinterhof spielte ein Pitbull-Terrier verrückt, der Nina Galts Schwager Campbell gehörte, einem stadtbekannten Tunichtgut – einst hatte sein Sohn etwas noch Entsetzlicheres und Verhängnisvolleres gesehen als jenes Ding, das jetzt nach

Ginny Marsden schrie, doch er hatte die Begegnung überlebt. Aufjaulend warf sich der Hund wieder und wieder gegen die Tür seines Verschlags, wo Campbell ihn vor neugierigen Blikken barg. Er hatte ihn für einen größeren Wettkampf nach Neujahr trainiert, ihn mit den kräftigen Kiefern nach einem alten Handtuch schnappen lassen, das vom Fenster im dritten Stock herunterbaumelte – schließlich ähnelte das Tier einem grotesken Wasserspeier, so gut waren die Schnauzenmuskeln entwikkelt. Jetzt verbiß es sich in die Holztür, rund fünfundzwanzig Meter hinter der Herberge in einem Gartengelände, das nur von der River Street her zugänglich war. Niemand bemerkte es, bis die Tür fast durchgenagt war. Das Tier hatte vollkommen den Verstand verloren; seine Schnauze war ein blutiger Brei, gespickt mit Holzssplittern und Nägeln, und am folgenden Abend mußte Campbell es mit einem einzigen, fürchterlichen Schlag seiner Erdschaufel töten.

Jetzt zögerte die Mutter nicht mehr, trotz der furchteinflößenden Befehle, die das Ding ausstrahlte, während es sich auf dem Boden wälzte. Sie war bereits außerhalb ihrer Reichweite. Er geriet in Panik, hüpfte hierhin und dorthin, und sein seltsamer kreisförmiger Mund entblößte winzige, glasscharfe Zähne. Das fleckige Gesicht zuckte; unter dem runzligen Lid eines vorstehenden Auges zerriß die Haut in aufspleißende Fetzen und legte eine violette Hülle frei, die mit exotischem Gift gefüllt schien. Jede Drüse an seinen oberen Gliedmaßen blähte sich auf, aber er war noch immer verheddert. Die kräftigen Lockstoffe, mit denen er die Mütter und andere Menschenwesen manipuliert hatte, bevor sein Geist stark genug wurde, zu befehlen, sprühten direkt in das Tuch, lösten fast das Leinen auf, doch es hielt noch so gut, daß der Geruch nicht hinauskam.

Einen Moment lang war er völlig machtlos. Sie war entkommen, hatte ihn alleingelassen. Wenn er hierblieb, würde er entdeckt werden. Ein anderer Mensch konnte ihn finden, bei dem sein Einfluß unwirksam war – ein Mann zum Beispiel. Die chemische Botschaft seiner Drüsen wurde von Müttern entziffert, die ihn lieben sollten, doch einen Mann würden sie nur aggressiv machen und letztendlich um den Verstand bringen. Er ahnte, daß ihm in diesem Fall die Vernichtung drohte.

Neue Ängste alarmierten ihn. Er war noch nicht stark genug, um allein zu überleben. Dafür war der Wechsel zu abrupt und kräftezehrend. Er würde in der Falle sitzen, ohne eine Mutter ertappt werden – und in einer Stunde, vielleicht weniger, brauchte er neue Nahrung.

Dann blieb die Mutter stehen. Der Dielenboden unter ihren Füßen zitterte nicht mehr. Sie war auf dem Treppenabsatz stehen geblieben, keine dreißig Schritte weit.

Es wurde totenstill. Er hielt den Atem an. Sehr langsam, mit einem Mal begreifend, ließ er sich nach links abrollen. Wie durch ein Wunder lockerte sich das Laken. Sein Gehirn – vielmehr das, was bei ihm die Stelle des Gehirns vertrat: ein Organ, das mehr triebhaften Impulsen folgte als echten, zusammenhängenden Gedanken – erfaßte blitzschnell die Chance, sich zu befreien. Er rotierte weiter, bis er an den Fuß des Bettes stieß, dann wirbelte er raffiniert herum und kehrte zu seinem Ausgangspunkt zurück. Allmählich löste sich die feste Umwicklung, und der Druck ließ nach. Schon konnte er die Schultern freimachen.

Sie verharrte noch immer im Treppenhaus. Auch wenn er sich bewegte, merkte er ihr Schwanken. Eine schreckliche Erkenntnis hatte sie aus dem Konzept gebracht. Nicht viel mehr als eine leise Schwingung in der Luft, aber er spürte es auch in dieser Distanz. Die Mutter hatte sich umgedreht. Sie war eine Stufe aufwärts gegangen. Das Dielenbrett quietschte unter ihrem Gewicht wie der Notschrei eines kleinen Tiers. Jetzt ragten seine Schultern hervor, einen Arm konnte er ausstrecken und sich am Bettvorleger festhalten, ihn zu sich heranziehen. Die eine Ecke lag unter dem Fuß des Betts verkeilt, und der Teppich blieb ruckend liegen. Er bekam den anderen Arm frei, krallte seine Spinnenfinger in die rauhen Fasern. Auf diese Weise kroch er aus dem Laken wie der Schuppenflügler aus der Puppenhülle. Sein Atem pfiff vor Anstrengung, und sein leises, befriedigtes Grunzen war das Echo der knarrenden Treppenstufe draußen.

Zugleich geriet er in heftige Erregung. Sie machte kehrt. Er zurrte wieder und wieder, wälzte sich frei, stolperte über den faltenschlagenden Teppich und fiel auf den nackten Boden. Seine Haut glitschte über die gebohnerte Fläche. Seine Krallen verhakten sich zwischen zwei Brettern, und so kam er endlich auf alle viere. Auf die unteren Gliedmaßen, die noch verklebt und knochig und merkwürdig ineinander verschränkt waren, verlagerte er sein Körpergewicht. Sie schlurfte die Treppen hoch, erschöpft von der Anstrengung, und er hörte ihr schweres Keuchen und das Knirschen ihrer Gelenke. Und dennoch – sie kam wieder her.

Er taumelte über den Boden zur Bettkante, schleifte noch immer das Laken nach, das seine graue, spindeldürre und verschwommene Gestalt halb bedeckte. Schon stand sie am Türpfosten, unsichtbar hinter der Wand. Eine blasse, zittrige Hand tastete sich durch den halboffenen Spalt herein, fummelte in der leeren Luft, als wäre die Mutter zu ängstlich, selbst nachzusehen, was tatsächlich stimmte. Die Tür war gegen die Wand geprallt und langsam zurückgeschwungen. Das blaue Plastiketikett baumelte vom Schlüssel herab, der innen steckte. Sie streckte den Arm danach aus, ihre Schulter glitt herein, dann eine Hälfte ihres Gesichts. Er konnte kaum an sich halten, so unerträglich war der Druck, mit dem sich seine Drüsen füllten und bereit machten. Aber er wartete noch, unterdrückte seinen Wunsch, paßte den geeigneten Zeitpunkt ab.

Halb war sie schon drin, bemerkte die Bewegung am Boden und riß die Lider weit auf. Ihre Finger bekamen den Schlüssel zu fassen. Ihr Mund klappte auf, als sie ihn sah.

Er brüllte seinen Befehl, und seine Drüsen erleichterten sich, sprühten eine fast sichtbare Wolke seines Sekrets in die Luft. Sie erstarrte, blieb mit angstvoll geweiteten Augen, die aus den Höhlen springen wollten, stehen.

Und dann kam *er*.

* * * * *

Helen trank ihre zweite Tasse Tee; ein Entschluß, den sie vermutlich noch bereuen würde. Nachher mußte sie sich eine Toilette suchen, bevor sie die Rückfahrt in die Stadt antrat. Mittlerweile bevölkerten einige Angestellte in Anzug und Schlips von der Castlebank-Destillerie das Lokal. Sie wirkten wie Buchhalter oder Manager und bestellten Hamburger oder Hot dogs, den schnellen Imbiß fürs Büro. Maisie und Margaret mußten die Unterhaltung abbrechen und sich ihrer Kundschaft widmen. Helen legte ein paar Münzen auf die Untertasse und trat in die Kälte hinaus. Das Wetter war klar und vom lichten Blau einer wolkenlosen Wintersonnenwende; nur der Nebel vom Fluß her wallte in den verwinkelten Gäßchen, die an der alten Bäckerei vorbei zur Mole führten. Die Luft war still und glasig; die haarfeinen Dunstfäden schienen wie durchsichtige Tentakel den Tag zu ertasten. Selbst durch das wäßrige Blau des Himmels geisterten sie. Helen zitterte, aber nicht vor Kälte. Sie machte kehrt, ging ein paar Schritte die River Street entlang und zitterte wieder, diesmal heftiger.

»Jemand muß über mein Grab gelaufen sein«, murmelte sie und fühlte die Gänsehaut zwischen ihren Schulterblättern prikkeln.

Doch es war mehr als ein Aberglaube; eine düstere Vorahnung berührte sie mit dem unerklärlichen Gefühl, daß etwas nicht stimmte.

Sie trat noch einen Schritt vor, zwei, dann blieb sie stehen. Plötzlich fiel es ihr wie Schuppen von den Augen. Das Gefühl war ihr schon vertraut – der Eindruck, beobachtet zu werden. Sie war noch jung und wohl attraktiv genug, daß ihr die Arbeiter von Gerüsten oder Baugruben aus bewundernd hinterherpfiffen. Sie merkte es, wenn Autofahrer im Schritttempo fuhren und sich errötend abwandten, sobald sie herausfordernd zurückstarrte. Und es blieb ihr zu anderen Tageszeiten nicht verborgen, wenn sie eine überfüllte Kneipe betrat und mit von irgendwem mit Blicken entkleidet, bloßgestellt wurde – sei es in feindlicher oder freundlicher Absicht. Es war ihr sechster Sinn, der ihr von großem Nutzen sein konnte, wenn es galt, Gefahren rechtzeitig zu erkennen.

Jetzt schrillte wieder diese innere Alarmglocke, wenn auch stärker als gewohnt aus unerklärlichen Gründen. Es war nicht so wie sonst.

Sie blieb stehen und sah sich um. Ihre Blicke wanderten den Bürgersteig entlang, bis dorthin, wo die Kirk Street in die Hauptstraße der Stadt mündet. Zwei beleibte Herren in Pelzmänteln liefen nebeneinander her, Vertreter eines Anwaltsbüros, die von einer Verhandlung beim Haftrichter kamen. An der Bushaltestelle lümmelte eine Gruppe Halbstarker mit rasierten Köpfen herum, die gegen Kälte unempfindlich schienen. Zuerst merkte Helen gar nicht, daß es Mädchen waren, bis eine sich umdrehte und mit gespitztem Kußmund einen Rauchring blies.

Abrupt hörte das Gefühl auf, beobachtet zu werden. Man hatte die Observation eingestellt – wenn es denn eine gewesen war. Sekundenlang war Helen verwirrt. Sie kam sich vor wie nach einer Berührung, die einen Fettfleck hinterläßt. Wieder erschauderte sie. Eine unsichtbare Schwingung lag in der Luft, und sie rief sich streng zur Ordnung. Sonst hielt sich in weitem Umkreis kein Mensch auf, von einigen ältlichen Damen abgesehen, die auf der anderen Straßenseite ihre Einkaufstüten schleppten. Das Café lag schon weit hinter ihr.

Der Prachtbau des Seefahrtsinstituts befand sich in einer engen Stichstraße am entgegengesetzten Ende der River Street. In viktorianischer Zeit, als die Stadt durch Werften und Seehandel reich geworden war, mußte es sehr imposant gewesen sein. Jetzt stand es da als abbröckelndes Monument einer glanzvolleren Vergangenheit. Schiffe wurden hier schon lange nicht mehr gebaut. Die Produktion war fast völlig eingestellt.

Die Herberge, in der einst Seeleute von den Windjammern aus Cathay übernachtet hatten, lag genau gegenüber, vom strengen Westwind geschützt und daher besser erhalten als das Institutsgebäude.

Argwöhnisch beäugte Nina Galt Helens Dienstausweis. »Wir dürfen eigentlich keine Auskünfte über unsere Gäste erteilen«, brummte sie.

Helen hatte nicht die geringte Lust, ihre Zeit mit aufdringlichem Geschwätz zu verlieren. »Ich will niemandem auf die Nerven gehen und hab auch nicht vor, hier auf der Türschwelle zu diskutieren«, versetzte sie ungerührt. »Ich könnte wiederkommen und einen Durchsuchungsbefehl mitbringen. Aber das hieße, jede Menge Bürokram erledigen, und die Stimmung würde davon auch nicht besser.«

Nina Galt wollte etwas erwidern, aber Helen hob die Hand. »Machen wir's kurz. Ich bin hinter einem vermißten Mädchen her. Die Eltern machen sich große Sorgen, und mein Chef erwartet von mir, daß ich sie finde. Kann sein, daß sie hier ist, kann auch nicht sein. Von Ihnen verlange ich nicht mehr und nicht weniger, als daß sie sich das Foto ansehen und ja oder nein sagen. Über alles Weitere reden wir später – aber fürs erste werfen Sie mal einen Blick darauf, ja? Mir zuliebe. Wir wollen doch beide nicht mehr Scherereien als unbedingt nötig.«

Nice Galt musterte Helen abwägend. Sie hatte es selbst nicht immer leicht im Leben, war in einer Großfamilie zwischen lauter Brüdern aufgewachsen, die ständig auf die schiefe Bahn gerieten. Als sie heiratete, verbrachte ihr Mann so manchen Freitagabend in der Ausnüchterungszelle des Polizeireviers am College Way. Seither konnte sie keine Bullen ausstehen, wollte aber ihrerseits nicht mit dem Gesetz in Konflikt geraten. Zugleich fühlte sie sich den Leuten, die bei ihr Zuflucht fanden, verpflichtet, und von denen hatten viele Ärger mit den Behörden und wollten sich für eine Weile unsichtbar machen.

»Und sie wird wirklich vermißt?«

»Genau. Und ihr ist nichts vorzuwerfen, jedenfalls nicht von Amts wegen.«

»Zeigen sie mir das Bild.«

Helen entnahm es der Seitentasche ihres Jacketts. Nina Galt hielt es hoch, und zwischen ihre Brauen trat eine große Falte. »Ja. Die ist gestern hergekommen. Sie hat oben ein Zimmer. Es kommen immer welche kurz vor Weihnachten, und wir bringen sie unter, bis die Wohlfahrt eine eigene Bude für sie findet.«

»Wie schon gesagt, sie hat nichts zu befürchten, weder von uns noch von ihren Eltern«, erklärte Helen, obwohl es nicht die ganze Wahrheit war. Ginny Marsden würde allerhand Schwierigkeiten kriegen. Immerhin hatte sie das Baby entführt. Doch ihr Instinkt verriet Helen, daß die Vermißte in ganz anderen Schwierigkeiten steckte, als sie alle ahnten.

»Ist sie jetzt da?«

»Ich vermute schon. Wir kümmern uns nicht viel um die Bewohner. Sie kriegen Bett und Mobiliar gestellt, und wir passen auf, daß sie keine Drogen nehmen. Ansonsten dürfen sie kommen und gehen, wie's ihnen paßt.«

»Hat sie ihren Namen gesagt? Oder einen Ausweis vorgelegt?«

»Celia«, erklärte Nina nach kurzer Überlegung. »Celia Barker. So stand es auf ihrer Kreditkarte.«

Irgendwo hinter der Herberge bellte ein Hund wie verrückt, trotz der Entfernung und der dicken Mauern unüberhörbar. Nina Galt nahm ihren Passepartoutschlüssel vom Haken unter der Empfangstheke und ging voraus. Am Fuß der Treppe, wo das mit Schnitzereien verzierte Geländer eine elegante Kurve beschrieb, blieb sie stehen und starrte in den schmalen Korridor. Hinter dem Treppenhaus lag die Garderobe; leere Kleiderhaken aus Messing ragten in Augenhöhe hervor.

»Ihr Kinderwagen ist weg«, murmelte Nina. »Heute früh stand er noch dort.«

Helens Mut sank. Sie wollte diese Sache endlich hinter sich bringen und zu dem zurückkehren, was sie für echte Polizeiarbeit hielt – Verbrecher fangen.

»Vielleicht hat ihn jemand weggeräumt«, fuhr Nina fort. »Wir mögen's nicht, wenn der Flur vollgestellt wird. Die Brandschutz-Inspektion hat sich schon beschwert. Andererseits kann man von den Mädchen nicht verlangen, ihre Kinderwagen die Treppe hochzuhieven. Er könnte im Hinterhof stehen.«

»Sehen wir zuerst im Zimmer nach«, schlug Helen vor. Achselzuckend begleitete Nina sie hinauf. Sie wollte gerade den Passepartout ins Schloß stecken, als sie in der Bewegung innehielt. Ein Streifen blaues Plastik lag auf dem Boden, zur Hälfte unter der Tür verborgen. Sie bückte sich und hob es auf, wobei sie den Schlüssel durch die Ritze zog. Sie richtete sich auf und öffnete kurzerhand die unverschlossene Tür.

»Grundgütiger Himmel!« stieß Nina hervor und wich naserümpfend beiseite, die Stirn in angestrengte Falten gelegt. »Etwas muß hier drin gestorben sein!«

Helen drängte an ihr vorbei. Der Geruch war schwer und faulig, und sie erkannte ihn wieder. Er war schwächer als bei den früheren Gelegenheiten, als habe er sich schon verflüchtigt, aber noch immer kräftig genug, ihre Augen zu röten und das Herz schneller schlagen zu lassen. Für einen Moment verschwamm das Bild des Fenstervierecks, dessen Gardine zurückgezogen war, vor ihrem Blick. Sie schüttelte den Kopf und tastete sich zur Tür hinaus.

Von der Diele aus war die kleine Kammer vollständig einzusehen. Das Bettzeug lag spiralförmig auf dem Bett, wie in Heather McDougalls Wohnung und auf Celia Barkers kleiner Couch. Ein Bettlaken lag zerknüllt, aber aufgewickelt am Boden. In der Mitte klebte ein rostfarbener, verschmierter Blutfleck. Der Teppich war verrutscht und warf Falten.

»Was ist denn hier losgewesen?« rief Nina bestürzt.

Helen blieb mucksmäuschenstill. Ihre Blicke glitten über das Mobiliar, durch die offene Tür des Badezimmers und in den Wandschrank gegenüber. Das Zimmer war leer.

Hier stimmt was nicht, meldete sich ihre innere Stimme. Wieder überlief sie ein Schauder, und die Gänsehaut prickelte auf ihrem Rücken.

Nina Galt drehte sich zu ihr um. Die Polizistin war blaß geworden, ihr Gesicht stach kalkweiß gegen den schwarzen Schimmer ihres kurzgeschnittenen Haars ab. Schnaufend stand Helen im Türrahmen und fragte sich, was als nächstes zu tun sei. Nur allzu rasch kam die Erinnerung an das wieder hoch, was in Celia Barkers Küche passiert war – wo sich die tote Katze zum Tanz aufgerichtet hatte, die Wände ein- und ausatmeten und ein zweiköpfiges, unförmiges Monster herangerauscht kam.

Sie wollte hier nicht eintreten. Plötzlich war ihr klar, daß sie Hilfe brauchte und David Harper hinzuholen mußte. Mit dieser

Sache wurde sie allein nicht mehr fertig. Ihre schlimme Vorahnung war jetzt so deutlich, daß sie glaubte, die Worte ausgesprochen zu hören. Hier waren keine natürlichen Kräfte mehr am Werk. Diese Erkenntnis kam ihr mit glasklarer Schärfe.

Von draußen, jenseits des Fensters, untermalte das Jaulen und Hecheln des Köters den Aberwitz der Szenerie. In regelmäßigen Abständen prallte er in seinem Verschlag gegen die rohen Holzbretter der Tür. Darunter auf der Wiese bedeckten Schneekristalle, die vom Dach wehten, zwei Vogelleichen. In einer unsichtbaren Höhlung der Wand troff einer toten Maus die weiche, gelierte Hirnmasse aus dem Ohr.

Helens Nerven schienen bloßzuliegen, wie aufgeschnitten und herausgetrennt. Sie merkte, wie Nina Galt sie von der Seite anstarrte. Auch ihr war die Kehle wie zugeschnürt, und sie mußte mehrmals schlucken, um sich nicht zu übergeben. Helen wurde bewußt, daß sie nicht allein war, aber in ihrem Innersten spürte sie, wie das Grauen dieser unwirklichen Bedrohung alles durchtränkte.

Auf dem Video hatte sie gesehen, wie Ginny Marsden erstarrte, als Heather McDougall im letzten Todeskampf lag. Das Mädchen war stehengeblieben und hatte das Baby aus dem Kinderwagen der Alten genommen. Hier war die Luft noch immer geschwängert vom Gestank, der Helen in McDougalls Haus entgegenschlug. Es war derselbe wie in Celia Barkers Wohnung – jenes Mädchens, dessen Namen Ginny Marsden angenommen hatte.

Jetzt begriff sie, wie alles miteinander verknüpft war. Der Hauch des Wahnsinns, der über all dem lastete, überkam ihre Seele und vergiftete sie mit namenloser Angst.

»Machen Sie wieder zu«, befahl sie, »und schließen Sie gut ab!« Sie trat beiseite, und Nina Galt, die noch immer an dem modrigen, ekelerregenden Gestank würgte, warf die Tür zu. Den Schlüssel drehte sie zweimal herum, bevor sie ihn aus dem Schloß zog. Damit war auch der Gestank verschwunden, und das überschnappende Geheul des Hundes zu einem dumpfen Wimmern herabgedämpft.

»Was in aller Welt war das?« fragte die Herbergsmutter schließlich. Auch der Polizistin zitterten grundlos die Hände, genau wie ihr selbst. Ihr war elend zumute und schwindlig, und sie kämpfte gegen die Übelkeit an. »Was hat da so gottserbärmlich gestunken?«

»Ich weiß es nicht«, gab Helen kehlig zurück. »Aber wir werden es herausfinden. Lassen Sie vorerst niemanden hinein. Wir müssen das Zimmer durchsuchen.«

»Und anschließend kann ich's ausräuchern lassen«, fügte Nina Galt hinzu. »Da werden mir ja die Leute krank!« Sie entfernte sich von der Tür und verdrehte die Schulter, als ob sie etwas juckte. Mit dem Daumen unter der Achsel kniff sie in den Stoff ihres Kleids und hob ihn ein wenig. Helen wußte gleich, was das zu bedeuten hatte. Sie richtete den Träger ihres BHs, der ihr plötzlich zu eng vorkam. Mit Schrecken merkte Helen, daß sie selbst gerade unwillkürlich das gleiche tat.

Sie blickte an sich herab, während die andere Frau auf der Treppe vorausging. Ihre Brüste pochten im selben Rhythmus wie der Herzschlag, und der Druck des Baumwollstoffs war unbequem. Ihre Brustwarzen standen vor und kratzten gegen den dünnen Sweater, den sie unter der Fliegerjacke trug. Sie schloß die Jacke und versteckte die verräterische Schwellung, aber das Gefühl des Drucks blieb, während sie die Stufen hinabschritt.

Der schwere, tranige Geruch verursacht wohl nicht nur Übelkeit, dachte Helen. Wieder hatte sie das Gefühl, jemand liefe über ihre einstige Grabstelle, und erzitterte wie eine Violinsaite unter dem Bogen.

*****

Es hatte Ginny rasch attackiert. Es war über sie hergefallen wie eine Spinne. Sie faßte gerade nach dem Schlüssel, während die Angst so heftig zuschlug, daß sie glaubte, in tausend Scherben zu zerspringen. Die Angst blockierte alles außer dem drängenden Wunsch, das Baby – *Monster, es ist ein verdammtes Mon-*

ster – hinter der Tür einzuschließen. Sie mußte es drinnen gefangen halten. Es war die einzige Heldentat, die das junge Mädchen zeitlebens unternahm. Und es war das erste Mal im Leben, daß sie so tapfer sein mußte.

Und beinahe hätte sie es auch geschafft. Sie war auf dem Treppenabsatz stehengeblieben und hatte die unglaublich steile Klippe der Stufen erklommen. Sie war in den Korridor gelangt. In der Kammer hechelte das Ding verzweifelt wie ein gejagtes Tier. Ununterbrochen ließ es dieses gräßliche Kreischen erschallen, hoch und für menschliche Ohren nicht hörbar, aber irgendwie nahm Ginny es mit ihren Sinnen auf. Sie befühlte den Türgriff und wußte, daß sie sich seinem Blick nicht aussetzen durfte.

Ginny bildete sich ein, es schaffen zu können, wollte den Schlüssel zu fassen kriegen und ins Schloß zu stecken. Sie hielt den Atem an, obwohl ihr hämmerndes Herz nach Luft rang. Ihr war schwindlig, und es wurde ihr schwarz vor Augen. Dann hellte es sich wieder auf.

Der Schlüssel steckte im Schloß, aber auf der Innenseite. Sie mußte sich hineintasten, wobei sich der siedende Haß und die Qual des Wesens unauslöschlich in ihre Hirnschale brannten. Mühsam zwang sie sich vorwärts.

Es zischte. Es rief nach ihr. Es verlangte nach ihr. Es *befahl*.

Verzweifelt bog sie die Finger um den Schlüssel, aber sie waren taub und fühllos geworden. Brennende Nadelstiche tanzten über die Haut auf ihrem Oberarm, die Hände wurden von ungeahnten, mahlenden Schmerzen gefoltert. Es kommandierte, und sie drehte den Kopf, ganz gegen ihren Willen. Das Laken hatte es abgestreift, wickelte sich noch immer aus auf dem Teppich, der zu einer faltigen Rolle geknautscht war. Ein hagerer, dunkler Schatten mit eckigen Gliedmaßen bewegte sich, und sie wollte nicht hinsehen.

Es schrie nach wie vor in ihr, und sie japste unter dem grausamen Schmerz, den das Ding ins Zentrum ihres Nervensystems sandte. Ginny wollte sich herauswinden, hörte das Etikett am Schlüsselgriff klimpern. Sie faßte danach, zog an dem Schlüssel. Rasselnd blieb er stecken.

Wieder fuhr ihr Kopf herum, vom unwiderstehlichen Drang verlockt, dem Befehl zu gehorchen.

Das Ding wälzte sich zuckend an der Bettkante. Ihre Hand zog am Schlüssel. Er glitt aus dem Schloß, drehte sich langsam wie in Zeitlupe, blieb in der Luft stehen und schaukelte leise surrend zu Boden. Die übernatürliche Wahrnehmung verzerrte ihre Sinne. Jede Zelle ihres Körpers wurde zu einem feinen Sensor.

Das Monster schnellte zu ihr herum. Flache, rötliche Augen funkelten über dem stumpfen Gesicht. Das runde Maul klappte gierig auf und zu, zeigte den Neunaugenkreis seiner Zahnsplitter. Die Glieder waren spindeldürr und irgendwie verklebt, die Haut, die sie schon vorhin im Spiegel gesehen hatte, schrumpelig und graugefleckt.

Wie eine Spinne fiel es über sie her. Es huschte über den Boden, winzig und tänzelnd, so behende, daß ihr Blick kaum zu folgen vermochte. Mit tiefem, metallischem Dröhnen prallte der Schlüssel am Boden auf und schlitterte außer Sicht. Der Gesang der Frau in der Küche, kilometerweit weg, war zu einem monotonen Hornissengesumm herabgestimmt, die Vokale und Konsonanten bis zur Unverständlichkeit gedehnt und entstellt. Eine Kesselpfeife brummte unaufhörlich als fernes Nebelhorn.

Das Ding hastete auf sie zu. Seine Konturen verschwammen und zerfaserten, als sich die Schwellungen an den Seiten wie kleine Lungenflügel aufblähten, wie Pumpen, die statt Luft ein staubfeines Gift versprühten. Ginny verschloß instinktiv die Lippen zu einem schmalen Strich. Sie wollte fliehen, aber ihre Füße waren wie am Boden festgeklebt. Die Hand wollte noch immer den Schlüssel auffangen, der längst verlorengegangen war, als das Ding zum Sprung ansetzte.

Der Gestank betäubte sie im selben Augenblick, als das Monster sich in Hüfthöhe festkrallte und mit rattenhafter Wut an ihr emporkletterte, mit dürren, weißlichen Fingern ihr Gesicht unter dem Kiefer packte. Die Finger, reptilienhafte, warzenbesetzte Zeiger, gruben sich in ihre Haut, nahezu fest genug, um das darunterliegende Gewebe zu zerfetzen. Die tellergroßen roten Augen waren ihr jetzt so nahe, daß sie wie Lavaseen glühten. Der Gestank umhüllte sie, drang mit chemischer Gewalt in ihre Poren und Körperöffnungen, während der geistige Fühler des Monsters ihre Seele zerschnitt.

Von dieser Sekunde an war sie wieder seine Gefangene.

Vor ihrem Auge wurde die Gestalt undeutlich, erst grau und roh, dann rosa und blank, und wieder zurück, als wäre die konsequente Tarnung überflüssig geworden. Es durchbohrte sie mit seinem Blick, zwang ihr seinen einzigen Willen auf. Ihr Herz dehnte sich unter den Rippen wie ein entzündeter Ballon. Keuchend würgte sie seine Essenz hinunter, füllte ihre Lungen damit. Jede Faser ihres Seins widerstrebte, jeder Muskel bäumte sich auf, jedes Gelenk blockierte wie Stein. Der Wunsch, dieses Wesen zu bemuttern, wetteiferte mit dem machtvollen Drang, es zu zerschmettern und loszuwerden. Sie wollte sich ducken und treten, schreiend um sich schlagen, aus der Umklammerung freikommen und sich an irgendeinem Ort zum Sterben legen – und zugleich war sie gezwungen, seinem beherrschenden Zwang zu gehorchen. Und über allem lag die unerbittliche Gewißheit des Scheiterns.

Es hatte sie wieder im Griff. Sie würde nie mehr allein sein.

Ginny Marsden sank rücklings gegen die Wand, schlug mit dem Hinterkopf auf, glitt in die Hocke, wobei ihr Mantel ein loses Stück der alten, brüchigen Tapete mit sich riß. Das Ding in ihren Armen hypnotisierte sie noch immer mit erbarmungsloser mentaler Gewalt. Ein Speichelfaden troff ihr aus dem Mundwinkel. Sie stöhnte leise, während der Hund draußen im Hof überschnappte vor heulender Wut, die Holztür mit Schnauze, Gebiß und Schädel rammte.

Nach einer Pause, einer sehr langen Pause rührte sie sich wieder. Das Ding lockerte den Griff ein wenig, und die großen roten Augen, glasig wie Granatsteine, schlossen sich träge. Es rutschte tiefer, krabbelnd wie ein schmächtiger, geschuppter Affe, machte sich über ihre Brüste her und wühlte sich wieder hinein. Nach einer Weile fühlte sie klamme Finger an der nackten Haut und das dünne, glitschige Abfühlen ihrer Schenkel.

Aber bewußt nahm sie jetzt nichts mehr wahr.

Was von Ginny Marsden übrig war, von ihrem Selbstverständnis und Eigenwillen, lag abgeschottet in einer undurchdringlichen Blase auf dem dunklen Grund ihres Innern, von wo kein Angstschrei, keine Warnung mehr heraufdringen konnte.

Ginny Marsden, die neue Mutter, ließ es saugen und glucksen und schlürfen, bis es wieder gesättigt war. Das mähliche, unablässige Vertröpfeln ihres Lebenssafts trocknete sie nach und nach aus. Sie merkte es nicht. Sie spürte nichts weiter als den quälenden, kriechenden Schmerz, der mittlerweile ihren ganzen Körper beherrschte.

Einige Zeit später befahl ihr das Baby, aufzustehen. Ihre Augen konnten seine wahre Gestalt erkennen. Irgendwo tief drinnen übersetzten ihre Gedanken das visuelle Bild in etwas, das einem Baby ähnelte. Aber das machte jetzt auch nichts mehr. Sie war ein für allemal versklavt.

Draußen schob sie den Kinderwagen über die River Street, und es hielt sie noch immer fest. Ab und zu würde sie sich bükken, unter das Verdeck schauen, wie alle Mütter, wenn sie ein Neugeborenes versorgen – einfach nur, damit es sieht, daß sie noch da sind.

Das linke Rad des Kinderwagens quietschte protestierend, als sie die Allee entlang kam, schlurfend wie ein altes Weib.

— 18 —

»Ich weiß selbst nicht, was drinnen passiert ist«, rief Helen in den Hörer. »Aber ich hab alles verriegeln lassen. Kommt nicht in Frage, daß ich da ohne Verstärkung noch mal reingehe. Natürlich könnte ich einen Streifenwagen bestellen. Aber mir wär's, ehrlich gesagt, lieber, du schaust selbst vorbei. Schließlich ist das unser Fall!«

»Na schön«, meldete sich David mit dünner Stimme. Offenbar war er im Wagen unterwegs. Elektrische Störgeräusche zerlegten seine Sätze zu sinnlosen Bruchstücken. »Bin da . . . eine Stunde höchstens.«

»Wie bitte?«

»Warte . . . halbe Stunde . . . Berufsverkehr.« Sie begriff. Ein letztes Knacken unterbrach die Leitung, und es wurde still im Hörer. Er war unterwegs und mußte quer durch die Stadt. Er würde über die Schnellstraße kommen, die Brücke am Fluß bei Barloan Harbour überqueren. Ihr wurde warm ums Herz, und das nicht nur vor Erleichterung.

Unten in der Küche überlegte Nina Galt, was genau das Mädchen ihr erzählt hatte. Helen war bereits bei der dritten Tasse Tee heute nachmittag, und allmählich wuchs der Druck auf die Blase. Aber sie hielt sich noch zurück. Die Toiletten lagen jenseits der Treppe, von der sie wußte, daß sie zu Ginny Marsdens Zimmer führte – einem Raum, der nach ihrer Übernachtung mit dem fauligen, lähmenden Gestank vergiftet war.

»Mir kam sie älter vor als zweiundzwanzig«, erklärte Nina Galt. »Sie muß einiges hinter sich haben. Hätte ich in ihrem Alter so ausgesehen wär' ich längst von der Brücke gesprungen. Ich hätte sie für Ende Dreißig geschätzt, mindestens, wenn nicht älter! Mit kam schon der Gedanke, ob sie's nicht zu arg getrieben hat, um das Kind zu kriegen – wissen Sie, was ich meine? Sie hatte schon graue Strähnen im Haar und hätte mal ein gutes Shampoo brauchen können. An einigen Stellen war es ausgefallen. Hat sie vielleicht Aids oder so was?«

»Sie scheint ziemlich krank zu sein«, gab Helen zu. Seit sie die Treppe heruntergekommen waren, schien Nina Galt nach und nach zu vergessen, daß sie's mit einer Polizistin zu tun hatte. Eine gewisse Feindseligkeit, die sich anfangs bemerkbar gemacht hatte, schmolz wie Butter in der Sonne. Im Blick der Herbergsmutter hatte sie das Grauen wiedererkannt, das sich nun zum Teil auf sie selbst übertrug. Zwei Frauen in einer großen Küche, die Tee tranken und sich Mut zusprechen wollten – aber was hatten sie schon zu befürchten? Nina wußte es nicht, aber wenn Helen Lamont – die jung und kräftig gebaut und gutaussehend war, intelligent und abgebrüht war (sein mußte, wenn sie daran dachte, wie sie sich vor Nina aufgebaut hatte) – wenn Helen Angst hatte, dann gab es bestimmt Anlaß zur Sorge.

»Und was ist mit dem Baby?«

»Wir wissen es nicht. Kann sein, daß sie's entführt hat.«

»Das hat sie doch bestimmt nicht getan«, widersprach Nina, aber es war mehr eine Frage als eine Feststellung. »Sie sah nicht aus wie jemand, der dazu imstande ist. Der kleinste Luftzug hätte die Ärmste umgeworfen.«

Helen hatte das Anmeldebuch von der Theke genommen und aufgeschlagen. Ginny Marsden, durch das Fahndungsfoto identifiziert (obwohl Nina Galt behauptete, sie sähe mindestens fünfzehn Jahre älter aus), hatte den Namen ihrer Freundin angenommen und eine Kreditkarte als Ausweis vorgelegt. Nina bestätigte abermals, daß sie bei der Ankunft keinen Kinderwagen hatte, aber später am Nachmittag einen mitbrachte, den sie hinter der Treppe im Flur abstellte.

»Und niemand hat mitgekriegt, wie sie damit verschwand?«

Nina zuckte die Achseln und blies Rauch aus den Nasenflügeln wie ein feuerspeiender Drache. »Das geht hier rein und da raus. Wir geben ihnen ein Dach über den Kopf, Teekessel und Kochplatte, ein Bett und einen Kleiderschrank. Wir sind eine gemeinnützige Einrichtung für Notfälle und dienen als Anlaufstelle. Danach gehen sie, wenigstens die meisten, zur Wohlfahrt, und manchmal finden die Betreuer für sie eine Mietwohnung, wenn sie Glück haben, denn die hiesigen Ämter sind seit Jahren von Psychopathen und Strolchen überlaufen. Wie gesagt, es ist ein Kommen und Gehen. Sieht ganz danach aus, als sähen wir sie nicht wieder.«

Sie tat einen tiefen Lungenzug, behielt den Rauch drin und blickte Helen an. Dann atmete sie aus und sprach durch die Rauchwolke. »Ich wäre froh, wenn sie nicht zurückkommt. Wenn sie krank ist, will ich mich nicht anstecken.«

David Harper traf zwanzig Minuten nach dem Telefonat ein, und Helen ahnte, daß er das Tempolimit überschritten haben mußte, um so schnell hier zu sein. Daß er sich so um sie sorgte, rührte sie zutiefst.

»Hab dir viel zu erzählen«, begann er. »Wie hast du sie gefunden?«

»Solide Polizeiarbeit, während du deinen Hirngespinsten nachjagst. Außerdem hab ich sie nicht gefunden. Ich weiß bloß, wo sie gewesen ist. Der Vogel ist ausgeflogen.«

»Großartig«, murmelte David verstimmt. »Hättest du mir das am Telefon gesagt, dann hätte ich mir die Fahrt sparen können.«

Helens Rührung zerstob, und sie wurde wütend. »Spiel bloß nicht den Klugscheißer, David. Wenn du hier gewesen wärst, würdest du nicht so reden.« Sie unterbrach sich und merkte, daß es echte Sorge war, die ihn zu dieser Antwort verleitet hatte. »Tut mir leid. Jedenfalls ist sie zu Fuß unterwegs, mit dem Baby« – sie wartete, bis er die Nachricht registriert hatte – »und einem Kinderwagen. Weit kann sie nicht sein, und es sieht nicht so aus, als wäre das Kind in Gefahr, höchstens das Mädchen selbst. Mrs. Galt glaubt, sie wäre schwer erkrankt.«

»Nennen Sie mich Nina«, bat die große, nicht ganz naturblonde Frau und bedachte David mit einem breiten und koketten Lächeln. Sie musterte ihn, als wollte sie ihn fressen. Aus irgendeinem Grund ärgerte sich Helen darüber. Nina erzählte die ganze Geschichte von vorn, und sie begaben sich ins Treppenhaus. Helen hielt sich vorsichtig hinter David und bemerkte mißfällig, wie Nina beim Aufstieg in grotesker Anmache mit dem breiten, wohlgeformten Hintern wackelte. Die Tür ging auf, und Nina wich zurück, um die beiden einzulassen. Augenblicklich fühlte Helen ihr Herz schneller schlagen.

»Derselbe Gestank wie bei McDougall und in Celia Barkers Haus«, stellte David fest. »Bloß schwächer.«

»Was ist es?« wollte Nina wissen. »Soll ich den Gesundheitsdienst holen und das Zimmer ausräuchern lassen? Könnte es eine ansteckende Krankheit sein?«

»Glaub ich nicht«, erwiderte David. »Einmal kräftig mit Kernseife scheuern kann nicht schaden.« Er blickte sich um, bemerkte den verrutschten Teppich und das gezwirbelte Bettzeug auf der Matratze – wie die Nester in den anderen Wohnungen. Im Hinterhof der Herberge bellte der Hund noch immer, allerdings heiserer als zuvor. Ab und zu war noch zu hören, wie er gegen die Tür sprang, und das Krachen im Holz ließ das Schiebefenster im Rahmen erzittern.

»Irgendwer sollte das Tier von seiner Qual erlösen«, mahnte David.

Von der Arbeitsplatte neben dem Waschbecken nahm David die Polyesterpackung, die noch immer eine kleine Pfütze geronnenes Blut enthielt. Auf dem Preisschild war der Name des Metzgers zu lesen; sein Geschäft lag nach Ninas Auskunft keine hundert Meter weit. Ein leerer Eierkarton stand daneben, der mit einigen Spritzern getrocknetem Eiweiß am abgenutzten Holz der Oberfläche klebte.

Der Gestank hatte sich fast verzogen, obwohl Helen noch immer die Nase vor Ekel rümpfte. Beim Eintreten hatte sich Davids Herzschlag jäh verdoppelt, und ein seltsames Brennen zog sich von den Schläfen bis ins Trommelfell. Er hielt es für ein Anzeichen aufglimmenden Zorns, das ihm seit seiner Kindheit vertraut war. Schon sein Vater hatte ihn damit geneckt und empfohlen, er solle sich mal die Ohrläppchen abkühlen, wenn der Junge vor Überdruß die Beherrschung verlor. Es war nicht im entferntesten so schlimm wie jener Gewaltausbruch, dem er im Haus der vermeintlichen Thelma Quigley beinahe erlegen wäre, aber doch ähnlich genug, um die Erinnerung wachzurufen. Es gab in der Tat auffallende Parallelen zwischen dem widerwärtigen (und, wie er sich eingestehen mußte, auf vertrackte Weise erregenden) Gestank und den beiden Frauen – die eine tot, die andere noch immer vermißt. Das fehlende Zwischenglied war das Baby.

Eine Idee lenkte ihn ab, entglitt ihm wieder und kehrte zurück. Er griff zu. Hatte der Geruch etwas mit dem Säugling zu tun, den Ginny Marsden aus dem Kinderwagen stibitzt hatte? War er vielleicht krank?

Oder war er tot?

Das war eine – wenngleich entfernte – Möglichkeit, die er in Betracht ziehen mußte. David durchsuchte rasch und sachkundig das Zimmer, merkte, daß hier nichts Neues mehr zu finden war, und verließ es wieder.

Wie der große, schmerbäuchige Metzger berichtete, hatte das Mädchen bei ihm nichts als ein Pfund Rinderleber und ein paar Eier gekauft. Er wußte nicht mehr genau, wann das war, aber sie hatte ihn müde und ausdruckslos angestarrt. »Vielleicht wird ihr die Leber guttun, hab ich noch gedacht«, erklärte er. »Jede Menge Eisen und Vitamine drin. Das bringt die Lebensgeister wieder in Schwung. Ein kräftiges Steak wär' auch nicht falsch gewesen.«

Doch von Ginny Marsden fehlte jede Spur. Niemand sonst hatte das Mädchen oder ihren Kinderwagen mit dem quietschenden Rad gesehen, außer der Sozialhelferin im Second-hand-Laden, und die wußte nicht mehr, wie sie ausgesehen hatte.

Erst nach der Unterredung beim Metzger fiel David die Idee von vorhin wieder ein, daß der Säugling – so unwahrscheinlich es auch war – tot sein könnte. Aber als er davon anfing, widersprach Helen. Der alten Maggie im Café zufolge hatte sich das Baby umgedreht und sie aus großen blauen Augen betrachtet.

»Sie hat auch einen Gluckser gehört, und es soll wie ein Neugeborenes gerochen haben. Die duften nach Milch. Darin sind sie sich alle gleich. Jedes Wochenende bei meiner Mutter ist das Haus voll von ihnen. Da riecht's nach Milch und Schlimmerem, das kann ich dir flüstern!«

»Nicht so ganz dein Fall, wie?«

»Du sagst es«, bekräftigte Helen. »Ich bin das schwarze Schaf der Familie, weil ich noch nicht in die Reproduktion eingestiegen bin. Meine Schwester bedauern mich mit triefendem Mitleid. Aber den ganzen Tag Windeln wechseln und mitten in der Nacht aufstehen, herumtigern und die zahnende Brut beruhigen – nichts für mich! Ich kann mir was Angenehmeres vorstellen . . .«

David grinste bei der Vorstellung von Helen, wie sie Windeln wechselte. Zugleich mußte er an Junes Torschlußpanik denken, die permanenten Klagen, daß ihre biologische Uhr mit jedem Tag weitertickt . . .

»Naja, eines Tages ist es bei mir vielleicht auch so weit«, gab Helen zu. »Wenn mir der Richtige über den Weg läuft. Und ich zur Chefinspektorin befördert bin. Meine Mutter findet, Frauen sollten keine Karriere machen. Wir sind dazu da, fruchtbar zu sein und den Erdball zu bevölkern, heißt es – aber was mich betrifft, kommt die Erde ganz gut ohne meine Nachhilfe aus. Übrigens fehlt mir ja auch noch das männliche Gegenstück.«

Sie blickte auf, und beide mußten lächeln.

* * * * *

Er hatte die andere wieder gespürt.

Augenblicklich hatte sich eine merkwürdige, unbehagliche Erregung verbreitet, ein Gefühl nagender Sehnsucht, feurig, mitreißend und von grenzenloser Wucht.

Er war noch ganz ausgelaugt von den Mühen, die Mutter nach dem Schock des Verlassenseins wieder seiner Kontrolle zu unterwerfen. Noch immer siedeten Wut, Angst und die Erkenntnis der eigenen Schwäche in ihm. Das war eine weitere neue Erfahrung, die er gemacht hatte, seit die alte Mutter versagt hatte – etwas, das eigentlich schon seit alters her kennen mußte und in Jahrzehnten satter Zufriedenheit verlernt hatte: *Angst*.

Immer hatte es eine Mutter gegeben, soweit ihn seine wirre, wortlose Erinnerung zurückblicken ließ – ihre dummen, ergebenen Gesichter flossen ineinander, ihre Brustwarzen verschmolzen zu einem einzigen großen Euter zu seiner Sättigung. Wenn eine versiegt war, kam eine andere an ihre Stelle, unfehlbar und ohne Unterbrechung.

Und jetzt war es diese, die gegen ihn ankämpfte, während er sie zur Neige trank.

Ihm entging nicht ihr fortschreitender Verfall, und unwillkürlich ahnte er, daß sie nicht mehr lange halten würde. Seinen Hunger stachelte das nur noch mehr an. Er würde mehr benötigen, viel mehr, während sich der Wandel vollzog. Schon jetzt spürte er ein Dehnen in den Gliedern, eine Kräftigung der Muskeln, und da war ein noch tieferer Hunger als der, den er gewohnt war, und der nun aus dem tiefen Schlaf seiner Seele erwachte. Es machte ihm angst, aber ebenso sehr erregte es ihn. Zum ersten Mal, wenn ihn sein Gedächtnis nicht täuschte, geschah etwas wirklich Neues in seinem Leben. Über seinen Ursprung hatte er nur vage Vorstellungen.

Aber er erinnerte sich an jene andere, die neue Frau, mit dem seltsamen, unerwarteten Prickeln, das seine wachsende Gier anfachte. Der fürchterliche Überschwang hatte ihn wie ein Erdstoß erschüttert und mischte sich mit der Angst und dem neuen Gefühl der Verletzlichkeit.

Sie *bedrohte* ihn.

Und doch war sie mehr als das, auch wenn ihm die Begriffe oder die Gedanken fehlten, um zu erklären, was oder wieso.

Einige Zeit, nachdem er die Flammen der Revolte zertreten hatte, bis nur noch ein paar blubbernde Siedepunkte übrig waren, weit genug verstreut, um sie zu vernachlässigen, hatte er der Mutter befohlen, aufzustehen. Er hatte sich zu einem riesigen giftsprühenden Feuerball ausgedehnt, seine Drüsen von allem entleert, was er hatte. Seine vitale Wachstumsenergie verpuffte einzig in der Anstrengung, sie wieder unters Joch zu bringen. Jetzt mußte er sich ausruhen, doch selbst wenn er ihr befahl, sich zu bewegen, durfte er die geistige Fessel nicht lokkern.

Er spürte eine Gefahr, die sich näherte. Draußen jaulte das Tier, das von seiner mentalen Attacke verrückt geworden war, die beinahe sein Hirn platzen ließ. Die Mutter rappelte sich mühsam auf, und auch das Aneinanderreiben ihrer Knochen und die Hitze ihrer Entzündung teilte sich ihm mit, während er ihren Lebenssaft trank, der seinen Körper für die kommenden Gezeiten des Wechsels stärkte. Sie hatte ihn über die Treppe nach unten getragen und in den Schal gehüllt, ganz so wie sie ihn mit dem Laken eingewickelt und bewegungsunfähig gemacht hatte, aber jetzt bedrohte sie ihn nicht mehr. Er sorgte dafür, daß sie ihn in den Wagen legte und abdunkelte. In einem

Nebenraum sang eine andere von ihnen, eine ältere, verbrauchte, mit tiefer Stimme. Neugierig streckte er seine Fühler aus, um an ihre Seele zu rühren, doch schmeckte er nur trockene Unfruchtbarkeit. Von dort war keine Nahrung zu erhoffen.

Draußen schloß er die Augen vor dem Licht, obwohl es nur gedämpft unter das Verdeck drang, und er mußte sich seitwärts drehen und das Gesicht im Tuch verbergen. Zugleich straffte er die gedankliche Schlinge, mit der er sie festhielt. Quietschend rumpelte der Kinderwagen über das Pflaster. Schlurfend bog sie in die engen Gäßchen am Fluß, wohin kein Streifen Sonne drang.

Dann berührte er jene andere.

Sein wachsames Radarsystem hatte sie kaum geortet, als er es mit der Angst bekam. Die Mutter bremste, und mit einem Ruck kam der Wagen zum Halt. Eine andere, ebenfalls vertrocknete, schimpfte im Vorübergehen, ärgerlich, weil sie ausweichen mußte. Aber jene, die anders war, die er schon einmal berührt hatte, war ganz nahe, so daß er ihre Gegenwart wie ein Jucken auf der neuen Haut empfand. Sein Geist schwirrte nach draußen, zog die Kreise immer weiter, stets bereit, beim kleinsten Vorzeichen von Gefahr den Rückzug anzutreten.

Er berührte sie wieder, und sie reagierte. Ihre Seele lag bereits entfaltet vor ihm wie eine Blüte. Sie hatte sich sehr vorsichtig in die andere Richtung bewegt, aber jetzt machte sie kehrt, rasch, eilte ihm entgegen. Er tastete nach den verschiedenen Teilen ihrer Persönlichkeit, fand das bei diesen Geschöpfen sonst so seltene Organ übersinnlicher Wahrnehmung. Obwohl schwach und ungeübt, schlummerte hier ein machtvolles Potential. Als er dies erkannte, zog er sich in größter Hast zurück. Auch sie hatte einen Fühler.

Sie streckte ihn aus und ließ die Dämme ihres Vernunft aufbrechen, verlockt und wachgerufen vom Eindringen des Fremden. Jetzt wußte er, daß *sie* den Kontakt mit ihm suchte.

Geh geh geh JETZT SOFORT!

Die Mutter lief in die Allee zurück. Er kapselte sich ab, ließ die andere fahren, ließ mit einem Entschluß, der fast weh tat, den Kontakt abreißen.

Aus irgendeinem Grund schreckte er vor ihr zurück. Vielleicht war es der seismische Aufruhr in Geist und Körper, der ihn verwirrte. Erneut blähten sich die Drüsen auf, zerrten an seiner Substanz, und er gab sich alle Mühe, sie durch Ablenkung ruhigzustellen. Das heftige, unverhofft schmerzhafte Prikkeln überzog noch immer seine Haut. Rauschhafte Verzückung und der unbekannte Hunger mischten sich mit der quälenden Angst, gestellt zu werden, mit der Ungewißheit des Gejagten.

Denn sie war hinter ihm her, kein Zweifel. Noch wußte sie nicht, wer er war. Noch war ihr seine Existenz dubios, aber sie witterte ihn. Sie hatte jene Nische ihrer Seele entdeckt, die ihre geheimen Kräfte barg, und den fremden Störenfried erkannt.

Noch ahnte sie nichts, doch sie waren sich bereits begegnet, hatten erste Tuchfühlung aufgenommen.

Und sie schmeckte ihn ab.

Er zwang die Mutter zum Weitergehen. Das Rad quietschte, die Knochen der Mutter knirschten und mahlten. Sie mußte ihn wegschaffen, die Distanz zu der anderen weitmöglichst vergrößern. Mehr konnte er im Augenblick nicht tun – das Weite suchen, einen Rückzieher machen. Wenn sie ihn verfolgte, würde sie ihn wohl früher oder später finden, aber bis dahin war er gerüstet und konnte etwas dagegen unternehmen.

Vorläufig waren Stille und Einsamkeit alles, was er brauchte, um seine Wandlung zu überstehen. Doch während ihn die Mutter aus dem Bannkreis der anderen entfernte, zitterte er bereits vor köstlicher Erregung.

* * * * *

Der kleine Bahnhof von Barloan Harbour ähnelte dem Motiv einer viktorianischen Weihnachtskarte. Schneeflocken rieselten sacht zur Erde, während der Horizont im Osten wundersam klar blieb. Über ihnen hing der Mond im bleiernen Himmel des Frühnachmittags, milchig und blaß, von einem sanften, fransigen

Hof umgeben wie der Kondensstreifen eines Düsenfliegers. Halb und zunehmend lockte er die Wassermassen aus dem Hafenbecken. Vereinzelt lag Schnee auf der steinigen Mole, nur wenige Meter über der Wasserlinie, wo ein paar nimmermüde Seemöwen und Wattvögel hektisch kreischten. Mondlicht glänzte auf den Schienen, die entweder stadtwärts führten oder – in westlicher Richtung – zurück nach Levenford. Dort hatte Ginny Marsden mühsam den noch immer quietschenden Kinderwagen die Rampe hochgeschoben und den erstbesten Zug nach Osten genommen. Etwas drängte sie, hier an der Hafenstation auszusteigen. Sie lag im Schatten einer hochragenden Eisenbahnbrücke, die den träge dahinströmenden Fluß in eleganter Doppelkurve überspannte.

Es war nicht ganz einfach, den Kinderwagen abzusetzen, als die Automatiktür aufglitt. Ein Junge, vielleicht Student hatte am anderen Ende zugefaßt und ihn auf den Bahnsteig gehievt, ohne sie eines Blickes zu würdigen. »Da wären wir, Gnädigste«, hatte er höflich gemurmelt, bevor er seinen Rucksack schulterte und in die einbrechende Dämmerung verschwand. Noch vor fünf Tagen hätte er sie neugierig beäugt, ihre langen, eleganten Beine bewundert, sich vielleicht sogar, sobald er ihre dichte blonde Mähne erspähte, im Abteil neben sie gesetzt. Jetzt sah er nur eine nichtssagende Frau mit Kinderwagen vor sich, die er auf der Stelle vergaß. Aber das kümmerte Ginny Marsden wenig. Es gab Wichtigeres, das ihre ganze Konzentration erforderte.

Sie schob den Kinderwagen in den kleinen, altmodischen Wartesaal, der glücklicherweise – falls Glück noch eine Rolle spielte in ihrem Leben – der einzige auf der ganzen Strecke war, von Kirkland bis ganz oben nach Central High, der beheizt wurde. Und das auch nur, weil der Bahnhofsvorsteher, der in einem Ziegelhäuschen gleich neben dem Bahnsteig wohnte, von den großen Frachtern, die am anderen Ende des Hafenbeckens gelöscht wurden, die Kohle umsonst bekam.

Ein Schülerpärchen hörte auf zu knutschen, als sie die Tür aufstieß und, hinter dem Kinderwagen trottend, eintrat. Daß sie das Techtelmechtel der beiden störte, bemerkte sie kaum. Ertappt und genervt aufseufzend, zogen sie ab, um sich ein anderes Liebesnest zu suchen, wo sie ihre Bekanntschaft vertiefen konnten. Ginny näherte sich dem Kohleofen, strengte sich an, den Wagen so zu stellen, damit er mehr Hitze abbekam, und ließ sich auf die Bank nieder. Die Beschwerden in Hüfte und Schenkeln wurden immer schlimmer. Ihre Finger waren noch von der Kälte in Levenford gerötet, wo der eisige Wind durch den hochgelegenen Bahnhof pfiff. Sie besaß keine Handschuhe und, wenigstens zu diesem Zeitpunkt, keinen eigenen Willen mehr, der sie veranlaßt hätte, die Hände in den Taschen zu vergraben. Sie blieben reglos und klammerten sich fest an den Griff des Kinderwagens. Jetzt, in der Hitze des Wartesaals, waren sie rissig und aufgerauht, jeder Knöchel zu doppelter Größe geschwollen. Als wieder Blut durch die geschrumpften Adern floß, schraubte sich der Schmerz korkenzieherartig unter die Haut, wie sie mit schrecklicher Präzision wahrnahm. Aber sie konnte nichts dagegen tun. Inzwischen war sie so weit herunter, daß sie nicht mehr weinen konnte.

Draußen, vor dem halbblinden Fenster, ließ der Frost hoch über den Schienen die Elektroleitung knistern, und gelegentlich zuckten blaue Blitze – ein gespenstisches Feuerwerk und ein böses Zischen, das sie an die wortlosen Kommandos in ihrem Kopf erinnerte. Mit unendlicher Langsamkeit setzte sie sich ans Ende der Holzbank, wo die Ofenhitze ihr nacktes Bein ansengte. Der Kopf dröhnte, ihre Brüste pochten, Blut sickerte in stetem Tropfen in die verkrampfte Gebärmutter. Doch diese Empfindungen waren noch fast angenehm, verglichen mit dem Schmerz, der in gräßlichen Wellen ihre Knochen befiel.

Dösend saß sie da und konnte kaum einen klaren Gedanken fassen. Das Baby hielt sie noch immer in der unbarmherzigen Klammer seiner nahezu lückenlosen Kontrolle.

Nach einer Weile raste ein Zug heran, polterte über die vor Kälte geweitete Schienennaht und ließ den ganzen Wartesaal erzittern. Als er vorüberbrauste, unter den geschwungenen Brükkenbogen entschwand, heulte er gellend auf wie ein gejagtes

Tier und war fort. Das Baby im Kinderwagen fuhr hoch, aufgerüttelt vom Lärm und von der Vibration. Kurzzeitig ließ der Druck seiner Willensenergie nach, und Ginnys Bewußtsein sprudelte an die Oberfläche.

»Gott steh mir bei«, betete sie. »Lieber Gott, bitte erlöse mich.«

Draußen jagte der Zug in die Finsternis, das Poltern wurde leiser, und wieder blitzten die blauen Funken an der Überlandleitung.

Ich sterbe, dachte Ginny Marsden mit schrecklicher Gewißheit, aber sie konnte nichts dagegen unternehmen. Sie konnte sich kaum rühren vor Erschöpfung und war viel zu schwach. Ihr blieb nichts übrig, als die Qualen stumm zu ertragen. In dieser kurzen, freien Sekunde schoß ihr eine brennende Salzflut in die Augen, die das Zwielicht des Wartesaals verschwimmen und tanzen ließ. Eine Träne trat aus und lief ihr die Wange herab, eine kurze, warme Erfrischung auf der ausgedörrten Haut. Sie glitt ihr in den Mundwinkel; dort zeigten sich die Lippen wund und mit Rissen gespalten, weshalb das junge Mädchen so brutal gealtert war und der Student sie für ein altes Weib halten mußte.

Die einzelne Träne sickerte ihr übers Kinn, schwebte dort eine Weile und fiel schließlich in den Mantelausschnitt. Sie weinte aus abgrundtiefer Verzweiflung, zu mehr war sie nicht mehr imstande.

Das Baby wandte seine Aufmerksamkeit wieder Ginny Marsden zu.

Sie spürte seine Fühler und zuckte zurück, aber es war zwecklos. Es brauchte keine seiner kräftezehrenden chemischen Botschaften mehr zu verschwenden. Wenn es Nahrung forderte, mußte sie es stillen. Verlangte es, im Arm gehalten zu werden, so fügte sie sich. Wenn es bemuttert zu werden wünschte, würde sie es bemuttern.

Später donnerte ein anderer Zug vorbei, diesmal nach Westen, ohne in Barloan Harbour zu halten. Ginny regte sich und stand unter großen Mühen auf. Das Wartezimmer war menschenleer. Wäre jemand in der Nähe gewesen, hätte er deutlich hören können, daß ihre Knochen aneinander rieben wie Mühlsteine. Keuchend blieb Ginny stehen, unfähig, einen Schrei auszustoßen oder auch nur ein Stöhnen. Sie trat nach draußen und schleppte sich über den schmalen Bahnsteig zum weißen Tor, hinter dem die gepflasterte, ansteigende Straße lag. Während sie den Kinderwagen bergan schob, strampelte ihr ein kleines Mädchen auf einem Herrenrad entgegen. Ihre Zöpfe flogen im Fahrtwind.

»Aufgepaßt, Kirsty!« rief ein anderes Mädchen hinterher, das auf einem kleineren Fahrrad folgte. »Du überfährst ja die Frau!« Das Mädchen mit den Zöpfen drehte sich um, musterte die gebückte Frau mit dem Kinderwagen neugierig, doch die Schußfahrt trug sie vorüber, und sie vergaß, was sie gesehen hatte. Sorglos und jubelnd radelten die Kinder vorbei und ließen Ginny Marsden allein zurück.

Sie brauchte eine halbe Stunde, bis sie an die Hauptstraße kam. Als sie die letzte Hütte mit dem Zimmer-frei-Schild erreichte, humpelte sie schwerfällig; der linke Fuß war völlig taub geworden.

Eine Alte öffnete die Tür und musterte sie durch eine Brille mit flaschen dicken Gläsern, die ihre Schweinsäuglein riesig groß erscheinen ließen. Trotz des altmodischen Schilds ihrer Pension, das an zwei Ketten von einer Art Galgen herabbaumelte, hatte sie so kurz vor Weihnachten nicht mehr mit Gästen gerechnet. Es gab zwei Zimmer unterm Dach und eines im Erdgeschoß, das sie der hageren, sichtlich erholungsbedürftigen Frau auf der Türschwelle anbot.

Mrs. Cosgrove, eine untersetzte Frau mit verschrumpeltem Bein, das sie einer Polioerkrankung aus der Vorkriegszeit verdankte, nannte den Preis, den sie bar im voraus verlangte, weil sie den neumodischen Plastikkarten nicht vertraute. Ginny tastete gedankenverloren nach ihrer Tasche, durchsuchte sie vergebens und versprach, anderntags zur Bank zu gehen. Ihre Stimme klang hohl und abwesend, als wäre sie sterbenskrank. Die Alte beäugte sie mißtrauisch von oben bis unten durch ihre riesigen Gläser. Es wurde einen Augenblick still, dann wimmerte das Baby. Für Sekunden zog Mrs. Cosgrove ein Gesicht, als sei sie geohrfeigt worden. Sie blinzelte ein paarmal, dann winkte sie die Frau mit dem Kinderwagen umstandslos herein.

Ginny sagte kein Wort und nickte nur mechanisch, während ihr die Wirtin das Zimmer aufschloß, den Gasofen anzündete und ihr einen dampfenden Teller Suppe und einen Teller mit Butterbroten brachte.

Sie erkundigte sich, ob das Baby die Flasche bräuchte; zufällig hatte sie die von ihrem Enkel noch im Haus. Ginny schüttelte den Kopf und machte sich über die Suppe her.

Aus irgendeinem Grund kam sie ihr fremdartig und schleimig vor, aber sie würgte sie tapfer hinunter. Ihr verlangte nach anderer Nahrung, blutvoll und kalkhaltig, etwas Rohes und Fettes. Das sonderbare Gelüst kitzelte die Geschmacksknoten ihrer Zunge, und doch löffelte sie die Suppe aus, bis der Teller leer war.

Schließlich ließ die Alte sie allein, und es dauerte nicht lange, bis das Baby nach Nahrung verlangte.

Und Ginny Marsden – jetzt mehr als doppelt so alt, als sie Jahre zählte, denn sie stand an der Schwelle des Todes – gehorchte.

* * * * *

June klingelte gegen zehn an der Tür, als Helen gerade gehen wollte. Zu dritt standen sie in der Diele, was David so peinlich war, daß er nicht wußte, ob er zuerst Helen verabschieden oder June hereinbitten sollte. Schließlich faßte sich June ein Herz und drängte herein, wobei sie Helen einen Blick zuwarf, der sie an die Wand nagelte.

»Wir sehen uns dann morgen früh.« Helen nickte David zu und grinste, nicht ohne Schadenfreude, über seine Verlegenheit. »Nicht, daß du verpennst, Sergeant«, fügte sie spöttisch hinzu, »wir haben morgen viel zu tun!« Bevor die Tür ins Schloß fiel, zwinkerte sie ihm zu und begab sich zu ihrem Wagen.

»Was hatte denn die hier zu suchen?« verlangte June zu wissen.

»Sie hat ein paar Unterlagen abgeholt, an denen wir arbeiten.«

»Fickst du mit ihr?«

»Herrgott nochm . . .«, setzte David an. Die Frage, so platt sie gestellt war, verschlug ihm die Sprache. Er hatte nie zuvor gehört, daß June solche Worte benutzte. »Was meinst du damit?!« fragte er schließlich zurück.

»Ganz einfach – ich will bloß wissen, ob du mit dieser Nutte ins Bett gehst! Bumst du sie? Hm? Ich rede von dem, was du und ich in letzter Zeit kaum noch treiben . . .«

»Nun sei nicht so gottverdammt ordinär!« schimpfe er, während es ihm jetzt, wo es heraus war, heiß und kalt überlief. Er hatte diesen Gedanken noch nie zugelassen, jedenfalls nicht freiwillig, obwohl das auch wieder nicht so ganz stimmte. Daran *gedacht* hatte er schon. Allerdings gab er sich stets Mühe, sein Privatleben und dienstliche Kontakte streng zu trennen.

Er hatte Begriffstutzigkeit vorgetäuscht, als Helen ihn neulich bat, kein ›Ausreißer‹ zu sein, ihm durch ihre Körpersprache zu verstehen gab, daß er willkommen war – zumindest, um noch ein wenig länger zu bleiben. Oder hatte er es in den falschen Hals gekriegt? Eigentlich nicht. Er erinnerte sich der zärtlichen Regungen, die er bei sich selbst unterdrücken mußte. Sie waren nicht stark wie das perverse Trugbild im Haus der Toten, doch ein machtvoller Drang allemal. Sie arbeiteten als gute Kollegen zusammen, schön und gut, doch gelegentlich funkte es zwischen ihnen, was ihm unerklärlich und peinlich war. Natürlich hätte er bei Helen bleiben können, was war schon dabei? Daß er's abgelehnt hatte, lag eben daran, daß er's *nicht* auf die leichte Schulter nahm – obwohl er auf dem Heimweg zwischen Wollust und Treue, dem physischen Begehren und der Fairneß gegenüber seiner Freundin schwankte.

»Was hat sie sonst hier zu tun?«

»Das hab ich dir schon gesagt.«

»Verdammter Heuchler! Du triffst dich hinter meinem Rükken mit ihr, stimmt's?«

June ließ ihn stehen und stapfte in die Diele, wo neben einigen seiner Lieblingsfotos seine besten Bilder in verglasten Rahmen hingen – eine Herde Wildgänse in Flugformation vor dem runden Vollmond, ein weltberühmte Aufnahme von Flora Spiers; seine eigene aus dem Frühherbst: ein Specht im scharfen, perfekten Weitwinkel, zwischen Bäumen, die verschwommene grüne Schatten bildeten. Das Meisterstück war ein Foto, das er als Junge geschossen hatte; eine Nahaufnahme, so dicht dran, daß sie den Bildrand verzerrte. Es zeigte eine Libelle, die im Sonnenlicht glitzernd auf einem Zweig saß. Die schlaffe Papierhülle, der sie entschlüpft war, hing unnütz, durchsichtig und häßlich wie die einstige Larve von ihr herab. Sie lief an den Fotos vorüber ins Wohnzimmer. Er folgte ihr.

»Nun?«

Mitten im Zimmer blieb sie stehen. Der Wintermantel flatterte ihr hektisch hinterher. Er stand ihr gut, mit der passenden, keck in die Stirn gezogenen Mütze. Sie blickte sich im Gewühl herumliegender Papiere und aufgeschlagener Bücher um. Auf dem Tisch standen zwei halb geleerte Kaffeetassen.

»Ich sehe sie jeden Tag. Das hab ich dir schon hundertmal erzählt!« stellte er klar. »Wir arbeiten zusammen.«

»Die ganze letzte Woche?«

»Ein paar Tage hintereinander, wie du längst weißt.«

»Andauernd habe ich dir Nachrichten aufs Band gesprochen. Du hast auf keine einzige reagiert! Mir reicht's allmählich . . .«

»Um Himmels willen, June! Ich habe alle Hände voll zu tun. Da blieb einfach keine Zeit.«

»Liebst du mich nicht mehr?!« Sie spie die Worte förmlich aus.

Die Frage brachte ihn erst recht auf die Palme. »Natürlich, Schatz, ich . . .«, begann er, ohne nachzudenken. »Aber ja!« Doch als er's aussprach, wurde ihm klar, daß es nichts als ein gewohnheitsmäßiger Reflex war. Sie hatte ihn zu dieser Erklärung genötigt, nicht erst jetzt, schon zu Anfang ihrer Beziehung, getrieben von dem Wunsch zu lieben und geliebt zu werden. Eine Zeitlang hatte er geglaubt, daß es ihm ernst war damit. Später dachte er nicht mehr groß drüber nach – was er besser getan hätte, wie er jetzt einsehen mußte. Das war nicht ganz fair von ihm gewesen, weder ihr noch ihm selbst gegenüber.

Sie wandte sich um und sah ihn groß an. »Nein. Du kannst mich gar nicht lieben. Wir gehen jetzt seit fast zwei Jahren zusammen, und in den letzten sechs Monaten haben wir uns höchstens sporadisch gesehen. Beim letzten Mal, als du bei mir warst, bist du auch nicht geblieben, stimmt's? Statt dessen hast du mir eine faustdicke Ausrede aufgetischt und bist abgezwitschert . . .«

»Jetzt mach aber mal einen Punkt«, protestierte David. Sie war so aufgedreht und quasselte wie ein Maschinengewehr, und dabei bediente sie sich einer Sprache, wie er sie alle Tage bei seinen Ganoven hörte und von ihr nicht gewohnt war. »Du denkst nur an dich. Vergiß bloß nicht, daß ich mitten in einem wichtigen Fall stecke!«

»Eine tote Frau im Einkaufscenter? Ein vermißtes Mädchen? Das Verbrechen des Jahrhunderts ist das wohl nicht. Du bist drauf und dran, deinen guten Ruf zu verlieren – oder deinen Sinn für Realitäten. Dein Job kann mir allmählich gestohlen bleiben. Ich will endlich wissen, was aus *uns* wird! Was stellst du dir überhaupt vor? Schau mir in die Augen!«

Er tat es. Sie stand mitten im Zimmer, eine Hand in die Hüfte gestemmt, die andere fuchtelte ihm entgegen, den Zeigefinger anklagend ausgestreckt. Ihre Nägel waren lang und rot lackiert, und es sah aus, als wollte sie ihn damit erdolchen.

»Die ganze Zeit über warst du mit ihr zusammen!«

»Aber ja! Weil sie Polizeibeamtin ist! Zufällig ist sie meine Kollegin. Wir ermitteln gemeinsam.«

»Es ist mehr als das. Mach mir nichts vor. Sonst wärst du neulich abends bei mir geblieben. Ich bin doch nicht blöd! Aber du hast dich verkrümelt, nicht wahr? Seit Wochen weichst du mir aus. Mit mir 'ne Wohnung zu suchen, kommt dir nicht in den Sinn, und bei dir einziehen darf ich auch nicht. Meine Freundinnen sind allesamt verlobt oder verheiratet. Sie haben längst

Nachwuchs, Herrgott noch mal. Und bei mir läuft allmählich die Uhr ab. Ich kann nicht warten, bis ich vierzig bin. Mir bleibt keine Zeit mehr, kapiert?«

»Darum geht's dir also, um sonst nichts!« stichelte David überflüssigerweise. Er wußte es ja längst. »Kinder willst du kriegen.«

»Es geht um *uns*, David«, rief sie leidenschaftlich, und ihre Augen blitzten hellblau. In diesem Moment schämte er sich in Grund und Boden. Sie tat ihm leid. Sie hatte Begierden, die er weder begreifen konnte noch wollte. »Es geht doch um uns«, wiederholte sie mit schriller und fast überschnappender Stimme. »Und unsere Zukunft! Ich kann nicht länger warten, während du mit ihr herumflanierst und deine ganze Zeit für den Job oder die dämliche Knipserei verschwendest. Ich brauche mehr als das. Ich möchte klare Verhältnisse schaffen. Na schön, ich will Kinder haben. Ich möchte irgendwo hingehören, eine Familie haben!«

»Und ich hab dir versprochen, darüber nachzudenken«, beteuerte David und ahnte, daß er schon wieder ungerecht wurde. »Solch ein wichtiger Schritt will gut überlegt sein.«

»Sonst noch was?« Sie funkelte ihn böse an. »Bist du vielleicht impotent? Oder entdeckst du dein Herz für Männer? Allmählich kommt es mir so vor, denn unser Liebesleben ist zur Zeit gleich null. Dabei kann ich mich gut erinnern, daß du anfangs gar nicht genug kriegen konntest.«

Unfreiwillig brach David in Gelächter aus, während er innerlich von Irritation und Schuldgefühlen, Überdruß und plötzlichem Aufbrausen zerrissen wurde. »Wenn ich mit Helen Lamont ficke, kann ich ja wohl nicht schwul sein, oder?«

Ihr fiel das Kinn herunter, und für einen Augenblick genoß er seinen Triumph. »Willst du damit sagen, daß . . .«, ihre Stimme erstarb.

»Nein. Natürlich nicht. Du selbst hast es mir vorhin unterstellt, und wenn es das ist, was du von mir denkst – bitte schön, dann ist's vollkommen gleichgültig, was ich sage, weil du ja alles besser weißt!« Er unterbrach sich und schwieg, um den

Ärger abflauen zu lassen. Dann versuchte er's noch mal von vorn. »Hör zu, wir haben uns verrannt. Laß uns hinsetzen und die Ruhe bewahren und wie vernünftige Erwachsene miteinander reden.« Er streckte die Arme aus, wollte ihre Schulter umarmen. Sie entzog sich ihm.

»Nein«, erklärte sie kopfschüttelnd. »Ich will eine Antwort – jetzt gleich. Entweder sind wir noch zusammen oder nicht. Ich verlange eine verbindliche Erklärung von dir, und zwar auf der Stelle.«

»Was denn für eine Erklärung?«

»Eine ehrlich gemeinte. Ein für allemal. Ich will mein Leben nicht länger damit vergeuden, auf etwas zu warten, was irgendwann mal eintreten könnte. Oder auch nicht. Ich will wissen, woran ich bin, wie's um uns steht. Du machst es dir sehr bequem, aber für mich ist es die Hölle, wenn du nie bei mir bist und Verabredungen platzen läßt, ohne auch nur Bescheid zu sagen. Jawohl, ich will, daß du erklärst, daß du künftig bei mir bleibst, wenn du's versprochen hast, und daß du mal wieder mit mir ausgehst und wir zusammenleben und ein Kind machen. Seien wir ehrlich, David – momentan geht's mir so, daß ich am liebsten sagen würde, jetzt oder nie. Wenn du dich nicht klipp und klar äußerst, sind wir geschiedene Leute. Ende der Durchsage.«

Da war sie, die Entscheidung, die er treffen mußte, und stand zwischen ihnen. Am liebsten hätte er sich darum gedrückt, sie gründlich durchdacht, noch länger daran herumgekaut. Er war kein Schwächling, ganz und gar nicht, aber er haßte es, ihr weh zu tun. Am liebsten wollte er niemandem weh tun, höchstens irgendwelchen Kriminellen, die ihm ans Leder wollten. Und doch sah er ein, wenn auch verspätet, daß Rücksichtnahme auch zur Vergletscherung der Gefühle beitrug.

Die Stille zog sich einen frostigen Moment lang hin, während die beiden einander reglos gegenüberstanden.

»Also gut«, erklärte er schließlich. »Du hast recht. Ich war nicht ehrlich zu dir. Aber ich möchte wirklich nicht, daß du hier einziehst. Ich will auch keine Kinder haben – noch nicht. Auch heiraten möchte ich nicht – noch nicht. Und ich mag auch keine Familie gründen.« Er schwieg und musterte sie. »Jedenfalls nicht jetzt.« Sie öffnete die Lippen, schloß sie, öffnete sie wieder. »Wir haben unterschiedliche Interessen. Unsere Bedürfnisse sind nicht die gleichen. Ich liebe meinen Beruf, ganz ehrlich! Trotz all dem Unflat, der damit einhergeht. Und du magst nicht mitkommen, wenn ich auf Wandertour ins Hochland gehe und meine Aufnahmen mache. Dich langweilt das bloß. Wenn du dir was anderes erhofft hast, tut es mir leid. Mehr kann ich dir nicht bieten, jedenfalls im Moment noch nicht. Vielleicht . . .« Er brach ab, musterte sie eindringlich und merkte, daß es zwecklos war. »Vielleicht auch nicht. Tut mir leid.«

June fuhr zurück, als hätte er sie geohrfeigt. Ihr Mund klappte auf und zu, und David merkte, wie ihm angesichts ihrer Ratlosigkeit die Augen feucht wurden. Es war eine häßliche, ungewohnte Erfahrung für ihn. Vorübergehend wich alles Blut aus ihrem Gesicht, und er fürchtete schon, sie würde ohnmächtig. Statt dessen rappelte sie sich schnell wieder auf. Sie runzelte die Stirn und zog die Mundwinkel nach unten. Unvermittelt wandte sie sich um und marschierte auf ihn zu, der Mantelsaum flatterte hinterher. Er drehte sich halb, wollte noch etwas sagen. Sie blieb stehen, die Hand zur Faust geballt, und dann schlug sie zu. Der Hieb traf ihn direkt auf der Nase.

Tränen der Wut und des schlechten Gewissens versiegten ungeweint. Echte Tränen vor Schmerz sprangen ihm aus den Augen, und er schüttelte ungläubig den Kopf. »Verdammte Scheiße«, gurgelte er.

Sie stürmte hinaus, durch die Tür, in den Flur. Dort holte sie wieder aus und fetzte eins der Bilder von der Wand. Die Spiers-Aufnahme mit den Gänsen flog herunter, kippte nach vorn, und das Glas zerschellte in tausend Scherben. Die Wohnungstür ging auf und knallte gegen die Wand.

»Bastard!« gellte ihr Schrei, bevor sie die Tür hinter sich zuwarf. Die Diele erzitterte unter dem Schlag.

— 19 —

»Hört sich an, als wärst du dem Boxring entstiegen.« Helens Stimme war schläfrig und sanft, und sie unterdrückte ein Gähnen. »Wie spät ist es überhaupt?«

»Spät. Oder früh«, versetzte David. »Mir ist gerade was eingefallen.«

»Aha, du hast also einen Einfall und rufst mich zu nachtschlafender Zeit an, um ihn mir mitzuteilen. Meine Nichte hast du übrigens auch geweckt.« Helen war gar nicht böse. Ihre anfängliche Schläfrigkeit legte sich, sie wurde hellhörig, und schon merkte er, wie sie am Telefon lächelte. »Ich hatte schon den Eindruck, daß du heute dran bist und eins auf die Mütze kriegst. Mir erschien sie jedenfalls nicht als die glückliche Braut . . .« Dabei wußte sie gar nicht, wie nahe sie der Wahrheit kam. Morgen früh wurde sie den blauen Fleck sehen. »Hattet ihr großen Knatsch?«

»Mehr als du denkst«, gestand er. »Aber damit ist es jetzt vorbei.«

Es wurde still in der Leitung, während sie die Konstellationen und Aussichten erwog.

»Vorbei!?« Wieder eine Feststellung und eine Frage zugleich.

»Wir haben Schluß gemacht. Endgültig. Du hast recht, ich hab eins auf die Mütze gekriegt. Beziehungsweise auf die Nase. Es hat sogar ein bißchen geblutet.«

Wieder entstand eine Pause, und keiner von beiden sagte etwas. Er fragte sich, ob sie darüber lachen oder Mitgefühl zeigen würde. Keins von beidem. »Und da fiel dir nichts Besseres ein, als mich zu wecken und dich bei mir auszuweinen?«

»Aber nein. Nichts dergleichen.« Er wußte wirklich nicht, weshalb er sie angerufen hatte. Als er ihre Nummre wählte, glaubte er es zu wissen, aber jetzt, mit ihrer nüchternen Frage konfrontiert, war er sich nicht mehr so sicher. Er hatte gedöst, vor dem Fernseher eingekuschelt, von den Papieren umgeben, die sie vorhin durchgesehen hatten. Und plötzlich war er wach geworden, als sein Arm von der Lehne rutschte und gegen die unverletzte Seite seiner Nase fiel. Als er erwachte, sehnte er sich nach einem Gegenüber.

»Ich hab 'ne komisches Beobachtung gemacht, die ich dir mitteilen will«, gestand er. Ihr Schweigen und den komischen, atemlosen Ton, den er für leises Kichern hielt, nahm er als Ermutigung zum Weiterreden. »Bestimmt denkst du, ich hätte sie nicht mehr alle. Vollkommen überspannt. Aber ich vermute, wir sehen das alles vom falschen Standpunkt aus.« Er hielt einen Moment inne, dann fuhr er fort. »Ich habe Mike Fitzgibbon gefragt, welche Frau imstande wäre, ein Baby zu stehlen.« Er schloß die Augen und erinnerte sich an die Antwort des Psychologen. Er hatte die Stirn gerunzelt und seine Worte vorsichtig abgewogen.

»Ich hatte schon mehrere in Behandlung«, hatte er entgegnet. »Obwohl das Phänomen ziemlich selten auftritt. Viele ergreifen den Vorsatz, aber nur die allerwenigsten setzen ihn in die Tat um. Kidnapping gehört zu den wichtigsten Tabus unserer Gesellschaft – jeder Gesellschaft. Muttergefühle sind den meisten Frauen vertraut, allem Feminismus zum Trotz. Sie sind ihnen einprogrammiert, sowohl durch Natur und Instinkt als auch durch Lernen. Eigentlich noch mehr durch letzteres.«

Mike hatte David wieder in sein Büro gebracht und zwei Tassen Kaffee kommen lassen. Er hatte sich ans Fenster gestellt und lange hinausgeblickt in den gepflegten Garten, wo die Rosenbeete vom Schnee bedeckt waren. Auf der Brandmauer gegenüber keckerten zwei Elstern mit schillernden blauen Federn.

»Es gibt verwitwete Mütter und solche, die eins oder mehrere Kinder verloren haben. Zwar kommt das nicht oft vor, aber bisweilen ist ihre Trauer so stark, daß sie motiviert werden, das Kind einer anderen zu stehlen. Sie werden auch sofort ertappt, weil sie nach Hause gehen und normalerweise den Partner mit der Tat konfrontieren, was oft einen großen Schock hervorruft. Er ist es in der Mehrzahl der Fälle, der die Polizei alarmiert. Es handelt sich um traumatisierte Frauen, die für ihr Tun vorläufig nicht verantwortlich sind. Ihre Depression läßt sich behandeln und steigert sich selten zu einer voll ausgebildeten Psychose.«

Mike hielt die Hand hoch und zählte an Daumen und Zeigefinger ab. »Dann gibt es die unfruchtbaren Frauen, oder jene, die sich für unfähig halten, ein Kind zu gebären, und daraufhin einen schweren Komplex entwicklen. Das ist eine schwere Beeinträchtigung des normalen Muttergefühls. Sie sind am schwersten zu finden, trotz ihrer klinischen Depression, denn sie haben den Schritt lange vorher geplant wie einen Banküberfall. Aber diese Täterinnen bedienen sich nicht an herumstehenden Kinderwagen. Sie nehmen eher Neugeborene aus der Geburtsklinik mit oder schellen an der Haustür und geben sich als Sozialhelferinnen oder Hebammen aus. Oft erfinden sie eine ausgeklügelte Story und üben ernsthaft, suchen sogar schon die Namen für das Kind aus und kaufen alles im voraus: Nuckelfläschen, Wiege, Kinderspielzeug und dergleichen. Das ist die Sorte, die am schwersten zu fassen ist. Bisher hat es in England noch keinen einzigen Fall dieser Art gegeben, der aufgeklärt worden wäre. In Amerika gibt es mehrere pro Jahr. Andererseits ist dort auch die Mordrate viel höher als bei uns . . .«

Mike knickte den nächsten Finger um. »Dann die Verhaltensgestörten. Psychopathen, die der Mutter den schlimmtsmöglichen Schaden zufügen wollen. Auch das kommt ziemlich selten vor. Die meisten, die ein Kind entführen, leiden an schweren aggressiven Störungen. Es gab einen Fall in Boston, wo das Kind der Nachbarsfrau entführt wurde – nach einem Streit über den Gartenzaun!«

Ein vierter Finger wurde abgezählt. »Dann gibt's die Sexualsadisten. Eine eher ungewöhnliche Perversion, aber sie soll vorkommen – sie möchten dem Kind schaden. Bei denen löst der Schrei des Babys das falsche Programm aus. Für die meisten Leute, selbst für Männer, führt die Tonhöhe nachweislich zu Streß und Nervosität. Das ist im Menschen so angelegt. Auf diese Weise gelangt das Kind sozusagen in die menschliche Software und drückt die richtigen Knöpfe. Einem Psycho-Sadisten macht das Schreien jedoch Vergnügen und ist bei Babys jederzeit zu veranlassen. In den achtziger Jahren hat es diesen schlimmen Fall in Brisbane gegeben. Die Täterin hatte das Baby zwar gefüttert, aber auf Glaswolle-Isolierstoff gebettet als Schlafdecke. Der Rücken troff von Eiter, als es gefunden wurde.«

Mike hielt noch den kleinen Finger hoch. »Zuletzt, und das ist landläufiger als Sie denken, selbst hierzulande – Schwarze Messen. Ich habe Aufsätze über Kindsopferungen in Gambia, Zaire und Haiti gelesen. Einige von ihnen werden gestohlen, wie man annimmt, aber die Mehrheit wird an Nekromanten verkauft oder sogar freiwillig weggegeben. Vor zwei Jahren gab es zwei Verdachtsfälle in Bristol, wenn ich mich recht entsinne. Das wär' alles.«

Der Kaffee kam, lauwarm und bitter, in zwei kleinen Tassen. Mike zog eine Grimasse, die ihm wohl schon zur Gewohnheit geworden war.

»Und was ist mit Greta Simon?« erkundigte sich David. »Glauben Sie, daß sie die Wahrheit spricht?«

»Schwer zu sagen, bei dem wenigen, was ihr an Verstand geblieben ist. Aber möglich wäre es schon. Ihr Kurzzeitgedächtnis ist dahin, weshalb sie sich inzwischen wohl weder an Ihren Namen noch an ihr Gesicht erinnern dürfte. In einem von hundert Fällen erkennt sie mich wieder, aber ich würde keinen roten Heller darauf verwetten. Wie ich schon sagte, läßt sich eine Mutterschaft bei ihr nicht beweisen, allenfalls gibt es Anzeichen dafür, daß sie ein Kind gehütet hat. Andererseits haben wir keine Ahnung, wie eine Frau ihres vorgeschrittenen Alters noch Milch geben konnte. Das ist uns ein Rätsel.«

»Klingt ganz nach dem Fall, an dem ich derzeit arbeite.«

»Ich weiß. Aber was Greta betrifft, erfährt sie die Wirklichkeit nur als hektische Folge von Zeitblasen, wenn Sie mir das Bild gestatten. Sie ist nicht in der Gegenwart zu Hause. Die für die zeitliche Orientierung zuständigen Gehirnpartien sind irreparabel beschädigt, und bei ihrem Alter greifen selbst moderne neuropathologische Techniken nicht mehr. Was sie verloren hat, ist unwiederbringlich dahin. Dafür lege ich meine Hand ins

Feuer. Doch sobald sie sich in einer speziellen zeitlichen Zone aufhält – wie ich es nennen möchte –, nimmt sie die Dinge mit bemerkenswerter Klarheit wahr. Wenn sie behauptet, ein Baby im Arm zu halten, dann glaubt sie selbst daran, denn ihre Erinnerung bildet eine fortlaufende Bewußtseinsschleife. Das Gehirn ist ein wunderbares und mysteriöses Organ. Was es nicht begreift, will es rationalisieren. Deshalb schafft es die Bedingungen jeder beliebigen Lebensphase neu, lebhafter als es das Gedächtnis vermag, vorausgesetzt, der ursprüngliche Eindruck war stark und nachhaltig genug.«

David gestand, daß er den Ausführungen des Mediziners nicht ganz folgen konnte.

»Im Grunde genommen arbeitet die Hirnrinde wie eine Zeitmaschine. Sie nimmt einen entsprechenden Impuls auf und bringt einen dahin zurück, wo man gewesen ist. Die Verletzungen, die sich Greta Simon zuzog, haben Wunden und Narben hinterlassen und beträchtlichen Schaden angerichtet. Den Hauptteil der Gedächtnismasse hat sie verloren. Das Gehirn sorgt für Ersatz, verstärkt übriggebliebene, zusammenhanglose Erinnerungen und versieht sie mit einem bedeutungsstiftenden Rahmen. Grundsätzlich bleiben einzelne Abschnitte ihres Lebens immer gegenwärtig. Jedes der Fragmente, egal aus welcher Phase, ist tatsächlich vorhanden, und zwar realer als die Wirklichkeit, weil das Kurzzeitgedächtnis entfällt. Die Gegenwart existiert für Greta gar nicht. Ihr Leben ist ganz und gar in diesen übriggebliebenen Gedächtnisteilen verkapselt. Mal hält sie sich in den sechziger Jahren auf, mal ist sie wieder fünf Jahre alt, und sie weiß sämtliche Namen ihrer Klassenkameraden aus der Grundschule, wo sie sitzen und wie sie gekleidet sind. Darin irrt sie sich nie, denn sie ist jeweils *mittendrin*. Die meiste Zeit über hält sie ein Baby im Arm – den kleinen Tim. Sie sieht ihn so lebhaft vor sich wie wir uns. Und daraus ziehe ich den Schluß, daß sie tatsächlich irgendwann, womöglich ganz kurz vor dem Unfall oder nur vorübergehend, ein Kind gehütet hat. Greta ist nicht imstande, zu lügen.«

»Aber ihr Baby war es nicht?«

»Nein. Mit an Sicherheit grenzender Wahrscheinlichkeit nicht.«

Daheim schenkte sich David einen Drink ein, noch immer ganz benommen von Junes Auftritt und dem kräftigen Fausthieb auf die Nase. Der Whisky sprudelte aus der Jack-Daniels-Flasche über die Eiswürfel und wärmte sanft seine Kehle, als er in kleinen Schlucken davon nippte. Er wollte nicht mehr über das Geschehene nachdenken. Noch immer hatte er ein schlechtes Gewissen, doch zugleich war er merkwürdigerweise erleichtert, was die Schuldgefühle einigermaßen ausglich. Nach einer Weile suchte er die Papiere vom Boden zusammen und häufte sie zu einem ansehnlichen Stapel, den er unter den Wohnzimmertisch schob. Heute nacht würde er kaum mehr arbeiten können. Statt dessen goß er sich noch etwas ein, riß auch eine Büchse Bier auf und hockte sich auf den Teppich. Den Rücken ans Sofa gelehnt, betätigte er die Fernbedienung. Das Fernsehbild belebte sich. Geboten wurden eine Golfsport-Übertragung, die Schachweltmeisterschaften und Wiederholungen alter Serienfilme, was ihn alles nicht sonderlich interessierte. Nach einem Blick in die Liste der Videobänder – das einzige, was in seinem Leben übersichtlich geordnet war –, suchte er Naturfilme aus, die er Woche für Woche für seine Sammlung mitschneiden ließ.

Das Bier war eiskalt, und nach dem ersten Schluck hielt er die Büchse gegen seine Nase, um die Schwellung zu kühlen.

Auf dem Bildschirm kroch ein namhafter Naturforscher auf allen vieren, um eine Horde Paviane auf der steinigen Lichtung zu beobachten. Er drehte sich zur Kamera und zeigte sein wohlbekanntes, fast seliges Grinsen. »Hier«, wisperte er begeistert, »hält sich das untergeordnete Männchen vor dem Anführer der Horde verborgen.« Die Kamera zoomte einen buckligen Primaten heran, der den Schwanz hoch über dem regenbogenfarbenen Hintern reckte, als er einer Mutter das kleine Affenjunge entriß. Sie kreischte protestierend auf, das Kleine wimmerte furchtsam, doch der Pavian ignorierte sie. Am Bildrand tauchte ein zweites, kräftigeres Männchen auf, mit gesträubter Mähne und vor Wut steifen Armen. Der erste Pavian bürstete das kleine Würmchen gegen den Strich, und es heulte erbärmlich.

Jetzt blieb der Hordenführer wie angewurzelt stehen.

»Genau wie wir«, kommentierte der Sprecher, »wie die Schimpansen und die großen Menschenaffen, haben auch Paviane eine klar abgegrenzte Familienhierarchie. Instinktiv reagieren sie auf den Schrei eines Babys, der so hoch ist, daß er Erwachsenen unerträglich wird. Wie wir hier sehen, ist das Alphamännchen verwirrt. Es unterbricht seinen Vorstoß gegen den Konkurrenten im Kampf um die Führungsrolle. Das schwächere Männchen hat das Geschrei der eigenen Brut als Schutzschild benutzt. Der Hordenführer läßt sich einschüchtern, weil der Schrei an seinen Beschützerinstinkt appelliert – ebenso, wie beim Menschen Babygeschrei automatisch die Anteilnahme erregt. Solange das Pavianjunge durch sein Schreien stört, geht das Alphamännchen nicht zum Angriff über. Hier trifft das genetische Muster des Kindes mit demjenigen des Erwachsenen zusammen. Es fordert Zuwendung, die ihm kein Exemplar seiner Gattung verweigern kann.«

Wie durch ein Wunder wurde das riesige aggressive Tier ruhig und kauerte irritiert nieder, während das Pavianjunge seinen schrillen Schrei fortsetzte, die Mutter nervös in der Nähe tänzelte und sich vergeblich abmühte, es aus der Gefahrenzone zu holen. Der Rivale rieb noch immer das Fell des Kleinen gegen den Strich, während er sich vorsichtig entfernte, bis er in Sicherheit war. Dann ließ er sein Opfer wie beiläufig zu Boden fallen. Das Muttertier hüpfte mit einem Sprung heran, schnappte nach dem Kleinen und untersuchte ihn auf Verletzungen. Das Geschrei erstarb augenblicklich; er kuschelte sich in ihr Fell und begann zu nuckeln.

David verfolgte die Sendung ohne rechtes Interesse. Immer wieder kam ihm June in den Sinn, die von ihm mehr Zuwendung verlangte, angenommen und behütet sein wollte. Und bei dem Gedanken daran stand ihm aus irgendeinem Grund Greta Simons schiefes, seltsam raffiniertes Gesicht vor Augen.

Ich hab ihn gefunden, hatte die alte Frau beteuert. *Ich hab ihn genommen, und er gehört mir.*

Er hatte über June nachgedacht, wie deprimiert sie war, wenn wieder eine ihrer Freundinnen schwanger wurde – und sie selbst war nicht mal verheiratet. Er erinnerte sich, wie er Helen über den Reproduktionstrieb ausgefragt hatte, wobei er ziemlich herumdruckste. Sie hatte laut gelacht und von ihren Schwestern erzählt, die ihm völlig erlegen seien.

»Schon deshalb halte ich mich lieber zurück«, hatte sie erklärt. »Als Tante bin ich sehr kinderlieb – es kostet mich jedes Weihnnachten ein Vermögen –, aber den Rest des Jahres komme ich gut ohne aus.« Sie hatte spöttisch grinsend angeschaut und mit dem Ellbogen gestoßen. »Außer, wenn ich den richtigen Mann finde, versteht sich!«

Er mußte selbst lächeln in der Erinnerung, überredete sich zu einem dritten Whisky – und dann fiel ihm, völlig unvermittelt, Greta Simon wieder ein.

Sie fiel, und das Baby rief mich und brauchte eine Mutter. Ihr gesundes Auge rollte herüber und starrte ihn an, nagelte ihn mit eisiger Schärfe fest. *Ich hab ihn versorgt und gestillt. Ist immer so hungrig, so sehr hungrig. Saugt mich noch zu Tode, aber er braucht mich.*

Die alte Frau hatte sich eingebildet, ein Baby zu stillen. Ihre Hände hatten sich bewegt wie die der Pavianmutter vorhin, eine natürliche Umarmung, während sie das imaginäre Kind an ihre magere, deformierte Brust hielt. Wie gebannt von diesem Eindruck, sah er das Pavianjunge vor sich, spindeldürr und mit flachem Gesicht, die Arme ausgestreckt, die Finger ins Fell der Mutter gekrallt, an der schwarzen Zitze saugend.

Au, nicht so fest, Timmy. Wirst mich noch leersaugen, wenn du so weitermachst. So hatte Greta Simon geklagt, unter eingebildeten Schmerzen, während das unsichtbare Baby nuckelte.

Etwas an diesen Bildern ließ ihm keine Ruhe. Ein wichtiger Zusammenhang, der ihm verborgen blieb. Wann immer er ihn zu fassen suchte, entglitt er ihm wieder. Inzwischen war er schon bei der dritten Bierdose. Von Whisky, Bier und den Eindrücken des Tages benebelt, gelang es ihm auch diesmal nicht, die entscheidenden Schlüsse zu ziehen. Am liebsten hätte er Helen angerufen, aber er verwarf die Idee wieder.

Auf dem Bildschirm schwenkte die Kamera auf eine züngelnde Flamme, die sich durch vereinzeltes Gestrüpp fraß. Jetzt wurde ein Astloch gezeigt, wo ein kleiner, schmuckloser Vogel – eine Lerche vielleicht, oder ein Hänfling – auf seinem Gelege brütete. Die Luft flimmerte und zitterte in der Hitze des Buschfeuers, und dahinter glänzten die schwarzen Augen des Vogels. Das Bild zoomte noch näher – ein brutales kameratechnisches Kunststück – und zeigte den rötlichen Widerschein des Flakkerns im Vogelauge.

Das blinkende rote Auge jagte David einen seltsamen, unerwarteten Schauer des Wiedererkennens ein, trotz der alkoholischen Trübung seiner Aufnahmefähigkeit.

»Deutlich ist zu erkennen«, raunte der berühmte Naturforscher in gedämpftem Ton, »daß der Vogel in seinem Nest bleibt. Die übrigen Tiere – Eidechsen und Schlangen, Meerkatzen und andersgeartete Vögel – sind längst vor den nahenden Flammen geflüchtet. Dieses Tier jedoch wird durch den Trieb, den Nachwuchs zu schützen, daran gehindert. Seine genetische Programmierung läßt es nicht zu. Obwohl auch der Vogel das Feuer fürchtet, spürt er die Gefahr für sein Gelege. Das Bedürfnis, die Brut großzuziehen, setzt sich sogar gegen den Selbsterhaltungstrieb durch. Wieder erweist sich der Nachwuchs den Eltern überlegen, bis in den unausweichlichen Tod. Die Vogelmutter wird brüten, bis das Feuer das Gestrüpp erfaßt, das sie zur Zuflucht gewählt hat. Sie wird gegen Angst und Hitze aushalten – vergebens.«

Die Flammen knisterten, während das Kamerabild verschwamm, und das große rote Auge starrte verzweifelt ins Leere. Die Vogelmutter blieb sitzen, bis Rauch und Hitze alles einhüllten und nichts mehr zu sehen war.

»Der biologische Imperativ, der Reproduktionstrieb, der Beschützerinstinkt gegenüber dem Nachwuchs sind mächtig genug, jede andere Regung zu überlagern«, fuhr der Kommentator fort. »Am Ende führen sie in den Tod.«

Der Nachspann erschien, und die dramatische Begleitmusik wurde lauter. David lehnte sich im Polster des Sofas zurück und schloß die Augen, lauschte den Klängen, und die Bilder – June, Helen, Greta Simon, das Pavianjunge, das schreckliche rote Auge – wirbelten in seinem Inneren durcheinander. Als die nächste aufgenommene Sendung begann, war er schon fast eingeschlafen.

Das Band lief weiter. Ein Masse zuckender Zweige löste sich, während die Kamera zurückfuhr, zu einem Ameisenhaufen auf. Der Kommentar setzte ein, stimmungsvoll murmelnd, und erläuterte das Feldlager der Ameisenarmee. Als der wimmelnde Insektenberg aufbrach, wurde die monströse, aufgeblähte Gestalt der Königin sichtbar, hilflos von den zahllosen Dienerinnen umschwirrt.

»Sie legt ihre Eier ohne Unterlaß«, erklärte der Naturforscher, »während die Arbeiterinnen, ihre Töchter, für die Aufzucht zuständig sind. Sie würden sich selbst opfern, um die Brut der Königin zu verteidigen. Dem biologischen Imperativ der Königin und ihrer Nachkommenschaft müssen alle gehorchen. Es ist ihre einzige Funktion, und diese bestimmt und bedingt alles Leben in der Ameisenkolonie.«

Doch das hörte David nicht mehr, wenigstens nicht bewußt. Er war schon eingenickt. Und im Schlaf wurde er von Träumen heimgesucht.

»Bastard!«

Junes Gesicht war vor Wut verzerrt, als sie die Worte ausspie und alle Bilder von der Wand fielen. Die Fotos rollten sich auf und zuckten, jedes einzelne wurde zum Bildschirm, und das Dargestellte belebte sich im eigenen Rahmen.

»Bastard!« Das Wort hallte von den Wänden wider, als sie sich zu ihm umdrehte, weiß wie die Wand und mit aufgerissenen Augen. »Bist wohl impotent!«

Er sah an sich herunter und glaubte, impotent zu sein, weil er nackt war und sich zwischen den Beinen nichts regte. Doch als er wieder aufblickte, kam Helen Lamont ihm entgegen und barg ihn vor der Kälte in ihrer gefütterten Fliegerjacke. Von fern hörte er den Kuckuck schlagen, und sie saßen neben einem Teich, wo Libellen in Jagdformation ausschwärmten und in der Luft nach Insekten schnappten.

»Du gehörst zu den anständigen Jungs«, sagte Helen und lächelte ihn an, während June mit wehenden Rockschößen über die Felder rannte. »Ich würde auch eins kriegen, wenn ich den Richtigen finde.«

Er wandte sich zu ihr um, und sie lächelte wieder. Flammen spiegelten sich in ihren Augen und glühten rot auf.

Wieder flötete der Kuckuck, viel näher diesmal, und flatterte von Baum zu Baum auf der Suche nach dem Nest des Regenpfeifers. Er folgte ihm mit dem Blick und sah, wie er sich ins Nest setzte und fest zudrückte, den Kopf nach rechts und links wendend. Das Ei kam heraus, weich und mit einer Haut überzogen. Es zuckte und verformte sich, brach auf, und schließlich steckte ein großäugiges Vogeljunge den Kopf heraus, das alle anderen aus dem Weg drängte, aus dem Nest warf und nach Futter schrie.

»Das arme Würmchen«, seufzte Helen, und er runzelte die Stirn. »Es will was zu fressen haben.«

»Aber ja doch«, stimmte er zu und drängte heran, um sie auf die Lippen zu küssen. »Wir alle brauchen was zu fressen.« Es ging ihm leicht von den Lippen, und er wunderte sich, wie forsch er drauflos ging. Ihre Zunge glitt in seinen Mund; er schmeckte ihren frischen Kuß und schloß die Augen, während er nach ihrer Brust tastete.

Die Haut fühlte sich hart und ledrig an, und er riß bestürzt die Augen auf. Helen McDougall wand sich am Boden. Ihre drei Muttermale standen hervor wie eine Krebsgeschwulst. Er preßte ihr die Brust, wollte ihr Herz zum Schlagen bringen, und in der Luft hing wie eine schwere Wolke der Geruch nach Erbrochenem und Blut. Helen schrie ihn an, er solle endlich etwas unternehmen, während June ständig wiederholte, daß er ein Bastard sei und wieder eine auf dem Gewissen habe, und daß sie kein Kind mehr von ihm wollte, selbst wenn er der letzte Mann auf Erden sei.

Er betrachtete die sterbende Frau. Greta Simon schielte mit einem roten Auge zu ihm empor, bleckte ihre fauligen Zähne. Wahnsinn lauerte in ihrem Blick, und sie lachte gellend. »Meinen Buben ließ ich hier«, kreischte sie, »pflückte Beeren am Strauch. Sie hat ihn weggenommen, weggenommen, WEGGENOMMEN!«

»Hab ich nicht«, fauchte June. »Ich wollte nicht irgendein Baby. Ich wollte *deins*!«

Verblüfft fuhr David herum. Der Abend dämmerte, und die Libellen mit ihren Hubschrauberflügeln surrten heran. In den roten Kugelaugen spiegelte sich die untergehende Sonne. Am Ufer des großen Kratersees legte sich Helen ins Gras. Er beugte sich über sie, voller Erregung, um sie abermals zu küssen. Sie griff mit der Hand zwischen seine Beine und streichelte ihm übers Knie. Er spürte, wie ihm die Glut ins Gesicht stieg, als sie sich anschmiegte. Plötzlich drang er in sie ein, pumpte auf und ab, vor und zurück, sog den geilen Geruch ihres Körpers ein und stöhnte. Nach einer Weile schlug das Wasser Wellen, und eine dunkle, teuflische Gestalt glitt an die Oberfläche, rauschte durch das Schilf und schwoll an, bis sie auf Augenhöhe war. Auf ihrem Rücken spaltete sich die Haut, und etwas anderes kam zum Vorschein. David hob seine Kamera, um den Lichtreflex auf den Glotzaugen des Raubtiers einzufangen, aber es war keine Libelle, sondern ein kleines, graziles Pavianjunges, das vor Angst schrie. Er spürte, wie ihn die Wut packte.

»Bastard!« meckerte June tückisch. »Merkst du nichts? Es ist dein Baby!«

Als er genauer hinsah, war Helen verschwunden, und June drehte sich langsam um. In ihren Pupillen spiegelte sich der rote Sonnenball. Während der ins Wasser sank, kreischte der Pavian auf, und drüben im Gebüsch fütterten die Regenpfeifer einen gewaltigen, truthahngroßen Vogel.

Klopfenden Herzens schreckte er auf, von der Angst vor dem Unbegreiflichen jäh aus dem Schlaf gerissen, auch vom Schmerz in seiner Nase, gegen die er mit dem Ellbogen stieß. Die Hitze in den Wangen tat weh, und im Nacken war er völlig verspannt. Der Bildschirm rauschte; das Band im Videorecorder war stehengeblieben und spulte nun automatisch zum Anfang zurück.

Wie betäubt rappelte er sich hoch und stützte sich auf einen Ellbogen, dann hievte er sich in eine sitzende Position. Er war auf den flauschigen Teppich geglitten, zu nah an die Gasflamme des Heizgeräts. Seine Wange fühlte sich an wie gegrillt, und er glaubte schon, angesengtes Haar zu riechen. Das Band schwirrte und hielt an. Der schreckliche Schrei des Pavians aus seinem Traum verstummte. In seiner Schulter meldete sich stechender Schmerz. Ächzend warf er sein Glas um und vergoß einen Rest Jack Daniels auf dem Teppich. Whiskygeruch breitete sich aus, und David wurde munter.

Nachbilder seines Traums gaukelten noch vor seinen Augen und verblaßten allmählich. Junes Gesicht war noch immer zu der Grimasse verzerrt, mit der sie hinausgestürmt war. Der unförmige Schädel der alten Greta Simon schwand dahin, und nur Helen blieb, mit glasigen Augen und offenem Mund, wie sie ihm in seinem seltsamen Traum erschienen war. Scham und aufkeimende Wollust überkreuzten sich gegenseitig, schlossen einander aus.

Blinzelnd versuchte er wenige Minuten später sich an Einzelheiten des Traums zu erinnern. Doch sie entglitten ihm so rasch wie die Bilder, ließen ihn verwirrt zurück mit dem halbbewußten Eindruck, das Wichtigste verpaßt und nicht zu Ende gebracht zu haben.

Er erhob sich, ging ins Badezimmer und warf sich kaltes Wasser ins Gesicht, massierte mit der nassen Hand die verkrampften Nackenmuskeln und kehrte ins Wohnzimmer zurück. Auf einem der zehn Schritte zwischen Bad und Wohnzimmer ging ihm ein Licht auf – die kristallklare Einsicht in den Zusammenhang.

Er nahm am Tisch Platz und verschränkte die Finger, bettete das Kinn auf die Hände und ließ sich die Idee durch den Kopf gehen. Sie war so monströs, daß er kaum glauben mochte, sie ernsthaft erwogen zu haben. Ganz langsam atmete er durch. Die

Traumbilder zerfransten und lösten sich auf, aber ihre zentrale Deutung blieb. Sie knüpfte die Fragmente aneinander und formte aus Mosaiksteinchen ein geschlossenes Ganzes. Wieso hatte er den Kontext nicht früher erkannt? Sein Interesse für die Tierwelt hätte ihm den einen oder anderen Fingerzeig geben können. Über angeborene Triebe und biologische Imperative wußte er Bescheid, auch ohne die alten Sendungen zu wiederholen.

Triebe. Instinkte. Genetisches Muster.

Teile eines Puzzlespiels. Paßten sie alle zusammen? Er richtete sich auf, zwang sich zum Denken, zeichnete die Traumbilder nach, verglich sie miteinander. Der Forscher im Fernsehen hatte vom Hauptinstinkt gesprochen, der die riesige und verzweigte Biosphäre in Gang hielt – der Drang, sich zu reproduzieren. Der Kuckuck aus dem Traum fiel David wieder ein, das federlose und blinde Küken, das seine Rivalen ermordete und aus dem Nest warf, während die unfreiwilligen Eltern ihrem Programm folgten, auf das Geschrei reagierten und sich bis zur Erschöpfung abrackerten, das Stiefkind zu füttern.

Der Kuckuck war ein Brutparasit. Es gab schlimmere Schmarotzer, aber nur dieser machte sich den Beschützertrieb der Eltern gegenüber ihrem Nachwuchs zunutze. Wie der Schrei des Pavianbabys die Eltern veranlaßt, es zu füttern und zu beschützen. Wie der selbstmörderische Vogel im Nest bleibt, weil sein genetisches Programm unwiderruflich ist. Dem Vogel blieb keine andere Wahl.

Und Menschen, die biologisch gar nicht so viel höher auf der Evolutionsleiter standen – hatten denn sie eine Wahl? Er dachte an den schrillen Schrei von Neugeborenen und wußte, daß er den Puls schneller schlagen ließ und die Nerven angriff. Solche Reaktionen waren eine evolutionäre Notwendigkeit. Auf diese Weise setzte das Kind seine Eltern unter Druck.

Und wenn – *falls* es ein Wesen gab, das zu seiner Entwicklung auf Menschen angewiesen war, wie würde es sich am besten versorgen? Darauf gab es nur eine Antwort.

Der Schluß, zu dem er gekommen war, verblüffte ihn so sehr, daß er sich noch einmal dranmachen und ihn durchdenken mußte. In der Jack-Daniels-Flasche am anderen Ende des Tischs spiegelte sich das Lampenlicht. Er wollte schon zugreifen, überlegte sich's anders und erhob sich vom Stuhl. Die Gelenke knackten bei der raschen Bewegung. Er zündete das Feuer unter dem Kessel an und tigerte mit großen Schritten in der Küche auf und ab, bis das Wasser kochte. Er brühte sich eine Kanne starken, duftenden Kaffee auf, kippte eine Tasse hinunter, nahm sich eine zweite, und bei der dritten war er wieder hellwach.

»Sag das noch mal«, bat Helen völlig entgeistert am anderen Ende der Leitung. »Und diesmal langsamer, damit ich alles mitkriege.«

»Ich habe Mike Fitzgibbon die falsche Frage gestellt, glaube ich – welche Frau wäre imstande, ein Baby zu stehlen? Wie wär's, wenn wir andersherum vorgehen?«

»Meinst du das ernst?«

»Gewiß. Vielleicht. Herrgott, ich weiß es selbst nicht.« Er hielt inne, riß sich zusammen. Machte geistig einen Schritt nach vorn. »Ja. Ich meine es ernst. Es mag verrückt klingen, und es ist auch verrückt. Aber wir haben alles nachgeprüft, und es ist nicht das erste Mal, daß es passiert ist, und es gibt keinen Beweis für irgendein anderes Baby. In keinem Fall. Die Leute haben die Kinderwagen gesehen, vielleicht sogar einen Blick auf das Kind geworfen. Aber wir kennen weder den Namen noch eine gesicherte Identität.«

»Bist du betrunken?«

»Ich habe einen Drink genommen, ja. Aber betrunken bin ich nicht.« Er war nicht sicher, ob er die Wahrheit sagte, aber eigentlich fühlte er sich vollkommen nüchtern. Einen unsicheren Moment lang hatte er gefürchtet, wie ein kompletter Idiot dazustehen, aber dann wurde ihm klar, wie gut alles aufging.

»Du meinst also, wir sollen nach einem Baby fahnden, das Mütter kidnappt?«

Das Schweigen dehnte sich länger aus denn je. Er hatte keinen Knacks in der Leitung gehört, aber gerade, als er sich fragte, ob sie eingehängt hätte, meldete sich Helen wieder. Sie sprach sehr beherrscht.

»Ich möchte jetzt nicht davon reden. Du solltest die Sache überschlafen, und morgen sehen wir weiter.«

Und damit legte sie auf.

In dieser Nacht tat sie kein Auge mehr zu. Jetzt, wo sie wach war, wo er ihr seinen Floh ins Ohr gesetzt hatte, wurde sie ihn nicht mehr los. Und je länger sie darüber nachdachte – wie grotesk sich das Ganze auch anhören mochte –, desto mehr fügte sich alles zu einem klaren Bild.

Und was, wenn? *Was dann?*

Er hatte ihr von Greta Simon berichtet, als sie von Levenford zurückkamen, wo die Spur sich auf einmal verlor. Greta Simon, die auf der Brücke war und vom Lkw erfaßt wurde, die einen Großteil ihrer Gehirnzellen verloren hatte, die den Rest ihres Lebens im Sanatorium und in einer längst vergangenen Zeitsphäre verbrachte. Die ein Baby verloren hatte, das vermutlich ertrunken war. Aber niemand wußte, wer das Baby sein mochte und zu wem es gehörte. Und es wurde nie gefunden, weder tot noch lebendig.

Heather McDougall war am selben Tag verschwunden. Sie tauchte tot wieder auf – im Einkaufscenter, mit einem Baby im Kinderwagen. Eine Kamera hatte den Augenblick ihres Todes verewigt. Das Baby war ebenfalls gefilmt worden, wenn auch verschwommen, und anschließend auf Nimmerwiedersehen entschwunden.

Auch Ginny Marsden ging auf unerklärliche Weise verloren, als die McDougall ihr Leben aushauchte. Ginny Marsden, die stehengeblieben war und das Baby mitnahm, fest an die Brust gepreßt.

Das Baby.

Hier lag das fehlende Zwischenglied. Helen zögerte noch, die Synthese zu bilden, die auseinanderstrebenden Aspekte zu verknüpfen. Damit würde sie den einen Fall mit einem anderen und einem dritten zusammenschließen – wie bei einer Buchse, einem Stromverteiler. Wer weiß, ob sie nicht der elektrische Schlag traf! Etwas in ihrem Inneren, das unterhalb der Schwelle rationalen Denkens lag, scheute davor zurück – jener Teil ihres Geistes, den der kleine Parasit über die Entfernung hinweg erfaßt hatte, als sie das Gefühl bekam, jemand liefe über ihr künftiges Grab.

Wieder strichen die Finger über ihr Rückenmark. Draußen im Dunkeln, am anderen Ende des Flurs, wimmerte eine ihrer Nichten leise im Schlaf. Wieder empfand Helen die wachsende Drohung – dieselbe, die hinter der Tür lauerte, die Nina Galt geöffnet hatte, wo der bittere Geruch aus der Kammer quoll. Die geistige Kraft, mit der sie aus dem Bewußtsein heraus ins Übersinnliche tasten konnte, regte sich, noch schwach und ungeübt, und signalisierte ihr den Eindruck einer beunruhigenden, diffusen Vorahnung.

Es gab eine Gefahr hier, und sie war sehr real.

Welches Kind wäre imstande, eine Mutter zu stehlen?

Helen schloß die Augen und versuchte zu schlafen, aber der Schauer ihrer Vorahnung ließ sie nicht los.

Sie hatte etwas gemerkt an jenem Morgen, als sie aus dem Café kam, wo ihr Margaret und Maisie von dem Mädchen mit ihrem Baby erzählten. Die prickelnde Gewißheit, beobachtet zu werden, eine schleimige Berührung an der Oberfläche ihres Bewußtseins, bei der sie sich beschmutzt oder angesteckt hatte. Im kühlen Tageslicht hatte sie es abgetan, aber nach Einbruch der Dunkelheit, als die Nachtfalter durch einen schmalen Streifen Mondlicht tanzten, kam es zurück – und sie ahnte plötzlich, wovor sie sich in der Herberge so sehr gefürchtet hatte. Vergeblich unterdrückte sie den Gedanken an den heimlichen Beobachter. Jetzt wußte sie, daß der Instinkt sie nicht täuschte. Sie hatte eine Warnung erhalten, die sich jetzt wiederholte.

Und wer war es, der ihr unbemerkt folgte? Konnte es Ginny Marsden sein? Konnte es jemand anderer sein? Wie ein lästiges, böses Insekt ließ ihr die Vorahnung keinen Frieden. Oder war es *etwas* anderes gewesen?

Der Teufel soll David Harper holen, dachte sie. Der schlief jetzt wohl tief und fest. Schon am Telefon hatte er mit belegter Zunge gesprochen, als hätte er gerade gedöst oder sich mit der Jack-Daniels-Flasche ins Bett gelegt. Mit ziemlicher Sicherheit schnarchte er gerade wie der sprichwörtliche Holzfäller, während sie sich hin und her wälzte und die Phantasiebilder abschütteln wollte, die sich ungerufen aufdrängten – Bilder, über die sie in den ersten Stunden eines kalten Wintermorgens lieber nicht nachdenken wollte.

Das Baby war nur undeutlich und verschwommen zu erkennen, wie auf dem Mitschnitt der Überwachungsanlage. Denn es hatte kein Gesicht.

— 20 —

Von Ginny Marsden fehlte auch am Weihnachtsabend noch jede Spur. David und Helen hatten ihre Eltern zusammen erneut aufgesucht, und er war erschüttert über die Ähnlichkeit Winnie Marsdens mit der alten Catriona McDougall in Haltung und Ausdrucksweise. Immerhin war Winnie überzeugt, daß ihre Tochter noch am Leben war.

»Aber warum tut sie so etwas?« wollte sie wissen. Ginnys Freund Tony drückte sich hinten im Wohnzimmer herum, fühlte sich peinlich berührt und irgendwie fehl am Platz. Die Kollegen vom Revierbereich West, die für Levenford zuständig waren, nahmen die Ermittlungen vor, und David und Helen hatten den ganzen langen Tag damit verbracht, ihre Ergebnisse auszuwerten. Erst am Nachmittag vor Heiligabend stellte sich heraus, daß sie möglicherweise per Zug in die Stadt zurückgekehrt war. Das machte die Suche noch komplizierter.

David fuhr Helen zu ihrem Elternhaus, wo sie von zahlreichen Schwestern und Schwägern und einer verwirrenden Horde Kinder begrüßt wurden. Fast alle schienen damit beschäftigt, Geschenke einzupacken und Weihnachtskarten zu schreiben, wenn sie sich nicht in der Küche einfanden, um zu kochen oder zu essen. Ein o-du-fröhlich-seliges Irrenhaus, befand David, der überall vorgestellt wurde und prompt sämtliche Namen verwechselte. Helen gab ihrer Mutter zu verstehen, daß sie wieder aufs Revier mußten, um noch ein paar Protokolle zu schreiben. Mrs. Lamont, deren Haar noch füllig und dunkel war – so jugendfrisch würde wohl eines Tages auch die gealterte Helen aussehen –, bat David lächelnd, ihrer Tochter zur Feier des Tages nicht allzu spät freizugeben. Er versprach es, obwohl er nicht sicher war, dafür zuständig zu sein.

Draußen, im frühen Dämmerlicht des Abends, fragte er: »Was für Protokolle?«

»Die sind doch nicht mehr bei Trost da drinnen«, befand Helen. »Ich will bloß meine Ruhe. Laß uns zu dir gehen. Bei mir ist es jedes Jahr dasselbe. Weihnachten in der Familie – ich frage mich, wem so was wirklich gefällt?«

David hielt vor dem Laden an der Ecke, um noch einen Jack Daniels zu holen, und ließ noch eine zusätzliche Flasche Gin einpacken. Außerdem kaufte er zwei Sechserpack Bier, kalte Büchsen aus dem Kühlregal, nahm auch Knabberzeugs in verschiedenen Geschmacksrichtungen und diverse Erdnüsse mit.

Ihre schwere, gefütterte Jacke hängte er neben seinem Libellenfoto auf, das Junes Wutausbruch entgangen war. Er hatte noch nicht viel Zeit gehabt, über ihren bühnenreifen Abgang nachzudenken, weil er seit frühmorgens dauernd auf Achse war. Doch als er aufwachte, hatte er verblüfft festgestellt, daß die Schwellung an der Nase zurückgegangen war. Es tat kaum noch weh. Nicht mal der verräterische blaue Fleck war geblieben, der auf dem Revier für spöttische Kommentare gesorgt hätte.

Er schenkte ihnen beiden einen Drink ein, während Helen umstandslos ein paar Kissen vom Sofa herunterwarf und sich's auf dem Teppich vor dem Kaminfeuer bequem machte. Draußen war der Himmel noch klar. Der Wetterbericht hatte scharfen Frost prophezeit, und der Mond zeigte einen Hof aus Eiskristallen. Helen nippte an ihrem Drink, während er von der Schwierigkeit sprach, in der Stadt nach jemandem zu fahnden, besonders wenn er sich absichtlich verbarg. Schließlich winkte sie ab und brachte das Gespräch auf seinen Anruf in der vergangenen Nacht.

»Ach, das war nur so im Suff dahergeredet«, murmelte er und schlug die Augen nieder. Er wollte dem Gespräch ausweichen, und als sie im Lauf des Tages nicht darauf zurückgekommen war, hatte er gehofft, sie hätte es vergessen. In der ersten Erregung war er seiner Sache so sicher gewesen, alles schien so klar. Doch als der Morgen graute, kam ihm der Gedanke dermaßen monströs vor, daß er Abstand dazu gewann. Es war ein Fehler gewesen, sie gleich damit zu behelligen, dachte er. »Ich war wohl nicht ganz bei Trost.«

»Quatsch keinen Blödsinn, David«, versetzte sie scharf, aber nicht unfreundlich. »Da ist was gewesen, das ich nicht ganz verstehe. Du wolltest mir etwas mitteilen.«

»Hör zu, das war bloß 'ne fixe Idee, mit der ich mir all das erklären wollte«, gab er zu. »Wie du weißt, habe ich mit der alten Greta Simon gesprochen. Ihre Geschichte ist nichts als eine Reprise des Heather-McDougall-Falls. Die Simon behauptet, sie habe ein Baby verloren. Das passierte am selben Tag in den Spätsechzigern, als McDougall untertauchte. Und wir haben den unwiderleglichen Beweis, daß Ginny Marsden ein Baby aus der Einkaufszone mitnahm, und es war dasselbe, das die McDougall hereingekarrt hatte – fünf Minuten, bevor sie den Herzklaps bekam und abnippelte.«

»Nett, wie du das ausdrückst.« Helen grinste. »Sehr mitfühlend.« David zuckte die Achseln und fuhr fort.

»Ich hatte versucht, einen Zusammenhang herzustellen. Da sind schon manche Parallelen, vermute ich, aber nichts von alledem macht Sinn. Nichts, was ich in meinen Bericht für den Chef oder Scott Cruden schreiben könnte.«

»Aber du sagtest was von Babys, die Mütter kidnappen.«

»Stimmt genau. Ja, das war es wohl. Tut mir leid, aber meine Phantasie ist mit mir durchgegangen. Tut mir leid, dich mit einem solchen Hirngespinst geweckt zu haben.«

»Nein, es ist mehr als das«, erklärte Helen. »Das weißt du genau, auch wenn du jetzt einen Rückzieher machen willst. Schon den ganzen Tag frage ich mich, wieso du dich darüber ausschweigst. Bis jetzt hab ich abwarten wollen, ob du von dir aus die Rede darauf bringst. Und das ist der eigentliche Grund, wieso ich von zu Hause wegwollte. Übrigens kannst du zufrieden sein. Nach deinem Anruf habe ich die ganze Nacht wachgelegen, weil mir schwant, daß die Sache allmählich brenzlig wird. Du weißt mehr, als du jetzt zugeben willst, David. Frag mich nicht, woher ich das weiß, denn ich habe selbst nur so eine Ahnung. Nenn mich getrost eine Lügnerin, wenn du's nicht glaubst.«

»Aber nein«, beschwichtigte David. »Ich weiß so viel oder so wenig wie du. Aber wie der alte Sherlock Holmes sagte: Worauf es ankommt, das ist die Wahrheit, ganz gleich, auf welch schwachen Füßen sie steht. So ist das nun mal. Ich muß über Dinge nachdenken, die sich überhaupt nicht belegen lassen. Durch all diese Fälle zieht sich ein roter Faden, und zwar bis in die vierziger Jahre zurück, wo Greta gemeint hat, sie *hätte* ein Baby. Mike Fitzgibbon hielt sie für unfähig, zu lügen, was ich meinerseits als Wahrheit gelten lasse. In den Vierzigern und Fünfzigern hat sie ein Baby gehütet, und dann wieder in den Sechzigern. McDougall hatte eines in den Sechzigern und dann wieder eins diese Woche. Woher kamen diese Kinder? Wie haben beide Frauen Milch geben können? Der gute Hardingwell behauptet, McDougall hätte was im Blut gehabt, größere Moleküle, mit langen Eiweißketten, was stark nach einer neuen Viruserkrankung aussieht – so jedenfalls Hardingwell. Und ich denke, es gibt noch weitere Zusammenhänge. Greta hat etwas im Blut, das sie nicht identifizieren konnten. Vielleicht hat dieses Baby so was wie eine Karriere gemacht. Beispielsweise könnte es das Virus übertragen oder eine Art Hormonwandel bewirkt haben.«

»Glaubst du, daß sie krank sind?« fragte Helen und spürte wieder dieses Kribbeln. *Jemand geht wieder über meine Grabstelle.* Sie erinnerte sich an den seltsamen Augenblick im Treppenhaus, als sie und Nina Galt gleichzeitig den Büstenhalter zurechtrückten.

»Ich weiß es nicht«, erwiderte David. »Es handelt sich nur um eine seltsame Kette von Zufällen. Es könnte doch auch so was wie Tollwut sein?«

Wieder erschauerte Helen. Hatte sie sich womöglich irgendwie angesteckt? »Was meinst du damit?«

»Tollwut ist ein ziemlich schlaues Virus. Sie programmiert ihren Gastgeber. Anfangs dringt es in den Blutstrom ein, dann gelangt es zur Bauchspeicheldrüse. Danach greift es das zentrale Nervensystem an, treibt die Wirtsperson in den Wahnsinn und sorgt dafür, daß sie Fleisch frißt. Der Speichel im Biß trägt das Virus weiter, bis die ersten Opfer davon befallen sind. Kluge Planung.«

»Und du meinst, daß wir's damit zu tun haben? Etwas, das uns infiziert?«

»Nein. Für uns besteht, glaube ich, keine Gefahr. Ich denke nur laut. Vielleicht gibt es ein Virus, das den Mutterinstinkt beeinflußt. Vielleicht. Ich kann's nicht beschwören. Aber Ginny Marsden hat ein Baby gekidnappt. Ebenso wie Heather McDougall, zumindest müssen wir das annehmen. Selbst hat sie nie eins gekriegt, und ihr Baby hat niemand als vermißt gemeldet. Wenn ich nicht irre, hat sie Greta Simon eins weggenommen, vor langer Zeit, als ich noch die Schulbank drückte. Greta selbst behauptet, jemand hätte es gestohlen, und Phil Cutcheon ist der Überzeugung, es sei nicht tot.«

»Und was passiert mit all den Babys?«

»Die Eine-Million-Dollar-Frage! Wir wissen oder müssen vermuten, daß die Marsden ihres noch immer hat, ohne daß wir seine Herkunft feststellen können. Ebensowenig wissen wir, was aus dem Baby wurde, das die McDougall möglicherweise an der Duncryne-Brücke mitgehen ließ. Ist es gestorben? Hat sie es woandershin gegeben? Und woher kam es selbst – denn auch die alte Greta hat keins geboren, soweit ich weiß, und die rechtmäßigen Eltern haben sich nie gemeldet. Wie du schon selbst sagst – allmählich wird es ganz schön brenzlig!«

»Es müßte demnach eine Seuche geben, die Frauen dazu bringt, Kinder zu stehlen?«

David lachte. »Dann müßte es auch eine geben, die Mütter daran hindert, zur Polizei zu gehen.«

»Bislang reden wir von mindestens fünf Fällen, denn Mc-

Dougall ist in den letzten fünf Jahren ab und zu mit Säuglingen gesehen worden. – Es sei denn, es handelt sich um ein und denselben«, fügte Helen hinzu, in gezwungem fröhlichem Tonfall, aber der Schauer durchrieselte sie abermals.

»Dann wäre es ein ziemlich altes Baby«, gab David zurück und warf Helen einen seltsamen, fast überraschten Blick zu. »Greta hatte es schon in den vierziger Jahren, während des Kriegs. Demnach wäre es jetzt um die sechzig . . .«

»Älter als meine Mutter«, ergänzte Helen und hätte den vagen Eindruck einer beklemmenden Vorahnung gern verdrängt.

»Jedenfalls war das nur einer der Aspekte, über die ich gestern abend nachdachte, und ich hätte dich nicht damit behelligen sollen. Ich hatte mir ein paar ältere Naturfilme angesehen und fing an, Vergleiche zu ziehen. Es klingt jetzt ein bißchen verrückt. Ich muß noch mal gründlich überlegen . . .« Schon während er es aussprach, wußte er, daß es nicht die ganze Wahrheit war. Was mit einem simplen Todesfall am hellichten Tag begonnen hatte, sah mittlerweile völlig anders aus. David spürte dieselbe ungute Vorahnung, die bei Helen eine Gänsehaut verursachte. *Es sei denn, es ist dasselbe Baby*, hatte sie gesagt – bei diesem Gedanken konnte selbst er nicht ruhig Blut bewahren.

Als er die Naturfilm-Videos erwähnte, fiel ihm auch der Traum wieder ein, und augenblicklich bekam er rote Ohren wie sonst nur, wenn er wütend war. Aber diesmal errötete er vor Scham. Blitzartig tauchten die Eindrücke des Traums vor ihm auf – ihr Geruch, ihr Zittern und Keuchen, als sie sich an seinen Körper drängte. Er merkte, wie sie ihn beobachtete, und schlug die Augen nieder.

»Es klingt wahrscheinlich genauso verrückt – aber der ganze Fall kommt mir irgendwie *unnatürlich* vor. Gefällt mir gar nicht«, erklärte Helen. »Um die Wahrheit zu sagen, mir ist gar nicht wohl dabei.« Sie hatte sich ihm zugewandt und streckte ihm fast herausfordernd ihr Gesicht entgegen. Bei dieser Geste fühlte sich David an den Traum erinnert, in dem sie sich umdrehte und sacht über die Innenseite seiner Schenkel strich.

Wieder wurde er rot, und in der Hitze seiner Leidenschaft wurde ihm der Hemdkragen eng. Verstohlen rieb er sich mit dem Finger übers Kinn, wie um seine Bartstoppeln zu prüfen.

Sie setzte etwas hinzu, was er nicht mitbekam.

»Hörst du mir überhaupt zu?« Sie sah ihm direkt in die Augen, und in ihrem Blick spiegelte sich das Licht der Wohnzimmerlampe – gestern nacht war es der rote Sonnenball gewesen.

»Ich war noch in Gedanken«, gab er freimütig zu und fragte sich, ob sie seine Hautfarbe erkennen konnte. Um davon abzulenken, goß er ihr noch einen Drink ein, wobei sie ihm das Glas mit ausgestreckter Hand hinhielt. Das Glas zitterte leise und brach den Lichtreflex in funkelnde Diamanten. Sie stand auf und setzte sich neben ihn.

»Was denkst du wirklich?« wollte sie wissen. »Und versuch diesmal nicht, mich abzuspeisen, verstanden?«

»Bleibt es unter uns?«

Sie nickte und betrachtete ihn ernst. »Natürlich. Mir kann man auch etwas anvertrauen.« Sie lächelte, aber in ihrem Lächeln lag etwas Merkwürdiges, das er nicht zu deuten vermochte.

»Verstehst du ein bißchen von Naturkunde?«

»Ich kann einen Brachiosaurus von einem Brontosaurus unterscheiden. Und das ist mehr, als du kannst. Außerdem bin ich auf dem Land groß geworden, mein Lieber. Mein Onkel ist Förster. Sein Bruder ist der raffinierteste Wilderer in der Gegend, und manchmal gehen sie zusammen saufen. Ich weiß, wo der Haubentaucher nistet und die große Forelle im Strom schwimmt. Auch Mädchen interessieren sich nicht immer nur für Puppen und Kinderwagen, weißt du!«

»Gestern nacht mußte ich über den Kuckuck nachdenken.«

»Als Brutparasiten?«

»Genau. Ich zählte zwei und zwei zusammen und bekam weit mehr heraus als vier.«

Sie wich zurück und starrte ihn an. »Meinst du, wir haben es mit eine Art Schmarotzer zu tun? So was wie ein Vampir?«

»Was weiß ich? Könnte sein. Eventuell. Wie gesagt, wenn alles andere ausgeschlossen ist, dann . . . Jedenfalls müßte ich mal einen Tag freinehmen und mir das Ganze aus dem Kopf schlagen. Zu viele Namen und zu viele Babys. Eine Woche Urlaub täte mir gut.«

»Gute Idee«, stimmte Helen zu. »Tut mir leid, daß ich das Thema wieder aufgebracht habe. Ich denke, wir sollten uns zwischenzeitlich Haftverschonung von dem Fall gönnen, zumindest jetzt.«

»Einverstanden.« Ob sie ihn für vollkommen überspannt hielt? Er lehnte sich zurück. Diesmal nahm sie sein Glas, schenkte noch einmal voll und reichte es ihm. Sie winkelte die Beine an und schlug sie unter. Dann nahm sie einen kleinen Schluck.

»Und – was fangen wir mit dem angebrochenen Abend an?« erkundigte sie sich.

»Das weiß Gott allein.« Er sah sie an, und sie sah zurück. In den dunklen Augen funkelte noch immer das Licht. Der Ausdruck auf ihrer Miene war wieder da und erinnerte ihn an Hunger.

»Ich meine nicht, was die Arbeit betrifft«, fuhr sie fort. »Die kann warten. Schließlich ist Heiligabend, oder?«

Er wandte sich um, und ohne Vorwarnung beugte sie sich herab und küßte ihn. Er war so schockiert, daß er ein paar Sekunden lang gar nichts tat. Sie zog sich zurück, musterte ihn von oben bis unten, ihre Augen gerötet und feucht.

»Brauche ich noch einen Mistelzweig?« fragte sie leise, plötzlich schüchtern geworden. »Oder bin *ich* eine Mißgeburt?« Er wollte den Kopf schütteln, öffnete die Lippen einen Spalt. Sie probierte es noch mal, und diesmal war er vorbereitet, erwiderte den sanften Druck, erlaubte ihrer Zunge, das Innere seines Mundes mit sinnlicher Einfühlung zu erforschen. Er tat es ihr gleich, und sie seufzte fast unmerklich auf. Mit zeitgleichem Ruck setzten sie blind ihre Gläser auf dem Tisch ab und ließen sich ins Sofapolster zurückfallen.

Wenig später führte er sie ins Schlafzimmer.

Das Mondlicht fiel in breiten Streifen herein, ließ das helle rote Perlauge eines brütenden Rebhuhns aufblitzen, das als Foto hinter Glas an der Wand hing. Doch sie achteten nicht darauf.

Es war schon spät am Abend, als er neben ihr lag und den gleichmäßigen Atemzügen lauschte. Licht schimmerte auf der Rundung ihrer Schultern. Er quälte sich mit dem Gedanken an June. Sollte er die betrügen, die er trotz allem mochte, und sich auf die einlassen, mit der er arbeitete? Was für ein Durcheinander, in das er da geraten war. Wieder mußte er an ihr Zucken und Stöhnen im Traum denken, wie sie sich an ihn gedrängt, ihm größte Wonnen bereitet hatte.

Später wachte sie auf und hörte ihn leise schnarchen, schmiegte sich an und freute sich, daß er in dieser kalten Winternacht bei ihr war, wärmte sich an seiner kräftigen Schulter. Damit, daß es so kommen würde, hatte sie nicht gerechnet, aber jetzt war sie froh darum. Es gab innere Regungen, die sich von selber gegen alle Bedenken durchsetzen. Im Dunkeln erinnerte sie sich an seine zarten Stöße, die ihr Innerstes erbeben ließen, daß sie beinahe gleichzeitig lachen und losheulen wollte. Die Leidenschaft hatte sie überwältigt – so heftig, daß sie wirklich Tränen spürte, als es nachließ und seinen besorgten Blick mit einem stummen Kopfschütteln beantworten mußte.

Einige Zeit darauf weckte sie ihn mit heißen Küssen und ließ ihn wissen, daß sie vor Mitternacht zu Hause sein müsse. Als er schläfrig nach dem Warum fragte, mit verstörter und enttäuschter Miene, erklärte sie's ihm.

»Es ist Heiligabend. Sie warten auf mich mit der Bescherung. Das ist nun mal eine Familientradition, mit der ich nicht brechen darf . . .«

Nach zehn Minuten kam sie aus der Dusche, in seinen riesigen Bademantel gehüllt, der sie noch zarter und schutzloser aussehen ließ, und fönte sich das kurzgeschnittene Haar. Es verlieh ihr die naive Unschuldsmiene, hinter der sich kampferprobte Härte verbarg. Als sie ins Schlafzimmer zurückkehrte, drehte sie lächelnd das Licht klein.

»Ich hab den Leberfleck gefunden!« rief sie stolz. Er stimmte in ihr Gelächter ein, um das schlechte Gewissen und die Nervosität abzuschütteln. Noch immer hatte er Junes wütendes Gesicht vor Augen, hörte ihre Schmähungen und Anklagen. Er ließ sie hinter sich. Nun würde sein Leben eine andere Wendung nehmen – bloß wußte er nicht, in welche Richtung.

Helen zog sich Jeans und die Fliegerjacke an, und er streifte den Winterpulli über. Sie rollte den Kragen hoch, um seinen Hals zu schützen, während er sie umarmte.

»Hör zu«, murmelte sie. »Wenn du so bekümmert dreinschaust, krieg ich das Gefühl, wir hätten was falsch gemacht. Das glaub ich aber nicht. Laß uns keinen Streß machen – aber ich habe Lust auf mehr. Du bist einer von den anständigen Jungs. Das wußte ich längst; spätestens, seit du mich davor bewahrt hast, mir die Rippen zertrümmern zu lassen. Und von deiner Sorte gibt's nicht allzu viele.«

Er zog sie an sich und küßte sie wieder, genoß ihre Zärtlichkeit und Frische. Mit einem Mal wollte er nicht mehr, daß sie einfach auseinandergingen, als wäre nichts gewesen. Noch immer mischte sich June ein, aber er hielt sie innerlich auf Abstand. Als Helen und David sich widerwillig, fast atemlos voneinander lösten, brachte er sie zu seinem Wagen, Hand in Hand. Er fuhr sie durch die bittere Kälte nach Hause und wartete draußen, bis sie hinter der Tür verschwunden war. Es war kurz vor Mitternacht, und der Mond stand hoch am Himmel. Einer plötzlichen Eingebung folgend, fuhr er zu seinem Elternhaus und übernachtete in der Mansarde, die er als Junge bewohnt hatte.

Als er am anderen Morgen wach wurde, glaubte er einen Moment lang, alles wäre nur ein Traum gewesen.

* * * * *

Am Morgen vor Heiligabend stand Mrs. Cosgrove zeitig auf und bereitete für die Mutter mit dem Kind das Frühstück. Sie waren früh schlafen gegangen, wobei sich die magere Frau so langsam bewegte, als hätte sie einen kilometerlangen Gewaltmarsch hinter sich und wäre noch weit von ihrem Ziel entfernt. Die Alte fand es schrecklich, daß irgendwer, ob Frau oder Kind, zu dieser Jahreszeit nicht daheim war und unter fremdem Dach nächtigen mußte.

Sie betrachtete die Fotos und Grußkarten, die sie an die Wand gepinnt hatte, die Heiligenbildchen und den Weihnachtsmann mit Glitzerschnee. Am Ende der Reihe hing die Karte von ihrem Jüngsten, der in Kanada lebte: ein Bild der Gottesmutter Maria mit dem Jesuskind im Stall von Bethlehem. Auch sie war eine junge Frau, die mit ihrem Baby ein Obdach suchte, dachte Mrs. Cosgrove. Sie setzte den Wasserkessel auf und beschloß, ihrem Gast zwei Eier mit Speck zu braten.

Doch stellte sich heraus, daß die Fremde nur das Eigelb aß und den Tee nicht anrührte. Sie verließ das Haus in aller Frühe und kehrte mit Geld zurück, das sie der Wirtin wortlos übergab. Es war genug für eine Wochenmiete. Anscheinend wollte die Ärmste tatsächlich über Neujahr dableiben. Mrs. Cosgrove begann sich zu fragen, ob sie vielleicht vor irgendwas weggelaufen war oder Ärger mit der Polizei hatte. Sie wich zurück, stützte sich auf ihr gesundes Bein und musterte das Mädchen von oben bis unten. Die Wangenknochen in ihrem Gesicht ragten hervor; die Augen lagen tief in den dunklen Höhlen.

Einige Tage später berichtete sie David Harper: »Erst da fiel mir auf, daß sie wirklich krank wirkte. Als hätte sie diese neue Seuche, die man Aids nennt. Sie hatte kaum noch Fleisch auf den Rippen und war zum Skelett abgemagert. Unglaublich, daß sie sich noch immer mit dem Baby auf den Beinen hielt. Der Kleine im Wagen wirkte noch kerngesund. Hätte ihn knuddeln können, auch wenn ich ihn nur ganz flüchtig sah. Aber die Mutter, die arme Seele! Mir kam es vor, als wären ihre Tage gezählt. Wissen Sie, woran sie mich erinnerte? An die armen Juden in Deutschland während des Kriegs, die im Lager umgebracht wurden.«

Doch das war, nachdem die Vorfälle von Barloan Harbour längst aufgeklärt waren.

* * * * *

Die Mutter war am Ende.

Sie würde nicht mehr lange durchhalten, und schon jetzt versetzte ihn der Gedanke an seine Hilflosigkeit in Angst und Schrecken. Die dürre Frau mit dem vertrauten Geruch, der ihn an bessere, längstvergangene Zeiten erinnerte, schlurfte vertrocknet und entleert herum, ihre Muttermilch schmeckte fade und sauer. Er war hungriger denn je, und ihm blieb nicht mehr viel Nahrung.

Er mußte dringend für Ersatz sorgen. Sein Instinkt warnte ihn, daß man ihn hier entdecken würde, wenn er sich nicht beeilte. Die anderen, der Mann und diese Frau – der bloße Gedanke an sie ließ den neuen Hunger über den bekannten hinauswachsen –, waren ihm auf der Spur, und die Mutter war zu entkräftet, ihn weit genug zu tragen.

Die Zeit wurde knapp. Er hob den Kopf und löste sich von der Brustwarze. Die Mutter sackte zusammen und wand sich unter dem Schmerz, als er ihr seinen Geist aufzwang. Ihre Augen verengten sich zu schmalen Schlitzen. Ihr Atem roch nach altem, geronnenem Blut, wegen des rohen Schweinehacks, das sie im Laden an der Ecke besorgt hatte, auch aus den drei fauligen Wunden im Kiefer, wo in der Nacht drei Zähne locker geworden und ausgefallen waren. Als er ihre Seele packte, richtete sie sich mühsam auf und begann, ihn zu wickeln.

Sie war fast leer, und er mußte handeln.

* * * * *

Ginny Marsden leistete keinen Widerstand mehr, als es ihr befahl, aufzustehen.

Es trieb sie wieder hinaus in die Kälte, obwohl sie sich nichts sehnlicher wünschte, als die Augen zu schließen und den Geist aufzugeben.

Heilige Maria voll der Gnaden, bitte, nimm diese Plage von mir. Ihre Stoßgebete verschmolzen zu einer inbrünstigen Litanei. *Heilige Maria, erhöre mein Flehen.* Sie war nie besonders religiös gewesen, nicht mehr seit den Zeiten der frühesten Kindheit und der Nachtgebete, aber nun kamen ihr die Worte mit all ihrer Wucht wieder in den Sinn. Heute hatte sie mehrmals in den Spiegel sehen müssen, und der Teil ihrer Seele, der noch ihr selbst gehörte, erkannte sich in dieser Hexengestalt wieder. Sie war viel zu erschöpft, um sich noch aufzuregen oder zu ängstigen. Sie fühlte ihr Ende nahen. Die Hexe im Spiegel war eine Tote auf Urlaub. Wie der bleiche Tod, hätte vor einer Million Jahre ihre Mutter scherzend gesagt. Im vertrockneten Auge des klapprigen Skeletts, das einst ein Mädchen namens Ginny Marsden gewesen war, erschien eine Träne. Glitzernd purzelte sie über blutunterlaufene Augenringe und rann die hohlen Wangen herab, bis sie sich in der faltig aufgesprungenen Oberlippe verlor.

Das Ende war nahe, doch es kam nicht rasch genug.

Ihre Gelenke zerbröselten wie Sand in einem Räderwerk, und das Knirschen ließ ihre ganze gebrechliche Gestalt erbeben. Der Mund tat ihr weh, und die Augen brannten. Sie knöpfte sich den Mantel über der Brust zu. Flüchtig bemerkte sie, daß ihre Schwellung zurückging. Die Warzen waren rot und aufgerauht, und ringsum, wo ihr Blut durch die Schürfwunden austrat, zeigte die Haut eine Landkarte verkrusteter Narben.

Es zwang sie vorwärts, obwohl sie am ganzen Leib fieberte. Wäre sie frei gewesen, dann hätte sie sich auf die Knie geworfen und, schreiend vor Schmerz, gebetet oder wäre in Ohnmacht gefallen. Aber sie wurde gnadenlos hochgepeitscht und vorangetrieben. Es starrte sie an, und sie glotzte zurück, unfähig, den Blick abzuwenden oder sich zu entziehen, während eine innere Stimme hemmungslos schrie, daß sie verloren war.

Teufel. Ich bin vom Teufel besessen.

Und als ihr dieser Gedanke kam, erinnerte sich der verbliebene bewußte Rest ihres Selbst an das, was sie vor langer Zeit gelernt hatte über Christus im Garten von Gethsemane, als er in seiner Todesnot Blut und Wasser schwitzte und Gottvater anflehte, er möge den Kelch an ihm vorübergehen lassen.

Ginny Marsden hätte dasselbe beten wollen, aber das Monster griff mit brutaler Gewalt ein und hieß sie aufstehen. Ihre Glieder ächzten vor Schmerz wie rostige, verklemmte Türangeln, die sie tatsächlich waren, und sie stolperte hinaus. Irgendwo vorn im Haus lief der Fernseher, und die greise Mrs. Cosgrove redete mit irgendwem, vielleicht am Telefon. Aber das war ihr gleichgültig. Ginny mußte zur Hintertür schleichen, durch den engen Flur, der ihr Schlafzimmer von der Küche trennte. Die Tür glitt leise auf, obwohl die Drehung am Griff ihren Ellbogen mit tausend Nadelstichen peinigte. Sie trat nach draußen, strauchelte auf der Schwelle, und lief über den Gartenweg zwischen dem Gestrüpp der Sommerbeete, die im Frühjahr umgegraben werden mußten. Die Luft stach ihr mit eisigem Frost in die Lungen, aber sie setzte ihren Weg fort, überwand das Gartentor, ohne sich noch einmal umzusehen.

Das Ding in ihren Armen zerrte an ihr, drängte sie – rechts, links, Schmerzen, rechts, links, *Gottvater, nimm den Kelch von mir,* Todesangst. Sie stieg nicht mehr den Hügel hinab wie in der Früh, als sie zur Bank und zum Lebensmittelhändler gegangen war, sondern aufwärts, die Landstraße empor, mit einem kurzen Innehalten, um ihre schwindenden Kräfte zu sammeln.

Bitte mach, daß es mich stehenbleiben läßt.

Aber es drängte sie weiter. Hier waren die Hecken von Rauhreif überzogen, und die Eiskristalle wehten von der Flußmündung über das dunstige Seegras. Weit unten in der Ferne heulte das Nebelhorn eines unsichtbaren Tankers, der allmählich flußaufwärts schipperte.

Hinter ihr erscholl hohles Getrappel. Sie fuhr herum und bereute augenblicklich die hastige Bewegung, als die Erschütterung ihr Rückgrat durchlief und etwas in ihrem Kopf explodierte. Sekundenlang versank die Welt in undurchdringliche Schwärze, während sie zum Graben taumelte. Dann war das Licht wieder da, und sie hielt sich auf den Beinen. Zwei Frauen ritten vorüber und musterten sie neugierig. Ihre Pferde scheuten nervös zurück.

»Paß auf den Weg auf, Kate«, mahnte die eine. »An der Hekke ist der Graben überflutet. Sie fürchten das Glatteis.«

Diejenige, die gesprochen hatte, war schon vorüber. Ginny Marsden blickte erst auf, als sich die Frau hinter ihr näherte, mit kastanienbraunem Haar, dunkler als Ginnys gewesen war, und strotzend vor Gesundheit. Sie schaute herüber und riß die Augen auf, nicht vor Entsetzen, sondern verblüfft wie jemand, der etwas Groteskes, Entstelltes sieht. Ginny war zu schwach, um sich zu rühren, und empfand nur den Schmerz ihrer mahlenden Knochen. Das Pferd strauchelte leicht, schnaubte durch bebende Nüstern und schüttelte den Kopf. Die Frau zog die Zügel an und führte es behutsam, mit gedämpftem Hufklang, über die vereiste Pfütze. Ihre Begleiterin vorn rief ihr etwas zu, und sie holte auf. Der Gaul beruhigte sich wieder und fiel in einen gleichmäßigen Trab. Beide Tiere entfernten sich gravitätisch und mit schwankenden Hintern. Bald hatten sie die Abzweigung erreicht, wo die Straße hügelan führt. An der Kurve hielt die Frau, die Ginny gesehen hatte, noch einmal an und drehte sich um.

»Komm schon, Kate. Ich muß los und Jeremy vom Flugplatz abholen«, drängte ihre Begleiterin, und das Pferd setzte sich wieder in Bewegung. Die Kälte kroch Ginny in die Knochen. Eine Zeitlang war sie froh über die Taubheit in ihren erfrorenen Fingern. Auch sie trottete gehorsam weiter, angestachelt von dem Ding an ihrer Brust. Es hielt die Augen vor der blassen Wintersonne, die durch den Mantelkragen eindrang, fest geschlossen.

Über eine Stunde brauchte sie, bis sie das Gehöft erreichte. Unterwegs wäre sie beinahe von einem Jeep in den Graben geschleudert worden. Sie konnte gerade noch ausweichen, weil die Frau hinterm Steuer – diejenige, die vorausgeritten war – sie viel zu spät auf dem einsamen Feldweg erspähte. Die Scheinwerfer brannten, obwohl es noch hell war, und Ginny taumelte geblendet zurück. Ihr Atem ging keuchend und stoßweise wie der eines Asthmatikers beim letzten, tödlichen Anfall. Die abgestorbenen Füße schmerzten jetzt gar nicht mehr. Sie hörte nur ihren schlurfenden Schritt auf dem harten Asphalt, als sie sich dem Tor näherte. Das Wiehern der nahen Pferde schallte hohl vom schrägen Dach der Stallungen zurück. Über ihr zog kreischend ein Schwarm Wildgänse durch die Dämmerung, und in weiter Ferne keckerte wütend eine Elster im Gehölz.

Es befahl ihr, über das Tor zu klettern. Blech klirrte, als sie sich über den Rand schwang, ohne zu wissen, wo sie war oder wohin es wollte. In ihrem Kopf kreiste immer wieder das eine Stoßgebet – *Heilige Maria, Mutter Gottes, bitte für uns Sünder, bete für mich. Laß diesen Kelch vorübergehen.* Aber ihr Flehen wurde nicht erhört. Auf der anderen Seite ließ sie sich hinab, glitt auf dem Eis aus und spürte, wie ein Bein ausgekugelt wurde. Sie stieß einen stummen Angstschrei aus, wurde aber vorwärts gezerrt, an Strippen gezogen, mit denen ein verrückter Puppenspieler ihr lebloses Marionettendasein kontrollierte. Die nächsten zwanzig Meter fielen ihr leichter, weil der Knochen nicht mehr im Gelenk scheuerte. Irgendwie gelang es ihr, mit absurden, krebsähnlichen Bewegungen weiterzuhüpfen, und der rasende Schmerz knirschte nur noch im rechten Oberschenkel. Ihre Willenskraft reichte nicht mehr, dankbar die winzige Erleichterung zu registrieren; sie konnte nur noch ihre endlose Litanei wiederholen.

Sie humpelte weiter. Draußen vor den weißgetünchten Stallwänden bellte aufgeregt und gellend ein Hund. Vom Dach eines alten Taubenschlags erhob sich angstvoll flatternd ein Schwarm Tauben in den inzwischen düster werdenden Himmel. Am der hintersten Ecke der Scheune brannte eine Lampe, und die Schatten eines Hagebuttenstrauchs fielen über ihren Weg. Das Licht brannte ihr in den Augen, aber sie trottete weiter. Jetzt war das Wiehern deutlicher zu hören, und das Gebell hörte auf. Irgendwo trat jemand achtlos gegen einen verrosteten Eimer. Noch immer wirre Gebete murmelnd, blieb sie stehen. Ihre Füße bluteten, wo der Knochen ins mürbe Fleisch stach, und sie konnte kaum das Gleichgewicht halten. Das Ding an ihrer Brust nukkelte und hatte sich festgesaugt.

Das Scheunentor stand weit offen, und sie trat ein. Es roch modrig hier drin, modrig und staubig. Einzelne Heufäden tanzten im Abendlicht, dessen letzte Strahlen grell durch die Löcher in der Wand fielen. Das Winterfutter war in Ballen hochgestapelt, mächtige Rechtecke, eins auf dem anderen. Es befahl ihr, die riesigen Stufen hinaufzukraxeln, immer höher, und ihr

Herz rumorte unter der Anstrengung. Sie spürte nicht, wohin sie den Fuß setzte; das ausgerenkte Bein ließ sich nur widerwillig nachschleppen. Doch noch immer trieb es sie an, bis sie hoch über dem Dorf Barloan Harbour thronte. Endlich konnte sie nicht mehr weiter. Ganz oben formten die Heuballen eine Kuhle. Eigentlich hatte ein junger Spund aus dem Dorf sie freigeschaufelt, um sich hier, vor Kälte und neugierigen Blicken geschützt, zu gelegentlichen Schäferstündchen mit dem rothaarigen, pummeligen Mädchen zurückzuziehen, das ab und zu im Pferdestall aushalf. Heute, so kurz vor Heiligabend, lag das Liebesnest verlassen da, und tief drinnen im Heuhaufen war nur das schwache Pfeifen einer Rattenkolonie zu hören.

Ginny Marsden haßte Ratten. Unter normalen Umständen wäre sie Hals über Kopf davongerannt, wenn sie gemerkt hätte, woher das leise Gezwitscher unter den Ballen rührte. Aber die Umstände waren alles andere als normal.

Ginny Marsden lag im Sterben.

Sie kauerte sich ins Dunkel, rang nach Luft, hustete Staub und zuckte am ganzen Leib wie ein verendendes Tier.

Heilige Maria Mutter Gottes, bitte für uns Sünder, jetzt und in der Stunde unseres Todes.

Ihr wurde schwarz vor Augen, und in ihrer Ohnmacht sah sie das Gesicht ihrer Mutter vor sich, undeutlich wie durch eine wabernde Flüssigkeit hindurch. Ihre Mutter rief nach ihr, voller Angst, sie zu verlieren, und Ginny strengte sich an, zu antworten, ohne daß sie einen Laut herausbrachte. Das Trugbild verblaßte, zerfaserte an den Rändern, und in diesem Augenblick erkannte Ginny, daß ihre Mutter um sie weinte. Sie hatte längst vergessen, daß Weihnachten war und ihre Geschenke hübsch eingewickelt und verschnürt unter dem Baum lagen.

Das Ding an ihrer Brust schnüffelte und gluckste. Sein geistiger Fühler lockerte die Umklammerung. Erstaunt wurde sie gewahr, daß es sie losließ und sich zurückzog. Tränen näßten ihr die verdorrten Augen, während gleichzeitig die Erinnerung aufstieg – ihr warmes Zuhause, die mütterliche Umarmung, die

Sorglosigkeit, mit der sie einst, vor allzu langer Zeit, in den Tag hineinlebte . . .

In weiter Ferne, unten in Barloan Harbour, sang der Chor der St.-Filians-Kirche Weihnachtslieder, die durch Lautsprecher auf den Dorfplatz übertragen wurde. Die schwache Melodie wallte die Hügel empor, war selbst am Bauernhof zu hören, sogar in der Scheune, und tief in den Abgründen einer verlöschenden Seele namens Ginny Marsden. Die Tränen rollten über ihre hohlen Wangen, und das Ding saugte noch immer. In den Eingeweiden spürte sie, wie ihre Organe den Dienst versagten. Es hatte die Wanderung hierher befohlen, ihrem Körper eine vernichtende Niederlage bereitet, die Macht seines Geistes über ihre irdische Hülle bewiesen und sie gezwungen, das Unmögliche zu erreichen, durch die schiere verzweifelte Willensenergie und die namenlose Gier.

Monster.

Weit draußen sang der Chor von den drei Königen mit dem Stern und dem Kind in der Krippe, der Geburt im Stall. Hier drinnen hob das Ding, das manchmal wie ein Kind aussah und manchmal wie ein Untier aus dem schwärzesten Alptraum, das Kinn. In der Finsternis blitzten seine Augen auf. Ginny Marsden sah sie – groß wie Untertassen und schwach von innen glühend, aber ihr Blick war nicht mehr auf sie gerichtet. Eidechsenhaft, einer Spinne gleich, krabbelte es von ihrem gedemütigten, fast schon erkalteten Körper herunter. Es raschelte im Heu. Unten in der Tiefe quiekte ein kleines Tier und verstummte. Sie hörte ein atemloses Röcheln, und das Monster verschwand.

Sie wollte sich bewegen, aber sie war gelähmt. Die Finger taten Gott sei Dank nicht mehr weh. Der Schmerz im Rückgrat pochte noch immer, aber sie wußte, auch er würde am Schluß absterben.

Ungefähr zur selben Zeit, als David Harper und Helen Lamont den Weg ins Bett und zueinander fanden, durchzuckte ein häßlicher Riß Ginny Marsdens Körper. Der Ruck war so kräftig, daß er sie seitlich herumwarf. Ihre Eingeweide blähten sich auf, und ein Stück Darm trat aus dem Anus, während die Gebärmutter, die einst ihre eigenen Kinder beherbergen sollte, nach außen stülpte und auf groteske Weise durch ihre Vagina in die eisige Luft austrat.

Sie wälzte sich auf den Rücken und hustete heftig. Etwas Nasses stieg ihr die Luftröhre hoch in die Kehle, trat über ihre Lippen und sickerte ins Heu. Ihre Körperflüssigkeiten liefen über. Ein seltsames Leuchten erhellte das Dunkel, und vor ihren Augen sah sie einen Reigen von Gesichtern: Celia Barker winkte ihr lächelnd zum Abschied und mahnte, ihre Katze und den Fisch zu füttern, Mork und Mindy; dann wieder ihre Mutter, merkwürdig verjüngt und über die kleine Ginny gebeugt, lächelnd und mit einem weichen Schwamm in der Hand; die dunkelhaarige Frau, die in Celias Küche gestürzt war; die gute Maggie und Maisie im Café an der Bushaltestelle; Mrs. Cosgrove und ihr leckeres Frühstück; die Frau auf dem Pferd. Und hinter ihnen, ganz zum Schluß, die rotglühenden, wilden Augen des Monsters, das sie umgarnt und alles, was sie gewesen war, aufgezehrt hatte.

Heilige Maria Mutter Gottes, bitte für uns Sünder. Bete . . .

Beute.

Etwas anderes zerbrach in Ginny Marsden. Kurz, bevor alles ringsum versank, dachte sie an ihren Vater, seine großen, kräftigen Hände, die freundlichen Augen, und dann fiel ihr Tony ein, von dem sie sich nie berühren ließ, um die eine besondere Nacht abzuwarten, sich unberührt für das erste Mal zu bewahren. Sich aufzusparen für die eigene Mutterschaft.

Sie hustete wieder, während das Ding unten durchs Heu schnüffelte, sich der Tür näherte. Der Knabenchor sang, und in der Ferne stöhnte ein Nebelhorn in der Flußmündung.

Bei den Lamonts zu Hause brachen die Schwestern in Gelächter aus, Vettern und Cousinen tauschten Küsse und wünschten sich fröhliche Weihnachten. David Harper umarmte seine Mutter und goß sich und seinem Vater einen kräftigen Schluck Whisky ein, dachte an Helen Lamont und fragte sich, was nun aus dem Geschenk wird, das er schon für June gekauft hatte.

Im Haus der Marsdens lagen sich der Mann und die Frau weinend in den Armen und flehten zu Gott, daß ihre Tochter wohlbehalten wiederkehren möge.

In einer anderen Gegend Schottlands lag das kleine Haus, wo Heather McDougall gelebt hatte, bis sie dem Monster in die Falle ging. Catriona McDougall wünschte ihrem Mann ein frohes Weihnachtsfest und zwickte ihn in die Wange, wo er doch schon längst im Bett sein müßte. Aus irgendeinem Grund war auch sie aufgeblieben und gönnte sich ein kleines Glas süßen Sherry. Sie betrachtete ihren Mann, der sabbernd ins Feuer starrte, und lehnte sich gerade zurück, als irgendwo in ihrem Gehirn ein kleines Äderchen platzte. Sie starb fast ohne es zu merken. Der alte Callum war längst viel zu weggetreten, um bewußt mitzukriegen, daß seine Frau nie mehr aufwachen würde. Er starb gegen Morgen, als die letzte Glut im Kamin erstarb und die Luft im Haus allmählich gefror.

Ginny Marsden hustete gewaltig und spuckte blutige Fetzen ihrer Lunge aus. Aus der Finsternis war ein grelles weißes Licht geworden, das mit unerträglicher Intensität leuchtete. Aller Schmerz war von ihr gewichen, was sie mit einem röchelnden, versiegenden Seufzer quittierte. Rasch dehnte sich die Helle aus und durchflutete sie mit wunderbarer Wärme.

— 21 —

»Heute siehst du aus wie nach zehn Runden im Boxring«, kommentierte David, als er mit Helen in eisiger Kälte die Treppen zur Polizeihauptwache erklomm. Auch er war noch müde, aber Helen war weit davon noch entfernt, wirklich wach zu sein.

»Weihnachtskater«, sagte sie grimmig. »Familie, Fressen, Fleischeslust!« Ihr Atem bildete kleine Wölkchen vor ihren Lippen, und die braunen Augen funkelten schelmisch.

»Was, noch mal?« Er stutzte und fuhr herum. Sie brach in lautes, spöttisches Gelächter aus.

»Nein, nicht *noch* mal, Dummerchen«, neckte sie ihn. »Mit dir hat's mir schon gereicht, vielen Dank! Nachspiel und Nachdurst, daran leide ich jetzt schon den zweiten Morgen hintereinander. Desto besser, wenn der ganz normale Alltag wieder einkehrt – falls noch irgendwas an unserem Job normal ist. Eine Pause täte uns gut.« Sie steuerte auf die Brandschutztür zu und stieß sie mit überraschender Vehemenz auf – obwohl er sich nicht wundern durfte, denn er hatte die in ihrem geschmeidigen Körper schlummernden Riesenkräfte gespürt –, wobei sie fast einen jungen Polizisten rammte, der sich die Dienstmütze zurechtrückte und nicht aufgepaßt hatte.

»Und wie war's bei dir über die Feiertage?« erkundigte sie sich.

»Wie schon am Telefon gesagt – prima. Alles friedlich. Ruhig. Meine Mutter hat mich geradezu verwöhnt, und ich ließ es mir gefallen.« Im Flur warf er ihr einen bewundernden Blick zu. »Hätte mir allerdings auch noch andere Gesellschaft vorstellen können . . .«

»Ich auch.« Dann summte sie *I just called to say i love you* . . . und lachte wieder. »Ich hab nur angerufen, damit du nicht von Schuldgefühlen und Verlegenheit zerfressen wirst. Wollte mich selbst nicht dabei erwischen lassen. Meine Mutter betrachtet jedes männliche Wesen als meinen potentiellen Retter vor dem Altjungferndasein. Wir müssen vorsichtig sein!«

Er hielt ihr die Tür auf. Sie trat ein, sah sich flüchtig im Raum um, wo sich gerade niemand aufhielt, und versetzte ihm einen flinken, schmatzenden Kuß aufs Ohr. Er wich zurück. Fast wäre ihm das Trommelfell geplatzt.

»Laß mich, um Himmels willen!« rief er bestürzt. Sie kicherte wieder und drängte an ihm vorbei. Er setzte sich an seinen Schreibtisch, und keine zwei Sekunden später klingelte das Telefon. Er nahm ab, während Helen nach Kleingeld suchte und zur Kaffeemaschine im Flur ging.

Phil Cutcheon, der ehemalige CID-Chef im Bereich Ost, entschuldigte sich für den frühen Anruf. Sie tauschten ein paar

Höflichkeitsfloskeln aus, dann kam er zur Sache. Die beiden Männer redeten fünf, sechs Minuten miteinander, bis Helen mit dem Kaffee zurückkehrte. Phil hatte gerade eingehängt, als sie einen Becher an den Rand des Schreibtischs stellte, und David teilte ihr mit, daß sie sich in einer Stunde treffen würden.

Zwei Kollegen kamen herein, wetterharte Kerls mit fleischigen Gesichtern, die selbst im grauen Flanellanzug wie Cops aussahen. Sie wirkten übernächtigt, als hätten sie zu lange gefeiert. Einer rülpste laut und entschuldigte sich vor dem fast leeren Büro, wünschte David und Helen fröhliche Weihnachten und fragte, ob sie beide Heiligabend auf dem Revier verbracht hätten. David wurde rot bis über beide Ohren. Liebend gern wäre sie hier gewesen, meinte Helen.

David war mit dem Kaffee in der Hand aufgestanden und hatte den Aktenschrank geöffnet, als das Telefon wieder klingelte. Der große Sergeant nahm im Vorbeigehen den Hörer ab und brummte etwas, horchte ein paar Sekunden und reichte den Anruf an David weiter: »Deine kleine Freundin«, verkündete er augenzwinkernd.

Helen beobachtete David über den Rand ihres Plastikbechers, während er telefonierte. Junes Stimme hatte den brüchigen, schluchzenden Beiklang einer Frau, die gerade geweint hat und jeden Moment wieder losheulen könnte. Sie entschuldigte sich für ihren Wutausbruch und für das Ultimatum. Wie sehr sie ihn Weihnachten vermißt hätte, alle seine Geschenke seien noch verpackt und bei ihr, und sie leide furchtbar darunter, ihm das Fest verdorben zu haben. Er lauschte und merkte, wie sein Gesicht unter Helens Blicken die Farbe wechselte. Sie verdrehte scherzend die Augen, während June weiterquasselte, nach Worten und Argumenten suchte. Endlich legte Helen fast provozierend den Kopf schräg und hauchte ihm überraschend ein Luftküßchen zu – keineswegs herablassend, eher zur Ermutigung. Wenigstens kam es ihm so vor. Ein anderer Gedanke, den er nicht unterdrücken konnte, galt der hemmungslosen Grenzüberschreitung, die für beides ein Kennzeichen war – Liebe und Krieg.

»Ich muß es mir überlegen«, sagte er leise. »Versprochen.« Plötzlich fühlte er sich in der Falle und wollte dagegen ankämpfen. Gewiß ahnte sie etwas, war verbittert darüber, daß sie Heiligabend nicht zusammen verbracht hatten, und wollte sich dafür schadlos halten. Er hatte ihr nicht weh tun wollen, indem er sie links liegen ließ. Zugleich mußte er an das überwältigende Gefühl der Erleichterung denken, als sie die Tür hinter sich zugeschlagen hatte. »Nein, das geht jetzt nicht ... Nein. Ich habe viel zu tun.«

Er kam sich grausam und herzlos vor, aber im Augenblick hätte er sie am liebsten vom Telefon weggescheucht. Er brauchte einen Freiraum, um in aller Ruhe nachzudenken. Schon jetzt machte sie ihm Schwierigkeiten, und dabei brauchte er all seine Energie, um das mit Helen Lamont zu verarbeiten. Nur, daß er sich merkwürdigerweise bei ihr nicht vereinnahmt fühlte. Er hatte immer davor zurückgescheut, sich auf Beziehungen mit Kolleginnen einzulassen, und war darin der Stimme der Vernunft gefolgt. Am ersten Weihnachtstag war er mit dem Gedanken an sie aufgewacht, und den ganzen Tag war er mit nichts anderem beschäftigt. Als sie ihn anrief, wußte sie von sich dasselbe zu berichten. Er bedauerte überhaupt nicht, was zwischen ihnen vorgefallen war. Endlich war das Gespräch beendet. Helen kam herüber, näherte sich so beiläufig wie möglich. Die beiden anderen Männer saßen an ihren Arbeitsplätzen, in ihre Akten vertieft.

»Für mich gehörst du noch immer zu den anständigen Jungs«, flüsterte sie ihm zu. »Ich will nur, daß du's weißt. Selbst wenn du zu ihr zurückgehst.« Sie sah ihm direkt in die Augen, und ihr Blick barg viele stumme Botschaften. Eine lautete, daß sie sich nicht jedem hingab, eine andere, daß sie Vertrauen in ihn setzte. Ihre Stimme war fast unhörbar, obwohl ihr Gesicht ganz dicht vor ihm war. Einer der Kollegen merkte, wie sie die Köpfe zusammensteckten, und wandte sich grinsend ab. »Aber mir wär's natürlich lieber, wenn du's nicht tust. Das ist die ganze Wahrheit.«

Wieder klingelte es. Der Kollege nahm den Hörer ab, nickte,

dann rief er Helen zu sich. »Für dich«, erklärte er. »Ein Mädchen, das nach dir fragt. Du hättest auf ihren Anrufbeantworter gesprochen. Ihr sind Katze und Geldbörse abhanden gekommen.«

Helen nahm den Hörer entgegen und unterhielt sich das erste Mal mit Celia Barker.

* * * * *

In einer Ecke der Scheune, im Zwielicht des frostigen Heiligabends, nahm er den röchelnden Husten der Mutter kaum wahr. Seine Konzentration war auf etwas anderes gerichtet. Sie stöhnte, und es klang erst nicht anders als der Wind in den Ritzen, doch in der froststarrenden Winternacht gab es keinen Wind. Irgendwo draußen vor der Scheune bellte ein Hund, das aggressive, überschnappende Keifen eines kleinen Terriers. Ganz in der Nähe wieherte ein Pferd und scharrte an der Stalltür.

Er war jetzt allein. All seine Instinkte waren zur höchsten Wachsamkeit gespannt, sein Hunger, seine Begierden. Auch fürchtete er sich, hier fast im Freien ertappt zu werden, neben der sterbenden Mutter. Das Bewußtsein der Gefahr und Verletzlichkeit schwoll an wie ein Krebsgeschwür. An seinem Rükken pellte sich die Haut ab, bekam Risse, unter denen die frische rosige Haut sichtbar wurde. Er kratzte sich am Rücken, verdrehte die seltsam angewinkelten Glieder nach hinten, um das Jucken mit einer Kralle zu betäuben.

Hinter ihm gab die verbrauchte Mutter ihren Geist auf. Er spürte die Glut ihres Geistes erlöschen. Längst hatte er sie aus dem mentalen Klammergriff erlöst. Es hatte ihn einige Kraft gekostet, sie bis hierher zu bringen, ihr jeden Schritt des Wegs abzufordern, über das Tor und in den Heuschober, während sich alles in ihr sperrte, Muskeln und Nerven. Er hatte von ihr getrunken, sogar noch, als sie im Heu emporklomm, ihr das Letzte geraubt, den Vorrat aufgezehrt für den bevorstehenden Wandel.

Es war noch nicht völlig dunkel, aber bald würde es Nacht

sein. Dann würde er sich rühren, wenn er seiner Sache sicher war. Drüben in der Ecke quiekte etwas. Er blieb still, wie versteinert, und überlegte, aber dann ließ er das Geschöpf leben und fühlte nur ganz sacht hinein, um die fremde Glut zu erproben. Für den nächsten Schritt würde er alle Energie brauchen. Er kauerte neben der Tür nieder, schloß die Augen und horchte. Die großen Rinder waren nervös, spürten seine Gegenwart und mochten ihn gar nicht. Sie stampften wütend auf, schabten die Leiber an den Stallwänden. Er ignorierte sie. Sie schmeckten schlecht, wie ihm seine Sinne verrieten, und nur im äußersten Notfall, wenn's gar nicht anders ging, würde er sich nach Möglichkeit eines von ihnen gefügig machen. Ob es ihm gelingen würde, wußte er nicht, aber intuitiv erkannte er, daß sie warm und groß und weiblich waren.

Endlich ging der Mond am Himmel auf, erst perlmuttfarben im letzten, schwindenden Abendlicht, dann immer heller werdend. Das silbrige Leuchten brannte ihm nicht in den Augen wie der Tag oder die Straßenlaternen. Mondlicht war wie kühler Balsam auf seiner juckenden, trockenen Haut. Er trat näher an den Eingang, öffnete bedächtig die Lider, um die Nacht aufzunehmen. Mit gleicher Gelassenheit schlüpfte er aus der Scheune – ein dürres, kleines Wesen auf allen vieren, mit gebuckeltem Rücken, das flache Gesicht zur Erde gewandt. Die Kälte war hier viel stärker, und automatisch wurde er schneller, drückte sich in den Schatten der Stallungen. Er umrundete sie, rattenhaft flink, hielt sich nahe am Mauerwerk. Hier war der Pferdegestank überwältigend, aber es gab auch andere Gerüche, der trockene Duft einer Flaumfeder, das bittere Sekret der Katzen, der flache, nasse Hundemief. Darüber und weit stärker lag der wahre Geruch, dünn und noch weit weg. Rauschhaft und erregend.

Der Geruch einer Mutter.

Er hatte sie schon vorher geschmeckt, als er die alte Mutter instinktiv den Hügel empor, der neuen entgegen führte.

Er krabbelte um die getünchen Mauern herum, duckte sich hinter die Regentonne vor dem kleinen Gehöft. Hier verdeckte der Winkel der Dachrinne das Mondlicht und tunkte den Platz in schwärzeste Finsternis. Er saß da, sandte seine Gedankenfühler prüfend aus. Er traf auf einen hilflosen Käfer unter der Steinplatte, der mit einem Klicken seiner Glieder starb, die Beine unterm Rückenpanzer gefaltet. Die Vögel im Taubenschlag drüben wurden wieder nervös, flatterten alarmiert empor. Seiner Wahrnehmung erschienen sie als warme, zitternde Lichtpunkte.

Er wich zwei Schritte zur Seite, dann tauchte er mitten auf dem Platz auf. Zwei seiner Drüsen zuckten und zischten unüberhörbar, als sie ihre aufgestaute Ladung in die Luft entließen. Er sah die Wolke entschwinden und aalte sich im eigenen Geruch. Einige angespannte Sekunden wartete er.

Dann brach die Hölle los.

Jenseits des Hofs wölbte sich der vergitterte Drahtverhau des kleinen Hühnerkobens, als die Panik unter dem Federvieh explodierte. Federn wirbelten als breite Schneeflocken durch die Luft, die langsam zu Boden segelten. Ein großer Hahn stolzierte pathetisch vom Torweg herüber, im überschäumenden Zorn mit aufgestelltem Kamm und gesträubten Brustfedern. Er stand auf den Spitzen seiner Krallen und krähte gellend und spröde.

Aus dem Schatten raste ein schwarzer Kater heran, kreischend vor unbändigem Jagdeifer. Es rammte die Klauen in den Vogelkopf. Knochen knackten, und das Hirn des Gockels spritzte aus der Schale, während er die Flügel im Todeskampf spreizte. Der Kater hielt sich gar nicht erst mit ihm auf, sondern schoß, ein schwarzer Strich in der Luft, um die Ecke.

Er wandte ihm seine Gedanken zu und sandte einen Impuls aus. Der Kater machte auf der Stelle kehrt. Er galoppierte auf den Hühnerkoben zu und rammte die Gittertür, daß sie in den Angeln erschüttert wurde. Die Klauen verfingen sich im Draht; kreischend wie ein Dämon hing er da, während die Hühner drinnen wie verrückt vor Angst einander die Augen auspickten und blind im Kreis rannten.

Die beiden Terrier, die vor der Verandatür, wo sich Mäntel und Stiefel stapelten, in ihren Körben dösten, erwachten mit einem Mal und sprangen mit hochgestellten Ohren witternd und leise jaulend hervor. Ihre Sensibilität für seinen machtvollen Geruch war so groß, daß er sie kaum zu berühren brauchte. Einer fiel der Länge nach hin und stand wieder auf, tückisch knurrend, während ihm schaumiger Speichel von den Lefzen troff.

Im Innern des Stalls, gleich hinter der Wand, wo er kauerte, überwinterten sieben Jerseyrinder, aus deren Euter sich gleichzeitig Ströme von Milch ergossen, und in ihren riesigen Bäuchen starben sieben ungeborene Kälber. Gegenüber in der Pferdekoppel bäumten sich zwei Hengste auf, trommelten mit den Hufen gegen splitternde Holzbretter, daß die Späne flogen; einer von ihnen – der am Spätnachmittag vorausgeritten war – hart genug, sich die Fessel zu brechen und die Flanke aufzureißen. Bis zum Morgen war er verblutet.

Der zweite Terrier fiel über den ersten her, kletterte auf seinen plumpen Rücken und stieß unkontrolliert auf und ab. Der erste, noch immer sabbernd, heulte protestierend, während sein Genosse in zwei harten Stößen eindrang. Er fuhr herum, warf seine Last ab und schnappte fest zu. Fetzen von Fleisch und Hundefell blieben ihm in den Zähnen hängen. Blut sprudelte aus der Wunde, während der weiße Cairn-Terrier noch im Sterben weiterrubbelte, ohne aufhören zu können. Kurz darauf wälzten sich beide Hunde auf dem Rücken, der eine noch zuckend, aber schon tot, der andere keuchend und blutüberströmt, während aus seinem aufgerissenen Anus der Samen troff.

Drüben am Hühnerkoben hing die Katze noch immer gespenstisch heulend im Drahtgitter.

Ein Starenschwarm, beunruhigt wie stets von der Ausstrahlung des fremdartigen Geistes, wurde erst vom Heulen des Herdenviehs aufgestört, dessen Euter noch immer Milch verströmten. Dann glitt der Fühler auch über sie hinweg. Wie eine Wolke erhoben sich die Stare, suchten verzweifelt einen Ausweg. Mit schwirrenden Flügeln rammten sie das Scheunendach und fielen einer nach dem anderen mit sanftem Aufprall zu Boden.

Der Mond kletterte über das Dach des Gehöfts. Er glitt zur

Tür, die Sinne geschärft wie Fangzähne, die Drüsen aufgepumpt, daß die dünne Haut darüber Falten schlug und barst.

Sein Hunger und die namenlose Gier waren unerträglich geworden.

* * * * *

»Ich hielt ihn immer für ein bißchen überspannt, den alten Trottel«, murmelte Phil Cutcheon. »Und jetzt dämmert mir, daß ich wohl selbst der Trottel war.«

Zwischen ihnen lag ein Ordner, der von Papieren überquoll. Er war mit altmodischer Kordel verschnürt wie das Aktenbündel eines Anwalts.

»McBean wurde damals, in den sechzigern, von niemandem ernst genommen. Wer weiß? Am Ende stellt sich noch heraus, daß er ein besserer Polizist war, als wir alle dachten. Schon vor dem Mord von Duncryne und Greta Simons tragischem Unfall hatte der alte Ron eine merkwürdige Theorie. Mit der Zeit wurde ein richtiges Steckenpferd daraus. Viel später, ein gutes Jahr nachdem Heather McDougall verschwand, hat er sich mir anvertraut. Ich hielt's für eine fixe Idee, wohl nicht zu Unrecht, denn er blieb ziemlich hartnäckig dabei. Das hier ist seine Materialsammlung. Sein Enkel hat sie mir übergeben, der früher auch bei der Truppe war. Er hat den Dienst quittiert, um sich im Sicherheitsgewerbe selbständig zu machen.«

»Und was steht drin?« wollte David wissen. Zwischen den Jahren war das Revier kaum besetzt, und er konnte dem pensionierten Polizisten nichts Besseres anbieten als das bittere Gesöff aus dem Kaffeeautomaten. Phil grinste und fühlte sich an seine aktiven Jahre erinnert. »Kaffee und Magengeschwüre. Wunde Füße und ständig Regen. Gute alte Zeit? Daß ich nicht lache!« Er nahm einen großen Schluck aus dem Plastikbecher und schnürte den Ordner auf. »Erst nachdem Sie bei mir waren, fiel mir alles wieder ein. Es ist ja eine Ewigkeit her. Mit ein bißchen Überlegung hätte ich gleich darauf kommen können.«

»Aber was ist es?« wiederholte David. Helen war zu Celia

Barker unterwegs, wieder allein, aber jetzt, wo das Mädchen zu Hause war, drohten ihr wohl keine Gefahren mehr. Er wäre lieber mitgegangen, aber nach Phil Cutcheons Andeutungen war klar, daß er bleiben mußte.

»Eine Art Zusammenstellung wie bei Ihnen, bloß viel älter. Um ehrlich zu sein, damals habe ich das Zeug nicht lesen wollen, weil ich zuviel um die Ohren hatte – und weil ich mir die Folgen nicht einmal ausmalen wollte. Da kam mal wieder der alte Ron McBean mit seiner wirren Story, und ich hab ihn abgewiesen. Schließlich wollte ich nicht, daß man mich für verrückt erklärt . . .«

»Und welche Schlußfolgerungen zieht er?«

Phil beugte sich vor, holte sein altes Dienstbüchlein hervor und blätterte in den Notizen. »Sie haben mir von Greta Simon erzählt und dieser McDougall. Dann wäre noch das vermißte Mädchen aus eurer Gegend. Sie haben die Verbindungslinie zwischen Greta und Heather gezogen, und jetzt zeigen sich Parallelen zwischen Heather und dem Mädchen.«

»Ginny heißt sie. Eigentlich Virginia.«

»Genau. Die meine ich. Und in diesem Wust finden sich weitere Parallelen zu all dem, ein regelrechter Reigen. Vielleicht werden Sie daraus schlau, denn ich kann mir keinen Reim darauf machen. Entweder wird da etwas weitergereicht wie eine ansteckende Krankheit, oder es steckt etwas so Unglaubliches dahinter, daß mir der bloße Gedanke daran über den Kopf wächst.« Er lehnte sich zurück. Zwischen seinen Brauen erschien eine Falte, die sein zerfurchtes, weises Gesicht sehr ernst aussehen ließ. »Ron McBean ist da über eine Sache gestolpert, die ihm keine Ruhe ließ. Sein Enkel meint, er sei zum Schluß wie besessen davon gewesen, lange nachdem er pensioniert war. Vor rund zehn Jahren ist er gestorben.«

Er klopfte auf den Ordner, klappte den Deckel auf und zog ein paar hauchdünne Blätter hervor. Die oberste Seite war weiß, von einem vergilbten Streifen abgesehen, wo sie eine Zeitlang der Sonne ausgesetzt gewesen war. Die Schrift war dick und blockartig, wie von einer großen Männerhand, die langsam und schwerfällig schreibt. Phil drehte das Durchschlagpapier herum, damit David lesen konnte. Er deutete mit dem Finger auf den dritten Absatz, auf den Davids Blick fiel.

Jetzt habe ich keinen Zweifel mehr, nicht den geringsten, daß der Reigen sich fortsetzen wird. Es widerspricht jeder Vernunft, und der Herrgott allein wird den Sinn und die Motive kennen. Ich muß an das Gespräch mit dem Theologieprofessor an der Heriot-Watt-Universität denken, der mir mitteilte, es gebe keinen historischen Beweis dafür, daß Herodes durch Soldaten die unschuldigen Kinder ermorden ließ. Seiner Meinung nach geht diese Legendentradition auf einen uralten hebräischen Mythos zurück. Die Geschichte kenne viele Anlässe, bei denen männliche Babys gnadenlos aufgespürt und hingemetzelt wurden. Die Historienbücher aus der Bibliothek bestätigen dies. In Ghassul, unweit vom Toten Meer, im Heiligen Land, wurden Hunderte von Kindersskeletten ausgegraben, deren Schädel mit Holzpfählen durchbohrt sind. In den Bergen am Titicacasee fanden sich Überreste kleiner Jungen, die eines gewaltsamen Todes starben. Der Professor erklärte mir, solche Ausschreitungen kämen immer wieder vor, in allen Jahrhunderten. Und wenn die Jagd auf das Neugeborene bei Herodes gar nicht die Suche nach dem prophezeiten König der Könige war? Ebensogut könnten sie nach einer Inkarnation des Teufels gesucht haben.
Greta Simon ist geistig noch immer zerrüttet, und die Ärzte sagen, sie würde nie mehr gesund. Dr. Tvedt hält es für ein Wunder, daß sie überhaupt noch lebt, obwohl ich ehrlich gesagt nicht an Wunder glaube – ganz im Gegenteil. Wenn nur meine Quellen weiter zurückreichen würden! Aber mir fehlen die alten Polizeiprotokolle. Ich kann nur feststellen, daß irgendwann im vorigen Jahrhundert zum ersten Mal davon berichtet wurde. Und es wird wieder auftauchen, aber wann und wo, weiß der Himmel. Nur eins läßt sich mit völliger Klarheit und Gewißheit voraussagen: daß es wiederkommen

wird. Es muß etwas Übernatürliches sein, was eine solche ständige Wiederkehr über lange Zeiträume hinweg vollbringt. Von meinen Ergebnissen will niemand was hören, und ich kann's ihnen nicht verdenken, nicht einmal den dienstältesten Beamten. Sie schenken dem Übernatürlichen keinen Glauben, doch für einen gottesfürchtigen Mann ist das keine Schande. Ich hab mein Bestes versucht und bin gescheitert, aber ich werde die Suche nach Maßgabe meiner Möglichkeiten fortsetzen. Eines Tages wird es wieder auftauchen, zusammen mit einer weiteren armen Frau. Was bleibt mir übrig, als die Zeitungen in der Bibliothek zu studieren, Nachrichten von ungeklärten Todesfällen und das Verschwinden von Kindern zu sammeln? Gewiß werde ich einst erfahren, daß es noch immer lebt. Vielleicht wird es für viele Jahre verschwinden, und mir bleibt nicht mehr viel Zeit. Mit dem Beistand des Himmels, den ich allabendlich erflehe, werde ich es noch erleben und, so Gott will, zur Strecke bringen.

»Klingt ziemlich dramatisch«, bemerkte David. »Und pedantisch dazu.«

»Er war ein bißchen altmodisch und nahm das alles sehr ernst«, meinte Phil. »Ein kirchentreuer Mann, aber kein Frömmler. Er hat keinem was zuleide getan, weshalb die Leute, einschließlich mir, ein Auge zudrückten. Seine Eingaben ließ ich unbearbeitet liegen. Trotzdem hab ich immer wieder mit Greta Simon gesprochen und wußte selbst nicht, warum. Nicht mal Ihnen hab ich von ihm erzählt. Ich wollte, daß Sie sich selbst ein Bild machen. Mittlerweile kann mir niemand mehr die Beamtenpension streitig machen, und McBeans Enkel hat uns den ganzen Wust überlassen. Er interessiert sich nicht dafür. Der alte Herr sei wohl etwas wunderlich gewesen, meint er.«

»Es hat den Anschein«, versetzte David vorsichtig.

»Zugegeben, die Möglichkeit besteht. Immerhin hat er eine Spur verfolgt, und dabei war er nicht mal Detective, nur ein kleiner Dorfpolizist und tiefreligiös dazu. Nicht so ein gerissener Hund wie Sie und ich.« Die Ironie in Phils Tonfall war nicht zu überhören. »Aber wie Sie blieb er beharrlich an der Sache dran und gab sich nicht zufrieden. Genau wie Sie. Schließlich sind auch Sie bei mir aufgekreuzt, weil Sie Ihren Job ernst nehmen und jedem Hinweis nachgehen. Die meisten Kollegen hätten die Ermittlungen eingestellt, nachdem die Tote identifiziert war. Aber Sie sind neugierig geworden, weil Ihnen etwas komisch vorkam. Daß Sie das Baby und die andere Frau erwähnten, gab mir zu denken. Diesmal wollte ich nichts unter den Teppich kehren wie all die Jahre lang . . .«

David wollte etwas erwidern, aber Phil hob die Hand.

»Am Ende kommt vielleicht gar nichts dabei raus, kein bißchen, und mir wäre weit wohler, wenn's so wäre. Aber falls Sie das, was Sie wissen, mit dem vergleichen, was Ron McBean herausgefunden hat, könnten wir noch unser blaues Wunder erleben. Sie haben da etwas am Wickel, und ich gebe gerne zu, daß es mir eine Gänsehaut einjagt!«

* * * * *

Irgendwas stimmte da nicht.

Kate Park hörte den Lärm im Hinterhaus und dachte zuerst, es wäre das Fernsehen. Das Baby murrte leise in der Wiege, und sie zog die Decke zurück. Die runzligen Lider waren geschlossen, und die Kleine verzog unbewußt die Lippen zum Saugen, obwohl sie längst satt war und fest schlief. Während sie mit Anne Collins über das Brachfeld galoppierte, hatte Jill auf sie aufgepaßt; anschließend brachte Anne sie im Jeep nach Hause. Kate war's fast peinlich, daß sie keine vier Wochen nach der Geburt schon eine Babysitterin brauchte. Aber der Ritt hatte ihr gut getan, obwohl die Muskeln im Oberschenkel noch schmerzten und der Sattel die zarte Haut dehnte, wo sie genäht worden war. Eine heiße Dusche hatte den Muskelkater gelindert. Ihr dunkles, gelocktes Haar war noch feucht. Sie deckte das Kind liebevoll zu, während das Tohuwabohu immer lauter wurde.

Sie wußte, daß da etwas nicht stimmte. Ein Prickeln überlief die Haut zwischen den Schulterblättern und kroch ihr eisig das Rückgrat hinunter. Sie verließ das Schlafzimmer und schloß vorsichtig die Tür. Weshalb ihr die Hände bebten, war ihr schleierhaft. Sie erbebte und schnürte den Bademantel fester.

Draußen vor der Tür jaulten die Hunde. Oder war es nur einer, und der andere hustete röchelnd? Auch der Gockel konnte sich gar nicht beruhigen, als müßte er heute nacht einen Kampf ausfechten. Hinter ihr im Schlafzimmer wimmerte die kleine Lucy im Schlaf.

Stimmt was nicht . . .

Krachend donnerten Hufschläge gegen die Stalltür, nur von den dicken Wänden gedämpft. Die Kühe brüllten, und ihre gepeinigten Schreie drangen durch den Lüftungsschacht im Scheunendach.

Zaghaft blieb sie im Flur stehen. Die Hunde jaulten nicht, sie knurrten tückisch, als ob sie einander an die Gurgel gingen. Dazu kamen weitere Geräusche – das Kreischen des Katers und die aufgeregt gurrenden Hühner.

Was in aller Welt war da draußen los?

Da stimmt was nicht, stimmt was nicht, stimmt was . . . Die Botschaft kam von tief drinnen, wie von einer lauten Stimme beschworen. Irgendwer geisterte doch da draußen herum! Kate fragte sich, was sie tun sollte. Jacks Gewehre standen im Wohnzimmerschrank. Der Munitionsgürtel hing noch immer an der Garderobe, was nicht in Ordnung war, er hätte längst weggeschlossen sein sollen, aber schließlich waren sie schwer arbeitende Bauern, keine Wilderer. Unschlüssig stand sie da, hielt den Atem an, und das Herz klopfte ihr bis zum Hals. Nervös fuhr sie sich durch die nassen kurzen Locken.

Ein schwacher Laut war auf der Veranda zu hören. Ihr Blick glitt zur Tür. Normalerweise lagen die Hunde in der windgeschützten Ecke der Veranda. Das Geräusch wiederholte sich, ein schwaches Kratzen, das ihr auf einmal unglaublich laut erschien und den Tumult des Wahnsinns draußen im Hof und weiter weg übertönte.

Etwas wie ein leises Maunzen folgte, fast wie ein Kätzchen,

aber durchdringend und gräßlich fremd. Das Blut gefror ihr in den Adern, und sie wich zurück. Der Briefschlitz klapperte, der Türklopfer donnerte mehrere Male in rascher Folge gegen die Messingplatte. Es quietschte wie sonst, wenn der Briefträger die Post hereinwarf, am Deckel vor dem Schlitz, dessen Scharniere und Federn Jack längst hatte ölen wollen.

Dann tastete eine Hand herein, und ein Arm, dessen Haut anfangs grau und dürr und irgendwie fleckig wirkte. Ihr Herz stockte und tat einen Sprung. Dann verschwamm alles vor Augen.

Die Hand eines Babys tastete durch die Luft.

Herrje . . . herrje . . .

Ihre Lippen bewegten sich, aber sie brachte kein Wort heraus. Fast wäre sie ohnmächtig geworden, und bei diesem Gedanken fing ihr Herz wieder zu pochen an, donnerte gegen die Rippen, so laut und brutal wie die Pferdehufe an der Stalltür.

Das Kinderärmchen reichte nicht bis zum Boden, die winzigen rosa Fingerchen spreizten sich hilflos. Ein leises, drängendes Wimmern drang durch die Tür, und sie wußte, daß es nicht Lucy sein konnte. Denn hinter ihr hatte Lucy aufgeschrien, brüllte ängstlich und zum Steinerweichen. In diesem Augenblick wußte Kate Park nicht mehr ein noch aus. Ein namenloses Grauen lähmte sie. Sie war allein mit einem Baby im Haus, meilenweit von der Stadt entfernt, während die Tiere draußen verrückt spielten und eine Kinderhand durch den Briefkasten der Vordertür hereintappte.

Gift, dachte sie. Jack hatte sie vor dem phosphathaltigen Dünger gewarnt, der manchen Bauern im Hügelland geistige und körperliche Beschwerden verursachte, wenn sie leichtsinnig damit umgingen. War etwas davon verschüttet worden, von der Upper-Loan-Farm heruntergeweht und hierhergetrieben?

Und doch wußte sie, daß es kein Gift sein konnte. Sie war allein mit ihrem Kind und noch einem, das schon älter sein mußte als ihres und sich an die Tür klammerte. Die Hand im Schlitz winkte stumm, lockte sie heran, begehrte Einlaß.

Ein abscheulicher Anblick, der schlimmste Alptraum, den eine

Mutter erleben konnte – und daß ihr mütterlicher Instinkt so stark war, machte alles nur noch schlimmer.

Es konnte nicht sein. Es war unmöglich, sagte sie sich immer wieder, und doch beobachtete sie reglos, wie die kleinen Finger ins Leere grabschten.

»Geh«, brach es schließlich aus ihr heraus. »Geh fort. Mach, daß du wegkommst.« Sie wich in die Diele zurück. Die Hand hörte zu winken auf. Sie blieb stecken, reglos und ausgestreckt, vollkommen rätselhaft und zutiefst beängstigend.

Lucy heulte noch immer, und die Not ihrer Tochter versetzte Kate einen Stich. Irgendwie mußte Lucy die Drohung wahrgenommen haben. Kate merkte, wie ihre Knie nachgaben. Sie war eine starke, robuste Bauersfrau, die an jedem Tag der Woche Schwerstarbeit verrichtete, doch der Anblick des Kinderärmchens raubte ihr alle Kraft.

Ohne Vorwarnung zog sich die Hand zurück. Mit metallischem Scheppern klappte der Briefkastendeckel zu. Draußen plumpste ein Körper auf die Veranda. Etwas hüpfte davon. Kate lehnte sich mit dem Rücken an die Wand und zwang sich zum Durchatmen. Noch immer wußte sie nicht, was zu tun sei, was sie davon halten sollte. Die Erscheinung war ihr so unnatürlich erschienen, so *fremdartig*, daß es über jede Vernunft ging. In ihrem Zimmer brüllte Lucy wie am Spieß, und Kate wäre am liebsten zu ihr geeilt, aber sie fürchtete sich, die Tür aus den Augen zu lassen, falls diese gräßliche Hand wieder auftauchte.

Denk nach, verdammt noch mal, denk nach!

Sie überlegte. Da war noch etwas, das sie in Betracht ziehen mußte. Sie wußte es, aber ihr verwirrter und von Panik geschüttelter Verstand weigerte sich, rational zu denken. Sie fuhr herum, stieß mit dem Schädel gegen die Wand und ignorierte den dumpfen, hämmernden Schmerz.

Da war noch etwas. Eine andere Gefahr. Draußen krabbelte etwas um das Haus herum; sie glaubte, Hundepfoten über den Kiesweg kratzen zu hören, der durch ihren Kräutergarten führte. Sie stellte sich vor, wie sich ein kleines, schwerfälliges Ding über die glatten Steine wälzte. Und glaubte schon, sie höre das

Knarren am – *O mein Gott, da kann es doch nicht herein um Himmels willen durch das – Katzentürchen . . .*

Das Geräusch kam vom Hinterhaus. Die Plastikfolie über dem Katzentürchen klappte auf und schloß sich wieder. Etwas schlidderte über die Fliesen, und eine irre Furcht lähmte sie vollständig. Sie wirbelte herum, bereit, allem ins Auge zu sehen, was immer es war. Jeder Nerv war bis zum Zerreißen gespannt, und die Haare standen ihr senkrecht vom Nacken ab.

Etwas Dunkles huschte aus dem hinteren Flur um die Ecke. Seine Glieder baumelten herab, schlugen willenlos gegen die Wand, dann tauchte es vor ihr auf. Kate Park hielt es für schwarz und gefleckt, oder grau und dünn, es schien willkürlich Form und Farbe zu wechseln, schließlich nahm es die Gestalt eines rosigen Säuglings an, der nach wie vor mit spinnenhaften Gebärden auf sie zulief, ihr das runde Gesicht entgegenstreckte und sie anstarrte. Sie keuchte, wollte fliehen. Ihr Absatz verfing sich im Teppich. Sie fiel hintüber und rammte die Tür, die aufsprang und gegen die Wand donnerte.

Kate wollte schreien, rang um das Gleichgewicht, während sich der monströse Säugling hastig näherte, mit seltsam unbestimmten Gesichtszügen, die wie Wachs in der Sonne zu schmelzen schienen. Es war ein Baby, und zugleich ein Gespenst, ein doppelgesichtiges Monstrum. Die rosafarbene Haut platzte auf und enthüllte ein rotäugiges, glotzendes Biest mit flachem grauen Antlitz, dessen runder Schmollmund wie ein Schließmuskel auf- und zuklappte und einen Kreis glasharter, nadelscharfer Zähne sehen ließ.

Es bewegte sich wie ein widerwärtiges Insekt.

Schlotternd ging sie zu Boden, stieß sich mit den Füßen ab. Lucy schrie, von der Panik ihrer Mutter angesteckt. Die unschuldige Kinderseele ahnte die tödliche Drohung. Kate wälzte sich herum, hob den Arm, um das Ding abzuwehren, es gegen die Wand zu schleudern.

Rascher als sie sich vorstellen konnte fiel es über sie her, ein fleischgewordener Alptraum, der die Nägel in den weichen Bademantel grub, den rauhen Frotteestoff zerriß und sich an ihre Haut krallte. Seine Lider klappten auf, die flachen glühenden Telleraugen blinkten wie polierte Rubine. Es starrte sie unverwandt an, sein Blick bohrte sich in ihr Inneres.

Lucy, wollte sie sagen. Ach, Lucy, es hat mich gefangen.

Es klebte an ihr. Ein dunkler, schleimiger Finger tastete über ihre Seele, bohrte und stocherte wie ein ekelhafter schwarzer Giftdorn. Das Ding reckte sich, machte einen Buckel, schien sich aufzublähen und wieder Luft abzulassen. Durch die Luft pfiff ein wäßriges, unangenehmes Zischen. Dann überwältigte sie der Gestank.

Sie öffnete den Mund zu einem stummen Schrei. Ihre Lider röteten sich und flatterten. Der Geruch durchdrang alle Poren. Ringsum drehte sich alles, und das Baby auf ihrer Brust sah ihr direkt in die Augen, während sich seine eigenen erst rot, dann schwarz und schließlich blau verfärbten und dann befriedigt schlossen. Es hielt sie noch immer fest, mit kneifenden Fingern, während der Duft sie bitter und ranzig und zugleich sonderbar honigsüß überschwemmte. Im selben Moment begannen ihre Brüste zu schmerzen, und eine widrige Wärme verbreitete sich in ihrem Unterleib.

Hinter ihr brüllte Lucy pausenlos, aber Kate hörte ihre eigene Tochter nicht mehr. Das Baby auf ihrer Brust starrte sie an und nahm sie ihr weg.

* * * * *

»Wir hätten das überprüfen sollen, ich weiß«, seufzte Helen. David hatte auf ihre Rückkehr gewartet und wußte nicht, was er ihr berichten sollte. Er hatte die Unterlagen studiert, die Phil Cutcheon bei ihm deponierte, und was sie enthielten, ließ das Schlimmste befürchten. Sie riefen ihm das Gespräch in Erinnerung, das er mit Helen geführt hatte, nachdem er sie am Abend zuvor im Suff angerufen hatte.

Welches Baby wäre imstande, eine Mutter zu kidnappen?

Er war nicht der erste, der die Möglichkeit erwog, so widersinnig sie scheinen mochte. Um nichts anderes drehten sich die emsig bekritzelten Papiere des Ordners, sorgfältig von einem alten Polizisten gesammelt, der einen Zipfel des Übersinnlichen erfaßt und nicht mehr losgelassen hatte. Der alte Ron McBean war aus dem Totenreich gekommen und führte ihn durch die Jahrhunderte zurück.

Wie realistisch war das alles? Wie hieb- und stichfest? David hatte sich die Frage wieder und wieder gestellt und war stets zur gleichen Antwort gelangt. Es war Geschichte – eine seltsame, sich wiederholende Geschichte, die viele Lebensläufe berührte, miteinander verzahnte, und – wie es den Anschein hatte – auch zerrüttete und zerstörte. Wo McBean abbrechen mußte, hatte David die Ermittlungen aufgenommen, den Stromkreis von Gegenwart und Vergangenheit geschlossen. Er hegte jetzt keinen Zweifel mehr, daß es Wirklichkeit war und daß sich etwas Grauenvolles in tödlicher Gleichförmigkeit wiederholte.

»Natürlich hätten wir's prüfen müssen«, fuhr Helen fort, und er blickte von den Papieren auf. »Celia Barker bestätigt, daß sich Ginny Marsden um ihre Haustiere kümmern sollte. Sie hatte den Schlüssel zu ihrer Wohnung. Da kommt sie aus den Ferien, das arglose junge Ding, und zu Hause fehlt ihre Kreditkarte. Und Ginny Marsden kennt ihre Geheimzahl!« Helens Gesicht war gerötet, wohl weil sie aus der Kälte in die warme Revierstube kam, aber sie wirkte sehr nervös. »Wir hätten herausfinden müssen, wo sie hingereist ist und Kontakt mit ihr aufnehmen sollen.«

»Aber da konnte sie noch gar nicht wissen, daß ihre Kreditkarte fehlt.«

»Oder daß ihre Katze tot ist. Man möchte meinen, sie wäre über die verstümmelten Leichen ihrer Eltern gestolpert, so aufgeregt war sie. Genausogut kann die Katze verhungert sein, wo niemand sie fütterte, hab ich ihr erklärt. Sie hat sie in der Mülltonne gefunden.«

»Da hab ich sie reingeworfen«, gestand David. »Die Fliegen waren dran. Das arme Tier. Seine Augen waren schon verwest.« Während er es aussprach, wurde ihm klar, daß ihm nicht ganz wohl bei der Sache war. Hatte er etwas Wichtiges vergessen? Er überlegte angestrengt. Aber er hatte tausend andere Dinge im Kopf, und so wichtig konnte es nun auch wieder nicht sein.

»Morgen müssen wir unbedingt sofort zur Bank. Die können uns sagen, wo die Marsden Geld abgehoben hat, und dann finden wir sie im Handumdrehen.«

»*Falls* sie die Kreditkarte benutzt hat«, korrigierte David. Er konnte es kaum abwarten, Helen den Ordner zu zeigen.

Sie wandte sich um und schimpfte, er solle kein solcher Pessimist sein. Ihre dunklen Augen funkelten anklagend, aber nicht wirklich böse. »Und? Was hast du ihr gesagt?«

»Wem?«

»Der kleinen Freundin, die sich mit Kußhand versöhnen und zu dir zurückkehren will.«

»Ich hab nein gesagt«, versetzte er – nicht ganz aufrichtig – und wünschte, er hätte sich dazu entschließen können. Helen versüßte ihm die Notlüge mit einem Lächeln. Im Krieg war alles erlaubt, und dieses Lächeln half ihm bei der Entscheidung. Es war so aufrichtig und liebevoll, daß er sich über seine spontane Reaktion wunderte. Warum hatte er ihr diese Herzensgüte nicht früher angemerkt?

Als sie schließlich Feierabend machten, ließ sie sich von ihm nach Hause einladen. Einer der Detectives beugte sich zu seinem feixenden Kollegen hinüber und tuschelte. Helen blieb in der Tür stehen, machte kehrt und beugte sich über den Schreibtisch, das Gesicht bedrohlich nahe an dem des anderen. »Ich kann deine schmuddeligen kleinen Gedanken lesen«, murmelte sie sanft, fast verführerisch. »Du solltest zurück zur Streife gehen, wo du täglich umsonst in den Puff gehen kannst. Das ist besser als mit der Hand in der Hosentasche fummeln und deiner Phantasie freien Lauf lassen.«

»Aber ich –«, wollte der Kollege widersprechen.

»Aber gar nichts«, unterbrach Helen leise. »Sollte ich im Kollegenkreis irgendwas läuten hören, knöpfe ich mir dich vor. Kapiert, Dickerchen?«

Der Mann, der mindestens das Doppelte wie Helen auf die

Waage brachte, nickte. Sie war dafür bekannt, daß mit ihr nicht gut Kirschen essen war.

»Worum ging's denn?« wollte David wissen. Er war mit den Gedanken woanders gewesen und hatte den Wortwechsel gar nicht mitbekommen.

»Nichts, womit ich nicht allein fertig werde«, beschied sie ihm. »Weiberklatsch.«

— 22 —

Jack Park fuhr in seinem Range Rover die Landstraße entlang und spürte, wie der Kastenwagen in den Kurven rumpelte und federte. Vorsichtig wich er der Stelle aus, wo der Graben überflutet war und Glatteis gebildet hatte. Die Strecke zog sich von Leyburn in Yorkshire bis hier ganz schön in die Länge, und er war in einer Tour durchgefahren, voller Sehnsucht, noch am Heiligabend nach Hause zu kommen. Er hatte ein paar Jährlinge besichtigt, mit denen er seinen Viehbestand aufstocken konnte. Irgendwann würde die Rezession zu Ende gehen, und er sah bessere Zeiten voraus, wenn den Leuten das Geld lockerer in der Tasche saß als jetzt. Vielleicht ließ sich die Koppel zu einer Reitschule umbauen, dann konnte er ganz auf Milchkühe verzichten. Die Felder der Middle-Loan-Farm lagen hoch oben auf den Hügeln. Vom Gutshof aus hatte man einen herrlichen Blick zum Fluß hinunter; die orangefarbenen Lichter der Brücke schimmerten nachts wie eine Bernsteinkette im Nebel – aber die Landwirtschaft brachte hier nicht viel ein. Wochenendausflügler und Sommerfrischler konnten gutes Geld bringen, sobald die Zeit reif war. Es war Kates Idee gewesen, und anfangs hatte er skeptisch reagiert, denn der Bauer saß ihm noch zu tief in den Knochen. Seine Familie bewirtschaftete Middle Loan schon seit Beginn des vorigen Jahrhunderts.

Er nahm die letzte Biegung und kam auf den engen Feldweg,

der zur Farm hinaufführte. Über die Hufspuren und Pferdeäpfel wunderte er sich nicht. Ein gutes Zeichen, wenn Kate schon wieder im Sattel saß, nachdem sie bei der Geburt so gelitten hatte. Er mußte lächeln und freute sich schon auf die geheizte Küche, einen guten Schluck Malt-Whisky und anschließend ein saftiges Steak, gegrillt mit Tomaten und Pilzen. Gott sei Dank hatte er's geschafft, trotz Staus und Baustellen auf der Fernstrecke. Er wollte doch mithelfen, Lucys Weihnachtsgeschenke für morgen einzupacken. Vom Autobahn-Rastplatz hatte er bei Kate angerufen, und sie hielt das Baby an den Hörer und ließ es hineinquaken – Jack hätte sich kringeln können vor Glück!

Das war eine völlig neue Erfahrung für ihn. Er war verknallt. Zum ersten Mal im Leben war er vollkommen, unwiderruflich und über beide Ohren verknallt. Es war ganz anders als die Liebe zu Kate, und viel umwerfender, obwohl das, was er für seine Frau empfand, an sich schon großartig war. Kate war er in echter, tiefer Zuneigung verbunden. Sie waren einander gute Freunde und Liebhaber und Partner. Seit er sie als Jungbauer beim Dorftanz kennengelernt hatte, war er hinter ihr her gewesen. Ihr kastanienbraunes Haar war damals länger gewesen, und sie wog ein paar Pfunde weniger als jetzt. Sie war kein Federgewicht, doch ihre stämmige Figur war ganz nach seinem Geschmack, und die wuscheligen Locken bargen geheime Reize, in denen er schwelgte. Er hatte Lust auf sie und mochte sie, und noch immer bildete er sich ein, sie zu lieben, wie es sich für Mann und Frau, die den Ehebund schließen, gehört.

Aber als er Lucy sah, traf es ihn ins Herz wie ein Hammerschlag. Auch jetzt noch, einen Monat nach der Geburt, war ihm schwindlig davon. Es war wohl das wichtigste Ereignis seines Lebens. Droben in der Einsamkeit des Hochlands, wenn er seine Herde zu den Weidegründen trieb, genoß er die Erinnerung daran. Auch auf der langen Fahrt stand ihm das Bild wieder vor Augen, so daß ihm der Weg wie im Fluge verging. Als Lucy in seinen groben Pranken lag, hatte sie sich in seiner Erinnerung verwandelt – erst von einem unförmigen Fleischbatzen in ein zuckendes Bündel und dann in ein ausgebildetes menschliches Wesen. Er hatte die Vorfreude als werdender Vater einigermaßen genossen. Doch als Lucy dann kam, leuchtete sie in seiner Seele – und das, was er bisher für die Sonne des Glücks gehalten hatte, verblaßte zum Dämmerschein.

Er schaltete herunter, als sich die spiegelglatte Eisfläche unter den Reifen bemerkbar machte, und hielt mit laufendem Motor vor dem Zaun. Die Lampe an der hinteren Scheune brannte als Willkommensgruß. Ihre warme, einladende Glut spiegelte sich auf der weißen Tünche und beleuchtete den gepflasterten Weg am Eingang des Gehöfts. Er kletterte vom Sitz und stieg aus, reckte die steifen Glieder, rieb sich die Ellbogen und war froh, einen Jeep mit Allradantrieb zu fahren und keinen klapprigen Laster, von dem sich die Bandscheibe wochenlang nicht erholte. Als er ans Tor trat, war ihm, als spüre er die Hitze der Halogenscheinwerfer im Nacken, und beim Zurückschieben des Riegels hörte er ein Flattern in den Lüften.

Überrascht fuhr er herum. Der ganze Schwarm Tauben umkreiste argwöhnisch den Schlag, tanzte wie Schneeflocken im Scheinwerferlicht und segelte flügelraschelnd über den Hof.

Jack zog den Riegel zurück und stemmte das Tor auf. Irgendwann würde er sich ein Automatikschloß mit Fernbedienung leisten können, dann brauchte er auf dem Heimweg nicht mehr anzuhalten. Die Tauben wirbelten wieder herum, flogen in enger Formation. Sie wirkten verschreckt, und er fragte sich, ob sich ein Hermelin in die Scheune geschlichen hatte. Wiesel oder Frettchen, oder ein wildgewordener Nerz aus der alten Farm in Langside konnten in Hühnerkoben oder Taubenschlag allerhand Schaden anrichten. Sonst pflegten die Vögel nach Einbruch der Dunkelheit kaum auszufliegen, und wenn, suchten sie möglichst rasch wieder den Nistplatz auf. Etwas mußte sie aufgescheucht haben, das sie noch immer fernhielt. Am besten holte er sich nach dem Essen das Gewehr und schaute mal nach.

Er fuhr den Wagen hinein, stieg wieder aus und riegelte das Tor hinter sich zu. Zum dritten Mal schon kreisten die Vögel über ihm, hielten sich im Lichtkreis der Lampe, wollten sich aber nicht niederlassen. Vorn im Pferdestall wieherte ein Tier und donnerte mit den Hufen gegen die Bretter. Vielleicht war's ein Fuchs, obwohl sich die Pferde kaum um die kleineren Vierbeiner kümmerten. Die Wagentür fiel dumpf ins Schloß, und mit einem Mal wurde ihm, nach der beißenden Winterkälte draußen, drückend heiß. Eine feine Schweißperle war ihm in den Hemdkragen gesickert und rieselte kühl über die Haut. Er war schon halbwegs am Gehöft, als er merkte, daß es gar kein Schweiß war.

Die Haare auf seinen Unterarmen richteten sich auf.

Stimmt was nicht . . .?

Er schüttelte den Kopf. Hundemüde war er. Auf der Strecke hatte er, wenn er nicht gerade an seine hübsche Tochter dachte, über den Preis der beiden Fohlen entschieden. Nachher würde er gleich anrufen und den Handel perfekt machen. Immer nur Arbeit . . . Kein Wunder, daß er sich kaum noch auf den Beinen hielt. So haderte er mit sich, als er am Ende der Auffahrt abbremste, wo Rauhreif auf den Hagebuttenzweigen glitzerte. Die weißgetünchten Mauern warfen das Licht zurück und ließen die Frostkristalle aufblitzen. Mit altgewohnter Übung warf er das Steuer herum, rutschte noch einmal auf den überfrorenen Pflastersteinen, dann lag die Scheune hinter ihm.

Er lenkte den Wagen auf den Hof, wendete scharf nach links und setzte rückwärts in die Garage.

Stimmt was nicht?

Ein merkwürdiger Reflex verkrampfte seine Bauchmuskeln und drückte aufs Herz. Er war ausgestiegen. Hier im Dunkel der Garage waren alle seine Sinne auf abnorme Weise geschärft. Einen Moment lang blieb er stehen, legte die Hände aufs Wagendach. Sein Atem bildete kleine Rauchwölkchen in der Luft, und er versuchte, durchzuatmen.

Warum keuchte er so hektisch?

»Muß wohl was ausbrüten«, brummte Jack. Hoffentlich nicht – jetzt, wo ihr erstes Fest zu dritt vor der Tür stand. Seinen und Kates Eltern hatte er einen Besuch gleich nach den Feiertagen versprochen. Aber das erste Weihnachten wollten sie ganz für sich sein, von morgens bis abends, das hatte er sich geschworen. Zu dritt, mit Geschenken, dem Festbraten – es sollte ihr ganz besonderes Fest werden, und er hatte nicht die geringste Lust, sein Töchterchen bei dieser Kälte von einem Teil des Landes ins andere zu karren, nur um den Großeltern eine Freude zu machen.

»Vielleicht 'ne Erkältung«, überlegte er laut. Da hieß es aufpassen. Auf keinen Fall durfte er das Baby anstecken! Er würde sich's nie verzeihen, wenn sie erkrankte, soviel war klar. Schon jetzt vermochte er sich vor Angst kaum zu rühren. Die Haare auf seinem Unterarm standen aufrecht und stramm wie die Zinnsoldaten, und die Gänsehaut verriet ihm, daß es wirklich sehr kalt sein mußte. »Bestimmt hab ich mich erkältet.« Erkältet. Die Kälte. Oder auch bloß die lange Fahrt, die ihm in den Knochen steckte. Er stieß sich vom Wagen ab.

Stimmt was nicht.

Er trat ins Dunkel, in den Hof hinaus und blieb stehen. Der Mond stand hoch am Himmel wie ein trüber, eingedellter Lampion vor der winterlichen Schwärze. Drüben über der Scheune kreisten noch immer die Tauben. Was war bloß los heute nacht? Aus Instinkt und jahrelanger Erfahrung wußte er, daß etwas nicht in Ordnung war. Nicht, wie es sein sollte.

Unruhe, wo alles ruhig sein müßte. Und eine unnatürliche Stille, wo er Lärm erwartete. Verkehrte Welt.

Draußen, wo der niedrige Kuhstall an die Pferdekoppel anschloß und der altertümliche Taubenschlag stand, wieherten und schnaubten die Pferde. Auch das Vieh brüllte unaufhörlich. Nicht muhend, wie im Frühjahr, wenn er es auf die Weide trieb, oder nachmittags, wenn es Zeit zum Melken wurde – die Kühe heulten eher wie beim Kalben, wenn sie das Junge mühsam herauspressen müssen, weil es den Kopf andersrum hält oder im Geburtskanal steckenbleibt. Das heisere, schrille Heulen ließ die Stallwände erzittern.

»Was zur Hölle –«, begann er. Wo war Kate? Holte sie den Tierarzt? War eine Seuche ausgebrochen?

Stimmt was nicht.

Bei den Hühnern war alles totenstill. Sonst gab es dort, selbst im Dunkeln, immer wieder Gegacker, wenn die Hackordnung verteidigt wurde. Er machte kehrt und trat auf den Koben zu. Ein schwarzer Schatten glitt pfeilschnell auf ihn zu, und vor Schreck wäre er beinahe gestolpert. Der Kater, ihr bester Rattenfänger seit Jahren, flitzte an ihm vorüber, raste auf den Holzschuppen zu, strauchelte und schlug so hart gegen die Wand, daß er einen Purzelbaum rückwärts schlug, auf die Füße fiel und kreischend vom Hof rannte.

Wo blieben die Hunde? Sonst pflegten sie ihn schwanzwedelnd zu begrüßen, wenn er heimkehrte. Jedesmal.

»Was zum Teufel geht hier vor?!« brüllte er laut.

Er wollte schon schnurstracks ins Haus eilen, aber irgend etwas hielt ihn zurück. Er konnte es sich selbst nicht erklären, aber plötzlich überkam ihn eine ganz konkrete Sorge. Er marschierte zum Stall, lehnte sich mit seinem ganzen Gewicht gegen die Tür und drückte sie auf.

Die Kühe stöhnten in ihren Boxen und jammerten im Dunkeln. Mit einer Hand tastete er nach dem Schalter. Neonröhren flackerten auf und tauchten den Ort in gespenstisches, fluoreszierendes Licht. Er trat in die Mitte und roch den vertrauten Geruch nach warmer Milch und tierischer Wärme. Als er sich in den Boxen umblickte, fiel ihm vor Schreck das Kinn auf die Brust.

Er stand in einem Milchsee. Sechs der sieben Kühe standen da, breitbeinig und verkrampft, mit zitternden Flanken, während sich ihre Milch in pulsierenden Strömen aus grotesk geschwollenen Eutern ergoß. Eine von ihnen hatte es geschaft, sich herumzuwälzen, eine hübsche Jersey wie alle andern, von der Farbe reifen Honigs. In ihrer Not verdrehte die großen schwarzen Augen nach oben, daß fast nur noch das Weiße erkennbar war.

»Allmächtiger Gott«, stieß Jack nach einer Weile hervor.

Die sechs Kühe, die noch aufrecht standen, waren blutverschmiert. Hinter ihnen lagen im Drainage-Abfluß, in käsigen Haufen aus Plazenta und Blut, die mißgestalteten Kälbchen, die erst im späten Frühling zur Welt kommen sollten. Sie hatten alle zu früh gekalbt, eine wie die andere.

Jack Park fröstelte. Waren sie plötzlich erkrankt? War eine Infektion daran schuld?

Seine Milchprofite und der Ertrag aus dem Kalbfleisch für das ganze Jahr waren dahin! Eine schlimme Vorahnung beschlich ihn, und zugleich ekelte ihn der groteske Anblick dieser schleimigen Fleischklumpen, die einmal Kälber werden sollten. Die siebte Jersey, seine beste Milchkuh und Mutter von drei anderen im Stall, lag mit merkwürdig abgeknicktem Schädel am Boden. Sie mußte ausgerutscht sein, und die Halskette hatte sie stranguliert, so daß alles Blut im Kopf gestaut und das Maul aufgequollen war. Die schwärzliche Zunge lappte willenlos herab. Alle viere streckte sie von sich, und unter ihrem Schwanz ragten noch die Hinterbeine des Kalbs wie ein Geschwür hervor.

Jack wich zurück. Seine fröhliche Feierabendstimmung war längst verflogen.

»Was in drei Teufels Namen, was ist hier los, verdammt noch mal?« wollte er wissen. Unbeherrscht fluchend verließ er den Stall und überließ das Vieh seinen Todesqualen. Als er über den Hof stapfte, wäre er fast über die Terrier gestolpert, die noch immer in mörderischer Umklammerung dalagen.

Augenblicklich mußte er an Umweltgifte denken. War irgendwo etwas ausgetreten? Waren es chemische Abgase aus der großen Müllverbrennungsanlage, die hinter dem Hügel bei Drumadder lag? Sein Herz schlug so rasch, daß ihm schlecht wurde. Schwindelgefühl und Ekel überkamen ihn in Wellen. Die Verandatür zeichnete sich in der Finsternis ab, und die Panik griff mit eisiger, gnadenloser Hand nach ihm.

»Nein«, entfuhr es ihm in seiner Not.

Das alles war doch Wahnsinn! Seine Hunde lagen tot im Dreck. Das Vieh krepierte. Was ging hier vor? Die Tauben kreisten unablässig über dem Hof, und am liebsten hätte er sie einzeln abgeknallt, damit sie Ruhe gaben. Er wollte, daß die Kühe zu brüllen aufhörten, daß die Pferde nicht mehr ausschlugen.

Er wollte, daß der Druck in seinen Schläfen nachließ, denn auf einmal fürchtete er sich, die eigene Haustür zu öffnen.

War hier irgendeine Teufelei am Werk? Hatte jemand seine Hunde erwürgt und sein Vieh vergiftet? Der irrationale Gedanke kam ihm nicht mehr ganz so unvernünftig vor, jedenfalls nicht im Augenblick. Seine Frau und sein Kind, seine Frau und das geliebte Töchterchen waren drinnen – *waren sie's wirklich?* – und warteten, daß er endlich nach Hause kam.

»Bitte nicht«, stöhnte er mit brüchiger Stimme, zwei Oktaven höher als sonst, und fühlte sich wie einst als kleiner Junge. Er trat beherzt auf die Tür zu, dann blieb er stehen. Lauerte dort eine Gefahr? Waren Fremde gekommen, die jetzt drinnen waren?

Plötzlich überkam ihn hemmungslose Wut, die alle Bedenken beiseite fegte. Einen Moment lang war er hin- und hergerissen. Er versuchte, ruhig Blut zu bewahren. Sie würden damit rechnen, daß er zur Vordertür hereinkam. Womöglich warteten sie auf ihn. *Sie*. Er machte kehrt und lief, so rasch seine schlotternden Knie es zuließen, über den Plattenweg seitlich am Haus entlang, durch den Gemüsegarten seiner Frau, unwissentlich einer fremden Spur folgend.

* * * * *

Der Atem der Mutter ging flach und pfeifend. Sie schnappte nach Luft. Sie wehrte sich gegen ihn, auch noch im leichten Schlummer, so vehement, wie die andere gegen ihn gekämpft hatte, aber er war darauf gefaßt und drückte sie nieder, nutzte seine letzten Kräfte zu ihrer Unterwerfung. Jetzt lag sie zusammengesunken in der Finsternis und vibrierte in einem genüßlichen Rhythmus, der bei ihm ein sympathetisches Echo auslöste.

Seine Drüsen hatten sich fast völlig entleert, die Neue mit seiner Essenz durchtränkt. Jetzt füllten sich ihre massigen Brüste; er spürte sie anschwellen und roch die Nahrung, die sie ihm bereiteten. Wie ein Saugnapf hielten er sie mit den Lippen umschlossen, und seine winzigen Zähne bissen gerade fest genug zu, daß sich ein kostbarer Tropfen Blut in die frische Milch mischte. In heißen Wellen durchströmte ihn neue Energie.

Nach einer Weile bemerkte er das Brummen des Motors, während der Wagen die Straße entlangkam, über die er im schwindenden Tageslicht getragen worden war.

Mit einem Ruck waren alle seine Sinne hellwach.

* * * * *

Ginny Marsden erbrach ihre letzten Blutstropfen ins Heu und starb, bevor auch Lucy Park weniger als eine Stunde später den Geist aufgab.

Die Mutter des Babys mußte es ohnmächtig mitansehen, in geistige Fesseln verstrickt, von der chemischen Keule niedergestreckt und vollkommen gelähmt. Sie kauerte hilflos an der Wand. Die Augen des Wesens hatten sich in ihr Hirn eingebrannt. Die ganze Welt hatte eine rötliche Färbung angenommen und tönte das Licht in der Diele purpurfarben. Sie räusperte sich verzweifelt, wollte ihre Lungen von dem bitteren Sekret reinigen, das es verspritzt hatte. Hinter ihr jammerte ihre Tochter. Das Ding, ebenfalls ein Baby, verdrehte auf unnatürliche Weise den Kopf nach hinten, auf schmalen Schultern wie eine Eule, die beutelüstern auf die Geräusche der Nacht reagiert. Sie mußte es hüten, war gezwungen, es zu stillen, doch zugleich wollte sie es umbringen. Sie hatte ihm den schlanken Hals brechen wollen, aber ihre Hände konnten nicht anders, als die weiche, makellose Haut streicheln und es noch näher an den Leib pressen. Es gelang ihr nicht, die Finger zu schließen und das Ding zu erdrosseln.

Hinter ihr schrie Lucy wieder, und das Ding rührte sich. »Kannst nicht weggehen«, tröstete sie, und von ihren brabbelnden Lippen troff Speichel auf ihre nackte Brust. »Bist ja noch ein Baby . . .«

Aber das Ding krabbelte ungerührt von ihr herunter und huschte zu der kleinen Wiege mit dem Tragkörbchen, das Jack von einer Reise nach Süden mitgebracht hatte. Sie hörte, wie es hinaufkletterte und wollte ihm eine Warnung zubrüllen. Der Säugling fiel über ihr Kind her . . .

Nicht meine Tochter, wollte sie denken, aber der Gedanke überwand nicht die Barriere, die den verbliebenen Rest ihres Selbst eingekerkert hielt.

Von irgendwo da hinten hörte sie schmatzende, gurgelnde Laute, und ihr Herz stockte, klopfte doppelt so rasch wegen des Schocks und der Trauer über den unersetzlichen Verlust. Wieder wollte sie sich bewegen, aber ihre Glieder regten sich nur wie in Zeitlupe – ein zielloses, lahmes Zucken. Lucy brüllte vor Angst, dünn und schrill, dann wurde sie leiser und verstummte. Kate verzerrte den Mund zu einem stummen Schrei, doch alles, was ihr über die Lippen trat, war dickflüssiger, klebriger Schaum.

Das Baby, ihr eigenes Baby, krächzte noch einmal heiser und hilflos. Die Wiege klapperte heftig, aber sie konnte sich nicht umdrehen und ihr Kind schützen. Nach einer Weile wurde alles still. Von ihrem Kind war nichts mehr zu hören, das andere kehrte zurück und kroch zwischen ihre Brüste. Der gräßliche Fühler tastete in ihre Seele, und sie hatte nur noch eins im Sinn – dieses Ding zu bemuttern. In den Tiefen ihrer Eingeweide sickerte Blut. Der Blick des Säuglings bohrte sich in ihre Augen und zwang sie, die Arme schützend auszubreiten. Nach einer Weile war der Schmerz in ihrem Herzen unter der feuchten Berührung erstickt, und sie versank in dumpfes Brüten.

Eine ganze Weile später wachte sie auf und stieg, verwirrt und betäubt, aus einem schwarzen Tümpel des Schlafs, wo sich gräßliche Dinge ereignet hatten – alptraumhafte Visionen von Mord und Vernichtung. Allmählich kam sie auf die Knie, hielt den dünnen Leib ihres Babys fest an sich gepreßt. Da war irgendwer draußen, und er war hinter dem Kleinen her. Das wußte sie mit tödlicher Gewißheit.

Hastig zog sie sich ins Wohnzimmer zurück. Der Bademantel glitt wie eine Schleppe hinter ihr her. Jemand war draußen. Sie hörte den Motorenlärm, der das Geheul des Viehs übertönte. Es kam immer näher; das Baby war in Gefahr. Sie fühlte, wie es nach Schutz verlangte: *Hab mich lieb, hab mich lieb, hab mich . . .* – ein wortloser, unerbittlicher Befehl. Ihr blieb nichts übrig als zu gehorchen.

Es war finster im Wohnzimmer, als sie sich in die Ecke setzte, zu allem bereit.

Und die ganze Zeit über war ihre Seele wie gelähmt von der Erkenntnis, daß ihre einzige Tochter, daß Lucy nicht mehr lebte.

* * * * *

Seine Gewehre waren im Vorraum des Hauses unter Verschluß. Es gab einen Ersatzschlüssel in der Kommode daneben, aber dazu mußte er nach vorn gelangen. Mit einiger Sicherheit würde niemand den Schrank aufbrechen, wo die beiden doppelläufigen Flinten nebeneinander standen. Aber der Einbrecher konnte ebensogut selbst bewaffnet sein. Er wollte fest daran glauben, daß die Gefahr nicht das Menschenmögliche überstieg.

Das Herz klopfte ihm bis zur Kehle und verhinderte, daß er leise atmete. Angst und Haß kämpften miteinander, zwei mächtige Gefühle, aber der Mut der Verzweiflung übertrumpfte beide. Seine Hände zitterten unkontrolliert, als er nach dem Spaten griff, der an der Treibhauswand hing, und den Griff fest umklammerte. Er war im Sommer und Herbst oft benutzt worden, und das Mondlicht blitzte auf dem schartigen Blatt.

»Bitte mach, daß ihnen nichts zugestoßen ist«, betete er heiser und schluckte. »Mach, daß sie wohlauf sind. Bitte!« Er erflehte den Beistand jeder Gottheit, jeder Kraft, die über menschliches Maß hinausging. Alles, was er sich wünschte, war, *daß sie noch leben.* Die Panik schnürte ihm die Kehle zu, und er konnte die aufkeimende Übelkeit kaum unterdrücken. Er schluckte hart und sagte sich, daß er sich zusammenreißen, klaren Kopf behalten mußte.

Im Innern des Hauses brannte Licht, aber kein Laut war zu hören. Behutsam schlich er über gefrorene Erde, mied den dekorativen Kies, der unter seinen Schritten knirschen würde, und gelangte zur Hintertür. Sehr vorsichtig drückte er die Klinke. Die Tür öffnete sich einen Spalt.

Etwas hier drin.

Der betäubende Gestank traf ihn, und sekundenlang dachte er wieder an Gift oder irgendwelche Abgase. Sein Herz wollte zerspringen bei diesem Gedanken. Wer weiß, ob sie noch in Sicherheit waren. Wenn nicht, dann . . .

Er öffnete die Türe ganz, stieß sie kurzerhand auf, daß sie gar nicht erst in den Angeln quietschte. Dann glitt er hinein, lief auf Zehenspitzen durch den engen Flur bis zur Ecke, wo das Schlafzimmer mit dem Baby lag. Hier war der Gestank erstickend und würgte ihn im Hals, und er verspürte wachsende Erregung. Unvermittelt legte sich die Angst, und ein heftiger Zorn loderte unkontrolliert auf, der ihm in den Schläfen pochte. Ihm wurde schwarz vor Augen, während der Adenalinstoß seinen Kreislauf hochputschte. In seiner Wut lief er weiter, hielt den Spaten ausgestreckt vor sich und war bereit, jeden zu zerschmettern, der sich ihm in den Weg stellte. Schon bildete er sich ein, irgendeinen häßlichen Kopf zu kappen, der von den Schultern purzelte und polternd zu Boden fiel, und bei der bloßen Vorstellung überkam ihn heiße Mordgier.

»Ihr verdammten Schweine . . .«, knurrte er und merkte gar nicht, wie er sich durch lautes Reden verriet. Blindlings stürzte er in Lucys Zimmer. Es war leer. Das kleine Tragkörbchen hing schlaff in der Halterung, und ihm war völlig klar, daß Kate das Baby herausgeholt hatte, um es zu schützen. Mußte sie doch. Er machte auf dem Absatz kehrt, wollte losstürmen, dann blieb er unvermittelt stehen, von einer neuen Wahrnehmung erschüttert. Mit einem Satz war er bei der Wiege. Ein häßlicher Fleck klebte auf dem geflochtenen Korb. Ein roter, schmieriger Streifen . . .

Sein Herz hämmerte so heftig gegen die Rippen, als wollte es zerspringen. Auf dem rot durchtränkten Kissen lag eine wächserne Puppe, ein kleines, unmenschliches Ding mit steifen Plastikfingern und verkniffenen, schwärzlichen . . . Waren es Augen, in denen das Licht der Deckenlampe glitzerte? Ein dunklerer Fleck verunstaltete das Kinn wie ein Bluterguß. Zwei salzige Spuren zeigten, wo Tränen geflossen waren aus den . . .

Ein Klumpen stieg ihm in die Kehle und drückte hart und bitter gegen den Gaumen, der ätzend schmeckte, als er ihn hinunterschluckte. Voller Abscheu wandte er sich taumelnd ab. Es war ja nur eine Puppe, redete er sich ein. Eine perverse Puppe, die Kate dem Mädchen gekauft haben mußte.

Die ausgestreckten Ärmchen ragten hilflos in die Luft empor. Er starrte sie an, doch es mußten Plastikglieder sein, denn sie blieben reglos und steif, nicht wie die lebhaften, weichen Patschhändchen eines Kindes. Er zwang sich, wieder vor die Tür zu gehen, wollte seine Frau rufen und bekam keinen Laut heraus. Seine Bauch hob und senkte sich, die Muskeln arbeiteten gegeneinander, als wären die Nervenenden ausgetauscht und falsch miteinander vernetzt. Ein schriller, durchdringender Ton drang ihm mit endloser Monotonie ins Ohr.

Wie betäubt stolperte er in die Küche. Auf dem Herd pfiff der halbverbrannte Kessel. Schmutzige Teller stapelten sich auf dem Tisch. Auf der Arbeitsplatte neben dem Spülstein lagen zwei riesige rohe Steaks in flachen Tellern, beide in tiefen Blutpfützen.

»War wohl das Steak schuld«, murmelte er. »Muß wohl so sein. Klar!« In seinem Kichern schwang der Wahnsinn. »Hätte sich verdammt noch mal die Hände waschen sollen!« Wieder lachte er meckernd und krampfhaft. »Ist ja ein Witz, das alles!«

Eine innere Stimme mahnte Jack Park, zurück ins Schlafzimmer zu gehen und noch einen Blick auf das Kind zu werfen. Sein Unterbewußtsein erinnerte sich an das, was in der Wiege lag, und hatte die unförmige Gestalt wiedererkannt – nur der Verstand wollte es nicht wahrhaben . . .

Jetzt brüllte er den Namen seiner Frau. »Kate! Ich bin wieder da!« Noch immer schwang er den Spaten drohend wie eine Axt, als er ins Wohnzimmer kam.

Bevor noch er den Lichtschalter berührte, sah er sie in der Ecke sitzen, halbnackt an die Wand gekauert. Ihr Bademantel war weit offen, und sie hielt einen kleinen Affen im Arm. Er blinzelte einmal, zweimal. Der Gestank hier drin war unerträglich und steigerte seinen Brechreiz. Seine Augen brannten, und wieder mußte er sich im Chaos seiner Gefühle zurechtfinden. Dann drehte er den Lichtschalter an, und das Ding an Kates Busen – beide Brüste waren nackt, rundlich und aufgequollen – verformte sich zusehends. Erst war es grau und spindeldürr, dann zerliefen seine Konturen und dehnten sich aus. Es war Lucy! Er schüttelte den Kopf, blinzelte verwirrt. Das Baby brüllte und wechselte abermals die Form, wirkte verkrümmt und picklig wie eine garstige Kröte. Der Schrei erinnerte an splitterndes Glas, kratzte ihm über die Seele wie Fingernägel auf einer Schiefertafel. Plötzlich schmerzten ihn beide Ohren.

»Was zum . . .« Rötliche Augen klappten auf und starrten ihn seelenlos an.

Ein verdammtes Ungeheuer Jesus Christus es ist ein –

Er wollte gar nicht daran denken. Er reagierte unwillkürlich, trat zwei Schritte vor und hob zugleich den Spaten, um es zu zerschmettern. Das Ding wand sich. Es war wieder Lucy, süß und verletzlich, vor Angst wimmernd. Um ein Haar hätte er seiner Tochter mit dem Spaten den Schädel eingeschlagen!

Das Bild jener Puppe in der Wiege trat ihm wieder vor Augen, die Puppe mit dem Gesicht seiner Tochter. Der blanke Horror raubte ihm den Verstand. Sein Gehirn war drauf und dran, ihm den Dienst zu versagen, angesichts der überwältigenden chemischen, geistigen und visuellen Attacke. Mühsam trat er noch einen Schritt vor.

In dieser Sekunde warf ihn die Explosion aus der Ecke an die Wand. Er wirbelte herum, stieß mit den Knöcheln gegen die Schranktür und sah unter sich einen hellroten Fleck, der immer breiter wurde.

»Wa . . .«

Wieder donnerte es und traf ihn in die Seite. Seine Hüfte schlug gegen die Wand, und ein seltsam tauber, zugleich kribbelnder Schmerz floß ihm in die Arme und die Flanken. Der

Spaten entglitt seiner Hand und landete neben dem Schreibtisch, wo er scheppernd wie eine Glocke aufprallte.

»Kate, ich –«, begann er, als er seine Hände betrachtete, von der Kugel zerfetzt, und das Ausmaß der Verletzung nicht begriff. Er wollte seine Beine bewegen, strauchelte und flog der Länge nach hin. Seine Füße tänzelten noch in der Luft und wurden still. Ein namenloser Schmerz erfaßte Unterleib und Rückgrat, und ihm schwante, daß der Schuß mehr als nur seine Hände getroffen haben mußte.

Ein eiskalter Gedanke durchfuhr ihn jenseits aller Schmerzen. *Sie muß verrückt geworden sein*, dachte er. *Sie bringt mich wirklich um.*

Er krümmte sich auf dem Teppich und fühlte seine Lebensgeister so rasch entfliehen, daß ihm schwarz vor Augen wurde. Drüben in der Ecke hörte er Kate noch aufstöhnen, und in diesen einen Laut konzentrierten sich alle Ängste der Welt, obwohl sie doch vorhin mit seinem eigenen Gewehr nach ihm gezielt hatte.

Das Bild der Puppe im Körbchen kehrte zurück, und er sah seine Tochter blicklos nach oben starren. In diesem Moment erkannte sein Gehirn eine noch monströsere Wahrheit als die seines eigenen Todes. »Lucy, Liebling . . .«, gurgelte er noch, bevor sich seine Lungen rasselnd leerten. Dann fiel er vornüber und verschied. Das einzige, was er noch wahrnahm, bevor ihm die Sinne schwanden, war das graue, zerfranste Ding, das über dem zitternden Körper seiner Frau hockte, ein tellergroßes rotes Auge, das ihn fixierte, während es an ihrer aufgedunsenen Brust zutzelte. In diesem letzten Augenblick des Todes glaubte Jack Park, das Antlitz des Teufels zu sehen.

Viel, viel später, während der schwärzliche Wasserkessel über dem Herd verglühte, während ihr Kind in der Totenstarre lag, während Ginny Marsdens verwesender Leichnam in der Eiseskälte der Scheune gefror und der grotesk verkrümmte Leichnam ihres Mannes das letzte Quentchen Blut aus der klaffenden Schußwunde verlor, rappelte sich Kate Park hoch und trottete ins Schlafzimmer, wobei sie das Ding noch immer fest an sich gedrückt hielt.

Weiter hinten, in der Wiege mit dem Tragkörbchen, lag etwas, wovon sie wissen sollte, das sie sich unbedingt ansehen mußte, aber ihr fehlte der eigene Wille, um die paar Schritte zurückzulegen. Sie war ja nicht mehr sie selbst. Statt dessen beugte sie sich über die Kleiderkiste und wickelte ihr neues Baby in den wunderschön bestickten Schal, den sie von ihrer Mutter geerbt hatte und der von Generation zu Generation weitergereicht wurde, zurrte die Schleife fest, während seine riesigen meerblauen Augen sie unverwandt anstarrten.

Als sie das Kind wickelte, schrie es in ihrem Innern wie bei Ginny Marsden auch. Ihre Brüste waren wieder voll, die Adern traten hervor und ihre Temperatur stieg, während ihr Körper einen vergeblichen Krieg mit den neuen Essenzen führte, den langen und komplexen Molekülketten, die in ihren Kreislauf drangen. Mit Krämpfen im Unterleib machte sich ihre erste Menstruation nach zehn Monaten bemerkbar. Ruckartig streifte sie den Bademantel ab und würdigte die riesigen Blutergüsse auf der geschwollenen Haut keines Blickes, auch nicht die Kratzspuren, wo dünne Spinnenfinger sie gekniffen hatten. Sie kleidete sich mechanisch an wie ein Roboter, denn ihr war klar, daß sie rasch von hier fort mußte – ohne, daß sie gewußt hätte, wohin und warum.

— 23 —

Kate Park nahm das Baby auf und wanderte durchs Wohnzimmer, wo eben das Kaminfeuer seine letzte Glut aushauchte. Das Baby wandte ihr sein Gesicht zu und spürte, daß der große Wandel unmittelbar bevorstand.

Auf der Kuppe des Hügels, anderthalb Kilometer im Nordosten, blickte ein alter Schäfer aus dem Fenster der Upper-Loan-

Farm und fragte sich, ob Jack Park den Fuchs erwischt hatte, den er seit einer Weile jagte. Die beiden Schüsse von vorhin hatten sich nicht wiederholt.

Unten in Barloan Harbour sorgte sich Mrs. Cosgrove um die Frau, die humpelnd mit einem Baby angekommen war. Am späten Nachmittag war sie ausgegangen, nachdem sie die Miete für mehrere Nächte im voraus entrichtet hatte. Seitdem war sie nicht wiedergekommen. Es würde, schon wegen des Wetters, noch tagelang dauern, bis die alte Frau den Abfall hinters Haus brachte, wo der Mülleimer stand. Erst dann sollte sie den abgewetzten Kinderwagen finden, der dort an der Wand lehnte. Jetzt blinzelte sie hinter den großen Gläsern mit wäßrigen Augen, schlug ein großes Taschentuch auseinander und nieste geräuschvoll hinein. Um diese Jahreszeit kriegte sie immer den Schnupfen. Trotzdem glaubte sie, daß ein merkwürdiger Geruch in der Luft lag. Ob ein Vogel durch das Astloch unterm Dach hereingeschlüpft und gestorben war? Komisch, daß sie heute einen Krampf in den Hüften spürte, ein Ziehen, das sie schon lange nicht mehr verspürt hatte. Auch ihre schlaffen, faltigen Brüste taten ihr weh. Hoffentlich war es wirklich bloß der Schnupfen nicht nichts Schlimmeres.

All das geschah an Heiligabend, während in den engen Gassen von Barloan Harbour der Gemeindechor von St. Filian erschallte, vom Frieden auf Erden sang, und den Menschen ein Wohlgefallen, und vom Kinde, das in der Krippe lag und die Menschen von ihren Sünden erlöste.

Achtundvierzig Stunden später, am Abend vor Boxing Day, lagen sich David Harper und Helen Lamont wieder in den Armen.

Ein langer Tag war's gewesen, gefolgt von einer langen Nacht. Er nahm die Papiere mit nach Hause. Zuvor hatte er Scott Cruden, der ihm die lange Verzögerung nicht übelnahm, über den Stand der Ermittlungen unterrichtet. Anderntags, wenn der normale Schichtdienst wieder einsetzte, würde er mit zwei Streifenbeamten die Gegend durchkämmen. David war schleierhaft, wo er damit beginnen sollte. Wenn Ginny Marsden wieder in der Stadt war, konnten sie lange suchen. Er nahm sich vor, die Abteilung für Öffentlichkeitsarbeit einzuschalten, um eine Suchmeldung zu verbreiten und ihr Fahndungsfoto in die Tagesschau zu bringen. Noch standen sie ganz am Anfang. Helen würde erstmal bei der Bank nach Bewegungen auf Celia Parkes Konto fragen. Das garantierte noch keinen Erfolg, aber Helen hatte bisher gute Arbeit geleistet und zeigte für gewöhnlich den richtigen Riecher. Sie hatten sich noch eine Pizza bestellt, die sie mit nach Hause nahmen. Beide wollten die mit Meeresfrüchten – noch eine Gemeinsamkeit, wie er befriedigt registrierte.

Zweimal hatte June auf den Anrufbeantworter gesprochen, und Helen ließ sich anmerken, wie gereizt sie war, als er das Band zurückspulte. Beide Nachrichten begannen mit wortreichen Entschuldigungen; die erste endete mit dem Wunsch, sie zurückzurufen, die zweite flehte fast darum. Er unterließ es, doch als er gerade im Herd das Essen aufwärmen wollte, klingelte es wieder. Als er vom Telefon kam, war die Pizza angebrannt.

»Gibt sie denn gar nicht auf?« erkundigte sich Helen.

Er warf ihr einen schuldbewußten Blick zu und zuckte müde die Achseln. »Es ist nicht leicht für sie. Wir gehen schon eine ganze Weile zusammen, weißt du!«

»Aber sie hat dich beschuldigt, daß du eine Affäre mit mir hast, und dir fast die halbe Wohnung zertrümmert! Schließlich war sie es, die dir den Laufpaß gegeben hat.«

»Ich hab ihr erklärt, daß jetzt Schluß ist«, beteuerte David. »Bloß will ich ihr nicht unnötig weh tun, denn sie ist kein schlechter Kumpel. Unsere Beziehung ist am Ende, und es ist besser für uns beide. Aber es wird nicht leicht sein, sie davon zu überzeugen. Das braucht seine Zeit. Über Weihnachten ist sie sehr einsam gewesen und glaubt jetzt, sie hätte einen Fehler gemacht.«

»Darauf kann sie Gift nehmen!« gab Helen zornfunkelnd zurück. »Aber damit hat sich's auch!«

Er lächelte peinlich berührt und begab sich ans Tischdecken. Wie er June kannte, würde es weitere Telefonate geben, ungezählte Botschaften auf dem Anrufbeantworter. Sie konnte sehr stur sein, und was sie sich einmal in den Kopf gesetzt hatte, ließ sie sich nicht ausreden. »Irgendwann wird sie schon darüber wegkommen«, murmelte er, doch er wußte, daß es ganz schön lange dauern konnte.

Sie aßen schweigend die Pizza und tranken Büchsenbier. Dann wechselte er das Thema und zog den Bericht hervor, den ein längstverstorbener Polizist einst erstellt hatte.

* * * * *

Mitte Mai 1941 war Greta Simon verschwunden. Sie war als Putzfrau in Overburn House beschäftigt, einem Landsitz im Tal hinter Lochend. Das Gut wurde seit Jahrhunderten von der Familie Coleraine bewirtschaftet. Doch den Landsitz hatte zu jener Zeit ein britischer Stahlfabrikant übernommen, der während des Kriegs die Rüstungsindustrie mit Panzerketten und Stahlplatten belieferte. Später ging er in die Politik und wurde Mitglied des Oberhauses.

Sie war damals Ende Zwanzig; ein mageres, einfaches Mädchen vom Lande, mit dünnem Haar und kräftigem Gebiß. Man sagte ihr eine leidenschaftliche Liebesaffäre mit einem verheirateten Mann aus Levenford nach, wo sie ihre Kindheit verbracht hatte – als einzige Tochter einer Witwe, die fünf Jahre zuvor verstorben war. Der Unbekannte (in ihren Briefen nannte sie ihn nur Mars, während sie den Namen Hesper annahm, nach dem Morgenstern, ein hübsches Wortspiel, das den Kriegsgott mit der Göttin der Liebe verband), ihr geheimnisvoller Liebhaber, war, wie das Gerücht wollte, bei Dünkirchen gefallen. Seit 1941 war Greta Simon nicht mehr im Overburn House gemeldet, und als sie am 17. Mai nicht zur Arbeit erschien, glaubten die Bewohner, sie habe sich das Leben genommen. Erst 1967 nahmen die Behörden wieder Notiz von ihr. Daß ihr Name im Melderegister gelöscht war, konnte sich niemand erklären. Es gab auch keinen Hinweis darauf, wovon sie in der Zwischenzeit ihren Lebensunterhalt bestritten hatte. Die winzige Einzimmerwohnung war nur spärlich möbliert, von einer Sammlung seltsamer Spielzeuge und Babykleider abgesehen, die sie alle selbst gestrickt oder gebastelt hatte. Dem Hauswirt zufolge zahlte sie die Miete stets in bar, und ihre Nachbarin gab an, daß in ihrem Kinderwagen immer Münzen lagen. Sie konnte sich erinnern, mehrmals Münzen hineingesteckt zu haben, als Glückspfand – ein alter schottischer Volksbrauch. Die Nachbarin wunderte sich im nachhinein selbst über ihre Großzügigkeit, hatte McBean in säuberlicher Handschrift notiert. Sie wußte nicht einmal, wie das Baby aussah. Es war ihr einfach richtig erschienen, etwas zu spenden.

Ron McBean erwähnte auch den seltsamen, ranzigen Geruch in Greta Simons Wohnung, den er schon von früher kannte.

Es war ein Routinejob gewesen, mehr als zwei Jahrzehnte vor dem Unfall, als McBean noch als junger Konstabler in Lochend diente und auf ein Rätsel stieß. Wäre er nicht fünf Jahre später befördert und in einen anderen Winkel des Landes versetzt worden, hätte er nie die Parallele zwischen Greta Simon und Harriet Dailly entdeckt.

Auf der Rückseite amtlicher Formulare, die mit Leim zusammengeklebt waren, hatte er die Verbindungslinien in ein Schaubild eingezeichnet. Der Leim war alt und brüchig geworden und schimmerte golden wie Bernstein. Der übrige Bericht war in McBeans klarer, eckiger Handschrift verfaßt. Als guter Polizist war er sehr methodisch vorgegangen. Was er herausgefunden hatte, wollte er anfangs selbst nicht glauben, und es gelang ihm nie, irgendwen davon zu überzeugen, daß hier mehr als ein bloßer Zufall waltete.

Phil Cutcheon hatte zuviel mit der Mordsache zu tun, als daß er sich mit etwas abgeben wollte, was er für Märchen und Kinderkram hielt. Erst heute, über fünfzig Jahre nach Greta Simons Verschwinden (ihrem Ableben, wie man damals dachte, durch Selbstmord aus gebrochenem Herzen), dachte Phil anders darüber.

Harriet Dailly war eine Frau von zweiundsechzig Jahren, als sie sich vom Pulpit Rock stürzte, einem Felsvorsprung über dem Loch Corran, unter dessen dunklem Wasserspiegel, wo sich die

Höhlenstraßen der Unterwelt kreuzten, der Sage nach ein Fabelwesen hauste. Man hätte sie vielleicht retten können. Zufällig hielt sich der halbwüchsige Sohn des Stahlfabrikanten, der den Landsitz bewohnte, ganz in der Nähe zum Lachsfischen auf. Der Gutsverwalter selbst ruderte das Boot. Unglücklicherweise prallte Harriet kopfüber an eine aus dem Wasser ragende Baumwurzel und erlitt einen Schädelbasisbruch. Sie war sofort tot.

Der Fall hätte wenig Interesse beansprucht, wäre da nicht das Baby gewesen, das Harriet laut Augenzeugenberichten in einem alten Schal auf den Felsen mitgenommen hatte. Ein paar Mädchen vom Gutshaus, darunter auch Greta Simon, hielten sich dort zum Beeren pflücken auf. Die Holunderbüsche am Ufer des Pulpit sind berühmt für den aromatischen Schnaps, der aus ihren Beeren gebrannt wird. Zwei Mädchen sahen Harriet hinunterspringen. Es war der 17. Mai 1941. Die sofort einsetzende Suche nach dem Baby verlief ergebnislos. Man vermutete, der Fuchs habe es mitgenommen oder ein Hund. Vielleicht hatte Harriet das Kind getötet, um anschließend Selbstmord zu begehen. Marinetaucher in Helmen und Anzügen wurden ins Loch herabgelassen, doch die Wassertiefe an dieser Stelle beträgt von der Uferkante aus mehr als zweihundert Meter, und dort unten ist sieht man die Hand nicht vor Augen.

Woher die Frau gekommen war, wußte niemand, jedenfalls nicht auf Anhieb. Konstabler Ron McBean wurde beauftragt, ihre nächsten Angehörigen aufzuspüren. Eine routinemäßige Obduktion hatte ergeben, daß die Frau unter starken Verfallserscheinungen litt; Verlust des Knochengewebes und Knorpelschwund mußten ihr jede Bewegung zur Qual, wenn nicht unmöglich gemacht haben. Für nahezu unglaublich erklärte der junge Mediziner, der bald darauf die ersten Kriegesverletzten pflegen mußte, daß ihre Drüsen trotz des Alters noch immer Milch produzierten. Einiges deutete sogar auf Menstruation hin. Außerdem litt sie unter chronischer Blutarmut, und die Leber war krankhaft geschwollen.

Erst ein halbes Jahrhundert später würde Ron McBean einen ganz ähnlichen Bericht lesen – merkwürdigerweise hatte ihn das Schicksal in eine ganz ähnliche Kleinstadt am anderen Ende Schottlands verschlagen –, und die entsprechenden Schlüsse ziehen.

McBean hatte das Glück, in Harriet Daillys schäbiger Unterkunft auf einen entscheidenden Hinweis zu stoßen. Die niedrige, verfallene Hütte lag am Ende einer Allee im Westen von Lochend, gleich neben einer noch älteren Gerberei. Er fand ein Bett vor, eine Waschschüssel und zwei ausgeweidete Kaninchen: Augen, Leber, Nieren und Hirn waren verschwunden, der Rest zum großen Teil angefressen. Überall stank es, vielleicht nach der Lohe aus der Gerberei, vielleicht auch nach Verwesung. Eine Holzkiste enthielt Babykleider, und auf dem Bett türmte sich geschnitztes Spielzeug. In einer Tonne auf dem Plumpsklo entdeckte McBean einen Haufen Knochen. Einige waren sichtlich zernagt. Skelette von Kaninchen, Tauben und auch ein paar Katzen lagen wild durcheinander. Niemand konnte sich erinnern, ob die Frau einen Hund hatte. Sie lief mit einem dick eingemummelten Baby herum, das anscheinend ihr Enkelkind war. Man hielt sie für eine uralte, menschenscheue Zigeunerin. Wer immer sie traf, schenkte ihr eine Münze für das Baby.

Der Polizist, dessen Laufbahn für vier Jahre unterbrochen wurde – in Nordafrika und anschließend in Frankreich mußte er viel schlimmere Greuel miterleben als in seinem ganzen späteren Leben –, entdeckte das Foto eines jungen Pärchens, einander so ähnlich, daß sie Geschwister sein konnten, sowie einen Brief an die »Liebe Harry«, gezeichnet: »Dein dich liebender Bruder Chas.« Die Adresse war verblichen, aber gerade noch lesbar. Der Brief teilte Harry mit, daß Chas in vierzehn Tagen Heimaturlaub bekäme und froh sei, sich von dem verdammten Stellungskrieg zu erholen. Er war mit 1918 datiert.

Nach Lanark waren es mit dem Zug fast hundert Kilometer. Ron McBean traf dort mit Hochwürden Charles Dailly zusammen, einem untersetzten, behäbigen Mann mit roten Wangen, der gern dem Wein zusprach und schelmisch grinste. Als er das Bild von sich und seiner Schwester sah, wurden ihm die Augen naß. Er zog ein kariertes Taschentuch hervor und schneuzte sich geräuschvoll – ganz ähnlich wie die alte Mrs. Cosgrove ein halbes Jahrhundert später. Durch puren Zufall – wenn hier überhaupt von Zufall die Rede sein kann – gehörte die alte Frau, die in ihrem Haus am Rand von Barloan Harbour Zimmer vermietete, zu den Mädchen, die Harriet Daillys Sprung vom Pulpit Rock miterlebt hatte. Gemeinsam mit Greta Simon hatte sie das alte gälische Volkslied von den Elfen gesungen, die der Mutter den Buben stehlen.

»Ich habe Harriet seit dem letzten Kriegsjahr nicht mehr gesehen«, sagte Charles Dailly und seufzte, als er sich wieder gefaßt hatte. »Tot, sagen Sie? Wie denn? Wo?«

Der Geistliche berichtete, wie er mit seiner Schwester im Pfarrhaus von Lanark aufgewachsen war und später das Amt seines Vaters übernahm. »Harriet und John – so hieß ihr Mann – wollten immer eine Familie gründen, aber sie konnte keine Kinder kriegen. Mit ihren Eierstöcken war was nicht in Ordnung, wissen Sie. Aber sie hat Waisenkinder großgezogen und wollte eins adoptieren, sobald Johnny aus dem Krieg heimkehrt. Sie hat auch eins in Pflege genommen, wie sie mir schrieb. Seine beklagenswerte Mutter wurde im Sanatorium von Carstairs untergebracht, als sie den Verstand verlor. Tja, und am selben Tag hat sie wohl das Telegramm bekommen: John war auf dem Schlachtfeld geblieben. In den allerletzten Kriegstagen hat's ihn noch erwischt, das arme Schwein. Seitdem traf ich Harriet nie wieder! Als ich in ihr Haus kam, war sie weg. Jemand wollte sie am Bahnhof gesehen haben, möglicherweise mit einem Baby, aber von Stund an bis heute haben wir nie mehr von ihr gehört. Kein Sterbenswörtchen. Natürlich wurde sie als vermißt gemeldet, aber unter dem Namen ihres Ehemanns, Burton. Es ist schon so lange her. Damals hätten wir nie gedacht, daß sie ihren Mädchennamen wieder annimmt . . .«

Der rotwangige Priester stockte und sammelte sich wieder. »Jahrelang hat mich die Sorge gequält, sie könne sich vor Kummer das Leben genommen haben. Johnny und sie waren wie füreinander geschaffen, wissen Sie! Er war ein gutaussehender, blitzgescheiter Kerl und eine gute Partie dazu. Seinem Vater gehörte die Erdbeerfarm unten im Tal, und sie haben mit Konserven ein Vermögen gemacht.«

Ron McBean klärte den Priester nicht darüber auf, daß seine Schwester freiwillig ins Loch gesprungen war. Er hielt es nicht für seine Amtspflicht. Nicht, daß er lügen wollte, aber als er sich verabschiedete, ließ er den trauernden Bruder im Glauben zurück, daß der Sturz ein Unfall gewesen sei. Dagegen war nichts einzuwenden.

Als er die Möglichkeit erwähnte, daß sie ein Baby bei sich trug, erklärte Charles Dailly sie für recht naheliegend.

»Sie liebte Kinder. Wollte am liebsten ein Dutzend großziehen, wenn's der Herrgott nicht anders gewollt hätte. Sie hat sich immer um fremder Leute Kinder gekümmert. Es war eine schwere Prüfung für sie, unfruchtbar zu sein.«

»Was wurde denn aus dem Waisenkind?« erkundigte sich McBean. Eigentlich nur aus Neugier, wie er Jahre später notierte. Das Kind mußte inzwischen doch ein Mann von dreiundzwanzig Jahren sein, wenn er nicht in diesem neuen Weltkrieg gefallen war.

»Das weiß kein Mensch. Wie auch? Sie war ja spurlos verschwunden. Ich habe auch nie erfahren, ob sie's adoptiert hat. Es waren schwere Zeiten damals . . .«

Wer konnte es wissen? Die Spur war längst erkaltet. Doch McBean war ein gewissenhafter Polizist, der seinen Auftrag sehr ernst nahm und so untadelig wie möglich erledigen wollte. Er trank seinen Sherry aus, während der Priester die Adresse des Sanatoriums in Carstairs notierte. »Das muß am 7. Juni 1918 gewesen sein. An diesem Tag ist das Telegramm eingetroffen. Ich weiß es noch, denn es war Harriets Geburtstag! Meine Mutter hatte einen großen Kuchen gebacken. Den mußten wir dann dem Waisenhaus spenden . . .«

Das Pflegeheim in Carstairs war einst eine Irrenanstalt gewesen, und sah jetzt, im Mai 1941, wieder danach aus. Die drei

Hauptflügel waren zum Lazerett umgebaut worden; dort lagen die Verwundeten aus dem schottischen Bataillon, das in einer Küstenschlacht von den Deutschen aufgerieben wurde. Einige der Jungs, noch kaum den Kinderschuhen entwachsen, waren schrecklich entstellt und verstümmelt. Sie lagen auf Bänken oder im Gras und rauchten, und wer sein Augenlicht nicht verloren hatten, starrte blicklos in die Ferne wie einer, der das Höllenfeuer überlebt und seine Hitze gespürt hat.

In seinen persönlichen Aufzeichnungen hatte Ron McBean festgehalten, daß ihm das Heim selbst angesichts der verheerenden physischen und psychischen Schäden wie eine Nebenhölle erschien. Später notierte er, nachdem er selbst Kriegserfahrung hatte, daß auch dieser Anblick zur Gewohnheit werden könne.

Oberschwester Ducat war eine vierschrötige, grimmige Frau. Sie führte ihn in den Archivkeller, wo die Krankenakten verstaubten. Gegen Ende des Ersten Weltkriegs hatte sie selbst als einfache Pflegekraft angefangen und erinnerte sich noch gut an Harriet Burton, die mit ihrer Cousine zur Schule gegangen war. Von einer Adoption wußte sie nichts, obwohl Harriet mehrere Kinder in ihre Obhut genommen hatte, um den Müttern, deren Männer im Krieg waren, das Leben zu erleichtern. McBean gab ihr das Datum, und die ältliche Oberin blätterte in der Kartei.

»Diesen Tag werde ich nie vergessen!« kommentierte sie, als sie den Eintrag fand. »Einfach schrecklich war das. Damals wurde Mrs. Parsonage eingeliefert. Sie hatte ihren Mann mit der Kohlenzange erschlagen. Angeblich wollte er ihr Baby umbringen. Natürlich war sie völlig durchgedreht und sollte nach Dalmoak überstellt werden, zur psychiatrischen Untersuchung. Bis dahin mußten wir sie hierbehalten, aber wir konnten spritzen, soviel wir wollten, die meiste Zeit ihres Aufenthalts verbrachte sie in der Zwangsjacke.«

»Wie war sie denn auffällig geworden?« wollte Ron McBean wissen.

»Tja, sie hatte ihren Mann auf den Gewissen, aber ein Baby besaß sie nicht – jedenfalls kein eigenes. Den Kleinen hatte sie irgendwann adoptiert, nachdem seine Pflegemutter gestorben war – eine alte Waschfrau unten in Dumfries. Das Baby soll ein uneheliches Kind ihrer Enkelin gewesen sein. Mrs. Parsonages Mann arbeitete als Pflanzer in Indien und kam manchmal das ganze Jahr nicht nach Haus. – Jetzt fällt mir alles wieder ein! Als er heimkehrte, weigerte er sich, das Baby anzunehmen. Sogar den Priester, heißt es, wollte er zu seiner Frau schicken, damit er ihr die Adoption ausredet. Angeblich wäre es vom Teufel besessen. Aber wie dem auch sei, sie schlug ihn mit der Kohlenzange tot, und als sie hier ankam, war sie völlig durcheinander. Man hatte sie im Garten ihres Hauses gefunden, über und über voll Blut – und kaum einen Faden am Leib! Wollte das Baby selbst stillen, die Ärmste, und das in ihrem Alter!«

»Und was ist aus dem Baby geworden?«

Die Oberin blickte in die Krankenakte, blätterte ein paar Seiten um und blickte auf. »Mrs. Burton, beziehungsweise Harriet Dailly, war damals im Gemeinderat und hat das Baby zu sich genommen. Ich glaube, sie hat's auch adoptiert. Oder etwa nicht?«

Die Kirchenbücher wiesen keine Adoption aus. Es war schon dunkel, als Ron McBean es entdeckte und sich bei dem bejahrten Küster entschuldigte, der ihm kistenweise alte Kladden und Protokolle aus dem Speicher holte, wo sie seit vielen Jahren unberührt gelegen hatten. Auf dem Heimweg ging er die gesammelten Daten durch, doch damals war er noch weit davon entfernt, Verdacht zu schöpfen. Aber McBain erledigte sein Pensum planmäßig und konsequent. Vielleicht hatte er auch eine Spur des Elfenzaubers abbekommen, den man im Hochland dem siebten Kind einer Familie nachsagt. In all den Jahren hatte ihm der seltsame Fall keine Ruhe gelassen, wie seine Abhandlung bezeugt. Immer wieder fragte er sich, was aus dem Baby geworden war, das eine geistesgestörte, blutüberströmte Greisin im Garten ihres stattlichen Hauses stillen wollte.

Mit der Zeit gelang es ihm, hauptsächlich durch briefliche Anfragen, sich ein genaues Bild zu machen, das freilich keinen Sinn ergab. Im Grunde genommen war sein Auftrag nach dem

Gespräch mit Charles Dailly erledigt, aber wenn Daillys Schwester ein Kind adoptiert hatte – das inzwischen ein junger Mann sein mußte –, wäre es seine Pflicht gewesen, ihn aufzuspüren und von ihrem Schicksal in Kenntnis zu setzen. Doch Melderegister und Kirchenbücher wiesen keine Adoption aus. Und obwohl sie eins hütete, wie Augenzeugen und ihr eigener Bruder bestätigte, fehlte jede Spur von dem Kind, nachdem sie weggegangen war.

Dies ließ eine Reihe von Fragen offen, auf die er jahrelang keine Antwort wußte. Wer war das Baby, das Harriet großzog, bevor sie starb? Wer war das erste Baby, das die verrückte Mrs. Parsonage adoptiert hatte und später von Harriet übernommen wurde? Und wo lebten die beiden jetzt?

Es gab eine unangenehme Schlußfolgerung, die er in Betracht ziehen mußte, daß Harriet Dailly, als wunderliche alte Dame, die sie offenbar war, beide Pflegekinder umgebracht haben konnte.

Zwei Jahre nach ihrem Tod, mitten im Zweiten Weltkrieg, fand McBean mit Hilfe eines Bestattungsunternehmers und Hobby-Historikers in Lanark weitere Einzelheiten über Mrs. Parsonage heraus. Schon im Jahr vor ihrem Zusammenbruch hatte sie, seit das Baby bei ihr war, sehr zurückgezogen gelebt. Die ebenfalls nicht registrierte Adoption war wohl nach dem Selbstmord einer entfernten Cousine erfolgt, jener verarmten Waschfrau in Dumfries, rund achtzig Kilometer südlich von Lanark. Ihr Tod hatte einiges Aufsehen erregt, denn sie hatte sich nächtens von einer Brücke gestürzt, die über eine enge, steinige Schlucht führte. Als man ihre Leiche fand, war sie mit verschorften Bißwunden und Blutergüssen übersät. Ein Arzt verglich sie mit den Saugspuren, die Neunaugen bei den Lachsen im nahegelegenen Flüßchen Nith hinterlassen. McBean fiel sofort die Ähnlichkeit mit den kreisförmigen Verletzungen auf, die bei Harriet Daillys Autopsie festgestellt wurden.

Erst ein gutes Jahrhundert nach diesem denkwürdigen Freitod geschah der Unfall an der Duncryne-Brücke, der Greta Simon um ein Großteil ihres Gehirns brachte und Sergeant Mc-

Bean veranlaßte, weitere Recherchen anzustellen. Zu diesem Zeitpunkt flossen die Quellen nur noch spärlich. Was ursprünglich eine reine Routineangelegenheit gewesen war, hatte längst eine Eigendynamik entwickelt, und McBain mochte nicht mehr an Zufall glauben.

Die Cousine in Dumfries hieß Emily Melrose und war die jüngste Tochter eines Hutmachers, der nach einer Quecksilbervergiftung den Verstand verloren hatte. Sie verließ ihr Zuhause in Lanark und arbeitete als Näherin, doch um 1890 landete sie im Armenhaus der Gemeinde. Von dort war sie eines Tages ausgebüchst, und zwar auf Nimmerwiedersehen – einen Tag, nachdem eine ältliche Dame und ihr Enkelkind bei einer Feuersbrunst ums Leben kamen. Vom Leichnam des Kindes fehlte in den eingeäscherten Trümmern des Armenhauses jede Spur.

Ron McBeans private Nachforschungen wurden zur Obsession. Seinen Aufzeichnungen vermittelten den Eindruck wachsender Ratlosigkeit und Sorge:

> All die Jahre über habe ich nie eins der Kinder identifizieren können, die angeblich stets dabei waren. Daraus ließen sich viele Schlüsse ziehen – nur den einen, daß es sich um reinen Zufall handelt, kann und will ich nicht mehr zugestehen.

»Und du? Glaubst du an Zufall?« wollte Helen von David wissen, als sie die Aufzeichnungen des alten Polizisten aus der Hand legte.

»Grundsätzlich schon. Trotzdem bin ich mit McBean einer Meinung. Er war ein erstklassiger Polizist. Und niemand hat ihm geglaubt – ebensowenig wie uns, wenn wir dieselbe These vertreten würden. Man würde uns einsperren, oder? Phil Cutcheon meint, er ist fast soweit, es zu glauben – weil sie ihm die Rente nicht mehr wegnehmen können. Was ich *nicht* glaube, ist, daß zwischen all diesen Fällen kein Zusammenhang besteht.«

»Ich auch nicht.« Helen verschränkte die Hände. »Die Frau, die verbrannt ist – Agnes Lassiter – hatte ein Baby bei sich. Und hinterher wußte kein Mensch, wem es gehörte. Dann Emily Melrose, die schon weit über fünfzig war und ein Kind hütete – auch sie hatte das Haltbarkeitsdatum schon überschritten, hüpfte übers Geländer und starb. Genau wie Harriet Dailly.«

»Räumlich und zeitlich hängen alle Fälle miteinander zusammen«, sinnierte David. »Lassiter, Melrose, Parsonage und Harriet Dailly. Wie ein Reigen zieht es sich durch das Jahrhundert. Sie sterben oder tauchen unter oder drehen durch. McBean hat die Verbindung zwischen Dailly und Greta Simon erst ein Vierteljahrhundert später entdeckt. Aber es gab eine! Das Offensichtliche will niemand wahrhaben, wenn es sich rationaler Erklärung entzieht.«

»Und wie würdest du es erklären?« fragte Helen.

»Warte eine Minute, dann zeige ich dir etwas, das du für sehr verrückt halten wirst, noch verrückter als meine Idee neulich. Aber fassen wir erstmal zusammen: Greta war dabei, als sich Harriet in den Abgrund stürzte, und verschwand noch am selben Tag. Vom Baby war keine Spur, obwohl Dutzende davon wußten, daß die Alte eins hatte. Fünfundzwanzig Jahre später wird Greta vom Lkw überfahren und verliert ein Baby, das für tot erklärt wird. Am selben Tag macht sich Heather McDougall aus dem Staub. Fast dreißig Jahre später taucht sie wieder auf, und hat wiederum ein Baby, das abermals unter seltsamen Umständen verschwindet – von einer Frau mitgenommen, offenbar ganz gegen ihre sonstigen Gewohnheiten.«

Er wandte sich Helen zu und zählte an den Fingern ab wie Mike Fitzgibbon. »Schau dir die Umgebung an, in der Harriet wohnte – dieselbe wie bei Greta. Kinderkleider, Spielzeug, fast kein Mobiliar. Bei Heather war's täuschend ähnlich. McBean erwähnt sogar den Gestank im Haus von Lochend. Vielleicht war's der gleiche, der uns verfolgt, seit wir an dieser Sache arbeiten. Ich glaub' nicht, daß es Giftgas ist. Und eine Krankheit schon gar nicht.«

»Und was meinst du?«

»Ich meine, daß McBean recht hat.« David langte in den Aktenordner und fand die geknickte Plastikhülle. Vorsichtig zog er drei dünne Blätter Durchschlagpapier heraus. Das oberste war rein weiß bis auf den vom Sonnenlicht angegilbten Rand. Er las die erste Seite vor, und dann den Rest dieses eigentümlichen Briefs ohne Datum und Anschrift. Gegen Ende kamen die Absätze, auf die Phil Cutcheon ihn heute früh aufmerksam gemacht hatte, und Helen wurde hellhörig:

> ... Ich kann nur feststellen, daß es irgendwann im vorigen Jahrhundert zum ersten Mal berichtet wurde. Und es wird wieder auftauchen, aber wann und wo, weiß der Himmel. Nur eins läßt sich mit völliger Klarheit und Gewißheit voraussagen: daß es wiederkommen wird. Es muß etwas Übernatürliches sein, was eine solche ständige Wiederkehr über lange Zeiträume hinweg vollbringt ...
>
> Als ich ein kleiner Junge war, sang meine Mutter mir ein Lied vor, das auch Greta Simon und ihre Freundin 1941 sangen, während sie den Holunder pflückten. Meine Mutter war eine alte, wenig gebildete Bäuerin aus dem Hochland, die als Kind nur Gälisch beherrschte und sehr abergläubisch war. »Hovan Rovan« hieß das Lied über die Elfen, die einer Mutter das Kind stehlen und ein anderes an seiner Stelle lassen. Aber das fremde Kind ist ein Kobold, den sie Tachara nannten. Der Verlust ihres Jungen schmerzt die Mutter, aber der Kobold hat Macht über sie. Fortan ist sie verdammt, ihn zu stillen und an Kindes Statt aufzuziehen, und das eigene Kind ist verloren. Ein Altweibermärchen aus dem Hochland, gewiß, aber heute erscheint es mir gar nicht mehr so dumm.
>
> Meine Mutter wäre wohl zu dem Schluß gekommen, daß der Tachara diese Frauen befallen hat. Sie würde annehmen, daß irgendwann in ferner Vergangenheit ein echtes Kind in die Geisterwelt ging, dessen Stelle nunmehr der Kobold einnimmt. Man nennt solch ein Phänomen auch Wechselbalg. Möglicherweise hätte sie recht damit. Aber ich bete darum, daß es nicht zutrifft.

Während Helen las, wurden ihre Augen immer größer. Endlich legte sie langsam das Blatt nieder und wandte sich um. »Es ist genau das, was du gesagt hast: ›Welches Baby wäre imstande, die Mutter zu kidnappen?‹«

»McBean glaubt, daß es Jahrhunderte zurückreicht«, erwiderte David. »Ich weiß zwar, daß es schwer zu glauben ist, aber in diesem Punkt bin ich nicht mehr weit davon entfernt, ihm beizupflichten.«

Er heftete die Papiere in den Ordner zurück und stellte ihn weg. Vorerst hatte er keine Lust mehr, in den Aufzeichnungen des Verstorbenen lesen. Helen wollte noch etwas anmerken, aber er bedeutete ihr, zu schweigen, während er die Videocassette einlegte. »Es hat eine Ewigkeit gebraucht, bis ich diese Auswahl zusammenkopiert habe. Ich will bloß, daß du's dir mal anschaust und mir deine Meinung sagst.« Er betätigte den Startknopf, und der Bildschirm flammte auf. Der Vogel im brennenden Busch äugte verzweifelt über den Nestrand, während der Naturforscher das unausweichliche genetische Programm erläuterte, das ihn auf seinen Eiern sitzen ließ, bis ihn das Feuer verzehrte.

Das Bild verzerrte sich, wackelte und wurde wieder scharf, als die nächste Szene ein Kuckuckskind zeigte, das seine Rivalen aus dem Nest des Regenpfeifers warf. Es krümmte den Rücken, um die Eier über den Rand rollen zu lassen. Der Kommentator schilderte die Einbuchtung, die das nackte Vogeljunge im Rücken aufweist, ein angeborenes Hilfsmittel, um die Eier mit fremden Küken davonzutragen. »Der Kuckuck«, hieß es, »ist ein erfolgreicher Brutparasit. Es wird vom Instinkt getrieben, denn von seinen Eltern kann es dieses Verhalten ja nicht gelernt haben. Innerhalb einer Stunde nach dem Schlüpfen, noch hilflos und vollkommen blind, hat es bereits alle Konkurrenten aus dem Feld geschlagen. Ein fleißiger Dieb, der nun seine Beute einfährt: Das Regenpfeiferpärchen wird ihn füttern und nicht wissen, daß es den Mörder ihrer Brut adoptiert hat – und daß er sie beide adoptiert.«

Wieder das Flackern, eine Pause, und ein neues Bild erschien.

Eine Kampfhornisse beim Überfall auf eine Tarantel; sie zwang dem Spinnentier die Fänge auseinander und manövrierte den Unterleib direkt in dessen Brust, um die Giftnadel dort zu versenken. »Es ist eine Entscheidungsschlacht um alles oder nichts«, informierte der Sprecher. »Getrieben von ihrem Fortpflanzungstrieb, riskiert die Hornisse den Tod. Gewinnt sie, dann wird ihr genetisches Material kommenden Geschlechter vererbt.« Auf dem Bildschirm hatte die Hornisse ihr Opfer betäubt und in eine unterirdische Kammer gezerrt, wo sie ihre Eier in den Leib der Tarantel legte. »Lebend, doch zur Bewegungslosigkeit verdammt, dient die Spinne fortan als Nahrungsquelle für die Brut. Sie wird von innen zerfressen.«

Helen schauderte. »Ich hasse Spinnen«, begehrte sie auf. Wieder flackerte der Bildschirm.

Ein Baby blickte der Mutter direkt ins Auge. Ein bekannter Anthropologe hielt dazu einen Vortrag. »Menschen sind, nicht anders als die Vertreter des Tierreichs, darauf programmiert, die Gesichtszüge unserer Artgenossen wahrzunehmen. Deshalb sind wir in der Lage, zufällige Eindrücke – Ornamente oder Gesteinsformationen wie beispielsweise die Krater des Mondes – als Gesichter zu deuten. Zuerst erkennen wir unsere Mutter wieder, durch Geruch und Augenschein, später auch durch die Stimme. Es ist ein wechselseitiger Vorgang. Das Menschenkind ist wie der kleine Schimpanse, wie das Vogeljunge, abhängig von dem, was seine Mutter bietet: Nahrung, Schutz und Wärme. Die Mutter ist ihrerseits darauf programmiert, auf seine Bedürfnisse einzugehen. Der Schrei eines Babys hat genau die Tonhöhe, die bei Erwachsenen Nervosität auslöst. Er appelliert an den Wunsch, zu Hilfe oder zur Verteidigung zu eilen. Der Geruch des Babys beeinflußt bei Menschen und anderen Säugetieren die Mutter. Im Zusammenspiel mit Schleimdrüsen und anderen Organen läßt er den Hormonspiegel steigen und verstärkt den mütterlichen Beschützerinstinkt. Hätte dieses System nicht einwandfrei funktioniert, dann wäre es nie zur Entwicklung höherer Arten, Primaten und Urmenschen gekommen. Es ist nicht übertrieben, zu sagen, daß die größte, unwiderstehliche Macht auf Erden, die allesbeherrschende Autorität, in dem Einfluß besteht, den Kleinkinder auf ihre Mütter ausüben.«

David schaltete das Gerät ab. »Es gibt noch mehr davon, jede Menge, aber das reicht fürs erste, glaube ich.«

Helen zitterte am ganzen Leib. »Das«, stammelte sie, »ist das Abscheulichste, was ich je gesehen habe.«

»Mag sein. – Aber läßt es sich auf unseren Fall anwenden?« Sie blickten einander an und hingen ihren Gedanken nach. Beide waren fast bereit, auch das Unglaublichste in Erwägung zu ziehen.

Irgendwann in der Nacht schreckte er hoch, schweißüberströmt und zitternd, noch immer wie betäubt von einem surrealen Alptraum: Ein unsichtbares Baby wimmerte und schrie, das er in der Finsternis eines menschenleeren Hauses suchen mußte. Er folgte seinem widerhallenden Gebrüll durch alle Winkel und Ritzen und spinnwebverklebten Ecken, obwohl ihm klar war, daß es ihn ins Verderben locken und, wenn sein Blick es traf, nie mehr freigeben würde.

Helen hielt ihn fest im Arm, bis das Nachbild seines Traums zerronnen war.

— 24 —

»Na, die war aber bedeutend älter als das junge Ding hier«, meinte Mrs. Cosgrove verwundert und musterte durch starke Brillengläser mit eulengroßen Augen ihr Gegenüber. Dann fuhr sie fort, im Wohnzimmerkamin ihres kleinen Hauses in Barloan Harbour herumzustochern. Die alte Frau und Helen Lamont konnten beide nicht wissen, daß Mrs. Cosgrove bereits die lange und verzwickte Spur dieser Angelegenheit vor vielen Jahren gekreuzt hatte – als Jugendfreundin von Greta Simon. »Und sie sah richtig leidend aus, die arme Seele!« jammerte sie. »Damals im Krieg hätte ich gesagt, daß sie an der Auszehrung leidet. Sie hatte kaum noch ein Gramm Fleisch auf den Rippen.«

Die Schilderung stimmte mit Nina Galts Beobachtungen überein. Helen fragte sich, was Ginny Marsdens Verwandlung von dem gesunden, sportlichen Mädel auf dem Video in die sichtlich abgemagerte, gealterte Frau bewirkte, als die sie von den Augenzeugen beschrieben wurde. Seit sie zum ersten Mal in Heather McDougalls Haus gewesen war, hatte sie den seltsamen und beklemmenden Eindruck einer Vorahnung. Jetzt wurde dieses vage Gefühl von Tag zu Tag stärker. Was immer es war, woran Ginny Marsden litt – sie wollte sich nicht damit anstecken!

Und David, der in seinen eigenen Überlegungen von den jahrelangen Recherchen eines gewieften Berufskollegen bestärkt wurde, hatte sie schon fast von den unheilvollen Parallelen überzeugt. In den frühen Morgenstunden hatte er ihr erklärt, das Baby sei vielleicht so etwas wie ein Mutant – obwohl er sich selbst kein Bild machen konnte, welche Mutation hier vorlag.

Erneut waren sie einander in die Arme gefallen, beide abgespannt und dennoch erregt von der neuen, bedrohlichen Entwicklung ihres Falls. Und in der Nacht stöhnte sie, als sie sich an ihn klammerte, und gierte nach seiner männlichen Kraft. Von einer unwiderstehlichen Welle der Lust getrieben, hatte sie seine sanften und lockenden Beckenstöße erwidert.

Irgendwann in den kühlen Stunden vor Sonnenaufgang war auch sie aus einem Traum erwacht. Eine Hornisse hatte sie gestochen und Eier in ihre Bauchhöhle gelegt, die sie von innen auffraßen. Sie hatte sich ruckartig aufgerichtet, zitternd vor Angst, vollkommen desorientiert in einem Zimmer, das ihr nicht vertraut war. Der brennende Schmerz unterhalb des Brustbeins flaute allmählich ab. Sie legte sich wieder hin und lauschte Davids gleichmäßigem Atem, preßte sich an seinen warmen Körper, um sich vor den Bildern im Dunkeln zu schützen. Der Schrecken verblaßte, doch verging er nicht ganz.

Am anderen Morgen war er noch immer gegenwärtig, schwach, aber hartnäckig – als düstere Ahnung, die sie nicht abschütteln konnte. Sie hatte schon früher ihr Prickeln verspürt, aber diesmal ging es tiefer. Sie wußte nicht, woher oder wieso sie es wußte, aber ein Teil von ihr, den sie selbst nicht begriff, witterte die nahende Gefahr. Das sonderbare, undeutliche Gefühl blieb ihr erhalten, während sie den Rückruf der Bank entgegennahm. Celia Barker hatte sie schon informiert und die Erlaubnis erteilt, den CID-Ermittlern alle gewünschten Informationen zu geben. Die Schilderung, die sie von Ginny Marsdens Zustand erhielt, ließ nicht darauf schließen, daß es ihr nur darum ging, das Konto zu plündern. Aber das Bild von Heather McDougall, das sie von der Videoaufnahme kannte, wie sie sterbend, vielleicht schon klinisch tot, noch auf allen vieren dem Baby hinterherkrabbelte, gab ihr zu denken. Schon bei der bloßen Vorstellung war ihr klar, daß sie eine Schwelle überschritten hatte. Sie war aus der vernunftbestimmten Welt in eine Sphäre gelangt, wo das Unvorstellbare jederzeit möglich erschien.

Sie fragte sich, ob Ginny Marsdens Brüste inzwischen Milch gaben, um das Baby zu stillen.

»Sie muß sich in Barloan Harbour aufhalten«, verkündete sie aufgeregt und drehte sich um, als sie den Hörer hinlegte. »Vor drei Tagen hat sie etwas abgehoben.«

»Ich kenne es«, erklärte David. »Es ist ein kleines Dorf. In meiner Jugend war ich dort an der Kanalmündung angeln und habe Fotos von Wattvögeln geknipst. Es ist kein allzu großer Ort. Da werden wir sie bestimmt finden!«

»Und es liegt zwischen Levenford und hier«, ergänzte Helen. »Es liegt an derselben Bahnlinie wie Lochend, wo Greta Simon herkam. Ginny muß den Zug genommen haben. Anscheinend hat sie es vorgezogen, nicht in die Stadt zurückzukehren, sondern nach ein paar Stationen auszusteigen.«

»*Wann* hat sie Geld abgehoben?« wollte David wissen. Er verzog das Gesicht, als sie ihm mitteilte, daß es Heiligabend gewesen war. Das Mädchen konnte längst über alle Berge sein, bis sie ihre Spur aufnahmen. In weniger als einer halben Stunde trafen sie im Dorf ein. Während sie in die Ausfahrt an der Kanalbrücke bogen und die kleine Bahnstation erreichten, zogen sich dunkle Wolken zusammen. Sie türmten sich über der Flußmündung und verhießen naßkalten, häßlichen Regen oder dichten Schneefall. Der alte Hafen, wo sich die Wasserstraße nach vielen krummen Umwegen durch die Stadt ins Meer ergoß, wurde mittlerweile kaum noch genutzt und beherbergte nur ein paar Stockenten im Schilf. Weiter flußabwärts schlängelte sich der Kanal durch Grünanlagen und schaukelte bunte Kähne und Ruderboote. Sie wirkten ungenutzt und verlassen; einige waren an Land gezogen und im Schilf auf die Seite gelegt. David brauchte nicht lange, um sich die Ausflüge seiner Kindheit ins Gedächtnis zu rufen – hier, wo das Süßwasser auf den brackigen Tidebereich trifft und Reiher, Wattvögel und Weihen zu Tausenden anzieht, hatte er einst ornithologische Beobachtungen angestellt. In seiner Erinnerung war der Ort sonnig und warm gewesen. Jetzt pfiff ein bitterkalter Wind, und alles schien menschenleer.

Hinter den Hafenanlagen verzweigten sich die Gleise. Unter den Brückenbogen befand sich ein kleines Restaurant, wohin er einst June ausgeführt hatte. Jetzt war es geschlossen; ob nur in der Wintersaison oder für immer, war dem Schild nicht zu entnehmen. In dieser Gegend gab es kaum noch Fremdenverkehr. Der Ortskern lag im Norden des Kanals, in großem Abstand zu den betonierten Staubecken, die das Wasser zurückhielten. Dahinter erhoben sich die Langmuir-Hügel. Ihre von Farn und Heidekraut überwucherten Hänge waren jetzt mit Schnee gepudert. Als Junge war er gern in diese Gegend gekommen, nur mit Angelzeug und Kamera bewaffnet, und ohne Sorgen.

In weniger als einer Stunde nach ihrer Ankunft hatten er und Helen die Spur wieder aufgenommen. Ein mageres altes Klatschweib im Laden an der Ecke erkannte den Mantel des Mädchens auf dem Foto. Ein Pfund Hackfleisch habe sie gekauft und sei dann die Loanhead Road hinaufgegangen, erklärte sie. »Das ist 'ne Sackgasse«, setzte sie hinzu. »Sie muß in einem der Häuser dort wohnen. Die meisten vermieten Fremdenzimmer . . .«

Fünf Minuten später setzte Mrs. Cosgrove den Tee auf. »Ihren vergammelten Kinderwagen hat sie im Hof stehen lassen«, schimpfte sie. »Kaum zu glauben, aber sie muß das Baby einfach unter den Arm genommen haben, als sie wegging.«

Im Haus der alten Frau hing ein schwacher, vertrauter Geruch, kaum wahrnehmbar, aber beide erkannten ihn wieder. Ginny Marsden war hiergewesen. Das Baby war hiergewesen.

Der Zimmerwirtin war der Geruch anscheinend entgangen, aber sie hatte Blutflecken auf dem Bettuch entdeckt, die sie ausbleichen mußte. »Und hier oben war sie wohl auch nicht ganz sauber«, kicherte sie und tippte sich an die Stirn. »Bestimmt so ein unheilbarer Fall, den sie wieder auf die Menschheit loslassen. Es ist eine Schande. In der Anstalt wäre sie besser aufgehoben. Vielleicht wollte sie dahin zurück?«

Sie verließen das Haus und wußten, daß Ginny Marsden nicht weit sein konnte. »Wohin jetzt?« fragte Helen, und David zuckte die Schultern. Die heiße Spur würde rasch erkalten. Den Kinderwagen zu untersuchen, hatte keinen Zweck; er stand seit Boxing Day draußen und war erst heute früh gefunden worden. Selbst das Laken auf der Bleiche war von Rauhreif überzogen. Sie kehrten zum Auto zurück, und David wollte gerade den Motor anlassen, als ein Streifenwagen die Straße heraufkam. David winkte und hielt den Kollegen an.

Der Beamte am Steuer war ein junger, magerer Mensch in viel zu weitem Hemd, dessen Kragen seinen imposanten Adamsapfel entblößte. Anfangs zeigte er sich wenig erbaut über die Störung, bis David seine Kennkarte zückte.

Das Mädchen auf dem Foto hatte er nicht gesehen, denn seit Heiligabend lag er mit einer Grippe darnieder. Erst seit heute früh war er wieder im Dienst und wäre wohl lieber im Bett geblieben. David bedankte sich und wandte sich zum Gehen. Doch dann fragte er, ohne besonderen Grund, den Dorfpolizisten nach dem Ziel seines Einsatzes.

»Zur Middle-Loan-Farm«, entgegnete er. »Hab einen Notruf erhalten. Bei den Parks geht niemand ans Telefon. Die Schwiegereltern versuchen seit Tagen, sie zu erreichen. Vermutlich sind die Glückspilze nach Barbados gedüst und feiern Weihnachten in der Tropensonne.«

Er setzte seinen Weg fort, und die beiden kletterten in ihren Wagen. Nachdenklich startete David den Motor.

»Meinst du, wir sollten . . .?« fragten beide unisono und blickten sich verblüfft an. Wieder ein Zufall. Ein kaltes, klammes Gefühl überlief Helen. Wortlos trat David aufs Gas und folgte dem Streifenwagen.

Der Polizist parkte gerade vor dem Tor zu Jack Parks Anwesen, als sie ihn einholten. »Das ist das schlimmste hier draußen in der Einöde«, fluchte er. »Man vertrödelt mehr Zeit beim Auf- und Zumachen dieser Dinger als mit irgendwas anderem. Und dann darf man auch noch das Vieh auf der Weide einsammeln, wenn Spaziergänger vergessen, das Gatter zu schließen.« Sein Name war Jimmy Mulgrew. Er war erst seit drei verdammten Wintermonaten in Barloan Harbour tätig. Außerhalb des beheizten Wagens wirkte er so hager, als könnte ihn der Sturmwind über den Feldern umknicken. Die Nase triefte unablässig und war vom vielen Putzen violett angelaufen.

»Jackie Park und seine Frau Kate.« Er senkte die Stimme. »Sieht echt klasse aus. Bißchen füllig, aber gut gebaut!« David erwiderte seinen verschwörerischen Blick und zwinkerte. »Vor ein paar Wochen ist sie Mutter geworden. Offenbar wollten sie über die Feiertage daheim bleiben und gestern die Eltern besuchen. Und jetzt nimmt keiner den Hörer ab. Er ist beruflich viel unterwegs; vielleicht ist er irgendwo steckengeblieben. An der Grenze hat's seit Tagen geschneit. Aber der Sergeant will, daß ich zur Sicherheit mal nachschaue . . .«

»Wir dachten, daß wir Ihnen vielleicht zur Hand gehen«, erklärte David, und der Dorfpolizist war sichtlich erleichtert. Als echtes Stadtkind fühlte er sich zwischen den Kuhherden auf den Gehöften gar nicht wohl und fürchtete immer, sie könnten nach hinten austreten oder ihn auf die Hörner nehmen.

»Ich sehe gar keinen Rauch im Kamin«, sagte Helen verwundert. Eine Gänsehaut überlief sie, vor Kälte und wegen des fatalen, unangenehmen Vorgefühls.

Stimmt was nicht . . .

Sie ahnte nicht, wie oft dieser Eindruck schon andere alarmiert hatte. Nur eins wußte sie mit unerschütterlicher Gewißheit – daß hier etwas nicht in Ordnung war.

Stimmt was nicht. Auch David Harper spürte die Widernatürlichkeit der Situation – ohne zu wissen, warum. Instinktiv hatte er sich entschlossen, dem Streifenwagen nachzufahren, und für den Instinkt gab es keine rationale Erklärung. Und doch . . .

. . . *und doch* . . .

Es war kurz vor Neujahr. Hier oben mußte doch geheizt werden, folglich würde auch Rauch emporsteigen. Vor dem weißgetünchten Sims der Stallungen drüben türmte sich, windgeschützt, ein Stapel Holz. Bei diesem Wetter mußte es Rauch geben.

Stimmt was nicht.

David war kein Stadtkind. Er hatte seine Jugend auf dem Land verbracht, bei der Ernte geholfen, Wildtiere fotografiert. Und hier war etwas faul. Das war ihm jetzt klar, nicht nur als geheimnisvolle, bedrohliche Ahnung, sondern aus ganz vernünftigen, nachvollziehbaren Gründen.

Auf der Farm blieb alles still. Grabesstille.

Unten im Gehölz hustete ein Fasan – ein metallisches Schnarren in der Luft. Hoch über der Heide keifte ein Bussard, klagend und schrill; bizarres Duett zwischen Jäger und Beute. Bei den Tieren des Bauernhofs herrschte Stille. Abermals sträubten sich David die Haare auf dem Unterarm. Auch Jimmy Mulgrew fand es extrem ruhig hier, doch konnte er nichts Bemerkenswertes daran finden.

Kein Hundegebell, kein Schnaufen und Muhen der Kühe. Normalerweise schlägt der Wachhund bei jedem Fremdling an, der sich einer Farm nähert. Noch merkwürdiger war die Stille des Federviehs. Hühner können gar nicht stumm bleiben. Selbst der Hahn muß sein Territorium stimmlich verteidigen. Doch von dort ließ sich kein Laut vernehmen. Als Mulgrew das Tor scheppernd verriegelte, warf David einen Blick über die Hecke. Ein altmodischer, gemauerter Taubenschlag, der hier seit Jahrhunderten dem Sturm getrotzt hatte, ragte düster am Feldrand auf. Rund um den Bau verstreut und von weitem kaum auszumachen, lagen dunkle Leiber am Boden, sacht regte sich im Wind das Gefieder.

David beschirmte die Augen vor dem wäßrigen Wolkenglanz des Himmels, obwohl er sich denken konnte, um was es sich handelte. Ein ganzer Taubenschwarm lag tot im Gras. Der Wind ließ ihre schlaffen Flügel erzittern. David stieg ein Kloß in den Hals. Er wartete, bis Mulgrew wieder im Streifenwagen saß, dann fuhr auch er los.

»Hier stimmt was nicht«, murmelte Helen. »Frag mich bloß nicht, was!«

»Hast du den sechsten Sinn?« versetzte er scherzhaft, obwohl ihm gar nicht nach Scherzen zumute war. »Im Krimi würde es jetzt heißen: Ruhig ist es hier. Ein bißchen *zu* ruhig. Es ist gar nichts zu hören, und das kommt mir komisch vor.«

Sie bogen in den Hof zwischen Scheune und Stallungen ein und hielten auf dem kleinen Platz. Helen drehte sich um und deutete auf die offene Garage. Ein Range-Rover stand dort neben einem kleinen Volkswagen. Zwei Kraftfahrzeuge. Die Fahrertür am Kastenwagen stand sperrangelweit auf.

»Ob die noch einen Drittwagen haben?« Helen zweifelte. Beiden war klar, daß dieser Anblick nichts Gutes verhieß.

* * * * *

Er hörte sie kommen.

Erst war es nur eine schwache Vibration in der Luft, dann ein mählich anschwellendes Grollen. Er streckte seine Gedankenfühler aus, und Panik durchzuckte ihn, als sie etwas Vertrautes berührten.

Sie näherten sich jetzt zu dritt.

Er zwang sich, ruhig zu bleiben und lauschte. Nach den Mühen der Häutung war er allzu schläfrig gewesen. Er hatte gedrückt und gepreßt, sich ausgedehnt und zusammengezogen, bis der Spalt in seinem Rücken breiter wurde, und schließlich gelang es ihm, die trockene Hülle abzustreifen. Ein Windstoß hatte die zerknitterte und papierdünne Epidermis über die Felder geweht, sobald die Mutter aus der Tür trat. Sein durchsichtiges, fragiles Ebenbild hatte sich überschlagen und war in der Kälte geschrumpft, bis es sich in der dornigen Hecke verfing. Er hatte sich eine Zeitlang ausruhen müssen, aber jetzt war er glockenwach. Die Mutter stöhnte. Vom Tor her schepperte es; dasselbe Geräusch, das er schon einmal gehört hatte, als er sich die Mutter nahm.

Sein geistiger Würgegriff zwang die Mutter zu völliger Reglosigkeit. An ihrem Rippenkorb fühlte er, wie ihr Herzschlag schneller wurde und Flüssigkeit durch die Adern ihrer Brüste pumpte. Ihre Haut war faltig und abgeschürft an den Stellen, wo er sich voller Gier gesättigt hatte. Die Neue würde womöglich noch schneller verbraucht sein als die letzte.

Hier oben drang kein Licht ein, und vorübergehend war er sicher, aber bald würden sie kommen. Sie war unterwegs, und jener fremde, besondere Hunger lenkte ihn von seiner Wachsamkeit ab. Reifen rumpelten über das Pflaster und ließen das Gebäude erzittern. Der Verwesungsgestank der toten Hühner lag in der staubigen Luft. Er saß unbeweglich da, mit geschlossenen Augen, doch seine Sinne reichten weit.

*****

Helen nahm die Berührung wahr und erinnerte sich einer Empfindung, die sie schon einmal hatte. Ein paar verwirrende Sekunden lang wurde ihr schwarz vor Augen.

»Alles in Ordnung?« fragte David. Auch seine Nerven waren zum Zerreißen gespannt. Jimmy Mulgrew pfiff unbekümmert vor sich hin; wenn ihm die zwei Wagen in der Garage aufgefallen waren, ließ er sich nichts anmerken. Helen nickte stumm und biß sich auf die Zunge, um das Zähneklappern zu unterbinden. Ihre Haut fühlte sich an, als schrumpfte sie. Ein flaues Gefühl durchpulste ihre Brüste; die Nippel scheuerten am BH, genau wie neulich in der Herberge von Levenford.

David holte auf und ging neben ihr. »Merkwürdig. Nicht mal die Stare und Spatzen sind zu hören.«

»Stimmt«, nickte sie. »Es ist wirklich unnatürlich still.«

Beim Hühnerkoben ließ der Wind eine Handvoll heller Federn auffliegen, die irrlichternd zu Boden segelten. Vor dem Bauernhaus, neben der Verandatreppe, lag ein großer weißer Klumpen auf dem Pflaster. Erst sah es aus wie ein totes Schaf. Zu dritt traten sie näher und erstarrten, als sie die ineinander verkeilten Hunde sahen, in einem schwarzen Tümpel aus getrocknetem Blut. Sie hatten sich gegenseitig totgebissen, soviel war klar. Danach waren sie in bizarrer Umschlingung erstarrt.

»Was zum Henker –?« fragte Jimmy. Er stockte und warf Helen einen schuldbewußten Blick zu. Aber sie hatte gar nicht hingehört. Ihr Herz trommelte lauter, raste immer schneller. Sie begriff es selbst nicht, konnte es nicht in Worte fassen, aber am liebsten hätte sie den Wagen bestiegen und die Flucht ergriffen, weit weg vom Gehöft auf dem Hügel, und sich im Rückspiegel versichert, daß niemand ihr folgte.

Der fremde, glitschige Finger berührte die Oberfläche ihres Bewußtseins, und ein Schauer des Ekels überkam sie.

David war mit einem Satz beim Vordereingang, spähte in die Fenster und achtete auf jede Bewegung. Plötzlich kam er sich schutzlos und ausgeliefert vor. Jeder konnte ihn sehen, und er war nicht mal bewaffnet. Jimmy Mulgrew hatte wenigstens den Gummiknüppel bei sich. Er hing ihm noch immer in der Schlaufe am Gürtel, und auf einmal empfand David nur noch Haß und Verachtung für den Dorfpolizisten, der ein kompletter Idiot sein mußte.

Auf der Veranda übernahm David das Kommando und schob den Jüngeren beiseite, hinaus aus der Gefahrenzone. Alles Mögliche konnte durch die Tür kommen – ein Schuß oder ein Axthieb. Er hielt Abstand und berührte mit ausgestreckter Hand die Klinke. Sie ließ sich widerstandslos drücken. Die Tür schwang von selbst auf.

Von drinnen prallte ihnen ein vertrauter Geruch nach Blut entgegen, das schon erkaltet war. Das Herz klopfte David bis zum Hals. Hier vor der Tür standen sie regelrecht auf dem Präsentierteller. Adrenalin schoß ihm in die Blutbahn, und die Beinmuskeln spannten sich, während er sich auf alles gefaßt machte – Kampf oder Flucht. Er schluckte den Speichel hinunter, der sich am Gaumen bildete. Hinter sich hörte er Helens stockenden Atem. So empfindlich war inzwischen sein Gehör. Jimmy Mulgrew wollte grade etwas, und David fuhr ihm mit der Hand über den Mund.

Sehr langsam und fast geräuschlos, zu höchster Wachsamkeit gespannt, schlich er vorwärts und bedeutete ihnen, draußen zu bleiben. Wenn jetzt einer um die Ecke kam und die Knarre auf ihn richtete, konnte er sich noch immer fallen lassen. *Vielleicht*. Leise und rasch mußte er handeln, das waren seine einzigen Mittel in dieser Situation. Die Stimme der Vernunft riet ihm, so rasch wie möglich abzuhauen. Andererseits konnten hier Menschen in Lebensgefahr sein oder ermordet. Er trat in den Flur, fast betäubt durch den süßlichen Geruch des Todes. Am Ende des Korridors machte er kehrt und drückte sich mit dem Rücken an die Wand. Eine der Türen stand sperrangelweit offen.

David glitt über die Schwelle und sah den dunklen Fleck an der Wand. Er hielt den Atem an, doch sein eigener Herzschlag dröhnte ihm in den Ohren. Vorsichtig atmete er aus, richtete den Blick nach unten und sah in die leeren, zerfressenen Augenhöhlen von Jack Park.

* * * * *

Kate Park wurde wach, zitternd vor Kälte, die Haut fast blaugefroren. Die Zehen waren völlig taub geworden, und im Mund hatte sie rostigen Blutgeschmack. Hatte sie sich die Zunge abgebissen? Mühsam kletterte sie aus den Höllengrüften der Alpträume empor, die ihr fortwährend die Szene vorführten, wo der Körper ihres Mannes herumgeschleudert wurde. Sie sah ihn gegen die Wand prallen und den Spaten fallen lassen, der langsam zu Boden sackte, während Jack eine häßliche Pirouette drehte und die zerschmetterten Hände hob. *. . .Kate, ich – . . . Kate, ich – . . . Kate, ich – . . .* Gebetsmühlenartig echote seine Stimme den abgebrochenen Satz, der sich immer und immer wiederholte, als hätte eine Schallplatte in ihrem Kopf einen

Sprung und könne nicht abgestellt werden. Aus diesen schwärzesten Abgründen des Grauens war sie endlich erwacht und hörte seine Stimme noch immer, wenn auch überlagert von den ekelhaften Glucksern des Säuglings.

Ungeheuer.

Der innerste Kern ihres Selbst hatte es erkannt und schrie unhörbar auf wie einst Ginny Marsden. Es hatte sich über die Wiege hergemacht, das Kinderkörbchen. Es hatte auch dort gesaugt, und sie konnte nichts dagegen tun, weil das Baby, *des Teufels Baby*, sie gefangen hielt.

Es hatte sich an ihr sattgetrunken, an ihnen allen gefressen. Benebelt von Schock und geistiger Lähmung, hatte sie seine roten, glasigen Augen einmal blinzeln sehen, und schon wandte es sich ab und krabbelte durch das Zimmer, undeutlich und verschwommen, und es hatte auch noch den zuckenden Leichnam ausgesaugt, der einst Jack Park gewesen war, der Mann, der zu ihrer Rettung gekommen war, dem sie ein Kind geschenkt hatte. Es hatte geschlürft und gefressen und genuckelt, und dann war es wiedergekommen. Die geistige Fessel blieb straff und unnachgiebig. Drüben in der Ecke hatte Jacks Mund offengestanden. Seine Augen waren nur noch als Schatten zu sehen. Die dunklen Höhlen hatten sie vorwurfsvoll angestarrt, und sie wußte, daß sie für immer verdammt war.

Jetzt war sie hier im kalten, modrigen Kerker des Werkzeugschuppens, wo sie das Heu gestapelt hatten, bevor letztes Jahr die neue Scheune eingeweiht wurde. Es stank nach Mäusen, obwohl sie keine einzige pfeifen hörte. Es stank nach Vogelkot und fauligem Stroh und den ausgetrockneten Leichen längst krepierter Insekten. Sie war nur einmal aufgestanden, um das Wasser aus dem Trog vor dem Eingang zu trinken, die eisige Flüssigkeit aufzulecken, den Kopf unters Wasser zu halten. Das Baby war inzwischen viel schwerer geworden und hing klebrig fest, baumelte ihr von der Brust wie ein langer, dürrer Affe.

Im Laufe der Nacht hatte es sich verändert. Sie hörte es grunzen und keuchen, und eine Zeitlang zerfranste das seelische Band zwischen ihnen; um ein Haar wäre sie wieder sie selbst gewesen. Unvorbereitet stürzte sie aus seiner allesbeherrschenden Kontrolle in die rauhe Wirklichkeit zurück. Einen unerträglichen Moment lang stand ihr alles mit gräßlicher Klarheit vor Augen, jede Bewegung, jedes Geräusch. Das Heulen der Hunde und Pferde und Kühe, und ihr eigener Mann, der mit einem häßlichen Knall an der Wand zerplatzt war. Sie hörte wieder das glucksende Schlürfen aus der Wiege und erkannte, daß ihr jeder Sinn im Leben genommen war.

Im ehemaligen Heuschober war es stockfinster. Nur ein paar vereinzelte Mondstrahlen fielen durch die Löcher im Dach, wo die Ziegel fehlten; silberne Säulen in der staubgetränkten Luft. Das Ding hielt sich in der Nähe auf – *kein Baby, es ist ein abscheuliches Biest der Teufel* –, ein flinker Schatten, der über den Boden nahe bei der Dachschräge huschte, wo im Mondlicht Spinnweben glänzten. Kate ahnte nicht, daß sie nur Ginny Marsdens verzweifelten Protest wiederholte. Sie ahnte nicht, daß die ausgedörrte, skelettierte Leiche, die einst Ginny Marsden gewesen war, zwanzig Meter weiter steifgefroren in der Scheune lag und einer Horde Ratten zum Fraß diente – den einzigen Geschöpfen, denen seine Anwesenheit nichts ausmachte.

Das Biest stöhnte, obwohl der Laut nichts mit einem Stöhnen gemeinsam hatte und eher an ein flaches Gurgeln erinnerte. Etwas Vergleichbares hatte sie noch nie gehört. Jetzt wußte sie, daß es mit nichts auf Erden vergleichbar war. So etwas hatte auf dieser Welt keine Daseinsberechtigung.

Sie drehte sich um, und das Widerstreben ihrer schmerzenden Gliedmaßen war fast hörbar. Es duckte sich am Eingang und konzentrierte sich auf die Flucht. Seine geistigen Impulse verstärkten sich, flackerten unruhig auf der Oberfläche ihres Bewußtseins als schwache, ziellose Energiestöße. Sie hörte ein Reißen und Knittern, aber die Bewegungen wirkten ölig und schwarz wie Schatten auf Schatten.

Immerhin war sie frei. Ihr Leben war ein für allemal zerstört, doch Kate hegte nicht mehr den Wunsch, wegzulaufen. Was hatte sie schon zu gewinnen? Sie konnte an nichts anderes denken, als daß dieses Wesen vernichtet werden mußte. Sie wälzte sich über den rohen Bretterboden, dem Beil entgegen. Sie erreichte die wacklige Leiter und zögerte nicht. Ohne Hände und Füße zu gebrauchen, wie eine amputierte Krabbe, hangelte sie sich hinunter. Sie war fast schon unten angelangt, als sie vom Dachboden sein stummes, mentales Aufheulen hörte.

Am Fuß der Leiter drehte sie sich um. Es kam wie eine Spinne angewetzt, stieß noch immer diesen gellenden Ton aus und sandte ihr Befehlsimpulse. Von seinen Hinterbeinen hing ein zartes, durchsichtiges Etwas, das auf den ersten Blick wie eine verknitterte alte Plastikfolie wirkte. Sie torkelte an die Wand. Eine alte Heugabel, die schon seit Jacks Kindheit in Gebrauch war, lehnte an der weichen, verfaulten Holzwand. Unwillkürlich tastete sie danach. Das Biest näherte sich mit roten, böse funkelnden Augen. Sie umklammerte den Griff, hob die gekrümmten Spitzen. Es hüpfte beiseite, als sie all ihre Kraft in den Stoß legte und nur die nachflatternde Schleppe erwischte, die wie trockenes, krümelndes Laub von ihm abfiel.

Das gespenstische Wesen fuhr herum, und sein blasses Monstergesicht waberte. Für den Bruchteil einer Sekunde konnte es ihre Aufmerksamkeit ablenken. Die schwarze, undeutliche Gestalt glitt unter der Gabel hinweg und faßte nach ihrem Bademantel. Wieder stieß sie mit voller Wucht zu. Es brüllte ihr sein Kommando zu, und ein namenloser Schmerz explodierte in ihrem Kopf. Gleichzeitig war sie geblendet, und ihr ganzer Körper verkrampfte sich, als stünde sie unter Elektroschock. Die Spitze der Forke traf ihren Fuß, durchbohrte das Fleisch, die Knochen unterhalb der Zehen und die Pantoffelsohle und fuhr in den Holzboden des Schuppens.

Das kleine Monster hangelte sich an ihrem Mantel empor und knackte im selben Moment die Barriere ihrer Seele, als sie den brennenden Schmerz wahrnahm. Es tastete nach ihrem Willen; Kates Muskeln zogen sich zusammen, gerade genug, um die Forke aus dem Fuß zu ziehen. Sie fiel klappernd zu Boden, wo sich ihr Blut mit dem trockenen Auswurf des im Stall dahinsiechenden Viehs mischte. Eine Weile hielt es sie fest. Sie konnte kein Glied regen und zitterte am ganzen Leib unter seiner Klammer. Nach einer Weile wurde ihr befohlen, vor die Tür zu treten, sich über den Trog zu beugen und zu trinken, bis sich ihr Bauch unförmig blähte. Sie konnte sich nicht dagegen wehren.

Als sie die Tür geöffnet hatte, rollte die hauchdünne weiße Schleppe davon, weggeweht von einem Windstoß. Es erinnerte sie an ein Gespenst. Es kam ihr vor wie der schlimmste aller Alpträume.

Viel später, im Dunkel der Nacht, kauerte sie sich vor Kälte zusammen und wartete auf seinen nächsten Schritt. An ihren Brüsten wimmerte das Ding, das inzwischen angeschwollen und erheblich schwerer geworden war. Ihre Glieder schmerzten heftig und knirschten, jeder Herzschlag gab ihr ein ungutes, verrenktes Gefühl. Ihr Gaumen blutete, der Rücken tat weh, und ihre pochenden Schläfen raubten ihr in der Finsternis das Augenlicht.

Sie konnte nichts tun als vor sich hin starren und abwarten, während das Baby sie zur Neige leerte und nicht zuließ, daß sie starb. Es wurde Tag, und es wurde wieder Nacht. Alles, was sie zu sich nahm, war das Wasser vom Trog. Und es fraß unersättlich.

Als der Lärm kam, das Motorgeräusch näherkommender Fahrzeuge, hörte sie längst nichts mehr. Sie saß wie versteinert da, bis das Baby sie hochscheuchte und zum Aufstehen zwang.

— 25 —

»Wir sollten es uns wenigstens ansehen«, protestierte Helen, und David hatte zögernd zugestimmt, gegen besseres Wissen.

Beide nahmen die tödliche Drohung auf sublime und bewußte Weise wahr, und doch waren sie von dem Wunsch getrieben, die Sache zu Ende zu bringen, Ginny Marsden zu finden und das geheimnisvolle Baby. Der junge Dorfpolizist war leichenblaß geworden; ab und zu krampften sich seine Bauchmuskeln zusammen, und er bückte sich, um zu würgen. Gekotzt hatte er noch nicht. Auch Helen hatte den revoltierenden Ekel empfunden und hinuntergeschluckt. Die gräßlichen Wunden des Toten waren nicht das Schlimmste gewesen, obwohl sie verheerend aussahen. Sein Bauch war verrußt und noch dickflüssig, während der Fleck an der Wand längst schwarz und trocken war, aufgesaugt von der Tapete. Seine Innereien, von Fliegen übersät, klebten am Teppich und waren ebenfalls ausgedörrt. Auch die Leiche selbst war nicht der schrecklichste Anblick, trotz seiner erstarrten Grimasse und den über blutbefleckten Zähnen geschürzten Lippen. Auch nicht die leeren, blutigen Augenhöhlen, die blind zur Decke stierten.

Das Schlimmste war die wächserne kleine Leiche des Babys. David hatte Helen fernhalten, ihr den Anblick ersparen wollen, doch sie hatte sich vorgedrängelt – und jetzt wünschte sie, auf ihn gehört zu haben. Der andere Polizist hatte das Baby nicht gesehen, sonst wäre er jetzt vermutlich ein Fall für die Zwangsjacke. Sie bebte vor Angst und Wut; ihr Haß auf das Monster, das dies hier angerichtet hatte, war grenzenlos.

Nicht menschlich. Sie lauschte dem Echo der Worte in ihrem Inneren. *Monster*. Sie wollte sich diesen Gedanken aus dem Kopf schlagen, aber er kehrte unabweisbar zurück. Welche Frau wäre imstande, ein Baby zu stehlen? Welches Baby würde eine Mutter kidnappen? Und welcher Teufel konnte so etwas einem hilflosen Kind antun? Sie hatte sich von dem Körbchen abgewandt, wo eine Spur verkrustetes Blut in verlängertem Tropfen wie ein dünner Faden geschmolzener Schokolade herabhing. Der Mund des Babys stand offen, seine kleine Zunge, winzig und zart wie die eines Kaninchens, wölbte sich über den zahnlosen Gaumen. Schwarze Spritzer bezeichneten die Stelle, wo man die Augen vermuten mußte. Das kleine Kinn war nach links abgeknickt, und darunter gähnte ein Loch, das sie an irgendwas erinnerte. Erst als sie wieder draußen war, fiel es ihr ein. Einst hatte sie die Leiche eines alten Penners gesehen, der in einem leerstehenden Lagerhaus erfroren war. Er war lange nicht entdeckt worden, jedenfalls nicht von Menschen. Dafür waren die Ratten über ihn hergefallen, hatten seinen Brustkorb angenagt und fraßen ihn von innen her auf. Die Leiche lag gräßlich entstellt da und zuckte, wenn die Ratten gierig und fett aus dem künstlichen Eingang heraushuschten. Das Baby zuckte nicht und war nicht entstellt. Der Tunnel in seinem Nacken zeigte Abschürfungen und Druckstellen an zerfransten Blutgefäßen. Es sah aus, als habe jemand Haut und Fleisch mit spitzen Tentakeln durchbohrt. Die kleinen Ärmchen und Beinchen waren dünn und hohl, aller Lebenssaft war aus ihnen gewichen. Helen konnte nicht ahnen, daß später die Pathologen ihre Eindrücke bestätigen würden.

Draußen auf dem Hof, wo es wieder zu schneien begann und die Flocken im Wind über das ganze Anwesen trieben, hatte sie bei David Halt gesucht, während er Jimmy Mulgrews Funkgerät benutzte, um Hilfe anzufordern. Er faßte sich kurz. Sie drückte sich an ihn, weil sie die Wärme eines menschlichen Körpers jetzt mehr brauchte als alles andere. Er legte den Hörer auf die Gabel am Armaturenbrett des Polizeiautos. Dann kehrten sie zu ihrem eigenen Wagen zurück.

In diesem Augenblick spürte Helen wieder etwas. Später erkannte sie, daß es der instinktiv erkannten Bedrohung in Levenford glich, als sie die Serviererinnen im Café verlassen hatte: Schritte über ihr künftiges Grab. Und doch berührte etwas ihre Seele, und sie erstarrte.

»Was hast du?« wollte David wissen. Seine Miene war blaß und zerfurcht; anscheinend war auch er nicht gegen das gefeit, was sie im Gutshaus vorgefunden hatten.

»Ich weiß nicht«, erwiderte sie. »So 'ne komische Vorahnung.«

»Was denn für eine?«

»Wir sollten das Haus durchsuchen.«

»Am besten, wir warten, bis Verstärkung kommt«, versetzte Dave. »Eigentlich finde ich, wir sollten das Anwesen verlassen – nur für den Fall des Falles.«

»Es könnte noch was drin sein«, gab Helen zu bedenken. »Die Gewehre sind drinnen. Das, aus dem die Schüsse abgefeuert wurden, liegt am Boden. Wer immer dafür verantwortlich ist, hat einen Treffer gelandet und ist abgehauen.«

Wieder berührte sie der geistige Kontakt wie das Streicheln ein Feder an den Rändern ihres Bewußtsein, leicht klebrig, aber bedrohlich wie eine Wolkenwand, die sich vor dem Gewitter auftürmt. Sie spürte es, und vom Grunde ihres Herzens her antwortete sie. »Ich will mich ja nur ein bißchen umsehen«, beharrte sie, mit einem Mal ängstlich geworden – doch sie brauchte Luft, wollte sich bewegen. »Das kann wohl nicht schaden.«

Er musterte sie und erwog das Für und Wider. Eigentlich hat sie recht, dachte er schließlich. Der Mord war nicht heute früh geschehen oder gestern. Die Leichen lagen schon seit mehreren Tagen hier, und der Mörder war längst über alle Berge. Doch sein sechster Sinn, mit dem er Ron McBeans Bericht gelesen und mit seinen eigenen Erlebnissen verglichen hatte, drängte ihn, so rasch wie möglich hier zu verschwinden. Über die Jahrzehnte zog er sich hin, dieser Reigen aus Tod und Wahnsinn, Selbstmord und hilflosen, verlorenen Seelen, und alle waren miteinander verwandt und verknüpft. Ginny Marsden war mit diesem getarnten bösen Zwerg hier gewesen. Sie folgten seiner Spur und hatten ein Neugeborenes gefunden, mit klaffendem Loch im Genick, ohne einen Tropfen Blut in den Adern. Schon hob er die Hand und wollte Helen zurückrufen, aber sie war bereits in die Garage unterwegs. Hinter ihm gurgelte und rülpste Jimmy Mulgrew und erbrach schließlich sein reichhaltiges Frühstück über einem Haufen Kartoffelsäcke.

David zuckte die Achseln. Vermutlich tat sie genau das Richtige. Seine innere Stimme nörgelte und widersprach, aber er blieb taub. Schließlich waren sie die Polizei und mußten vernünftig bleiben, stur und zielbewußt vorgehen. Es handelte sich schließlich um einen Mordfall.

Helen drückte sich an die Mauer. Wieder diese Berührung im Hirn, sanft wie Nebel. Sie glaubte, das leise Pfeifen von Fledermäusen zu hören, das Rascheln von Insektenbeinen unter trokkenem Laub. Es lockte sie vorwärts, und sie wußte nicht mal, daß sie magisch angezogen wurde.

Geh zurück, riet ihr die Vernunft, jenes logische Segment ihres Bewußtseins, das mit Davids Polizistenhirn übereinstimmte, und drängte gebieterisch. Mach, daß du wegkommst, *sofort*, appellierte ihr unbewußter Instinkt, der die mächtige, fremde Gefahr im Zwielicht witterte. Doch ein noch tieferer Kitzel trieb sie vorwärts. Ihre Brustwarzen spürten ihn. Anfangs hatte sie nichts gemerkt, als sie über den Hof schlich und der Schnee ihre Schritte dämpfte. Dann verspürte sie einen Druck in den Brüsten und die Hitze, die sie rasch und heftig durchpulste. Auch in der Magengrube breitete sich dieses Fieber aus, glitt zwischen ihre Beinen und flammte zweimal auf, jäh und ruckartig. Sekundenlang verschwamm alles vor ihren Augen, und sie fürchtete schon, auf dem Glatteis auszurutschen. Sie tastete über die Wand, bekam den kühlen Stein zu fassen und hielt sich aufrecht. Dann war das Fieber plötzlich abgeklungen und ließ nur ein Jucken und eine seltsame Begierde zurück, die sie nicht zu deuten vermochte.

Hau ab! Noch kannst du fliehen!

Der Schrei traf sie mit voller Wucht wie ein Fausthieb, als sie das rostige Tor öffnete. Quietschend glitt es auf, und ehe sie sich's versah, war sie drinnen. Das fast unhörbare Fledermauspfeifen in den Ohren wurde lauter und zitterte in den Schädelknochen nach. Die Füllungen in den Zähnen summten und übertrugen ihre elektrische Spannung in den Kiefer. Hinter sich hörte sie das Scheunentor in den Angeln knirschen, aber es klang wie aus weiter Ferne. Sie war im Hier und Jetzt, mittendrin, und was in der Außenwelt vorging, schrumpfte zur Bedeutungslosigkeit.

Über sich in der Finsternis hörte sie etwas zischen. Die Luft war kühl und trocken, mit Staub und einem anderen, vertrauten Geruch durchsetzt. Sie schlich weiter, über den strohbedeckten Boden, geriet zwischen zwei freie, mit altem Zaumzeug und Pferdegeschirr behangene Boxen. Ganz langsam, diesmal fast lautlos, fiel das Tor ins Schloß. Doch es wurde nicht völlig dunkel.

Wieder der Geruch. Sie atmete ein und errötete unter der plötzlichen fliegenden Hitze. Sie fuhr herum. Diesmal empfand sie die geistige Berührung viel deutlicher, ganz nahe. Drängende Botschaften übertönten die widerstreitenden Stimmen von Leib und Seele in ihrem Innern, teilten sich ihrem Rückenmark mit, wanderten von einer Zellenwand zur nächsten, jagten in die Nervenbahn. Mit einem Mal waren die guten Vorsätze vergessen, und eine schwarze Woge des Hungers schlug über ihr zusammen.

Oben polterte etwas dumpf wie durch mehrere Lagen Leinwand hindurch, und noch immer hörte das Wispern nicht auf, lockte und zerrte an ihr. Schon war sie die ersten Stufen auf der Leiter emporgeklommen, als sich die unförmige Gestalt aus dem Schatten löste. Sie stürzte auf sie zu.

Das Singen in ihren Ohren steigerte sich zu einem schrillen, glasklaren Ton, der ihr die Schläfen durchbohrte, doch die unersättliche Gier überlagert alles andere, nagelte sie fest, trieb sie weiter. Es *wollte* sie. Sie mußte es an sich nehmen, schützen, *bemuttern*.

Die Gestalt kroch herunter, blaß im Zwielicht schimmernd, im flatternden Mantel und mit verkrüppeltem Fuß, der zäh und mühsam über die Sprossen humpelte. Sie erkannte das schwarze Dreieck des Haars und merkte, daß sie eine Frau vor sich hatte. Sie versuchte, den Kopf zu heben. In den Armen hielt die Frau ein Bündel umklammert.

Das Baby.

Sie wurde von unbeherrschten Empfindungen hin- und hergerissen. Die Fühler des Wesens glitten in ihre Seele, sie hörte das Baby weinen, sog den Geruch ein und war sekundenlang wie verzaubert. Sie schnellte vor, um es zu ergreifen. Es streckte sich ihr entgegen. Sie spürte seinen Hunger.

Ja doch. Ja. Komm zu mir. Elektrische Signale funkten zwischen ihnen. Dann wurde ihr schwarz vor Augen.

* * * * *

Er sah sie.

Im ersten Moment des Wiedererkennens raubte ihm der neue,

überwältigende Hunger die Besinnung, und er konnte sich nicht mehr auf seine Instinkte verlassen.

Der Blutgeruch hing noch immer in der Luft – das Blut seiner Mutter, kräftig angereichert und veredelt von seiner Essenz. Sie hatte ihn vorhin angegriffen, gerade als sich der Wandel vollzog, als er sich aus den zerknitterten Fetzen seiner alten Haut befreite, und fast wäre er unterlegen – es ging noch knapper aus als bei der letzten. Schäumend vor Wut hätte er ihr beinahe die Zähne in den Hals geschlagen und sie zur Neige getrunken – aber er brauchte sie noch immer. Statt dessen hatte er sie der Folter unterworfen, den Schmerz tief in ihren Kopf gedrückt und sie stillgestellt. Nach einer Weile lockerte er den Kopfschmerz und überdeckte ihn mit einer anderen Empfindung, mit dem Wunsch, ihn zu lieben. Sie hatte ihn im Dunkeln gestillt, und er trank sich satt. Gierig griff er zu und fraß weiter, selbst als ihre Kräfte merklich versiegten. Doch schon kündigte sich ein neuer Wechsel an, ließ ihm das Blut in den Adern sieden und die Muskeln erzittern. Er überkam ihn so jäh, folgte dem letzten so rasch auf dem Fuß, daß ihn das Tempo verwirrte. Nun brauchte er erst recht frische Nahrung. Das Wachstum vollzog sich in viel schnelleren Schüben, schenkte ihm neue Sinne, neue Begierden, und die Wandlungen überstürzten sich und griffen ineinander, während er trank und trank. Er konnte es so wenig aufhalten, wie er seinen Nahrungstrieb beherrschte. Er war seinen Trieben vollkommen hörig. Bewußte Gedanken kannte er nicht, obwohl hinter den schweren Lidern, die seine Augen vor eindringendem Tageslicht schützten, eine fremde, unwirkliche Intelligenz lauerte.

Er fraß und döste, hielt die Mutter fest im Griff, bis ihn sein stets wachsames Alarmsystem, sein Sensorium für nahende Gefahren weckte. Unwillkürlich streckte er die Fühler aus und berührte die beiden Verfolger, erkannte sie an ihrer Wärme wie ein Hund, der den Feind am Geruch wahrnimmt. Brutal weckte er die Mutter. Sie hustete heftig, in ihrer Lunge hatte sich Flüssigkeit abgesetzt. Er ließ sie bewegungslos dasitzen, und beide hörten das vibrierende Gesumm einfahrender Wagen. Er wollte noch abwarten, obwohl es ihn zur Flucht trieb.

Sein neuer Hunger trübte seine Instinkte und ließ ihn verharren.

Nach einer Weile drangen Geräusche von draußen herein. Menschen redeten miteinander. Für ihn war es nur verständnisloses Grunzen und Gackern, doch ihre Stimme erkannte er wieder. Seine Gedankenfühler tasteten sich vorsichtig heran, über die Barriere ihrer Gedanken.

Sie spürte seine Anwesenheit und wich zurück. Ihre zarte, köstliche Hitze verbreitete sich in seinem Innern, und das neue Ding zwischen seinen Beinen richtete sich auf, drängte zum Zustoßen.

Aber er wartete. Die Mutter atmete regelmäßig, mit bebenden Lippen, geschlossenen Lidern. Wahnbilder geisterten ihr durch die Seele. Draußen, jenseits der Mauern, lief die Gefahr auf zwei Beinen. Mucksmäuschenstill blieb er sitzen, alle Sinne auf die Klänge und Vibrationen und Körperwärme dieser Gestalten gerichtet, die sich bewegten. Hier im Dunkeln, umgeben von altem Stroh und in den Armen der Mutter, war er vorerst geborgen.

Im Freien verstummten die Geräusche für eine Zeitlang, und alles wurde still bis auf das Stöhnen des Windes, doch plötzlich erscholl ein tiefer, unartikulierter Schrei. Wieder entstand Lärm, Scheppern von Metall. Seine Nerven zuckten. Etwas ging vor da draußen. Die wachsende Bedrohung drückte ihm aufs Herz. Er schloß die Augen und konzentrierte sich, als die Tür unten aufgestemmt wurde.

Die Mutter schreckte hoch, aus ihrem Dämmerzustand gerissen. »Wa –?« stieß sie hervor. Blitzschnell kommandierte er, und ihr Mund klappte zu. Die Tür rasselte in den Angeln. Eine Gestalt schlich herein, die er durch die Ritzen des alten Heubodens im Schuppen mehr erriet als sah. Vorsichtig fühlte er nach ihr und berührte die andere Frau. Ungeahnte Empfindungen versprühten ihr Feuerwerk in seinem Inneren. Die Mutter wich zurück und stieß mit der Schulter gegen den Eichenpfosten. Dumpf dröhnte der Schlag.

Ein Reflex ließ ihn den nächsten Schritt tun. Er schob die

Mutter an. Sie riß die Augen auf und den Mund. Dann erhob sie sich und kroch dorthin, wo die Leiter in die Tiefe führte.

* * * * *

Als Kate Park zu sich kam, war sie bereits auf der Leiter. Ihr Körper war ein einziger Schmerz, der Fuß nur noch ein blutiger Klumpen. Als die Zinken der Heugabel hineinstießen, waren die Knochen an den Zehen durchbohrt worden und auseinandergebrochen. Jetzt waren die Wundmale oben und unten ausgefranst und schwarz angelaufen. Eiter troff von den Rändern, die sich am Rattenkot entzündet hatten. Ihre Ellbogen und Schenkel wurden zu feinem Staub zermahlen, wenn sie sich bewegte. Die Brüste hingen schlaff an ihr herunter und fühlten sich an wie von Klauen zerfetzt. Trotzdem gelang es ihr, sich an der Leiter vom ehemaligen Heuboden herunterzuhangeln. Ihr wurde schwarz vor Augen, als würde ihr der Strom abgestellt, aber dann fand sie das Augenlicht wieder – und mit ihm ihr eigenes Selbst.

Sie war wieder bei Verstand; es hatte seinen unnachgiebigen Griff von ihr genommen. Sie stolperte die Leiter hinunter, fast aufrecht, obwohl die Qual so groß war, daß sie alles durchflutete. Und diese Flut trug sie davon, trug sie auch hinunter.

Ein blasses Gesicht erwartete sie am Fuß der Leiter.

Sie sah die Frau und, wie in Zeitlupe, daß sie die Augen aufriß. Schlank war sie und dunkelhaarig, und sie griff nach dem Baby, als hinge ihr Leben davon ab.

In dieser Sekunde der Erkenntnis wurde Kate Park zur Märtyrerin.

Einen winzigen Augenblick lang waren alle drei ineinander verstrickt. Der Hunger der fremden Frau, ihr Urtrieb, das Baby zu schützen, fiel zwischen sie wie ein Fehdehandschuh. Das Biest hatte sie angelockt, verlangte in blinder, tierischer Wut nach ihr, und sie streckte verhext und hypnotisiert die Hand nach ihm aus.

Das bleiche Gesicht ihrer Tochter in der Wiege tauchte vor

ihr auf und brachte Kate Park beinahe um den Verstand. Sie sah die letzten Zuckungen ihres Mannes, dessen Blut sich in hohem Schwall über den Boden ergoß. Und sie sah das Ding, das ihr die letzten Lebenskräfte aussaugte, selbst jetzt noch. »Nein«, würgte sie heraus, obwohl der Laut kaum zu hören war. Als sie die Not der jungen Frau wahrnahm, wußte sie, daß es auch sie versklaven, Leib und Seele an die Kette seines Geistes legen würde – und reagierte blitzschnell.

Helen Lamont hatte die Hand nach dem Bündel ausgestreckt, das zwischen Kate Parks Brüsten hing, überwältigt von Mutterliebe und der seltsamen, heißen Sehnsucht in der Magengrube, die auf ganz anderes zielte. Kate Park schlug sie zu Boden und zögerte keine Sekunde. Sie holte mit der Rechten aus und rammte ihr die Faust ins Gesicht. Es klang wie das Klatschen von Leder auf rauhem Holz. Helen taumelte zurück, stieß mit dem Kopf gegen einen Stützbalken und sank in die Knie.

Das Biest heulte auf vor Wut.

Der Rückstoß ließ Kate durch den Schuppen taumeln, an den Boxen vorbei und zur Hintertür. Das Ding in ihrem Armen kreischte wie verrückt, tastete mit seinen Seelenfühlern blind nach der anderen Frau. Aber für wenige entscheidene Sekunden war Kate Park wieder ganz bei Sinnen, und in diesem Moment, der ihr endlos erschien, hinderte sie das Ungeheuer daran, eine weitere Frau zu überwältigen.

Sie stieß die Tür auf, die gegen die Wand knallte, und lief in den Schnee hinaus. Die plötzliche Kälte ließ das Ding zusammenfahren. Sein Geist dröhnte vor Wut und enttäuschter Gier. Sie rannte weiter, der Hecke entgegen. Die losen Schuhe klapperten auf dem gefrorenen Boden, der Mantel flatterte im Wind. Sie nutzte seine Verwirrung und Frustration aus, um sich so weit wie möglich vom Bauernhof zu entfernen – wohl wissend, daß sie selbst verloren war, aber in die Hölle fahren würde, wenn sie blieb und ihm eine andere Frau zum Fraß überließ.

Unten am Feldrand, hinter dem alten Weidezaun, wo der Wald begann, brachte er sie zum Stehen. Sein grausames Kommando beendete ihren verzweifelten Wettlauf mit der Zeit, aber da waren sie schon viel zu weit. Es umschlang ihren Geist und preßte mit aller Macht, und die unerträgliche Pein bohrte sich in Kate Parks Hirn. Ihr letzter Gedanke, bevor sie die Kontrolle über sich verlor, war der Triumph darüber, sich zur Wehr gesetzt und bis zu einem gewissen Grad auch gesiegt zu haben.

* * * * *

Helen Lamont fiel um wie ein nasser Sack. Verrückte Weihnachtssterne glommen auf und tanzten in der Finsternis. Noch immer gellte ihr der Schrei im Ohr, und der Geruch klebte in allen Poren, aber dann brach alles in Scherben. Sie wälzte sich keuchend am Boden, stützte sich auf ein Knie, fiel wieder um und brach in Tränen aus vor Wut und Enttäuschung, vor Schmerz und Erleichterung.

Fast hätte sie es gesehen. Doch als es verschwand, wurde ihr klar, daß sie um ein Haar sein nächstes Opfer geworden wäre. Beim Gedanken, wie nahe sie daran gewesen war, erfaßte sie namenloses Grauen. Alles verschwamm ihr vor Augen. Sie wußte nur noch, wie sie sich vom Wagen entfernt hatte. Sonst erinnerte sie sich an nichts – außer an die Sirenenklänge im Kopf und die verlockende Gier. Sie hatte sich umgedreht, und jemand war . . .

Sie durchforstete ihr Gedächtnis, wollte nicht sehen, was es bewahrt hatte, schauderte davor zurück, würgte die hemmungslosen Schluchzer hinunter. Dann rollte sie auf die Seite, kauerte hin und versuchte sich aufzurappeln.

Das Bild schwankte in ihrer Erinnerung, kristallisierte sich nur langsam. Etwas war über sie gekommen, groß und weiß. Eine Frau? Gewiß. Und in ihren Armen hielt sie etwas, das sich Helen zuwandte, nach ihrer Liebe verlangte. Doch als sie es berühren wollte, merkte sie, welche Abartigkeit hinter dem drängenden Wunsch lauerte.

Monster.

Beinahe wäre sie dran gewesen. Fast hätte es sie unterjocht. Sie konnte gar nicht anders. Der falsche, ekelhafte Drang schwand rasch dahin, und übrig blieb nur Angst. Es war ein fremdes, widernatürliches Wesen. Es hatte in ihre Seele gefaßt, und vorübergehend war sie nicht mehr sie selbst, nur noch ein Objekt, dirigiert von den schleimigen mentalen Fühlern eines Wesens, das es auf dieser Welt nicht geben durfte.

Schmarotzer, dachte sie, und ihr Atem ging schneller. Es war ein Parasit, der sich von ihr ernähren wollte.

Die Frau hatte sie geschlagen, zu Boden geworfen. War es Ginny Marsden gewesen? Hatte sie Helen unfreiwillig das Leben gerettet? Oder gar aus freien Stücken gehandelt?

Das Tor ging auf, und David kam herein. Mit einem Satz war er bei ihr, musterte sie und hievte sie auf die Füße. »Was ist passiert? Hast du ihn gesehen?«

Helen hustete, und Schleim trat ihr aus den Nasenlöchern. Sie wischte ihn achtlos beiseite und deutete zur Hintertür. »Dort«, keuchte sie. »Sie ist geflohen.«

»Sie? War es Marsden?«

»Ich weiß nicht. Sie hat mich geschlagen.«

»Hatte sie das Baby bei sich?« wollte David wissen. Helen brachte zunächst kein Wort heraus. Ein warmer Blutstropfen sickerte ihr aus der Schürfwunde an der Stirn herab. David war schon bei der Hintertür und stieß sie auf. Hier, im Windschatten, war der Boden noch nicht mit Flocken bedeckt. Im Abstand mehrerer Meter hinter der Scheune lag kein Schnee. David spähte umher, aber nichts regte sich. Auf dem hartgefrorenen Erdboden waren keine Spuren zu erkennen. Schließlich kehrte er zu Helen zurück.

»Bist du sicher, daß du was gesehen hast?« fragte er.

»Doch. Ich hab's nicht nur gesehen, ich kriegte auch eins über den Schädel. Menschenskind, es war eine Frau, die ein Bündel trug. Ich glaube, es war das Baby. Es hätte mich beinahe erwischt, verdammt noch mal!«

»Wie meinst du das?«

»Es – es hat in mich hineingefunkt und wollte, daß ich seine Mutter werde.« Sie wandte sich zu David um und sah ihn groß an. »Mir war zumute wie einer Aussätzigen, David. Es kam mir vor, als hätte es nur auf mich gewartet. Und ich konnte nichts dagegen tun!« Sie barg das Gesicht an seinem Mantelaufschlag, bis der erneute, heftige Weinkrampf vorüber war. Eigentlich hätte er längst draußen nach der Flüchtigen suchen müssen. Und doch konnte er nicht anders – er blieb bei ihr und drückte sie fest.

* * * * *

Kate Park schaffte es bis zum Fuß des Hügels, in spastischen Verrenkungen humpelnd, wobei sich ihr ganzer Körper gegen den zunehmenden Verfall aufbäumte. Die Augen waren geweitet und blinzelten nicht mehr, trotz des Schnees, der ihr ins Gesicht peitschte. Getrieben von der Kraft seines Willens, suchte sie nach einem Versteck. Sie erreichte den Weidezaun und hielt sich am Waldrand, der Schutz vor dem eisigen Wind bot. Vor ihr erhob sich das Hochland, und sie arbeitete sich empor, jeder Atemzug ein Fegefeuer brennender Qual, aber sie durfte nicht erlahmen oder gar stehenbleiben. Ihre Seele gehörte nicht mehr ihr.

Sie stolperte weiter, bis das fahle Himmelslicht verblaßte und sich düstere Schwaden über ihr zusammenballten. Auf dem Kamm des Hügels erhob sich eine schwarze Wolke von den Feldern, die erst vorige Woche gepflügt worden waren – ein wütend keifender Krähenschwarm, den ihr plötzliches Auftauchen beunruhigte. Es waren vierzig oder mehr, mit riesigen, glänzenden Fittichen. Sie kreisten unschlüssig, zogen in Richtung Wäldchen ab und kehrten zu ihr zurück. Schließlich erreichte sie eine Ecke, wo eine Furt in den Waldweg überleitete. Er führte zur anderen Seite von Barloan Harbour, wo die große geschwungene Brücke den Fluß überquert. Als sie vorsichtig in die Furt trat, setzten die Krähen mit aufgesperrten Schnäbeln zum Sturzflug an. Sie fielen über sie her, schlugen mit den Flügeln, hackten nach ihrem Kopf. Das Baby an ihrer Brust zischte und spuckte, spürte ihre Reaktion auf seine Fremdartigkeit, konnte aber wegen des Tageslichts den Kopf nicht drehen und die Augen öffnen.

Wäre Kate ihrer Sinne mächtig gewesen, hätte sie gewußt, daß die Krähen sie nur einschüchtern wollten, vor sich hertreiben, wie sie auch ein Wiesel oder eine Eule vertreiben würden, wenn sich im Tageslicht, auf offenem Feld, eins der Tiere blikken ließ. Sie spürten den Räuber, den Parasiten und verscheuchten ihn instinktiv. Sie stolperte durch die Furt, sank in den Matsch ein und verknackste sich den Knöchel. Aber ein Stehenbleiben gab es nicht mehr. Die Krähen folgten ihr auf kurzem Abstand bis ins Unterholz, dann zogen sie mit ohrenbetäubendem Kreischen ab. Sie trottete weiter, bis sie an die stillgelegte Bahnstrecke kam, und schleppte die aufgezwungene Last mit sich.

* * * * *

Es war alles sein Fehler gewesen. David hätte es wissen müssen. Die Sirenen heulten wie nächtliche Gespenster, und das eisige Blaulicht blitzte mit elektrischen Funken übers Land. Jimmy Mulgrew schlotterte, und das nicht nur vor Kälte. Er rollte die Augen, bis fast nur noch das Weiße zu erkennen war, und mußte sich immer wieder Halt suchen, um nicht umzukippen. Er hatte sich schon so oft und heftig übergeben, daß er fürchtete, der nächste Anfall von Übelkeit könne ihm das Innerste nach außen stülpen.

David saß neben Helen und hielt ihr die Hand. Auch sie zitterte wie Espenlaub, was sich selbst auf ihn übertrug. Ihre Augen waren weit und gerötet und starrten blicklos in die Ferne, als wäre sie erblindet. Zwei rote Kratzer führten vom Ohrläppchen zum Kinn, und die rechte Gesichtshälfte war erschreckend geschwollen. Es erinnerte David an Greta Simons närrisches Schielen, und er schrak zusammen bei diesem Vergleich.

Helen war nicht schwer verletzt, jedenfalls nicht körperlich. Aber der Blick und ihre Miene sprachen Bände. Sie schien mitten in einem Alptraum befangen, aus dem kein Entrinnen mehr war.

Er hätte sie abhalten sollen.

Ihr wäre nichts passiert, wenn sie das Gelände so rasch wie

möglich verlassen und auf das Einsatzkommando gewartet hätten. Und doch waren beide wie zwanghaft geblieben, hatten sich sogar noch umsehen wollen. Mein Gott, dachte er, sie hatten Kopf und Kragen riskiert, alle drei. Er legte ihr den Arm um die Schulter und zog sie an sich. David und Helen saßen auf einem umgedrehten Trog, draußen im Schneetreiben, das vor einigen Minuten eingesetzt hatte und schon die meisten starren, windzerzausten Taubenleichen mit einer silbrigen Schicht überzog.

Aber was genau war hier geschehen? Noch könne er sich kein Bild machen, redete er sich ein, aber seine Phantasie war nur allzu rege und malte ihm alles aus. Neben ihm erschauerte Helen und keuchte schwer, als wäre sie lange gerannt und müsse noch weit.

Unten an der Landstraße wurde das Tor geöffnet und donnerte mit hellem Scheppern ins Schloß. Dann setzte sich die Kolonne der Streifenwagen in Bewegung. Als sie im Hof bremsten, knirschten ihre Reifen im Kies, den in kurzer Frist der Schnee bedecken würde. Ein breitschultriger Sergeant mit grauem Stoppelhaar und abstehenden Ohren, der mit seiner Körpergröße alle anderen überragte, stieg aus, gefolgt von vier Männern in Uniform und zwei Ambulanzleuten in grüner Medizinerkluft. Aus einem Wagen kletterten zwei Kollegen in Zivil; einen von ihnen erkannte David als den Chefinspektor von Revierbereich West, der jetzt auf ihn zukam.

»Na, da ist ja der junge David!« rief er. Entweder kannte er ihn vom Sehen oder einfach vom Hörensagen. »Was in Gottes Namen ist hier los?«

»Zwei Tote«, informierte David knapp. »Da drin.« Er deutete auf das Gutshaus. »Dazu noch ein Haufen toter Tiere.«

»Irgendwelche Gewalteinwirkung?« erkundigte sich der Inspektor. Sein Name war, wie sich David jetzt erinnerte, Bert Millar.

David nickte. Helen zuckte zusammen. »Tod durch Gewehrschuß, wenigstens bei einem. Was mit dem Baby passiert ist – keine Ahnung.« Helen drückte sich fester an ihn, als sie es hörte.

»Grundgütiger. Ein Baby?« Der Detective wandte sich an einen der Männer. »Funken Sie dem Revier, daß wir alles für die Autopsie brauchen, wenn's nicht schon unterwegs ist. Und Hunde!« Er schwang wieder zu David herum. »Ist es heute passiert?«

Diesmal schüttelte David den Kopf. »Vor wenigen Tagen, nehme ich an. Das Blut ist getrocknet und verkrustet, die Verwesung noch nicht eingetreten.«

Der ältere Kollege musterte Helen. »Wohnt die Dame im Haus?«

»Nein, sie ist mit mir gekommen. Distriktkommissarin Lamont, vom Waterside-Revier. City Division.« Es war wie ein Geheimcode. Kurze, abgehackte Sätze; die Maschinengewehrsprache der Profis.

»Was ist mit ihr?«

»Auf dem Eis ausgeglitten, Sir«, meldete sich Helen zu Wort. Sie war sehr still geblieben bislang. »Mit dem Kopf an die Mauer gestoßen.« David sagte nichts. Was er gesehen hatte, war wenig mehr als ein Schatten, eine flüchtige Bewegung an der Hekke drüben, die ins Gehölz führte. Erst hatte er die Verfolgung aufnehmen wollen, aber Helen war dermaßen am Boden zerstört, vergrub das Gesicht in den Händen und litt offensichtlich große Schmerzen. Sie hatte es gesehen, aber sie war nicht bereit, einer Menschenseele davon zu erzählen. Noch nicht.

»Könnte sein, daß jemand im Schuppen drüben war«, stellte er fest. »Ganz sicher bin ich nicht.« Es war seine Pflicht, wenigstens diese Angabe zu machen. Der Ältere nickte und winkte einen der Uniformierten heran, als er auf die Schwelle des Tors trat.

»Das muß ich mir ansehen«, brummte Bert Millar. Der dicke Sergeant kam herüber und ging voraus, den Kragen gegen den Wind hochgeschlagen. »David wird uns herumführen. Im Haus liegt ein Mann, der erschossen wurde.«

»Ist es Jack Park?« wollte Millar wissen, aber David wußte keine Antwort, und der junge Dorfpolizist war nicht imstande, Auskunft zu geben. Seit er sich übergeben hatte, war kein Wort mehr über seine Lippen gekommen, und nun sah er aus, als habe er das Sprechen verlernt.

Zusammen gingen sie auf den Vorplatz, während der Schnee ein dichtes Leichentuch über die Landschaft legte und dem Tag eine gespenstische, zeitlupenhafte Atmosphäre verlieh. Das Blaulicht ließ die Flocken aufblitzen wie Glitzerschnee auf Weihnachtskarten, der sich friedlich auf Dächer und Kamine und die Mauern der nahegelegenen Scheune legte. Aber sie wußten, daß sich Teuflisches hier abgespielt hatte. Er zögerte, wieder ins Haus zu gehen. Sie kamen am Tor des Schuppens vorbei, der früher als Heuschober gedient hatte. Es schwang noch immer quietschend in den Angeln. Helen krümmte sich, als sie es hörte.

— 26 —

Mit den Sirenen heulte der Wind im Duett und ließ die Drähte singen, die sich an der Landstraße zu Jack Parks Anwesen von einem Strommast zum anderen spannten, fuhr in die Ritzen der Scheune, rüttelte an den Ziegeln des alten Bauernhauses, stieß die eisige Gischt vor sich her und kehrte sie zu kleinen Schneeverwehungen auf dem Dachfirst zusammen. Auch die Hunde auf der Ladefläche der Mannschaftswagen stimmten ein, die sich anfauchten und nacheinander schnappten.

»Nutzlose Bestien.« Der Chefinspektor räusperte sich, sog an der dünnen Zigarre und stieß den Rauch durch die Nase, um den Leichengestank wegzuräuchern. Trotz des tiefsten Winters begann allmählich die Zersetzung dessen, was von Jack Park noch an der Wand klebte. Eine Ladung mit seinen in Plastik gewickelten Überresten war bereits ins Labor unterwegs; die zuckenden Blaulichter entschwanden hinter den Hügeln. Im Gehöft waren die Männer der Spurensicherung damit beschäftigt, Entfernungen zu messen, Staub aufzukehren und Proben zu nehmen.

»Und wer zum Teufel soll das da drin sein?« wollte der Chefinspektor wissen und wies mit dem Daumen auf die Scheune.

»Das Mädchen, nach dem wir gesucht haben«, antwortete David und seufzte. »Wenigstens dem Augenschein nach. Der Mantel paßt zur Beschreibung, dazu der Schuh und der Ring am Finger.«

Ansonsten paßte gar nichts. Der dürre Leichnam lag über den festgeschnürten Heuballen gespreizt, und hätte Helen Lamont sie gefunden, hätte sie den gräßlich verkrümmten Oberleib wiedererkannt. Sergeant Holleran, der die Leiche entdeckte, setzte minutenlang fluchend und Gummiknüppel schwingend den Ratten nach, die aus ihrem Nest in der Bauchhöhle in alle Richtungen flüchteten. Aber er erwischte keine einzige.

Mit der Taschenlampe leuchtete der stämmige, strubbelhaarige Polizist umher und sah ein Gesicht, mit weit offenem Grinsemund und von Blut überkrustet. Im Kiefer klaffte eine Lükke, wo mehrere Zähne ausgefallen waren, und er glaubte zuerst, ein uraltes Skelett vor sich zu haben. Dann beugte er sich vor und sah die verschrumpelten, trockenen Augen. Was er für Knochen gehalten hatte, war in Wirklichkeit pergamentene Haut, die sich straff über den abgezehrten Totenschädel spannte. Ringsum lag das verfilzte, strähnige Haar des Mädchens gebreitet. Aus der goldenen Mähne war ein schmuddeliges Grau geworden. Nach seiner verzweifelten und sinnlosen Jagd auf die Nager hatte er sich die Leiche gründlich angeschaut. Die Frau trug Mantel, zerfetzten Rock und Bluse, letztere so weit hochgerutscht und aufgeknöpft, daß sie die bleiche, runzlige Brust nicht bedeckte. Er glaubte, eine alte Landstreicherin zu sehen, die hier untergekrochen und krepiert war.

Er kletterte die Heuballen hinunter und trat an die Tür, wo er einem seiner Leute befahl, den Boß zu holen. Wenig später untersuchte David die Leiche und hatte zunächst denselben Eindruck wie der Sergeant mit den abstehenden Ohren. Sie sah aus wie ein alte Hexe.

Doch sie trug denselben Mantel wie Ginny Marsden. Einer der Schuhe fehlte, und die Zehen am nackten Fuß waren von hungrigen Ratten angeknabbert. Der andere war ein modischer Winterstiefel mit goldener Zierschließe – dasselbe Schuhwerk hatte das vermißte Mädchen an, als sie ins Einkaufscenter schlenderte. Er erinnerte sich an das, was die Zeugen erzählt hatten – demnach war sie um Jahre gealtert. In den zehn Tagen, seit John Barclays Kamera ihren fröhlichen Einkaufsbummel verewigt hatte, war ein Hutzelweib aus ihr geworden. Und jetzt war sie tot.

»Sie kommt also nicht aus dieser Gegend?«

David schüttelte den Kopf und konnte den Blick nicht abwenden. Eine Gänsehaut überlief ihn, aber nicht der Kälte wegen. Welche Macht der Welt war imstande, in so kurzer Zeit eine solche Verwandlung zu bewirken? Hardingwells Schilderung der Antikörperchen und der langen Proteinketten fiel ihm ein, die sich im Blut der toten Frau gebildet hatten. War das ihr Werk gewesen? Litt sie doch an einer furchtbaren Seuche, mit der sie das Mädchen angesteckt hatte?

War das Baby der Überträger?

Wieder mußte David den Kopf schütteln. Er hatte Helens Gesicht in der Scheune gesehen. Das Blut war aus ihr gewichen, und sie bebte wie unter Schock. Sie hatte das Baby gesehen, und das allein hätte ihr beinahe den Verstand geraubt.

Wonach sollten sie jetzt Ausschau halten? Fragen über Fragen. Aber sie mußten rasch eine Antwort finden, sonst . . .

Helen trat näher und nahm einen Schluck Kaffee aus dem Plastikbecher. Der Einsatzleiter winkte sie beiseite, ans andere Ende der Scheune. »Na schön. Jetzt will ich wissen, was in drei Teufels Namen hier vorgefallen ist. Und wieso Kollegen von auswärts in meinem Revier herumschnüffeln – und prompt ausgerechnet in diesem Schlachthaus aufkreuzen!«

David erklärte es ihm in aller Ruhe. Er ließ eine Menge aus, hielt sich an die nackten Tatsachen und verzichtete auf die geschichtlichen Hintergründe. Sie waren hinter einem Mädchen her, das vermißt wurde und möglicherweise ein Baby gekidnappt hatte. Die Spur führte nach Barloan Harbour, zur Pension der alten Mrs. Cosgrove. Von dort waren sie auf Verdacht dem Dorfpolizisten auf den Hügel gefolgt.

»Soso, auf Verdacht.« Bert Millar nickte und ließ grimmige Blicke von einem zum anderen schweifen. »Aber das ist nicht die ganze Wahrheit«, knurrte er. »Ich will ja nicht drängeln, aber ihr habt hier in ein Wespennest gestochen. Ich habe drei Leichen, zwei von ihnen verstümmelt, dazu einen Stall voller Tierkadaver einschließlich zweier Terrier, die sich anscheinend zu Tode gepaart haben. Wer immer hier gewesen ist über die Feiertage – der Weihnachtsmann war's jedenfalls nicht.« Er schwieg und grinste ohne jede Spur von Humor. »Ihr mögt ja glauben, daß mir der Kalk aus den Ohren rieselt, aber ich war schon hinter Mördern her, als ihr noch in die Windeln geschissen habt! Leuten, die mich verkohlen wollen, seh ich's an der Nasenspitze an. Und jetzt raus mit der Sprache! Ich will alles wissen, von Anfang bis Ende! Aus dem, was Sie mir da aufgetischt haben, werd ich ums Verrecken nicht schlau. Sie wissen das, und ich weiß es.«

»Es ist nicht ganz einfach –«, begann David, aber Helen kam ihm zuvor.

»Wir können's Ihnen erzählen«, erwiderte sie leise. »Aber Sie werden's nicht glauben.«

»Tja, Mädchen – lassen wir's doch drauf ankommen!«

Zwanzig Minuten und zwei Runden Kaffee aus der Thermoskanne im Mannschaftswagen später beendete David seinen Bericht. Dem ihm vorgesetzten Beamten hatte er das Geschehen seit dem ersten Tag rekapituliert – vom Tod der Frau, die anfangs für Thelma Quigley gehalten wurde, über die Entdekkung des Videomitschnitts von Ginny Marsden, der inzwischen Helens Ermittlungen galten, bis hin zu den merkwürdigen Erkenntnissen bei der Autopsie und der unerklärlichen Serie paralleler Fälle.

Am Schluß trank der Chefinspektor seinen Kaffee aus und hob den Kopf. »Und Sie glauben das alles? Soll wohl ein Mutant sein, das Baby?«

»Eine rationale Erklärung läßt sich dafür nicht finden«, gab David zu bedenken. »Wir sind ihr seit zehn Tagen auf den Fersen. Heather McDougall hatte ein Baby, und niemand wußte, woher es kam. Ginny Marsden hat es ihr weggenommen, und nun ist sie tot. Aber richtig gesehen hat es noch niemand.«

»Und es gibt auch nur eins?«

»Wer weiß? Es könnten mehrere sein«, räumte David ein, der sich noch immer vorsichtig ausdrückte. Was immer er von der Sache hielt – er war sicher, daß es wieder auftauchen würde. »Wenn es nur das eine gibt, dann ist es eine Art Mutant und könnte verdammt gefährlich werden.«

»Ich glaube, daß es so ist, Chef«, warf Helen dazwischen. »Aber um es herauszukriegen, müssen wir's erst mal finden. Trotzdem wüßte ich keine andere Erklärung. Sie war hier, und jetzt ist das Baby weg – was immer es in Wirklichkeit ist.« Sie vermied es, die Begegnung im Werkzeugschuppen zu erwähnen, aber nur, weil sich ihr Verstand noch immer weigerte, daran zu rühren. Wann immer ihr die Erinnerung den Weg in diese Richtung wies, überkam sie das Grauen und drohte, sie völlig lahmzulegen und in ein weinendes, ängstliches Kind zu verwandeln.

»Es war mit Sicherheit bei ihr«, stimmte David zu. Er wußte, daß Helen eine andere Frau mit einem Baby, diesem *Ding* in den Armen gesehen hatte, aber er spürte genau, daß sie noch nicht willens war, ihr Wissen einem Dritten mitzuteilen. »Und vorhin glaubte ich selbst, etwas zu hören – drüben im Werkzeugschuppen. Aber als ich das Tor öffnete, war da nichts . . .« – er merkte, daß Helen neben ihm bei dieser Notlüge aufatmete – ». . . aber ich war mir ganz sicher. Da bewegte sich auch etwas hinten am Feldrand. Ich konnte nichts erkennen, denn es schneite wie verrückt, wollte aber nicht auf eigene Faust die Verfolgung aufnehmen.«

»Und wer soll das gewesen sein?«

»Möglich, daß es eine andere Frau war, vielleicht sogar die Bäuerin. Von dem Baby haben wir ja auch keine Spur gefunden, auch nicht von Mrs. Park.«

Bert Millar überlegte stirnrunzelnd. Sein kantiges Gesicht beugte sich herunter, und die finsteren Brauen zogen sich buschig zusammen, bis von den Augen nicht mehr zu sehen war.

Man sah ihm die vielen kalten Winter an, in denen er eine Menge Kriminalfälle gelöst hatte. »Und Phil Cutcheon, sagen Sie, sei mit Ihnen einer Meinung?«

»Er hat mir die Papiere seines ehemaligen Kollegen überlassen.« David nickte bejahend. »Und er glaubt auch, daß hier etwas nicht stimmt. Ich weiß, daß etwas nicht stimmt – was, kann ich zwar auch nicht sagen, aber ich glaube, wir sind nahe dran.«

»Ich habe für Phil gearbeitet«, erklärte der Chefinspektor schließlich. »Er war ein gewiefter Spürhund. Und ist es noch, wie ich annehmen möchte. Jedenfalls gibt er sich nicht mit Hirngespinsten ab. Trotzdem ist mir nicht wohl bei der Sache. Ich glaub nicht an Mutanten und Außerirdische und verschwende meine Zeit nicht vor der Mattscheibe, wenn Horrorfilme laufen. – Eins will ich klarstellen, schon damit ihr wißt, was ich ins Protokoll schreibe: Nach meiner Auffassung fahnden Sie nach einem Baby, das gekidnappt wurde. Und hier hat ein Verrückter den Vater und sein Kind umgebracht. Außerdem habe ich die Leiche Ihrer Ausreißerin. Ich gehe davon aus, daß dieses Baby, von dem Sie reden, wieder gekidnappt wurde, denn wir finden's nicht, ebensowenig wie den, der das Blutbad hier angerichtet hat. Bis wir Näheres wissen, werden wir übrigens kontrollieren, ob hier was ausgelaufen ist und das Grundwasser vergiftet hat. Das Vieh könnte mit irgendwelchen Chemikalien in Berührung gekommen sein, was die Frühgeburten und die Verhaltensstörungen erklären würde. So die offizielle Version – und in dieser Richtung werde ich ermitteln.«

Er senkte die Stimme. »Aber wenn ihr beiden Spinner an eurem Schauermärchen weiterstricken wollt, soll's mir recht sein. Ihr sucht nach eurem vermißten Kind und könnt mir gleichzeitig bei der Mordsache helfen, denn beide Fälle hängen augenscheinlich zusammen. Ich rede mit Donal Bulloch, damit er euch für die Dauer der Ermittlungen freistellt. Er wird bestimmt nichts dagegen haben. Aber laßt euch gesagt sein, dieses Gespräch hat nie stattgefunden, kapiert? Von sechzigjährigen Babys will ich nichts gehört haben, geschweige denn von irgendwelchen Monstern und Außerirdischen. Alles klar?« Er erhob sich. »Falls Sie hinter dem Werkzeugschuppen was gehört haben – in welcher Richtung soll das gewesen sein?«

»Unten, bei den Bäumen«, erwiderte David. »Warum?«

»Genau dort sind unsere Hunde durchgedreht. Die Treiber konnten sie nicht über die Hecke bringen. Sie jaulten, als hätten sie Schiß.« Wieder runzelte er die Brauen und verbarg seinen Blick vor ihnen. »Ich glaube, ihr zwei solltet überlegen, wohin das Baby unterwegs ist und mit wem. Daß von der Bäuerin noch jede Spur fehlt, stimmt. Manche Umweltgifte greifen das Hirn an. Falls sie ihr eigenes Kind umgebracht und mit einem fremden davongelaufen ist, würde es für meine These sprechen. Und mir wär's offen gestanden lieber, wenn ich recht behalte.«

Er wandte sich Helen zu. »Glauben Sie wirklich, daß sie's war? Oder hat sie der Mörder als Geisel genommen? Ich wüßte es für mein Leben gern, und bei Gott, allmählich glaube ich, daß ihr beide mir helfen könnt, es rauszukriegen!«

* * * * *

Von fern hörte er die Hunde. Er kannte ihr überschnappendes Gebell seit langer Zeit, so lange schon, daß sich die Erinnerung im Nebel verlor. Aber die Tiere waren zu weit weg und stellten keine Bedrohung dar. Der Schnee fiel jetzt dichter, und er hielt sich unter dem Bademantel der Mutter verborgen, an ihre tanzenden Brüste gepreßt, lauschte ihrem stotternden Herzschlag. Sie taumelte und würde nicht mehr lange durchhalten. Aber er zog sie gnadenlos vorwärts. Sie hatten die Bahnlinie erreicht, die einst das Korn zur Littlebank-Destillerie und weiter nach Bowling Harbour transportiert hatte. Der Schienenstrang wurde seit Jahren nicht mehr benutzt, obwohl er ihn vor langer Zeit bereist hatte, bei einer anderen Mutter im Arm. Doch ihm war es unmöglich, sie wiederzuerkennen oder an jene Mutter zu denken. Auch das lag weit, sehr weit zurück, und ihr Geruch und Geschmack vermischten sich mit dem aller anderen.

Die meisten Schwellen waren abmontiert worden. Der festgetretene Kies war längst überwuchert und bildete einen Pfad, den im Sommer kleine Jungs bei ihren Fahrradtouren als Abkürzung benutzten. Jetzt war es hier menschenleer, und der Schnee dämpfte jedes Geräusch. Seit einer halben Stunde arbeiteten sie sich durch Brombeersträucher und Heckenrosen. Ihr Fuß war nur noch eine blutige, zerkratzte Masse, und der verrenkte Knöchel gab beim Auftreten nach. Aber für sie gab es kein Stehenbleiben. Es mußte zu anderen Leuten, ein anderes Obdach finden, bevor sie verbraucht war und umkippte.

Die alte zerlumpte Hülle, unter der seine neue Haut glatt und glänzend, mit wachsender Muskelkraft hervorsprang, hatte er kaum abgestreift, als sich auch schon der Beginn eines neuen Wechsels ankündigte. Alles ging so rasch, daß ihm kaum Zeit zum Handeln blieb. Jetzt mußte er weiter, immer weiter, weg von den heulenden Bestien und jenen, die ihn verfolgten.

Noch immer hallte der Schock nach, den er bei der Frau ausgelöst hatte, die plötzliche Ahnung, als er sie berührte. Er hatte gespürt, daß sie reif, daß sie die *Richtige* war, und der neue Hunger hatte ihn überwältigt. Seine Drüsen waren prall gefüllt, und jener neue Körperteil schwoll fiebrig an. Die Hitze des Kontakts ließ all seine Muskeln erwartungsvoll vibrieren.

Und dann hatte er sie verfehlt.

Er war so nahe dran gewesen, daß er sie auf der Stelle nehmen konnte. Mit einem einzigen geistigen Impuls hätte er sie einfangen und diese hier fallenlassen können, doch so unglaublich es schien, er war gescheitert. Wieder flammte die Wut auf, aber er drängte sie sofort zurück. Sie würde wiederkommen, und dann war er bereit.

Inzwischen war die Distanz viel zu groß, als daß er sie gespürt hätte. Aber sie war ihm seit Tagen gefolgt. In dieses und in jenes Nest, von einem Unterschlupf zum andern. Sie war hinter ihm her, und er ahnte, wie wichtig sie für ihn war.

Allmählich wurde es sehr dunkel. Noch hielt er die Augen geschlossen, doch er spürte es an den abgestumpften Reaktionen der Mutter. Sie durchquerte ein Ginstergebüsch, das ihr den Weg versperrte, schlug mit dem Knie an eine knorrige Baumwurzel und ignorierte diesen, gemessen am Übermaß ihrer

Qualen, belanglosen Schmerz. Vor ihnen, oberhalb der Eisenbrücke, die den Kanal überspannte, im Zwielicht der Dämmerung kaum zu erkennen, lag der alte Bahnhof. Ein entrückter, längst verstummer Teil in Kate Parks Seele erkannte ihn wieder. Hier hatte sie als Kind gespielt, war mit ihren Brüdern auf Bäume geklettert, hatte im Fluß geangelt, der neben der Bahnstrecke einherlief und im Barloan-Kanal mündete. Aber das war eine Ewigkeit her.

Dazwischen lag die kurze, erloschene Lebensfrist ihres toten Babys. Dazwischen lag auch Jacks Leben, der zuckend auf dem Wohnzimmerboden verendet war. Und jetzt kroch sie auf dem Schienenstrang mit diesem Monster im Arm, das ihr befohlen hatte, ihren Mann zu töten, während es selbst über das Baby herfiel. Während ein kleiner, hilfloser Teil ihres Selbst wußte, was sie tat, war die Kontrolle so mächtig, daß sie die Bestie an sich drückte und über die zarte Haut eines Säuglings strich. Der Antrieb war so gewaltig, daß sie weiterlief, obwohl ihr Fleisch und ihre Knochen faulten, während er ihre letzten Lebenssäfte trank und für sich selbst aufbrauchte.

Schließlich kam sie zur verfallenen Schalterhalle, die aufs Haar dem noch immer benutzten Wartesaal im Dorfbahnhof glich, wo Ginny Marsden beim Kohlenfeuer gesessen und sich vor dem nächsten Schritt ausgeruht hatte. Doch hier war es klamm und feucht; hohe Bäume hielten zwar den Wind einigermaßen ab, doch der Schnee häufte sich zwischen den Stämmen und verbarrikadierte die Fenster nach Westen hin. Als sie den Bahnsteig erreichte flatterten Schwärme von Elstern auf und verschwanden unter wütendem Protestgeschrei in der Dämmerung. Draußen auf den Gleisen setzte sich ein Hermelin auf die Hinterbeine und schnüffelte angestrengt, witterte den noch hungrigeren Räuber. Hastig und geräuschlos machte es kehrt und verschwand in einem Astloch zwischen den Wurzeln eines mächtigen Buchsbaums.

Die Schalterhalle war verschlossen, aber der Riegel war schon lange aus dem verfaulten Holz gefallen, und Kate gelang es, die Tür aufzustemmen. Drinnen stank es nach Pisse und erkalteter Asche. Eine alte Matratze, aus der rostige Spiralfedern baumelten, lag in der Nähe einer erloschenen Feuerstelle ausgebreitet. Dort roch es nach Schlimmerem, aber Kate achtete nicht darauf. Sie quetschte sich hinein, wo sie vor dem Schneesturm geschützt war. Dem Fahrkartenschalter gegenüber befand sich hinter einem breiten Durchgang ein zweiter, kleinerer Raum mit einer Bank und intakten Fensterscheiben. Kate schlurfte dorthin und hockte sich auf den Sitz, die Augen in der zunehmenden Finsternis weit aufgerissen. Sie preßte das Wesen an sich, und es stülpte die Lippen über sie, stillte abermals seine Gier, quetschte sie allmählich aus, und mit jedem Saugen nahm er sich mehr, ohne daß sie's verhindern konnte.

Nach einer Weile schloß es die Augen, und sie gab sich dem unaufhörlich wogenden Schmerz hin, hielt sich daran fest, denn er war das einzige, was noch ihr gehörte.

Während es allmählich Nacht wurde, saß sie still da. Der eine Fuß war von der Entzündung verkrüppelt, der andere seitlich verdreht, wo der Knöchel ausgerenkt war. Der Fettgürtel, der einst ihre rundliche Figur umgeben hatte, war ganz verschwunden, ausgedünnt vom gierigen Stoffwechsel des Schmarotzers. Sie war hager und eckig geworden, die Wangenknochen stachen immer mehr hervor, wie schon bei Ginny Marsden. In drei Tagen hatte er ihr nicht nur das Kind und den Mann genommen, sondern einen Gutteil ihrer eigenen Substanz.

Und noch immer konnte sie nichts dagegen tun. Es hielt sie kraft seiner Gedanken fest und trank sich satt.

Wie durch ein Wunder überstand sie die Nacht, während ihr verschüttetes Ich den Tod ihrer Liebsten in endloser Schleife immer neu durchlebte.

Am andern Morgen, bei Sonnenaufgang, wurde sie aus dem schlaflosen Dämmerzustand gerissen und lauschte dem nahenden Hundegebell. Es war auch wach geworden und argwöhnisch, es hörte die Hunde und wußte, daß von ihnen Gefahr drohte. Es streckte die Fühler aus und befahl ihr, aufzustehen.

Schwankend kam Kate Park auf die Beine.

* * * * *

Die Autopsie von Jack Park und seiner Tochter wurde gleichzeitig mit der Untersuchung der Frauenleiche aus der Scheune durchgeführt. Professor Hartley von der St.-Enochs-Klinik kam eigens angereist, und wenig später traf auch Simpson Hardingwell ein. Zur selben Zeit wurde das Stadtgebiet von Barloan Harbour hermetisch abgeriegelt, und Bert Millars Beamte durchsuchten methodisch Haus für Haus.

Kaum eine Stunde, nachdem Ginny Marsden aus der Scheune getragen worden war, die totenstarren Gliedmaßen anklagend ausgestreckt, führte Hartley den vorläufigen Nachweis ihrer Identität. Die zum Vergeich notwendigen zahntechnischen Befunde waren schon zur Hand. Helen Lamont hatte sie am dritten Tag ihrer Vermißtensuche besorgt – nur für die Eventualität, daß sie irgendwann gebraucht wurden. Den Eltern des Mädchens hatte sie nichts davon gesagt, um sie nicht noch mehr aufzuregen. Jetzt stand ihnen das Schlimmste noch bevor. John Marsden mußte sich der grauenhaften Pflicht unterziehen, die versehrte Leiche seiner Tochter zu identifizieren.

Wären die Röntgenaufnahmen der oberen Backenzähne nicht gewesen, hätte selbst dieser erste Nachweis nicht gelingen können. Nach Hartleys Untersuchung fehlten dem Mädchen seit ein paar Tagen acht Zähne. Die Zahnfleischtaschen waren zerfasert und mit Eiter gefüllt. In seinen Bericht schrieb er, daß sie den Eindruck einer extrem abgemagerten Frau mittleren Alters erweckte. Von der klaffenden Wunde in der Bauchhöhle abgesehen, wo die Ratten sich bis zur Leber durchgenagt hatten, war ein akuter Kalk- und Collagenmangel im Knochengerüst festzustellen. Die Haut war verrunzelt, das Haar schütter geworden und zum Großteil ergraut. Er erinnerte sich an die Frau, die im Einkaufscenter gestorben war, und zog Vergleiche mit ihrem pathologischen Befund.

In den Aufzeichnungen heißt es ferner:

Die Entzündung in den Gliedern, bedingt durch Abschürfungen und Erosion der Oberflächenstruktur durch rapiden Knochenschwund, muß permanente Schmerzen ausgelöst haben.

Daß diese Frau fähig war, sich – zumindest über längere Distanz – ohne Gehhilfe fortzubewegen, erscheint unwahrscheinlich. Ähnliche Verfallserscheinungen sind in Knöcheln und Gelenken der Hände und Füße zu beobachten; sie dehnten sich anscheinend auch auf Schädel und Becken aus, wo eine markante Verdünnung der Skelettstruktur zu erkennen ist.

Hartley vermerkte auch die Bißwunden, die den gesamten Oberkörper bedeckten, und die Narben rings um Brüste und Brustwarzen und auf den Brüsten selbst. Es gab Hinweise auf Milchfluß, obwohl die Drüsen erschlafft und entleert waren. Ginny Marsdens Blut fehlten Eisen, Magnesium, Zink und eine Reihe von Vitaminen. Der Anteil weißer Blutkörperchen war drastisch erhöht, während die roten weit unter Durchschnittswert lagen. Sie zeigte ernste Symptome von Anämie. Der Herzmuskel war ausgedünnt, die Aorta wurde schon porös und ließ Blut in den Brustkorb sickern. Die Schleimhäute in Rachen und Kehlkopf waren vollkommen ausgetrocknet. Reste des Auswurfs hatten sich im Heu der Scheune gefunden. Simpson Hardingwell, der Bakteriologe, bestätigte das Vorkommen großer polypeptider Moleküle und ungewöhnliche Zellverbindungen, die sich später als nicht zu identifizierende Ketten genetischer DNA-Zellen herausstellten. Hartley schloß seinen Bericht mit der mutmaßlichen Todesursache. Danach war Ginny Marsden am Blutverlust gestorben sowie am Sauerstoffmangel, möglicherweise ausgelöst durch eine unbekannte Virusinfektion.

Simpson Hardingwell nahm Proben des Zellmaterials für spätere Studien. Zwar fror er sie in flüssigem Nitrogen ein, doch zerfielen die Gewebeklumpen und entleerten ihre genetischen Zuckerketten in eine Mischung von Aminosäuren, sobald die Proben aufgetaut wurden. Spätere Versuche, die Zellen zu identifizieren, erwiesen sich als zwecklos.

Die Autopsie der Leiche von Jack Park erwies sich als weniger dramatisch. Er starb an Schock und schweren Blutungen infolge zweier Schußverletzungen. Die erste Kugel hatte Hände und Unterarm getroffen, die zweite drang seitlich ein, wo sie eine Niere, einen Teil seiner Leber und die halbe Lunge lädierte.

Das Baby, die kleine Lucy Park, erst ein paar Wochen alt, starb ebenfalls am Blutverlust. Doch hier war die Ursache nicht so leicht festzustellen. Der Pathologe fand einen kleinen, nahezu kreisförmigen Riß im Genick, wo das Fleisch weggeschnitten war. Die Muster der Schürfwunden und Striemen auf Haut und Muskeln ließen nicht auf einen Tierbiß schließen. Es hatte keinerlei Ähnlichkeit mit irgendeiner Verletzung, die der junge Pathologe je gesehen hatte, der im Saal neben Hartley arbeitete. Er fragte sich, ob es ein landwirtschaftliches Werkzeug gab, mit dem ein solches Loch gebohrt werden konnte. Bei Tests mit den wenigen Zentilitern Blut, die der winzigen Leiche noch geblieben waren, ließ sich ein Antigelierstoff nachweisen, dessen chemische Zusammensetzung den Medikamenten ähnelte, die gegen Blutgerinnsel verabreicht werden. Der Laborant konnte keine Aussage darüber machen, wie der Stoff in den Kreislauf gelangt war, wenn nicht durch den Biß selbst. Ebensowenig war er imstande, sich vorzustellen, welche Kreatur in dieser Weise zubeißen und zugleich das Verdünnungsmittel übertragen würde.

Während die Autopsie im Keller des Lochend-Hospitals durchgeführt wurde, hatte Bert Millar die Einsatzwagen im Zentrum von Barloan Habour postiert und ließ die Einwohner durch Streifenpolizisten befragen. Jack und Helen wurden mit Donal Bullochs Zustimmung seinem Stab zugeordnet. Mit Hilfe der Spürhunde hatte man abermals die Farm durchstöbert, aber die Tiere waren unfähig, in gewohnter Weise zu reagieren. Sie wirkten verstört und eingeschüchtert, und offenbar ließ sich keines dazu bewegen, in die Wälder am Abhang zu laufen.

Die beiden Suchteams durchkämmten allein den dichten Waldgürtel bis zum Einbruch der Dunkelheit, doch auf der Strekke zwischen der Middle-Loan-Farm und der Eisenbahnstrecke wurde nichts gefunden. Der Chefinspektor ließ das Gebiet umstellen und sorgte dafür, daß jeder, der die Stadt Richtung Osten oder Westen verließ, über Straße und Schiene, aufgegriffen wurde. Die Straßenblockade wurde erst am folgenden Nachmittag aufgehoben.

Der Erfolg war gleich null, von einem Wilddieb namens Snib McPhee abgesehen, der von zwei Polizisten gestellt wurde, als er sich kurz vor Sonnenaufgang neben dem Kanal durch den Wald entfernen wollte. Der unglückliche Snib rannte aus Leibeskräften über den Pfad und hatte offenbar nicht mit dem Begrüßungskomitee gerechnet. Das war seiner Miene deutlich abzulesen, als sich ihm eine Hand auf die Schulter legte. Das Gesicht im Lichtkegel des Scheinwerfers war vom Grauen verzerrt. Er tastete nach seiner Brust, und wäre es hellichter Tag gewesen, hätte man gesehen, daß er blau angelaufen war, weil ihm die Luft wegblieb. Der Sack mit den drei Fasanhühnern, alle in der Wintermast, plumpste zu Boden. Beinahe wäre auch Snib zusammengebrochen. »Heilige Maria Mutter –«, japste er und rang nach Atem. »Ich krieg 'n verdammten Herzanfall!«

Der bullige Polizist hörte den Protest gar nicht. Er wußte nur, daß ein wahnsinniger Killer frei herumlief, und er wollte kein Risiko eingehen, Infarkt oder nicht. Er holte aus und trat Snib mit solcher Wucht in die Eier, daß der magere Kerl in die Luft ging, kopfüber nach hinten fiel und mit den Händen zwischen den Beinen zu Boden ging.

Der Polizist packte ihm beim Kragen, riß ihm die Arme hoch und legte Handschellen an. »Sieh in seinem Beutel nach«, brüllte er seinem Kollegen zu und wagte kaum, den Blick von dem keuchenden Schwerenöter abzuwenden. »Wenn da Leichenteile drin sind, legen wir den Kopf des Bastards gleich dazu!«

Die Fasanen purzelten heraus, mit grotesk verdrehten Hälsen.

Es dauerte mehr als eine Stunde, bis Snib McPhee endlich jemanden fand, der ihm zuhörte. Zu diesem Zeitpunkt waren seine Hoden so angeschwollen, das er fürchtete, sie könnten platzen. Sergeant Holleran wollte ihn hinter Schloß und Riegel bringen; als Dorfpolizist war er der festen Überzeugung, daß Wildern in den Augen der Gesetzeshüter gleich hinter Verrat von Staatsgeheimnissen rangieren sollte. Er und Jack Park hatten im Sommer in den Bächen des Hügellands gefischt. Er war nächtelang auf Posten gewesen, um die McPhee-Jungs zu stellen, die im Umkreis von 50 Kilometern alle Jagdeigentümer drangsalierten.

Eine wertvolle Stunde verstrich, bevor irgendwer zur Kenntnis nahm, was der kleine Wilddieb aussagen wollte.

* * * * *

Snib war hinter den Fasanen auf dem Wester-Farrow-Grundstück her gewesen, wo sich jeden Herbst und Winter Jagdgesellschaften versammelten, um die besten Wald- und Rebhühner des Hochlands zu schießen. Das Gebiet war ringsum eingezäunt und gut überwacht, aber wer rasch und beherzt war, konnte eindringen, ein paar Fasanen erlegen, die im Dickicht nisteten und sich davonmachen, bevor es jemand merkte. Ein leichtes Spiel. Die Fasanen flogen nachts nicht, und mit einer Drahtschlinge können sie lautlos erdrosselt werden, während sie schliefen. Die Vögel brachten gutes Geld, das Snib an manchem Wochenende versaufen würde.

Das Gebell der Hunde hatte er in der Ferne gehört, ein paar Kilometer westlich von Middle Loan, aber das störte ihn wenig. Vermutlich war Jack Park hinter den Füchsen her oder hatte sogar den Jagdherrn von Wester Farrow eingeladen, den Spaß mit ihm zu teilen. Snib jagte lieber nach allem, was eßbar oder verkäuflich war.

Herein und hinaus. Er war rasch vorgegangen und lautlos. Noch ein Blitz aus der Halogenlampe, dann war ein weiterer Vogel fällig. Vier reichten für eine Nacht. Er schlüpfte durch das Nadelgehölz, lief zum Waldrand und am Drahtzaun entlang, bis er zum Loch kam, das er und sein Bruder schon Wochen zuvor geschnitten hatten. Da hindurch und in den Buchenwald. Von hier waren es höchstens zwei, drei Kilometer nach Hause. Unten im Tal lief er über die stillgelegte Bahnstrecke. Der Schnee, der zwischen die Baumkronen gefallen war, dämpfte seine Schritte. Der Wind heulte und schüttelte das kahle Geäst hoch droben, aber auf dem Gleis war er einigermaßen geschützt. Die Fasanen in seinem Sack wärmten ihm den Rücken.

Er erreichte die Station und barg eine brennende Zigarette in der Hand, als er die Böschung erklomm, die auf den Bahnsteig führte. Hier war er dem Sturm ausgesetzt, und er umrundete die Schalterhalle, wo er eine Weile im Windschatten ausruhen wollte, den Rauch einsog und sich auf einen kräftigen Schluck Whisky freute, wenn er nach Hause kam. Schließlich drückte er die Zigarette aus, schulterte seinen Jutesack und setzte seinen Weg fort. Er führte am Fenster vorbei, dessen Rahmen im Wind klapperte. Es lag schon hinter ihm, als er das Geräusch hörte.

Er erstarrte zur Salzsäule, das Bein schon in der Luft ausgestreckt – wie sonst, wenn er fürchtete, den Förster zu hören. Schon ein falscher Schritt im Wald konnte einen Zweig knakken lassen und auffallen. Snib blieb stehen, aber zugleich spürte er, wie ihm die Haare zu Berge standen und ihn eine Gänsehaut überlief.

Es war nur ein Stöhnen, kaum hörbar im Geheul des Sturms in den Zweigen, aber es hatte Snib kalt erwischt. Ganz langsam setzte er den Fuß auf den schneebedeckten Asphalt des Bahnsteigs, ohne unnötigen Lärm. Sein Herz klopfte schneller, was er sich nicht erklären konnte, und eine innere Stimme riet ihm, so rasch wie möglich das Weite zu suchen. Snib war ein Mensch, dem das Dunkel der Nacht vertraut war. Vielleicht war er deshalb empfindlicher für Gefahren. Was immer es war, das Gefühl einer Bedrohung ließ ihn frösteln.

Dennoch rannte er nicht weg, als das leise Wimmern erneut ertönte, sondern kehrte sogar die zwei Schritte zum Fenster zurück. Er beugte sich vor das staubige Glas. Drinnen war alles stockfinster. Flüchtig sah er nur sein eigenes Spiegelbild, das ihm angstvoll entgegenstarrte. Die Furcht vor der lauernden Gefahr wurde dadurch nur größer.

Ein drittes Mal hörte er den Laut, ein wenig lauter als zuvor, und nun konnte er der Versuchung nicht länger widerstehen, einen Blick nach drinnen zu werfen. Er zog die Mini-Stablampe hervor und drehte sie, bis der Lichtstrahl aufglänzte, den er ins Fenster hielt. Was erwartete er zu sehen? Einen Fuchs vielleicht, der am Biß einer Fußangel verblutete, oder gar ein Rehkitz, das sich hier herein verirrt hatte? Er schwenkte den dünnen Strahl hin und her, folgte seinem blassen Oval an der gegenüberliegenden Wand wie ein blasser Mond vor stumpfgrauem Himmel. Er ließ ihn nach unten gleiten.

Wieder dieser Laut, ein geisterhaftes, tiefes Stöhnen, und jetzt überlief ihn der kalte Schweiß einer unguten Vorahnung. Auf einem formlosen Haufen blieb das Licht zitternd hängen.

Das Gesicht der Frau starrte ihn an. Die Glühlampe spiegelte sich in blutunterlaufenen Augen, die rosa aufleuchteten und wie blind wirkten. Der Mund stand offen, das Kinn hing schlaff und debil auf dem Brustkorb. Für einen Augenblick glaubte Snib, sie sei tot, bis sie sich bewegte und einen gedämpften Seufzer ausstieß. Trotz seiner Angst wollte Snib ihr schon etwas zurufen, denn ob Wilddieb oder nicht, er war kein Unmensch und würde niemanden, ob Tier oder Mensch, verletzt im Wald liegen lassen.

Dann sah er, wie sich etwas unter ihrem Kinn bewegte. Er senkte den Lichtstrahl und erkannte das Lumpenbündel, das sie an sich gepreßt hielt. Das wird ein Baby sein, dachte Snib und atmete auf. Bloß ein Baby. Er fragte sich, was die Frau mit einem Baby mitten im Winter zu so früher Stunde in der stillgelegten Bahnstation zu suchen hatte. Sie wurde das Licht erst gewahr, als er die Lampe wieder hob, und in diesem Augenblick traf ihn ein Blick, in dem die schiere Todesgewißheit zu lesen war. Plötzlich wurde ihm wieder bang, er leuchtete das Baby an, das sich aus dem enggewickelten Schal befreien wollte. Das Tuch fiel herab.

Eine runzlige Stirn legte sich in Falten. Ein schweres Lid hob sich. Ein riesiges, flaches und rotes Auge starrte zu ihm herüber, und durch das Glas hindurch empfand Snib den gräßlichen Schock einer verhängnisvollen Begegnung. Sein Herz tat einen Sprung. Er zuckte zusammen und schaltete die Stablampe aus. Die Fensterscheibe wurde wieder schwarz.

Keuchend trat Snib einen Schritt zurück. Sein Fuß glitt im Schnee aus, und er fiel aufs Knie. Mit einem Ruck stand er wieder aufrecht. Im Innern der Schalterhalle plumpste etwas dumpf zu Boden, dann kratzte etwas über die Wand. Er fand sein Gleichgewicht wieder und zwang sich, noch einmal ins Fenster zu spähen.

Ein Alptraum klebte auf der anderen Seite der Scheibe. Zwei riesige, rote Augen bohrten sich in die seinen. Er sah einen verschrumpelten Dämon. Die warzigen Lippen seines kreisrunden, faltigen Munds entblößten nadelspitze Zähne. Snib glaubte sekundenlang, den Teufel vor sich zu sehen. »Mamma!« quäkte er, ohne zu merken, daß er mit dreißig Jahren das Lallen eines Kindes ausstieß.

Auf der anderen Seite des dünnen Glasvierecks glotzte ihn die kleine Bestie an. Eine magere graue Hand erschien und kratzte über die Scheibe, fischmäulige Lippen schlossen sich über dem Zahnkamm. Snib war nicht sicher, ob er noch Herr seiner Sinne war. Dann hörte er hinter dem Fenster den hohlen Klagelaut der Frau, einen so markerschütternden, verzweifelten Schrei, der ihm an die Seele griff, und er glaubte, seine eigene Verdammnis zu hören.

Das Ding drehte sich um, ließ ein flaches Gesicht mit fliehendem Kinn erkennen. Kaum hatte es seine Aufmerksamkeit von ihm abgewandt, als er sich wieder rühren konnte. Geräuschlos und ohne nachzudenken nahm Snib Reißaus. Er schlidderte über den Schnee ans andere Ende des Bahnsteigs, schlug der Länge nach hin und hüpfte wieder auf, um weiterzurennen, so weit die Füße trugen. Wäre er vernünftig gewesen, hätte er seinen Jutesack fallen lassen, aber seine Angst vor dem Teufelsgesicht, das womöglich hinter ihm im Gebüsch lauerte, war so groß, daß es ihm nicht einfiel. Hakenschlagend lief er über den Bahndamm, bis er an die Abzweigung kam, hielt sich dann links und sprang den Hügel hinab, mehreren knorrigen Baumwurzeln am Abhang nur knapp ausweichend. Sein Atem ging pfeifend wie bei den alten Dampfloks, die früher auf dieser Linie verkehrten, und das Herz hämmerte wie verrückt gegen seine

Rippen. Hinter sich hörte er keinen Laut, wagte aber nicht, sich umzudrehen. Alles, was er wollte, war nach Hause kommen und die Tür verriegeln und sich ins Bett verkriechen und die Decke über den Kopf ziehen und abwarten, bis wieder Tag war.

Dann langte eine kühle Hand aus der Finsternis, die sich unbarmherzig auf seine Schulter legte, und in diesem Moment dachte Snib wahrhaftig, sein letztes Stündlein hätte geschlagen. Als das Knie heraufschnellte und in seine Lenden donnerte, wäre er am liebsten auf der Stelle gestorben vor Schmerz.

— 27 —

Sie schlurfte über den Bahndamm, ohne stehenbleiben zu können, während der geistige Fühler des Babys ihr Bewußtsein umklammerte und sie vorwärts trieb. Ihr Körper war nur noch ein einziger, blähender Schmerz. Hinter ihnen bahnten sich Männer ihren Weg durchs Gehölz. Ihre Stimmen waren noch weit weg, aber mit der Zeit wurden sie deutlicher.

Helft mir, bitte helft mir. . .hilft mir denn keiner. . . Der tief in ihr Inneres verbannte Teil ihrer Willenskraft, der noch ihr selbst gehörte, sang dieses Stoßgebet, aber die Worte wollten ihr nicht über die Lippen kommen. Sie wollte nur sich noch hinlegen und sterben, aber das Ding an ihrer Brust zog und zerrte, und seine Panik teilte sich ihr in scharfen, aufpeitschenden Energiestößen mit. Zu ihrer Rechten stürzte aus den Kronen einer Fichte eine Schneelawine herab, und sie fühlte, wie das Ding vor Angst hochschreckte. Ein zwitscherndes Geräusch in den Ohren ließ sich nicht abschütteln, ein fortwährendes Geknister, das sich anfühlte, als ob Blut durchs Trommelfell sikkerte. Es ließ ihre Kieferknochen vibrieren und die Zähne klappern.

Geh geh geh, GEH!

Keine Worte, nur ein mentales Kommando, ein Sporengeben

und Weitertreiben, dem sie nichts entgegensetzen durfte. Sie mußte rennen, sich verstecken. Sie mußte das Baby von hier fortbringen. Das war alles, was noch an die Oberfläche ihres Bewußtseins drang. Es brüllte, terrorisierte sie mit seinem Schrei. Und ihr blieb nichts übrig, als ihm den Willen zu tun.

Die Hunde waren ihnen auf den Fersen, zwei von ihnen jaulten in einiger Entfernung hinter ihnen. Im Frühdämmer hörte es sich an wie Wolfsgeheul. Drüben im Osten nahm der Himmel eine rosa Tönung an. Die Dunstschichten hinter den Schneewolken glänzten in den Farben der aufgehenden Sonne und der honiggelben Laternen, die den Gehweg in die Stadt beleuchten. Zur Rechten war das schwarze Band der Eisenbahnbrücke über die Flußmündung kupferrot gesprenkelt. Unter anderen Umständen wäre es ein wunderschönes Winterpanorama gewesen. Aber sie nahm es nicht einmal wahr. Ihre ganze Aufmerksamkeit richtete sich auf den zwanghaften Wunsch, das Baby in Sicherheit zu bringen.

Sie rannte, während der Schmerz mit glühenden Zangen in Füße und Hüften zwickte. Blutiger Schleim troff ihr aus dem Mund, Eiter aus der entzündeten Wunde im Fuß. Das Baby schrie unaufhörlich, preßte sich an sie. Die Hunde heulten und knurrten. Irgendwo in der Ferne waren Sirenen zu hören. Unten in der Flußmündung sandte das Nebelhorn seinen Ruf in den nachlassenden Sturm. Noch immer wirbelten Schneeflocken, aber weniger als zuvor. Kate Parks Hinkeschritt hinterließ tiefe Löcher im jungfräulichen Schnee, ließ aber keinen Laut hören.

Sie torkelte weiter.

* * * * *

Weiter hinten hetzten, nicht ohne Schwierigkeiten, die Hundeführer ihre Tiere. Als sie den verfallenen Bahnhof erreicht hatten, waren die Spürhunde in irres, wütendes Bellen ausgebrochen, sobald sie in die Schalterhalle hereinschnüffelten. Zwei große Schäferhunde hatten sich geduckt, nach draußen gestohlen und den Schwanz eingeklemmt. Ihre Augen rollten wild und verliehen ihnen ein verstörtes, eingeschüchtertes Aussehen. Die Hundeführer wunderten sich, was mit ihnen los war, und zerrten an der Leine. Schon das erste Team hatte sich oben am Bauernhof zurückziehen müssen, als die Tiere sich gegenseitig bissen und anknurrten. Eines hatte die anderen besteigen wollen und den mächtigen Hinterleib zuckend an ihnen gerieben, wobei ihm der Speichel aus den gefletschten Zähnen troff.

Jetzt, kurz vor Tagesanbruch, gerieten die Hunde erst recht in Panik. Einer der übrigen Polizisten betrat das Gebäude und kam gleich wieder heraus, die Nase in einem Taschentuch verborgen. »Da drin riecht's wie in der Müllgrube vom Schlachthof«, schimpfte er.

Man entdeckte Fußabdrücke im Neuschnee, auf der anderen Seite der Schalterhalle, die zu einer Lichtung führten, wo die Bahnstrecke abzweigte und im Wald verschwand. Ein paar Meter weiter, unter den Fichten, wohin der Schnee nicht reichte, verlor sich die Spur. Die Hundeführer trieben ihre Tiere vom Bahnhof weg. Das aufgeregte Geheul der Hunde erinnerte an Wölfe, die sich zusammenrotten, aber den erfahrenen Männern entging nicht der Beiklang der Furcht. »Irgendwas stimmt hier nicht, Sergeant«, erklärte einer von ihnen. »Sie wollen nicht weiter.«

»Sie werden vorauslaufen, und wenn ich jedem der Viecher in den Arsch treten muß!« warnte Sergeant Holleran. »Mir ist es völlig gleich, und wenn sie sich sämtliche Läufe brechen. Holt sie her und laßt sie Witterung aufnehmen!« Auf den stillgelegten Bahndamm mußten die Hunde förmlich getragen werden. Die Tiere schnüffelten und jaulten, offenbar vor Unbehagen, aber sie hatten eine härtere Dressur hinter sich als die vorigen. Nach einigem Zögern senkten sie die Schnauzen zu Boden, faßten Witterung und begannen, ihrer Spur zu folgen. Immer wieder hielt eins inne und fiepte jämmerlich. Doch nach und nach kamen sie, wenn auch mit Unterbrechungen, tiefer ins feuchte Unterholz.

*****

Er hatte seine Verfolger gespürt und ihr befohlen, sich auf den Weg zu machen. In seiner bizarren Wahrnehmungsweise klang das Hundegebell nach knirschendem Eis, blieb jedoch als Drohung erkennbar. Alarmiert schrak er zusammen, als sie ihn aufhob und hinaus in die Kälte hüpfte. Ihre schwindende Körperwärme vermochte ihn kaum zu schützen. Einmal, zweimal mußte er in ihre Seele greifen, denn innerlich kreischte sie vor Widerwillen, ebenso wie die andere zuvor. Das hatte keine Mutter je getan. Sie alle hatten ihn akzeptiert und sogar geliebt. Aber jetzt begann er, sich zu verändern. Selbst während des Wechsels konnte er die Mütter kontrollieren, aber er mußte sie heftig unter Druck setzen.

Er schraubte den Griff enger, und sie trottete hinein in den Wald. Ihr Atem ging rauh, das Herz raste. Er merkte, wie geschwächt sie schon war. Sie würde nicht mehr lange durchhalten. Weiter ging es über Stock und Stein, durch das Dickicht von Hagedorn- und Brombeersträuchern.

Was er brauchte, war ein neuer Unterschlupf. Die Gefahr näherte sich von hinten, äußerte sich im Geheul der Tiere und einem vibrierenden Rumpeln – so jedenfalls nahm er die Rufe und Kommandos der Männer wahr, die ihm nachsetzten. Wenn sie ihn fingen, würden sie ihn zerstören. Diese instinktive Gewißheit brannte sich ihm ein, nicht in Worten, aber als komplexer Eindruck im Vordergrund seines Bewußtseins. Eine plötzliche Panik überkam ihn. Er war noch nie derart gejagt worden, jedenfalls nicht, soweit er zurückdenken konnte. Stets hatte er die Mütter beim kleinsten Warnsignal gezwungen, ihn anderswohin zu bringen. Und jetzt war er draußen in der Kälte, furchtbar verletzlich und allem ausgesetzt, und sie waren hinter ihm her.

In seiner Angst streckte er seine Fühler weit, sehr weit aus, nach vorn und hinten, um die bedrohlichsten Punkte auszumachen und die weniger gefährlichen Zwischenräume.

Er glitt über die Seele der Frau und erkannte sie wieder.

Hoffnung flackerte auf. Eine Chance. Der Hunger schwoll wieder an, allen Ängsten zum Trotz. Sie kam ebenfalls näher.

Sie folgte ihm. Wenn er nur einen Ort fand, würde sie bei ihm bleiben, an der unsichtbaren Schnur gezogen, die bereits zwischen ihnen geknüpft war. Er brauchte sie, und zwar bald.

Die Mutter hinkte voran, brach aus den Zweigen und war wieder auf dem Bahndamm. Hier wurde die Strecke auf weite Entfernung zu einer breiten, jungfräulichen Schneepiste. Sie lief weiter. Ihr Atem klirrte wie splitterndes Glas, und das Herz hämmerte so stark, daß sie es durch den Schal und den Bademantel hindurch hören konnte.

Die Hunde heulte. Männer brüllten. Sie kamen immer näher. Vor ihnen ragte grau und riesig die alte Eisenbahnbrücke in den Nebel. Sie taumelte ihr entgegen, jetzt nach beiden Seiten schwankend und nur noch durch die schiere Kraft seines Willens aufrecht gehalten.

* * * * *

»Es muß direkt vor uns sein«, keuchte Helen Lamont. Sie und David arbeiteten sich durchs Gestrüpp. Beide waren zugegen, als Snib McPhee verhört wurde, aber als einzige hatten sie seinen Bericht wörtlich genommen. Helen mußte wieder an die Scheune denken, aber sie scheute noch immer vor der Erinnerung zurück. Sie hatte etwas gesehen, aber den Blick abgewandt und verleugnet, was da im Zwielicht vor ihr auftauchte. Es war ein Lichtblitz gewesen, mehr nicht, und es hätte alles Mögliche sein können – nur, daß ihr Unterbewußtsein das Bild sehr wohl gespeichert und tief in ihr Hirn geprägt hatte.

Monster.

Sie wußte, daß es eins war, und daß es sie beinahe erwischt hätte. Es war hinter ihr her und, Gott helfe ihr, in jenem Augenblick hatte sie es begehrt.

Monster.

»Es ist ein gottverdammtes Monster«, hatte auch Snib McPhee behauptet und sich schamlos die Hoden massiert, wo er – laut Aussage der beiden Polizisten – sich verletzt hatte, als er im Schnee ausgerutscht und an einem Baumstumpf aufgeschlagen war. Snib wußte, daß es keinen Zweck hatte, sich über brutale Übergriffe zu beschweren; außerdem war er mit ganz was anderem beschäftigt. »Gott sei's getrommelt und gepfiffen«, fluchte er, »aber ich hab's mit eigenen Augen gesehen! Es war ein verdammtes Monster.« Der kleine Mann hatte sich mehrmals hektisch bekreuzigt, um die Teufel auszutreiben, dann glitt seine Hand wieder zwischen die Beine. »Eine Frau war auch da drin. Sie saß bloß da, mit weit aufgerissenen Augen – ich dachte schon, sie wäre tot, Himmel noch mal! Und dann hat sie sich bewegt. Erst hab ich was gehört – vielleicht weinte sie oder stöhnte so komisch. Oder auch ein Grunzen. Hätte auch ein Hund sein können, der hinter der Tür eingesperrt ist, aber ich hab ins Fenster geleuchtet, und sie erkannte mich. Ich glaub', sie wollte mir irgendwas sagen, aber verstanden hab ich nichts, und das Baby, das sie imArm hielt, dreht sich plötzlich um und war überhaupt kein Baby!«

»Was denn sonst?« wollte Bert Millar wissen.

»Ich sag's doch, ein Monster! Meine Lampe ging aus, und mit einem Satz hing es am Fenster. Augen, wie ich sie mein Lebtag nicht gesehen hab, und das Maul voller Zähne. Kreisrund, die Spitzen standen alle quer zueinander. Wer da seinen Finger reinsteckt, kriegt ihn nie wieder raus. Wißt ihr, wie das aussah? Das sah aus wie diese Neunaugen, die uns an den Lachs gehen. Sie wissen schon, diese Viecher, die sich ins Innere fressen . . .«

David erinnerte sich an die Worte des verstorbenen Ron McBean in seinem Bericht. An die alte Dame, die lange vor der Jahrhundertwende von einer Brücke sprang und Selbstmord beging.

* * * * *

Als man ihre Leiche fand, war sie mit verschorften Bißwunden und Blutergüssen übersät. Ein Arzt verglich sie mit den Saugspuren, die Neunaugen bei den Lachsen im nahegelegenen Flüßchen Nith hinterlassen.

* * * * *

McBean war die Ähnlichkeit mit den seltsamen kreisförmigen Verletzungen aufgefallen, die bei der Autopsie von Harriet Dailly entdeckt wurden. Schon wieder eine Parallele. Was immer das Ding war – sollte McBean recht behalten, dann mußte es älter als fünfzig Jahre sein, sogar älter als das Jahrhundert. Wie lange trieb es schon sein Unwesen und raubte sich Mütter? Und welche Kreatur mochte so aussehen wie saugende Neunaugen, die sich von lebenden Lachsen ernähren?

»Du kennst dich ja gut aus mit Lachsen, Snib«, grollte Sergeant Holleran, aber der Chefinspektor brachte ihn mit einer Handbewegung zum Schweigen.

»Was halten Sie davon?« fragte er David. »Hat er sich bloß vor Angst in die Hosen geschissen, oder ist was dran?«

»Es könnte die Bäuerin sein«, warf Helen ein. »Sie hat das Baby.«

»Ihr eigenes umbringen, um mit einem fremden auszubüxen?«

»Nicht mit Gewißheit, Sir«, erwiderte Helen im dienstlichen Ton. »Aber die Frau wird vermißt, und ich kann mir sonst niemanden vorstellen, der in einer Nacht wie dieser mit einem Baby unterwegs ist! Außerdem wäre es nicht das erstemal, wenn wir richtig informiert sind . . .«

Millar winkte sie nach draußen. »Wenigstens kennen wir jetzt die Richtung. Nehmen wir ihn darin beim Wort. Aber ansonsten, was den Rest betrifft, handelt es sich um eine Frau und ein Baby!«

Eine halbe Stunde später blieb Helen stehen und schöpfte Atem. »Es kann nicht mehr weit sein.« Sie hatten bereits den Waldrand erreicht. Sie quälte sich durch die Büsche, links von den anderen Männern, vielleicht zehn Meter von David entfernt, als sie die Berührung wieder spürte, den glitschigen, kalten Eindruck von Hunger und Gier. Es jagte ihr einen Schauer ein, denn sie erkannte ihre eigene Reaktion wieder.

»Wo entlang?« fragte David. Er sah ihren Gesichtsausdruck und glaubte ihr. Im schwachen winterlichen Frühlicht sah ihre Miene verzerrt und blaß aus. Die dunklen Augen waren schwarze Kohlen im Schnee. Der Wind zerzauste ihr das Haar und ließ sie elend und hilflos erscheinen.

»Dorthin«, murmelte sie und deutete nach vorn, weiter links. Sie setzte sich in Marsch, und er folgte ihr über eine baumbestandene Anhöhe und den Abhang hinunter. Die Hunde waren jetzt hinter ihnen. Sie erreichten eine Weide, durchpflügten das dürre, vertrocknete Gras und fanden sich auf dem Bahndamm wieder.

Dort zeigte eine verwischte, unterschiedlich tiefe Fußspur den Weg, der zur fernen Brücke führte. Von diesem Punkt aus konnten sie ihren schlurfenden Fortgang verfolgen, als schöbe sie sich mit beiden Füßen gleichzeitig voran, wobei sie links und rechts kleine Hügelchen aus Neuschnee aufwarf. Die Spuren schlingerten von links nach rechts, von einer Seite zur anderen.

David wandte sich um und ahmte ein Bellen nach, lenkte die Aufmerksamkeit der Hunde auf sich, die in rund fünfzig Meter Entfernung ausbrachen und herüberliefen. Er deutete auf den Bahndamm und folgte ihnen hastig. Die Hunde jaulten schrill und wie besessen, fiepten klagend und eingeschüchtert, aber die Treiber scheuchten sie unbarmherzig vorwärts. David und Helen rannten voraus, und andauernd spürte Helen die ölige, ruchlose Berührung des Wesens, nach dem sie seit mittlerweile elf Tagen fahndeten.

* * * * *

Kate Park trottete knapp dreihundert Meter hinter der Brücke die steile Böschung hinab. Hinter ihr heulten und scharrten die Hunde. Schritte donnerten oberhalb durch das Metallgeländer, und die kalte Luft trug die Stimmen der Männer herüber.

Geh geh geh MACH SCHNELL . . .

Immer verzweifelter dröhnte der Befehl in ihrem Innern, und sie gehorchte. Sie rutschte aus, fiel, bog den Rücken durch, um ihre Bürde zu schützen, kam wieder auf die Füße. Brennende, knirschende Empfindungen peinigten ihr Rückenmark. Ihr Herz war ein Klumpen Feuer mitten in der Brust, und der Schmerz in Bein und Hüften war zu solchem Crescendo angeschwollen, daß ihre Nerven völlig ertaubten. Eine gräßliche Lähmung kroch ihr in die Glieder und machte ihr das Laufen noch schwerer. Und doch schlidderte sie den Abhang entlang, kratzte sich an Zweigen und Dornen und erreichte den niedrigen Wall der Bahnstrecke. Über dem Wall erhob sich ein rostiger Stacheldrahtzaun, von dessen Pfählen die Farbe abblätterte. Sie wollte gerade hinaufklettern, als einer der Drähte nachgab und eine klaffende Lücke ließ. Der Nagel am Pfosten war brüchig geworden und verbogen. Sie schlüpfte hinein, schob das Baby vor, dann zwängte sie sich hinterdrein. Dann stand sie auf dem Wall, nur noch zehn Meter oberhalb des schmalen Gehsteigs, der unter der Eisenbahnbrücke verlief.

Der Draht schwang zurück, während die ersten Hunde japsend und winselnd die Uferböschung erreichten. Die Hundeführer trieben sie hinauf, der Gestalt hinter dem Zaun entgegen, die halb verdeckt von den Pfosten dastand. Das Baby wand sich, bis es über ihre Schulter blicken konnte, und riskierte ein Öffnen der Lider, obwohl selbst das Dämmerlicht des frühen Wintermorgens in seinen Augen brannte wie Feuer. Seine Sinne wurden teilweise von der Frau abgelenkt, die hinter den Hunden lief, aber jetzt war keine Zeit mehr zu verlieren. Es konzentrierte sich auf die Tiere und drang in ihre Gedankenwelt ein.

In diesem Moment gerieten die Hunde außer Rand und Band.

Sie tänzelten gerade über den Abhang, als ihr Fiepen in wildes Knurren überging. Der Rottenführer machte kehrt und lief auf den nächstbesten Treiber zu, der das Gleichgewicht verlor. Die Leine entglitt seinen Händen, und das Tier fiel mit weit aufgerissenem Rachen über die anderen Hunde her. Der zweite Hund fuhr hoch, rammte ihn und ließ ein unheilvolles Grollen hören. Beide kollidierten und brüllten wie Tiger, bissen einander in die Hälse. Blut und Haarbüschel flogen durch die Luft. Die Männer gaben sich alle Mühe, die beiden zu trennen, aber die Hunde hatten anscheinend alle Kommandos vergessen. Sie rollten wie wild mit den Augen, und ihr Keifen wurde schriller und heftiger, während sie sich zerfleischten. Ein Beamter rammte seinem Köter den Gummiknüppel zwischen die Kiefer, hebelte kräftig, brach aber nur zwei Zähne aus. Die Hunde ignorierten ihn.

Helen und David rannten aus Leibeskräften die Böschung hoch. Flüchtig bemerkten sie die wildgewordenen Tiere, dann entdeckten sie die Gestalt auf der anderen Seite des Zauns.

Helen spürte den Fühler des Wesens, der nicht direkt auf sie gerichtet war, weil er die Hunde kontrollierte, aber noch immer war sein Geist vom Schrecken verzerrt *und von einem entsetzlichen, raubtierhaften Hunger, den sie kannte.*

»Dort!« schrie David und deutete nach vorn. Ein blasses Gesicht tauchte hinter dem Stacheldraht auf. Jemand saß auf dem Wall. »Stehenbleiben«, befahl er, doch das Gesicht entschwand seinem Blick. Die Hunde röchelten. Blut stand ihnen vor den Schnauzen, sprudelte aus den Kehlen. Einer der Polizisten brüllte sich die Lunge aus dem Leib. David hechtete den Wall hinauf. Helen folgte nur zögernd, denn ihre ganze Seele krümmte sich unter dem Pesthauch des Bösen.

* * * * *

Es wandte sich von der Mutter ab und konzentrierte sich ganz auf die Hunde. Sie zuckte unter dem metallischen Schlag, als es all seine Energie in den Befehl legte. Ihre eigene Seele entglitt ihm während der geistigen Eruption, und Kate Park fand wieder zu sich.

Kate blinzelte, hustete, und rosafarbener Schaum trat ihr auf die Lippen. Ein Schrei formte sich in den Tiefen ihrer zerfetzten Lunge, ein Urschrei aus den Abgründen einer gefolterten Seele, aber sie unterdrückte ihn. Alles tat ihr gräßlich weh: Geist und Körper, ihr wundgescheuertes Herz ebensowie die Erinnerung an Jacks zuckende Leiche am Boden und das ekelhaften Schlürfen aus der Kinderwiege. Einem Höllenkreis war sie entronnen und taumelte in den nächsten. Sie wandte ihren Blick dem Ding zu und sah seine flachen, seelenlosen Glotzaugen. Es war viel größer geworden, eckiger, fast insektenähnlich. Sie empfand nur noch abgrundtiefen Haß und wußte plötzlich, was zu tun war.

Hinter ihr zerfleischten sich Schäferhunde mit Zähnen und Klauen, ohne auf die hilflosen Kommandos der Männer zu hören. Das Biest hielt die Tiere in Schach, war mit ihrer Abwehr beschäftigt. Sobald die Gefahr vorüber war, würde es sie wieder unterjochen – oder sich den anderen zuwenden.

Sie war verloren, und sie wußte es. Für sie war jeder Lebenssinn erloschen, und ihr Schmerz war die Agonie des Todes.

Jetzt streckte es seine geistigen Fühler nach den anderen aus. Sie drehte sich ebenfalls um, konnte gar nicht anders. Durch den Stacheldraht sah sie den jungen Mann auf sie zulaufen, mit offenem Mund und ausgestrecktem Arm, als wolle er sie über die Entfernung hinweg festnehmen. Neben ihm war das Mädchen, das sie im Werkzeugschuppen gesehen hatte. Sie erkannte sie sofort, obwohl ihre Begegnung nur ein flüchtiger Moment im Alptraum ihrer Flucht gewesen war. Ihr hellsichtiger Geist bedachte das Mädchen mit einem mitfühlenden Signal. Daß es das Monster auf sie abgesehen hatte, wußte sie jetzt, und das Mädchen antwortete ihr mit Gedanken voller Erregung und Mitgefühl und Angst.

Kate Park straffte sich. Tief unter ihr reichte das Pflaster des Gehsteigs bis an die Böschung heran. Das Monster wollte sich gerade auf die Männer konzentrieren, als sie den Sprung wagte. Sie hielt ihre Bürde fest und beschrieb in der Luft eine Kehrtwende, um sicherzustellen, daß sie beide kopfüber auf dem harten Beton landeten.

Werd dich umbringen! durchzuckte es sie bedrohlich knurrend. Aber das war ihr längst gleichgültig.

David Harper sah die halbe Drehung im Sprung und brüllte aus Leibeskräften, stürzte an den sabbernden Hunden vorüber. Helen stotterte eine unverständliche Warnung. Hinter dem Stacheldrahtzaun war die Frau verschwunden.

Kate stürzte, aber ihr abgestorbener Fuß verhedderte sich in einem herabhängenden Brombeerzweig und verlängerte ihre Drehung. Die Welt schien auf den Kopf gestellt. Das Ding in ihren Armen kreischte jetzt lauter denn je, seit der Verwandlung und dem Wachstumsschub, und der heftige, ungedämpfte

Schmerz bohrte sich in ihren Schädel und ließ ihr Trommelfell platzen. Sein Geistespfeil raste ziellos über den Wall, löste bei einem der Polizisten die Netzhaut ab und ließ ihn vollständig erblinden. Aus den Bäumen fielen die Krähen, die Kates letzte Wegstrecke gierig verfolgt hatten, eine nach der zu Boden, noch nicht tot, aber gelähmt und wie Schlangen zischend. Fünfzig Meter weiter heulte eine Katze, rannte über die Straße und geriet unter die Räder eines Wagens. In einem Haus jenseits der Brücke saß ein Mädchen im Kinderstuhl, erbrach sich und fiel mit dem Gesicht vornüber in die Breischüssel.

Kate Park prallte seitlich auf, und ihr Hüftknochen barst in Stücke. Der Stoß war so heftig, daß er ihre Vorderzähne zusammenschlagen ließ und die Spitze ihrer Zunge abtrennte. Ein neuer Lavastrom der Schmerzen verschlug ihr den Atem, während sie sich herumwälzte – umnebelt, aber merkwürdigerweise noch bei Bewußtsein. Namenlose Enttäuschung überschattete die unvorstellbare Qual ihres zerschmetterten Körpers. Sie hatte das Ding mit in den Tod reißen wollen, aber es war ihr mißlungen.

»Alles in Ordnung, meine Liebe?« Eine dünne, zittrige Stimme aus dem Nirgendwo. Ihr Kopf fiel nach hinten, nicht absichtlich, sondern seiner eigenen Schwere folgend. Über sie gebeugt, erschien ein altes, verwittertes Gesicht.

»Weg hier«, lallte Kate.

»Was sagen Sie da? Haben Sie sich was gebrochen?« Die alte Frau spähte hinab. Ein fleckiges Kopftuch, das unter dem Kinn geknotet war, bedeckte ihr Haar. »Sie müssen sich ja furchtbar weh getan haben! Sind Sie aufs Glatteis geraten?«

»Bitte«, wollte Kate sagen, aber ihre Worte kamen nur als heiseres Röcheln heraus. Vor ihren Augen drehte sich alles, und sie verlor allmählich die Besinnung. Das Bündel in ihren Armen zuckte, und erst jetzt merkte sie, daß es noch immer in den Schal gewickelt war.

»Um Himmels willen!« jammerte die Alte. »Der arme kleine Fratz. Ist das Baby verletzt?«

Sie hätte schreien mögen, die Frau beschwören, sich zu retten. Zugleich sah sie neben sich mit unverhoffter Deutlichkeit das Einkaufswägelchen und atmete den Duft frischer Brötchen ein, den ersten normalen Geruch, seit das Ding durchs Katzentürchen hereingekrabbelt war und ihren Willen versklavt hatte. Seine Gedankenfühler tasteten jetzt nach außen. Es wußte, daß sie nutzlos geworden war. Es trat und schubste sie wie ein Tier in der Falle, in heller Panik und Verzweiflung. Die alte Frau mit dem Einkaufswagen trat näher, stützte sich auf ihren knorrigen Gehstock.

»Soll ich Ihnen aufhelfen?« fragte sie.

Das Ding rutschte hin und her, bekam Kopf und Schultern aus der Umwickelung frei. Die alte Frau blinzelte und rümpfte die Nase.

Nimm mich nimm mich nimm mich, HILF MIR!

Es stieß den wortlosen Befehl aus. Kate Park erkannte ihn wieder. Sie zuckte am ganzen Leib wie Jack bei seinem einsamen Todestanz auf dem Dielenboden. Gelähmt wie sie war, wollte sie es nach wie vor umbringen. Sie hatte viel von ihrem Körpergewicht verloren, aber vielleicht reichte es noch, das Biest zu erdrücken. Es gelang ihr, sich herumzuwälzen, doch genau in diesem Moment bückte sich die Alte, angestrengt ächzend, und hob es auf.

»Ja, wo ist denn unser putziges kleines Babylein . . .«, flötete sie melodisch.

»Nein!« stieß Kate hervor, aber statt dessen spuckte sie Blut. Sie fiel nach vorn und prallte dumpf zu Boden. Ihre Schulter brach, wo der geschwächte Knochen aufschlug, aber sie wollte das Kind unter allen Umständen der anderen entreißen. Schon richtete es seinen Blick auf sie. Der Einkaufswagen entglitt ihren Händen, rollte davon und polterte in den Rinnstein. Ein halbes Dutzend Brötchen purzelte heraus und flog in hohem Bogen auf die Straße.

»Gib mir!« gurgelte Kate, aber ihre Stimme war kaum noch verständlich. Sie schnappte nach dem Mantelsaum der Alten, ignorierte die Weißglut der Schmerzen bei jeder Bewegung. Ihre tauben Finger gruben sich in den Stoff und zerrten fest daran. Die untersetzte alte Dame taumelte und geriet fast aus dem

Gleichgewicht, wandte sich um und starrte die am Boden kriechende Frau wütend an.

Das Monster hatte sie bereits im Griff. Zischend entluden die Drüsen ihre Chemikalien und hüllten sie mit einer fast sichtbaren Wolke ein. Vorübergehend wurde ihr schwummerig vor Augen, trotz der dicken Hornbrille, dann sah sie wieder klar. Sie blickte zu Boden und sah eine gräßliche Frau auf allen vieren, die an ihr Baby wollte. In diesem Moment spürte sie eine Regung in ihren dürren Brüsten und eine plötzliche Hitze zwischen den kantigen, unförmigen Hüften – Empfindungen, die sie seit fast fünfzig Jahren nicht mehr kannte. Sie mußte ihr Baby schützen. Die Frau am Boden wollte es ihr wegnehmen. Sie hatte vor, es zu töten.

Mit einem heiseren Fauchen riß sich die Alte los. Blindlings hob sie den Gehstock und ließ ihn mit voller Wucht niedersausen. Der machtvolle Befehl des Babys verdoppelte ihre Kräfte. Das Ende des Stocks traf Kate Park ins Gesicht, und ihr Kopf knickte nach hinten ab. Schon holte die Alte wieder aus und schlug abermals zu. Das knotige Holz traf Kates Kiefer, und etwas zerbrach in ihr wie ein trockener Ast.

»Du kriegst ihn nicht!« quäkte die Alte. Wieder schwang sie den Stock und zerschmetterte Kate das Nasenbein. Während sie endgültig zu Boden ging, drehte sich alles ringsum. Dann wurde sie ohnmächtig. Der brennende Schmerz erstarb.

Die alte Frau zögerte nicht, machte kehrt und trottete über den Gehsteig davon. Den umgekippten Einkaufswagen ließ sie achtlos liegen und trat auf ein liegengebliebenes Brötchen. Aber das merkte sie nicht mehr. Ihre Seele war ganz von dem Wunsch eingenommen, zu fliehen und einen sicheren Ort für das Baby zu finden. Das Bündel, eine schwere, niederdrückende Last, klammerte sich fest an den Mantel, und sie barg es schützend in den mageren Armen.

Weiter weiter weiter weiter. Sie vernahm sein Kommando wie ihre eigenen Gedanken, als sie mit hastigen Trippelschritten unter die Brücke lief und um eine Ecke bog. Hinter sich hörte sie Hundegebell und die Schreie von Männern, denen sie unter allen Umständen entkommen mußte.

Er stieß einen wilden, stummen Jubelschrei aus. Er würde entkommen. Er würde einen Unterschlupf finden und eine neue Mutter. Die hier war schon verbraucht, obwohl ihr dürrer Körper auf ihn reagierte wie eine rostige Maschine, die knirschend wieder in Gang kommt. Aber sie war trocken und unschmackhaft. Hier war keine Nahrung für ihn.

Sie bogen um die Ecke, und die Stimmen der Verfolger wurden leiser. Die Straße war eng, führte an der weißgetünchten Mauer der Bahnstrecke entlang, wo sich während der Sommerferien die Jungs im Klettern übten. Auf der anderen Seite duckten sich einige niedrige Häuser, darunter die Bäckerei und ein Zeitungskiosk. Sie waren fast am Stadtrand von Barloan Harbour. Jenseits des Viertels lag der Kanal, der vom Hafen ins Inland führte. Ein kahler, jetzt schneebedeckter Grünstreifen, auf dem Obstbäume in geraden Reihen standen, führte zu einem Reitweg. Nebel lag über dem stillen Wasser, der die Umrisse von Hausbooten und angeseilten Kähnen geisterhaft verhüllte.

Die alte Frau hüpfte weiter, bis sie die Läden hinter sich hatte. In einiger Entfernung klingelte es, und ein Kind flitzte auf dem Fahrrad über die Uferböschung. Ein Pärchen verließ soeben den Zeitungskiosk und schlenderte zur Brücke.

Oberhalb des Ufers spielten sich groteske Szenen ab. Einer der Polizisten versuchte unter Tränen, die Hundeschnauze zu öffnen, die sich in den Hals seines Tiers verbissen hatte. Daß sein eigener Köter die Zähne ebenfalls ins Fleisch des anderen grub, merkte er kaum. Sie waren Partner, er und sein Hund. Er hatte ihn schon als Welpen trainiert, und nun verendete er vor seinen Augen. Er rammte den Gummiknüppel zwischen die Kiefer und hebelte verzweifelt. Der andere Polizist, ein guter Bekannter, nahm ihm das übel und trat ihm in den Hintern, daß der Kollege vornüber ins Gewühl der Hunde fiel. Die Tiere jaulten nicht mehr. Sie grunzten noch schwach, bekamen die Zähne scheinbar nicht auseinander, konnten sich aus der tödlichen Umklammerung nicht lösen. Ringsum verstreut taumelten Krähen, flügelschlagend und verängstigt keckernd, und stießen wie benommen gegen Baumstämme. Ein weiterer Polizist packte den Angreifer beim Kragen und zog ihn zurück, während sich ein vierter an einer Baumwurzel festhielt und unausgesetzt jammerte: »Ich bin blind, Gott steh mir bei, ich *sehe* nichts mehr ...«

David und Helen standen vor dem Zaun auf dem Wall. David versuchte, den nahezu unüberwindlichen Stacheldraht hochzuklettern. Durch das dichte Geflecht des Drahts glaubte er zu sehen, wie sich auf der anderen Seite unterhalb des Walls etwas bewegte.

»Sie muß doch irgendwie durchgekommen sein!« überlegte Helen. Sie schlenderte an den Pfosten entlang und fühlte über die Bespannung. Einer der Drähte gab nach. »Da drüben!« rief sie. David unterbrach den fünften Versuch, den Zaun zu überwinden, und eilte ihr nach. Sie zog den Stacheldraht herunter, und die Lücke war gerade groß genug, sich durchzuzwängen. Ohne auf das Tohuwabohu unter den Hundeführern zu achten, kletterten sie auf den Wall und spähten nach unten.

Auf dem Gehsteig lag eine Frau in ihrem Blut. Das blasse Gesicht starrte gen Himmel, und auf der Stirn sammelten sich Schneeflocken. Sie muß tot sein, dachte David. Flüchtig registrierte er das alte Weiblein, das gesenkten Haupts an den Brükkenpfeilern entlang trottete.

»Wo ist es?« fragte Helen. »Ich kann es nirgends sehen.« Beide hielten angestrengt Ausschau. Von dem Baby fehlte jede Spur.

»Es wird doch nicht allein davonkommen?« Ohne zu zögern ließ er sich den Abhang hinunter. Seine Füße fanden kaum Halt auf dem glitschigen Schnee; er trudelte abwärts und konnte sich gerade noch im letzten Moment auffangen. Verschmiertes Moos klebte an den Ärmeln seines Mantels. Helen drehte sich um und hangelte sich bäuchlings hinab. Einen Augenblick lang hingen sie wie Bergsteiger über dem Gehsteig, dann ließen sie sich gleichzeitig fallen. Glücklicherweise landeten sie einigermaßen sanft. Nur David rutschte aus und schlug sich mit einem häßlichen Geräusch das Knie auf.

Er humpelte zu der hingestreckten Frau. Ihre Augen waren

noch immer offen, und aus dem linken Ohr rann ein dünner Blutfaden. Das Gesicht war aus der Form geraten, und eine bizarre Krümmung hatte ihr gesamtes Knochengerüst verrenkt. Es sah aus, als sei sie innerlich zerbröckelt. David mußte an Vampire denken, die sich nach Tagesanbruch auflösen, aber er verscheuchte dieses Bild. Er hatte eine schwerverletzte Frau vor sich und erkannte auf Anhieb, daß sie nicht überleben würde.

Helen eilte heran und kniete neben der Frau nieder, ohne auf den blutigen Schneematsch unter ihren Füßen zu achten. Behutsam nahm sie das entstellte Gesicht in die Hand, strich so sacht wie nur möglich über die Stirn. Kate Park blinzelte einmal, zweimal, dann holte sie tief röchelnd Luft und erlangte für einen grausigen Moment das Bewußtsein zurück. Ihre Augen rollten, fixierten sich und starrten Helen an. »Dich gesehen«, murmelte sie, und Helen begriff ihre vom geborstenen Kiefer und der abgebissenen Zunge verzerrten Worte. »Wollte dich nicht ihm überlassen . . .«

»Ich weiß«, begütigte Helen. »Wir holen Hilfe. Bleiben Sie ruhig liegen.«

»Findet es«, krächzte Kate Park. »Ist weggekommen.« Gewaltige Krämpfe schnitten ihr in Mark und Bein, und die Todesqual schüttelte ihre Glieder. Sie hatte das Dunkel herbeigesehnt, das Versiegen der Qual, aber sie zwang sich mit letzter Kraft, die Augen offenzuhalten. Sie wollte wach bleiben, denn das Ding hatte ihr alles genommen, und sie mußte es zerstören. Der rasende Schmerz war der Preis, den sie zu zahlen bereit war.

»In welcher Richtung müssen wir suchen?«

»Alte Frau«, brachte die Sterbende heraus und rang hilflos nach Atem, der nicht kommen wollte. »Hat mich geschlagen. Es hat sie übernommen . . .«

»Jesus Christus!« stöhnte David. Wo stand ihm bloß der Kopf? Er hatte das Mütterchen unter der Brücke aus den Augenwinkeln beobachtet. Und sich nicht rechtzeitig gefragt, weshalb sie gleichgültig an einer Frau vorüberlief, die von der Böschung auf den harten Beton gestürzt war. Sein Blick verirrte sich nach oben. Die Hunde hechelten noch immer, aber die Krähen hatten sich wieder aufgerappelt und kurvten unruhig durch die Lüfte. Eben kletterte einer der Polizisten durch den Zaun. »Holen Sie Mr. Millar!« rief David ihm zu. »Sagen Sie ihm, wo wir sind. Und besorgen Sie schleunigst einen Krankenwagen!« Der Mann nickte. David wandte sich um. »Kümmer du dich um sie!« bat er Helen.

Kate Park lag reglos am Boden und stöhnte. Sie schüttelte zuckend den Kopf und erbrach einen Blutstrom. »Nein«, gurgelte sie kaum vernehmlich, aber laut genug. »Findet es! Finden Sie und töten . . .« Ihr zerschlagener Schädel senkte sich in den von Schleim und Blut geröteten Schnee. Ihr Körper erbebte wie in letzter Agonie, aber noch immer schimmerten ihre hellen Augen.

»Geht!« befahl sie.

— 28 —

Die greise Mrs. Williams sah das Rad näherkommen, ein undeutlicher Fleck im Morgennebel. Hastig setzte sie ihren Weg fort, so rasch es ihre müden Beine vermochten, schneller, als sie seit vielen Jahren gelaufen war. Das lautlose Kommando in ihrem Kopf trieb sie zur Eile. Ihr Herz hämmerte schneller unter der Anstrengung, und jeder Schlag dröhnte ihr in den Ohren wie die wogende, sturmgepeitsche See.

Aber sie nahm nichts wahr als den Wunsch, das Baby zu schützen. Der Gehstock rutschte ihr aus den gichtigen Händen, und sie hielt ihre Bürde mit beiden Armen umfangen, hielt sie fest, beugte sich darüber. Ein brennender Schmerz bohrte sich unter ihr Brustbein. Ihr Atem rauchte in der Kälte, in raschen, unregelmäßigen Stößen. Sie humpelte weiter, ignorierte das Ziehen in den morschen Knochen und den Krampf in den so lange ertaubten, mürbe gewordenen Muskeln. Fiebernde Hitze und

Eiseskälte wechselten einander ab und durchströmten sie von Kopf bis Fuß. Der Schweiß brach aus allen Poren, und in den Schläfen pochte der beschleunigte Puls.

Fünf Schritte weiter hatte sie Seitenstiche und blieb stehen, japste nach Luft, wäre beinahe umgekippt. Sie tat noch zwei Schritte, und ihre Hand tastete zur Mauer. Mühsam hielt sie sich aufrecht und zitterte vor Erschöpfung. Der Himmel verfinsterte sich, wurde heller und wieder dunkel. Rote Punkte tanzten ihr vor den Augen. Nach einer Weile sah sie wieder klar und lauschte dem glucksenden Strom ihres Kreislaufs.

Sie mußte weitergehen, ein Versteck suchen, das Baby in Sicherheit bringen.

In ihrer Brust zerplatzte etwas mit gräßlichem Knacks. Sie wurde nach links geschleudert, gegen die Mauer. Das Herz zuckte heftig und schlug noch einmal wie mit einem Hammer gegen die Rippen, dann vibrierte es nur noch wie eine Stimmgabel. Der Schmerz durchzuckte sie, und ringsum explodierte ein blendendes Licht, das sich vor ihren Augen in ein Feuerwerk winziger Funken auflöste. Alle Glieder wurden taub, und die alte Frau brach jäh zusammen, mit zersprungenem Herzen, überanstrengt von der Hetzjagd mit dem Baby im Arm.

* * * * *

Schieres Entsetzen ergriff ihn. Für seinen primitiven Verstand war alles viel zu schnell gegangen, um damit fertig zu werden. Die Mutter hatte ihn ein zweites Mal verraten. Als sie von der Böschung stürzten, hatte er versucht, wieder in ihren Geist einzudringen. Aber sie drehte sich in der Luft, und sie waren mit einem schrecklichen Aufprall gelandet, der ihn vorübergehend lähmte.

Weiter weiter weiter! lautete sein Kommando, denn sie waren ihm schon ganz nah. Doch die Mutter rührte sich nicht mehr. Er tastete nach ihr, fühlte die zerbrochenen Stellen und ahnte, daß sie nicht mehr dazu imstande war, und wenn er noch so sehr drängte. Er streckte sich weiter aus, erreichte die andere hoch oben. Fiebernde Gier riß ihn mit, selbst jetzt, aber ihm fehlte die Zeit. Sie war noch viel zu weit weg, und mit ihr waren die anderen, die ihn töten würden. Er spürte den Abscheu der Hunde und die kleinen sprühenden Funken der Angst und der Wut von den Krähen. Wenn seine Verfolger ihn hier antrafen, würden sie ihn gewiß mehr hassen denn je und kurzerhand vernichten.

Vor Schreck fast blind, strampelte er und wollte sich aus dem Schal winden. Da spürte er einen neuen Geist herannahen. Instinktiv und ohne zu zögern kaperte er ihn. Er nahm Kontakt auf, lockte ihn und war erleichtert – eine Frau kam auf ihn zu, würde ihn mitnehmen. Er merkte, daß sie verbraucht und abgegriffen war, aber das war jetzt nicht wichtig. Flucht war das einzige, was zählte. Ein Obdach würde sich schon finden, auch eine neue, nährende Brust. Sie bückte sich nach ihm, und die Mutter hatte sich über ihn werfen und erdrosseln wollen . . . aber dann war er frei, der tödlichen Umarmung entrissen. Er hatte großen Zwang ausgeübt, und die Alte hatte sich seiner angenommen, ihn zu schützen versucht. Er nahm die Wucht ihrer Bewegungen wahr, die sie alle Kräfte kosteten. Nachdem sie die Mutter erschlagen hatte, zwang er sie abermals, diesmal zur raschen Flucht. Er durfte nicht länger bleiben.

Die neue Mutter hielt ihn erschöpft in den Armen. Er tastete über ihren abgehärmten Körper und wußte, daß er eine andere finden mußte, und zwar schnell. Die hier würde nicht lange halten.

Und dann brach sie zu seiner hellen Empörung zusammen. Etwas in ihr war zerborsten.

Er schrie laut auf, ein dünnes, metallisches Kreischen, das sich im Nebel über dem Kanal verlor. In seiner Verzweiflung grub er die Gedankenfühler tief in sie hinein, suchte nach etwas, das er beherrschten konnte, aber als er den ramponierten Teil fühlte, war ihm klar, daß es damit vorbei war. Das Blut ergoß sich in ihre Eingeweide, strömte aus ihrem gebrochenen Herzen, schon seit sie gestürzt war.

Sein stummer Schrei gellte in höchster Todesnot, während sich hinter ihm die Mörder näherten.

* * * * *

Auf dem Fahrrad ihres Bruders, das ihr viel zu groß war, kam Kirsty Cameron angeradelt. Wenn er gemerkt hätte, daß sie draußen im Schnee damit fuhr, wäre er ziemlich wütend geworden, aber er lag seit Weihnachten mit einem Schnupfen im Bett, und genau deshalb war sie zur Bäckerei unterwegs, um Brötchen zu holen, während ihre Mutter bei Kirstys jüngster Schwester blieb. Kirsty war eins der beiden Mädchen gewesen, die über den Hügel hinter dem Haus von Mrs. Cosgrove herumtollten, als Ginny Marsden mühsam auf die Landstraße kraxelte. An jenem Tag hatte ihre Neugier etwas erspäht, was sie besser nicht gesehen hätte, denn sie wäre beinahe vom Rad geflogen. Heute reichten ihre Füße gerade bis zur Pedale, während sie das sanftere Gefälle nahm und mit den Reifen eine schlingernde Bahn in den Schnee schrieb. Schließlich erreichte sie die ebene Strecke, mit gefurchter Stirn und vor Eifer herausgestreckter Zunge. Ihr Pferdeschwanz wippte, und sie starrte angestrengt nach vorn, um den Schneewehen auszuweichen. Weiter vor sich erkannte sie im dünnen Schleier des Schneefalls eine bucklige Gestalt, die sich hastig an der Mauer entlangtastete. Sie bremste und wurde langsamer, um keinen Fußgänger anzurempeln. Erst auf zehn, zwanzig Meter Entfernung erkannte sie Mrs. Williams.

Gleich trat sie heftig in die Rücktrittbremse. Die alte Dame hatte weder ihren Gehstock noch den Einkaufswagen dabei. Stattdessen trug sie etwas in den Armen und galoppierte mit hektischen Schritten vorwärts. Kirsty bremste ab. Sie war ein aufgewecktes Kind. Mrs. Williams ging nie ohne Stock und Wägelchen aus, und sonst war sie lahm wie eine Schnecke, setzte bedächtig einen Fuß vor den anderen, wegen ihres schwachen Herzens. Doch Kirstys Rad war kaum zum Stehen gekommen, als der Kopf der Alten nach hinten abknickte und in den Himmel sah. Sie stöhnte auf und taumelte zur Seite. Hastig sprang das Mädchen vom Rad und eilte ihr zu Hilfe.

Die alte Dame schlug gegen die Wand. Ein schrecklicher, langgezogener Seufzer entrang sich ihren schlaffen Lippen, und sie fiel nach hinten wie ein fallendes Holzscheit. Mit häßlichem Aufprall landete sie mit dem Hinterkopf auf dem Pflaster. Dann lag sie vollkommen reglos.

»Stimmt was nicht, Mrs. Williams?« fragte Kirsty und bekam es plötzlich mit der Angst. Sie wußte nicht, was sie davon halten oder wie sie ihr helfen sollte, und sie fürchtete, die nette Dame könnte tot sein. Einer Toten wollte sie nicht in die Augen sehen.

Im Abstand von drei Schritten blieb sie stehen. Die alte Frau hatte den Kopf zur Seite gedreht. Ihr Tuch war nach hinten gerutscht und entblößte fleckige Haut und spärliches Haar. Schneeflocken sammelten sich auf ihrem Gesicht, wie vorhin auf Kate Parks Stirn, und schmolzen rasch. Der Mund klaffte breit auf, und das obere Teil ihrer falschen Zähne war herausgerutscht, was ihrer Miene ein bizarres, schadenfrohes Grinsen verlieh.

Auf ihrer Brust rührte sich etwas.

Nimm mich in den Arm . . .

Eine Stimme flüsterte in ihrem Kopf, keine richtigen Worte, aber die Botschaft war deutlich genug. »Was?« fragte die Kleine. Sie beugte sich vor, und ihre Händchen zitterten. Eigentlich müßte ich den Krankenwagen holen, dachte sie, am besten drüben beim Bäcker Bescheid sagen. Mrs. Williams starrte durch ein offenes Auge zum Himmel empor. Das andere war zu einem gräßlichen, humorlosen Zwinkern geschlossen. Die Brille lag zerbrochen am Boden. Kirsty ahnte, daß sie tot war, aber sie wollte es noch nicht glauben. »Alles in Ordnung?« fragte sie wieder.

Nimm mich mit! Nimm mich mit!

Der Impuls wurde stärker. Das Bündel bewegte sich, und einen Moment lang glaubte Kirsty, es sei ein kleiner, eingewickelter Hund. Ob der Großenkel von Mrs. Williams zu Besuch war und seinen geliebten Cockerspaniel mitgebracht hatte? Sie bückte sich über das Ding, plötzlich neugierig geworden und wie magisch angezogen. Vorsichtig zog sie den Wickel zurück.

Ein Gesicht reckte sich ihr aus dem Stoff entgegen, und sie fuhr bestürzt zurück. Eidechsenaugen funkelten sie an und schlossen sich. Ihr Herz tat einen Sprung. Sie öffnete den Mund, und dann streckte das Ding seine Fühler aus und übernahm die Kontrolle. Ihr Blick war verschwommen, doch ebenso rasch wieder klar und sah den Säugling vor sich liegen.

Nein, nein, nein, sagte sie sich, es ist kein Baby, es ist – *es ist etwas anderes . . .*

Wider besseres Wissen und trotz ihrer Angst stemmte sie das Ding empor und ächzte unter dem Gewicht. Es stocherte in ihrer Seele, und Kirsty wollte schreien, aber sie bekam den Mund nicht auf. Es war ein Baby und es war ein Monster, beides zugleich. Es legte sie in geistige Fesseln, drückte und zwang sie, wolle sich breitmachen, aber sie wehrte sich tapfer, schwankte zwischen furchtbarem Abscheu und tiefer Sehnsucht.

Niemals! Nein!

Seine Drüsen verpufften schwach, bereits entkräftet von der Anstrengung, die Alte zu erobern. Die Geruchswolke stieg auf, wurde aber vom Wind zerzaust und verweht. Die kleine Kirsty quäkte. Im Brustkorb tat es an zwei Stellen furchtbar weh und im Bauch spürte sie ein schreckliches Reißen. Sie wandte sich ab, das Ding noch immer in den Händen, wollte es in den Armen halten und zugleich fortschleudern. Die Drüsen pumpten wieder, gaben ihr Letztes.

Kleine Brustknospen schwollen auf den mageren, kindlichen Rippen. Fett sammelte sich, unreife Drüsen dehnten sich aus und entsandten Hormone ins Blut. Die Haut spannte sich und beulte aus über dem vorzeitig wuchernden Fleisch. Unten, zwischen den mageren Hüften, blähten sich winzige Eierstöcke, spritzten Östrogene und Progesterone in ein System, das noch nicht bereit für sie war. Schlagartig überkam das kleine Mädchen die Pubertät, und ein Fieber schien sie zu versengen. Sie brüllte vor körperlichem Schmerz und namenloser Angst.

Jemand rief nach ihr von der Straße her. Das Mädchen taumelte und stieß gegen die Mauer. Auf ihrer Brust starrte sie das Ding an und befahl ihr, loszulaufen. Kirsty strauchelte, verwirrt von der plötzlichen Flut neuer Chemikalien in ihren Adern. Ihr Herz flatterte wie ein aufgeregtes Vögelchen. Das Ding machte sich über ihre Seele her, doch sie war viel zu jung dazu. Sie war noch keine Frau, und aus diesem einzigen Grund gelang es ihm nicht, sie ganz zu unterjochen.

Das Mädchen stolperte vorwärts, wollte den fremden Impuls abschütteln, während ihr katastrophaler körperlicher Zustand drohte, sie entzwei zu reißen. Unversehens war sie sehr schwer krank geworden.

* * * * *

Unter der Brücke hechteten David und Helen um die Ecke. Hinter ihnen, auf der Hauptstaße, die zur Stadtmitte von Barloan Harbour führte, erscholl Sirenengeheul. Drüben an der Mauer, kaum hundert Meter weit, lag eine Frau hingestreckt. Wenige Sekunden später waren sie bei ihr.

»Was zum Teufel . . .?« fragte David. Die Alte war eindeutig tot, obwohl ihre Arme steif in die Luft ragten und die Finger vergebens nach etwas krümmte. Helen fühlte sich an die tote Katze in Celia Barkers Haus erinnert, bevor sie auferstanden war und umhertanzte.

»Wo ist es?« stieß sie hervor und hielt angestrengt Ausschau. Die alte Frau war jetzt unwichtig. Sie hatte es hinter sich, und man konnte nichts mehr für sie tun.

»Da drüben!« bellte David. Er deutete über die Straße zu dem Grünstreifen am Kanalufer. Jenseits davon ragten gespenstisch die Pfeiler der Brücke empor. Gebückt rannte ein kleines Mädchen durch den Schnee. Unweit von der Leiche der alten Frau lag ein Jungenfahrrad auf dem Asphalt. Das Hinterrad drehte sich noch und wurde immer langsamer.

Helen spie einen lästerlichen Fluch aus. »Es hat sie geschnappt. Sie ist doch noch ein Kind!«

Die kleine Gestalt mühte sich ab mit seiner Last, die in ein weißes, flatterndes Tuch gehüllt war. Schon hatte David die Straße überquert und stapfte in die Schneepfützen. Helen wollte ihm gerade nachsetzen, als zwei Streifenwagen um die Ecke bogen. Der Fahrer sah nur einen Schatten auf der Straße und trat sofort auf die Bremse. Er verfehlte Helen um Haaresbreite. Ihr Herz klopfte bis zum Hals, als der Fahrtwind an ihr vorübersauste. Der Mann verlor die Kontrolle über seinen Wagen, der sich auf der spiegelglatten Fahrbahn um die eigene Achse drehte. Dicht neben der Leiche der Alten rammten die Kotflügel den Bürgersteig, und beide Achsen brachen. Das Fahrrad wurde noch ein Stück mitgeschleift und an der Mauer zermalmt. Der zweite Polizist hatte mehr Glück und brachte sein Gefährt wenige Zentimeter vor dem Heck des anderen zum Stehen. Mit zitternden Händen kletterte er heraus. Währenddessen preschten David und Helen längst durch die Obstplantage zum Kanal. Die drei Uniformierten, darunter zwei Frauen, folgten ihnen, nachdem sie den vierten versorgt hatten, der glücklicherweise, von einer Nasenquetschung und einem gebrochenen kleinen Finger abgesehen, unverletzt geblieben war. Trotzdem hatte er sich in die Hosen gemacht vor Angst und rührte sich nicht von der Stelle. Zwei weitere Männer aus dem Suchtrupp, der Kate Park durch den Wald verfolgt hatte, kamen von der Brücke gerannt.

Das kleine Mädchen kreischte mit schriller, erbärmlicher Stimme, doch noch immer stolperte sie durch das Gras. Wann immer sie das Ding von sich schleudern wollte, gab es ihr einen furchbaren Stich in den Schädel. Die kleinen Brustwarzen brannten wie Feuer, und sie wußte nicht, wie ihr geschah. Sie hätte es auch nicht begriffen, wenn sie älter gewesen wäre, aber die kleine Kirsty war überzeugt, daß es sie umbringen würde, wie es Mrs. Williams getötet hatte. In heilloser Flucht rannte sie weiter durch den dichten Nebel am Kanalufer.

David erreichte sie als erster und wollte sie beim Kragen packen. Sie wich aus, und er wäre fast der Länge nach hingeschlagen. Helen holte auf, von einer düsteren Vorahnung getrieben – der immensen Verlockung, das Ding zu erwischen, und zugleich der Angst, ihm allzu nahe zu kommen. Mit ihrem neugewonnenen sechsten Sinn hatte sie seine Impulse empfangen, als es nach Kates Todessprung nach ihr suchte, und noch einmal, als es die alte Frau nahm. Ein dritter Hitzeschauer, heiß wie ein aufflammendes Buschfeuer, hatte sie erfaßt, als es das Mädchen überfiel. Jedesmal hatte sie gemerkt, wie es ihr seinen glühenden Haß mitteilte und eine fremde, unergründliche Gier.

Hinter ihr klapperten Schritte auf dem Pflaster und wurden leiser, als die Verfolger die schneebedeckte Grasfläche erreichten. David griff zu, verfehlte sie. Wie ein gehetztes Tier tauchte die Kleine in einem von Rauhreif glitzernden Azaleenstrauch ab. David lief langsamer und blieb stehen. Er und Helen wandten sich nach links. Die anderen bezogen Posten am Ufer. Eine Polizistin breitete die Arme aus, um das Kind abzufangen.

Jetzt geschah alles auf einmal. Das Mädchen wirbelte herum. Als sie der Polizistin in die Arme lief, rutschte sie aus und fiel auf die Nase. Einer der Beamten brach laut fluchend aus dem Gebüsch. Kirsty Cameron rappelte sich wieder auf und flitzte los, pfeilschnell trotz ihrer Bürde. Helen sah einen graurosa Schimmer, nur die Silhouette des Hinterkopfs unter dem gewickelten Schal. Der geistige Finger glitschte über ihre Gedanken, und sie duckte sich unter seiner Berührung.

»Vorsicht! Nicht zu nah ran!« gellte David, der den Radius des Wesens erkannte. Längst hatte er seine Gedankenströme empfangen, ohne zu wissen, was es war. Aber auf diese kurze Distanz spürte er, wie ihre Hitze den Rand seines Bewußtseins versengten, und diese ungeheuren Kräfte verblüfften und alarmierten ihn. Jetzt war ihm klar, wie das Ding die Mütter beherrschte. Die Polizistin hatte die Warnung nicht gehört oder wollte nicht hören. Wieder griff sie ins Leere, und das Mädchen rutschte über den zugefrorenen Kanal. David schnappte wieder nach ihr, hätte sie fast gekriegt, und dann brachen sie beide ein und versanken im Wasser. Das Ding entfiel ihren Armen und flog aufs Eis, wo es sich hilflos drehte. Ein schmales Ärmchen reckte sich, und jemand kreischte anhaltend wie singendes Glas.

Das Mädchen ging sofort unter. Ihr Wimmern erstarb. David tauchte gleich hinter ihr her, und die dünne Eisschicht splitterte, als er unter Wasser ging. Augenblicklich traf ihn die Kälte ins Mark. Er schluckte, bekam eine schleimige Brühe in die Kehle und hustete. Das Wasser hier unten war pechschwarz. Unten auf dem moddrigen Grund blieben seine Füße stecken, und er bekam sie kaum heraus. Jäh packte ihn die Furcht, er könne unter dem Eis festsitzen und ertrinken. Diese Vorstellung elektrisierte ihn derart, daß er sich mit einem Ruck losriß. Vor ihm schwankte eine blasse Silhouette in der Strömung. Er griff zu und bekam zufällig das Ohrläppchen des Mädchens in die Finger. Sie wich zurück, er fing sie ein und stemmte sie über sich. Dann steckte sie den Kopf durchs Eis und rang verzweifelt nach Luft.

Helen sah das Ding auf der Eisfläche kreiseln und fünf Meter weit schliddern, bis es am Ufer landete, wo Schilfrohr aus dem Wasser ragte. Unwillkürlich rannte sie hinterher. Es kreischte gläsern, und der Schmerz pfiff in höchsten Tönen zwischen ihren Schläfen. Sie verließ das Ufer und watete durch das Schilf, bis zu den Knien im Matsch und abknickenden Stengeln versunken. Sie bekam ein Ende des Schals zu fassen und zog es zu sich, wobei sie an Land zurückwich. Dann hob sie das Bündel auf, spürte sein Gewicht und das um sich schlagende Ding im Innern. Sie drehte es in der Hand.

Ein rotes Auge öffnete sich und durchbohrte sie.

»O mein Gott«, stieß sie gerade noch hervor.

Und dann griff es zu. Eine unnachgiebige Macht drängte ihren Willen zurück, und sie war verloren. Ihr Mund klappte auf und blieb offen. Plötzlich wurde es lebendig, *los lauf lauf lauf* befahl es. Ein Impuls seelischer Energie überschwemmte ihr Selbst. Das Nagen einer fremden, blinden Gier hatte sie wiedererkannt, doch sie war zu kraftlos, dagegen aufzubegehren. Der Himmel verfinsterte sich. Das Ding schloß die Augen und nistete sich in ihrem Innern ein. Unter dem Joch seines Kommandos stolperte Helen zurück. Einer der Männer wollte sie an Land ziehen, doch sie schlug seine ausgestreckte Hand aus und stieß sich vom Ufer ab, um tiefer ins Wasser zu gehen.

»Zur Hölle noch mal, ich –«, schimpfte der Kollege, aber Helen hörte es nicht mehr. Die Polizistin neben ihm empfing einige Impulse, die das Wesens in heller Panik ausschleuderte, und brach in hysterisches Geheul aus. Helen stand bis zur Hüfte im Wasser, bekam einen vorbeitreibenden Ast zu fassen und hob ihn hoch.

David schob das Mädchen an Land und setzte sie auf festen Grund ab. Dann zog er sich selbst aus dem Wasser, spuckend und nach Luft schnappend. Der andere Polizist kniete neben dem Mädchen nieder, das vor Kälte schlotterte. David richtete sich keuchend auf, hörte einen Tumult im Wasser und sah, wie Helen rückwärts herauswatete. Das graue Bündel in ihren Armen krümmte sich im Tageslicht.

»Was in drei Teufels Namen ist das?« brüllte der Polizist, und David hörte die verstörte Wut in seiner Stimme. Die Gestalt waberte und zerfloß, die Konturen waren undefinierbar. Es hätte alles mögliche sein können.

Aber der flackernde Wahnsinn in Helens Blick verriet alles. David schlug das Herz bis zum Hals, und mit einem Mal ließ er den Mut sinken. Sie schwang den dicken Eichenast hoch über dem Haupt und hielt die anderen auf Abstand. Die Augen waren geweitet und blitzten, fast tierisch bleckte sie die Zähne wie eine gereizte Leopardin, die ihre Brut verteidigt. In dieser schrecklichen Sekunde erkannte David, daß sie besessen war. Was immer es war, das über solche Kräfte verfügte – es hatte sie eingesetzt, um Helen zu erobern.

Welches Baby wäre imstande, Mütter zu kidnappen?

Er wußte die Antwort. Dieses häßliche, quallige Wesen hatte sich eine neue Mutter gestohlen.

Jetzt galt es, keine Zeit zu verlieren. Die plötzliche Mutlosigkeit feuerte ihn an. Er raste über das Ufer, drängte den übereifrigen Polizisten beiseite, sprang wieder ins Wasser und arbeitete sich durch die dünne Eisschicht unter den Schilfbüscheln. Sie sah ihn kommen und holte mit dem Ast zu einem tückischen Stoß aus, der ihn in die Rippen traf. Etwas knackste im Brustkorb und tat furchtbar weh; wäre sein Körper nicht schon vom kalten Wasser betäubt, hätte der Schmerz ihn zu Boden geworfen. Der Rückstoß ließ ihn weitertaumeln, und er landete mit Getöse mit all seinem Gewicht auf Helen und drückte sie unter Wasser.

Als er auf sie zustapfte, fühlte sie nur noch die Bedrohung. Der andere Polizist war außer Reichweite ihres Stocks geblieben, als sie aus den Augenwinkeln seinen Schatten wahrnahm und knurrte. Sie ahnte, daß ein Angriff bevorstand.

Dann sprang er, und sie hatte ihn getroffen. Aber er rammte sie mit solcher Wucht, daß sie aufschrie. Sie bekam Wasser zu schlucken und geriet in unsägliche Wut. Sie streckte die Hand aus, wollte ihm die Augen auskratzen, um ihr Baby zu schützen.

Doch der Schlamm hatte sie vorübergehend geblendet. Sie hielt das Baby fest an sich gepreßt und krallte sich, wie eine Katze fauchend, im Gesicht des Angreifers fest.

David wich aus und schlug so fest zu, daß ihr Kopf zur Seite flog. Mit der freien Hand packte er nach dem Ding, das sie festhielt. Es schrie mit diesem seltsam lautlosen, vibrierenden Ton, als würde Luft in Streifen gerissen. Helens Nägel verfingen sich an einem seiner Augenlider und ratschten die Wange herunter. Blut schoß ihm ins Auge, und vorübergehend konnte David nur auf einer Seite sehen.

Wieder kreischte das Ding, und sein geistiger Energiestoß fühlte sich an, als würde Glas zerkratzt, und doch wütete das Geräusch mitten in seinem Gehirn.

Sein Haß explodierte. Ein weißglühender, raubtierhafter Überlebenswille ergriff von seinem Denken Besitz, und er konnte sich nicht länger beherrschen. Die mentale Berührung hatte sein männliches Selbst getroffen und in wahnsinnige Wut versetzt. Er wollte nur noch eins: diesen Parasiten zerstören. Es war die mechanische Reaktion auf den Angriff, wie es schien – töten, zerschmettern, erdrosseln, verstümmeln, in Fetzen schneiden. Er streckte den Arm aus, um es ihr zu entreißen.

Helen kreischte ebenfalls auf wie am Spieß. Zähnefletschend trat sie vor. David schlug nach der Gestalt in ihren Armen, aber sie wich rechtzeitig aus, so daß er mit der Nase im Dreckwasser landete. Er bekam Flüssigkeit in die Luftröhre und tauchte prustend wieder auf.

Einer der Beamten, den der unverständliche, gewalttätige Wutausbruch entsetzte, wagte sich ins Schilf. In diesem Augenblick wurde er von der übergeschnappten, kreischenden Polizistin attackiert. »Heilige Maria –«, begann er, bevor sie über ihn herfiel und in ein Dickicht von Weidenzweigen schleuderte. Die Frau stolperte hinterdrein, entschlossen, ihm die Augen auszureißen, vom Impuls des Wesens und seinem Schutzbedürfnis in den Irrsinn getrieben.

Am Ufer bog Kirsty Cameron mit solcher Anstrengung den Rücken durch, daß ihre Glieder ächzten wie mürbes Holz, und jeder Muskel ihres Körpers erzitterte unter den elektrischen Funken, die über ihn hereinrieselten.

Mitten im Wasser hatte David wieder festen Halt gewonnen und attackierte Helen und das Ding in ihren Armen erneut. Sie sah ihn kommen, brüllte ihn wortlos an und suchte mit allen Mitteln, das Ufer vor ihm zu erreichen und zu fliehen. Er warf sich ihr entgegen, bekam ihre Jacke zu fassen und zog sie brutal zurück. Sie rutschte aus und fiel, er griff zu und riß heftig, bis ihr die Bürde aus den Armen purzelte.

Wieder schrie Helen auf, und dann brach der grauenhafte Kontakt mit dem Fühler unvermittelt ab. Sie taumelte rückwärts, vom Ufer weg, aus dem Schilf heraus und ins Tiefe. Eine Hand zog sie wieder hoch, und sie würgte, erbrach schleimiges Dreckwasser, das zusätzlich aus Nasen- und Ohrlöchern troff. Wieder sandte der Säugling seinen zitternden Befehl aus, aber David schob sie beiseite. Sie kreischte mit ihrer wirklichen, überschnappenden Stimme, unterbrach sich und hustete, spuckte, schrie weiter. Eine andere Hand, stark und unnachgiebig, griff nach ihrer Schulter und hob sie aus dem Wasser. David entschwand wirbelnd ihrem Blick, in der Hand das kleine Baby.

*****

Jemand zog ihn ins Wasser hinunter. Die Mutter schrie nach ihm, als er weggezerrt wurde, aber er konnte nichts dagegen tun. Der Mann hatte ihn geschlagen, beinahe hart genug, um ihm das Genick zu brechen, und eine gräßliche Erkenntnis lähmte ihn. Er war gefangen, es gab keine Mutter mehr, und die einzige, nach der er sich sehnte, war fort.

Unter Wasser öffnete er die glasigen Augen und suchte, sich zu entwinden. Aber es hatte keinen Zweck, er war in den Stoff gewickelt und konnte sich nicht rühren. Seine Drüsen öffneten sich weit und füllten sich, tränkten ihn mit eisigem Wasser. Er befühlte den Geist des Mannes, bekam aber keine Antwort. Er spürte nur Haß, und darunter ein maßloses Grauen. Dieser Geist schwebte in einem Meer des Entsetzens, das sein eigenes widerspiegelte – die primitive, blinde Angst vor dem Unbegreiflichen.

Auf dem Grund des Kanalbeckens wurde er ins Dunkel des Schlicks gestoßen. Er wehrte sich und zappelte, doch das Gewicht drückte ihn hinab.

* * * * *

Es hatte versucht, sie zu erobern, und hätte fast gewonnen. David wußte es, als er unters Eis tauchte. Die Kreatur in seinen Armen drehte und wand sich, schlug mit Armen und Beinen, ein dürres, aber wehrhaftes Wesen. Er befühlte seine Formen durch den Stoff und wußte, daß es nicht fortexistieren durfte, wie es war – spinnenbeinig, reptilienhaft, drachenähnlich und abscheulich. Ein Schmarotzer.

Noch immer kochte die Wut in seinen Adern. Die blinde Lust zu töten war ein roher, archaischer Drang, der alle anderen Grundsätze und Erwägungen niederwalzte. Es war ein Urtrieb, sonst nichts.

Das Ding sandte ihm messerscharfe, fragmentarische Impulse, die auf den Hintergrund seiner Augen drückten und sich wie Korkenzieher in seine Knochen bohrten. Aber er konnte nicht anders, er mußte es töten. Der Schmerz blieb irgendwo in seinem Innern verkapselt, aber die Wut versengte alle anderen Empfindungen.

Nimm mich nimm mich nimm mich. Hilflos brüllte das Wesen seine Kommandos, und er fühlte die geistige Energie unter seine Schädeldecke dringen wie eine ekelhafte Infektion. Schaudernd zog er sich zurück. Es spürte das Ausweichen und stieß heftiger zu. Ein namenloses Grauen stieg an die Oberfläche, er schüttelte den Kopf und verlor die Selbstkontrolle. In diesem Augenblick verschmolz er mit der Kreatur. Nichts existierte mehr außer ihr und ihm und dem brennenden Wunsch, es zu zerstören. Er zwang sich, tiefer zu tauchen, vom äußersten Ende des Schilfgebiets zu der Stelle, wo das Kanalbecken steil abfiel. Hier war es eisig kalt, aber er spürte nichts davon. Seit elf Tagen folgte er seiner Blutspur des Fraßes und der Zerstörung, und er wußte, daß es jenseits aller menschlichen Gesetze, selbst aller Naturgesetze stand. Es hatte beinahe Helen Lamont versklavt, und schon das hätte David genügt, wäre auch nur der kleinste rationale Gedanke durch die Lohe seines Zorns gedrungen.

Er tauchte auf den Grund des Kanals und stieß das Ding in den Schlick, trat es mit dem Absatz tiefer hinein, warf sich mit aller Kraft darauf. Er hielt es dort unter der moddrigen Oberfläche, bis es nicht mehr zuckte.

Der geistige Schrei dauerte fort und fort, aber er wurde allmählich schwächer. David verharrte im Dunkel, selbst bis zu den Schultern im Schlamm steckend, bis die mentalen Impulse abstarben und das, was noch an Leben darin war, abflaute und verrann. Kurz bevor ihn die Kälte erstarren ließ, badete er in der köstlichen Weißglut des Triumphs, diese Bestie überwunden zu haben. Sein letztes Gefühl war ein leises Bedauern, daß er Helen nie wiedersehen würde, denn seine schwindenden Sinne hatten erfaßt, daß sie die richtige für ihn war.

Er wußte nun, daß sie es wert war, für sie zu sterben.

— 29 —

Visionen geisterten durch Davids Traum. In der Finsternis lauerten die Bilder auf ihn, näherten sich, und er sah wieder den kleinen Kuckuck, das sich im Nest duckte. Hinter durchscheinenden Lidern sah er den rötlich zuckenden, wandernden Augenball, der vergeblich zu sehen trachtete. Das Vogeljunge mühte sich mit dem Ei ab, schlüpfte darunter und spreizte die Beinchen. Das Ei bekam einen Knacks, hinter dem ein warziges, dünnes Wesen hervorkroch und den Mund wie einen Saugnapf über den Vogelleib stülpte. Selbst in seinen Alpträumen wußte er, daß es widernatürlich war, und wollte sich angeekelt abwenden. Aber die Kreatur hielt ihn gebannt, wie sie den Vogel festhielt, der nun kein Kuckuck mehr war. Es war ein Kind in der Wiege, über die sich das Warzending bückte, um mit dem kreisförmigen Saugrüssel die hilflos blickenden Augen auszutrinken . . .

Vor Abscheu und Grauen wich er zurück und ahnte dumpf, daß er so etwas schon einmal erlebt hatte, bevor er rücklings ins Wasser fiel und immer tiefer in den Modder sank. Unter seinen Füßen zuckte etwas. Es mußte ein Saugfisch sein, ein Neunauge mit groteskem, flachem Mund und kreisförmig angeordneten Zähnen. Als er wegschwimmen wollte, verwandelte es sich und war kein Fisch mehr. Der schwarze Buckel einer Libellenlarve schraubte sich nach oben, ihr aufgeklapptes, mit tödlichen Stacheln bewaffnetes Kieferscharnier schnappte nach ihm. In seiner Todesnot arbeitete er sich wieder nach oben, und es jagte ihm nach, während über ihm die Krähen irrwitzig kreischend aus dem Geäst fielen. Er riskierte einen Blick zurück und sah, wie es stehenblieb.

Jetzt beulte es sich nach außen, und die Haut am Rücken riß in der Mitte entzwei. Zwei rote Augen wölbten sich darunter, zwängten sich durch die knitternden Hautfetzen. Aus der Hülle kletterte, im hellen Licht des Tages verwandelt, Helen Lamont hervor. Ihre Augen waren jetzt tellergroß und glühend, die Brüste riesig aufgebläht, die Haut sackte faltig nach unten. Dunkles, geronnenes Blut klumpte zwischen ihren Beinen. »Es hat mich gekriegt«, murmelte sie unheilvoll. »Es hat mich angesteckt, und jetzt sitzt es in mir drin . . .«

Er taumelte, verlor das Gleichgewicht und stürzte ab, während sie ihn von oben musterte. Er war gescheitert, soviel war klar. Empfindungen der Trauer und des Verlusts überrollten ihn, und er fiel und fiel und fiel und . . .

Dann erwachte er.

Sein hohler Schrei der Panik und Verzweiflung hallte von den Wänden zurück. Helles Licht stach ihm in die Augen, und er schloß die Augen vor der Glut. Höllischer Schmerz pochte in seiner Seite und am Hinterkopf, und er merkte, wie ihm die Wirklichkeit wieder entglitt.

Eine kühle, zarte Hand legte sich ihm auf die Stirn. »Also kommen Sie allmählich zu sich?« Er riskierte ein Blinzeln, und jetzt tat das Licht weniger weh. Eine hübsche Krankenschwester lächelte ihm aufmunternd zu, und für Sekunden war er völlig verwirrt. Schon wollte er fragen, wo er war, als ihm dämmerte, daß es eine Klinik sein mußte. Er sog die Luft ein, spürte ein Stechen in der Lunge und hustete unwillkürlich. Sofort bereute er es, denn die Kehle brannte ihm wie Säure.

»Trinken«, röchelte er heiser.

»Sie müssen ja ganz ausgedörrt sein«, bestätigte sie in ihrem lispelnden irischen Akzent, der sich für David wie die Stimme eines himmlischen Cherubs ausnahm. »Lauter Schlamm hatten Sie in den Lungen. Und man hat Ihnen genug Antibiotika gespritzt, um ein Pferd zu töten . . .«

»Wie lange?« probierte er, und es kam nur als ein Flüstern heraus.

»Nur anderthalb Tage«, beruhigte sie ihn. »Der Doktor glaubt, die Kälte hätte sie gerettet. Verlangsamt den Stoffwechsel, wissen Sie!« Mit einem Fieberthermometer maß sie behutsam seine Temperatur. »Sie haben zwei Rippen gebrochen und eine häßliche Schnittwunde am Arm.«

An einen Schnitt konnte er sich nicht erinnern. Die Schwester prüfte das Thermometer, blieb ungerührt, und er ahnte, daß er mindestens noch einen Tag überleben und kämpfen würde. Der Kopf hämmerte dumpf im Rhythmus seines Herzschlags, und jeder Atemzug stach ihn wie mit Messern. Es gelang ihm, seine Qual vor der Schwester zu verbergen, und sie reichte ihm eine Tablette. Das Herunterschlucken wurde zur Folter, aber schließlich würgte er sie durch die aufgerauhte Kehle. Wenige Minuten später tat sie ihre Wirkung.

Nach zwei Stunden wurde er wieder wach, ohne zu wissen, daß er eingeschlafen war. Die Schwester brachte ein Glas Tee, klopfte ihm das Kissen auf und erklärte, er habe Besuch, bevor sie die Tür öffnete. Er hatte gehofft, Helen Lamont zu sehen, aber leider war es nur sein Vorgesetzter, Donal Bulloch, in Begleitung von Bert Millar vom Revierbereich West. Ihre Körpermassen nahmen ihm das Licht, was ein Segen war, denn noch immer brummte ihm der Schädel.

Die beiden Älteren zogen Stühle ans Bett und musterten ihn argwöhnisch. »Sie haben's also überstanden«, stellte der Chefkommissar halb fragend fest. »Falsche Jahreszeit für 'nen Badeausflug, wie?«

»Ist sie wohlauf?« erkundigte er sich.

»Welche von den vielen?« fragte Bulloch zurück. »Ich nehme mal an, Sie meinen Kommissarin Lamont. Sie wird durchkommen, soviel steht fest. Ein bißchen hysterisch und eine Unterkühlung, sonst hat sie nichts. Bei ihrer Konstitution geht das in Ordnung. Auch die Bäuerin lebt, aber wie lange noch, weiß kein Mensch. Die ist unverwüstlich. Aber damit schlägt sie wirklich alle Rekorde.«

»Haben sie es gefunden?«

Die beiden Männer blickten sich fragend an, dann wandten sie sich ihm zu. »Wovon reden Sie, wenn Sie ›es‹ sagen?« erkundigte sich der Chef.

»Das Ding. Baby!«

»Wir haben zwei Taucher-Suchtrupps den gesamten Kanal durchforsten lassen«, erklärte Bert Millar. »Alles rausgefischt, was drin lag. Was wir haben, sind vier tote Hunde, zwei stattliche Hechte und eine ziemlich teure Beinprothese unbekannter Herkunft. Sonst nichts.« Er beugte sich näher an das Bett. »Haben Sie sich das . . . Baby mal ansehen können?«

David schüttelte den Kopf. »Nur einen ganz kurzen Moment. Es war kein Baby. Aber ich könnte beim besten Willen nicht sagen, *was* es war.«

»Genau da liegt unser Problem«, unterbrach Donal Bulloch. »Wir haben die gesamte Presse am Hals. Mit Phil Cutcheon hab ich mich gleich in Verbindung gesetzt, nachdem ich von Kollege Millar erfuhr, was er von euch wußte. Aber damit das klar ist – an den Theorien des alten Cutcheon habe ich nicht das geringste Interesse, weder offiziell noch persönlich. Wir sind brave Polizisten, einer wie der andere, und wir wollen's bleiben und unsere Pension nicht aufs Spiel setzen. Hirnverbrannte Spekulationen bringen uns keinen Schritt weiter. Nach der amtlichen Version, die ins Protokoll kommt, waren wir wegen der Suche nach einer Vermißten zufällig am Unfallort, als ein Kind in den Kanal fiel und von einem zufällig anwesenden Polizisten rausgeholt wurde. Das ist die ganze Wahrheit und nichts als die Wahrheit. Wir könnten den edlen Ritter sogar für das Verdienstkreuz vorschlagen. Was die Morde bei den Parks betrifft, ist der bewaffnete Täter entkommen und wird nach wie vor gesucht. Und Sie schreiben sich hinter die Ohren, daß Sie nie auf der Middle-Loan-Farm gewesen sind. Von dem ermordeten Baby abgesehen, hat es dort nie eins gegeben.« Er rückte näher und sah David tief in die Augen. »Kapiert, was ich damit sagen will?«

David nickte. Er war hundemüde, Herz und Rippen taten ihm höllisch weh. Er konnte sich denken, was dahinter steckte. Donal Bulloch und Bert Millar hatten sich nach einer ausgiebigen Unterredung auf einen fairen Handel geeinigt. Was war schon dabei? Das Ding war tot, und was anderes zählte nicht. Es lag da unten, tief im Schlick, und mochte dort verrotten. Anscheinend hatte sein Chef schon mit allen Beteiligten geredet, um eventuelle Gerüchte, die der offiziellen Version widersprachen, im Keim zu ersticken. Bulloch wollte gar nicht wissen, was da unten lag. Er war ein Polizist und mußte für Recht und Ordnung sorgen. Für ihn gab es keine Teufel – es sei denn, im Herz der Schwerenöter, die er hinter Gitter brachte. Er hatte Glück.

»Mir soll's recht sein«, beteuerte er und rang sich ein Grinsen ab. »Genau so war's und nicht anders.«

Bulloch nickte und verließ das Krankenzimmer. Millar blieb noch eine Weile. »Ich habe auch mit Phil Cutcheon geredet. Was immer da hochgekocht ist, ihr seid bis zum Schluß am Ball geblieben. Sie und das Mädchen haben echt gute Arbeit geleistet. Wenn Sie irgendwann für mich arbeiten wollen, sagen Sie nur Bescheid, klar?« Er stand auf und setzte seine strenge Miene auf, die seinen Blick unter den buschigen Brauen verbarg. »Aber bitte keine Gespenster- und Gruselgeschichten mehr, ja? Denken Sie an das, was Ihr Chef sagt. Es ist besser so für uns alle, wissen Sie!«

Erst am anderen Morgen tauchte Helen endlich auf, mit einem riesigen Früchtekorb im Arm. Sie beugte sich vor und küßte ihn, wobei sie unfreiwillig die gebrochene Rippe drückte und erschreckt zurückfuhr, als er aufstöhnte. Die Krankenschwester kam besorgt angelaufen, lächelte und verschwand wieder.

»Ist es tot?« fragte sie, als sie endlich allein waren.

»Als es sich nicht mehr rührte, war es mindestens einen Meter unter Schlick begraben. Muß ziemlich tief sitzen, wenn die Taucher nichts finden, obwohl ich nicht weiß, wie genau sie nachgeschaut haben. Es tat jedenfalls keinen Mucks mehr, und ich bin noch 'ne ganze Weile untengeblieben, um auf Nummer Sicher zu gehen.«

»Ich weiß. Alle standen untätig herum, und der dämliche Konstabler saß bloß auf seinem dicken Hintern und heulte. Das arme kleine Mädchen hat sich besser gehalten als er!« Helen berichtete, wie Jimmy Mulgrew, der junge Dorfpolizist, dem auf dem Bauernhof übel geworden war, in voller Montur in den Kanal sprang und schließlich, nach zwei vergeblichen Versuchen, David an den Füßen zur Wasseroberfläche zerrte. »Er hat dich rausgeholt, und er hat dir das meiste Dreckwasser aus der Lunge gepumpt. Du verdankst ihm dein Leben!« erklärte sie.

»Und ich verdanke dir meins. Von dem, was passiert ist, nachdem wir ans Ufer kamen, weiß ich nichts mehr. Völliger Blackout.«

»Sämtliche Rippen hast du mir gebrochen, blöde Kuh!« schimpfte er. Sie straffte sich und wirkte erst ganz eingeschüchtert. Dann brach er in lautes Gelächter aus, was ihn allerdings einige Mühe kostete. »Aber ich werd's überleben.«

Auch Kate Park hatte überlebt. Sie lag auf der Intensivstation der St.-Enoch-Klinik, wo ein großes Aufgebot von Fachärzten vor ihrem Krankenbett defilierte. Zwar war sie am Leben, aber sie lag tief im Koma. Ihre Kräfte waren so geschwächt, daß sie nur noch leidlich dahinvegitierte. Den Röntgenaufnahmen und dem EKG zufolge war ihr Zustand katastrophal. Von den zahllosen Mehrfachbrüchen an Hüfte und Kinn abgesehen, war der Verfall der Skelettstruktur und des Muskelgewebes so weit gediehen, daß sie fast dreißig Prozent des Knochenkalks und fast alles Fett verloren hatte. Dr. Hardingwell und andere führende Bakteriologen stellten Mutmaßungen über einen neuen Super-Organismus an, der allein imstande wäre, eine solche Deformation zu verursachen. Kate Parks Blut enthielt weit mehr von den großen protogenetischen Molekülen, als bei Heather McDougall und Ginny Marsden festgestellt werden konnte. Sie wurden von vielen bedeutenden Spezialisten untersucht, doch keine zwei waren einhelliger Meinung. Die meisten stimmten darin überein, daß es sich um Aminosäuren handelte, die fundamentalen Bausteine des Leben, aber damit war das Einvernehmen auch schon zu Ende. Wie die Molekularketten funktionierten, blieb und bleibt ein Rätsel.

Rund um die Uhr arbeiteten Operationsteams, um Kate Park physisch am Leben zu erhalten und die versehrten Organe auszutauschen. Gelegentlich zuckte sie, als wolle sie aus dem Koma erwachen, aber dann blieb sie doch reglos liegen. Welche Ungeheuer ihre Alpträume bevölkerten, ahnte niemand. Ihr Mann und ihr Kleinkind wurden im Familiengrab auf dem Friedhof von Barloan Harbour beigesetzt. Der Priester von St. Filian betete für den Frieden ihrer unsterblichen Seelen. Doch der Seele von Kate Park war, zumindest vorerst, keine Erlösung beschieden.

Die kleine Kirsty Cameron verbrachte eine Woche im Krankenhaus und wurde anschließend zur Psychiatrie überwiesen, wo man sie wegen geistiger Umnachtung einer intensiven Therapie unterzog. Die Brüste des Mädchens waren mit schwarzen Blutergüssen übersät. Die Ärzte hatten ernste Schäden des Hautgewebes infolge spontanen Wachstums und heftiger Überdehnung festgestellt. Bluttests zeigten, daß die Kleine einen einzigartigen, erdrutschartigen Pubertätsschub durchgemacht hatte. Ihre Eierstöcke waren voll ausgebildet und produzierten weibliche Hormone in unvorstellbarer Menge. Zugleich war sie fast katatonisch, sprach auf keinerlei Außenreize an – beziehungsweise fast keine. Nur wenn ein Baby in der Nähe schrie, zeigte sie heftige Reaktionen und wurde derart hysterisch, daß sie mit Thorazin ruhiggestellt werden mußte. Sie würde zeitlebens in psychiatrischer Behandlung bleiben.

David Harper durfte nach kurzem Aufenthalt die Klinik verlassen, wo er täglich von Helen besucht wurde – und, was beiden peinlich war, von June, die sein Bettzeug glattstrich, sich mit außerordentlicher Sorgfalt seiner Pflege widmete und ihm Obst und Leckereien für die baldige Heilung mitbrachte. Er machte gute Miene zum bösen Spiel, obwohl sie Helen gegenüber schmollte und sich geradezu feindselig verhielt. Doch als er heimkehrte, ließ er sie nicht mehr ein, und sie stürmte unter Weinkrämpfen und Flüchen davon. Es sollte noch vier Wochen dauern, bis er den aktiven Dienst wieder aufnehmen durfte. Donal Bulloch hieß ihn im Namen der Truppe willkommen, schüttelte ihm gravitätisch die Hand und dankte für seine Bemühungen bei der Identifizierung der toten Frau.

Gemeinsam vervollständigten David und Helen den Bericht, den ein alter Polizist lange vor ihrer Geburt begonnen hatten, aber sie zeigten ihn keiner Menschenseele.

Damit waren die Akten geschlossen.

— 30 —

»Hast du nicht was gehört?« Jasmine Cook hob den Blick von ihrem Manuskript auf dem Arbeitstisch. »Ich meine, da wäre ein Geräusch gewesen . . .«

»Ein Wasserhuhn vielleicht, oder ein Wilderpel«, antwortete Flora Spiers lachend. »Der Frühling steht kurz vor der Tür, und die Jungvögel bereiten sich auf das vor, was sie zu dieser Jahreszeit immer tun.« Sie war eine pausbäckige Frau mit kurzgeschnittenem, ergrautem Haar und listigen Augen. Jetzt stand sie drüben in der Kombüse am Herd und briet im gußeisernen, schwarzgebrannten Wok ein Gemengsel chinesischer Gemüse. Der Duft nach Knoblauch, Sojasoße und knusprigen Bohnensprossen zog bis in Jasmines enge Kajüte.

Jasmine strich die beiden Worte aus, die sie gerade niedergeschrieben hatte, und ersetzte sie durch einen Ausdruck, den sie für angemessener hielt. Dann richtete sie sich auf und schob die Brille über den Haaransatz. Trotz ihrer fünfzig Jahre war ihr lockiges, gepflegtes Haar naturbraun geblieben und umrahmte ein noch jugendliches Gesicht. Sie sammelte die Blätter ein, die auf dem niedrigen Tisch verstreut lagen, und legte sie in eine Schachtel. »Das ist das vorletzte Kapitel!« verkündete sie stolz. Dann erhob sie sich, um den Pappkarton ins Regal zu stellen, und trat in den Durchgang.

»Schön für dich.« Flore lächelte. Sie drehte sich um und küßte Jasmine auf die Lippen. »Hast ja auch lange genug dran gesessen.«

»Aber das war es wert. Das Schlußkapitel ist ein echter Höhepunkt. Ein perfektes Finale!« Sie legte Flora den Arm um die Schultern und schmiegte sich an sie, bis ihre Hüften sich berührten. »Und nur dank deiner Hilfe! Wenn du nicht gewesen wärst, hätte ich noch immer meine Schreibkrise.« Von hinten bettete sie den Kopf an Floras Wange, spürte ihr rauhes, graues Bürstenhaar und drückte sich an sie.

»Mir scheint, der Frühling ist schon da«, sinnierte Flora.

»Die Elstern nisten auf der Weide. Heute früh habe ich welche vor die Linse gekriegt, als der Nebel noch dicht war. Die Sonne brach gerade durchs Geäst, und alles war diesig und fahl, vom Glanz ihrer Flügel und Schwanzfedern abgesehen. Außerdem habe ich noch zwei kriegerische Schwäne fotografiert, die über den Kanal direkt auf uns zugeschwommen sind. Wenn die Belichtung stimmt, wird es eine herrliche Illustration!«

»Deine Belichtung stimmt immer«, schmeichelte Jasmine. Ihre Hand glitt den Rücken ihrer Freundin hinab und tastete durch die Bluse nach der Wärme ihres Leibes. Flora reckte sich genießerisch der Berührung entgegen wie eine Schmusekatze.

Wieder dieses Geräusch. Ein leises Quietschen.

»Hörst du's jetzt?« fragte Jasmine atemlos.

»Was denn?« Noch immer, trotz der engen Umarmung, rührte Flora in den Gemüsen im Wok. Das Pflanzenöl siedete auf kleiner Flamme.

»Ich glaube, da ist ein Laut gewesen.«

»Hier am Kanal hört man so allerhand. Enten und Bleßhühner, nicht zu vergessen die Finken im Gebüsch . . . Wenn du ganz still bist, hörst du sogar Feldmäuse im Schilf rascheln.«

»Nein«, widersprach Jasmine. »Mit kommt's vor, als ob da jemand weint!«

»Ach, das bildest du dir ein. Dichterische Phantasie!« Flora lachte spöttisch. »Wäre ich nur so begabt wie du! Ich kann bloß mit dem arbeiten, was ich vor mir sehe.« Mit der freien Hand strich sie liebevoll über Jasmines Wange. Sie fühlte sich seidig und zart an, und im Bauch verspürte sie den Schmetterlingsflügel der Sehnsucht und das Aufkeimen wilder Leidenschaft. »Das erinnert mich an was«, fuhr sie fort und zwang sich, ernst zu bleiben. »Wenn das gute Wetter anhält und wir morgen wieder Nebel haben, will ich endlich das Umschlagfoto für dein Buch aufnehmen. Etwas ganz Romantisches, weißt du, das sich den Lesern einprägt . . .«

»Mit viel Nebel, daß die Kritiker nicht so genau hinsehen«, seufzte Jasmine.

»Ach, das hast du doch gar nicht nötig, Liebes. Du schreibst wunderbar.«

Jasmine lächelte. »Ich wünschte, wir könnten länger hierbleiben. Es ist so still und friedlich hier. Ein kleines Paradies, geschaffen nur für uns zwei, und die böse Welt da draußen hält der Nebel fern. Ich mag gar nicht heimfahren.«

Flora wollte gerade antworten, als der dünne, wimmernde Ton wiederkehrte. »Da!« rief Jasmine. »Hab doch gewußt, daß da was ist!« Sie entzog sich sacht der Umarmung und wandte sich um. Ein Schrei, der gerade mal die Luft vibrieren ließ.

»Ein Kaninchen in der Schlinge?« fragte sie sich verwundert. Flora runzelte die Stirn und lauschte ebenfalls.

Sehr schwach, sehr leise wimmerte es abermals, während sie den Atem anhielten. Jasmine lauschte dem Widerhall in ihrer Seele und wurde seltsam traurig. »Klingt wie ein Baby«, stellte sie fest und wich zurück, hinaus aus der Kombüse. Floras Hand ließ sie nicht los, legte sich ihr auf die Schulter, wie um sie zurückzuhalten. Aber ihr fester Griff kam gegen das verstohlene Kribbeln nicht an, das Jasmines Haut überzog.

»Geh nicht weg«, wollte Flora gerade sagen, als der Schrei lauter wurde und in einem leisen, hustenden Schluchzer endete. Flora konnte nicht anders, sie tat ebenfalls einen Schritt nach draußen. Es klingelte ihr im Ohr, ein feines Singen. Es mußte ihr Kreislauf sein, der im Winter ständig verrückt spielte. Der Druck breitete sich in den Schläfen aus. Jasmine zwängte sich schon durch die schmale Luke nach oben.

Die Klappe ging auf, und ein kühler, dunstiger Abendhauch wehte in das geheizte Innere des Kahns. Weit draußen, in der Flußmündung, hackten die Austernfischer mit den Schnäbeln nacheinander und kreischten wie verlorene, in der Dünung ausgesetzte arme Seelen. Hoch oben im Geäst des Kastanienwäldchens am Nordufer des Kanals klagte ein Käuzchen.

Jemand weinte. Es waren wortlose Schluchzer, beredtes Zeugnis der Not und Hilflosigkeit eines Kindes. Flora bekam einen Stich ins Herz, das plötzlich schneller schlug, und zugleich verspürte sie ein heftiges, unerklärliches Sehnen.

Sie trat an Deck hinaus, wo sie die rauhe Luft im Hals schmerzte. Der Nebel kreiste in blassen Spiralen, nicht mehr frostig, aber für einen Vorfrühlingsabend doch noch frisch. Zielbewußt und wie aus freien Stücken schien er um das Hausboot zu wabern wie ein forschender Geist.

Flora erschauerte. »Kannst du irgendwas erkennen?« wollte sie wissen und ignorierte die Anspannung hinter der Stirn. Jasmine stand an der Reling und legte den Kopf schräg. Es war völlig windstill. Weiter unten, im düsteren, flachen Gewässer des Kanals, spiegelte sich klares Mondlicht, das im herabhängenden Gestrüpp der Trauerweiden leuchtete. Daneben, am efeuumrankten Ufer, schnarrte eine Ente, setzte zum Wassern an und warf einen glitzernden Wellenkreis aus, der sich konzentrisch vervielfachte und ans andere Ufer rollte, wo er im Seegras entschwand. In diesem Teil war der Kanal breiter, hier konnten zwei Kähne bequem nebeneinander liegen, ohne einem dritten die Durchfahrt zu erschweren. Büschelweise ragte das Schilfgras aus dem Wasser, hoch und grün nach der Dürre des Winters. Etwas raschelte dort in den Tiefen, aber es war kein Windstoß. Es konnte ein Wasservogel sein, der Unterschlupf suchte, oder ein Otter auf nächtlicher Jagd.

Das leise Wimmern zitterte im Röhricht. Jasmine fuhr herum. Flora sah ihren Atem wie Rauch vor dem Mund. »Wer ist da?« rief Jasmine. Ein Mondstrahl verfing sich in ihrem Haar und ließ es aufblitzen wie blauen Stahl.

Eine schmale Gestalt löste sich aus dem Schilf. Anfangs, bevor sie sich bewegte, hätte Flora schwören mögen, daß dort nichts zu sehen war. Doch als sie es rascheln hörte, fuhr sie auf. Mit geübtem Auge, die eine sonnenbadende Natter auf Herbstlaub ebenso erkennen konnte wie eine Raupe am bemoosten Baumstamm, hielt sie Ausschau. Vorhin hatte sich das Mondlicht im schwarzen Wasser zwischen dem Schilfrohr gespiegelt, aber eine Gestalt hatte sie nicht erspäht.

Und nun war dort ein kleiner Junge.

Sein Gesicht war überschattet, doch sie nahm es wahr. Vielleicht war es nur Einbildung, aber sie glaubte, seinen gespenstischen Blick zu sehen, traurig wie das Gesicht des Mondes. Er war mager und, wie der Nebel, von fast körperloser Blässe. Er regte sich, streckte ihnen ein dünnes Ärmchen entgegen, wie ein gestrandetes Wesen, das um Hilfe fleht. Und er bewegte sich auf sie zu, völlig lautlos zwischen dem wuchernden Schilfgras.

»Er macht gar kein Geräusch«, wunderte sich Flora zerstreut. »Ist das nicht merkwürdig?«

»Sieh mal, Flora, ein Kind!« rief Jasmine und lenkte sie ab. »Der arme Bub!« Sie lief auf die Planken der Anlegestelle, wo sich der Schiffsrumpf knarrend an der Kanalbefestigung rieb, gedämpft durch die Befestigung aus alten Autoreifen. Flora folgte ihr, auf unnatürliche Weise sensibilisiert für die Schwärze der Nacht und den grellen Mond. Alle ihre Sinne schienen plötzlich für neue Wahrnehmungen geschärft. Es war, als kratzte der Nebel über die Haut an Wange und Hals. Unten im Mündungsgebiet, weit jenseits der Stelle, wo sich der Kanal in das Tidebecken ergießt, hörte sie Säbelschnäbler zwitschern und Rotschenkel flöten. Irgendwo in den Weiden rieb eine frühe Zikade ihre Flügel am Hinterleib und verstummte. Flora trat an die Reling und sah zu, wie Jasmine über die Planken balancierte und das Ufergras erreichte. Dort wandte sie sich um und entschwand im Schilf.

Der nackte Knabe stand knöcheltief im Wasser. Mondlicht zeichnete seine Konturen nach und tauchte sie in eine silberblaue Aura, die weniger körperlos wirkte als seine sonstige Gestalt. Er streckte beide Arme nach ihr aus, beugte sich vor. Dann machte er einen lautlosen Schritt vorwärts, wie es sonst nur ein Reiher vermocht hätte, indem er den Fuß so behutsam und vorsichtig ins Wasser setzte, daß die glatte Oberfläche fast gar keine Wellen schlug.

Bitte hilf mir.

Jasmine vernahm keine Stimme, aber was immer sie hörte, übersetzte ihr Hirn in eine Sprache, deren Sinn ihr verständlich war, auf die sie mit jeder Faser ihres Körpers reagierte.

Hilf mir hilf mir hilf mir.

Hinter ihr wurde Flora von der gleichen unwiderstehlichen

Lockung erfaßt. Bis zu den Knöcheln reichte das seichte Wasser dem Kleinen, der splitternackt und schlank, mit großen, mondüberschatteten Augen und zarten Gliedern dastand. Sein ganzer Leib schien um Rettung zu flehen, und sein Sirenengesang war ein leises Wimmern, das beiden Frauen unter die Haut ging und den natürlichsten aller Instinkte weckte.

»Armer kleiner Junge«, hörte Flora Jasmine sagen. *Armer kleiner Junge.* Die gleichen Worte hatte sie auf den Lippen. Jasmine beugte sich vor, und die kleine Gestalt reckte sich ihr entgegen.

In diesem kurzen Moment überlief Flora ein Schauer der Angst. Das Vorgefühl einer gräßlichen, irrationalen Bedrohung durchrieselte sie. Sie öffnete die Lippen, wollte Jasmine davon abhalten, sich dem Jungen zu nähern. Die schlanken Kinderärmchen schienen sich unnatürlich zu verlängern. Das Mondlicht waberte auf der Haut, die zu schrumpeln und zu schmelzen schien. Der kleine runde Kopf neigte sich.

Jasmine setzte einen Fuß in den Kanal. Schilfrohr knickte ab, Wasser spritzte empor und gluckste. Vom anderen Ufer, rund hundert Meter von der Barke entfernt, erhob sich schnatternd und flügelschlagend eine aufgestörte Ente. In der Tiefe, unsichtbar für jedermann, erstarrten ganze Schwärme von Neunaugen – so viele, daß sie bei Tageslicht das Wasser eingeschwärzt hätten –, zuckten noch einmal krampfhaft und sanken auf den Grund, wo sie eine tote, schleimige Schicht bildeten. Ein großer Hecht, der zwischen der Weidenwurzeln kreuzte, schoß aus seinem Versteck hervor und raste zwei Meter unter der Wasseroberfläche den Kanal entlang, mit verängstigten Flossenschlägen, hinterließ eine große Bugwelle und machte erst einen halben Kilometer weiter bei der Schleuse halt.

Rühr es nicht an, bleib weg! Flora blieben die Worte im Hals stecken. Es drehte sich zu ihr um, und die dunklen Augen musterten sie. Flora wollte den Blick abwenden, aus dem Boot steigen und ans Ufer rennen. Doch der Blick des Kleinen brannte sich in ihre Seele. Etwas befühlte ihren Geist und erstickte ihre Ängste so rasch, wie sie vorhin aufgekommen waren.

»Er ist sicher schon ganz steifgefroren«, krähte Jasmine und nahm ihn in die Arme, wie eine Mutter, wenn ihr Kind gefallen ist. Sie beeilte sich, ihn der Gefahr zu entreißen, der Kälte, der Nacht, wiegte den Jungen im Arm und drehte sich zu Flora um. »Sieh nur, wie er zittert!« rief sie. »Es geht mir selbst durch Mark und Bein.«

»Was hat er denn hier zu suchen?« wollte Flora fragen, aber Jasmine schnitt ihr schon wieder das Wort ab.

»Rasch, setz den Wasserkessel auf! Er muß was Warmes trinken. Er ist kalt wie Eis.« Jasmine öffnete ihre ausgebeulte Wolljacke, stopfte das Kind an ihre schwellende Brust und knöpfte die Jacke wieder zu. Sie spürte, wie der durchfrorene, nasse Klumpen sie erstarren ließ, als wollte er ihr alle Körperwärme aussaugen. Mit wenigen Sätzen war sie zurück an Deck. Flora tat, wie ihr geheißen, und werkelte schon in der Kombüse. Jasmine folgte ihr rasch, vor Kälte zitternd, und die kleine Gestalt kuschelte sich an sie. Mit einem Mal wünschte sie sich nichts sehnlicher, als den Kleinen zu schützen.

»Wie mag er wohl dort hingekommen sein?« bohrte Flora nach. »Sollten wir nicht den Krankenwagen holen?«

Der Junge wimmerte. Er mochte drei Jahre alt sein oder vier. Die Petroleumlampe, warf mehr Schatten, als sie Licht spendete, und doch zuckte er vor ihrem Dämmerschein zurück.

»Es tut ihm in den Augen weh«, erklärte Jasmine. »Dreh die Lampe aus! Das Licht in der Kombüse muß genügen.« Wieder gehorchte Flora. »Er soll sich aufwärmen. Bestimmt hat ihn jemand verloren.« Mit beiden Händen drückte Jasmine den bibbernden Leib an sich. Ein dünnes, tiefes Summen machte sich in ihrem Hinterkopf bemerkbar, wie das Gebrumm einer Fliege, die im Marmeladenglas gefangen ist. Eine glitschige Berührung, ein Streicheln über ihre Seele nahm sie kaum wahr. Alles, was noch zählte, war das Kind und das drängende Bedürfnis, es zu bemuttern.

»Was ist denn das für ein Gestank?« wollte Flora wissen.

»Welcher Gestank?«

Flora schnüffelte angewidert. Sie schloß die Augen und

schnüffelte wieder. Dann schüttelte sie ganz langsam den Kopf. »Komisch. Vorhin war mir, als ob ich was gerochen hätte. Muß wohl verflogen sein.« Sie hob einen Arm und rieb sich mit dem Handgelenk unter der Brust, wo die Haut leicht zu jucken schien, und gleichzeitig tat Jasmine dasselbe. Sie wandte sich zum Gaskocher um, setzte den Kessel auf und kehrte zurück. Jasmine saß auf der Eckbank und hielt den kleinen Jungen fest im Arm. Das Kind lag ganz in ihrem Schatten. Trotz des Zwielichts erkannte Flora, wie ein zufriedenes Lächeln ihre Miene vergoldete.

»Komm, setz dich doch zu uns!« ermunterte sie Flora. »Wir können ihn gemeinsam wärmen.«

Flora wanderte langsam von der Kombüsentür in den engen Aufenthaltsraum und quetsche sich in die Ecke. Hier roch tatsächlich etwas, aber es war der Geruch eines Kleinkinds. Sie erkannte ihn genau. Während dem Jungen allmählich warm wurde, sog sie den Duft von warmer Milch und gewaschener Haut ein. Es erinnerte sie an ihre eigene Kindheit, wenn sie von ihrer Mutter in der Badewanne eingeseift wurde. Von tiefer Zufriedenheit eingelullt, hing sie träumerisch ihren Erinnerungen nach.

Einige Zeit später, als der Mond hoch am Himmel stand, gingen sie zu Bett, ohne sich gegenseitig oder gar den Jungen loszulassen. Das China-Gemüse war vergessen. Sie hatten kaum noch ein Wort miteinander gewechselt, seit sie mit dem armen kleinen Fratz an Deck zurückgekehrt waren. In der Enge ihrer Koje kuschelten sie aneinander, gaben sich gegenseitig die Wärme, die sie brauchten, Haut an nackte Haut gepreßt. Zwischen ihnen räkelte sich, wohlgeborgen zwischen heißen, schwellenden Fleischbergen, der nackte Junge.

In dieser Nacht hatten sie wilde Träume vom Tasten und Schlecken und nassen, glitschigen Berührungen.

* * * * *

Helen Lamont wurde aus dem Schlaf gerissen und japste nach

Luft. Mit weit aufgerissenen Augen starrte sie ins Dunkel, und der kalte Schweiß stand ihr auf der Stirn. *Mein Gott.* Ihre Brust hob und senkte sich, und die Kehle war ihr wie ausgedörrt. Eine intensive Vorahnung der lauernden Katastrophe erschütterte sie am ganzen Leib.

Sie hatte geträumt. Dann war der Traum abgebrochen. Sie erwachte ruckartig, die Nerven bis zum Zerreißen gespannt. Ein Mondstrahl glitt durch die Vorhänge herein und verlieh ihrer feuchten Haut einen bläulichen Schimmer. Das Grauen überlief sie, ein unsägliches Etwas, ein gesichtsloses, spinnenbeiniges Ungeheuer der Nacht. In den Abgründen des Schlafs hatte etwas nach ihr getastet, mit fauligen, schmierigen Fingern. Ihr undefinierbarer sechster Sinn, das legendäre Talent, Gefahren von fern zu wittern, hatte sein Kommen gespürt und sie aus dem Schlummer geweckt.

Plötzliche, ungebetene Tränen glitzerten und zerflossen, legten einen Schleier über ihre Augen. In der Finsternis sehnte sie sich nach Trost und Gewißheit und sicherer Obhut. Aber etwas in ihr warnte sie, daß es damit aus und vorbei war.

* * * * *

Er fand sich nur mühsam zurecht. Fast, als hätte er gar nicht existiert vor dem Moment, als die Empfindungen zurückkehrten. Eine Zeitlang wurden alle seine Sinne von Eindrücken überflutet. Er schreckte hoch, obwohl sich dieses Erwachen in Wahrheit schon lange vorbereitete. Ein mählicher Aufstieg aus grundlosen Tiefen war es gewesen, der ewig zu dauern schien. Doch als es soweit war, überkam es ihn mit solcher Gewalt, daß es ihn aus der totenähnlichen Starre riß.

Panik alarmierte ihn, und sein erster Instinkt war, wieder ins Dunkel zu kriechen und dort zu bleiben, bis die Gefahr vorüber war.

Und doch konnte er jetzt nicht mehr zurück. Er war anders. Anders als was, wußte er nicht zu sagen, aber er wurde am ganzen Leibe unwiderruflich umgekrempelt. Er blieb reglos, merkte die eisige Kälte in seinem Innern und wußte doch, daß es wärmer geworden war. Hier unten in der Tiefe krabbelten kleine, kühle Wesen über seine Außenhaut, vielgliedrige Winzigkeiten auf tastenden Beinchen. Jener Teil seiner selbst, mit dem er geistige Witterung aufnahm, berührte eins, schmeckte ab, spie aus. Es starb. Er brauchte gehaltvollere Kost als diese.

Seine Glieder zuckten, und ein brennender Schmerz durchfuhr ihn. Sie waren lange nicht bewegt worden, und auch sie waren nicht mehr dieselben.

Wieder wurde er still, geizte mit seinen Kräften. Die Empfindungen hatten ihn angestrengt. Jetzt duckte er sich in der Kälte und pumpte wie ein neugeborener Hänfling.

Es war nichts als ein neuer Anfang. Er fühlte es voraus. In der Stille seines Dösens sammelte er sich. Hinten am Rücken verspürte er einen Schmerz, einen quälenden Druck, der seine Knochen ächzen ließ. Aber es war ein guter Schmerz – das Wachstum peinigte ihn. Es kam ihm vor, als werde er rundum erneuert, aber manches an ihm blieb, wie es war. Abermals strengte er sich an, zwang seine Gedanken in eine Richtung, warf sie zurück.

Vor sein geistiges Auge trat eine Szene. *Die Hunde jagten ihn und stimmten, vor Angst speichelnd, ein Wutgeheul an. Er spürte den schrecklichen Aufprall nach dem Sturz und sah, wie sie einander an die Gurgel gingen, während Blut über totes Laub spritzte.*

Szenenwechsel. Sie folgte ihm durch das schwindende Tageslicht, wandte sich ihm zu, und er hatte überwältigende Sehnsucht nach ihr verspürt. Der andere schlug heftig zu und drängte sie weg, und seine Wut war so hitzig gewesen, daß ihm ihre Weißglut in die Augen stach.

Wechsel. Sie hetzten hinter ihm her. Das Prickeln im Nacken, im Mark seines Rückgrats verriet ihm, wie nah die Verfolger schon waren. Er hatte sie fast schon übernommen. Und dann war der Schmerz explodiert, erst hell und brennend, und dann eiskalt.

Er war abgestiegen in die Kälte, in die nachtschwarzen Tiefen, wo das Licht seine Augen nicht versehrte. Hände lagen schwer auf ihm, rissen und preßten. Er hatte versucht, die Gedanken des Mannes mit seinem Geist zu unterjochen, aber er konnte nicht durchdringen. Etwas in ihm war zerbrochen, aber das machte jetzt nichts mehr, denn nach verzweifelter Hetzjagd und tödlicher Gefahr stand ihm die nächste Metamorphose bevor. Sie kam so rasch über ihn, daß er sie selbst nicht erkannte. Er empfand nichts als einschnürende Kälte und über ihn hereinbrechende Dunkelheit, und daß er hier unten in der klebrigen Schwärze blieb. Jedes andere Gefühl verebbte. Nach einer Weile wich der Druck von ihm, und er wußte, daß der Mann nach oben fortgezogen wurde und verschwand. Hier im nassen Dunkel, wo der Wasserdruck schwer auf ihm lastete und der Schlamm am dicksten war, war er eingebohrt. Doch noch konnte er sich bewegen, langsamer denn je wand er sich und strampelte, bis er eine Felsspalte fand. Dort kroch er hinein und wartete, bis sich ringsum die aufgewühlten Sedimente ablagerten und alles still wurde.

Die Finsternis wuchs außen und innen. Droben, weit weg und im Tageslicht, wurde das Funkeln anderer Geister schwächer. *Sie* war noch da, das ahnte er undeutlich, aber alles blieb stumpf, und nach einer Weile entfernten sich alle. Einige Zeit später gab es wieder Lärm und den Eindruck unmittelbarer Nähe einer Menschenseele, aber nur wie durch mehrere isolierende Schichten hindurch. Sein eigener Geist fror ein, die Haut verhornte sich gegen die Kälte, und der Wandel vollzog sich. Diesmal war es ein radikaler Umbruch. Er krümmte sich in seiner Felsspalte, dick in den Schlick eingemummelt, wohin sich andere kleine Lebewesen zum Überwintern vergraben hatten. Seine ledrige Haut hielt die Kälte fern, als existierte sie nicht. Das Atmen hatte er eingestellt, doch nun nahm seine Haut alles auf, was er benötigte, obwohl sie hart wie das Chitin der Insekten geworden war. Nach einer Weile endete auch dies. Ringsum lagen die eingerollten Larven kleinerer Räuber, im Schlaf ihre Verpuppung abwartend, bis die Wärme sie verwandelte. Unwillkürlich imitierte er sie. Seine Gedanken wurden träger, flakerten nur noch selten auf und starben schließlich ganz ab, bis nur noch die Einzigartigkeit seines unerschütterlichen Selbst übrigblieb.

Er war in nahezu jeder Hinsicht ahnungslos, welch tiefgreifender Wandel im Innern der Schale seiner verdickten Haut vor sich ging. Doch ganz im Innern seiner Existenz akzeptierte er ihre Macht und wartete ab. Die Zeit der Finsternis dauerte fort, scheinbar ohne Ende.

Und dann war er aufgewacht.

Das Wachwerden peitschte ihn mit plötzlicher Gewalt aus dem Dämmerzustand, und er wurde wieder er selbst und doch *anders*. Er erforschte seine Neuerung, die unbekannte Struktur, und auf seine wortlose, instinktive Weise wußte er, daß er einen höheren Grad des Seins erreicht hatte.

Dann kam der Hunger.

Und es war ein anderer Hunger als zuvor. Er brannte innerlich und ließ eine Lücke klaffen, die gefüllt werden mußte. Doch kaum nagte der Hunger an seinen Eingeweiden, als seine geschärften Sinne gewahr wurden, wie er sich noch immer veränderte. Er brauchte Nahrung, um zu werden, was er schon zu sein glaubte.

Er reckte sich und spürte, daß zwischen seinen dürren Schultern etwas zerriß. Noch immer kreuzte er seine Glieder übereinander. Sie waren, soweit er feststellen konnte, weich und flexibel. Er streckte sich wieder, beulte die ungewohnten Muskeln aus und sammelte Kräfte. Wieder das heftige Reißen. Dann gab etwas nach wie eine berstende Membrane, wie Fell, das bei lebendigem Leib zerfetzt wird. Diese Haut war anders, denn sie hatte ihn vor dem Erfrieren bewahrt. Er plusterte sich auf, spürte das Kratzen des Futterals am Rücken, buckelte wieder, bis noch mehr nachgab. So ging es eine Weile weiter, buckeln und nachgeben, dann ausruhen. Buckeln. Nachgeben. Ausruhen. Kaltes Wasser drang zwischen die Schale und sein eigenes Fleisch, und das half ihm beim Herausflutschen. Die neue Haut schrumpelte ein, der Wasserdruck verstärkte seine Bemühungen. Er preßte mit aller Kraft, und die Schale splitterte an seinem Hinterkopf, daß er schon glaubte, in zwei Hälften zu reißen.

Und plötzlich war er wieder frei. Seine Glieder fanden den Weg nach draußen. Wieder plusterte er sich auf, wirbelte in einem trägen, schlammigen Purzelbaum herum (und wenn David Harper ihn beobachtet hätte, wäre ihm die verteufelte, unheilvolle Ähnlichkeit mit der Libellenlarve aufgefallen, die sich entpuppt) und zog sich mit einem Ruck heraus. Es war noch immer dunkel und sehr kalt, aber er war weniger verwundbar als zuvor. Hingekauert, ignorierte er den Druck der meterdikken Schlammschicht, bis er wieder neue Kraft gesammelt hatte und sich rührte. Die Gezeiten standen ihm bei, und er wußte, daß er nicht länger warten mußte. Seine Sinne nahmen das Dunkelwerden über ihm wahr und das Licht des Mondes. Es trieb ihn nach oben. Sehr langsam und zielbewußt arbeitete er sich aus der Felsspalte und durch den Schlick nach oben. Nach einer Weile kam er an eine trübe Stelle, wo altes Gestrüpp und totes Schilf den Grund des Kanals bedeckten. Hier war es noch immer dunkel, denn seine Bewegungen hatten Ablagerungen in dichten Wolken aufgewühlt. Aber er kroch weiter, von der Schwerkraft angezogen, und kam aus der Schlammbrühe ins klarere Wasser.

Über ihm, hoch droben, tanzte der silberne Kreis im wäßrigen Firmament. Er stockte, wartete atemlos, dann kletterte er unbeirrt die Senke hinauf, bis er den Kopf über die Oberfläche brachte. Wasser troff ihm aus den stumpfen Nüstern, und zum ersten Mal seit sehr langer Zeit schnüffelte er Luft wie ein witterndes Tier.

Es war Nacht, aber die Kälte war geschwunden. Er verbarg sich im Röhricht. Dann warf er beiläufig und lässig die Schlinge seiner Gedanken aus. Seine Fertigkeit war während des Tiefschlafs noch größer geworden, und er schwelgte in der neugewonnenen Kraft. In einiger Entfernung spürte er die Körperwärme eines Mitgeschöpfs und näherte sich vorsichtig an. Hinter ihm blendeten ihn die Lichter der Brücke, und er mußte den Blick abgewandt halten. Nicht weit von hier verlief ein Straßenabschnitt parallel zum Kanal, und von dort blitzten Lichter vorbei, die ihm in den Augen brannten. Nach einer Weile verschwanden die Lichter der Straße hinter einer Uferböschung, und dann nahm der Kanal eine Wendung, die ihn vor der Brükke schützte. Er hielt sich im schattigen Teil auf, wo das Gezweig der Trauerweiden ins Wasser ragte. Jetzt war die Wärme, die er benötigte, ganz nah, und er glitt lautlos und behende vorwärts.

In tödlicher Stille tauchte er aus dem Schilf und tastete kühl noch einmal aus. Er berührte erst die eine, dann die andere und lockte sie zu sich. Der bohrende Hunger überwältigte ihn.

* * * * *

Zitternd schlug Jasmine Cook mitten in der Nacht die Augen auf. Der Junge starrte ihr in die Augen, und ihr Herz tat einen kleinen Sprung. Sie streckte den Arm aus, um ihn an sich zu ziehen. Seine Haut war feucht, und wieder ließ er den Klagelaut hören, der sie so tief im Innersten anrührte, daß sie ihn vor jeder drohenden Gefahr beschirmen wollte. Sie wiegte ihn, summte wortlos im Dunkeln. Der Junge preßte sich an sie, suchte ihre Wärme.

»Armes kleines Würmchen«, säuselte Jasmine. »Aber jetzt wird alles gut. Alles wird jetzt gut, mein Kleiner. Jetzt hast du ja jemanden, der auf dich aufpaßt, hm.«

Nebenan brummte Flora im Schlaf, und Jasmine nahm einen süßlichen Geruch wahr, einen kräftigen, ranzigen Duft, der ihr zugleich fremd und vertraut war. Als sie vorhin aufwachte, hatte der Junge auf der anderen Seite gelegen, bei Flora. Jasmine war kein bißchen eifersüchtig. Sie gehörten doch zusammen, als Freundinnen und Liebende. Sie hatten oft darüber geredet, ob sie nicht ein Kind großziehen könnten, obwohl ihre Zeit längst vorüber und der Drang geschwunden war, der auch sie ereilt hatte, zu verschiedenen Zeiten und in jeweils anderen Altersstufen. Und nun war er wieder da. Sie hatten ein Kind, das sie beschützen und ernähren konnten.

Es paßte zu ihnen wie ein Geschenk des Himmels.

»Süßer Moses«, murmelte sie und lächelte selig im silbrigen Mondlicht. »Vom Fluß angeschwemmt, in einem Körbchen aus Schilf. Du wirst unser kleiner Prinz werden und sollst es nie wieder kalt haben!«

Sie hielt das Kind umschlungen, während der Geruch in die Kajüte strömte. Flora brummelte abermals, aber Jasmine fiel alsbald wieder in tiefen Schlummer. Sie träumte weiter, aber diesmal wurde sie im Traum von einer Last niedergedrückt, die ihr jede Bewegungsfreiheit nahm. Ihre Beine waren weit gespreizt, und das, was auf ihr lastete, stieß bedächtig zu. Sie schrie auf, als etwas Kaltes zwischen die Schenkel drang. In ihrem Innern zerriß etwas, und sie wollte schreien, um wach zu werden, aber sie lag gefangen im Dunkeln, und der Alptraum wollte kein Ende nehmen und dauerte die ganze Nacht.

Gegen Morgen schreckte sie aus ihrem unruhigen Dämmerzustand hoch. Sie hielt das Kind noch immer schützend an sich gepreßt und hatte nicht einmal gemerkt, daß sie diese mütterliche Haltung einnahm. Neben ihr lag Flora auf dem Rücken. Ihre Augen waren weit aufgerissen, der Mund zu einem lautlosen, schwarzen Gähnen geöffnet. Ihr Haar war zerzaust und stand ihr wie kleine Korkenzieher ab.

Unter Floras Mund klaffte noch ein zweites Loch. Ein dunkler Tropfen, dick wie ein Bootstau, troff ihr von der Unterlippe, ein noch dunklerer glänzte klumpig eine Handbreit unterm Kinn und sickerte über den Hals ins Bettzeug.

Geschockt wich Jasmine zurück. Eine Hand griff nach ihrem Herzen und quetschte es, daß es stillstand. Das Zwielicht der Kajüte kreiselte und zerfloß. Die Hand ließ sie los, und das Herz pochte einmal, zweimal. In den Schläfen pulsierte es, und aus den Tiefen ihrer Magengrube stieg ein Schrei empor. »Flo –«, brachte sie gerade noch heraus, aber der Laut kratzte über den Wüstensand in ihrer Kehle und kam knirschend zum Stehen.

Unter der Bettdecke regte sich der kleine Junge im Schlaf. Jasmine griff nach ihm, um ihn wegzureißen. Noch immer kämpfte ihr Verstand angestrengt darum, eine Erklärung für den schauerlichen Anblick nebenan auf dem Bett zu finden. Hatte sie Flora in der Nacht grunzen gehört? War da nicht ein merkwürdiges Glucksen gewesen? Und dann stieg der Geruch des Todes vom Bett auf. »O nein«, stöhnte Jasmine. »Nein . . .« Mehr brachte sie nicht heraus. Sie wälzte sich in Floras Blut, hatte darin geschlafen, es klebte als rostbraune Schmiere auf ihrer Haut. Eine tiefes, unsagbares Grauen ergriff von ihr Besitz.

Sie stieß den Jungen herum, quetschte sich zwischen ihn und den leblosen, bluttriefenden Klumpen, der einst die Frau gewesen war, die sie liebte und verehrte. Bei dieser Bewegung klappte Floras Mund noch weiter auf. Öliger, dunkler Schleim quoll heraus. Flora blinzelte nicht. Das Gesicht war starr zur Kajütendecke gerichtet. Ein dünner, weißlicher Schimmer, abpellende Haut oder vielleicht das Kokongewebe einer monströsen Raupe, bedeckte die nackte Oberfläche von Floras Haut. Darunter konnte Jasmine ihre wächsernen, erschlafften Brüste erkennen. Ihr Körper war ausgezehrt, als habe eine übernatürliche Macht sie aller Lebenssäfte beraubt.

Unter der Decke drehte sich der Junge und benutzte ihren Körper, um sich nach oben zu zerren. Sie wollte ihn fernhalten, vor der tödlichen Gefahr schützen, der Flora erlegen war. Doch als sie sich von Floras Leiche abwandte, tauchte der Knabe auf und öffnete die Lider. Darunter kamen zwei glasige, rote Augen zum Vorschein, die ihren Blick gebannt hielten.

Er war gewachsen. Sein Bauch war grotesk aufgebläht und schwankte obszön, wenn er sich bewegte, übersättigt von der letzten Fütterung. Seine Gestalt war breiter, kräftiger geworden seit gestern abend.

Und dann fiel er über sie her. Sie konnte nichts dagegen tun und fiel in die Kissen zurück. Ohne körperliche Gewalt anzuwenden, drückte er ihren Kopf sanft nach hinten und nuckelte. Unten, zwischen ihren Schenkeln, spürte sie etwas Glitschiges, das in sie eindrang, und im ersten Schreck erkannte sie es wieder.

Es hielt sie mit den Augen und seinem geistigen Fühler fest, während es an ihr fraß. Ihre Glieder zuckten unwillkürlich, und tief in ihrem Inneren schrie sie und wehrte sich und wollte Rache nehmen, wie einst Ginny Marsden und später Kate Park. Aber es drückte sie nieder. In ihr Innerstes kroch eine Kälte, die sich ausbreitete wie ein tödlicher Fluch, während ein leises Plopp an ihrem Hals verriet, daß ihr Blut zu verrinnen begann.

Nach einer Weile wurde es Jasmine schwummerig und schwarz vor Augen. Das Ding lag über ihr ausgestreckt, zwang ihre Arme auseinander, spreizte die Schenkel und saugte gurgelnd an ihrem Hals, während jener andere Teil seinen Genuß in ihrem Unterleib fand.

— 31 —

»Das ist jetzt das vierte Mal in einer Woche!« schimpfte Helen, während David das Band des Anrufbeantworters zurückspulte. »Daß sie die Weisheit nicht mit Löffeln gefressen hat, wußte ich schon immer, aber inzwischen dürfte sie doch weiß Gott begriffen haben, wie es steht!« Klickend kam die Kassette zum Stehen. In Helens Blick lag eine Mischung von Mitleid, Verachtung und auch ein wütendes Aufblitzen. »Du hättest es ihr gleich sagen sollen!«

»Aber ich *hab's* ihr gesagt«, verteidigte sich David. »Aber es kommt anscheinend gar nicht bis zu ihr durch. Sie redet sich ein, daß irgendwann schon alles wieder ins Lot kommt.«

»Sie hat ein Problem, David. Wenn sie nicht kapiert, daß es aus ist zwischen euch, sollte sie's mal mit 'ner Therapie probieren!«

»Und mir würde ein bißchen Erholung gut tun . . .«

»Mir auch. Sie muß endlich begreifen, daß von jetzt an *wir* ein Paar sind. Es wird nicht leicht sein für sie, aber so ist das nun mal im Leben. Weggegangen, Platz vergangen!« Sie musterte ihn siegessicher von oben bis unten und lächelte flüchtig.

»Selbst wenn wir hier gar nicht so viel Platz haben?«

Mit einer Handbewegung zerzauste sie ihm das Haar. »Erklär's ihr. Nach allem, was wir durchgemacht haben, gehören wir zusammen wie Pech und Schwefel. So leicht wirst du mich jedenfalls nicht los!«

»Will ich überhaupt nicht«, versetzte David. »Versprochen ist versprochen.«

Junes immer unverschämtere Botschaften waren allmählich mehr als ein Ärgernis. Als er im Krankenhaus lag, hatte sie ihm massenhaft Blumensträuße geschickt. Dann war sie persönlich aufgekreuzt und hatte sich kraft ihrer Ellbogen sichtlich erbost an Helen vorbei Einlaß verschafft. David war das alles peinlich genug, aber inzwischen machte er sich ernstlich Sorgen, nicht nur um sich selbst. Obwohl er sich natürlich wünschte, daß sie sein Nein endlich akzeptierte, damit ein für allemal so etwas wie normale Verhältnisse einkehrten – falls nach dem schrecklichen Ausklang der Ermittlungen im eiskalten Wasser des Kanals überhaupt noch etwas normal sein konnte. Tagelang hatte David nachts von dem Ding geträumt, tat es noch immer, was er Helen übrigens nicht zu erzählen wagte. Er ahnte ja nicht, daß sie ihm dieselben Alpträume verheimlichte. Das Geschehen hing ihnen noch den ganzen Winter über nach.

Auch June ließ ihn nicht los. Er hatte sein Weihnachtsgeschenk bekommen, eine teure Gucci-Armbanduhr, die er ihr am liebsten zurückgesandt hätte, wenn das nicht eine schwere Kränkung bedeuten würde. Dabei machte ihm sein schlechtes Gewissen zu schaffen, weil er nicht imstande war, June zu geben, wonach sie verlangte. Sie hatte ihm Grußkarten zum Valentinstag geschickt. Sie hatte ihm Einschreiben zustellen lassen. Sie rief ihn im Büro an und hinterließ daheim Nachrichten auf dem Anrufbeantworter. Sie sorgte dafür, ihm rein zufällig auf der Straße über den Weg zu laufen. Und jedesmal, wenn er sie traf, hatte sie diesen hoffnungsvollen, begehrlichen Blick drauf, der ihn zugleich abstieß und beschämte.

»Sie ist nicht mehr ganz richtig im Kopf, deine Ex-Verlobte«, stellte Helen schließlich fest. »Jedenfalls hat sie ihre Gefühle nicht unter Kontrolle, und wenn sie glaubt, daß sie eines Tages die Mutter deiner Kinder wird, hat sie jeden Sinn für die Realität verloren. Paß auf, daß du nicht im Drehbuch vom Rosenkrieg landest. Hast du vielleicht ein Kaninchen, das sie in den Kochtopf schmeißen könnte?«

»Ich rede mit ihr«, versprach David. »Ganz bestimmt. In aller Deutlichkeit.«

»Bist ein anständiger Junge«, lobte Helen und belohnte ihn mit einem liebevollen Kuß. »Wenn irgendwer deine Kinder kriegen soll, hab ich ja wohl Anspruch auf einen Listenplatz.«

Er fuhr so rasch herum, daß er einen häßlichen Knacks in der Schulter spürte.

»War nur Spaß«, beschwichtigte sie. »Wenigstens nicht dieses oder nächstes Jahr. Nicht, bevor ich meine Ernennung zur Chefinspektorin habe, und zwar möglichst vor dir!«

»Keine Chance!«

»Mag sein, aber was das andere betrifft, meine ich's ernst. Tut mir leid für June, aber inzwischen heißt es alles oder nichts. Ich will dich weiß Gott nicht vereinnahmen oder dein Klotz am Bein werden. Aber glaub nicht, daß ich dich gehen lasse – nicht, nach all dem, was wir durchgemacht haben!«

David trat näher und zog sie an sich. Vage erinnerte er sich, was ihm so leid getan hatte, als er da unten im Schlick festsaß und ohnmächtig wurde. Sie war es wert, für sie zu sterben. »Dem Himmel sei Dank für die kleinen Freuden«, seufzte er, und sie schmiegte sich an ihn.

Bald nachdem David den Dienst wieder angetreten hatte, ließ sich Helen von Bert Millar in den Revierbereich West abwerben. Das war ein kluger Schachzug von ihr und die richtige Entscheidung für beide. Im selben Büro sitzen und zusammenleben war nicht gut für die Karriere und hätte den Streß in der Freizeit nur noch verschlimmert. David wurde mit dem belohnt, was er wollte, und in die Mordkommission versetzt. Zu dieser Zeit flammten die Drogenkriege im Osten und Süden der Stadt neu auf, und die Serie von Anschlägen auf offener Straße ließ ihn nicht zur Ruhe kommen, während der Winter verging und es Frühling wurde.

Von Junes nervtötenden Auftritten abgesehen, ging das Leben wieder seinen normalen Gang. Doch kaum war der Winter vorüber, als auf einem Hausboot im Kanal zwei Leichen gefunden wurden.

Es mag Zufall gewesen sein – obwohl sie beide längst nicht mehr so leichtsinnig an Zufälle glaubten –, daß sich David und Helen an einem schönen Frühlingsmorgen am Ufer einfanden. Die Sonne stand schon hoch; die Morgennebel begannen sich zu lichten.

Bei ihrer Ankunft mußte sie wieder an damals denken, an jene grausame Schlacht zwischen Geist und Körper, und sie schauderte wie damals in Levenford, als sie sich eingebildet hatte, jemand liefe über ihr künftiges Grab. *Etwas stimmte hier nicht.* Ein ungutes Gefühl scheuerte ihre Seele wund, und sie redete sich ein, daß es nur mit dieser Gegend zu tun hatte, mit der sie keine guten Erinnerungen verband. Das Wasser hier war tief und trübe, und zu dieser frühen Stunde regte sich nichts. Nur gelegentlich kam ein Windstoß von der Flußmündung her, wo Schwärme von Wattvögeln kreischten. Das Eis war geschmolzen, und in den stillen Gewässern des Kanals regte sich neues Leben. Eine Libelle auf Hubschrauberflügeln surrte vorüber, metallisch-grün, und Helen fielen Davids Schnappschüsse ein, mit denen er das Insekt erwischt hatte, als es sich seiner häßlichen Larve entledigte. Sie zitterte wieder und wünschte, sie wäre jetzt anderswo. Wie konnte ihr dieser friedliche Ort solche Angst einjagen?

Nachts im Dunkeln konnte sie noch manchmal sehen, wie das Ding sie angefunkelt hatte, bevor es ihr den Willen stahl. Auch tagsüber tauchten ungebeten die Bilder auf. Sie blinzelte, um klaren Kopf zu behalten. Ein paar Leute lenkten sie ab, die sich über den Pfad näherten. Sie löste den Blick von den Tiefen des trägen Wassers und sah, daß es die Mordkommission war. Helen winkte David klammheimlich zu, als er mit zwei Männern und einem hageren, hochgewachsenen Mann ans Ufer trat, den sie als Chefinspektor seiner Einheit kannte. Nach Davids Erzählungen war er ein hartgesottener, sehr gewiefter Bulle. Das Hausboot war mit gelbem, amtlichem Klebeband versiegelt worden, doch von der vielen Polizei und einer kleinen Gruppe Schaulustiger abgesehen, wirkte alles beängstigend ruhig. Die Oberfläche des Kanals lag spiegelglatt da, und nur der Kahn senkte sich ächzend unter dem zusätzlichen Gewicht der Beamten und schlug kaum merkliche Wellen. Ein früher Eisvogel segelte vorüber; sein Smaragdglanz dicht über dem Wasser war ein erster Vorbote des nahenden Sommers. David erkannte ihn gleich und merkte es sich für die Zukunft. In ein paar Wochen würde er wiederkommen und den Vogel auf Zelluloid bannen.

Bert Millar kraxelte die Uferböschung hoch, duckte sich unter der Absperrung und schüttelte zunächst dem Einsatzleiter die Hand. Dann wandte er sich David zu, den er mit freundlichem Augenzwinkern grüßte. »Zwei Frauen«, stellte er fest. »Dr. Robinson schätzt, daß sie schon über einen Monat hier liegen. Wir haben einem der McPhee-Jungs auf den Zahn gefühlt, wie man so sagt. Schließlich hat er gesungen – und zwar ganze Heularien. Im Grunde ein harmloser kleiner Ganove, der so schnell jedenfalls kein Boot mehr aufbricht.«

»Sieht's schlimm aus?«

»Viel ist nicht mehr übrig von ihnen. Glaub kaum, daß ihr hier noch Spuren findet. Und noch etwas . . .« Bert Millar unterbrach sich und winkte sie zur Anlegestelle, wo sie außer Hörweite waren. »Ich hab sie mir vorhin angeschaut. Egal, was der Quacksalber Robinson als Todesursache feststellt – ich verwette meinen Kopf darauf, daß es dieselbe ist wie bei dem Park-Baby damals auf der Middle-Loan-Farm.«

David bekam eine Gänsehaut. Sein Chefinspektor hob fragend die Brauen. »David weiß, wovon ich rede«, nickte Bert Millar. »Er war damals hier.«

»Hab von der Sache gehört«, murmelte der Leiter der Mordkommission. »Dann kommen Sie mal besser mit rein.«

Helen sah zu, wie die Männer an Deck gingen. Eine leichte Brise ließ das Röhricht am Rand des Kanals erzittern und flüsterte verschwörerisch im grünen Blattwerk. Die glänzende Haut des Wassers runzelte sich unter dem Luftzug, der Weidenpollen und den Blütenduft von Hagebutten herantrug. Darüber lag noch ein anderes, viel schwächeres Aroma, kaum wahrnehmbar in der Morgenkühle.

Helen hielt augenblicklich den Atem an. Die feine Behaarung an ihren Armen richtete sich auf, kratzte am feinen Baumwollstoff ihrer Bluse. Sie schnüffelte einmal, zweimal, schmeckte wieder diese Spur eines Hauchs. Zwischen ihre Brüsten kroch ein leichtes Jucken.

»Nein«, keuchte sie. Neben ihr wandte sich ein Polizist um, der sich angesprochen fühlte. Die Brise legte sich und trug den Hauch davon. Helen schüttelte den Kopf und wunderte sich. Argwöhnisch spähte sie über das träge Gewässer. Hätte sich dort etwas geregt, wäre gar ein rundlicher Kopf im Gras aufgetaucht oder ein glasiges rotes Auge, das sie anstarrte, dann hätte sie auf dem Absatz kehrtgemacht und wäre über den Leinpfad davongerannt, ohne Pause weiter und weiter, bis sie umfiel. Jener hinterste Winkel ihres Geistes, der die Fühler ausstrecken und künftige Gefahren wittern konnte, berührte etwas, vor dem sie angeekelt zurückwich. David stand an Deck der Barke und wollte gerade die Kabine betreten. Plötzlich überfiel sie die Vorahnung wie eine düstere Welle. Schon wollte sie ihn warnen, ihm zubrüllen, er möge sich umdrehen und das verdammte Boot verlassen, bevor es zu spät ist, aber sie wußte, daß sie es nicht durfte.

»Ich kenne sie«, sagte David hustend, nachdem er wieder Atem schöpfen konnte. Obwohl die Luke offenstand, war die Luft unter Deck vom sauren Geruch der Verwesung geschwängert. Bert Millars Leute hatten das Boot durchsucht, und trotz der Schwierigkeit, die man in der Pathologie bei der Identifizierung der Leichen haben würde, gab es genug persönliche Hinweise. »Unsere beste Fotografin hierzulande«, erklärte er. »Ihre Naturbilder sind weltberühmt.«

Flora Spiers' abgewetzte Kameratasche lag unangetastet im Regal am Fußende der Koje. An der Wand hing die preisgekrönte Aufnahme einer Herde Wildgänse, die am Vollmond vorüberzogen, dieselbe, die sich David hatte rahmen lassen. David hatte die meisterliche Technik und den Stil dieser Künstlerin seit langem bewundert. Wäre er nicht Polizist geworden, so hätte er vielleicht selbst versucht, sein Hobby zum Beruf zu machen. »Ich hatte gar keine Ahnung, daß sie hier lebt!«

»Der Hafenmeister meint, sie hätten sich wochenlang hier aufgehalten«, stellte einer der Beamten fest. »Gemeldet sind die beiden in London.«

Auf dem Bett lagen zwei deformierte Gebilde, die mit menschlichen Körpern nur wenig Ähnlichkeit aufwiesen. Die Blutlache war längst getrocknet, und das, was vom Fleisch übrig war, wimmelte trotz der Jahreszeit von Fliegen. Die gesamte Einrichtung der Kabine war von klebrigen Fäden überzogen; die Madenbrut hatte zahllose Spinnen angezogen.

Jasmine Cooks Kopf war nach links abgeknickt, und der Kiefer klaffte wie zu einem stummen, ewigen Schrei auseinander. Aus ihrer eingesackten Augenhöhle krabbelte eine Spinne. Blendend weiße Zähne bildeten einen grellen Kontrast zum straffen, ergrauten Fleisch. Seitlich am Hals, wo die Haut weggeschrumpelt und verdorrt war, zeigte sich ein tiefes, an den Rändern ausgefranstes Loch. Die Matratze war von einem pelzigen weißen Schimmel überzogen, der wie feiner Staub aufwirbelte, wenn die Männer sich bewegten. Es ließ an eine furchtbare Pestseuche denken, aber einen ähnlichen Ausschlag hatte David schon gesehen. Er nährte sich vom getrockneten Blut. Die Schenkel der Leiche waren auf gräßlich einladende Weise gespreizt, was die Obszönität ins Lästerliche steigerte. Im Schritt wucherte der weiße Pelz auf der Blutspur und sprenkelte das dunkle Schamhaar. An beiden Seiten stachen die Hüftknochen wie knospende Hörner durch die pergamentene Haut. Der Körper wirkte ganz ausgemergelt.

Flora lag auf der Seite, den Schädel im Nacken, so daß die blinden Augenhöhlen zur Decke starrten. Schlaffe, leere Brüste hingen wie Lederbeutel zu beiden Seiten der eingefallenen Brust herab. David hätte jede aus der Oberfläche buckelnde Rippe zählen können. An beiden Händen waren die Finger zu Klauen verkrümmt und wirkten jetzt, wo das Fleisch abgefault und geschrumpft war, unnatürlich lang. Ihre Nägel waren schwärzliche Krallen, die scheinbar jederzeit zupacken und zerfleischen konnten. Bei ihr war das Loch in der Kehle noch tiefer ausgefranst. Auf welche Weise sie auch getötet worden war, es mußte mit erheblichem Kraftaufwand geschehen sein – oder mit dem Mut der Verzweiflung.

»Es ist wieder da«, sagte David laut. Er mußte an Helen denken, wie sie nachts hochgeschreckt war, schweißgebadet und zitternd wie eine angeschlagene Stimmgabel, nicht imstande, über ihre Ängste zu reden.

»Was soll das heißen?« Bert Millar wandte sich zu ihm um. David schüttelte nur den Kopf. Der Gestank hier drin war mittlerweile zum Ersticken. Wie ein Belag klebte er an den Schleimhäuten in Gaumen und Nasenlöchern. Er hatte sein Bestes getan, es auszulöschen, jenes Ungeheuer, das mal wie ein Baby aussah, mal eine völlig andere Gestalt annahm. Doch er war daran gescheitert. Er hatte es tief in den Schlamm gebohrt, und es hatte überlebt.

Die Kinderwiege fiel ihm wieder ein, die im Bauernhof der Parks gestanden hatte. Er war ins Schlafzimmer geschlichen, die Nerven zum Zerreißen gespannt und auf den mörderischen Angriff vorbereitet. Er hatte über den Rand der Wiege gespäht und die seltsame, kreisförmige Wunde am Hals des Mädchens gesehen. Jetzt sah er dieselben Wunden wieder, nur tiefer klaffend und zerfasernd.

Überdies waren beide Frauen vergewaltigt worden. Darauf deutete der Schimmelpilz hin, der über die Blutspur in die Schamgegend reichte. Zumindest war dort etwas eingedrungen und hatte schwere Verletzungen angerichtet.

Was in aller Welt konnte es gewesen sein? Er bedachte die Frage wieder und wieder. Jedenfalls kein Geschöpf, das im Namen irgendeines Gottes handelte.

Argwöhnisch musterte er die Kajüte, prüfte jede Spur, die das Biest hinterlassen haben könnte. Aber er nahm nichts wahr als den Verwesungsgeruch blutleerer, ausgedörrter Leichen und den bitteren, seltsam fremdartigen Puder der grauen Schimmelpilze. Hier war jenes Wesen am Werk, das er unter Wasser im Schlamm begraben hatte. Dessen war er mit einem Mal völlig sicher. Es war irgendwie am Leben geblieben, nachdem man ihn bewußtlos vom Grund des Kanals gefischt hatte. Die Froschmänner hatten die gesamte Strecke abgesucht und nichts herausgeholt als einen Hecht, eine Beinprothese und ein paar tote Hunde. Sie mußten es übersehen haben. Es war noch mal davongekommen, und jetzt kehrte es zurück und würde wieder töten.

Den Spezialisten von der Pathologie konnten die vermoderten Leichen noch einige Aufschlüsse bieten. David wußte Bescheid, denn er hatte es schon zuvor erlebt. Sie würden Schlagadern finden, die mangels Blutzufuhr zusammengebrochen waren. Sie würden gerissene Sehnen und Muskeln finden und zerplatzte Blutgefäße. Das konnte er mit einiger Gewißheit voraussagen. Man würde Gutachten erstellen und minutiös nachweisen, woran diese beiden Frauen gestorben waren.

Aber den Mörder konnten sie nicht zeigen. David wußte, daß er Gesicht und Gestalt hatte, schillernd und wandelbar, dem menschlichen Auge ein Greuel. Das Gesicht eines Nachtmahrs.

Wenig später sah Helen, wie er aus der Kajüte kam und über die Planke ans Ufer kletterte. Selbst aus der Entfernung war seinem blassen, ausdruckslosen Gesicht anzumerken, daß ihre Sache nicht gut stand.

* * * * *

Er bewegte sich. Mit beklemmender Lautlosigkeit tastete er sich an der Hecke entlang. Der Hunger hatte ihn aus dem Fichtengehölz vertrieben, seinem grünen, schattigen Versteck hinter dem hohen Dornbusch. Seine letzte Haut ließ er dort, ein schillernder, durchsichtiger Überrest, der als blasses Abbild seiner selbst an den dornigen Zweigen hängenblieb. Nach all den Metamorphosen, all den Müttern war er endlich er selbst geworden.

Die Freßlust, mit der er die beiden Mütter bei seiner vorletzten Verwandlung ausgesaugt hatte, führte zu einer Übersättigung. Sein Bauch war aufgedunsen wie der Organbeutel eines Insekts, und lähmende Müdigkeit befiel ihn, nachdem er sich sattgetrunken hatte. Aber er hatte sie abgeschüttelt, denn er konnte dort nicht bleiben. Er mußte sich einen dunklen, abgeschiedenen Ort suchen, denn schon nahte unaufhaltsam die nächste Erneuerung seines Inneren und Äußeren. Vom Instinkt getrieben, war er den Weiden am Kanal gefolgt, bis er ein Dickicht aus Rhododendren und Brombeersträuchern fand. Er stakste hindurch, ein buckliger Schatten auf dünnen, spirrigen Beinen, der sich raubtierhaft leise anschlich. Über den Himmel glitt eine Wolke und ließ das Mondlicht durch die Zweige scheinen. Zitternd malte es seine silbrige Kontur und glänzte metallisch auf der Haut. Im Unterholz raschelten und wisperten kleinere Geschöpfe, doch er ignorierte sie. Verfrühte Fledermäuse schmetterten ihre Pfiffe jenseits der Schallgrenze und jagten die wenigen Insekten, die zu dieser Jahreszeit unterwegs waren. Ihn mieden sie unwillkürlich, als er sich mitten im Dickicht niederließ, hinter einem undurchdringlichen Wall aus Dornen und Blättern. Drüben in einer knorrigen Eiche schlug eine lohfarbene Eule ein Auge auf, stieß einen Warnruf aus und segelte auf leisen Flügeln davon. Er spürte ihre furchtsame Ausstrahlung in der Luft, aber er achtete nicht darauf und konzentrierte sich auf sein Ziel.

Unter einer Ulme im Dickicht fand er eine Höhle, halb verdeckt von einem uralten Stein, der hier schon gelegen haben mußte, bevor der Baum Wurzeln schlug. Er zwängte sich hinein. Eine Rattenfamilie, die dort hauste, spritzte auseinander und jagte schrill kreischend in die Nacht hinaus. Er bettete sich in eine Nische, gepolstert mit Laub und Farnkraut, das er ringsum aufschichtete, bis er vollkommen bedeckt war wie ein Wiesel, das bei Tageslicht in sein Nest schlüpft. Dann fiel er in tiefen Schlummer, und schlafend wußte er, daß er noch einen entscheidenden, abschließenden Wechsel durchmachen mußte. Vom Mondlicht drang nur noch ein fahler Schimmer in die

Höhle, den er als letztes wahrnahm. Der Druck in der Magengrube rumorte, er schloß die Lider und fühlte bereits den Verfall seiner Eingeweide.

Im Handumdrehen war es soweit. Und doch schien es ewig zu dauern.

Er wachte wieder auf, abrupt wie bei einer Geburt, und kam sich vor wie gefangen in einer harten Kiste. Er streckte sich, und mit dem Krachen zersplitternder Äste brach die Kiste auf. Er öffnete ein Auge. Seine Glieder setzten sich knirschend in Bewegung, und er straffte den knotigen, eingerollten Leib. Sein anderes Auge ging auf, und er sog die Luft ein. Er schnüffelte nach dem Wurzelwerk und den Insekten. Er nahm den Geruch der Vögel am Himmel wahr, aber es bedeutete ihm nichts mehr. Er nahm Witterung auf und spürte einen weit entfernten Duft, so schwach, daß er sich nur aus wenigen Atomen zusammensetzte, und der Hunger preßte ihm den Magen zusammen.

Jetzt war er ausgewachsen. Der letzte Umbruch hatte stattgefunden, und heiß überfiel ihn die ungestillte Gier. Sie ließ sich nicht länger zurückdrängen, ebensowenig wie er damals auf die flüssige Nahrung verzichten konnte, als er noch die Mütter brauchte.

Doch heute war sein Begehren auf etwas anderes gerichtet.

Er reckte die Glieder und hockte sich auf alle viere. Nur mit Mühe gelangte er durch die enge Öffnung, die ihm jetzt viel kleiner erschien als zuvor. Doch er war kräftig und nutzte seine erneuerten Triebe. Die Nerven reagierten blitzschnell, und hinter den Augen pulsierte ungeahnte Energie. Was immer durch seine Adern fließen mochte, es pumpte ihn voll mit Vitalität. Über ihm wanderte eine Wolke und enthüllte den Mond, der jetzt voll und rund war, von lepröser Blässe im samtschwarzen Dunkel. Er zog mächtig an den Gezeiten seiner Sinne und trieb ihn weiter.

Die Neugeburt hatte ihn nicht erschöpft, denn noch immer sprudelte in seinem Innern die Nahrung, die er sich von den letzten beiden Müttern genommen hatte. Seine Sinne waren fiebrig gespannt, und er bewegte sich lautlos und flink, ein dürres, spinnengleiches Etwas aus Schatten und Umrissen. Hier und da flackerten kleine Lichtpunkte in seinem Geist auf, kleine lebende Geschöpfe, die vorüberwehten. Er hätte sie mit einem Blick ausmerzen können, aber ihm blieb keine Zeit mehr. Der heftige Drang spornte ihn zur Eile. Nur selten blieb er schnüffelnd stehen und wandte den schmalen, kubusförmigen Schädel hierhin und dorthin, bevor er die Wanderung fortsetzte.

Der Himmel hatte sich wieder zugezogen, und ringsum wurde es stockfinster. Der Morgen war nicht mehr weit, aber hier blieb alles dunkel. Er lief den Kanal entlang, nutzte Röhricht und Hecken und Baumgruppen als Deckung auf dem Weg nach Osten, immer nach Osten, seiner unbewußten Gier folgend. Sein ganzes Wesen war nur auf ein Ziel gerichtet, und so konnte er es nicht verfehlen. Ab und zu geriet er an Schleusen, wo die Laternen brannten, doch jetzt war es erträglicher, selbst wenn ihm das Licht die Haut versengte. Die rötlichgelbe Hitze der Straßenbeleuchtung hätte ihm die Augen zerschmolzen, hätte er hineingestarrt, aber jetzt besaß er die Nickhaut – eine Membran, das sich wie ein zweites Liderpaar über die Netzhaut schob und die Glut abdämpfte. Es erlaubte ihm, zu sehen, wohin er sich bewegte.

Die trüben Kanalgewässer schlängelten sich der Stadt entgegen, eine Verkehrsader, die für das neue Jahrtausend ausgebaut worden war, ein Binnenstrom, der sich im Norden verzweigte, bevor er bei Blane an der Ostküste ins Meer mündete. War es Zufall, daß alle Stätten, die sein uraltes, fremdartiges Leben berührt hatte, durch alle Wechselfälle hindurch, mit Flüssen, Seen und Wasserstraßen verbunden waren? *Vielleicht* war es Zufall.

Die Morgenluft war still und neblig. Ein- oder zweimal hörte er unverständliches Schnattern menschlicher Stimmen, aus dem Innern eines kanalwärts gelegenen Hauses, lauter und aufgeregt in einem entlegenen Garten. Er hörte das Trampeln von Polizeistiefeln und mußte die Regung unterdrücken, sofort zuzuschlagen. Er hörte eine Füchsin über ein Rohr flitzen, das über den Kanal führte. Er ahnte nicht, daß sie seinen Geruch wahrnahm, als sie die andere Seite erreichte, und in furchtbarem Todeskampf sieben Frühgeburten verlor, die schwächlich im Gras zuckten, bevor die Kälte sie erstarren ließ.

Er näherte sich dem Ort, wo er sein mußte. Der dumpfe Drang in seinem Innern war zu einem schrillen Aufschrei körperlicher Not geworden. Er war jetzt ausgewachsen. Seine Stunde hatte geschlagen.

Und er hatte ein einziges Ziel.

* * * * *

June Lavery war mit dem Taxi da und hatte einen Geburtstagskuchen für David mitgebracht. Als sie im Revier anrief, erfuhr sie, daß er erst spät heimkommen würde. Seit zehn Uhr wartete sie nun, und jetzt war es fast Mitternacht. Dunkel war es, aber nicht mehr so kalt, und Regen lag in der Luft. Sie überlegte, ob sie zum Taxistand gehen und heimkehren sollte. Aber sie wollte ihn allein treffen.

Sie wußte, daß sie eine Eselei begangen hatte. Aber wenn sie wenigstens kurz die Chance bekam, mit ihm zu reden, würde sich alles noch einrenken. In ihrer ersten Wut war sie damals überstürzt weggelaufen. Sie hatte ihn unter Druck gesetzt, und das war ein Fehler gewesen. Tief im Innersten war sie von seiner Liebe überzeugt, und mit gleicher Gewißheit davon, daß sie sich wieder vertragen würden. Er gehörte doch zu ihr. Er brauchte nur zu ihr zurückzukommen und sie zu heiraten, wie sie es immer geplant hatten. Dann würden sie eine Familie gründen, und er würde einsehen, daß es so am besten war. Aber er brauchte noch Zeit, und Zeit hatte sie im Überfluß. Sie war ja noch so jung.

Ein anderer Mann kam nicht in Frage. Sie war verrückt nach David Harper, seit dem ersten Abend, an dem er sie ausgeführt hatte, und sie war's noch immer – und wenn sie sich noch so gestritten hatten! Darüber war längst Gras gewachsen. Sie würde ihm schon beibringen, daß seine Liaison mit diesem Flittchen keine Zukunft hatte. Für sie gab es keinen anderen.

Sie beschloß, ihn an der Straßenecke zu stellen. Er mußte ja jeden Augenblick da sein. Er würde um die Kurve kommen und abbremsen. Seinen Wagen parkte er immer in der asphaltierten Bucht, die ans Wäldchen hinter dem Kanal grenzte. Sie summte ein Lied, während sie um die Ecke bog, wo der Efeu in großen, belaubten Büscheln von der Wand hing.

Ein Luftzug kam auf. Sie hörte, wie hinter ihr etwas knisterte. Ein feines, schrilles Summen, das ihr im Ohr lag. Sie fuhr herum.

»Wer ist da?« Sie hatte keine Angst. Hier vor dem Haus, wo David wohnte, drohte ihr keine Gefahr. Vielleicht ist er durch die Hintertür hereingekommen, dachte sie. Über den Plattenweg trat sie in den Vorgarten, weg von der Laterne. Ein Schatten löste sich, und sie blieb wie angewurzelt stehen. Dann sah sie, daß es nur der Wacholderstrauch war, den ein sanfter Windstoß beutelte. Aber dort, im tieferen Schatten hinter dem Haus, bewegte sich etwas. Sie rührte sich nicht von der Stelle, und eine Gestalt glitt auf sie zu. Anfangs sah sie nur eine schwarze, fast mannshohe Silhouette.

»David?«

Es näherte sich, und sie merkte, wie das Summen im Ohr lauter wurde. Die Luft wurde dick, und ein machtvoller, ekelerregender Gestank hüllte sie ein.

»Was –?« begann sie, und plötzlich verschwamm es ihr vor den Augen. Sie blinzelte und wandte sich ab.

Jetzt kam der Schatten blitzschnell auf sie zu. Sie wurde an den Schultern festgehalten. Jemand drehte sie herum, und zwei Lider klappten mit einem fleischigen Schmatzer auf. Sie starrte in rotglühende Augen und ahnte schwach, daß ihr ein fremder Wille aufgezwungen wurde. Sie öffnete den Mund zu einem Schrei, der ihr in der Kehle steckenblieb. Feuerrot schlug die Welt über ihr zusammen, und dann wurde alles nachtschwarz.

* * * * *

Helen Lamont fuhr nach einem langen, ermüdenden Fußmarsch

heimwärts. Sie war am westlichen Ende des Kanals entlang bis Barloan Harbour gewandert und hatte die wenigen Bootsbesitzer befragt, die zu dieser Jahreszeiten schon unterwegs waren.

Jeder Schritt auf dem Leinpfad hatte sie an die Jagd nach dem Mädchen und das ekelhafte Biest in ihrem Arm erinnert. Bei jedem Glucksen im Wasser, wenn ein Hecht nach Elritzen sprang, war sie hochgeschreckt und spähte mit angstvoll geweiteten Blicken nach dem vermeintlichen Angreifer. Seit sie seine schwache, erkaltete Spur gewittert hatte, wußte sie, daß die Gefahr noch nicht vorüber war. Mit ihren neuen Kollegen konnte sie über ihre Ängste nicht reden. Ich sollte dankbar sein, redete sie sich zu, daß es noch nicht Sommer ist, wenn die Ausflügler kommen und der Kanal sich mit Wochenendseglern und Motorbooten füllt. Und doch wäre ihr weit lieber gewesen, am Ufer noch anderen Passanten zu begegnen. In der Ferne sah sie Lastwagen auf der Schnellstraße fahren und die Eisenbahn über die Brücke donnern. Aber hier war wenig los. Sie kam sich wehrlos vor, wie auf dem Präsentierteller. Zu nachtschlafender Zeit würde sie hier nicht gern entlanggehen.

Außerdem quälte sie das Gefühl, ihre Zeit zu verschwenden. Sie hatte die Fotos der beiden Frauen auf dem Kahn gesehen. Sie hatte den Polizeibericht gelesen und wußte, daß sie keinen Mörder zu suchen brauchten. Sie mußten ein Wesen finden, das tötete, um zu fressen. Auch Bert Millar wußte Bescheid, doch leitete er die Ermittlungen streng nach der Dienstvorschrift.

Mit David hatte sie mehrmals diskutiert, und ihnen beiden war klar, daß die ekelhafte Bestie wieder ihr Unwesen trieb. Sie hätte es auch gewußt, wenn die Beweise weniger stichhaltig wären. Ihr sechster Sinn ließ ihr keine Ruhe, er nagte an ihr und warnte sie, sich vorzusehen. Das Ding würde zweifellos weitere Morde begehen, um sich zu sättigen. Ihnen blieb nichts übrig als abwarten, bis es soweit war. Und dann mußten sie es beseitigen. Ein für allemal.

Helen bog um die Kurve und stellte den Wagen unter den Bäumen ab, auf dem kleinen Parkplatz hinter dem Haus. Der Wind war stärker geworden, raschelte in den Zweigen, der das

Betonviereck überschattete. Im Haus brannte kein Licht; die Fenster waren dunkle Höhlen in der Wand. David würde noch eine ganze Weile nicht nach Hause kommen. Mit den Ermittlungen hatte sie nur ganz am Rande zu tun. David war mittendrin und fand keine Worte für das, was er dachte und wußte. Gestern nacht war er ebenso schweißgebadet und nach Luft japsend aufgewacht wie sie. Später erzählte er, noch immer zitternd, daß er im Traum wieder tief unten im Schlamm mit dem Ding gekämpft hatte.

»Aber der Doppelmord ist jetzt vier Wochen her«, hatte Helen erklärt und versucht, auch sich selbst damit zu beruhigen. »Und seitdem ist nichts mehr passiert.«

»Es war schon mindestens drei Monate lang ruhig, und ist trotzdem zurückgekehrt.«

»Bist du sicher?« Das war eine blöde Frage gewesen. Sie war ja selbst sicher. Sie hatte sein Kommen selbst gespürt, da gab es keinen Irrtum.

Jetzt kletterte sie aus dem Wagen, zog ihre Handtasche heraus und hängte sie über die Schulter. Sie drehte sich um, schloß die Tür ab und überquerte den kleinen Hof unter den Bäumen, dem Haus entgegen.

Plötzlich erstarrte sie.

Jede Zelle ihres Körpers war in Alarmbereitschaft versetzt. Stocksteif blieb sie stehen, zur Statue versteinert, vollkommen reglos, mit offenem Mund, während ihr das Herz in der Brust flatterte wie ein gefangener Vogel.

Etwas hatte ihr Innerstes berührt.

Es streckte die Fühler aus. *Es* hatte nach ihr getastet, um sie auszuforschen. Sie fühlte sein Streicheln, seinen schleimigen, feuchten Finger im Kopf, und sie erkannte ihn von früher wieder. Aber diesmal war es anders. Die fauligen Tentakel glitten über die Oberfläche ihres Bewußtseins, und sie wich angewidert zurück. Und mit dem Ekel ging das Entsetzen einher, so gewaltig, daß es sie fast zu Boden streckte.

»Mein Gott!« stieß sie krächzend hervor.

Gott im Himmel, es ist hier!

Es überlief sie eiskalt, und zugleich wurden ihr die Knie weich wie geschmolzenes Wachs. Sie wollte entweichen, doch die Füße versagten ihr den Dienst. Ein Windstoß trug den Geruch heran, nicht mehr schwach, sondern ein heftiger Gestank, ein bitteres, modriges Aroma, und alles verschwamm vor ihren Augen. Das Herz hörte zu flattern auf und hämmerte wie wahnsinnig.

Etwas bewegte sich im Schatten, ein tieferes Schwarz in der Schwärze, und aus irgendeinem Grund löste der Schreck ihre Erstarrung. Sie fuhr herum und ließ zugleich ihre Handtasche aufschnappen, wühlte nach ihrem Funktelefon und begann, in Windeseile die Nummer einzutippen. Die Tasche flog ihr aus der Hand und landete am Gartenzaun.

Das Schnüffeln hinter ihr war so nahe, daß sie glaubte, den eiskalten Atem im Nacken zu spüren. Sie rannte gesenkten Haupts zur Parkbucht zurück und erreichte den Wagen. Sie wollte aufschließen und bekam den Schlüssel nicht ins Schloß. Hinter ihr trappelten Schritte, und ihr wurde klar, daß sie es nicht mehr schaffen würde.

Wieder langte der schlüpfrige Finger nach ihr, und das Gefühl der Beschmutzung durch diesen obszönen Kontakt schnürte ihr die Kehle zu. Sie entfernte sich vom Wagen, unfähig, den Blick zu wenden, denn sie wußte, daß es ihr den Verstand rauben würde, wenn das Ding seine Telleraugen auf sie richtete. Sie drückte sich seitlich vorbei, unterdrückte ein Wimmern und versuchte, sich trotz ihrer unbeherrschten Panik zu konzentrieren. Hinter dem Wagen grenzte die Hecke an das Gebüsch im Park. Sie lief im Schutz der überhängenden Bäume. Das Telefon piepste, während sie die Tasten so fest drückte, daß sich der Fingernagel verbog und absplitterte. Vor sich sah sie die gräßlich verstümmelten, ausgedörrten und verschrumpelten Leichen von Jasmine Cook und Flora Spiers, die nebeneinander im Kahn gelegen hatten. Sie sah weißen Schimmelpilz auf dem Blutstreifen zwischen ihren Beinen, und vor Angst wurde ihr schwindelig. Sie rannte unter den Lichtern, atmete hektisch und flach, als ob ihre Lungen nicht genug Luft pumpen konnten für die wilde Jagd.

Etwas raschelte hinter ihr. Sie hörte das Kratzen von *Nägeln*? *Klauen*? Füßen auf dem Asphalt, den tödlichen Vorboten eines Raubtiers, das zum Sprung ansetzt.

»Hier der Polizeinotruf, was können wir für Sie tun?« Die Stimme der Telefonvermittlung war laut und deutlich, ohne die knisternden Störungen, die sie normalerweise erwartet hätte. Als stünde das Mädchen neben ihr. Der Klang einer menschlichen Stimme kam ihr in dieser Situation vor wie ein Wunder.

»Hilfe!« stammelte Helen atemlos. »Bitte.«

All das Training, ihre Zähigkeit und nüchterne Routine waren mit einem Mal dahin, im Bruchteil jenes Augenblicks verpufft, als der süßlich-modrige Geruch heranwehte und sie den Schatten sah. Sie war wie verwandelt – in ein primitives, flüchtendes Beutetier, das in höchster Not um sein Leben rannte.

»Womit kann ich dienen?« fragte das Mädchen wieder. »Hallo!«

Helens Schritte hallten über das Pflaster. Sie spähte geradeaus, erkannte das letzte Haus auf der linken Seite. Sie war in einer Sackgasse gelandet. Die Straße endete vor einem Bretterzaun. Fast blieb ihr das Herz stehen. Der Fühler glitschte über ihre Seele, suchte den Weg ins Innerste. Sie spürte einen wilden Hunger, die lodernde Hitze der Gier. Maßlose Furcht überwältigte sie.

»Bitte«, flehte sie wieder. Ihre Finger hielten das Gehäuse so fest umklammert, daß die kleine Plastikbox zerbrach. Während sie zum Reden ansetzte, rannte sie hakenschlagend weiter und überquerte die Straße, um der Sackgasse zu entrinnen. Es blieb ihr mucksmäuschenstill auf den Fersen, als sie kehrtmachte, wie sie mit ihren bebenden Nerven wahrnahm, aber sie legte noch einen Zahn zu und erreichte die Ecke, wo das Geäst der Kastanie den Bürgersteig überragte.

»Wer spricht? Können Sie mir Ihren Standort durchgeben? Hallo?« Noch immer preßte sie den Hörer ans Ohr, und die Frau mit ihrer wunderbaren Menschenstimme sprach sie direkt an, gab ihr die Illusion der Verständigung, des Beistands, während der pestilenzialische Hauch dieser Bestie sie niederzwang und jeden rationalen Gedanken unterband.

»Geh weg!« kreischte Helen. »Laß mich in Ruhe! Herrje, ich –« Ihr Absatz verhakte sich im Rinnstein, ließ ihren Knöchel brutal umknicken und brachte sie aus dem Gleichgewicht. Ein stechender Schmerz schoß ihr ins Knie, während sie strauchelte und verzweifelt das Funktelefon umklammert hielt. Mit der Schulter stieß sie krachend gegen einen Spalierzaun, dessen Fachwerk erzitterte. Der Rückstoß wirbelte sie herum und brachte sie ins Wanken. Der Schatten hinter ihr schnaufte. Sie spürte seinen mitleidlosen Blick, der sie unverwandt anstarrte, seine langen Arme und klebrigen Tentakel, die sich nach ihr ausstreckten, und sie schlüpfte, ohne sich lange zu besinnen, durch eine Lücke im Zaun.

»Polizei!« keuchte sie verworren. »Es ist hinter mir her und kriegt mich gleich, es –« Sie brach ab.

»Hören Sie bitte? Wo sind Sie?« Mit einem Mal hörte sich die Stimme der Telefonistin sehr besorgt an.

Hinter der Zaunlücke, die Helen durchbrach, lag der kleine Park am Kanalgelände. Doch als der Bürgersteig hinter ihr lag, erkannte sie ihren verhängnisvollen Fehler. Sie wäre besser in der Sackgasse geblieben, wo es Laternen gab und Häuser. Dort hätte sie Zuflucht suchen, an die Türen hämmern sollen. Es wäre die einzig richtige Entscheidung gewesen, aber sie war ja kaum noch bei Sinnen. In ihrer Angst fiel ihr nichts Besseres ein, als in heilloser Flucht diesem Alptraum zu entrinnen. Sie prallte geradewegs gegen einen Birkenstamm und kam wieder ins Straucheln, hielt aber noch immer das Telefon fest. Sie stolperte ins Gehölz, wo sie sich im Brombeergestrüpp verhedderte.

Hinter ihr kratzten noch immer die Krallen der Bestie über den Asphalt, doch dann wurde alles still. Offenbar hatte es schon die grüne Wiese erreicht. Zweige krachten wie berstende Knochen, und sie erkannte mit grausamer Klarheit, daß es kein zurück mehr gab. Sie hätte die Bäume meiden und auf der beleuchteten Straße bleiben sollen. Aber dazu müßte sie sich umdrehen, dem Anblick des Wesens die Stirn bieten, und das würde sie den Verstand kosten. Doch hier im Dunkeln war es eindeutig im Vorteil. Jetzt begriff sie, daß es sich um ein Geschöpf der Nacht handelte. Es mußte der Satan persönlich sein. Mit dem Telefon am Ohr hastete sie durch das Dickicht, schlug mit der freien Hand dornige Zweige zurück – und die ganze Zeit über hörte sie ein animalisches Knurren und Schnüffeln, das ihr gemächlich folgte.

Wieder streckte die Bestie ihre Fühler aus und signalisierte seine gefräßige Gier. Geile und fiebrige Empfindungen bestürmten sie und streiften ihre Seele. Deutlich merkte sie, wie es immer näher kam, behende und tödlich, auf leiseren Sohlen als sie selbst, ein Rascheln und Staksen, und unablässig spürte sie den heiseren, hechelnden Atem im Nacken. Sie schaffte es noch bis zum Fußweg zwischen den Baumgruppen, kam ins Freie, beschleunigte ihre Schritte noch, obwohl ihre Beine schon nachgeben und einknicken wollten. Wenn ihr überhaupt noch die Chance blieb, zu entkommen, dann war größte Eile geboten.

Auf der ganzen Strecke durch Dickicht und Brombeergestrüpp meldete sich die krächzende Stimme der Telefonistin im Hörer, aber Helen konnte nicht mehr antworten. Sie rang nach Luft, hatte keine Zeit zu verlieren. Ihr Atem ging in schweren, japsenden Stößen. Das Mondlicht brach durch die Baumkronen und streute silberne Scherben über ihren Fluchtweg. Drüben am Waldrand schreckte ein Tier hoch und kreischte. Aus den Augenwinkeln sah sie neben sich den Schatten vorbeisausen.

Etwas umklammerte ihr Hirn mit eisigem Griff, und ein höllischer Schmerz breitete sich aus.

»Ach«, keuchte sie. Ihr wurde übel, und das Brennen ließ etwas nach. Funken tanzten ihr vor den Augen. Der Schatten hatte aufgeholt. Von links kommend, raste er auf sie zu und stieß mit ihr zusammen, merkwürdig leicht. Etwas griff nach ihrem Hals. Sie spürte ein Scheuern wie von Sandpapier. Es fing sie auf und brachte sie zum Stehen.

Sie fuhr herum und schlug zu, rammte ihm das Telefon in die Seite. Der Stoß erschütterte ihren Arm bis zur Schulter. Es war wie ein Fausthieb auf rauhe Baumrinde. Seine Haut fühlte sich hart und ledrig an. Es grunzte und lockerte flüchtig die geistige Klammer. Es taumelte im Dunkeln. Die Augen glühten auf, aber sie war abgewandt und wich dem Blick aus. Dann stürzte sich der Schatten wieder über sie, blitzschnell und unabwendbar. Wieder konnte sie es abdrängen. Die fremde Haut kratzte wie Schuppen, und sie ahnte, daß dieses Ding nicht existieren dürfte, nicht in diese Welt gehörte. Knurrend sprang es zur Seite und attackierte sie erneut. Eine Hand, eine Klaue, was immer es war, schnappte nach ihr, krallte sich in ihre Schulter. Verzweifelt boxte sie dagegen, und es packte so stark zu, daß es ihr die Haut mit Nägeln oder Krallen durchbohrte wie ein magerer, häßlicher Raubvogel. Dann angelte es nach ihrem Fußgelenk, wollte sie zu Fall bringen. Sie schlidderte über nasses, welkes Laub.

Ein Schrei entrang sich ihrer Brust. Das Biest beschnüffelte sie neugierig, wie ein Jagdtier die Beute. Wieder fiel ihr der blutverkrustete, durchlöcherte Hals von Jasmine Cook ein, und sie duckte sich unter dem Zugriff, wollte ihn abschütteln.

Wieder kreischte sie auf, stolperte zur Seite, verlor das Gleichgewicht und stürzte der Länge nach hin. Mit einem wortlosen Seufzer ging sie zu Boden, schlug mit dem Hinterkopf in den Dreck und sah Sterne im Dunkeln aufblitzen. Wieder schlug sie zu, aber es war nur ein hilfloser Klaps mit der flachen Hand, mit dem sie nichts ausrichtete. Sie strampelte und trat in die Luft. Das Ding hatte sie flachgelegt und wich blitzartig zur Seite. Dann kroch es über sie, und sie hatte den Eindruck einer dürren, verzerrten Gestalt mit eckigen, fragilen Gelenken, einer Heuschrecke ähnlich. Zwei Hände schlossen sich fest um ihre Fußknöchel.

Jetzt brüllte sie aus Leibeskräften, schrill und durchdringend, ein lallender Ausdruck des Grauens. Das Ding klappte die Lider auf, und seine Glut bohrte sich in ihre Seele. Die Augen waren tellergroß und glasig, schimmerten im Mondlicht wie polierte Edelsteine. Sie hatten keine Pupillen, nur eine glatte, rote Oberfläche, unter der giftige Äderchen zuckten. Aber der hungrige Blick, seine gräßliche, perverse Gier waren unverkennbar.

Sie brüllte, und ihrer ausgestreckten Hand entglitt der Telefonhörer, aus dem noch immer die dünne, flehende Stimme der Telefonistin wisperte.

Der Geruch wallte auf und drang ihr in alle Poren. Vor ihr erschien das Bild des Babys in der Wiege und das grauenhafte Gespenst, das einmal Ginny Marsden gewesen war. Sie sah das ekelhafte Wesen am Kanal entlangkrabbeln, das ihre Gefühle verwirrte und sie mit sich zog. Sie sah vor sich Kate Park entstellt und mißhandelt am Straßenrand liegen.

Und, schlimmer noch, sie erkannte sich selbst in allen wieder, als Gefangene und Opfer des Ungeheuers.

Wieder benebelte der Geruch ihren Verstand, und in diesem Moment wurde ihr klar, daß die Bestie nicht auf Nahrung aus war.

»Nein!« stöhnte sie. »Mein Gott, nicht ...«

Die Augen brannten sich ihr in die Seele, zusammen mit einem Geist, der uralt und tückisch, mörderisch und abgrundtief böse war und sich so vollkommen von jeder menschlichen Seele unterschied, daß ihr Verstand rebellierte und gegen den grausigen Kontakt aufbegehrte. Der Fühler tastete tiefer, suchte und fand die geheimste Kammer ihres Bewußtseins, öffnete jenen sechsten Sinn und *sie sah* ...

Sie sah Kate Park. Ihr Kopf war schräggelegt, wie von unten gesehen, und ihre aufgerissenen Augen spähten angstvoll in die Ferne, während ihr Speichel vom Kinn troff. Eine blasse, hohlwangige Gestalt, die für alle Ewigkeit verdammt schien.

Sie sah Ginny Marsden durch die Finsternis eilen, das Gesicht ein blasses Oval. Etwas knirschte in ihren verkrampften Gliedern, und Helen spürte es selbst, als wären sie zu einer Person verschmolzen. Sie fühlte Ginnys Qualen, den Verfall dieses sterbenden Körpers und ihre stummen, verzweifelten Gebete.

Ginnys verstörte Miene entschwand, und Helen sah Heather McDougall vor sich, jugendlich und frisch, mit den drei Muttermalen in einer Reihe auf der Wange, und sie senkte den verstörten, ausdruckslosen Blick. An ihren Brüsten fühlte sie ein Saugen und Schlürfen, und Helen war, als würden ihr selbst die Lebenssäfte entzogen.

Jetzt kamen die Bilder in immer schnellerer Folge, während der geistige Fühler des Wesens sie unterjochte.

Greta Simon säuselte lispelnd ein Wiegenlied ... Harriet Dailly in ihrer Holzhütte ... wieder ein fröhliches, pausbäckiges Gesicht ... eine magere Frau, in deren Augen der Irrsinn flackerte ... Wie in einem alten Film flackerten sie vorbei, ihre Gesichter und Gesten und Gefühle wurden nacheinander vor Helen abgespult.

Sie sah wetterharte Schwertträger, in einer Nacht voller Geschrei und Feuersbrünsten, Männer, die Müttern die Kinder entrissen und auf hölzerne Stangen spießten, und ahnte dunkel, daß sie Jagd auf Vampire machten.

Sie sah halbnackte, dunkelhäutige Krieger durch staubige Wohnviertel rennen, neugeborene Kinder hinter sich her zerrend, während das Blut durch die engen Gassen strömte und der Wahnsinn ausbrach.

Sie sah in einer fernen, schauerlichen Epoche Männer in Lederhäuten, die eine Frau und ihr Kind ins Dunkel trieben, aus dem Feuer heraus.

Dann wurde sie aus der Vergangenheit geschleudert, und Helen Lamont blickte in eine Zukunft, die so grauenhaft war, daß sie fast gestorben wäre. Das Entsetzen brachte sie in die Gegenwart zurück, und sie bäumte sich gegen den forschenden Blick ihres Peinigers auf. Doch alles, was sie wahrnahm, war das Hecheln seines Atems und das Rascheln und Knacken der Zweige unter ihrem zuckenden Leib.

Es hielt ihre Handgelenke umklammert. Greifer an seinen dürren Füßen preßten ihr die Schenkel, umschlangen ihre Knöchel so fest, daß die Gelenke knackten. Es pumpte energisch und spreizte sie weit auseinander. Der stinkende Hauch seines widernatürlichen Schnüffelns machte sie völlig wehrlos. Vergebens suchte Helen, die Hände freizubekommen, und ihr wurde schwarz vor Augen. Ihre Muskeln und Schenkel brannten wie Feuer, doch gegen diese fremde Übermacht kam sie nicht an.

»David!« kreischte sie zuletzt. »Zu Hilfe! Bitte ... Nein! *Hilf mir*!« Ungehört verhallte ihr resignierter Schrei in den Baumkronen und in den Tiefen des Dickichts.

Die Bilder, die ihr sechster Sinn ihr gezeigt hatte, ließen keinen Zweifel daran, daß die Gier dieses Wesens auf etwas ganz anders zielte als zuvor. Es wollte nicht gestillt werden. Es brauchte keine Nahrung mehr. Aber es war gefräßiger denn je. Es spreizte ihre Glieder noch weiter auf, dehnte die Muskeln und Sehnen zum Zerreißen. Etwas bohrte sich in ihr Becken, dann drang etwas anderes ein, scharf und spitz und unnachgiebig. Sie hörte Stoff zerfetzen und Haut aufreißen, spürte einen brennenden Schmerz erst außen, und dann *weh mir* immer tiefer stechen und hebeln und stochern, ins tiefste Innerste ihres Innern.

Der Alptraum schob sich über ihren rücklings ausgestreckten Körper, und seine Kälte drang ihr ins Mark, die erbarmungslose, tückische Kälte des Bösen. Ein eisiger Speer wühlte sich in die Weißgut ihrer Schmerzen und stieß zu, wieder und wieder und wieder ...

Auf dem Gipfel dieser namenlosen Qual schwanden ihr die Sinne.

Aber Helens Schrei wollte nicht enden.

— 32 —

Die Schreie hallten von den Wänden zurück, verzweifelt und grell und von solcher Angst getragen, daß es allen sichtlich an den Nerv ging. Ganz plötzlich hörten sie auf, und nur noch Geraschel von Zweigen und das Knacken zertretener Äste waren zu hören. Danach erscholl dumpfes Klatschen und ein animalisches Grunzen, von dem man nicht wußte, ob es menschlich war – so mochte eine Frau in ihrer Not japsen, wenn sie schwer zu Boden fiel. Wieder klang es nach brechendem Geäst und einem weiteren Aufprall, der an einen kräftigen Fausthieb erinnerte.

Es folgte ein schnüffelnder Laut wie von einem witternden Hund oder einem Schwein, das im Unterholz wühlt. Es war das seltsam unnatürliche Pfeifen eines heiseren Atems. Etwas – oder jemand – schluckte heftig. Getrappel, jetzt ganz laut und deutlich, und dann ein harter Schlag gegen eine rauhe Oberfläche.

»Nein!« stieß Helens in heller Panik hervor. »Mein Gott, nicht . . .«

»Himmel noch mal, stellt das ab!« David beugte sich vor und barg das Gesicht in den Händen. Seine Schultern verkrampften sich, als müsse er an sich halten, um nicht zornbebend aufzuspringen.

»David!« kreischte Helen, und er fuhr hoch, als ginge es ihm selbst an die Kehle. »Zu Hilfe! Bitte . . . Nein! *Hilf mir*!« Das Echo ihres Entsetzensschreis vibrierte, schallte von einem Baum zum anderen, bevor er völlig erstarb. Sie lauschten angestrengt, während sie versuchte, etwas zu sagen. Hörbar erstickte ihr das Wort in der Kehle. Wieder das fremde Schnüffeln, das zu einem Raubtier auf der Suche nach Beute passen würde. Ein lallender, gequälter Klagelaut steigerte sich zum schrillen, kristallinen Kreischen der Agonie. Es kletterte zu hellster, fast unmenschlicher Tonhöhe empor, hielt eine endlose Minute an und brach unvermittelt ab.

Sie vernahmen hechelnde Schnaufer, noch ein Grunzen und einen Tumult, der alles Mögliche bedeuten konnte. Nach einer Weile wurde es ruhig. Es gab einen häßlichen Knall, als vermutlich das Funktelefon hinfiel, und dann eine lastende, bedeutungsschwere Stille. Jemand griff nach dem Tonbandgerät und schaltete es ab. David bebte innerlich unter einer Mischung aus Wut und Raserei und machtloser Resignation. Eine Zeitlang ruhten alle Blicke auf ihm. Alle fühlten mit ihm, aber keiner sprach es aus und klopfte ihm tröstlich auf die Schulter. Das Abhören konnten sie ihm nicht ersparen.

»Wir können nichts damit anfangen«, begann Donal Bulloch. »Jedenfalls enthält es keinen Hinweis.« Er blickte David an und brachte ein Lächeln voll Mitleid und Verständnis zustande.

»Außer, daß sie gejagt und vergewaltigt wurde.«

»Naja, das wußten wir aber schon«, fuhr Bulloch fort, »und Dr. Robinson hat es bestätigt. Der Mitschnitt verrät uns nur, *wann* es passiert ist. Wenn ihr Verfolger gesprochen hätte, würden wir einen Stimmenabdruck machen. Gäbe es irgendwelche Hintergrundgeräusche, könnten wir den Tathergang klären, vielleicht sogar durch Computeranalyse. Aber uns fehlt jede Spur. Er hat kein Wort gesagt. Die Hunde haben nichts gefunden. Keine Schuhabdrücke, Stoffreste, nichts unter ihren Nägeln außer ein bißchen Blut.«

David zuckte zusammen, wollte es verbergen. Aber jeder im Zimmer hatte es gesehen.

Es ist hinter mir her und kriegt mich gleich, es . . . Ihre Schreie setzten sich in seinem Gedächtnis fort. Sie hatte um Hilfe gebettelt, und niemand wußte, wo sie war. *Geh weg! Laß mich in Ruhe! Herrje, ich* – Ihr ohnmächtiges Flehen schraubte sich wie ein Bohrer in seinen Hinterkopf. Er hätte kotzen mögen. Er spürte die Übelkeit aufsteigen und zwanghaft, unter anhaltendem Druck wieder abflauen. Dumpfes Kopfweh pochte unablässig in seinen Schläfen.

»Blaue Flecken und Abschürfungen«, fuhr Bulloch erbarmungslos fort. »Kein Anzeichen von Sperma. Möglich, daß es zwei waren, denn man hat sie an Händen und Füßen im Klammergriff gehalten. Sogar wahrscheinlich. Zwei wären denkbar, aber auch mehr. Vielleicht wurden sie gestört, bevor sie fertig wurden.«

David hörte noch immer das furchtbare Kreischen. Es übertönte alles andere. Jedesmal, wenn Bulloch eine Pause machte, gellten die verirrten Schreie auf. Schlimmer noch, er lauschte dem Röcheln und Grunzen, während irgendwer Helens Schenkel aufspreizte und ihr etwas Spitzes, Scharfes in den Unterleib stieß, das ihren Gebärmutterhals rammte und die Darmwand durchbohrte.

»Ich weiß, es ist viel verlangt. Aber wie du dir vorstellen kannst, brauchen wir eine Täterbeschreibung«, erklärte der Chef so nüchtern wie möglich. »Sie hat bisher zu niemandem reden wollen. Doch wenn wir die Kerle dingfest machen wollen, brauchen wir ein paar Auskünfte. Vielleicht kannst du ihr eine Reaktion entlocken.«

David starrte ihn ausdruckslos an, wollte den endlosen Schrei endlich abstellen. Er verwünschte sich selbst, daß er so spät den Heimweg angetreten, die Warnsignale nicht rechtzeitig erkannt hatte. Als er nach Hause gekommen war, ermattet nach einem langen Arbeitstag, freute er sich nur auf einen Whisky, um die Kälte aus den Knochen zu vertreiben. Er hatte den Wagen geparkt, trat vor das Haus und blieb stehen. Aus irgendeinem Grund hatte er sich noch einmal umgedreht. Lag nicht ein Geruch in der Luft? Er zog die Nase kraus. Aber er roch nichts als den Duft von Primeln und Maßliebchen im benachbarten Garten – und wenn da noch etwas war, dann nur ganz schwach und fast verflogen.

Er war nicht in Alarmbereitschaft, noch nicht, aber eine gewisse Scheu und dieses ungewohnte, neue Gefühl der Vorahnung ließen ihn den Gartenweg zum Hinterhaus einschlagen. Seine Sinne, vorhin noch träge und stumpf, wurden plötzlich hellwach. Er musterte den winzigen Parkplatz, sah Helens Wagen in der Ecke stehen. Aber im Haus brannte kein Licht.

Einen Moment hielt er inne, dann raste er los und kam an die Vordertür. Sie war verschlossen, wie immer, wenn Helen als erste von der Arbeit kam. Sein Herz schlug schneller. Der Schlüssel klemmte im Schloß, und er fluchte über die Verzögerung. Endlich schnappte der Riegel zurück, und die Tür ging auf. Er trat ein. Kalt war es hier. Die Heizung war nicht angestellt worden. Er rief ihren Namen, und ein schrecklicher Verdacht keimte auf. Sie war nicht da.

David zögerte keine Sekunde. Er lief durch den Hinterausgang nach draußen, ließ sogar die Tür offenstehen. Er rannte zu ihrem Wagen und fand ihn verschlossen vor. Ein Windstoß ließ das junge Laub in den Bäumen durch unsichtbare Finger rieseln. Er wandte sich um, und im Schein der Laterne glitzerte etwas am Boden. Er bückte sich und hob die Wagenschlüssel auf, direkt vor dem Kotflügel.

Ihm stockte der Atem.

Zwei, drei Meter weiter lag Helens Handtasche an der Ecke. Sie war aufgeklappt, und der Inhalt ergoß sich aufs Pflaster.

Eine düstere Vorahnung beschlich ihn. Unversehens griff er zum eigenen Funktelefon und rief das Revier an. Zehn Minuten später waren vier Streifenwagen da. Das kreiselnde Blaulicht reflektierte an der Fassade.

Die Spürhunde heulten zwischen den Baumgruppen. Einer der Männer entdeckte das Funktelefon. Es dauerte weitere sechs Stunden, bis Helen Lamont gefunden wurde, die beim Kanal an einem verfallenen Bootsschuppen hockte. Sie war blutüberströmt und voller blauer Flecken und brachte kein Wort heraus.

Die Erinnerung an ihren verletzten, mißbrauchten Körper ließ ihn nicht los, besetzte all seine Gedanken wie die gräßlichen Schreie, die ihn mitten ins Herz trafen. Mit lahmer, belegter Stimme versicherte er Bulloch, daß er sein Möglichstes tun wolle. Dann erhob er sich. Mancher blickte ihm neugierig nach, als er das Zimmer verließ, aber das ließ ihn kalt.

* * * * *

Helen kauerte zusammengerollt auf dem Bett. Die sauberen weißen Laken standen in grellem Kontrast zu ihrem zerschundenen Gesicht und den Blutergüssen auf der Wange. Ihr Haar lag pechschwarz über das Kissen gebreitet. Die Augen waren weit aufgerissen und starrten ausdruckslos die Wand an. David setzte sich auf die Bettkante.

»Die schlimmsten Verletzungen sind abgeheilt«, hatte Dr. Robinson beteuert. David verspürte gute Lust, jemanden umzubringen. Helens dunkle Augen wirkten wie stumpfe Kleckse, geistesabwesend und ohne jedes Leben. Ihr Atem ging langsam und gleichmäßig. Ab und zu schüttelte sie sich, als stünde sie kurz davor, in Tränen auszubrechen.

Aber die Tränen blieben aus. Sie sagte kein Wort.

Er hielt ihre schlaffe Hand. Dabei kam er selbst kaum mit dem Wirrwarr in seinem Innern zurecht. Sie reagierte nicht auf seine Berührung, schon gar nicht auf seine Anwesenheit, und auch das beunruhigte ihn. Ihre Hände waren schlimm zugerichtet und aufgeschürft und blieben reglos, erwiderten nicht wie früher seinen sanften Druck. Sie war immer eine sehr sinnliche Frau gewesen, die gern streichelte und angefaßt wurde. Jetzt war ihre Hand kühl und die Haut merkwürdig trocken. Sie zuckte nicht mit der Wimper.

Er raunte ihr mit tiefer Stimme ins Ohr, aus nächster Nähe und vertraulich, so daß nur sie beide es hörten. Ihre Pupillen waren nach wie vor auf einen unsichtbaren Punkt an der Wand fixiert. Er erklärte, wie sehr er sie liebte, versprach ihr, daß bald alles wieder gut sei, daß sie zusammen glücklich würden. Aber er bekam keine Antwort.

Helen schwieg die ganze Zeit über. Erst als sich David zum Gehen wandte, fing sie ganz leise, fast unhörbar zu summen an. Ein Speichelfaden tropfte von ihrer durchhängenden Unterlippe, und erst glaubte er, sie stöhnen zu hören. Er wandte sich um, umarmte sie fest, wollte sie zu einer Reaktion bewegen.

Aber sie summte nur monoton. Er erkannte keine Melodie. Doch ihm war, als flackerte etwas in ihrem Blick. Schwerfällig schloß sie die Lider, dann richtete sie die Augen auf ihn. Kurzfristig hatte er den Eindruck, sie wolle Kontakt mit ihm aufnehmen, und er drückte hastig wieder ihre Hand. Dann wechselte ihr Gesichtsausdruck. Die Pupillen glitten nach oben weg. Ein Muskel zuckte an der Wange und verzog den Mund zu einem irren Grinsen. David glaubte für den Bruchteil einer Sekunde, er habe diesen Anblick schon einmal gesehen.

Erst als er das Krankenhaus verließ, fiel ihm ein, wo ihm ein ähnliches Minenspiel begegnet war – im Blairdyke-Sanatorium, auf dem Gesicht der alten, verrückten Greta Simon, als sie das gälische Volkslied summte.

* * * * *

Helen blieb gebannt in ihre Welt sonderbarer und lähmender Empfindungen. Sie war Helen Lamont, das begriff sie mit einem Teil ihres Bewußtseins, aber sie war mehr als das. Es hatte ihr in die Augen geblickt und sich in die Tiefen ihres Geistes eingeklinkt, und in diesem Moment der Vereinigung hatte sie die anderen berührt, all jene, die vor ihr kamen.

Ihre Seele war daran zersplittert, doch zugleich war sie mitten unter ihnen, teilte über all die Jahrzehnte hinweg ihre Gefühle, spürte ihre machtvollen Triebe, sehnte sich nach der Präsenz ihrer Macht. Sie alle hatten nur ein Ziel gekannt, aber nun hatte eben dieses Ziel sich selbst verändert.

Helen hatte ihr neues Gedächtnis angezapft, und mit einem Mal sprudelten Lieder hervor, die sie sich vorsang, in uralten, vergessenen Sprachen, deren Sinn ihr plötzlich geläufig war. Sie summte die leisen Melodien, während ringsum die anderen hantierten und redeten, die sie nur durch Milchglas wahrnahm, durch dichten Nebel belauschte, denn sie gehörten jetzt einer ganz anderen Welt an. Sie selbst war zerschlagen und entzweigebrochen, und dann waren die Scherben wieder miteinander verwachsen und ins Leben getreten.

Er war gekommen, um mit ihr zu reden – ein Gemurmel bloß, das sie nicht verstand. Er appellierte an Gefühle, die ihr fremd geworden waren, denn für sie gab es nur noch ein einziges Gefühl. Er faßte ihre Hand an, und sie hatte nur ein Kribbeln auf der Haut verspürt. Er ahnte nicht, daß sie seine Berührung nicht mehr ertragen konnte.

Keiner von den anderen hatte das begriffen.

Sie blinzelte träge, wandte sich vom Licht ab und kroch in sich selbst zurück, lauschte ihrem langsamen Herzschlag, der ihrem eigenen Zyklus und seinem Gleichmaß folgte.

* * * * *

Bei David tauchten am Abend nach dem Besuch im Krankenhaus Junes Eltern auf und überraschten ihn mit der Frage nach ihrer Tochter. Mit Befremden erfuhren sie von ihm, daß David und sie längst auseinander waren. Daheim hatte sie die Trennung nie erwähnt. Anscheinend tat sie, als wäre nichts vorgefallen. Sie wollten sich bloß erkundigen, ob sie bei ihm eingezogen sei, denn sie hatten seit Tagen nichts von ihr gehört. David reagierte gereizt auf ihre Fragen. Sie erinnerten ihn an ein längsterloschenes Verhältnis, während seine neue Partnerschaft seit Helens Vergewaltigung in eine Krise geriet. Er beherrschte sich, denn sie waren ein nettes altes Ehepaar, und er mochte sie gut leiden. Zu dritt fuhren sie zu Junes Wohnung, die sie leer und ungeheizt vorfanden. Draußen stand die Milch für zwei Tage, und der Briefkasten war voll. Er brachte sie aufs Revier und half ihnen beim Ausfüllen der Vermißtenanzeige.

Doch es half nichts; tief zuinnerst hegte er einen düsteren und irrationalen Verdacht. Hatte June vielleicht schreckliche Rache genommen? Hatte sie Helen irgendwie aufgelauert in der Hoffnung, ihn zurückzugewinnen? Wieder meldete sich ein erbärmlicher, schwelender Haß, den er nicht zu unterdrücken vermochte.

Die Vergewaltiger wurden nie gefunden. Ebensowenig wie June Lavery.

David verbrachte ein paar Stunden bei Dr. Mike Fitzgibbon, dem Psychiater, der mit ihm Greta Simon besucht hatte. Jetzt kam es ihm vor, als läge das eine Ewigkeit zurück. David hoffte, daß er eine Lösung wußte.

»Sie will vergessen, was passiert ist«, erwiderte Mike. »Auf diese Weise wird das Gehirn mit den Folgen des Traumas fertig. Es ist keine Katatonie, eher ein Ausweichen und Verdrängen. Ich bin sicher, daß sie darüber hinwegkommt, mit guter Pflege und Beratung und einer Therapie. Gibt's bei eurem Sittendezernat keine Betreuer für Rehabilitation in Vergewaltigungsfällen?«

Mike hatte auch eine Erklärung für Davids Angstzustände, seine Wutanfälle, sein Gefühl der absoluten Hilflosigkeit. »Das gehört zu den Nebenwirkungen Ihres eigenen Trieblebens. Sie fühlen sich verantwortlich für das Wohlergehen Ihrer Gefährtin und sind überzeugt, versagt zu haben. Wenn es einen konkreten

Gegner gäbe, den Sie zur Rechenschaft ziehen könnten, würden sie es tun. Aber der Gegner existiert gar nicht sichtbar, außer in Ihrer Einbildung. Stellvertretend trägt das Gehirn diesen Kampf aus und stillt den beharrlichen Drang, Ihren Besitz zu verteidigen.«

Fizgibbon räusperte sich. »Vor einiger Zeit haben Sie mich gefragt, welche Frau imstande wäre, ein Baby zu stehlen, und ich sprach vom mütterlichen Beschützerinstinkt. Das ist ein primitiver, angeborener Urtrieb. Männer sind oft ähnlich veranlagt, was sich meistens nach der Geburt eines Kindes zeigt. All diese Triebe gruppieren sich um ein Zentrum, das noch fundamentaler und gewaltiger ist als der Selbsterhaltungstrieb. Während dieser nicht über den Alltagshorizont hinausreicht, dreht sich unser Leben als Gattung, unsere gesamte menschliche Existenz um den Impuls zur Fortpflanzung. Dagegen ist alles andere sekundär, und doch sind wir an diesen Trieb gekoppelt. Der biologische Imperativ ist die größte Macht auf Erden. Bei Ihnen ist er gefährdet, in ganz wörtlichem Sinne. Das ist für jedermann eine beklemmende Erfahrung. Helen leidet enorm darunter, und Sie erst recht. Das Problem bei uns Menschen ist, daß wir denken können. Wir sind keine vernunftlosen Tiere. Wären wir es, so fiele uns manches leichter.«

David hätte am liebsten alles kurz und klein geschlagen. Seine Rache brauchte ein konkretes Ziel. Einen Gegner, den er töten konnte.

Helen Lamont erwachte zwei Tage später aus ihrem narkotischen Zustand, doch obwohl sie die Umgebung nun deutlicher wahrzunehmen schien, blieb sie noch immer scheu und verschlossen. Ihre Bewegungen waren steif und qualvoll, die großen Augen in der blassen Scheibe ihres Gesichts starrten noch immer in weite Fernen. Ein kampfesmüder Veteran vieler blutiger Schlachten hätte ihn wohl deuten können, diesen hoffnungslosen Blick in die Unendlichkeit. Sie wirkte zarter und verletzlicher denn je. Zusammen mit den Betreuern von der Sitte versuchte eine Kollegin Mike Fitzgibbons, ihr eine Schilderung des Tathergangs zu entlocken. Aber wenn sie überhaupt redete, speiste Helen sie mit nichtssagenden, gemurmelten Ausflüchten ab, wonach sie sich an nichts erinnern könne. Nach einem weiteren Tag in der Klinik bestand sie Davids besorgten Einwänden zum Trotz darauf, entlassen zu werden. Da er sie nicht überreden konnte, die Behandlung fortzusetzen, wollte er sie wenigstens zu sich nach Hause nehmen, wo sie in letzter Zeit mehr oder weniger gewohnt hatten. Sie schüttelte stur den Kopf. Helen weigerte sich auch, in ihr Elternhaus oder zu einer ihrer Schwestern zu ziehen, wo man sie liebevoll gepflegt hätte. Sie kehrte in ihre eigene Wohnung zurück. Stumm saß sie neben David, als er sie brachte, nahm keine Notiz von der Welt und richtete die Augen geradeaus. Sie schloß wortlos auf, dann ließ sie die Tür zufallen, während er kleinlaut draußen blieb.

* * * * *

Anfang Mai stießen zwei kleine Jungs im dichten Gestrüpp rund acht Kilometer südlich des Parks am Kanalufer auf etwas Merkwürdiges. Sie waren nicht sicher, um was es sich handelte, aber sie behaupteten, es hätte Skeletthände und könnte eine Leiche sein.

Bei der Vernehmung war David ziemlich zerstreut und kaum bei der Sache. Er kam einfach nicht hinweg über das, was Helen zugestoßen war. Sie hatte den Dienst noch nicht wieder aufgenommen, weigerte sich, mit ihm zu reden und ließ offenbar auch sonst niemanden an sich heran. Ihre Mutter hatte ihn schon mehrmals angerufen und hoffte wohl, er könne ihr helfen, zu ihrer Tochter durchzudringen, aber er war nicht weniger ratlos als sie. Helen hatte sich ganz in den Kokon ihrer Isolierung eingesponnen. Die beiden Male, als sie ihn in ihre Wohnung ließ, hatte sie sich anmerken lassen, wie unangenehm ihr der Besuch war, schlimmer noch, er hatte eine lauernde Feindseligkeit verspürt, die ihn schmerzlicher traf als eine Ohrfeige. Ihr Blick war teilnahmslos, und sie legte den Kopf schräg, als lauschte sie auf eingebildete Geräusche. Er hatte den Eindruck, daß sie nur darauf wartete, daß er endlich ging. Er beschwor sie, therapeutische Hilfe in Anspruch zu nehmen, aber sie erklärte einsilbig, daß sie es weder wünschte noch nötig habe. Sie wolle nur, daß man sie in Ruhe ließ.

»Und was wird aus uns?« fragte er bedrückt. Sie zog ein Gesicht, als hätte sie die Frage nicht begriffen. Er bekam nie mehr eine Antwort. In den Pausen ihrer Unterredung, die sich zu peinlichen Minuten des Schweigens ausdehnten, summte sie vor sich hin, als wäre sie mit den Gedanken ganz woanders. Das Haar trug sie jetzt länger, aber es hatte seinen Glanz verloren. An den Mundwinkeln waren tiefe Falten entstanden, und die Ringe unter den Augen bogen sich durch wie buchbeschwerte Regalbretter. Gelegentlich lächelte sie in sich hinein wie jemand, der ein Geheimnis hütet. Manchmal fragte sich David, ob sie den Verstand verloren habe. Er fühlte sich machtlos und verbittert und zugleich bestürzt, und zu allem Unglück hatte er ein schlechtes Gewissen, weil er so selbstsüchtig war und nur an sich dachte.

Er vergrub sich in die Arbeit, und als der Anruf kam, daß eine Leiche im Wäldchen am Kanal gefunden worden war, freute er sich über die Chance, einen neuen Fall zu lösen.

»Da drüben«, murrte der Polizist, als er zum Fahrradweg kam, der am Ufer entlangführte. »Weiß der Teufel, was das sein soll!« Zwei Buben, beide rothaarig und sommersprossig und offenbar Geschwister, saßen ängstlich im Streifenwagen und kamen sich zugleich ungeheuer wichtig vor. David wechselte ein paar Worte mit ihnen, dann ging er ins Dickicht, arbeitete sich durch Hagebutten- und Brombeerzweige, die sich verhedderten und hartnäckig an seinem Mantel festhakten. Schließlich stieß er mitten im Gebüsch auf den Fund.

Auf den ersten Blick erinnerte es an die verweste Leiche eines Mannes.

Hier zwischen den Sträuchern herrschte kein Wind, aber es war ein heißer Tag, und der Gestank war enorm, weil er nirgends abziehen konnte. Der Körper war von einem Schwarm schillernder, fetter Fliegen bedeckt. Eine lange, magere Hand streckte sich nach einer Wurzel aus. Die andere hielt sich kopfüber nach hinten an einem Zweig fest. Die Haut war schwarzviolett und dickflüssig, als wäre sie verbrannt oder geschmolzen. An einzelnen Stellen ragten Knochen hervor, lang und dürr, gelenkig und seltsam verkantet.

»Was in aller Welt ist das für ein Geschöpf?« wollte der uniformierte Sergeant wissen, der David durch das Unterholz gefolgt war. David hörte ihn heftig schlucken und gegen die Übelkeit ankämpfen.

Er trat vor und stellte fest, daß es auf keinen Fall menschlich sein konnte, was immer es war. Mit seinen überlangen Armen und klauenähnlichen Greifern ähnelte es eher einem Kletteraffen. Die unteren Glieder waren fast identisch, insektenhaft schlank und ineinander gefaltet. Einen Moment lang mußte David an Heuschrecken denken. Bizarre Greiffüße klammerten sich an eine dünne, hochragende Birke. Von dem hing es herab wie eine perverse Christusfigur in einem Alptraum von Salvador Dalì, den Kopf auf die schmale, gerippte Brust gebettet. Fliegen krabbelten über das stumpfe Antlitz. David wagte sich näher heran und scheuchte sie weg, und sie brummten in einer wütenden schwarzen Wolke davon. Zwei leere Augenhöhlen, beide faustgroß, klafften oberhalb des Gesichts.

Ein Mund war gar nicht zu erkennen.

David wich angeekelt einen Schritt zurück, nicht so sehr wegen des Gestanks, sondern wegen des gräßlichen Anblicks des toten Wesens. Es beleidigte die Vernunft. Es war eine Obszönität, eine Kränkung der Naturgesetze.

Und doch kam David dieser Greuel gegen die natürliche Ordnung seltsam vertraut vor. Außer, daß der Mund fehlte, war es nur eine größere, verlängerte Version des Ungeheuers, das er in den Schlick des Kanals getreten hatte. So etwas durfte nicht existieren, nicht in dieser Welt, aber da war es, verweste im Schatten eines Brombeerstrauchs, hing als klapperdürre Vogelscheuche im Geäst, mit klebriger, schwärzlicher Haut, die unter ihm ins Gras tropfte. Die Proportionen waren völlig verkehrt, und doch hatte es Ähnlichkeit mit einem Raubtier. Er konnte sich vorstellen, wie es sich staksend und gefräßig vorwärtsbewegte, verwandt mit den Gottesanbeterinnen und Heuschrekken und anderen hirnlosen Geschöpfen.

Zwischen seinen Beinen ragte ein gekrümmter Dorn hervor, der an eine Rippe erinnerte. Ein heimtückischer Knüppel, der sich nach außen und aufwärts wölbte. Donal Bullochs Worte fielen ihm ein. »Etwas Spitzes, Scharfes hat den Gebärmutterhals gerammt und die Darmwände durchbohrt«, hatte Bulloch berichtet, nachdem das Tonband abgelaufen war und die Stille ihren Schrei endlos verlängerte.

Dieser Gedanke ließ das Bild der Gottesanbeterin augenblicklich verblassen. Killerinsekten töten ja nur, um zu fressen, allenfalls noch, um einen möglichen Feind zu stellen und in Stükke zu reißen. Dieses Ding ohne Mund war anders. Während er es noch betrachtete, tauchte aus seiner enzyklopädischen Kenntnis der Naturphänomene das Bild einer männlichen Krake auf – eine Unterwasserszene, von Flora Spiers fotografiert. Nachdem es mit dem Weibchen kopuliert hatte und die Befruchtung erfolgt war, hatte es seine Rolle im Leben ausgespielt und hörte zu existieren auf. Es hatte seinen Zweck erfüllt, zerfiel im Handumdrehen und starb.

Er dachte auch an ein Bild, das er selbst mit zehn Jahren aufgenommen hatte – verbrauchte Eintagsfliegen auf dem unbewegten Wasser eines Flußbeckens. Sie waren aus der Larve geschlüpft, um in der Sommerhitze als ausgewachsene Wesen ihren Flug anzutreten, und hauchten ihre Glut in einem letzten Fruchtbarkeitstanz aus. Ihr Leben bestand nur aus Fressen, und jetzt war die Freßzeit vorüber. Sie waren großgeworden mit dem Drang, einen Gefährten zu finden, sich zu vermehren, und sonst nichts. Sie brauchten keine Mäuler – jetzt nicht mehr.

»Gott steh mir bei«, stotterte David. Er taumelte rückwärts, mit offenem Mund, die Augen starr auf die tröpfelnde Gestalt fixiert.

Die Klauenhände hielten den Ast in tödlicher Umklammerung. Die Füße waren um die schlanke Birke geschlungen. Jetzt erkannte David, woher die Blutergüsse an Helens Knöcheln und Handgelenken stammten.

Und noch im Tod zeigte es den Lebenszweck, den es verfolgt hatte: den spitzen Stachel zwischen den dürren Schenkeln, der sich emporbog wie ein Horn. Nun gab es keinen Zweifel mehr, wie es zu den gräßlichen Rissen und Wunden in ihrem Unterleib kam. Er stand da wie versteinert und stöhnte, sein Herz raste, und ihm wurde schwarz vor Augen.

Am selben Tag verschwand Helen Lamont aus ihrer Wohnung und ward nie mehr gesehen.

— 33 —

Oben in Barloan Harbour spähte die alte Mrs. Cosgrove durch ihre dicken Brillengläser, ohne die Person wiederzuerkennen, die an ihrer Tür klopfte, das Gesicht im Halbschatten verborgen. Es war kein Wunder, daß die Wirtin der kleinen Pension keinen Verdacht schöpfte. Sie war ja nicht mehr dieselbe.

Die Nächte waren voller seltsamer Träume gewesen, und am Tag hatte sie merkwürdige Gelüste. Ihre Ohren summten und knisterten, und ihr Geruchssinn hatte sich ebenfalls verändert. Sie brauchte warmes, pulsierendes Fleisch. Blutiges Fleisch. Der süße Geschmack widerte sie an, löste Brechreiz aus und gesteigerte Gier. Der Bauch tat ihr weh und krampfte sich zusammen, schwoll schmerzhaft auf, aber das störte sie nicht.

Sie saß jetzt meistens im Dunkeln, eingehüllt in ihr Nest aus Laken, und mied jeden Streifen Licht.

Es war kein Fehler gewesen, den letzten Schritt zu tun und wegzugehen. Es war ein Risiko, dort zu bleiben, wo man sie kannte, und es hätte nicht nur sie allein gefährdet. Der Instinkt hatte sie vertrieben und blindlings an einen sicheren Ort geführt, wo sie sich verstecken und abwarten konnte.

Jetzt war es beinahe soweit. Der Druck in den Eingeweiden wurde immer stärker. Die Haut spannte sich bis zum Zerreißen, und im Bauch spürte sie behutsames Strampeln, glühenden Schmerz und fiebrige Hitze. Es hatte nicht lange gedauert. Die Zeit des Brütens war bald vorüber.

In der Nacht regte sich etwas, und sie schreckte hoch. Aber sie sah, daß es nur die andere war, die sich im Schlaf herumwälzte – jene, die ihr aus ferner Vorzeit vertraut war. Ihr Name war May, wenn sie sich recht entsann. Irgendwas wie Mai? Der Name eines Monats. Aber Namen spielten keine Rolle mehr. Ihre Schwester, ihre Brutschwester, erwachte aus dem Schlaf. Durch das schmale Fenster fiel ein Mondstrahl herein, verschwommen durch die von Körperwärme und der Hitze ihres Atems beschlagene Scheibe.

Eine dritte war bereits wach, und ihre Augen schimmerten im Licht. Die vierte und fünfte reckten die Glieder. Sie kannte ihre Namen nicht. Es gab keine Namen mehr. Fast hatte sie schon ihren eigenen vergessen. Das Individuum hatte nichts zu bedeuten, und doch hatten die anderen sie erkannt und würdigten, daß sie anders war.

Auch sie bewegte sich vorsichtig wegen der Last, die sie trug, die kostbare Leibesfrucht sorgfältig hütend.

Sie kniete nieder und ignorierte den kaum merklichen Schmerz in der Fußsohle, als sie den verbogenen Rahmen der Brille von Mrs. Cosgrove zertrat. Mitleidlos glitzerten die Augen in der Finsternis. Ohne Zögern gesellte sie sich zu den andern im Mondlicht, und sie rückten beiseite, gaben ihr den Vorrang, der ihr gebührte. Sie bückte sich und versenkte die Zähne in das plumpe, fette Fleisch eines kalten und gespreizten Schenkels. Ohne zu kauen schluckte sie es hinunter. Das Blut lief ihr übers Kinn und tropfte auf die schwellende Rundung ihrer Brüste. Die anderen blieben nackt im Dunkeln und sahen zu, wie sie sich sättigte. Über dem Gestank des Fleischs roch sie ihre nahende Niederkunft. Aber diese dort würden nur männliche Kinder gebären.

Sie war anders. Das Gefäß, das einst Helen Lamont hieß, trug eine besondere Bürde. Kein Mann würde ihrem Sproß widerstehen. Er würde ewig leben.

Ein Tropfen Milch verrann und mischte sich mit dem Blut, als tief in ihrem Innern die Wehen einsetzten.

Band 12507

Steven Knight

Alphabet City

Roman eines verhängnisvollen Irrtums

Sein neues Buch, in dem Steven Hawthorne die Verbrechen einer der gefürchtesten Gangs in Manhattans Stadtteil Alphabet City beschreibt, wird irrtümlich für einen Tatsachenbericht gehalten und über Nacht zum Bestseller. Wegen der detaillierten Schilderung eines ungesühnten Mordes hält das FBI den Autor für einen Augenzeugen und will ihn zu einer Aussage zwingen. Aber auch die Gang ist hinter ihm her, um ihn für immer zum Schweigen bringen. Nur Steven Hawthorne weiß, daß seine Geschichte frei erfunden ist; und er verstrickt sich in immer weitere Lügen, bis seine Exfrau seine einzige Hoffnung auf Rettung ist. Doch diese sieht den Augenblick der Rache für sich gekommen, und so beginnt für Steven ein fast aussichtsloser Kampf um sein Leben...

BASTEI LÜBBE

Band 12515

Gabriele Lord

Wunden

Ein Mann wird auf grausame Weise mit seiner Vergangenheit konfrontiert

In einer australischen Provinzstadt lauert ein Serienmörder kleinen Jungs auf. Als der Kriminologe Joss Haskell den Auftrag erhält, ein Profil des Mörders anzufertigen, muß er feststellen, daß er selbst zum Hauptverdächtigen der polizeilichen Ermittlungen geworden ist. Denn die Polizei fragt sich: Warum ist Haskells Haus wie eine Festung ausgestattet? Wieso kennt er so viele Details über die Morde? Und weshalb weist seine Haut die gleichen Verletzungen auf wie die Leichname der ermordeten Jungen?
Schon bald ist Haskell ein gejagter Mann. Seine Familie wird auseinandergerissen, und er selbst fürchtet um sein Leben…

BASTEI LÜBBE

Band 12547

Greg Hoskin

Killer Dog

Eine Kleinstadt hütet ein grausiges Geheimnis

In Pinehill weiß man seit langem, daß draußen auf Duke Leincesters Hundefarm tödliche Wettkämpfe mit Bullterriern veranstaltet werden. Doch das Städtchen ist in zwei Lager gespalten: Die einen stellen sich blind, den anderen dauert es viel zu lange, bis sich beim nächsten Wettkampf wieder zwei Hunde zerfetzen.
Eines Tages kommt der Tramp Trenton Bywock nach Pinehill. Zunächst ist er nur hinter ein paar Dollar her, später auch hinter Claire, der Tochter des Bankdirektors. Doch dann entdeckt er Pinehills Geheimnis – und noch etwas viel Grausigeres...

BASTEI
LÜBBE